KB177635

귀스타브 플로베르(1821~1880)

플로베르 의학사 박물관 플로베르 생가로 의학 관련 박물관이 세워졌다. 이 건물은 플로베르가 태어난 곳이기도 하지만 아버지가 병원으로 사용했던 건물이다.

루앙에 있는 귀스타브 플로베르의 무덤과 가족 묘지

프랑스 바스 노르망디에 있는 귀스타브 플로베르 동상

풍자만화 플로베르의 보바리 부인 해부. 르모. 1869.　　《보바리 부인》 프랑스어 초판 속표지(1857)

〈보바리 부인의 죽음〉 알베르 오귀스트 푸리. 1883. 루앙 미술박물관

"언덕 위의 숲 가장자리에 '목장'이라고 부르는 데가 있습니다. 저는 일요일에 이따금 거기에 가죠. 책을 가지고 가서 석양을 바라보곤 합니다."

엠마와 찰스의 결혼식〉알베르 오귀스트 푸리

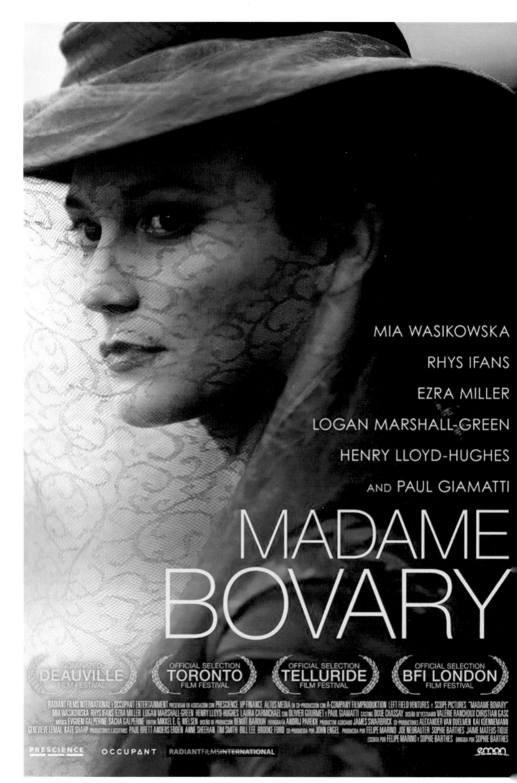

영화 〈마담 보바리〉 소피 바르트 감독, 미아 바시코프스카·헨리 로이드 휴즈 주연. 2014.

세계문학전집073
Gustave Flaubert
MADAME BOVARY/UN COEUR SIMPLE
보바리 부인/순박한 마음
G. 플로베르/민희식 옮김

동서문화사

디자인 : 동서랑 미술팀

보바리 부인

차례

보바리 부인

제1부 … 17

제2부 … 81

제3부 … 249

순박한 마음

순박한 마음 … 377

플로베르 생애와 작품

절대의 탐구자 플로베르 … 415

플로베르 연보 … 430

Madame Bovary
보바리 부인

주요인물

샤를 보바리 이 책의 주인공. 엠마 보바리의 남편. 아버지는 군의관보 출신으로 징병 사건에 연좌되어 퇴직. 얼굴이 잘생기고 돈판이며 농장 경영을 지망한다. 어머니는 지참금을 갖고 온 메리야스 가게 주인의 딸. 샤를은 외아들로 루앙에서 공부를 하였으며 성적은 중간 정도였다. 두 번째 의사 면허 시험에 합격하여 토스트에서 병원을 개업, 어머니의 주선으로 뒤뷔크 미망인과 결혼. 얼마 후 아내가 죽자 환자의 딸 엠마의 미모에 끌리어 결혼. 선량하고 우둔한 의사. 아내가 바람이 나도 전혀 모르고 아내 때문에 파산을 당하게 된다.

엠마 보바리 샤를의 후처. 베르토 농장에서 자라난 루오의 외딸. 수녀원에서 교육을 받았으나, 문학을 좋아하며 항상 아름다운 사랑의 주인공을 동경한다. 경솔하기는 하나 한결같은 시골 처녀라 그녀의 사랑도 그녀의 삶에서 필요성을 가지고 있다.

오메 용빌의 약제사. 작자는 이 인물에 의해 그가 평소에 몹시 싫어하는 시민 계급의 어리석음을 철저히 조소하고 있다.

뢰뢰 용빌의 악랄한 포목점 주인인 동시에 고리대금업자.

레옹 뒤퓌 공증인 기요맹 씨의 서기. 문학을 좋아하나 대단한 지식인은 아니다. 연인이 죽게 되었는데도 구하려고 하지 않는 무기력한 사나이.

파리 변호사회회원

전 국민회의 의장

전 내무장관

마리 앙투안 쥘 세나르에게

이 책의 첫머리, 바로 헌사에 당신 이름을 적게 해주십시오. 내가 이 책을 내게 된 것은 특히 당신 덕택이기 때문입니다. 당당한 당신의 변호로 내 작품은 나 자신에게 있어, 말하자면 뜻밖의 권위를 획득했습니다. 아무쪼록 여기 내 감사의 뜻을 받아 주십시오. 단지 유감인 것은 나의 감사가 아무리 커도 당신의 웅변과 헌신의 높이에는 못 미친다는 것입니다.

1857년 4월 12일

파리에서 귀스타브 플로베르

루이 부인에게 바친다.

제1부

1

우리는 자습실에 모여 있었다. 그때 교장 선생님이 평복을 입은 '신입생' 한 사람과 큰 책상을 등에 진 일꾼을 데리고 들어왔다. 졸고 있던 학생들이 번쩍 눈을 떴다. 그리고 모두 공부를 하다가 갑자기 놀라기나 한 듯이 자리에서 벌떡 일어났다.

교장 선생님은 우리에게 자리에 앉으라고 손짓하고는 선생님을 돌아보고 작은 소리로 말했다.

"로제 선생, 이 학생을 부탁합니다. 5학년 반에 넣겠습니다. 넣어 봐서 성적과 품행이 괜찮으면 다시 나이에 맞는 상급반으로 올릴 테니까."

문 뒤 구석진 곳에 서 있어 잘 보이지는 않았지만, 그 신입생은 열댓 살쯤 돼 보이는 시골 아이로 우리들의 누구보다도 키가 컸다.

마을 교회의 성가 대원처럼 단발머리를 했으며, 짐짓 점잖고, 몹시 멋적어하고 있었다. 어깨는 그리 넓지 않았지만 까만 단추가 달린 녹색 나사천 슈트가 거북해 보였고, 늘 드러나는 빨간 손목이 소매 끝 사이로 내다보이고 있었다. 멜빵으로 바싹 추켜올린 누런 바지 밑으로는 파란 양말을 신은 발이 쑥 나와 있었다. 잘 닦지도 않은 징 박은 구두를 신고 있었다.

학과의 암송이 시작되었다. 그는 설교라도 듣는 것처럼 다리를 꼬지도 팔꿈치를 짚지도 않고 열심히 듣고 있었다. 2시 종이 울리자, 자습 교사는 그에게 다른 아이들과 함께 줄을 서라고 주의를 주어야 했다.

우리들은 교실에 들어갈 때 모자를 손에 들고 있는 것이 귀찮아서 마루에 집어던지는 버릇이 있었다. 문에 들어서기가 무섭게 모자가 벽에 부딪혀 굉장한 먼지를 낼 만큼 의자 밑으로 힘껏 던지는 것이었다. 그것은 멋진 폼이었다.

그런데 그 신입생은 이러한 습관을 깨닫지 못했는지, 아니면 그대로 따라할 용기가 없었는지, 기도가 끝난 뒤에도 모자를 무릎 위에 얌전히 올려 놓고 있었다. 그것은 경기병 털모자, 창기병 모자, 중산 모자, 수달피 모자, 나이트캡 등의 갖가지 요소가 다 있어 무어라 이름 지을 수 없는 잡탕식 모자였다. 요컨대 그 모자는 말없는 추악함이 백치의 얼굴 같은 심각한 표정을 짓고 있는, 그런 불쌍한 물건으로 보였다.

모양은 타원형으로 받침을 넣어 가운데를 부풀리고, 아래쪽에는 노끈 모양의 볼록 줄이 석 줄 둘러져 있었다. 그리고 비로드와 토끼털로 된 마름모꼴이 빨간 줄 사이에서 엇갈려 있고, 그 위의 머리 들어가는 부분은 마치 자루처럼 되어 있었으며 꼭대기에 대어진 다각형 판지는 복잡한 장식 끈으로 누벼져 있었다. 거기서 가는 줄이 하나 늘어져 그 끝에는 금실로 된 작은 술 같은 십자형이 매달려 있었다. 아직 새것이라 차양이 반짝거렸다.

"일어서!"

선생이 말했다.

그가 일어서자, 모자가 떨어졌다. 모두들 깔깔거리고 웃어댔다.

그가 허리를 굽혀 집어들려고 하자 옆 아이가 팔꿈치로 쳐서 떨어뜨렸다. 그는 다시 집어들었다.

"그 투구는 치워 놓지 그래."

선생님은 재치있게 말했다.

학생들이 다시 와아 하고 웃는 바람에 가련한 소년은 너무 당황하여, 모자를 손에 들고 있어야 할지, 바닥에 놓아야 할지, 아니면 머리에 써야 할지 갈피를 잡지 못했다. 그는 다시 자리에 앉아 모자를 무릎 위에 올려 놓았다.

"일어나거라!" 선생님이 다시 말했다. "이름을 말해요."

신입생은 허둥지둥 잘 알아들을 수 없는 목소리로 이름을 댔다.

"한 번 더!"

당황한 목소리가 다시 입에서 새어나왔으나, 반 아이들의 떠드는 소리에 묻혀 버렸다.

"좀더 크게!" 선생님은 소리쳤다. "좀더 크게!"

그러자 신입생은 대단한 결심을 하고 입을 한껏 벌리고는 누구를 부르기라도 하듯, "샤를 보바리" 하고 소리쳤다.

와아 하고 일어난 함성. 그것이 새된 소리와 함께 차차 높아져서 모두 외치

고 아우성 치고 발을 구르며, 샤를 보바리! 샤를 보바리!를 되풀이했다. 겨우 잠잠해지면서 가끔씩 계속되는가 싶더니, 이따금 여기저기 걸상 줄 어디에선가 꺼지지 않은 불꽃처럼 참으려던 웃음이 킥킥하고 갑자기 터져나오곤 했다.

그러나 선생님이 잇따라 소나기처럼 벌을 내리는 바람에 교실 안의 질서는 조금씩 회복되었다. 선생님은 마침내 샤를 보바리라는 이름을 알아듣고, 그것을 다시 외게 하고, 철자법을 물은 다음 다시 한 번 읽게 했다. 그리고 소년을 교단 옆 공부 못하는 아이들 자리에 앉으라고 했다. 그는 걸어나가려다가 머뭇거렸다.

"무얼 찾느냐?"

선생님이 물었다.

"제 모자……."

신입생은 불안한 눈으로 주저주저하며 주위를 둘러보면서 대답했다.

"모두 시 500행을 써라!"

바다 신의 노기 띤 목소리가 거친 풍파를 가라앉히듯 무서운 선생님의 목소리가 다시 법석을 떨며 일어나려는 소란을 가라앉혔다.

"떠들지 마라!"

화가 난 선생님은 다시 말하고, 모자 속에서 손수건을 꺼내 이마를 닦았다.

"신입생, 너는 '나는 우스꽝스러운 자'라는 말을 스무 번 써라."

그리고 약간 누그러진 목소리로 말했다.

"네 모자는 나올 게다, 누가 훔치진 않을 테니까!"

교실은 다시 조용해졌다. 모두 머리를 노트 위에 숙이고 있었고, 신입생은 두 시간 내내 모범적인 자세를 흐트러뜨리지 않았다.

이따금 펜촉에 꽂아 던지는 종이뭉치가 얼굴에 맞아 잉크 방울이 튀었지만, 그는 손을 올려 슬쩍 닦았을 뿐 눈을 내리깐 채 꼼짝도 하지 않았다.

밤에는 자습실에서 책상 속의 토시를 꺼내 끼고는 자질구레한 물건들을 정리하고 나서 종이에 정성껏 줄을 그었다. 우리가 보기에 그는 사전을 하나하나 뒤져 단어를 찾아보면서 퍽 열심히 공부했다. 그가 보인 이 열성 때문이었는지 그는 하급반으로 떨어지지는 않았다. 그는 문법 규칙 같은 것은 그럭저럭 알고 있었으나, 문장은 잘 표현할 줄 몰랐다. 부모가 돈을 절약하기 위해 늦게까지 학교에 보내지 않았기 때문에, 라틴어는 마을의 신부한테 배웠다.

그의 아버지 샤를 드니 바르톨로메 보바리 씨는 위관급 군의관보를 지냈으며, 1812년께 징병 사건에 관련되어 퇴직했다. 그는 타고난 풍채를 미끼로, 그의 미모에 반한 어떤 메리야스 상인의 딸에게서 6만 프랑의 지참금을 손에 넣을 수 있었다. 미남자이고, 허풍쟁이이고, 박차를 자랑스럽게 울리고, 윗수염에 이어진 구레나룻을 기르고, 손에는 언제나 몇 개의 반지를 끼고, 늘 화려한 옷을 입는 그는 행상인의 쾌활함과 더불어 어딘가 늠름한 인상을 주었다.

결혼하고 난 뒤 이삼 년은 아내의 재산으로 잘 먹고, 늦잠 자고, 커다란 도기 파이프로 담배를 피우고, 밤엔 극장 문이 닫히기 전에는 돌아오지 않았고, 뻔질나게 카페 출입을 했다. 장인은 죽을 때, 거의 아무것도 남겨 주지 않았다. 화가 난 그는 제조업에 뛰어들었으나, 얼마간 손해만 보고는 농촌에 틀어박혀 '개척'을 하려고 했다. 그러나 인도산 사라사를 모르는 것만큼이나 농사일도 몰라, 농장에서 쓸 말을 자기가 타고 돌아다니고, 팔려고 만든 사과주는 통에 넣기 전에 병째 다 마셔 버렸으며, 집에서 제일 살찐 닭도 자기가 먹고, 돼지기름으로 사냥용 구두를 닦는 형편이라 얼마 안 가 그는 모든 사업에서 손을 떼는 편이 낫다는 것을 깨닫게 되었다.

그리하여 연 200프랑의 계약으로 코 지방과 피카르디 주 경계에 있는 시골 마을에 반 농가 반 주택으로 된 셋집을 얻었다. 거기서 우울과 회한으로 신음하며 하늘을 원망하고 모든 사람들을 질투하다가, 끝내는 남은 여생이나마 조용히 지내겠다며 마흔다섯의 나이에 벌써 세상과 인연을 끊고 틀어박혀 버렸다.

그의 아내는 처음에는 남편에게 홀딱 빠져 있었다. 뭐든지 이르는 대로 비굴하다할 정도로 복종하였으나, 오히려 남편은 점점 멀어져 갔다. 전에는 쾌활하고 명랑하며 다정다감했던 그녀가 나이를 먹어감에 따라(김빠진 포도주가 식초로 변하듯이) 꾀까다로워지고, 꽥꽥 소리나 지르고 신경질적으로 되어갔다. 남편이 마을의 젊은 여자들을 따라다니는 것을 보고도, 밤마다 술집이나 좋지 못한 곳에서 술냄새를 풍기며 뻔뻔스럽게 돌아오는 것을 보고도, 처음엔 불평한 마디 하지 못하고 고통을 참았다.

그러나 드디어 그녀의 자존심은 반항의 고개를 쳐들었다. 그녀는 죽을 때까지 가지고 갈 무서운 분노를 묵묵히 가슴에 간직한 채, 절대로 입을 열지 않게 되었다. 그녀는 끊임없이 일거리를 찾아서 쉬지 않고 뛰어다녔다. 소송 대리인이나 재판장을 찾아가기도 하고, 약속어음 지불 기한을 알아 내기도 하고, 그 기한을 연기받기도 했다. 집에 있을 때에는 다리미질을 하고, 바느질과 빨래를 하며, 고용인을 부리고, 지불을 하곤 했다. 그런데 남편은 아무것도 모른다는 얼굴로 언제나 시무룩하게 졸고 있었으며, 눈을 뜨면 으레 아내에게 혀짧은 소리나 하고, 그렇지 않으면 난로가 한구석에 앉아 재 속에 침을 뱉으며 담배나 피우기 일쑤였다.

사내아이가 태어나자 시골에서 온 유모에게 맡기기로 했다. 이 애는 마치 왕자처럼 귀염을 받았다. 어머니는 잼만 먹이고, 아버지는 맨발로 막 뛰어다니게 했다. 심지어 철학자나 된 것처럼, 아이는 짐승 새끼처럼 벗고 다녀도 상관없다고까지 했다. 어머니의 경향과는 반대로 아버지의 머릿속에는 소년이라는 것에 대해 어떤 남성적인 이상이 있어서 거기에 따라 아들을 기르려고 했으며, 좋은 체격을 갖게 하기 위해 스파르타식으로 엄중히 키우려 했다. 불도 피우지 않은 방에서 재우기도 하고, 럼주 들이키는 법을 가르치고, 여러 종교 의식을 멸시하게 했다. 그러나 날 때부터 얌전한 아이에게는 아버지의 노력도 별로 효과가 없었다.

어머니는 그를 항상 옆에 바짝 붙여 두었다. 마분지도 오려 주고, 이야기도 들려 주고, 우수에 찬 명랑함과 수다스러운 상냥함을 듬뿍 담은 끝없는 독백으로 이 아이를 이야기 상대로 삼았다. 고독하게 살던 그녀는 이 아이의 머릿속에 산산조각이 난 자기의 꿈을 몽땅 불어넣어 주려 했다. 아이가 성공할 것을 꿈꾸면서 벌써 어른이 되어 아주 잘생기고 재주가 있으며, 토목계나 법조계에서 자리 잡은 모습을 상상했다. 읽는 법을 가르치고, 집에 있는 낡은 피아노로 몇 개의 짧은 노래를 가르쳐 주기도 했다. 그러나 문예 따위엔 거의 관심이 없는 보바리 씨는 이런 것을 보고, 쓸데없는 짓 하지 마라! 하고 말하는 것이었다. 그렇다면 이 애를 관립학교에 넣어 공무원을 만들거나, 장사 밑천을 대줄 여유가 있을 것 같은가? 남자란 그저 배짱만 있으면 이 세상에서 반드시 성공하는 거야, 라고 보바리씨가 말을 툭 던지면 보바리 부인은 입술을 지그시 깨물었으며, 아이는 제멋대로 마을을 돌아다녔다.

그는 농부들을 따라다니며 흙덩이를 던져 까마귀를 쫓았다. 제방가에 열린 오디를 따 먹고, 긴 장대로 칠면조를 지키고, 수확 때에는 건초를 말리고, 숲속을 뛰어다니고, 비오는 날에는 교회 현관에서 돌차기를 하고, 명절에는 종지기에게 종을 치게 해달라고 졸라 종의 밧줄에 매달려 허공에서 흔들거리며 재미있어하기도 했다.

그는 떡갈나무처럼 자랐다. 팔심도 세어지고, 얼굴빛도 좋아졌다.

12살이 되자 어머니의 소원대로 이 애에게 공부를 시킬 수 있게 되었다. 그 일은 신부에게 맡겨졌다. 그러나 수업 시간이 짧고, 게다가 띄엄띄엄이어서 별로 도움이 되지 못했다. 신부가 한가할 때나, 세례와 장례식 중간 중간에 제복실에서 선 채로 서둘러서 하는 수업이었다. 그렇지 않으면 고백 기도가 끝난

다음 외출할 일이 없을 때에만 소년을 부르러 보냈다. 소년 보바리는 사제 방에 들어가 자리에 앉는다. 그러면 촛불 주위에 모기와 나방 같은 것이 마구 날아다닌다. 더워서 소년은 곧잘 졸았다. 그러면 사제도 배 위에 손을 얹고 꾸벅꾸벅 졸다가 끝내는 입을 크게 벌리고 드르렁드르렁 코를 골곤 했다.

또 어떤 때는 신부가 가까이에 사는 환자에게 임종의 성찬을 주고 돌아오는 길에, 들에서 장난치며 놀고 있는 샤를을 보면 그를 불러 15분쯤 설교를 한다. 그참에 나무 밑에서 동사 변화를 외게 하기도 했다. 비가 오거나 아는 사람이 지나가면 그나마도 방해가 되었다. 그래도 신부는 언제나 이 아이를 좋아해서, 어린 녀석이 꽤 기억력이 좋다고 칭찬하기도 했다.

샤를을 이대로 두어서는 안 된다고 어머니가 완강하게 주장했을 때, 아버지는 그것이 창피했던지 아니면 무심히 지나쳤든지, 별로 반대도 하지 않고 어머니가 하는 대로 내버려 두었다. 어쨌든 소년이 첫 성체성사를 받을 때까지 1년만 더 기다리기로 했다.

다시 반 년이 지나갔다. 그 이듬해 샤를은 드디어 루앙에 있는 학교에 가게 되어 10월 끝무렵 생로맹의 장이 설 때 아버지가 직접 아이를 데리고 가기까지 했다.

지금에 와서는 우리들 가운데 아무도 그에 관해서 무언가 생각나는 사람이 없을 것이다. 그는 휴식 시간엔 놀고, 자습 시간에는 공부하고, 교실에서는 열심히 듣고, 침실에서는 잘 자고, 식당에서는 잘 먹는 얌전한 소년이었다. 강트리 거리의 한 철물 상인이 그의 보증인이었는데, 한 달에 한 번 일요일에 가게문을 닫고 그를 항구에 데리고 나가 배 구경을 시킨 다음, 저녁 7시가 되면 식사 전에 꼭 학교로 데리고 왔다.

매주 목요일 밤이면, 샤를은 어머니에게 긴 편지를 썼다. 붉은 잉크로 써서 봉인 딱지를 세 군데나 붙였다. 그러고 나서는 다시 역사 노트를 복습하거나, 자습실에 굴러다니는 철학자 아나카르시스에 관한 낡은 책을 읽거나 했다. 소풍갈 때에는 곧잘 소사와 이야기를 주고받곤 했다. 소사도 그처럼 시골 사람이었다.

열심히 공부했기 때문에 그는 언제나 반에서 중간 정도는 되었다. 한번은 박물학에서 일등 상을 타기도 했다. 그러나 3학년 끝무렵이 되자 부모는 그에게 의학 공부를 시킬 생각으로, 대학 입학 자격 시험 준비는 독학으로도 된다며 학교를 그만두게 했다.

어머니는 그에게 오드로베크 강가의 염색점 5층방을 하나 얻어 주었다. 하숙비를 정하고, 가구로 책상과 의자 두 개를 사 놓고, 집에서 낡은 벚나무 침대를 옮겨 온 다음, 귀여운 아들을 따뜻하게 해주려고 작은 무쇠난로에다 장작도 잔뜩 사 놓았다. 그러고 나서, 이제 자기 일은 자기가 하게 되었으니 더욱 잘 행동하라고 신신당부한 다음, 그녀는 주말에 집으로 돌아갔다.

병원 강의 게시판에서 강의 과목 일람표를 본 그는 어이가 없었다. 해부학, 병리학, 생리학, 약학, 화학, 식물학, 임상학, 치료학, 게다가 위생학, 약물학까지 있었다. 다 어원조차 모르는 말로, 그 하나하나가 장엄한 어둠에 싸인 성당의 문처럼 여겨졌다.

강의는 전혀 알 수가 없었다. 열심히 귀를 기울였으나 뜻을 조금도 알아들을 수 없었다. 그러나 그는 열심히 공부했다. 몇 권이나 철한 노트를 들고, 어느 강의에나 들어갔으며, 단 한 번도 회진(回診)에 빠진 적이 없었다. 자기가 빻는 것이 무엇인지도 모르면서 눈을 가리우고 빙빙 방아를 돌리는 말처럼 매일매일 자질구레한 일과를 해나갔다.

아이가 비용을 절약할 수 있도록 어머니는 매주 심부름꾼을 시켜 송아지 군고기를 얼마간 보내 주었으므로, 그는 병원에서 돌아오면 구두창을 벽에 문질러 발을 따뜻하게 하면서 그것으로 아침을 먹었다. 그러고 나서 강의를 들으러 교실로, 병원으로 계단을 뛰어다녀야 했고, 미로 같은 길을 지나 자기 방에 돌아와야 했다. 밤에는 하숙집의 보잘것없는 식사로 저녁을 때우고, 자기 방에 올라가 벌겋게 단 난로 앞에서 전신에 김이 나는 축축한 옷을 입은 채 다시 공부를 시작하는 것이었다.

맑게 갠 여름날 저녁, 훈훈한 거리에 지나는 사람도 없이 한산해 질 때면 하녀들이 나와서 공치기를 한다. 그럴 즈음 그는 창문을 열고 팔꿈치를 괴곤 했다. 눈 아래에는, 루앙의 이 지역을 가장 더러운 작은 베니스로 만들고 있는 강물이, 누런색, 보라색, 게다가 푸른색까지 섞여서 다리와 철책 사이를 흘러가고, 노동자들이 강가에 쭈그리고 앉아 팔을 씻고 있었다. 다락방 꼭대기에서 튀어나온 장대에 커다란 무명실꾸리가 널려 있었다. 맞은편 지붕 너머로 맑고 넓은 하늘이 펼쳐져 있고 저물어가는 붉은 해가 보였다. 저기 가면 얼마나 기분이 좋을까! 너도밤나무 그늘 밑은 얼마나 시원할까! 그는 코를 벌름거리며 들판의 싱그러운 냄새를 들이마시려 했으나, 그것은 자기 코에까지 오지 않았다.

그는 야위고 늘씬해졌다. 얼굴에는 어딘가 애달픈 표정이 떠올라, 그 때문에 사람의 눈을 끄는 얼굴이 되었다.

자연스러운 성장의 과정인지, 자포자기 같은 기분이 작용하여 그는 처음에 맹세한 모든 결의를 내동댕이쳤다. 한번 회진을 게을리하고, 이튿날은 강의를 거르고, 게으름에 맛을 들이게 되자 점점 학교에 나가지 않게 되었다.

술집에 드나드는 버릇이 생기고, 도미노 놀이에 열중하기 시작했다. 매일 밤 더러운 술집 안방에 처박혀서 까만점이 박힌 작은 양뼈 쪽을 대리석 탁자에 던지는 것이, 어쩐지 자기 자신의 품위를 높이고 자기 자유를 입증하는 귀중한 행위같이 생각되었다. 그것은 말하자면 이 세상을 아는 공부의 첫걸음이고, 금단의 향락에 처음 다가가는 일이었다. 그곳의 방문 손잡이를 잡을 때는 거의 감각적인 쾌감마저 느꼈다. 그러자 그의 마음속 깊이 눌려 있던 많은 것들이 부풀어오르기 시작했다. 그는 노래를 배워 여자들에게 들려 주고, 베랑제의 유행가에 심취하고, 펀치 만드는 법을 배우고, 끝내는 여자까지 알았다.

이 방면의 공부 덕분에 의사 시험에는 보기좋게 낙방했다. 마침 그날 밤 집에서는 합격을 축하하려고 기다리고들 있었다.

그는 걸어서 집에 돌아가기로 하고 마을 어귀에서 어머니를 불러내어 모든 것을 털어놓았다. 어머니는 낙제를 시험관의 불공평으로 돌리고 그를 용서해 주었다. 그리고 자기가 뒤처리를 해주겠다면서 아들의 기분을 북돋아 주었다. 보바리 씨는 5년 뒤에야 비로소 사건의 진상을 알았는데, 그때는 이미 지난 일이고, 자기가 낳은 자식이 차마 바보라서 떨어졌다고 생각하기는 싫어서 그 방탕을 양해해 주었다.

샤를은 다시 공부에 열을 올려 시험과목을 끈기 있게 준비하고, 문제를 모두 미리 외기까지 했다. 그는 꽤 좋은 성적으로 합격했다. 어머니에게는 얼마나 기쁜 날이었던가! 성대한 만찬이 벌어졌다.

어디서 개업하면 좋을까? 토스트가 좋다. 거기에는 늙은 의사가 하나 있을 뿐이다. 오래전부터 보바리 부인은 그가 죽기를 기다리고 있었다. 노인이 아직 저 세상으로 떠나기 전에, 샤를은 그 후계자로서 그 맞은편에 개업하게 되었다.

그러나, 아들을 키워서 의학 공부를 시키고 개업하기 좋은 토스트를 물색해

준 것만으로는 아직 모자랐다. 아들에게 색시를 얻어 줄 필요가 있었다. 어머니는 한 여자를 골라 냈다. 디에프에 사는 집달리의 미망인으로 나이는 마흔다섯, 1200프랑의 연수입이 있는 여자였다.

용모는 추하고, 몸은 장작개비같이 마르고, 여드름이 봄나무 싹처럼 돋아난 여자였지만, 사실상 미망인 뒤뷔크 부인은 골라잡을 혼처 자리에 그리 궁색하지는 않았다. 보바리 부인은 목적을 이루기 위해, 구혼할 마음이 있는 사람들을 모조리 물리치지 않으면 안 되었다. 신부의 지원을 받은 어느 돼지고기 식당의 책동도 멋지게 막고, 그 못마땅한 점을 나무라기도 했다.

샤를은 결혼하면 지금보다 더 좋은 상태가 될 줄 알았다. 더 자유로워지고, 자기 몸도 돈도 멋대로 할 수 있겠거니 생각하고 있었다. 그러나 그렇게는 되지 않았다. 오히려 마누라 천하가 되었다. 사람들 앞에서는 이렇게 말해야 하고, 저렇게 말해선 안된다. 금요일에는 육식을 금해야 하고, 옷은 그녀의 취미에 따라야 한다. 돈을 안 내는 환자는 그녀의 명령에 따라 독촉을 해야 한다, 이런 식이었다. 그녀는 남편에게 오는 편지는 모두 뜯어 보고, 뒤를 밟아 감시하고, 여자 환자가 왔을 때에는 진찰실에서 하는 말을 칸막이 뒤에서 몰래 엿들었다.

이 마누라는 매일 아침 코코아를 마셨다. 돌봐 주어야 할 일이 끝도 없었다. 줄곧 신경이 어떠니 가슴이 어떠니 기분이 어떠니 하고 앓는 소리를 했다. 사람 발소리조차 그녀의 기분을 상하게 했다. 사람이 저리 가면 쓸쓸해서 못 견디겠다 하고, 옆에 가면 죽는 걸 보러 왔느냐고 잔소리를 했다. 밤에 샤를이 돌아오면 그녀는 말라빠진 긴 팔을 시트 아래에서 꺼내 그의 목에다 감고 그를 침대가에 앉힌 다음, 넋두리를 늘어놓았다. 나를 잊고 다른 여자를 사랑하고 있는 게 아니냐! 멀지 않아 불행해진다고 누가 그러더니 정말 그렇게 되었다고 했다. 그리고 마지막에는 건강을 위해 약용시럽 조금과 좀더 많은 사랑을 요구했다.

2

어느 날 밤 11시쯤, 두 사람은 말발굽 소리에 잠이 깼다. 말은 바로 문 앞에서 멈췄다. 하녀가 다락방 창문을 열고, 한길에 서 있는 남자와 잠깐 무언가 이야기를 주고받았다. 남자는 의사를 데리러 편지를 가지고 왔다고 했다.

나스타지는 추위에 떨면서 층계를 내려가 자물쇠를 끄르고 빗장을 하나하나 뽑았다. 남자는 말을 그냥 둔 채 하녀를 따라오더니, 그대로 성큼성큼 침실로 들어왔다. 잿빛 술이 달린 털모자 속에서 헝겊에 싼 편지 한 장을 꺼내어 공손하게 샤를에게 내밀었다. 샤를은 베개에 팔꿈치를 세우고 편지를 읽었다. 나스타지는 침대 옆에 서서 등불을 비추어 주었고, 부인은 부끄러운 듯 벽을 향해 돌아 누워 있었다.

　조그맣게 푸른 초로 봉한 이 편지는, 다리가 부러졌으니 보바리 선생이 빨리 베르토 농장에 와 달라는 내용이었다. 토스트에서 베르토까지 가려면, 롱그빌과 생빅토르를 지나 지름길로 가도 20킬로미터는 되었다. 게다가 밤이라 캄캄해서 부인은 남편에게 무슨 사고나 생기지 않을까 걱정했다. 어쨌든 심부름 온 마부를 먼저 보내기로 했다. 샤를은 달이 뜨기를 기다려 세 시간 뒤에 출발하기로 했다. 저쪽에서는 길 도중까지 소년 하나가 마중을 나와 농장으로 안내하여 울짱 문을 열어 주기로 했다.

　아침 4시쯤, 샤를은 외투를 단단히 입고 베르토를 향해 떠났다. 아직 잠에서 덜 깬 샤를은 꾸벅꾸벅 졸면서 달리는 말에 몸을 맡기고 있었다. 논두렁 옆에 가시로 덮인 구덩이 앞에서 말이 서자, 샤를은 깜짝 놀라 눈을 떴다. 다리가 부러진거라고 생각하며 머리에 스치는 갖가지 골절상의 경우를 그려 보았다. 비는 그쳐 있었다. 날이 새기 시작하고 잎이 진 사과나무 가지에 앉은 참새는 움직이지 않았으며, 차가운 아침 바람에 조그만 깃털이 일어나고 있었다. 벌판은 한없이 넓고, 지평선 끝에서 하늘과 같은 색조로 녹아 든 음침한 큰 땅에는, 농가를 둘러싼 나무들이 검은 보라색으로 점점이 흩어져 있었다.

　샤를은 때때로 눈을 떴다. 그러나 아직 정신이 흐릿하여 저절로 잠이 밀려와 곧 다시 얼핏 꿈을 꾸는 기분이 되었다. 조금 전의 감각이 추억과 하나가 되어, 자기 자신이 둘로 느껴졌다. 학생이기도 하고, 아내를 가진 사람이기도 했으며, 아까처럼 침대에 누워 있는가 하면 옛날처럼 외과 수술실 안을 돌아다니고 있었다. 의식 속에서 찜질약의 따뜻한 냄새가 아침 이슬의 산뜻한 향기에 섞여 코속에 들어오는가하면, 병원 침대의 커튼 고리가 쇠막대기 위에서 미끄러지는 소리에 섞여, 잠든 아내의 숨소리가 들려왔다! 이윽고 바송빌에 들어섰을 때, 도랑가 풀 위에 앉아 있는 소년이 보였다.

　"선생님이세요?"

소년이 물었다.

샤를의 대답을 듣기가 무섭게 그는 나막신을 벗어 들고 앞장서서 달리기 시작했다.

의사는 가는 도중 안내하는 소년의 말로, 루오라는 사람은 이 언저리에서 가장 부유한 농부라는 것을 알았다. 그는 어젯밤 이웃으로 십이일절 전야제 모임에 갔다가 돌아오는 도중 다리를 다쳤다고 했다. 부인은 2년 전에 죽고 지금은 가사를 돌보는 딸과 단둘이 살고 있다고 말했다.

속력이 완만해지며 수레 자국이 깊어졌다. 베르토에 가까이 온 것이다. 소년은 산울타리 구멍으로 미끄러지듯 들어가더니 곧 다시 마당에 나타나 문을 열어 주었다. 말이 젖은 풀에 미끄러졌다. 샤를은 나뭇가지 밑을 지날 때 몸을 구부렸다. 개집에서 개가 쇠줄을 당기며 짖어댔다. 베르토 농장에 들어선 말은 기겁을 하고 뛰어올랐다.

훌륭한 농장이었다. 열린 문 너머로 마구간에서 튼튼한 경작용 말이 새 꼴시렁에서 조용히 꼴을 먹고 있는 것이 보였다. 건물을 따라 늘어서 있는 큰 퇴비 더미에서 김이 무럭무럭 솟아오르고 있었다. 닭과 철면조에 섞여서, 코 지방의 양계장으로서는 사치스러운 공작 대여섯 마리가 모이를 쪼아먹고 있었다. 양우리는 길게 뻗어 있고, 벽이 손바닥처럼 매끈매끈한 곡물 창고가 높이 솟아 있었다. 헛간 아래층에는 큰 수레 두 대와 쟁기가 넷, 채찍과 말목걸이, 그 밖에 도구 한 벌이 놓여 있었다. 그 중 파란 양모피에는 이층 헛간과 맞닿은 천정에서 떨어진 먼지가 뽀얗게 덮여 있었다. 뜰은 경사지고, 양쪽에 똑같은 간격으로 나무가 심어져 있었으며, 거위들이 즐겁게 꽥꽥거리는 소리가 연못가에서 들려왔다.

밑단에 석 줄의 푸른 주름장식을 단 파란 메리노천 옷을 입은 여자가 보바리 씨를 맞으러 현관에 나와, 주방으로 안내했다. 부리는 사람들의 아침식사가 난로 주위에서 크고 작은 냄비마다 끓고 있었다. 벽난로 안쪽에선 젖은 옷들이 마르고 있었다. 부삽과 부집게와 풀무의 주둥아리가 모두 몹시 크고, 강철이 잘 닦여있어 번쩍거렸다. 벽을 따라 많은 부엌 기구가 늘어져 있고, 유리창 너머로 들어오는 아침 햇살에 섞여 난로의 밝은 불꽃이 저마다 그 위에서 반사하고 있었다.

샤를은 환자를 보러 이층으로 올라갔다. 환자는 침대에 누워 이불 속에서

땀을 흘리고 있었고, 나이트캡이 저만치 날아가 있었다. 오십쯤 돼 보이는 뚱뚱하고 땅딸막한 남자, 살빛이 희고 눈은 푸르고 이마는 벗겨지고 귀에는 귀걸이를 하고 있었다. 옆 의자 위에 큰 브랜디 주전자가 놓여 있었으며, 배에 힘을 준다면서 가끔 부어 마시고 있었다. 그러나 의사를 한번 보자 흥분했던 마음이 금방 가라앉아, 벌써 12시간이나 더러운 쌍소리로 떠들어대던 말투가 갑자기 힘없는 신음소리로 바뀌었다.

골절은 아무 병발증도 없이 매우 단순한 것이었다. 샤를은 이처럼 간단한 상처일 줄은 몰랐다. 그는 자기 선생님들이 부상자의 침대 옆에서 하는 식이 생각나서, 여러 가지 재미있는 말로 환자의 기운을 돋우어 주었다. 그것은 메스에 바르는 기름과 같은 것으로 외과적인 애무라고 할 수 있다. 환부에 댈 부목을 만들기 위해 차고에 널판지 다발을 가지러 갔다. 샤를은 그 가운데 하나를 골라 얇게 쪼개어 유리 조각으로 문질렀다. 그동안 하녀는 헝겊을 잘라 붕대를 만들고, 딸 엠마 양은 조그마한 받침을 만들기 시작했다. 그녀가 얼른 반진고리를 찾아오지 못하자 아버지는 신경질을 냈다. 그녀는 아무 말도 하지 않았다. 그리고 바느질을 하다가 손가락이 찔리면 입으로 가져가서 빨았다.

샤를은 그녀의 손톱이 너무나 흰 데 놀랐다. 끝이 가는 손톱은 윤이 나고, 디에프산(産) 상아 세공보다 더 곱게 다듬어져 끝이 뾰족하게 깎여 있었다. 그러나 손은 그다지 아름다운 편이 아니었다. 아주 희지도 않았고, 손마디가 다소 꺼칠꺼칠했다. 게다가 좀 지나치게 긴 편이어서 선의 부드러움이 없었다. 그녀에게서 가장 아름다운 것은 눈이었다. 눈빛은 갈색이었으나 속눈썹 때문에 검게 보였다. 그 눈이 천진하고 겁없이 사람의 눈을 똑바로 쳐다보았다.

치료가 끝나자 루오 씨는 의사에게 잠깐 뭐 좀 드시고 가라고 권했다.

샤를은 아래층 식당으로 내려갔다. 두 사람 치의 식기가 은잔을 곁들여서 작은 테이블 위에 차려져 있었다. 테이블은 침대 발치에 놓여 있었다. 침대에는 터키 무늬가 그려진 인도 사라사 발이 쳐지고, 창문을 마주 보는 높다란 떡갈나무 옷장에서는 방충제 이리스 향료에 섞인 습한 시트 냄새가 났다. 방 구석구석에 밀가루 부대가 놓여 있었다. 그것들은 돌층계 셋을 올라가는 곡물 창고에서 넘쳐 나온 것들이었다. 습기로 질산칼륨이 뿜어나와 녹색 페인트가 비늘처럼 벗겨진 벽 중앙에는, 이 방의 하나뿐인 장식인 연필로 그린 미네르바의 얼굴이 금빛 액자에 넣어져 못에 걸려 있었고, 그 밑에는 고딕체로 '사랑하는 아버님께'라고 씌어 있었다.

먼저 환자에 대한 애기가 나오고, 다음에는 날씨와 심한 추위와 밤이 되면 들판을 돌아다니는 이리 이야기가 나왔다. 루오 양은 요즘 특히 이 농장 감독을 거의 혼자 도맡아 하고 있기 때문에, 시골은 별로 재미없다고 말했다. 식당이 추워 그녀는 먹으면서 조금 떨었다. 그래서 잠자코 있을 때에는 지그시 무는 버릇이 있는 도톰한 입술이 조금 벌어졌다.

그녀의 목은 접힌 하얀 깃 위로 나와 있었다. 검은 머리칼은 가운데 가리마를 사이에 두고 양쪽으로 갈라져서 부드러운 귀밑털까지 한 덩어리로 보였으며, 옆 얼굴선을 따라 내려가다가 가운데가 약간 움푹 들어가 있었다. 귓불이 조금 나와있고 볼 근처에서 부드러운 곡선을 그린 머리칼은 뒤로 느슨히 틀어 올려져 함께 묶여 있었다. 그리고 관자놀이 위에서 파도치고 있었는데, 시골 의사인 그는 이런 머리 모양을 처음 보았다. 뺨은 장밋빛이었다. 마치 남자처럼 가슴의 단추 두 개 사이에 코안경을 끼워 놓고 있었다.

샤를이 루오 노인에게 작별 인사를 하기 위해 2층으로 올라갔다가 떠나기에 앞서 다시 식당에 들어갔을 때, 그녀는 창문에 이마를 댄 채 창 밖을 물끄러미 내다보고 있었다. 뜰에는 완두콩 받침나무막대가 바람에 쓰러져 있었다. 그녀가 돌아다보았다.

"뭘 찾으세요?"

"승마 채찍입니다."

그리고 그는 침대 위, 문 뒤, 의자 밑을 찾기 시작했다. 채찍은 밀가루 부대와 벽 사이의 바닥에 떨어져 있었다. 엠마 양이 그것을 보고 부대 위로 몸을 굽혔다. 샤를은 여성에 대한 예의로 그녀 곁으로 달려갔다. 그리고 역시 몸을 굽히고 팔을 내밀었을 때, 자기 가슴이 밑에 굽힌 처녀의 등에 닿는 것을 느꼈다. 그녀는 얼굴을 붉히고 일어나 채찍을 옆으로 내밀면서 어깨 너머로 남자를 보았다.

3일 뒤에 다시 오겠다고 약속했으나, 그는 그 이튿날 당장 베르토에 나타났다. 그리고 그로부터는 1주일에 두 번씩 꼬박꼬박 왕진했다. 어떤 때에는 깜박 잊었다는 듯 엉뚱한 때에 불쑥 찾아가기도 했다.

모든 일이 순조로웠다. 별탈 없이 46일 만에 루오 노인이 농장을 혼자서 왔다갔다하게 되자, 사람들은 모두 보바리 선생의 솜씨가 대단하다고 생각하기 시작했다. 이브토 시(市) 혹은 루앙 시의 일류 의사라도 이만은 못했을 것이라고 루오 노인이 말했다.

한편 샤를은 자기가 왜 베르토에 다니는 게 기쁜지 조금도 생각해 보지 않았다. 또 생각하더라도 아마 병이 그만큼 중했기 때문이라거나, 아니면 돈벌이가 된다는 기대 때문이라고 생각했을 것이다. 그러나 이 농가에 자주 가는 게 그의 시시한 일상생활 속에서 하나의 색다른 즐거움으로 된 것이 과연 그런 이유만이었을까? 왕진하는 날은 아침 일찍 일어나 바로 문 앞에서부터 말을 급히 달리게 했고, 서둘러 말에서 내리면 풀에 구두를 문질렀고, 안에 들어갈 때는 꼭 검은 장갑을 꼈다. 그렇게 하여 그 집 뜰에 들어갈 때 문을 어깨로 미는 느낌이 즐거웠다. 담 위에서 수탉이 울고, 하인들이 그를 맞으러 나오는 것도 기뻤다. 곡식 창고도, 마구간도, 또 나의 은인이라고 부르며 그의 손바닥을 때리듯이 잡아 주는 루오 노인도 좋았다. 깨끗이 닦은 부엌 바닥을 걸어다니는 엠마 양의 작은 나막신 소리도 즐거웠다. 나막신은 굽이 높아 그녀의 키가 꽤 커 보였다. 그녀가 그의 앞에 서서 걸어갈 때, 나막신 바닥이 뒷발질처럼 쓱 올라와 반장화 가죽에 스쳐서 메마른 소리가 났다.

그녀는 언제나 현관을 나와 첫 돌계단에 서서 그를 전송했다. 말이 아직 와 있지 않을 때는 한참 동안 가만히 서 있었다. 작별 인사는 벌써 끝났기 때문에 더 이상 할 말이 없었다. 세찬 바람이 그녀의 몸을 휘감아 목덜미의 잔털을 날리고, 허리께의 앞치마 끈이 팔락팔락 가는 깃발처럼 흔들리며 꼬일 때도 있었다. 어느 날, 눈이 녹기 시작할 때였다. 뜰에서는 나무껍질이 물방울을 떨어뜨리고, 지붕의 눈이 줄줄 녹아 내리고 있었다. 엠마는 문턱에 서 있다가, 양산을 가져와 펼쳐 들었다. 각도에 따라 색깔이 달라지는 비단 양산에 햇빛이 비쳐 들어왔다. 하얀 그녀의 얼굴에 그림자가 흔들리고, 양산 밑에서 아늑한 따사로움에 미소가 아른거렸다. 탱탱한 나무결 무늬의 양산천에 물방울이 똑똑 떨어지는 소리가 들렸다.

처음 샤를이 베르토에 다니기 시작했을 무렵의 보바리 부인은 잊지 않고 환자의 용태를 물었으며, 그녀가 적는 복식장부에 루오 씨를 위해 한 페이지를 비워 놓기까지 했다. 그러나 그에게 딸이 하나 있다는 사실을 알고 난 다음부터는 사방으로 알아보기 시작했다. 그 결과 루오 양은 위르쉴린파 수녀원에서 이른바 훌륭한 교육을 받았고, 춤과 지리와 미술을 잘 했으며, 장식용 벽걸이도 짤 줄 알고, 피아노도 칠 줄 안다는 것을 알았다. 이젠 더 내버려 둘 수 없었다!

"거기 갈 때, 그렇게 싱글벙글한 건 그 때문이었구나. 비가 오는 것도 상관 않고 새 조끼를 입고 가는 것도? 아니, 그년이!"

그녀는 본능적으로 그 여자를 증오하기 시작했다. 처음에는 빗대어 화풀이를 했으나 샤를에게는 통하지 않았다. 그 다음에는 이야기 도중에 자기가 생각해 낸 문구를 의도적으로 집어넣었으나, 남편은 마누라의 폭풍우가 두려워 들은 체 만 체했다. 결국 그녀는 단도직입적으로 들이댔는데, 이렇게 되자 샤를은 대답할 말이 없었다.―루오 씨는 벌써 다 나았고, 또 아직 지불도 다 안 끝났는데, 자꾸 베르토에 가는 이유는 무엇이죠? 흥! 거기 훌륭한 사람이 있어서 그러시죠? 말 상대도 되고, 수도 잘 놓고, 교양도 있는 그 여자가 좋아서 가는 거죠? 당신은 도회지 여자가 필요한 거죠? 그리고 다시 말을 이어, "루오의 딸이 도회지 여자라구요! 왜 이래요! 그 집 할아버지는 양치기였다구요. 그리고 사촌 한 사람은 언쟁 끝에 사람을 몹시 때려 중죄 재판을 받을 뻔한 일까지 있었구요. 주제넘게 사치나 부리고, 백작부인처럼 일요일에는 비단옷을 차려 입고 성당에 나와 봐야 아무 소용 없어요. 자기 아버지는 작년에 채소 씨앗이 안 팔렸더라면, 연체이자도 못 갚았을 거라구요!"

귀찮아진 샤를은 베르토에 가는 것을 그만두었다. 엘로이즈는 애정을 폭발시켜 정신 없이 흐느끼고 키스를 퍼부은 다음, 다시는 가지 않겠다고 기도서에 손을 얹고 맹세하게 했다. 샤를은 하자는 대로 했다.

그러나 대담한 욕망은 행동의 무기력에 반항했다. 이렇게 그 처녀와 못 만나게 하는 것은 자기에게 안타까운 사랑을 할 권리를 준거나 같다고, 일종의 순진한 위선으로 그는 생각했다. 게다가 과부였던 마누라는 빼빼 말랐고, 뻐드렁니에, 일 년 내내 조그만 검은 목도리를 두르고, 그 끝은 항상 두 어깨뼈 사이에 늘어져 있었다. 딱딱한 몸뚱이는 칼집에 꽂은 것 같이 옷에 끼여있었고, 그 옷이 또 너무 짧아서 큰 구두에 단 리본이 쥐색 양말 위에서 교차되어 있는 것이 복사뼈와 함께 드러나 보였다.

샤를의 어머니는 때때로 그들이 사는 곳에 왔으나, 이삼 일만 지나면 며느리의 칼날이 시어머니의 칼날을 날카롭게 가는 것처럼 느껴졌다. 그러면 시어머니와 며느리 두 사람은 마치 두 개의 칼날처럼 쉴새없이 샤를을 난도질했다.

그렇게 먹지 마라! 왜 아무 손님한테나 술을 사느냐? 플란넬 옷을 입지 않는데, 그건 무슨 고집이냐!

그런데 이른 봄, 뒤뷔크 미망인의 재산을 관리하는 엥구빌의 공증인이 어느 맑게 갠 날 위탁금 전부를 가지고 도망쳐 버렸다. 엘로이즈는 6천 프랑의 선박주식 말고도 아직도 생프랑수아 거리에 집을 한 채 가지고는 있었다. 그런데 결혼 전에 그토록 떠들어대던 이 재산들 가운데 집에 들여온 것은 불과 몇 벌 안 되는 옷과 가구류뿐이었다. 사태를 분명히 하지 않으면 안 되었다. 디에프에 있는 집은 벌써 뼈대까지 담보의 벌레가 먹고 있다는 것을 이제야 알았다. 그녀가 공증인에게 얼마를 맡겼는지는 전혀 알 수 없었고, 선박주식도 3천 프랑이 넘지 않았다. 그렇다면 이 여자는 거짓말을 해온 것이었다! 화가 치밀어 의자를 돌바닥에 메쳐 버린 아버지 보바리 씨는, 달고 있는 마구가 털가죽만도 못한 그런 말라빠진 말에게 소중한 아들이 얽매이게 하여 불행하게 만든 것은 너라고 하며 자기 아내를 무섭게 나무랐다. 그리고 그들은 같이 토스트로 갔다. 해명이 오가고, 한바탕 싸움이 벌어졌다. 엘로이즈는 눈물을 흘리면서 남편의 무릎에 매달려 부모님께 잘 말해 달라고 애원했다. 샤를이 아내를 위해 한마디 하려고 했다. 양친은 화가 나서 돌아가 버렸다.

그러나 타격은 컸다. 1주일이 지난 어느 날, 그녀는 뜰에서 빨래를 널다가 갑자기 피를 토했다. 그리고 다음날 샤를이 커튼을 치려고 돌아서 있을 때, 그녀는 "아, 어떻게 한담!" 하고 한숨을 쉬고 정신을 잃었다. 보니 죽어 있었다! 이 얼마나 이상한 일인가! 묘지에서 모든 의식이 끝나고, 샤를은 집에 돌아왔다. 아래층에는 아무도 없었다. 2층에 올라갔다. 거실에 들어가서 아내 옷이 아직 침대 발치의 벽에 걸려 있는 것을 보았다. 그는 책상에 기대어 어두워질 때까지 괴로운 생각에 잠겼다. 어쨌거나 아내는 그를 사랑하고 있었다.

3

어느 날 아침, 루오 노인이 고친 다리의 치료비를 가지고 왔다. 40수, 화폐로 75프랑, 게다가 칠면조 한 마리가 곁들여 있었다. 그는 샤를의 불행을 알고 있었기 때문에 진심으로 그를 위로했다. 그리고 어깨를 두드리며 말했다.

"나도 그 기분은 잘 압니다! 선생과 똑같은 처지였으니까요! 집사람을 잃었을 때는, 혼자 있고 싶어서 곧잘 들로 뛰어나갔습니다. 나무 밑에 엎드려 실컷 울었죠. 하느님을 부르고, 무엄한 넋두리를 늘어놓았습니다. 그리고 차라리 나뭇가지에 걸려 있는 두더지나 되었으면 하고 생각했습니다. 배 속에 벌레들이 우글거리고, 마침내 창자가 터지고만 그 두더지 말입니다. 다른 놈들은 지금쯤 귀여운 마누라를 꼭 껴안고 있을 걸 생각하니, 복통이 터져서 나뭇가지로 땅바닥을 꽝꽝 치고는 했습니다. 꼭 미친 사람처럼 되어, 먹을 것도 목에 넘어 가지 않습니다. 술집에 간다는 것은 생각만 해도 속이 메스꺼웠습니다, 곧이 안 들리시겠지만. 그런데 말입니다, 차차 세월이 가서 겨울이 지나고 봄이 오고 여름이 가고 가을이 오니까, 조금씩 조금씩 잊어버리게 되더군요. 아주 가 버렸어요. 아래로 쑥 내려가 버렸다는 말이 옳을까요. 뭔가 가슴 밑바닥에 언제까지나 남아 있는 것이 있거든요…… 뭐라고 할까, 묵직한 것이, 이 마음속에 말입니다! 하지만 이게 인간 모두의 운명이지요. 그것 때문에 약해져선 안 됩니다. 다른 사람이 죽었다고 나도 죽어야지, 그래서야 됩니까—용기를 내세요, 보바리 선생. 곧, 다 지나가고 맙니다! 저희 집에 놀러 좀 오십시오. 딸년이 곧잘 선생님 얘기를 합니다. 선생님은 나 같은 건 벌써 잊으셨나봐, 하고 말입니다. 이제 얼마 안 있으면 봄입니다. 기분도 풀 겸 들에 나가서 토끼 사냥이라도 하십시오, 안내하지요."

샤를은 노인의 충고에 따랐다. 다시 베르토에 가 보니 모든 것이 다섯 달 전 그대로였다. 배나무에는 벌써 꽃이 피고, 루오 노인은 이제 일어나서 정정하게 일을 하고, 그것이 농장에 활기를 주었다.

슬픔에 잠긴 의사에게 될 수 있는 대로 아낌없이 예의를 베푸는 것이 자기의 의무라고 생각한 노인은, 모자를 벗지 말라고 굳이 간청하다시피 하고, 마치 병자에게라도 하듯 작은 소리로 속삭이기도 하고, 이보다 좀더 가벼운 음식—이를테면 작은 항아리에 든 크림이라든가, 배로 만든 스튜요리 같은 음식—을 특별히 장만하지 않았다고 화를 내는 시늉까지 해보였다. 그리고 좌석의 흥을 돋우기 위해 여러 가지 재미있는 이야기를 들려주었다. 샤를도 따라서 웃음을 터뜨렸다. 그러나 죽은 아내에 대한 생각이 문득 떠오르자 얼굴은 다시 우울해졌다. 커피가 나왔을 때, 그는 더이상 아내를 생각하지 않았다.

홀아비 생활에 익숙해짐에 따라 점점 더 죽은 아내를 생각하지 않게 되었다. 아무 구속도 받지 않는 이상한 즐거움이 고독을 한층 견디기 쉽게 했다. 이제는 식사 시간도 마음대로 바꿀 수 있었고, 구실을 붙이지 않고 드나들 수도 있었으며, 피로할 때는 침대 하나 가득 팔다리를 뻗고 큰대자로 뒹굴 수도 있었다. 그래서 그는 자기를 달래고, 스스로 응석을 받아 주고, 남이 베풀어 주는 위로의 말도 그대로 받아들였다.

또 아내의 죽음은 직업상에 아무런 지장도 주지 않았다. 오히려 사람들은 한 달 동안이나 "참 운도 없지, 젊으신데 안됐어!" 하고 되풀이했기 때문이다. 그의 이름이 널리 알려져 환자가 늘어났다. 게다가 이젠 아무 염려없이 베르토에 다닐 수 있었다. 그는 확실한 목적 없는 희망, 막연한 행복을 느끼고 있었다. 그는 거울 앞에서 구레나룻을 손질하면서, 자기가 보아도 좀 남자다워진 듯한 기분이 들었다.

어느 날 3시쯤, 베르토를 방문했다. 모두 밭에 나가고 없었다. 그는 부엌으로 들어갔는데, 처음엔 엠마가 있는 것을 알지 못했다. 덧문이 모두 닫혀 있었다. 판자 틈으로 햇빛이 들어와 돌바닥 위에 가느다란 선을 그리고, 그 빛이 가구 모서리에 부딪쳐서 부서지고 천장에서 흔들리고 있었다. 식탁 위에서는 파리들이 마시고 난 유리잔을 따라 기어올라 가기도 하고, 바닥에 남은 사과주에 빠져 붕붕거리고 있었다. 굴뚝을 타고 내려온 일광은 난로의 열반사판 위에 낀 그을음을 검은 우단처럼 부드럽게 보이게 하고, 식은 재를 파르스름하게 비추고 있었다. 엠마는 창문과 벽난로 사이에 앉아 바느질을 하고 있었다. 숄을 하지 않고 있었기 때문에 드러난 어깨에 맺힌 작은 땀방울들이 보였다.

그녀는 시골 식으로 마실 것을 권했다. 그는 사양하고, 그녀는 자꾸 마시라고 하고. 그러다가 웃으면서 그러면 함께 리큐르를 한 잔 마시자고 했다. 그녀는 찬장에서 퀴라소주 병과 작은 잔 두 개를 꺼내와, 하나에는 살짝 붓는 척만 하여 잔을 찰캉 부딪친 다음 입으로 가져갔다. 거의 빈 거나 다름없는 잔을 그녀는 고개를 젖히고 마셨다. 머리를 한껏 뒤로 젖히고 입술을 내민 다음 목을 길게 뽑았지만, 아무것도 입에 닿는 게 없어 그녀는 웃었다. 그리고 아쉬운 표시로 잘고 가지런한 이빨 사이로 혀끝을 내밀어 유리잔 밑을 핥았다.

엠마는 다시 자리에 앉아 일을 시작했다.

흰 목양말을 깁고 있었다. 이마를 숙이고 열심히 일을 계속했다. 그녀는 아무 말도 하지 않고, 샤를도 묵묵히 앉아 있었다. 문 밑으로 바람이 스며들어와 벽돌 바닥 위에 가볍게 먼지를 일으켰다. 샤를의 눈은 그 먼지의 움직임을 쫓고 있었다. 그의 귀에는 머릿속에서 쾅쾅거리는 소리와 멀리 마당에서 알을 낳는 암탉의 울음소리만 들릴 뿐이었다. 엠마는 가끔 두 손바닥으로 볼을 식히고, 이어 그 손바닥을 큰 장작 시렁의 쇠손잡이에 대고 식혔다.

금년에는 이 계절이 시작되고부터 현기증이 난다고 그녀는 말했다. 그리고 해수욕은 몸에 좋은 것이냐고 물었다. 그녀는 수도원 이야기를, 샤를은 중학교 때 이야기를 시작했다. 점점 이야기가 많아졌다. 두 사람은 엠마의 방으로 올라갔다. 그녀는 전에 쓰던 악보며, 상으로 받은 조그만 책, 옷장 밑에 처박아 두었던 떡갈나뭇잎 관(冠) 같은 것을 보여 주었다.

그리고 또 어머니와 묘지에 대한 이야기도 했다. 뜰의 꽃밭을 손가락으로 가리키며, 매달 첫 금요일에는 저기 있는 꽃을 꺾어 가지고 묘지로 간다고 일러 주었다. 하지만 집의 정원사는 별로 신통치 않은데다 솜씨가 없어 아무 도움도 되지 않아요! 적어도 겨울 동안만이라도 시내에 나가 살고 싶어요, 하긴 여름엔 날씨 좋은 날이 오래 계속되어서 더 시골 생활이 지루하기는 하지만요, 하고 말했다. 말하는 내용에 따라 그녀의 목소리는 명랑해지기도 하고, 날카로워지기도 했으며, 그런가 하면 갑자기 황홀해진 듯이 노래라도 부르는 것처럼 억양이 길게 이어지고, 그러다가 혼잣말을 할 때는 거의 속삭임으로 변했다—어떤 때는 순진한 눈을 들어 즐거워하는가 하면, 또 어떤 때는 눈을 반쯤 감고 권태에 젖은 눈매로 부질없는 생각에 잠기는 것이었다.

저녁때 집으로 돌아오는 길에 샤를은 그녀가 한 말을 하나하나 되새겨 보았다. 그 말을 회상하고, 의미가 부족한 것은 보충하면서, 자기를 알기 전에 그녀의 생활을 마음속에 그려 보려고 했다. 그러나 처음 만났을 때의 엠마의 모습과 방금 헤어진 그녀의 모습밖에는 아무것도 떠오르지 않았다. 그리고 그는 마음속으로 자기에게 물었다. 앞으로 그녀는 어떻게 될까? 결혼할까? 결혼한다면 누구와? 아아! 루오 씨는 대단한 부자인 것 같고, 게다가 그 여자는 저렇게 아름답다! 샤를의 눈에 엠마의 얼굴이 끊임없이 떠오르고, 팽이의 윙윙 소리 같은 단조로운 울림이 귀에 울렸다.

"의사 선생님은 아내를 원해. 그렇고말고, 의사 선생님은 아내를 원해!"

그날 밤 그는 잠을 이루지 못했다. 목이 졸리고, 자꾸만 갈증이 났다. 그는 주전자의 물을 마시고, 창문을 열었다. 하늘에는 별이 가득했다. 따뜻한 바람이 불고, 멀리서 개짖는 소리가 들렸다. 그는 베르토 쪽을 바라보았다.

어쨌든 밑질 것은 없다고 생각한 샤를은 기회가 있으면 청혼해 보리라 결심했다. 그러나 기회가 올 때마다 적당한 말을 할 수 있을지 걱정이 되어 입술을 다물어 버리는 것이었다.

루오 노인의 입장으로서는 딸을 치울 기회가 생긴다면 찡그릴 이유가 없었다. 딸은 집에 있어도 별로 도움이 되지 않았다. 노인은 딸이 농사일을 시키기에는 너무 수준이 높다고 생각하여 관대히 보아 주고 있었다. 농사는 하늘의 저주를 받은 직업이라고 그는 생각했다. 그 증거로 백만장자가 된 농민은 한 사람도 없다. 노인은 농사로 재산을 늘리기는커녕 해마다 손해만 보아왔다. 그는 시장에서의 거래에 능란하고 장사에는 빈틈없었으나, 정작 진짜 농사일은 농장에서의 감독을 포함하여 누구보다도 능숙하지 못했다.

손을 주머니에서 꺼내기 싫어하고, 맛있는 음식을 먹고, 따뜻한 것, 기분좋게 자는 것을 좋아했기 때문에 자기의 생활에 관계되는 돈이면 조금도 아끼지 않았다. 도수 높은 사과주, 슬쩍 구운 양의 다리고기, 잘 섞은 브랜디 커피를 좋아했다. 연극에서 하는 식으로 요리를 늘어놓은 작은 테이블을 밀고 오게 하여 부엌 난로 앞에서 혼자 식사했다.

루오 노인은 샤를의 뺨이 딸 옆에 가기만 하면 붉어지는 것을 보고, 가까운 날에 결혼을 신청할 것이 틀림없다고 간주했다. 그래서 미리 모든 일을 빈틈없이 생각해 보았다. 확실히 믿음직스러운 사람으로는 여겨지지 않았고, 이상적인 사윗감이라고도 할 수 없었다. 그러나 소문으로는 품행이 단정하고, 절약가인데다, 교육도 많이 받았다고 하며, 지참금 때문에 시끄럽게 굴 것 같지도 않았다. 게다가 루오 노인은 그의 재산 가운데 곧 22에이커를 팔지 않으면 안 될 형편이고, 석수장이에게는 잔뜩 빚을 지고 있었으며, 마구상에도 적지 않은 빚이 있었다. 게다가 또 포도 압착기의 굴레도 바꾸어야 하기 때문에 그는 스스로에게 말했다.

"딸을 달라면 주자."

생미셸 축제일 때 샤를은 베르토에서 사흘 동안 묵었다. 마지막 날도 앞의 이틀과 마찬가지로 우물쭈물 15분만 또 15분만 하며 미루는 동안에 지나가 버렸다. 노인은 그를 전송하러 나왔다. 우묵한 길을 걸어나와 거의 헤어질 때가 되었다. 지금이다! 샤를은 산울타리가 꾸부러진 곳에 가면 말하리라 결심했다. 그러나 그곳도 지나 버렸을 때에야 그는 중얼거렸다.

"루오 씨, 잠깐 드릴 말씀이 있는데요."

두 사람은 걸음을 멈추었다. 샤를은 그만 입을 다물어 버렸다.

"머릿속 말을 꺼내봐요! 내가 아무것도 모르는 줄 아십니까!"

노인은 빙그레 웃으며 말했다.

"루오 씨……. 루오 씨……."

샤를은 더듬거렸다.

"나로선 분에 넘칩니다. 그 아이도 물론 나와 똑같은 생각이겠지만, 그래도 한번 물어봐야죠. 어쨌든 잠시 머물러 있어요. 나는 집으로 돌아갈 테니까요. 좋다는 대답이면, 내 말대로 하세요, 오늘은 집에 오시지 않는 게 좋습니다. 다른 사람들도 있고 그리고 그밖에도, 아무튼 그애가 힘겨워할 겁니다. 하지만 궁금하실 테니까 딸이 좋다고 하면 내가 창문 덧문을 벽에다 붙일 정도로 활짝 열어 놓지요. 산울타리 너머로 보면 집 뒤쪽으로 그게 보일 겁니다."

그리고 노인은 멀어졌다.

샤를은 말을 나무에 매었다. 오솔길로 달려가서 기다렸다. 반 시간이 지났다. 그는 자기 시계를 들여다보며 다시 19분을 더 세었다. 갑자기 벽에 뭔가 쾅 하고 부딪치는 소리가 났다. 덧문이 열려 있고, 아직도 쇠고리가 흔들거리고 있었다.

이튿날 9시, 그는 벌써 농장에 와 있었다.

그가 들어가니 엠마는 태연한 체하려고 약간 웃는 듯했지만 역시 얼굴을 붉혔다. 루오 노인은 앞으로의 사위를 안고 키스했다. 금전상의 여러 가지 결정은 뒤로 미루기로 했다. 어차피 체면상 결혼식은 샤를이 상을 벗은 다음, 즉 내년 봄까지는 올릴 수 없으니까 서두를 필요는 없었다.

기다리는 동안에 겨울이 지나갔다. 루오 양은 시집갈 준비에 바빴다. 일부는 루앙에 주문하고 속옷이랑 나이트캡은 빌려온 유행 디자인을 보고 그녀가 직접 만들었다. 샤를이 농장에 찾아오면 노인과 그는 혼례 준비 의논이며 만찬은 어느 방에서 할까, 그런 이야기를 했다. 음식은 얼마나 차리고, 수프 다음에는 무슨 요리를 낼까 하는 것까지 생각했다.

엠마는 차라리 한밤중에 횃불을 켜고 결혼식을 올리기를 바랐다. 노인은 그런 생각을 이해하지 못했다. 그래서 결국 43명의 손님이 와서 열여섯 시간 내내 식탁에 붙어 앉아 있고, 그다음 날도 또 그다음 날도 그것이 되풀이되는 혼례가 되었다.

4

손님들은 아침 일찍부터 마차를 타고 몰려 왔다. 한 필이 끄는 포장마차, 의자 달린 이륜마차, 포장 없는 구식 마차, 가죽 커튼이 달린 유람마차 등 가지각색이었다. 가까운 동네에 사는 젊은이들은 짐마차를 타고 왔다. 덜컹거리며 달리기 때문에 떨어지지 않으려고 횡목을 붙잡고 한 줄로 늘어서 있었다. 고데르빌, 노르망빌, 카니같이 40킬로미터나 떨어진 곳에서 오는 사람들도 있었다. 양쪽 친척들은 모조리 초대되었고, 사이가 좋지 않던 친구들은 이 기회에 화해하고, 오랫동안 만나지 못한 친지들한테도 편지가 갔다.

이따금 산울타리 밖에서 말채찍 소리가 들리고는 곧 문이 열리면서 마차가 들어왔다. 마차는 현관 돌층계 밑까지 단숨에 달려와 뚝 멈추어 서서 손님을 토해 냈다. 그들은 모두 무릎을 문지르거나 기지개를 켜면서 마차의 앞 뒤 양옆에서 뛰어내렸다. 부인들은 모자를 쓰고, 도시에서 유행하는 옷을 입고, 금시계 줄을 늘어뜨리고, 케이프 자락을 엇바꾸어 허리띠에 꽂거나 또는 조그마한 색목도리를 뒷목덜미가 나오게 등에서 핀으로 찌르고 있었다.

아버지와 같은 옷을 새로 해입은 사내아이들은 옷이 무척 거북해 보였다(이 날 처음으로 장화를 신은 아이도 적지 않았다). 그들 곁에는 열대여섯 나는 계집아이들이 이날을 위해 첫 영성체 미사 때 입었던 흰 옷의 길이를 늘여서 입고 있었다. 남자아이의 사촌누이거나 아니면 친누이이리라. 상기된 얼굴로 멍하니 서서, 머리엔 번쩍번쩍하게 장미 향료 기름을 바르고 장갑을 더럽힐까봐 몹시 걱정하는 것 같았다. 타고 온 마차에서 말을 떼는데 마부들의 손이 모자라 남자 손님들이 소매를 걷어붙이고 손수 했다. 제각기 사회적인 신분에 맞춘 듯 연미복, 프록코트, 양복 웃도리, 모닝코트 같은 것을 입고 있었다—연미복은 온 집안의 존경을 받으며 의식 때 말고는 옷장에서 나오는 일이 없는 자랑스런 옷이었다. 프록코트는 깃이 둥글고 긴 옷단이 바람에 펄럭이고 자루 같은 주머니가 달렸다. 두툼한 나사웃옷은 모자를 갖추어 쓰게 마련인데, 이 모자는 상단에 둥근 구리테가 둘려져 있었다. 모닝코트는 허리 앞자락을 비스듬히 잘라 낸 것으로 등에는 두 개의 단추가 눈처럼 가까이 붙어 있고, 옷 뒷자락은 마치 목수가 판재를 도끼로 뚝 잘라 낸 것 같이 빳빳이 뻗쳐 있었다.

그들 가운데에는 또(이런 사람들은 분명 맨 끝자리에서 식사할 게 틀림없지만) 나들이용 웃옷을 입은 사람도 있었는데, 그 옷은 깃이 어깨 위에 접히고, 등에는 작은 주름들이 잡혔으며, 허리 훨씬 아래쪽에는 페맨 띠가 달려 있었다.

그리고 와이셔츠는 모두 가슴 위가 갑옷처럼 부풀어 있었다. 새로 이발한 머리에서 귀가 툭 튀어나온 듯이 보였다. 수염도 아주 정성들여 밀고 왔다. 어떤 사람은 해가 뜨기 전부터 일어나 앉아 얼굴도 잘 보이지 않는데서 치장을 했는지 코밑에 대각선 상처가 나있었다. 3프랑짜리 은화만한 크기로 살가죽을 벗긴 사람도 그것이 도중에 바람을 맞아 화끈해져서, 기쁨에 찬 그들의 희고 큰 얼굴에 군데군데 장밋빛 반점을 이루고 있었다.

시청은 농장에서 2킬로미터밖에 떨어져 있지 않기 때문에 모두 걸어갔다가, 성당에서 식이 끝나자 다시 걸어왔다. 행렬은 처음 푸른 밀밭 사이로 난 오솔길을 따라 마치 기다란 리본처럼 들판 사이를 누비고 지나갔으나, 조금 있으니 몇 무더기로 끊겨 서로들 얘기하며 가느라고 걸음이 느려졌다. 악사가 끝에 리본을 단 바이올린을 들고 앞장 서서 갔다. 그 다음에 신랑 신부, 친척과 친구들은 제멋대로 그뒤를 따라가고, 맨 뒤에서 아이들이 몰래 귀리 이삭을 쥐어 뜯거나 장난을 치며 걸어갔다.

엠마의 옷은 너무 길어서 단이 약간 땅에 끌렸다. 그녀는 가끔 멈춰 서서 옷자락을 끌어올렸다. 그리고 장갑 낀 손끝으로 옷에 붙은 풀이며 엉겅퀴의 작은 가시를 살짝 뜯어냈다. 그 동안 샤를은 무료하게 기다리고 있었다. 루오 노인은 새 실크 모자를 쓰고, 손끝까지 가리는 긴 연미복을 입었으며, 나이든 보바리 부인에게 팔을 슬쩍 올려놓았다. 아버지 보바리 씨로 말하자면 이 모든 사람들을 경멸하면서 다만 간소하게 군대식 단추가 한줄로 달린 프록코트를 입고 왔으며, 금발의 한 젊은 시골 여자에게 술집 취미의 찬사를 늘어놓았다. 여자는 인사를 하고 얼굴이 빨개져서 변변히 말대답도 못했다. 다른 손님들은 장사 얘기를 한다든지, 서로 엉큼한 속임수로 장난을 치며 벌써부터 흥겨워하고 있었다.

귀를 기울이니, 벌판을 걸어가며 계속 켜대는 악사의 바이올린 소리가 아득히 들려왔다. 사람들이 너무 처진 것을 깨닫고 악사는 멈춰 서서 한숨 돌리며 줄이 잘 울리도록 한참 송진을 먹인 다음, 몸으로 박자를 맞추기 위해 바이올린 통을 올렸다내렸다하며 갔다. 멀리서부터 벌써 악기 소리에 놀라 새들이 날아갔다.

식탁은 짐수레 헛간에 준비돼 있었다. 식탁에는 소 등심고기가 네 통, 닭고기 무침 여섯 쟁반, 송아지 찌개, 양 다리고기 세 통, 그리고 한가운데에는 맛있게 구운 통돼지 한 마리가 놓여 있고, 수영초(草)를 곁들인 소시지가 네 가닥으로 장식되어 있었다. 식탁 귀퉁이에는 유리통에 넣은 브랜디가 마련되었다. 병에 담은 달콤한 사과주가 병마개 언저리로 거품을 뿜어 내고 잔마다 벌써 포도주가 가득가득 담겨 있었다. 노란 크림을 쌓아 올린 큰 접시들은 식탁이 조금만 움직여도 흔들거리고, 그 접시들의 평평한 면에는 신랑 신부 이름의 머리글자가, 설탕 알갱이들이 묻은 아몬드콩들이 이룬 아라베스크 무늬로 새겨져 있었다.

페스트리와 누가 과자를 만들기 위해 일부러 이브토에서 과자 기술자를 데리고 왔다. 그는 이 지방엔 처음이기 때문에 성심껏 일했다. 디저트로는 자기가 직접 축하 케잌을 날라와 모두를 깜짝 놀라게 했다. 맨 밑층은 네모난 푸른 마분지로 된 신전의 전랑과 복도의 회랑들이 빙둘러 있고 또 그 주위에 둘러진 작은 벽에는 금종이 별들이 뿌려져 있었다. 이어 둘째 단에는 사보이 과자로 된 조그마한 성탑이 안젤리카 줄기, 편도, 건포도, 오렌지 쪽 등으로 만든 성벽으로 둘러쳐져 있었다. 끝으로 맨 위 지붕은 초록 들판으로, 거기에 잼 바위와 호수가 있었으며, 그 잼 호수 위에 개암 껍질 배가 떠 있었다. 큐피드가 초콜릿 그네를 타고 있는 것이 보이고, 그네의 두 기둥 끝에는 가짜 그네매듭 대신 진짜 장미 봉오리가 꽂혀 있었다.

그들은 밤이 될 때까지 먹었다. 앉아 있기에 지치면 뜰에 나가 거닐기도 하고, 헛간에서 코르크 병마개놀이를 하다가 다시 식당에 돌아왔다. 나중에는 앉아서 꾸벅꾸벅 졸고 코를 고는 사람도 있었다. 그러나 커피가 나오자 다시 흥들이 나서 노래를 부르기도 하고, 팔씨름을 하기도 하고, 무거운 추를 들어 올리기도 하고, 엄지손가락으로 장난도 치고, 짐마차를 어깨로 들어올리기도 하고, 또 상스러운 농담도 하고, 여자들을 덥석 껴안기도 했다.

이윽고 돌아갈 때가 되자, 귀리로 배가 불룩해진 말들은 수레채 사이에 들어가기도 힘들었다. 견디다 못한 말들은 뒷발질을 하고, 땅을 차며 일어섰다. 마구가 부서지고, 주인은 고래고래 소리지르다가 또 웃기도 했다. 이리하여 한밤내 달빛이 휘황한 이 언저리 길 여기저기에서는 빨리 달리다 시궁창에 빠지고, 쌓아 논 자갈을 뛰어넘고, 방천 비탈에 매달리다시피 하여 달리는 마차가 몇 대나 있었고, 그때마다 말고삐를 잡으려고 마차 문 밖으로 몸을 내미는 여자들

이 법석을 떨었다.

베르토에 남은 사람들은 부엌에서 밤새도록 마셨다. 아이들은 의자 밑에서 잠이 들었다.

신부는 결혼식 때의 관습인 여러 가지 장난을 못 하게 해달라고 아버지에게 단단히 부탁해 놓았다. 그런데 친척인 생선장수(그는 결혼 선물로 넙치를 2마리 가지고 왔다)가 입에 물을 머금어 열쇠 구멍으로 뿜어 넣기 시작했다. 그때 마침 루오 노인이 와서, 사위는 지체 높은 사람이니까 그런 무례한 짓을 해서는 안된다고 말렸다. 그러나 그 남자는 좀처럼 이해하지 못하고 마음속으로 루오 노인이 빼긴다고 아니꼽게 생각하면서 손님 대여섯이 몰려 있는 구석 자리로 갔다. 이들도 역시 식탁에서 공교롭게도 몇 번이나 질긴 고기만 먹게 되어 냉대받았다고 생각하고 있었기 때문에 이 집 영감의 흥을 보면서, 망해 버렸으면 하고 남몰래 바라는 것이었다.

어머니 보바리 부인은 종일 입을 꾹 다물고 있었다. 그녀는 신부의 화장에 대해서나 잔치 순서에 대해서 한마디도 의논받지 못했다. 그녀는 일찌감치 물러가서 잠들어 버렸다. 남편은 그녀의 뒤를 따라 들어가지 않고, 생빅토르까지 여송연을 사러 보내 밤새도록 그것을 피우면서 앵두주를 섞은 럼주를 마셨다. 이 마을 사람들은 이런 혼합주는 알지도 못했기 때문에 늙은 보바리 씨는 한층 경의를 표해야 될 사람으로 보였다.

샤를은 농담에는 재주가 없어서 피로연에서도 별로 두드러지지 않았다. 뻑뻑한 수프가 나올 때부터 사람들이 던진 농담이며, 신소리며 야유며 외설스러운 놀림에도 지극히 얼빠진 대답만 했다.

그런데 이튿날이 되니 지금까지와는 딴 사람이 된 것 같았다. 어제까지 처녀였던 것은 오히려 샤를이고, 신부는 누구에게든 아무 내색도 하지 않았다. 짓궂은 녀석들 조차도 어떻게 말을 건네야 할지 몰랐으며, 그녀가 옆을 지나가면 진지하게 그리고 신기한 듯 살펴보았다. 그러나 샤를은 노골적인 태도로 그녀를 마누라라 부르고, 여보라고 하면서 그녀가 보이지 않으면 모두에게 물어 이곳 저곳 찾아다녔다. 그리고 가끔 그녀를 마당으로 데리고 나갔다. 멀리서 보니 그가 아내의 허리를 안고 그녀의 몸에 자기 몸을 반 기대다시피 하면서, 아내의 웃옷 깃장식에 머리를 묻고 나무 사이를 언제까지나 걸어다녔다. 결혼식 이틀 뒤 부부는 농장을 떠났다. 샤를은 환자가 있어서 그 이상 집을 비워 둘

수가 없었다. 루오 노인은 마차로 두 사람을 보내고, 자기도 바송빌까지 따라 갔다. 거기서 딸에게 작별 키스를 하고 마차에서 내려 되돌아갔다. 백 걸음쯤 가다가 노인은 멈춰섰다. 마차가 점점 멀어지고, 바퀴가 먼지 속에서 빙빙 도는 것을 보고는 후우 한숨을 쉬었다.

그리고 자기가 결혼했을 때의 일, 젊었을 때의 일, 아내가 처음으로 임신했을 때의 일을 생각했다. 신부를 처음으로 친정에서 데려오던 날, 아내를 말 뒤에 태우고 눈 위를 달렸을 때 그도 즐거웠었다. 그때는 마침 크리스마스 때여서 들판이 온통 새하얬었다. 아내는 한 쪽 팔로 그에게 매달리고 한쪽 팔로는 바구니를 끼고 있었다. 코 지방 특유의 부인모자에 달린 긴 레이스 리본이 바람에 날려 때때로 그의 입에 부딪쳤다. 그가 고개를 돌리면 어깨 바로 뒤에 아내의 조그마한 장밋빛 얼굴이 있었다. 그것은 모자의 금고리 밑에서 조용히 웃고 있었다. 손가락이 시려우면 그녀는 가끔 그의 가슴에 손을 넣었다. 모두 아득한 옛날 일이었다! 그때 낳은 아들이 죽지 않았으면 지금 서른 살이다!

루오 노인은 돌아보았다. 길에는 아무것도 보이지 않았다. 그는 빈 집처럼 쓸쓸한 기분을 느꼈다. 큰 잔치의 술 기운으로 멍해진 머리에 우울한 생각이 그리운 추억과 뒤섞였다. 문득 성당 쪽으로 돌아가 보고 싶은 충동을 느꼈다. 그러나 성당을 보면 더 슬퍼질 것 같아 곧장 집으로 향했다.

샤를 부부는 6시쯤 토스트에 도착했다. 이웃 사람들이 단골 의사의 새색시를 보려고 창가에 몰렸다.

나이 먹은 하녀가 나와서 인사하고 저녁 식사가 아직 준비 안 되었다고 사과하면서, 기다리는 동안 아씨는 집안을 한번 돌아보라고 권했다.

5

벽돌로 된 건물 전면은 도로라기보다는 국도에 면해 있었다. 현관문 뒤쪽에는 작은 깃이 달린 외투, 말고삐, 테 없는 까만 가죽 모자가 걸려 있고, 마루 한쪽 구석에는 마른 흙이 묻은 가죽 각반이 놓여 있었다.

오른쪽에는 넓은 방, 곧 식당 겸 거실로 쓰는 방이 있었다. 위쪽이 연한 꽃무늬로 되어 있는 적황색 벽지는 잘 붙지 않은 초배천과 함께 일어나 너울거리고 있었다. 빨간 테를 두른 하얀 사라사 커튼이 창문에 겹쳐서 걸려 있고, 벽난로의 좁은 선반에는 의학의 시조 히포크라테스의 머리상이 붙은 시계가 달걀 모양의 등피를 쓴 두 개의 은촛대 사이에서 빛을 내뿜고 있었다.

복도 반대편에 샤를의 진찰실이 있었다. 폭이 여섯 걸음쯤 되는 자그마한 방으로, 탁자 하나, 의자 셋, 사무용 안락의자 하나가 놓여 있었다. 《의학 사전》 전질이 전나무로 된 여섯 단짜리 책장을 거의 가득 메우고 있었다. 가장자리 제본이 되지 않은 채, 가철(假綴)로 여기저기 책방을 돌아다니는 동안에 거의 해져 있었다. 이 진찰실에서 환자가 기침을 하고 병에 대한 애기를 늘어놓는 소리가 부엌에서 다 들렸으며, 그와 마찬가지로 부엌에서 밀가루와 버터 볶는 냄새가 벽을 통해 진찰실에까지 풍겨왔다.

다음에는 마구간이 있는 안뜰로 통하는 헐어 빠진 커다란 방이 있었다. 이 방에는 빵 굽는 화덕까지 있었으나 지금은 장작광으로도 쓰이고 술창고나 헛간으로도 쓰여서, 고철, 빈 나무통, 쓰지 않은 농구, 그 밖에 쓰임새가 분명치 않은 먼지투성이 물건들로 가득 차 있었다.

뜰은 너비보다 속이 깊었으며, 살구나무에 덮인 흙벽 사이에 끼어서 저쪽 엉겅퀴 산울타리까지 뻗어 나갔고 그 바깥쪽은 밭이었다. 뜰 한가운데는 슬레이트로 만든 해시계가 돌받침 위에 놓여 있었다. 초라한 들장미를 심은 네 개의 꽃밭들이 대칭으로 나란히 있는 중심에는, 실용적인 야채만을 기른 네모난 채소밭이 있었다. 맨 안쪽 가문비 나무 그늘에는 기도서를 읽는 신부의 석고상이 서 있었다.

엠마는 2층 방으로 올라갔다. 첫째 방은 가구도 아무것도 없었다. 그러나 그 다음 부부 방에는 붉은 빛 휘장이 늘어진 마호가니 침대가 놓여 있었다. 자개 상자가 옷장 위에 놓여 있고, 창가 책상에는 흰 공단 리본으로 맨 오렌지 조화 꽃다발이 꽃병에 꽂혀 있었다. 그것은 신부의 꽃다발, 전처의 꽃다발이었다! 그녀의 눈이 가만히 그것을 바라보았다. 샤를이 눈치채고 그것을 광으로 가져 갔다. 그동안 엠마는 안락의자에 앉아서(그녀가 가져온 물건들이 그 주위에 죽 놓여 있었다) 마분지 상자에 넣어온 자기의 꽃다발을 생각했다. 만일 내가 죽으면 그 꽃다발은 어떻게 될까?……막연하게 그런 생각을 했다.

처음 며칠 동안 그녀는 집을 새로 꾸미는 일에 몰두했다. 촛대의 등피를 벗기고, 새 벽지를 바르고, 층계를 다시 칠하게 하고, 뜰에 있는 해시계 주위에 벤치를 늘어놓게 했다. 물고기를 기르는 분수가 있는 연못은 어떻게 만들어야 하느냐고 물어보기도 했다. 남편은 엠마가 마차로 산책하기를 좋아하는 것을 알고, 중고 경마차를 구해 램프와 가죽 흙받이를 달았는데, 그래 놓고 보니 모양이 틸뷔리형 이륜마차처럼 되었다.

이렇게 하여 그는 행복했다. 이 세상에 아무런 걱정거리도 없었다. 마주 앉아 먹는 식사, 저녁의 산책길, 머리를 쓰다듬는 아내의 손길, 창문 고리에 걸린 아내의 밀짚모자, 그리고 지금까지 그런 것이 재미있으리라고는 상상도 하지 못한 갖가지 일들이 이제는 그의 행복을 끊임없이 이어 주는 것이 되었다.

침대에 한 베개를 베고 나란히 누워서, 그는 나이트캡의 장식 끈에 반쯤 가려진 그녀의 볼에서 금빛 솜털들이 햇빛의 애무를 받는 것을 바라보았다.

이렇게 가까이 보니 아내의 눈은 몹시 커 보였고, 특히 잠이 깨어 연거푸 눈을 깜빡깜빡할 때는 유난히 커 보였다. 그늘이 지면 검고, 밝은 데서는 진한 청색으로 보이는 그 눈은 이어지는 색의 층 같은 것이 있어서, 안 쪽은 더 짙고 겉으로 나올수록 차차 밝아졌다. 샤를의 눈은 그 짙은 색 속으로 깊이 빨려들어갔으며, 그 속에는 자기 모습이 있었다. 머리에 쓴 비단 수건과 앞가슴을 헤친 잠옷의 어깨 언저리가 조그맣게 비쳤다. 그런 다음 그는 일어났다. 아내는 창가로 가서 남편을 배웅했다. 그리고 길게 늘어지는 실내복을 입고 제라늄 화분이 두 개 놓인 창가로 가서 팔꿈치를 괴었다. 샤를은 길에 나가 승마대 위에 발을 올려놓고 박차 고리를 죄었다. 엠마는 위에서 줄곧 남편에게 말을 건넸으며, 말을 하면서 입으로 꽃이며 잎사귀를 뜯어 그에게 불어 보냈다. 그것은 곧장 떨어지지 않고 바람에 팔랑팔랑 날려, 새처럼 공중에서 반원을 그리다가 문 앞에 조용히 서 있는 늙은 흰 말의 갈기에 떨어져서는 그대로 걸려 있었다. 말 위에서 샤를이 키스를 보내면 그녀는 손을 잠깐 흔들고 창문을 닫았다.

그러고 나서야 그는 출발했다. 그리고 자기 앞에 돌돌 말려 있는 길을 긴 먼지 띠를 남기며 펴놓고 나아갔다. 가로수가 하늘에 커튼을 쳐서 터널을 이루고 있는 길을 내려가, 밀이 무릎까지 오는 오솔길 위에서는, 어깨에 햇빛이 닿고 아침 공기가 혀에 닿았다. 가슴은 간밤의 기쁨에 넘치고, 정신은 고요하고, 육체는 흡족했다. 그는 저녁식사 뒤에 마신 이미 소화되어 버린 송로(松露)의 맛을 여전히 음미하며 자기의 행복을 되새김질하면서 걸어 갔다.

지금까지 그의 생활에 무슨 즐거움이 있었던가? 학생시절이었을까? 높은 담에 갇힌 채 자기보다도 돈 많은 아이들로부터 시골뜨기라고 비웃음을 받거나 공부 잘하는 아이들 틈에 끼어서 외톨토리로, 더우기 시골 사투리로 조롱

당하고 옷차림으로 비웃음을 산 그 시절이었을까? 그렇지 않으면 어머니들 이 토시 속에 과자를 넣어 가지고 만나러 오곤 하는 많은 친구들 틈에서 혼자 쓸 쓸하게 지낸 그 시절이었을까? 아니면 그 의학 공부를 할 때, 그의 애인이 될 뻔한 여공과 춤추러 갈 돈이 없어 늘 쩔쩔매던 그때였을까? 그 다음 침대 속에 서도 발이 얼음처럼 차가웠던 과부와 1년 5개월을 살았다.

그런데 이제 홀딱 반한 저 아름다운 여인을 일생 자기 것으로 만든 것이다. 그의 세계는 이제 아내의 그 보드라운 속치마 감촉 속에 갇혀 버렸다. 아무리 해도 애정의 표시가 부족했던 것 같고, 아내의 얼굴이 다시 보고 싶어졌다. 얼 른 집으로 되돌아가서 가슴 설레며 층계를 올라갔다. 엠마는 자기 방에서 화 장을 하고 있었다. 살그머니 다가가 등에 키스했다. 그녀는 질겁을 하여 소리질 렀다.

그는 아내의 빗, 반지, 스카프를 끊임없이 만져 보고 싶어 견딜 수 없었다. 어 떤 때는 뺨에 소리가 나도록 키스하고, 어떤 때는 손 끝에서 어깨 위까지 드러 난 그녀의 팔에 가벼운 키스를 연방 퍼부었다. 그녀는 매달리는 아이들에게 하 듯 반쯤 웃으면서도 귀찮은 듯이 그를 밀쳐 냈다.

결혼하기 전까지 그녀는 자기가 그와 연애하고 있는 줄 알고 있었다. 그러나 그 연애에서 당연히 생겨야 할 행복이 없었기 때문에, 그녀는 내 생각이 틀렸 나 하고 생각했다. 지극한 행복이라든가 정열 도취 등, 책에서 읽었던 그토록 아름답다고 생각한 말들이 과연 세상에서는 정확하게 어떤 뜻인지, 엠마는 그 것을 알고 싶어했다.

6

전에 그녀는 《폴과 비르지니》라는 감상 소설을 읽고, 대나무로 엮은 오막살 이, 흑인 도밍고, 개 피델르를 상상한 적이 있었다. 그 가운데서도 종루보다 높이 치솟은 나무에 올라가 붉은 열매를 따준다든가, 맨발로 모래 위를 달려 가 새둥지를 갖다 주는 상냥한 오빠 같은 다정한 소년의 우정을 동경했다.

13살 때, 아버지는 그녀를 수녀원에 넣기 위해 도시로 데리고 갔다. 그들은 생 제르베의 어느 여관에 묵었다. 저녁식사 때, 라 발리에르 아가씨의 이야기를 그린 그림 접시가 나왔다. 설명이 칼자국으로 많이 지워져 있었으나, 전체적으 로 볼 때 신앙과 섬세한 마음과 궁중의 화려함을 찬양한 것이었다.

수녀원에서의 처음 얼마 동안은 지루하지도 않았고 수녀들과 사는 것이 즐거웠다. 수녀들은 그녀의 심심함을 달래기 위해 곧잘 예배당에 데리고 갔다. 예배당은 식당에서 긴 복도를 지난 곳에 있었다. 그녀는 쉬는 시간에도 별로 놀지 않고 교리 문답을 열심히 외었기 때문에, 보좌 신부가 힘든 질문을 할 때마다 언제나 맡아 놓고 대답했다.

그녀는 이렇게 공부의 미지근한 분위기 속에서 좀처럼 밖으로 나오지 않고, 구리 십자가가 달린 묵주를 가진 창백한 얼굴의 수녀들 사이에서, 제단의 향기며 차가운 성수반이며 커다란 촛불의 휘황한 빛에서 풍기는 신비로운 분위기에 나른하게 잠겨 있었다. 어떤 때에는 미사에도 가지 않고, 감청색으로 테를 두른 소용돌이 모양의 장식 책 속에 있는 경건한 종교화를 들여다보았으며, 병든 양이며, 날카로운 화살로 꿰뚫은 성심이며, 십자가를 짊어지고 가다가 쓰러진 가련한 그리스도의 모습을 좋아했다. 고행을 하기 위해 하루 종일 금식도 해보고, 자신이 지켜야 할 맹세 같은 것을 머릿속에서 생각해 보기도 했다.

고해하러 갈 때는 작은 죄를 일부러 많이 만들었다. 어둠 속에 꿇어 앉아 두 손을 모으고 격자에 얼굴을 갖다 댄 채 신부가 속삭이는 소리를 들으며 되도록 오래 머물러 있고 싶었기 때문이었다. 설교에 가끔 나오는 약혼자, 남편, 하늘의 연인, 영원한 결합 등의 비유는 그녀의 마음속에 생각지도 않은 기쁨을 불러일으켜 주었다.

저녁때면 기도하기 전에 자습실에서 종교서 강의가 있었다. 평일에는 교회사의 개설이라든가 프레시누스 사제의 '강론집'을 읽고, 일요일에는 그 밖에 '기독교 진수'를 몇 절씩 읽었다. 처음 그녀는 낭만적 우수의 고조된 한탄 소리가 지상과 영원의 세계에 메아리치는 것을 얼마나 열심히 들었던가! 만일 그녀가 소녀 시절을 상가의 어느 상점 뒷방에서 보냈다면, 이런 경우 보통 문필가의 붓의 힘으로 우리에게 전해지는 그 강한 자연의 서정적 인상에 몸과 마음을 내맡겼을 것이다.

그러나 엠마는 시골을 너무도 잘 알았다. 가축의 울음소리도, 젖 짜는 법도, 밭갈이도 잘 알았다. 조용한 생활에 익숙한 그녀는 변화에 마음이 끌렸다. 폭풍우가 있기에 바다가 좋았다. 푸른 초목은 오로지 폐허 속에 듬성듬성 살아 있을 때만 사랑스러웠다. 그녀는 사물에서 자기의 이익을 끄집어 내지 않고는 성이 차지 않았다. 그리고 마음속에서 필요 없다고 생각한 것은 모두 버렸다.

엠마는 예술적이라기보다 감상적인 기질이었으며, 풍경을 찾지 않고 정서를 구하고 있었다.

수녀원에는 매달 한 주일씩 옷과 침구를 손질하러 오는 노처녀가 있었다. 대혁명 때 몰락한 귀족의 딸이라 해서 대주교의 보호를 받고 있었으며, 식당에서는 수녀들과 한 테이블에서 식사를 하고, 식사가 끝나면 이층으로 일하러 가기 전에 수녀들과 한참 동안 잡담하곤 했다. 기숙사 학생들은 자습실을 빠져나와 곧잘 그녀가 있는 곳으로 갔다. 그녀는 옛날에 유행하던 사랑의 노래를 잘 외고 있어 바느질을 하며 나직이 들려 주곤 했다. 또 여러 가지 이야기를 해주고, 어떤 때에는 세상 소식을 전해 주거나 바깥 심부름도 해주고, 앞치마 주머니에 살짝 소설 책을 숨겨 가지고 들어와 상급생 소녀들에게 빌려 주기도 했다. 또 그녀 자신도 일하는 틈틈이 그 긴 이야기를 완전히 통독하곤 했다.

그 내용은 언제나 사랑, 사랑하는 연인들, 사랑에의 충성, 쓸쓸한 외딴 집에서 살해하는 처녀들, 1마일 간격으로 말을 갈아타는 곳에 다다를 때마다 살해당하는 마부, 페이지마다 달리다 지쳐 죽은 말, 음산한 숲, 산란한 마음, 사랑의 맹세, 흐느낌, 키스와 눈물, 달빛에 비친 조각배, 풀숲에서 우는 꾀꼬리, 그리고 신사들에 대한 것이었다. 그 신사들은 사자처럼 용맹하고 양처럼 유순하고 빼어나게 덕이 높고 늘 훌륭한 복장을 하고, 그러면서 울 때는 하염없이 우는 것이었다. 15살 때, 엠마는 이 빌어온 책의 먼지에 반 년 이상이나 손을 더럽혔다. 그뒤에는 월터 스콧의 작품을 읽고 역사적인 일에 열중하여 오래된 옷궤며, 무사 대기실, 방랑 시인을 그리워했다. 날마다 중세풍의 클로버형 아치 아래에서 돌 위에 팔꿈치를 짚고 턱을 두 손에 괴고는, 아득히 들판 저쪽에서 모자에 흰 깃털을 달고 검은 말을 타고 달려오는 기사를 기다리는, 긴 코르사주를 입은 공주님처럼 오래된 성관에 살고 싶었다. 그 무렵 엠마는 메리 스튜어트를 숭배하고, 유명하거나 불행한 여자들에게 열렬한 존경심을 바쳤다. 잔 다르크, 엘로이즈, 아네스 소렐, 미녀 페로니에르, 클레망스 이조르, 이러한 여자들은 무한한 역사의 암흑 속에서 더욱 찬란한 혜성처럼 빛나는 것 같았다. 또 거기에는 떡갈나무 그늘에 있는 성왕 루이, 죽어가는 바야르 장군, 루이 11세의 잔인한 행위, 생바르텔레미의 학살, 앙리 4세가 썼던 투구의 깃장식, 그리고 루이 14세를 찬양하는 그림 접시의 기억, 이런 것들이 아무런 연관도 없이 어두움 속에서 길을 잃고 떠돌고 있었다.

음악 시간에 엠마가 부르는 소곡에는 언제나 황금 날개를 가진 어린 천사와 마돈나, 베니스 만과 곤돌라의 뱃사공이 나왔는데, 이런 태평스러운 노래들은 졸렬한 문구와 우스운 음절로 되어 있으면서도 뭔가 매력적인 환상을 엿보게 해주었다.

친구들 중에는 새해 선물로 받은 그림을 수녀원에 가지고 오는 사람도 있었다. 그러면 그것을 숨기는 것이 큰 일이었다. 침실에 숨겨 놓고는 밤마다 살짝 읽었다. 엠마는 아름다운 공단 표지를 가만히 어루만지면서 대개 작품 끝에 백작이니 자작이니 하는 칭호와 함께 서명한 미지의 저자 이름을 경이에 찬 눈으로 물끄러미 들여다보곤 했다.

그녀는 삽화 위에 덮인 얇은 종이를 입으로 혹 불어 젖힐 때마다 몸을 떨었다. 그 얇은 종이는 구부러지며 반쯤 접혔다가 다시 페이지 위에 부드럽게 휘날리듯 펼쳐졌다. 그 그림은 발코니 난간 그늘에서 짧은 망토를 걸친 젊은 남자가 허리띠에 주머니를 단 긴 웃옷의 소녀를 껴안고 있거나, 또는 곱슬곱슬한 금발의 영국 귀부인이 둥근 밀짚모자 아래로 밝고 커다란 눈을 이쪽으로 돌리고 있는, 누구 것인지도 모를 그림들이었다.

공원 한가운데를 마차를 타고 여보란 듯이 달리고 있는 여자 그림도 있고, 흰 반바지를 입은 소년 마부들이 모는 마차 앞에 그레이 하운드 개가 달리고 있는 것도 있었다. 어떤 그림은 뜯은 편지를 옆에 놓고 안락의자에 앉아 까만 커튼으로 반쯤 가려진 창 너머로 꿈꾸듯 달을 보고 있는 여자도 있었다. 앳된 처녀가 볼에 눈물 방울을 남긴 채 고딕식 새장 사이로 산비둘기와 키스하기도 하고, 머리를 갸웃이 기울이고 미소지으며 점점 가늘어지는 신발 끝선처럼 희고 가는 손가락으로 데이지 꽃잎을 뜯고 있는 모습도 있었다.

푸른 잎에 덮인 정자 밑에서 무희에게 안겨 얼큰히 취한, 긴 곰방대를 든 회교나라 왕도 있고, 이교도, 터키 칼, 붉은 원뿔형에 검은 술이 달려있는 터키식 그리스 모자, 또 특히 열광적인 나라의 흑백 풍경화도 있었다. 이 그림들은 종종 단순한 형상의 종려나무며 전나무, 오른쪽에 호랑이, 왼쪽에는 사자, 지평선에는 타타르식 첨탑, 앞쪽에는 로마의 폐허, 웅크리고 앉은 낙타떼, 이런 것들과 어우러져 있었다—이 모든 풍경은 쾌적하게 청결한 처녀림에 둘러싸여, 대단한 햇빛이 수직으로 쏟아지며 잿빛 강철판 같은 물 위에서 떨고 있고, 여기저기 헤엄쳐 다니는 백조는 마치 손톱자국처럼 뚜렷이 드러나 보였다.

엠마의 머리 위 벽에 걸린 기름 램프 갓에 반사된 빛이 이런 풍경을 그린 그림을 비췄다. 조용한 침실, 밤 늦게 큰 길을 지나가는 마차의 먼 울림에 흔들리면서 그 그림들은 차례로 그녀의 앞을 지나갔다.

어머니가 죽었을 때, 엠마는 처음 며칠 동안 몹시 울었다. 죽은 어머니의 머리칼로 기념 액자를 만들어 달라기도 하고, 집에 보낸 편지에는 인생에 대한 허무를 애절하게 적어 보내는가 하면, 자기가 죽으면 어머니와 한 묘에 묻어 달라고 부탁하기도 했다. 아버지는 딸이 병에 걸린 줄 알고 서둘러 그녀를 찾아왔다. 엠마는 자신의 내부에서 느낀 이 첫번째 습격에서, 여느 사람은 도저히 이룰 수 없는 극치의 강렬하고 창백한 존재에 다다른 것에 만족해했다.

그리하여 그녀는 라마르틴의 구불구불한 미로에 스스로 미끄러져 들어가 어슬렁거리며 호수 위의 하프 소리와 죽어가는 백조의 온갖 노래와 나뭇잎의 속삭임과 승천하는 순결한 처녀와 계곡에서 가르침을 내리는 신의 소리에 귀를 기울였다. 그녀는 얼마 안 가 그 일에 싫증이 났으나 스스로는 결코 싫증이 났다고 생각지 않았으며, 처음에는 습관으로, 나중에는 허영심에서 그것을 계속해 나갔다. 그러나 마침내 마음이 가라앉고, 그녀의 주름없는 이마처럼 마음에 슬픔의 그림자가 사라진 데에 자신도 놀랐다.

수녀들은 처음 루오 양의 두터운 신앙을 과대평가하고 있었으므로 그녀가 점점 자기들의 손에서 빠져나가고 있는 것을 보고 대단히 놀랐다. 사실 수녀들은 이 처녀에게 지나친 정진과 정신 수양과 9일 기도와 설교를 강요했고, 또 성자와 순교자들을 존경할 것과 육체를 가벼이 여기고 영혼을 구원하는 것이 중요하다는 충고를 많이도 해왔다. 그래서 그녀는 마치 고삐가 너무 단단히 잡혀진 말처럼 가던 걸음을 갑자기 멈추다보니 입에서 곧 재갈이 빠져나가는 격이 되었다.

격정적이면서도 실제적인 이 처녀의 마음은 꽃이 아름다워서 교회를 사랑하고, 연애 가사 때문에 음악을 사랑하고, 정열의 자극 때문에 문학을 사랑했다. 지금은 차차 신앙의 신비에 반항하게 되고, 그와 함께 어딘지 자기 기질에 맞지 않는 규율에 화를 내게 되었다. 아버지가 드디어 그녀를 기숙사에서 데리고 나왔을 때, 그녀가 떠나는 것을 슬퍼한 사람은 아무도 없었다. 수녀원장까지도 요즘은 그녀가 수녀들을 존경하지 않는다고 생각하고 있었다.

집에 돌아온 엠마는 한동안 하인 부리기를 재미있어 했으나, 얼마 안 가서 시골에 싫증이 나고 차차 수도원이 그리워졌다. 샤를이 처음 베르토에 왔을 무렵, 그녀는 이제 미몽에서 깨어났다. 이제 모든 것을 배웠고 모든 것을 느꼈다고 생각되었다.

그러나 새로운 생활에 대한 불안에서인지, 혹은 이 남자가 옆에 있음으로 해서 일어나는 혼란 때문인지, 여전히 그녀는 지금까지 꿈꾼, 그 장밋빛 큰 날개를 퍼덕이며 시적인 창공을 날으는 새와 같은 그 멋진 정열이 드디어 자기 것이라고 생각했다—그러면서도 지금 자기가 살고 있는 이 조용한 생활이 자기가 항상 꿈꾸어 온 그 행복이라고는 도저히 생각되지 않았다.

7

그녀는 이따금, 그래도 이것이 자기 일생의 가장 좋은 때, 세상에서 흔히 말하는 밀월(蜜月)이라고 생각할 때가 있었다. 이 두 남녀의 밀월의 감미로움을 맛보기 위해서는, 신혼의 나날이 좀더 맛있는 권태를 느낄 수 있는 신기한 이름의 나라로 떠났어야 했는지도 모른다. 두 남녀가 역마차를 타고 푸른 비단 장막 속에 숨어 앉아, 마부의 콧노래에 귀를 기울이며 가파른 언덕길을 천천히 올라간다. 그 노래 소리는 산양의 방울 소리와 멀리 폭포 소리에 섞여 산에 메아리친다. 날이 저물며 육지 깊이 움푹 들어간 해변가에서 레몬나무 향기를 맡고, 밤은 별장 테라스에서 단둘이 손가락을 깍지 끼고, 앞날의 계획을 이야기하며 달을 바라본다.

그녀 생각에는, 지상 어디에나 그 지방에서만 자라는 식물이 있는 것처럼, 지상 어디엔가 행복을 낳는 곳이 반드시 있을 것 같았다. 왜 자기는 옷 자락이 긴 검은 비로드 옷을 입고, 우아한 장화를 신고, 끝이 뾰족한 모자와 소매 끝에 장식을 단 남편과 함께 스위스 산장 발코니에 기대앉아 있지 못하는가, 혹은 왜 스코틀랜드의 산장에서 자신의 슬픔을 감출 수 없는 것일까? 이러한 모든 것을 그녀는 누구에겐가 털어 놓고 싶었다. 그러나 구름같이 자주 변하고, 바람처럼 소용돌이치는 종잡을 수 없는 불안을 대체 뭐라 표현하면 좋을까! 그녀는 말이 없었다. 기회도 없고, 용기도 없었다.

그러나 샤를만 그런 생각을 했더라면, 그런 눈치를 챘더라면, 단 한 번이라도 그녀가 생각하고 있는 것을 이해하려고 했더라면, 마치 산울타리의 과일나무에서 익은 과일이 손만 대면 떨어지듯 그녀 가슴에 넘치는 상념들이 몽땅 쏟아져 나왔을 것이다. 그러나 부부 생활이 가까워질수록 마음은 자꾸 멀어지고 그녀를 남편에게서 떼어놓는 것이었다.

샤를의 말은 보도처럼 밋밋해서, 지극히 상식적인 생각들이 평복을 입은 채 그곳을 줄지어 지나갔다. 아무런 감동도 주지 않고, 웃음도 꿈도 불러일으키지 않았다. 그는 루앙에 있었을 때 파리에서 온 배우들을 보러 극장에 간 일이 한 번도 없었다고 했다. 그는 수영을 못 했고 검술도 몰랐고, 권총도 못 쏘았다. 언젠가 한번은 어떤 소설에 나오는 마술에 관한 술어도 그녀에게 설명해 주지 못했다.

남자란 그래서는 안 되는 것이었다. 모든 것을 알고, 갖가지 일에 뛰어나며, 정열의 힘과 세련된 생활과 모든 신비로운 세계로 안내해 주는 안내자이어야 하지 않은가? 그런데 이 남자는 아무것도 가르쳐 주지 않고, 아무것도 모르고, 아무 희망도 없었다. 그는 아내가 행복하다고 믿고 있었다. 그녀는 남편의 이 끄떡도 않는 침착성, 조그만 불안도 없는 우둔함, 그리고 자기가 남편에게 주고 있는 행복까지도 원망스러웠다.

그녀는 가끔 그림을 그렸다. 그럴 때 샤를은 옆에 서서, 그림을 잘 보려고 눈을 깜박거리기도 하고 엄지손가락으로 빵조각을 동그랗게 말아 주기도 하면서 엠마가 스케치북 위에 몸을 구부리고 있는 모습을 보는 것이 여간 즐겁지 않았다. 피아노를 칠 때는 그녀의 손가락이 빨리 뛰면 뛸수록 그의 놀람이 점점 커갔다. 엠마는 자신있게 고음에서 저음까지 조금도 끊이지 않고 모든 건반을 두들겨 댔다. 이렇게 엠마가 요동해대면 멍청한 소리를 내는 낡은 피아노 소리는 열린 창 너머로 동네 끝까지 퍼지곤 했다. 어떤 때는 모자도 안 쓰고 실내화를 신은 채 큰길을 지나가던 집달리 사무소의 서기가 걸음을 멈추고 서서 서류를 손에 든 채 피아노 소리에 귀를 기울였다.

게다가 엠마는 집안일도 잘해 나갔다. 그녀는 환자들에게 계산서라고 생각되지 않도록 부드러운 말투로 왕진비를 청구했다. 일요일에 이웃 사람들을 식사에 초대할 때에는 멋진 음식을 내놓을 줄 알았고, 포도잎에 자두를 피라밋처럼 모양 좋게 쌓아올리는 지혜도 발휘했으며, 잼을 항아리째 내놓기도 했다. 심지어 디저트용으로 손을 씻는 핑거 볼을 새로 샀다는 이야기까지 했다. 이 모든 것을 보고 사람들은 주인 보바리를 매우 칭찬하는 것이다.

샤를도 마침내 이런 아내를 가진 자기를 대단한 인물로 여기게 되었다. 아내가 연필로 그린 작은 스케치를 커다란 액자에 넣어서 초록빛 끈으로 응접실 벽에 걸어 놓고는 사람들에게 자랑했다. 일요일 미사에서 돌아오는 길에 사람들은, 그가 여러 가지 색으로 짠 아름다운 실내화를 신고 문 앞에 서 있는 모습을 볼 수 있었다.

그는 집에 늦게 돌아왔다. 밤 10시, 어떤 때는 한밤중에 돌아왔다. 돌아와서는 무언가 먹고 싶어했다. 하녀는 일찍 자기 때문에 엠마가 그 시중을 들었다. 그는 편히 식사하기 위해 프록코트를 벗고, 오늘 만났던 사람에 대한 얘기, 다녀온 마을 얘기, 또 그가 써준 처방에 대한 얘기를 차례로 했다. 그리고 아주 만족해하면서 남은 스튜를 다 긁어 먹고, 치즈 껍질을 벗기고, 사과를 먹고 물병을 비웠다. 그리고 침대에 들어가 벌렁 누워 코를 골았다.

그는 오랫동안 면으로 된 나이트캡을 쓰는 데 익숙해 있었기 때문에 실크머플러로 머리를 감아도 곧 귀에서 벗겨졌다. 그래서 아침이 되면 마구 헝클어진 머리가 얼굴을 덮고, 밤사이에 곧잘 끈이 풀어지는 베개의 깃털로 하얗게 되었다. 그는 언제나 두꺼운 장화를 신고 있어서 구두발등이 발목쪽으로 비스듬히 오르며 겹주름을 이루었고, 그의 매끈하게 곧게 뻗은 다리는 '신발나무둥치'에 단단히 붙어있는 듯 했다. 그리고 언제나 "시골에서는 이런 거로 충분해" 하고 말했다.

그의 어머니는 아들의 이러한 검소함을 대단히 좋아했다. 어머니는 자기 집에서 조금이라도 시끄러운 일이 생기면 곧 옛날처럼 아들을 만나러 왔다. 그러나 어머니는 며느리에게는 호감을 갖고 있지 않았다. 며느리가 분에 안 맞는 사치를 한다고 생각한 것이다. 장작과 설탕과 양초는 꼭 '대가집 같은 쓰임새'이고, 부엌에서 타는 석탄은 음식을 25명 분이나 마련할 수 있을 정도니 말이야!

시어머니는 자기가 직접 옷장 속의 속옷을 정리해 보이기도 하고, 쇠고기장수가 고기를 가져왔을 때 잘 살펴봐야 한다고 며느리에게 타이르기도 했다. 엠마는 시어머니의 가르침을 얌전히 들었다. 시어머니는 몇 번이고 되풀이했다. 하루 종일 '애야' '어머니'라는 말이 오고갔으나, 그때마다 두 사람의 입가가 바르르 떨렸다. 양쪽 다 분노에 찬 목소리로 다정하게 말을 주고받고 있었다.

전처 뒤뷔크 부인 때는, 자기가 아직도 아들에게 사랑받고 있다는 자신이 있었다. 그런데 이번에 샤를이 엠마를 사랑하는 것은 자기에 대한 정을 버린 것이고, 엄연히 자기에게 속하는 것을 침범한 것이라고 생각했다. 늙은 어머니는 마치 몰락한 사람이, 옛날에 자기가 살던 집에서 식탁에 둘러앉아 식사하고 있는 사람들을 유리창 너머로 들여다보는 기분으로 아들의 행복을 슬픈 침묵으로 지켜보았다. 그녀는 옛날이야기를 꺼내는 것처럼 슬쩍 자기의 오랜 고생과 희생을 아들에게 회상시키려고 했다. 그리고 그것을 엠마의 주착없는 행동과 비교하여 그런 여자에게 홀딱 반해 비위를 맞춘다는 것은 큰 잘못이라고 결론을 내리는 것이었다.

샤를은 언제나 대답에 궁했다. 그는 어머니를 존경했고, 아내도 더없이 사랑했다. 그는 어머니의 판단이 옳다고 생각하면서도 아내의 행동에는 아무 불만이 없었다. 어머니가 떠난 뒤, 그는 자기가 들은 잔소리 가운데 극히 사소한 것만을 골라 한두 마디 아내에게 해보았다. 엠마는 한 마디로 남편의 잘못을 증명하고 그를 곧장 진찰실로 쫓아 버렸다.

그러면서도 엠마는 자기가 옳다고 믿는 이론에 따라 사랑을 느껴 보려고 애썼다. 뜰에 나가 달빛을 받으며 외고 있는 정열적인 싯구들을 죄다 남편에게 읊어 보이기도 하고, 구슬픈 곡을 느릿하게 한숨 섞어가며 불러 주기도 했다. 그러나 그러고 난 뒤에도 그녀의 기분은 여전히 냉정했고 샤를 또한 조금도 사랑을 자극받거나, 감동한 것 같지는 않았다.

이리하여 남편의 가슴에 부싯돌을 쳐 보아도 불꽃 하나 튀게 할 수 없음을 깨달으면, 그리고 자기가 경험하지 않아서 이해하지 못함을 깨달으면, 형식을 갖추지 않은 그 무엇도 믿으려 하지 않는 그녀였으므로, 샤를에게는 놀랄만한 극적인 정열이 전혀 없다고 스스로를 깨끗이 단념시켜 버렸다. 그가 흥분하는 것은 규칙적이었다. 일정한 때가 되면 그녀를 안았다. 그것은 다른 많은 습관 가운데 하나에 지나지 않았으며, 일정한 저녁식사 뒤에 반드시 나오는 디저트 같은 것이었다.

'선생님'에게 폐렴을 치료받은 한 사냥터 지기가 부인에게 귀여운 이탈리아종 그레이 하운드 암컷 한 마리를 선사했다. 엠마는 산책할 때 그 개를 데리고 다녔다. 잠시 동안이나마 혼자 있고 싶은 생각에서, 또는 언제나 변화 없는 집 뜰이나 먼지 나는 행길만 바라 보고 있고 싶지 않아서 그녀는 이따금 밖으로 나가곤 했다.

그녀는 곧잘 반느빌의 너도밤나무 숲까지 갔다. 그 근처에는 들판 한모퉁이에서 벽을 비스듬히 하고 서있는 버려진 여름집이 있었다. 집 언저리 마른 도랑에는 잡초가 우거져 있고, 그 잡초에 섞여 잎이 날카로운 긴 갈대가 어우러져 있었다.

그녀는 지난번에 왔을 때와 무언가 달라진 것은 없나 하고 먼저 주위를 한 번 둘러봤다. 디기탈리스며 향꽃장대, 커다란 돌을 둘러싸고 있는 쐐기풀 덤불이며 세 개의 창문에 낀 이끼며 모두가 그대로였다. 녹슨 쇠막대 위에 창의 덧문이 삭아서 푸석푸석하게 걸려 있었다. 엠마의 생각은 한참 동안, 그레이하운드가 들판을 빙빙 돌며 뛰어다니고, 노란 나비를 보고 짖어 대고, 들쥐를 잡으러 쫓아가 보리밭 가의 양귀비를 물어 뜯고 있는 것처럼 정처없이 방황하고 있었다. 이윽고 생각은 조금씩 정리되기 시작했다. 그녀는 잔디밭에 앉아 양산 끝으로 잔디를 콕콕 찍으면서 속으로 되풀이하는 것이었다.

"아! 이런, 내가 왜 결혼했지?"

다른 운명으로 딴 남자를 만날 수는 없었을까 하고 생각해 보았다. 그리고 실제로 일어나지 않은 그러한 일들, 지금과 다른 생활, 알지 못하는 남편을 마음속에 그려 보려고 했다. 사실 세상 남자들이 모두 지금의 남편 같은 사람들만은 아니다. 그 사람은 어쩌면 미남에다 재주가 있고 품위가 있고 매력적인지도 모른다. 수도원 시절의 친구들이 결혼한 남자들은 모두 틀림없이 그런 사람들이겠지. 그 사람들은 지금 어떻게 살고 있을까? 도회지에서 살며, 거리의 소음, 극장의 떠들썩한 분위기, 무도회의 휘황한 불빛, 그런 것에 싸여 마음이 부풀고 관능이 꽃피는 생활을 하고 있을 것이다. 그런데 지금 자기의 생활은 북쪽의 창밖에 없는 다락방처럼 차갑고, 권태와 침묵이라는 지긋지긋한 거미가 어둑어둑한 마음 네 구석에 거미줄을 치고 있었다.

그녀는 상품 수여식이 있던 날을 회상했다. 상품으로 작은 관(冠)을 받으러 연단에 올라갔었다. 머리를 땋아 내리고, 하얀 드레스를 입고, 털실로 짠 신을 신은 무척 귀여운 모습이었다. 자리로 돌아오니 남자어른들이 몸을 굽히며 축하의 말을 해주었다. 앞뜰에는 사륜마차가 가득 차 있고, 마차 창 밖으로 모두 입을 모아 잘 있으라고 인사해 주었다. 음악 선생은 바이올린 케이스를 들고 지나가며 인사했다. 아! 그러나 이제 얼마나 아득한 옛날 일인가! 모두 머나먼 옛날 일이다!

엠마는 개 잘리를 불러 무릎 사이에 넣고 그 화사하고 긴 잘리의 얼굴을 손가락으로 쓰다듬어 주면서 말했다.

"자, 내게 키스해 줘야지. 넌 슬픈 것이 아무것도 없지 않니."

그러고 나서, 천천히 하품하는 날씬한 개의 우울한 표정을 들여다 보는 동안에, 그녀는 왠지 그 개가 가련한 생각이 들었다. 그리고 개를 자기 신세와 비교하여 마치 마음에 상처를 받은 사람을 위로하듯 소리내어 중얼중얼거렸다.

때때로 돌풍이 불었다. 바다바람이 코 지방의 평평한 지대를 단숨에 휩쓸고 지나면서, 멀리 떨어진 들판까지 소금기 머금은 찬바람을 실어다 주었다. 등심초는 땅에 엎드려 휙휙 소리를 내고, 너도밤나무 잎들은 가냘픈 소리를 내며 흔들렸다. 높은 나뭇가지도 와스스 크게 출렁거렸다. 엠마는 목도리를 꽉 여미고 자리에서 일어났다.

길에서는 잎새들을 통해 희미한 초록 햇살이 미끈미끈한 이끼를 내리비추고, 그 이끼들이 엠마의 발밑에서 부드러운 소리를 냈다. 나뭇가지들 사이로, 저 바깥쪽 하늘에는 해가 붉게 저물어 가고 있었다. 늘어선 굵은 나무둥치들이 금빛 하늘을 먼 배경으로, 우뚝 선 갈색의 긴 주랑(柱廊)처럼 보였다. 엠마는 무서워져 잘리를 가까이 불러 큰 길로 해서 허둥지둥 토스트로 돌아갔다. 그러고는 안락의자에 푹 쓰러진 채 그날 밤은 한 마디도 입을 열지 않았다.

그런데 9월도 다 갈 무렵, 그녀의 생활에 난데없이 이상한 일이 일어났다. 보비에사르의 앙데르빌리에 후작 집에 초대받은 것이다.

왕정복고시대에 국무대신을 지낸 일이 있는 이 후작은 다시 정계로 돌아가기 위해 하원 의원 선거 운동을 하고 있었다. 겨울에는 사방에 장작을 나누어 주고, 현(縣)의회에서는 언제나 떠들썩하게 자기의 선거구에 새 도로를 만들도록 요구하곤 했다. 한여름에 이 사람의 입 안에 종기가 난 것을 샤를이 마침 적당한 때 수술해서 기적적으로 고쳐 주었다. 수술비를 지불하러 온 대리인이 의사의 집 안뜰에 훌륭한 벚나무가 있는 것을 보고 그날 밤 주인에게 이야기했다. 그런데 마침 보비에사르에서는 벚나무가 잘 자라지 않았다.

그래서 후작은 보바리에게 접붙일 나무를 몇 가지 달라고 부탁했고, 예의상 자기가 직접 인사하러 왔다가 엠마의 아름다운 모습을 보고서, 시골 여자답지 않은 인사를 할 줄 아는구나, 하고 생각했다. 이로 말미암아 이번 기회에 이 젊은 부부를 초대해도 지나친 호의를 보이는 것도 아니고, 우스울 것도 없다고 생각하게 된 것이었다.

어느 수요일 오후 3시, 보바리 부부는 작은 마차를 타고, 보비에사르를 향해 출발했다. 위쪽에 커다란 트렁크가 묶여 있고, 무릎 덮개 앞에는 모자 상자가 놓여 있었다. 그리고 샤를은 무릎 사이에 또 하나의 큼직한 종이상자를 끼고 있었다.

그들은 해가 다 질 무렵에 도착했다. 마침 뜰에 마차 길을 밝히기 위해 불을 켜기 시작할 때였다.

8

저택은 이탈리아풍의 새로 건축한 건물로, 양쪽 날개가 튀어나오고, 삼층짜리 돌층계가 있었으며, 굉장히 넓은 공원 잔디밭 저 끝자락에 있었다. 잔디밭에는 들어가는 도중 드문드문 서 있는 큰나무 숲 사이로 암소 몇 마리가 풀을 뜯고 있었다. 만병초, 고광나무, 백당나무 같은 관목들이 다듬어지지 않은 채 자갈을 깐 길에까지 뻗쳐나와 크고 작은 푸른 덤불을 이루며 굽이쳐 가고 있었다. 다리 밑으론 냇물이 흘렀다. 안개를 뚫고 목장 여기저기에 흩어져 있는 초가지붕이 보였다. 목장은 나무가 무성한 두 개의 밋밋한 언덕으로 둘러싸여 있었는데, 그 집 뒤 숲속에는 차고와 마구간 같은 헐어버린 옛 저택의 유일한 잔재가 두 줄로 늘어서 있었다.

샤를의 작은 마차는 가운데 층계 앞에 가서 멈췄다. 하인들이 문 앞에 나타났다. 후작이 걸어나와 의사의 부인에게 팔을 내밀고 현관으로 안내해 들어갔다.

현관에는 대리석이 깔려 있고, 천장이 아득히 높아 발걸음 소리며 사람 목소리가 마치 교회당에서처럼 울렸다. 정면에 곧바로 층계가 있고, 왼쪽에는 뜰을 향한 당구실로 연결되어 있었으며, 문간에서 벌써 상아공이 서로 부딪치는 소리가 들려왔다. 객실로 가기 위해 그 방을 가로지를 때, 엠마는 당구대 주위에 매우 위엄 있는 얼굴을 한 남자들이 서 있는 것을 보았다. 턱 밑에 바짝 붙여 넥타이를 매고 모두 약식 훈장을 달고 있었으며, 큐를 치면서 미소를 띠고 있었다.

우중충한 벽의 널빤지에는 커다란 금테를 두른 액자가 걸려 있고, 그 밑에 검은 글자로 이름이 씌어 있었다. 엠마가 읽어 보니 '장 앙투안 당데르빌리에 디베르봉빌 드 라 보비에사르 후작·드 라 프레네 남작, 1587년 10월 20일, 쿠트라 전투에서 전사', 다음 액자 틀에는 '장 앙투안 앙리 귀 당데르빌리에 드 라 보비에사르, 프랑스 해군 제독으로 생미셸 훈장 기사, 1692년 5월 29일, 우그 생 바스트 전투에서 부상, 1693년 1월 23일 보비에사르에서 사망'이라고 씌어 있었다. 그리고 그 다음 그림들은 뚜렷이 알아볼 수 없었다. 등불이 당구대 위 초록 빛 나사천에 집중되면서 그림자들을 방안에 떠돌게 했다.

빛은 화폭을 빛나게 하고, 와니스가 갈라진 가는 금들을 따라 섬세한 무늬를 그리면서 흩뿌려지고 있었다. 그리고 금테를 두른 이들 커다란 검은 사각형 틀 속 여기저기서 그림의 밝은 부분이, 인물의 창백한 이마가, 그리고 이쪽을 응시하고 있는 두 눈, 머리분이 묻은 빨간 옷의 어깨 위에 늘어진 가발, 통통한 장딴지 위의 양말대님 버클 같은 것이 드러나 보였다.

후작이 객실 문을 열었다. 부인들 가운데 한 여자가 (바로 후작부인이다) 일어나서 엠마를 맞이하여 두 사람이 앉는 긴 의자의 바로 자기 옆에 앉히고, 마치 전부터 잘 아는 친한 사이처럼 다정하게 말을 건넸다. 마흔 쯤 돼 보이는, 아름다운 어깨에 약간 매부리코, 말꼬리가 길게 늘어지는 버릇이 있는 여자로, 이날 저녁은 밤색 머리에 단순하게 돋보이는 레이스 장식을 걸쳤으며, 그것이 삼각형으로 뒤로 늘어져 있었다. 그 옆의 긴 등받이가 달린 의자에는 젊은 금발 여인이 앉아 있었다. 그리고 예복 단추 구멍에 조그만 꽃을 단 신사들이 난로 옆에서 부인들과 웃으며 담소를 나누고 있었다.

7시에 만찬이 나왔다. 남자들은 수가 많아서 현관에 놓인 제1테이블에 앉고, 여자들은 후작부인과 함께 식당의 제2테이블에 앉았다.

식당에 들어서면서 엠마는 꽃향기와 깨끗한 린넨 테이블보 냄새, 잘 양념한 고기와 송로 향기, 이러한 것들이 뒤섞인 따뜻한 공기에 휩싸이는 것을 느꼈다. 큼직한 샹들리에의 많은 촛불이 은으로 만든 종 모양의 쟁반 덮개에 빛을 던지고, 조각된 세공유리 글라스는 김이 서려 서로 무거운 빛을 반사하고 있었다. 꽃다발이 식탁 끝에서 끝까지 가지런히 놓여 있고, 가장자리가 넓은 큰 접시에 주교 모자 모양으로 접은 냅킨이 놓여 있고, 벌어진 양쪽 주름 사이에 조그만 달걀 모양 빵이 하나씩 끼워져 있었다. 바다새우의 붉은 다리가 수북이 쌓여 쟁반 밖으로 나와 있고, 성긴 바구니에는 큼직한 과일이 이끼를 깔고 그 위에 얹혀 있었으며, 메추라기는 깃털이 달린 채 김이 솟고 있었다. 비단 양말에 짧은 바지, 흰 넥타이에 가슴 장식을 단 재판관같이 엄숙한 얼굴의 급사장이 아예 미리 잘라 놓은 요리 쟁반을 손님들의 어깨 사이로 들이밀어 손님이 고르는 조각을 익숙한 솜씨로 덜어 주었다. 구리로 테를 두른 큰 사기난로 위에는 턱 밑까지 닿는 옷을 입은 여인상이 서서 손님이 가득 찬 방안을 내려다보고 있었다.

보바리 부인은 여자 손님 가운데 컵 속에 장갑을 넣지(술을 거절한다는 표시)않은 사람이 많다는 것을 깨달았다.

그런데 식탁 윗자리 쪽에 어떤 나이든 남자가 여자 손님들 사이에 끼어, 혼자 산더미처럼 쌓아 놓은 요리 접시 위에 엎드리다시피하고 어린애처럼 냅킨을 목 뒤로 묶고서, 입으로 수프 국물을 질질 흘리며 먹고 있었다. 눈까풀은 축 늘어졌고 검은 리본으로 얼마 남지 않은 머리를 묶어서 뒤로 늘어뜨렸다. 후작의 장인인 라베르디에르 노공작이었다. 옛날 콩프랑 후작이 보드뢰이유에서 수렵 대회를 베풀 무렵 아르투아 백작의 사랑을 받은 사람으로, 드 쿠아니, 드 로쟁 등과 함께 마리 앙투아네트 왕비의 정부였다는 말도 있었다. 그는 결투와 도박, 여자 납치 등 방탕한 생활만을 일삼다가 결국은 재산을 다 탕진하고 집안을 떨게 만든 인물이었다. 하인 하나가 노인 뒤에 서서, 그가 더듬거리며 가리키는 요리 이름을, 귀에다 대고 큰 소리로 가르쳐 주고 있었다. 엠마의 눈은 뭔가 특별히 고귀한 것이라도 보듯, 입을 헤 벌리고 있는 이 노인에게로 줄곧 쏠려 있었다. 저 사람은 지난날 궁정에서 살았고, 왕비의 침대에서 잔 적도 있다!

얼음에 채운 샴페인이 나왔다. 입 안에 그 찬 맛을 느끼자 엠마는 머리부터 발끝까지 오한이 드는 느낌이었다. 그녀는 지금까지 석류를 본 적이 없고, 파인애플을 먹어 본 일도 없었다. 가루 설탕까지도 다른 것보다 더 희고 고와 보였다.

이윽고 부인들은 무도회를 위한 치장을 하려고 저마다 자기 방으로 올라갔다.

엠마는 첫 무대에 서는 여배우처럼 세심한 치장을 했다. 미용사의 권유대로 머리 모양을 만들고, 침대에 펼쳐있는 모슬린 드레스를 입었다. 샤를은 바지가 작아 배가 꽉 끼었다.

"발에 매는 바지 끈이 걸려서 춤추기가 어렵겠는걸."

그가 말했다.

"춤을 추어요?"

엠마가 물었다.

"그럼!"

"정신 나가셨어요! 남이 웃을지 모르니까, 한자리에 가만히 앉아 계세요. 그리고, 당신은 의사잖아요, 그편이 훨씬 어울려요."

샤를은 아무 말도 하지 않았다. 그리고 방안을 왔다갔다하며 엠마가 옷을 다 입기를 기다렸다.

그는 뒤에서 두 촛대 사이의 거울에 비치는 아내 모습을 보고 있었다. 검은 눈이 한층 검게 보였다. 귀 언저리에서 살짝 부풀린 머리칼이 푸른 빛을 띠고 반드르르 빛나고 있었다. 올려 빗은 머리에 살짝 꽂은 한 송이 장미꽃이 인공 이슬까지 붙여 하늘거리는 가지 위에서 가냘프게 흔들리고 있었다. 연한 자주빛 드레스가 파란 잎이 달린 세 송이의 퐁퐁 달리아로 장식되어 한결 돋보였다.

샤를이 다가가서 아내의 어깨에 키스하려고 했다.

"놓으세요! 옷이 구겨지잖아요."

바이올린의 전주와 호른 소리가 들려왔다. 그녀는 뛰고 싶은 충동을 누르며 층계를 내려갔다.

카드리유*1 춤이 시작되었다. 사람들이 계속 모여들었다. 서로 비비대끼칠 지경이었다. 엠마는 문 옆 의자에 앉았다.

카드리유가 끝나자 마루가 비고, 남자들이 여기저기 몰려서서 잡담을 주고받았으며, 제복을 입은 하인들이 큰 쟁반을 들고 들어왔다. 나란히 앉은 부인들 자리에서는 부채들의 잔물결이 일고, 꽃다발이 웃는 얼굴을 살짝 가렸으며, 금마개가 달린 향수병들이 벌어진 손들 안에서 경합을 벌이고 있었다. 손에 낀 흰 장갑은 손톱 모양을 또렷이 나타내고, 손목의 살을 꽉 죄고 있었다.

레이스 장식, 다이아몬드 브로치, 메달이 달린 팔찌가, 꼭 끼는 웃옷 위에서 흔들리고, 가슴 위에서 반짝이고, 드러난 팔에서 가냘프게 소리내고 있었다. 그녀들의 머리스타일은, 앞 이마의 머리가 가지런하고 뒷머리는 돌돌 말아올려져 있었으며, 각자 그 머리에 물망초, 재스민, 석류꽃, 보리 이삭, 수레국화 같은

─────────────
*1 남녀 4쌍이 추는 프랑스의 스퀘어 댄스.

것을 화관 모양으로, 또는 꽃묶음이나 꽃을 흩뿌린 모양으로 장식하고 있었다. 무뚝뚝한 얼굴로 제각기 제자리에 앉아 있는 어머니들은 빨간 두건을 두르고 있었다.

엠마는 춤 상대에게 손끝을 잡힌 채 대열에 늘어서서 첫 바이올린 소리를 기다리고 있을 때, 가슴이 더욱 두근거리고 있었다. 그러나 곧 감동은 가라앉았다. 그리고 오케스트라의 리듬에 맞춰 몸을 움직여서 미끄러지듯이 앞으로 나아갔다. 때때로 다른 악기들은 소리를 멈추고, 혼자만 울리는 섬세한 바이올린의 가락이 들려올 때는 자기도 모르게 입가에 미소가 떠올랐다. 옆 방에서 도박대의 천 위에 금화를 던지는 맑은 소리가 들려왔다. 다시 모든 악기가 일제히 연주되고 관악기의 취주 소리가 울려 퍼졌다. 발은 다시 박자를 맞추기 시작하고, 치맛자락이 크게 부풀어올라 서로 닿고, 손들은 맞잡았다가는 다시 떨어졌다. 고개와 함께 돌려졌던 눈이 다시 돌아와 상대방의 눈을 들여다보곤 했다.

25살에서 40살쯤 되어 보이는 몇 명의 남자들(15명 정도)이, 춤추는 사람들 속에 끼기도 하고 문간에 서서 담소하기도 했는데, 나이며 차림새며 용모는 서로 달라도 어딘가 비슷한 데가 있어서 많은 사람들 중에서 유난히 눈에 띄었다.

그들의 옷은 다른 사람들보다 더 맵시 있고, 옷감도 더 보드라워 보였다. 관자놀이까지 곱슬곱슬하게 내려온 머리칼은 고급 머릿기름으로 번쩍번쩍 빛나고 있었다. 부자 티가 나는 그 흰 살결은 도자기의 하얀색과 공단의 광택과 훌륭한 가구의 윤기로 한층 더 돋보였고, 공들인 음식을 적절하게 먹어서 건강을 유지하고 있는 그런 흰 얼굴이었다. 그들은 얇게 맨 넥타이 위로 고개를 우아하게 돌리며 상대방을 응시하고, 기다란 구레나룻이 칼라깃 위에 늘어져 있었다. 이름의 머리글자가 큼직하게 새겨진 손수건으로 입을 닦았는데, 거기서는 달콤한 향기가 풍겨나왔다.

그럭저럭 노인이 다 된 사람들은 젊어 보이고, 젊은 사람들 얼굴에는 어딘지 성숙한 티가 나타나 있었다. 그들의 서늘한 시선에는 습관적으로 가라앉혀진 욕망의 조용함이 떠 있었다. 그들의 발길이 닿는 반들반들한 플로어 밑에서, 너무도 우발적인 우월성으로 인한 이상한 잔인함이 스며나왔다. 그들의 그런 모든 행동은 강한 힘을 필요로 하며, 사람의 허영심을 즐겁게 하거나, 경주마 길들이기를 흥겹게하거나, 바람기 있는 부인들의 무리를 부추기는 것이었다.

엠마로부터 세 걸음쯤 떨어진 곳에서 푸른 옷을 입은 남자가, 진주 목걸이를 한, 얼굴이 창백한 젊은 여자와 이탈리아에 관한 애기를 하고 있었다. 그들은 산 피에트로 성당의 굵은 기둥, 티볼리 시, 베수비오 화산, 카스텔 라마레의 온천, 카시네 공원, 제노바의 장미, 달빛에 비친 콜로세움 등을 찬양하고 있었다. 엠마는 아까부터 한쪽 귀로 의미도 알 수 없는 낱말이 잔뜩 나오는 이 대화를 듣고 있었다. 또 다른 사람들은 지난 주 영국에서 벌어진 도랑 뛰어 넘기 경주에서 '아라벨 양'과 '로뮬루스 양'을 물리치고 상금 2천 루이를 벌었다는 한 젊은 남자를 둘러싸고 있었다. 어떤 사람은 자기 말이 너무 살이 쪘다고 불평하고, 딴 사람은 인쇄 잘못으로 말의 이름이 아주 우스운 것이 되었다고 투덜대고 있었다.

무도장의 공기가 답답해지고, 등불이 차차 희미해졌다. 사람들은 다시 당구실로 몰려갔다. 하인 하나가 환기를 하기 위해 의자에 올라갔다가 유리창을 두 장 깼다. 유리 깨지는 소리에 고개를 돌린 보바리 부인의 눈에 뜰에서 유리창에 들러붙다시피 하고서 안을 들여다 보는 농부들의 얼굴이 보였다. 문득 베르토의 추억이 되살아났다. 아버지의 농장을 생각했다. 질펀한 늪이며, 작업복을 걸치고 사과나무 밑에 서 있는 아버지의 모습, 옛날처럼 낙농장의 우유단지에서 손가락으로 크림을 떠내고 있는 자기의 모습이 보였다.

그러나 현재의 휘황한 불빛 아래 서니 지금껏 그토록 선명했던 과거의 생활들이 구석구석까지 깨끗이 사라지고, 자기가 과연 정말로 그런 생활을 했던가 의심스러울 지경이었다. 엠마는 한참 동안 그대로 서 있었다.

이윽고 무도장 안에만 밝을 뿐 주위에는 어둠이 깔리고 그것은 점점 더 구석구석으로 퍼져 나갔다. 엠마는 야생 버찌술을 넣은 아이스크림을 먹었다. 도금한 조개 모양의 은컵을 왼손에 들고, 스푼을 입에 문 채 반쯤 눈을 감았다.

그녀 옆에 있던 부인이 부채를 떨어뜨렸다. 춤을 추던 한 남자가 그 앞을 지나갔다.

"저어, 제 부채 좀 집어 주시지 않겠어요? 그 긴의자 뒤에 있는데요."

남자는 몸을 굽혔다. 그리고 그가 팔을 뻗고 있는 동안, 그 젊은 부인의 손이 재빨리 세모로 접은 하얀 것을 그 남자의 모자 속에 던져 넣는 것을 엠마는 보았다. 남자는 부채를 집어 공손히 부인에게 바쳤다. 부인은 고개를 끄덕여 감사의 뜻을 표하고, 꽃다발 냄새를 맡기 시작했다.

밤참으론 많은 스페인 포도주와 라인 포도주에, 새우스프와 아몬드 시럽이 곁들여 나오고, 트라팔가 푸딩, 그리고 접시 위에서 바르르 떨리고 있는 수육 젤리가 나왔다. 밤참을 먹은 뒤, 마차는 하나씩 돌아가기 시작했다. 모슬린 커튼 한쪽을 쳐들면 마차의 등불이 어둠 속에서 미끄러져 가는 것이 보였다. 의자에 앉아 있는 손님들이 듬성해졌다. 도박을 하는 사람들이 아직도 몇 명 남아 있었고, 악사들은 혀로 손끝을 식혔다. 샤를은 한쪽 문에 등을 기대고 반쯤 졸고 있었다.

오전 3시에 코티용 댄스가 시작되었다. 엠마는 이 춤을 출 줄 몰랐다. 앙데르빌리에 양과 후작부인까지 끼어서 모두가 왈츠를 추었다. 손님이라고는 이제 성에서 묵어갈 사람 열두어 명밖에 남아 있지 않았다.

그런데 사람들이 '자작'이라고 다정하게 부르는, 가슴이 조끼틀에 끼인 듯 차려 입은 신사가 다시 보바리 부인에게 춤을 청하러 왔다. 자기가 리드할 테니까 아무 염려 말고 추자면서.

두 사람은 천천히 추기 시작했으나 차츰 빨라졌다. 두 사람이 빙빙 도니, 주위에 있는 모든 것이 돌았다. 램프도, 가구도, 벽도, 마루도, 모두가 마치 축을 중심으로 도는 원반같이 빙글빙글 돌았다. 문 앞에 이르렀을 때, 엠마의 치맛자락이 남자의 바지에 감겼다.

다리가 서로 얽혔다. 남자는 그녀를 내려다보고, 그녀는 그를 쳐다보았다. 그녀는 정신이 아찔해져서 그 자리에 섰다. 그리고 다시 추기 시작했다. 자작은 속도를 빨리하여 엠마와 함께 화랑 끝으로 사라졌다. 엠마는 숨이 차 거의 쓰러질 듯 하여 잠시 남자의 가슴에 머리를 기댔다. 이어 자작은 이번에는 속도를 늦추어 천천히 선회를 계속하면서 그녀의 자리로 다시 데려갔다. 그녀는 벽에 몸을 기대고 손으로 눈을 가렸다.

엠마가 다시 눈을 뜨니, 살롱 한가운데 의자에 앉아 있는 한 부인 앞에 세 남자가 무릎 꿇고 있는 것이 보였다. 그 부인은 자작을 택했다. 바이올린이 다시 울리기 시작했다.

모두 그들의 춤을 지켜보았다. 두 사람은 이리저리 왔다갔다했다. 여자는 몸을 흔들지 않고, 턱을 숙이고 있었으며, 남자는 몸을 약간 뒤로 젖힌 채 팔꿈치를 둥글게 굽히고 턱을 치켜들고 있었다. 왈츠를 능숙하게 잘 추는 부인이었다. 두 사람은 너무 오랫동안 추어, 보는 사람들을 지치게 했다.

그뒤 모두 한참 동안 잡담을 나누었다. 그리고 밤인사보다는 아침 인사를 나누기에 더 적당한 시간에 손님들은 침실로 올라갔다.

샤를은 두 무릎이 몸뚱이 속에 파묻힐 지경이 되어 층계 난간을 붙잡고 겨우겨우 올라갔다. 그는 테이블 앞에 서서 사람들이 하는 휘스트 트럼프 놀이를, 잘 알지도 못하면서 다섯 시간이나 들여다보고 있었다. 그래서 간신히 장화를 벗었을 때, 그는 자못 만족한 듯 큰 한숨을 내쉬었다.

엠마는 어깨에 숄을 두르고 창문을 연 다음 팔꿈치를 세웠다.

밖은 캄캄했다. 비가 후둑후둑 떨어지고 있었다. 그녀는 눈꺼풀에 와 닿는 축축한 찬바람을 힘껏 들이마셨다. 무도곡이 아직도 귓전에 요란히 울리고 있었다. 그녀는 이제 곧 떠나야 하는 이 호화로운 생활의 환상을 조금이라도 더 오래 연장하고 싶어서 잠을 자지 않으려고 애썼다.

날이 서서히 밝아오기 시작했다. 그녀는 어젯밤에 만나 인상에 남은 사람들의 방은 어느 것일까 생각하면서 저택 창문들을 바라 보았다. 그리고 그들의 생활을 알고 싶다, 그 안에 끼어들어가 한데 어울리고 싶다고 생각했다.

그러나 추위로 몸이 차차 떨려 왔다. 그녀는 옷을 벗고, 잠들어 있는 샤를 옆의 침대시트 사이로 들어가 몸을 웅크렸다.

아침식사 때는 많은 사람이 식탁에 모여 앉았다. 식사는 10분 만에 끝났다. 술이 전혀 나오지 않아 샤를은 이상하게 생각했다. 식사가 끝나자 앙데르빌리에 양은 연못에 있는 백조에게 과자, 빵 부스러기를 주기 위해 작은 바구니를 들고 나갔다. 사람들은 온실 안을 산책했다. 억센 털을 곤두세운 이국의 식물이, 천장에 매단 화분들 아래에서 피라밋 모양으로 자라 있었고, 화분 가장자리로 넘쳐나 마치 뱀또아리처럼 초록 다발이 길게 늘어져 있었다. 오렌지 재배실은 제일 끝에 있었는데, 튜브식 통로를 통해 본관과 연결되어 있었다.

후작은 엠마를 즐겁게 해주기 위해 마구간으로 안내했다. 거기에는 바구니 모양을 한 꼴시렁들 위에 까만 글씨로 말 이름을 적은 사기판들이 붙어 있었다. 그가 혀를 차며 앞을 지나가자 칸막이 안에서 말들이 몸을 움직였다. 마구간 바닥은 마치 객실 마루처럼 번들거렸다. 마차용 마구류는 방 한가운데의 회전 기둥에 가지런히 걸려 있고, 벽을 따라 재갈, 채찍, 등자, 재갈고리 등이 쭉 한 줄로 놓여 있었다.

그동안 샤를은 하인을 찾아가서 자기 마차에 말을 달아 달라고 부탁했다. 마차가 현관 층계 앞으로 끌려 왔다. 짐을 싣고 난 보바리 부부는 후작과 그 부인에게 인사하고 토스트를 향해 출발했다.

엠마는 말 없이 빙빙 도는 바퀴만 물끄러미 바라보고 있었다. 샤를은 좌석 끝에 앉아 두 팔을 벌리고 말을 몰고 있었다. 작은 말은 제 몸에 비해 너무 큰 수레채 속에서 이리 비틀 저리 비틀 달리고 있었다. 늘어진 고삐가 말 방둥이에 닿아 땀에 젖고, 뒤에 매단 상자는 차체에 부딪쳐서 같은 사이를 두고 덜거덕덜거덕 소리를 내고 있었다.

티부르빌 언덕에 이르렀을 때, 여송연을 물고 말 위에 올라탄 사람들이 웃으며 그들 앞을 지나갔다. 엠마는 자작의 모습을 본 것 같은 생각이 들었다. 돌아보니 아득히 먼 곳에 말 걸음의 리듬에 따라 사람들의 머리가 올라갔다 내려갔다 하는 것이 보일 뿐이었다.

칠팔백 미터쯤 더 갔을 때, 끊어진 말 방둥이의 끈을 잇기 위해 멈추지 않으면 안 되었다.

마지막으로 마구를 돌아본 샤를은 말 다리 사이의 땅바닥에 뭔가 떨어져 있는 것을 보았다. 녹색 비단으로 가장자리를 두르고 가운데에 마차문처럼 문장을 찍은 여송연 케이스였다.

"아직 엽궐련이 두 개 들어 있군. 오늘 밤 식사 뒤에 피워야지."

"담배 피우세요?"

엠마가 물었다.

"가끔 기회가 있으면……."

그는 주운 물건을 주머니에 넣고, 말에 채찍질을 했다.

그들이 집에 도착해 보니, 저녁 준비가 되어 있지 않았다. 부인은 격분했다. 나스타지는 건방지게 말대답을 했다.

"이 방에서 나가! 염치없군, 정말. 당장 나가!"

식사에는 양파 수프와 수영을 곁들인 송아지 고기가 나왔다. 샤를은 엠마 앞에 앉아 손을 비비면서 행복스러운 듯이 말했다.

"역시 집이 좋군!"

나스타지의 울음소리가 들려왔다. 샤를은 이 가엾은 하녀를 약간 좋아하고 있었다. 전에 전처를 잃고 홀아비 생활을 하고 있을 때, 무료한 여러 밤을 그의 말동무가 되어 주었다. 그녀는 그의 첫 환자였으며, 이 지방에서 가장 오랜 친구이기도 했다.

"당신, 저 사람을 아주 내쫓을 거요?"

참다못해 그는 물어보았다.

"네. 안 되나요?"

두 사람은 침실 준비가 될 때까지 부엌에서 몸을 녹였다. 샤를은 입을 쑥 내밀고 엽궐련을 피우며 연방 침을 뱉고, 연기를 내뿜을 때마다 얼굴을 뒤로 젖혔다.

"너무 피우면 당신 속이 메스꺼워져요."

엠마는 경멸하듯 말했다.

그는 엽궐련을 놓고 펌프로 달려가 찬 물을 한 컵 들이켰다. 엠마는 엽궐련 케이스를 집어서 찬장 구석으로 휙 던져 버렸다.

이튿날은 하루가 너무 길었다. 그녀는 집 안의 작은 뜰을 거닐었다. 같은 길을 몇 번이나 왔다갔다하고, 화단 앞 울타리의 과수 앞에 있는 사제의 석고상 앞에서 걸음을 멈추었다. 그리고 너무나 잘 알고 있는 모든 것들을 놀라운 기분으로 바라보았다. 그 무도회가 벌써 얼마나 먼 옛날의 일처럼 여겨지는지! 대체 어떤 힘이 그저께 아침과 오늘 저녁의 사이를 이처럼 갈라놓았는가? 보비에사르 방문은 마치 폭풍우가 하룻밤 사이에 산속에다 커다란 균열을 만들어 놓듯이 그녀의 생활에 구멍을 뚫어 놓고 만 것이다.

그러나 그녀는 체념했다. 아름다운 옷과 공단 구두까지 옷장 속에 소중하게 간직해 두었다. 구두 바닥은 마루에 칠한 초로 노랗게 물들어 있었다. 그것은 그녀의 마음과도 같았다. 호화로운 생활과 접촉함으로써 그녀의 마음에는 영원히 지워지지 않을 그 무언가가 남게 된 것이다.

이리하여 엠마에게는 그 무도회를 회상하는 것이 하나의 일과가 되었다. 수요일이 될 때마다 그녀는 눈을 뜨기가 무섭게 생각하는 것이었다.

"아아! 1주일 전에는…… 2주일 전에는…… 3주일 전에는…… 거기에 있었어!"

그러나 차츰 사람들의 얼굴이 기억 속에서 뒤섞이고, 카드리유 무곡도 잊었다. 하인들의 제복과 방의 모양도 그리 분명히 떠오르지 않았다. 사소한 일들은 모두 사라지고, 오직 애석한 미련만 남아 있었다.

9

샤를이 나가고 없는 동안 그녀는 곧잘 옷장 속에다 속옷과 함께 넣어 둔 녹색의 비단 엽궐련 케이스를 꺼내 보았다.

그녀는 그것을 들여다보고, 그것을 열어 보고, 마편초와 담배 냄새가 섞인 안감의 향기를 맡아 보곤 했다. 이건 누구 것일까? 자작의 것이다. 아마 애인한테서 받은 선물일 것이다. 자단(紫檀) 자수대 위에서 이 수를 놓았겠지. 조그맣고 귀여운 자수대. 아무에게도 보이지 않고 몰래 몇 시간 동안이나 생각에 잠겨 바늘을 움직였을 때, 여인의 파도치는 머리카락이 그 위에 흘러내렸겠지. 한숨 섞인 사랑의 숨결이 이 헝겊의 올 사이를 지나갔겠지. 한 바늘 한 바늘이 여기에 서둘러 희망과 추억을 새겼겠지. 한올 한올 휘감긴 비단실은 모두 그대로 말없는 정열의 노작(勞作) 바로 그것이었다.

그리고 어느 날 아침 자작은 이것을 가졌다. 이것이 벽난로 위의 널직한 장식 선반에 꽃병과 퐁파두르풍 시계 사이에 놓여 있었을 때, 연인들은 무슨 얘기를 주고 받았을까? 그녀는 토스트에 있고 그는 지금 파리에 있다. 머나먼 파리! 파리에서는 어떠했었지? 파리, 얼마나 엄청난 이름인가! 엠마는 작은 소리로 그 이름을 몇 번이나 불러 보며 즐겼다. 그녀에게는 그 이름이 마치 대성당의 종소리처럼 울리고, 눈에는 포마드 병의 상표에서까지 찬란하게 빛나 보였다.

밤늦게 생선 장수가 짐마차를 타고 '마요라나 꽃'노래를 부르며 창 밑을 지나갈 때면 그녀는 꼭 눈을 떴다. 그리고 쇠바퀴 소리에 귀를 기울이고 있다가 그것이 돌바닥을 벗어나 변두리의 흙길에서 부드러운 소리를 내기 시작하면 혼자 중얼거렸다.

"저 사람들은 내일이면 파리에 가 있을 거야!"

그리고 그녀의 상상은 그들의 뒤를 따라 언덕을 오르내리고, 마을들을 가로질러 별들이 총총한 국도를 달려갔다. 그러나 어느 거리에 이르면 언제나 확실히 알 수 없는 흐릿한 장소가 나타나서 그녀의 몽상은 끊어지고 말았다.

그녀는 파리 지도를 하나 샀다. 그리고 손가락 끝으로 지도 위를 더듬으며 거리를 돌아다녔다. 길모퉁이마다, 길과 길 사이에 집을 나타내는 하얀 사각형 앞에서 걸음을 멈추면서, 그녀는 큰길을 거슬러 올라갔다. 나중엔 눈이 피로해서 눈을 감았다. 그러면 어둠 속에서 가스등 불빛이 바람에 흔들리는 모양이며, 극장 앞에서 커다란 소리를 내며 떨어지는 마차의 발판이 떠오르는 것이었다.

그녀는 부인 잡지 《코르베이유》와 《살롱의 정(精)》을 사서 읽었다. 초연된 연극, 경마, 야회 등에 관한 기사는 한 줄도 빠뜨리지 않고 읽었고, 여가수가 처음 등장하는 무대라든가 새로 문을 여는 상점 같은 것에도 큰 관심을 가졌다. 또 최신 유행이며, 유명한 양복점 주소, 불로뉴 숲의 축제일과 오페라 극장의 초대일을 알고 있었다. 외젠 쉬의 소설에서는 가구 제품에 관한 지식을 얻고, 발작이나 조르주 상드의 작품 속에서는 공상 속에서 비밀스런 욕구를 찾아다녔다.

그녀는 식사할 때도 책을 들고 나와서, 샤를이 떠들며 먹고 있는 동안 페이지를 넘겼다. 자작의 추억이 언제나 책속에 유령처럼 출몰했다. 그 사람과 작중 인물을 연결지어 생각했다. 그러나 자작을 둘러싼 동그라미는 점차 멀리 퍼져나가고, 그가 입고 있는 후광은 그에게서 더 멀리 자유롭게 번져서 다른 꿈들을 비춰 주었다.

엠마의 마음속에서 파리는 대양처럼 잔물결을 일으키며 따스한 금빛 안개 아래서 빛나고 있는 것 같았다. 그 혼잡 속에 북적대는 생활은 여러 부분으로 나뉘어지고, 각각 다른 장면으로 분류되어 있었다. 엠마에게는 그 가운데 두세 부분밖에 보이지 않았으며, 그것이 다른 모든 것을 가려서 그것만이 인간 생활 전체를 대표하는 것같이 생각되었다.

그 외교관 세계의 사람들은 사방에 거울을 댄 살롱에서 금빛 술을 단 비로드 테이블보를 씌운 타원형 탁자 언저리를, 반드르르 윤이 나는 마룻바닥을 왔다갔다하고 있었다. 거기에는 긴 옷자락의 의상과 큰 비밀, 미소 속에 감추어진 고민이 있었다. 다음에는 공작 부인들의 생활이 있었다. 모두 창백하고, 일어나는 시간은 오후 4시. 어느 여자나 속치마단에는 영국 레이스를 달았다. 남자들로 말하면, 경솔한 표정 아래로 지나친 수완을 부리고, 오후의 야외 놀이에서 말이 초주검이 되도록 달리거나, 여름에는 바덴바덴에 피서나 가고, 마흔이 다 되면 유산 있는 여자와 결혼하는 것이었다.

한밤중이 지나도 밤참을 먹을 수 있는 식당의 특별실에 모이는 문인들과 많은 여배우들의 생활도 있다. 휘황한 촛불 밑에 갖가지 무리들이 둘러앉아 왁자하게 담소하고 있었다. 모두 왕처럼 돈을 낭비하고, 꿈같은 야심과 터무니없는 열정에 차 있는 사람들이었다. 그것은 다른 것보다 한층 빼어난 생활, 공중에 떠 있고, 폭풍우에 싸인 생활, 무언가 숭고한 것이었다. 그 밖의 생활은 모두 분명한 장소를 갖지 못하거나, 존재조차 하지 않는 생활로 여겨졌다.

정말로, 사물이 가까우면 가까울수록 그녀의 생각은 그러한 것들에서 돌아서는 것이었다. 바로 옆에 있는 따분한 시골, 어리석은 소시민들, 평범한 생활, 이것들은 모두 이 세상의 예외로 자기만이 붙잡혀 억지로 끌려 들어가 있는 우연처럼 생각되었다. 반면에, 그녀의 눈이 닿는 한 아득히 먼 곳에는 행복과 정열의 광대한 왕국이 눈앞에 펼쳐져 있었다.

엠마는 그 욕구 속에서 관능적인 사치가 진정한 기쁨인 양 혼동하였고, 그리고 우아한 태도가 감정의 섬세함인 양 혼동하고 있었다. 사랑에도 열대의 식물처럼 그것을 위해 미리 준비된 땅과 특수한 기온이 필요한 것이 아닐까? 달빛 아래서의 한숨, 긴 포옹, 방심한 듯이 상대방에게 맡긴 손에 흐르는 눈물, 모든 격렬한 욕정과 애정의 괴로움, 이런 모든 것들은 다소 거대하고 조용한 저택의 발코니가 없다면, 그리고 두꺼운 융단에, 꽃이 넘치는 꽃바구니에, 한 단 높이 놓은 침대에, 비단 커튼을 친 여성의 거실이라든가 보석의 번쩍거림과 하인 제복의 장식끈의 번쩍거림, 이 모든 것들이 없다면 생각할 수 없었다.

아침마다 말을 돌보러 오는 역참의 젊은이가 억센 나막신을 신고 복도를 지나갔다. 작업복에는 구멍이 뚫리고 맨발에 베신을 신고 있었다. 이것이 겨우 짧은 바지를 입은 시동(侍童)의 대용인 셈이며, 이것으로 참아야 하는 것이다! 일이 끝나면 젊은이는 돌아가고, 그날은 다시 오지 않는다. 샤를이 밖에서 돌아오면 손수 말을 마구간에 넣고, 안장을 떼고, 굴레를 씌웠으며, 그동안에 하녀가 짚단을 가져다가 구유에 던져 넣어 주었다.

나스타지 대신(이 여자는 마침내 하염없이 눈물을 흘리면서 토스트를 떠났다) 엠마는 얼굴이 상냥하게 생긴 14살난 고아 소녀를 고용했다. 엠마는 이 소녀에게 무명 모자를 쓰지 못하게 하고, 주인에게 하는 말도 상류 사회식으로 가르치고, 물컵은 꼭 쟁반에 받쳐 들여오게 했으며, 들어오기 전에는 꼭 문을 노크하게 하고, 그 밖에 다림질하는 법, 풀 먹이는 법, 옷 입히는 법을 가르쳐서 자기의 시녀로 만들려고 했다. 새 하녀는 해고당하지 않으려고 불평 하나 없이 말을 잘 들었다.

그런데 마님은 언제나 찬장에 열쇠를 꽂아 놓은 채 그냥 두었기 때문에 소녀 펠리시테는 매일 저녁 설탕을 조금씩 꺼내가서 기도를 한 뒤 잠자리에서 몰래 먹곤 하였다.

오후가 되면 때때로 하녀는 마부들과 잡담을 하러 나갔다. 마님은 이층 거실에서 꼼짝도 하지 않았다.

엠마는 늘 단추를 끌러 놓은 채 실내복을 입고 있어서, 코르사주 장식꽃의 풍성한 주름들 사이로 금단추들이 달린 주름장식 속옷이 드러나 보였다. 장식이 있는 허리띠는 큰 술이 달린 꼰 끈이고, 조그마한 붉은 슬리퍼에는 폭이 넓은 매듭 리본이 달려서 발등을 덮고 있었다. 편지를 보낼 사람도 없으면서 그녀는 압지와 편지지, 펜대, 봉투를 사들였다.

그리고 장신구의 먼지를 닦고, 자신의 모습을 거울에 비춰보고, 책을 한 권꺼내 들어, 행간에서 꿈을 좇다가 무릎 위에 책을 떨어뜨리고 마는 것이었다. 그녀는 여행이 하고 싶어지기도 하고, 수도원으로 돌아가고 싶은 충동을 느끼기도 했다. 그녀는 파리에서 죽고 싶은 만큼이나, 파리에 가서 살고 싶기도 했다.

샤를은 비가 오나 눈이 오나 날마다 시골의 지름길로 말을 달렸다. 농가 식탁에 앉아 오믈렛을 먹고, 축축한 침대 밑에 손을 밀어 넣고, 뿜어나오는 미적지근한 얼굴에 맞고, 그는 빈사 상태에 빠진 병자의 끓는 가래소리를 듣고 대야 속을 살피고, 더러운 속옷의 단추를 충분히 끌러 놓는다. 그러나 그는 결국 자신의 생활로 돌아가는 것이었다. 밤이 되면 언제나 활활 타는 따뜻한 난로와 준비가 다 되어 있는 식탁, 푹신한 의자, 세련된 옷차림의 아름다운 아내를 볼 수 있었다. 아내는 매력이 있고, 향긋한 냄새가 났는데, 아내 살결의 향기이리라. 그는 아내의 실내 가운 자락을 집어 코끝에 갖다 대었다.

엠마는 여러 가지 멋을 부려 남편을 기쁘게 했다. 양초에 지금까지와는 다른 파피루스 촛대를 받치기도 하고, 옷단의 주름을 바꾸기도 하고, 아무것도 아닌 음식에 신기한 이름을 붙이기도 했다. 그러면 샤를은 하녀가 잘못 만든 형편없는 음식을 아주 맛있어하며 다 먹었다. 그녀는 루앙에서 여자들이 시계줄에 장식을 몇 개나 달고 있는 것을 보았으므로, 그런 장식품을 샀다. 그리고 벽난로 위에는 푸른 유리항아리를 놓고 싶어했다. 또 한참 지나니 상아로 만든 반짇고리와 은으로 도금한 골무를 사고 싶어했다.

샤를은 그런 미묘한 것들을 이해하지 못했으므로 더 한층 현혹적인 매력을 느꼈다. 그런 물건들은 그의 관능의 쾌감과 가정의 즐거움에 무언가를 덧붙여 주었다. 다시 말해서 그의 생애의 오솔길에 깔리는 금모래 같은 것이었다.

샤를은 건강하고 혈색이 좋았다. 이제 세상의 신용도 얻었다. 거만하지 않아서 시골 사람들에게 호감을 샀다. 아이들을 사랑하고, 술집엔 발도 들여 놓지 않았다. 누구나 그의 품행을 믿었다. 그는 특히 코감기성 질환과 폐병을 잘 고쳤다. 환자를 죽일까 무서워 사실상 진정제 이외의 처방은 거의 하지 않았고, 간혹 구토약이나 족탕(足湯) 또는 흡각(吸角)방법을 썼다. 그렇다고 외과 수술을 겁내서 마다한다는 얘기는 아니고, 마치 말에서 피를 뽑듯 나쁜 피를 깨끗이 뽑아 주었고, 이를 뺄 때는 '사정없는 힘'을 발휘하곤 했다.

이윽고 그는 '시대에 뒤떨어지지 않기 위해' 안내 광고에서 본 '의학 통보'를 구독했다. 저녁식사 뒤에 조금씩 읽었는데, 따뜻한 방안 온도와 나른한 식사 뒤의 쾌감으로 5분만 지나면 그만 좋았다. 그러다가 두 손으로 턱을 괴고 숱많은 머리칼을 램프 받침대에 늘어뜨린 채 꼼짝도 하지 않았다. 엠마는 이 모습을 보고 어깨를 움츠렸다. 그리고 밤 늦게까지 책을 읽으며 열심히 공부하는 열정적이고도 과묵한 남자, 예순이 다 되어 류머티즘에 걸릴 나이가 되면, 서툴게 재단한 검은 옷에 훈장을 줄줄이 달고 다니는 그런 남자를 왜 남편으로 갖지 못했던가 하고 생각했다. 자기의 성(姓)이 된 보바리가 유명해지기를 그녀는 바랐다. 이 이름이 서점에 진열되고, 신문에 되풀이되어 나타나고, 프랑스 곳곳에 알려지기를 바랐다. 그런데 샤를은 도무지 야심이 없었다.

최근 진찰에 입회한 이브토의 한 의사가, 병자의 머리맡에서 가족과 친지들이 모여 있는 가운데 샤를에게 약간 모욕을 준 일이 있었다. 그날 밤 샤를한테서 이 말을 들은 엠마는 분해서 그 의사에게 마구 욕을 퍼부었다. 그것을 보고 샤를은 기뻐했다. 눈물을 글썽이며 아내의 이마에 키스했다. 그러나 엠마는 창피해서 더욱 화가 치밀어 남편을 때려 주고 싶어졌다. 그녀는 복도로 나가 창문을 열어젖히고 마음을 진정시키기 위해 찬 공기를 들이마셨다.

"정말 서글픈 사람이야! 정말 서글픈 사람!"

그녀는 입술을 깨물며 몇 번이나 중얼거렸다.

게다가 요즘 그녀는 남편에게 짜증을 내는 일이 많아졌다. 남편은 나이를 먹을수록 점점 경박해졌다. 디저트 때 빈 병마개를 칼로 자르기도 하고, 음식을 먹은 뒤 혀로 이를 핥기도 하고, 수프를 먹을 때 번번이 목구멍에서 소리를 내곤 했다. 게다가 요즘은 살이 찌기 시작해 본디 작은 눈이 살찐 볼에 밀려 이마쪽으로 바싹 올라붙은 것처럼 보였다.

엠마는 이따금 남편이 입고 있는 웃옷의 빨간 가장자리를 조끼 속에 밀어넣어 주기도 하고, 비뚤어진 넥타이를 고쳐주기도 하고, 그가 끼려고 하는 빛바랜 장갑을 빼앗아 한 쪽으로 던져 버리기도 했다. 그러나 그것은 샤를도 짐작하고 있었듯이 그를 위해서가 아니라, 그녀 자신을 위해서, 그녀의 참을 수 없는 이기적인 기분과 신경질적인 초조감 때문에 하는 일이었다.

또 가끔 엠마는 자기가 읽은 소설의 한 구절이라든가, 새로운 희곡이라든가, 신문에서 읽은 상류 사회의 가십 같은 것을 남편에게 들려 주었다. 샤를은 어쨌거나 말상대는 되었고, 언제나 귀는 열려 있었고, 항상 맞장구를 쳐 주었기 때문이다. 엠마는 그레이하운드한테도 갖가지 이야기를 털어놓지 않았던가! 심지어 난로 속의 장작이라든가 시계의 추를 향해서도 속마음을 털어놓을 지경이었다.

그러나 마음 저 밑바닥에서는 뭔가 사건이 일어나기를 기다리고 있었다. 마치 난파선의 선원처럼 자기의 고독한 생활을 절망적인 눈으로 훑어보면서 아득히 먼 수평선이 안개로 변하는 곳에서 흰 돛이 나타나지 않나 찾고 있었다. 자기가 찾는 그 우연이 무엇인지, 그 우연을 자기 쪽으로 불어 날려 보내 주는 바람은 어떤 바람인지, 그것은 앞으로 자기를 어떤 해안으로 데려다 줄 것인지. 돛대가 세 개나 달린 배인지? 그 배에는 고민이 실려 있는지, 아니면 행복이 현창까지 가득 쌓여 있는지 그녀는 알 수 없었다.

다시 봄이 돌아왔다. 배꽃이 피고 겨우 따뜻해지자 엠마는 자주 숨이 막힐 듯한 기분을 느꼈다.

7월 첫무렵부터 벌써 엠마는 10월이 되려면 몇 주일이나 남았는가 손꼽아 보았다. 어쩌면 그때쯤 앙데르빌리에 후작이 다시 보비에사르에서 무도회를 열지도 모른다는 생각이 들었기 때문이다. 그러나 9월이 다 가도록 편지 한 통 없고, 사람도 찾아오지 않았다.

이 기대가 무너지자 그녀의 마음은 고통 끝에 다시 공허해졌다. 그리고 여전히 변화없는 나날이 계속되었다.

앞으로 이런 비슷한 나날이 영원히 변함없이, 무엇 하나 남기지 않고 계속되는 것이다. 다른 사람들의 생활은 아무리 평범해도 뭔가 사건이 일어날 기회가 있다. 그리고 생각지도 않은 하나의 사건으로 인해 끊임없는 운명의 비틀림이 일어나는 수도 있으며, 그리하여 무대의 배경이 확 바뀌는 것이다. 그러나 그녀에게는 무엇 하나 일어나지 않았다. 이것이 하느님의 뜻인 것이다! 미래는 캄캄한 복도이고, 그 끝의 문은 꽉 닫혀 있다.

그녀는 음악을 그만두었다. 피아노를 친들 무슨 소용 있는가? 누가 들어 주는가? 음악회에서 소매가 짧은 비로드 드레스를 입고, 에라르제 피아노 앞에 앉아 상아 건반을 경쾌하게 두드리며 주위에서 일어나는 황홀한 속삭임을 미풍같이 느낄 수 없다면, 구태여 연습은 해서 무엇하겠는가. 스케치북도, 놓다만 자수도 모두 장롱 속에 처넣어 버렸다. 그게 무슨 소용 있는가? 뭣 때문에 해야 하는가? 바느질조차 짜증스러워졌다.

'읽을 것도 죄다 읽었다.'

그녀는 마음 속으로 중얼거렸다.

그리고 벽난로용 부젓가락을 뒤적이며, 비가 내리는 것을 꼼짝도 않고 바라보았다.

일요일, 교회의 저녁 기도 종이 울릴 때마다 그녀의 마음은 얼마나 슬프던지! 찢어지는 듯 땡그랑 땡그랑 울리는 종소리에 멍하니 귀를 기울이고 있었다. 지붕 위에는 어느 고양이가 살금살금 걸으면서 엷은 햇살에 등을 구부리고 있었다. 길 위로 바람이 먼지를 일으키며 지나갔다. 때때로 먼 데서 개 짖는 소리가 들려왔다. 종은 같은 간격을 두고 계속 단조롭게 울리고, 그 소리는 먼 들판으로 사라져 갔다.

이윽고 성당에서 사람들이 쏟아져 나왔다. 반들반들하게 닦은 나막신을 신은 여자, 새 작업복을 입은 농부, 그 앞을 모자도 쓰지 않은 채 깡충깡충 뛰어가는 아이들, 모두들 집으로 발길을 돌렸다. 그리고 언제나 똑같은 얼굴의 남자 대여섯 명이 술집의 큰 문 앞에서 어두워질 때까지 코르크놀이를 하고 있었다.

그해 겨울은 몹시 추웠다. 아침마다 유리창에 성에가 끼었다. 그것을 통과해서 비쳐드는 햇빛은 젖빛 유리를 지날 때처럼 뿌옇고, 하루 종일 그대로 변치 않을 때도 있었다. 그런 날은 저녁 4시가 되면 벌써 램프를 켜지 않으면 안 되었다.

맑은 날이면 그녀는 뜰로 내려갔다. 양배추 위에 이슬이 은빛 레이스처럼 덮여 있는가 하면, 맑고 긴 실이 되어 길게 늘어져 있었다. 새소리도 들리지 않고, 짚에 덮인 산울타리의 과일나무도, 벽의 갓돌 밑에 병든 뱀처럼 늘어져 있는 포도 나무도 모두 잠든 것처럼 보였다. 그러나 가까이 가보면, 발이 많은 쥐며느리가 기어다니고 있었다. 산울타리 옆의 가문비나무 속에는 삼각 모자를 쓰고 기도서를 든 신부의 석고상이 오른쪽 다리를 잃은데다가 서리 속에서 마모된 석고가 얼굴에 흰 버짐들을 남겨놓고 있었다.

그리고 그녀는 다시 방으로 올라가 문을 닫고 불씨를 일구었다. 그러면 난로의 온기에 온 몸의 힘이 쑥 빠진 듯이 되어 더 한층 무거운 권태가 엄습하는 것을 느꼈다. 아래 층에 내려가서 하녀와 잡담이라도 나누고 싶었으나 얼핏 부끄러운 생각에 그만두곤 했다.

매일 같은 시각에, 까만 명주 모자를 쓴 초등학교 교사가 자기 집 덧문을 열어놓았다. 산림 감시원이 작업복에 칼을 차고 지나갔다. 아침저녁으로 역마차의 말이 세 마리씩 거리를 가로질러 연못에 물을 마시러 갔다. 때때로 술집 문에 달린 요령이 짤랑짤랑 울렸다. 그리고 바람이 부는 날이면 이발소의 간판으로 쓰는 작은 놋접시 세트의 접시들이 두 기둥에 매달려 삐걱거리는 소리를 냈다. 그 가게는 장식으로 유리창에 낡은 유행 판화를 붙여 놓고, 양초로 만든 노랑머리 여자 흉상을 놓아 두었다.

이 이발소 주인 역시 막다른 골목에 다다른 자기 직업과 희망 없는 장래를 탄식하고 있었다. 루앙 같은 큰 도시의 부두가라든가 극장 옆쯤에 가게를 차리는 것을 꿈꾸면서, 종일 침울한 표정으로 시청에서 교회까지 외가닥의 길을 손님을 기다리며 왔다갔다하고 있었다. 보바리 부인이 눈을 들면, 이 이발소 주인이 터키식 모자를 삐딱하게 쓰고서 나사웃 차림으로, 언제나 보초병처럼 서 있는 것이 보였다.

오후에 가끔 거실의 창 너머로 남자의 얼굴이 나타날 때가 있었다. 햇빛에 그을은 얼굴에 검은 구레나룻을 기르고, 흰 이를 드러내며 천천히 빙그레 웃었다. 그러면 곧 왈츠곡이 시작되고, 오르간 위의 작은 살롱에서 손가락 크기의 남녀가 춤을 추기 시작했다. 장미색 터번을 감은 여자, 모닝 코트를 입은 티롤 남자, 야회복을 입은 원숭이들과 바지를 입은 신사들, 이런 것들이 안락의자와 긴 의자와 소용돌이 모양의 다리를 가진 객실 탁자 사이를 빙글빙글 돌았다. 이 조그만 거실 안의 광경은 유리조각들을 가늘게 금종이 끈으로 붙여 이은 유리렌즈에 거울처럼 비쳤다. 남자는 좌우를 살피고 여러 창문들을 올려다보면서 영사기계 핸들을 돌렸다.

때때로 길 가 경계석에서 누런 침을 뱉고 어깨에 멘 가죽 멜빵이 무거워 기계를 무릎으로 추스려 올렸다. 상자에서 나오는 음악은 어떤 때는 탄식하듯 지루하게 계속되고, 또 어떤 때는 활기차고 명랑하게 호박단 커튼을 통해 날아들어와 아라베스크풍의 놋석쇠 뒤에서 멈추었다. 그것은 무대 위에서 연주되는 곡, 살롱에서 부르는 노래, 밤에 휘황한 샹들리에 불빛 아래에서 춤추는 음악, 다시 말해서 여기와는 별개의 어딘가 다른 곳에서 엠마에게 들려 오는 사교계의 메아리였다. 그녀의 머릿속에 스페인의 사라반드 무곡이 계속 울려 퍼지고, 꽃무늬 양탄자를 밟는 인도 무희처럼 그녀의 마음은 선율과 함께 뛰놀고 꿈에서 꿈으로 애수에서 애수로 떠돌아다녔다. 남자는 모자에 동냥을 받은 뒤 낡은 푸른색 나사 포장을 내려 오르간을 등으로 돌리고 무거운 다리를 끌며 멀어져 갔다. 그녀는 그의 뒷모습을 눈으로 전송했다.

그녀가 특히 참을 수 없는 것은 아래층의 조그만 식당에서 식사하는 시간이었다. 벽난로에서는 연기가 나고, 문은 삐걱거리고, 벽은 물기가 스며나와 얼룩지고, 돌바닥은 축축했다. 괴로운 생활의 쓴맛이 그대로 그녀의 접시에 담겨 나오는 것 같았다. 그리고 고기 삶는 김에 섞여서 그녀 영혼의 밑바닥으로부터도 메스꺼운 다른 입김이 솟아올랐다. 샤를은 매우 천천히 먹었다. 그녀는 개암을 씹기도 하고, 팔꿈치를 짚고는 칼 끝으로 방수 테이블보에 줄을 긋기도 했다.

그녀는 이제 가사는 일체 돌보지 않았다. 시어머니가 사순절의 며칠을 토스트에서 보내려고 왔다가 이 변화를 보고 깜짝 놀랐다.

사실 전에는 그처럼 몸치장에 신경을 쓰고 취미가 고상했던 엠마가 지금은 며칠이나 옷도 갈아입지 않았으며, 쥐색 무명 양말을 신거나, 양초 토막에 불을 켜거나 했다. 부자가 아니니까 절약해야 한다고 몇 번이나 되풀이해 말하고, 자신은 대단히 행복하고 만족하며 토스트는 정말 좋은 곳이라는 둥 이상한 소리를 해서 시어머니는 할 말을 잃었다. 엠마는 이제 시어머니의 충고 같은 것은 들을 생각이 전혀 없는 듯했다. 한번은 보바리 노부인이, 주인이란 하인의 신앙에 대해서도 신경을 써야 하는 법이라고 말했을 때, 이에 대답한 엠마의 눈초리가 너무나 노기에 차 있고 입가에 뜬 미소가 너무나 차가워 시어머니는 다시는 참견하지 않게 되었다.

엠마는 점점 까다롭고 변덕스러워졌다. 자기만을 위해 요리를 만들게 하고는 손도 대지 않는가 하면, 어떤 날은 하루 종일 우유만 마시고 이튿날은 홍차를 열 잔이 넘게 마셨다. 밖에 나가지 않겠다고 고집을 부리는가 하면, 가슴이 답답하다고 창문을 열어 놓고는 얇은 옷을 꺼내 입기도 했다. 하녀를 실컷 혼내고서는 물건을 주기도 하고, 이웃집으로 놀러 보내기도 했다. 이런 식으로 별로 마음이 부드러운 편도 아니면서, 그리고 시골 출신 대부분이 그렇듯이 아버지 손에 박힌 굳은 살 같은 딴딴한 마음으로 다른 이의 감정에 무관심하면서, 거지에게 지갑에 있는 은화를 몽땅 털어 주기도 했다.

2월이 다 지나갈 무렵 루오 노인은 자기 건강이 완전히 회복된 기념으로 훌륭한 칠면조 한 마리를 손수 사위에게 가지고 와서, 토스트에서 사흘 묵고 갔다. 샤를은 환자를 봐야 하기 때문에 엠마가 그 상대를 했다. 노인은 침실에서 담배를 피우고 벽난로의 장작 시렁에 침을 뱉어 가면서, 농사에 관한 얘기라든가 송아지, 젖소, 닭, 촌의회에 대한 얘기를 늘어놓았다. 그리고 노인은 돌아갔는데, 그때 엠마는 문을 닫으며 자기도 모르게 안도의 한숨을 내쉬고는 스스로도 깜짝 놀랐다.

게다가 그녀는 이제 어떤 일에도 또 어떤 사람에게도 경멸감을 감추지 않게 되었다. 그리고 이따금 엉뚱한 의견을 꺼내어, 남이 좋다고 하는 것은 나쁘다고 말하고, 부도덕한 것은 좋다고 찬양했다. 이에는 남편도 놀라 눈이 둥그래졌다.

이런 비참한 상태가 언제까지나 계속될 것인가? 영원히 빠져나갈 수 없는 것일까? 그렇다고 그녀의 가치는 행복하게 살고 있는 다른 어느 여자보다도 못하지 않다! 보비에사르에서 후작부인을 몇 명이나 보았지만, 자기보다 용모도 미웠고 거동도 천했다. 그래서 그녀는 신의 불공평을 증오하면서 벽에 머리를 기대고 울었다. 그녀는 법석거리는 생활과 가면무도회의 밤, 방종스러운 쾌락, 그런 것들이 줄 자기가 모르는 모든 열광이 부러워서 견딜 수 없었다.

그녀는 점점 창백해지고, 가슴이 두근거리는 증세가 생겼다. 샤를은 쥐오줌풀의 뿌리를 달인 약을 먹이고, 장뇌를 탄 캠퍼 목욕을 시켰다. 그러나 남편이 무엇인가를 권하면 할수록 그녀의 화증은 더 심해지는 것 같았다.

어떤 날은 열에 들뜬 것처럼 하루 종일 떠들어댔다. 그런 흥분 뒤에는 돌연 무기력 상태에 빠져서 말도 안하고 꼼짝도 하지 않았다. 그럴 때는 오드콜로뉴 화장수 한 병을 몽땅 그녀의 두 팔에 뿌려 주어야 기운을 되찾는 것이었다.

아내가 쉴새없이 토스트에 대한 불평을 늘어놓으므로 샤를은 그녀의 병이 혹시 풍토에서 온 영향이 아닌가 생각했다. 그런 생각이 굳어지자 그는 다른 곳에 가서 개업할 것을 진지하게 생각하기에 이르렀다.

그때부터 그녀는 마르기 위해 식초를 마시고서 가벼운 기침을 해가며, 완전히 식욕을 잃었다.

4년간이나 살았고, 이제 막 자리가 잡히기 시작할 때 토스트를 떠난다는 것은 샤를로선 괴로운 일이 아닐 수 없었다. 그러나 꼭 그래야 한다면 하는 수가 없다! 그는 아내를 데리고 루앙에 가서 옛 스승에게 진찰을 받아 보았다. 신경성 병이라고 했다. 이사하는 것이 좋을 것 같았다.

여기저기 수소문한 끝에 뇌샤텔 지구에 용빌라베이라는 소도시가 있고, 그곳 의사는 폴란드 망명자로 지난 주에 그곳을 떠났다는 것을 알았다. 그는 그곳에 있는 약제사에게 편지를 내어, 주민 수와, 가장 가까운 곳에 있는 동업자와의 거리, 전 의사의 수입 등을 물어보았다. 답장은 만족할 만한 것이었기 때문에, 그는 엠마의 건강이 끝내 회복되지 않으면 봄쯤에 이사하기로 결심했다.

어느 날, 엠마는 출발 준비로 서랍을 정리하다가 뭔가에 손가락을 찔렸다. 그것은 결혼 꽃다발의 철사였다. 오렌지 봉오리는 먼지로 노랗게 변색되어 있었다. 은빛 가두리의 공단 리본은 가장자리에서 풀려 있었다. 엠마는 꽃다발을 불 속에 던졌다. 그것은 마른 짚보다 더 빨리 타올랐다. 그리고 재 위에 새빨간 덤불 모양을 만들더니 서서히 스러져서 없어졌다. 엠마는 그것이 타는 것을 가만히 지켜보았다. 마분지로 만든 조그만 열매가 터지고 철사는 휘고 장식끈은 녹았다. 그리고 종이 꽃잎은 쪼그라져서 까만 나비처럼 난로 철판 속을 한들한들 돌아다니다가 끝내는 연통 속으로 날아가 버렸다.

3월, 토스트를 떠났을 때, 보바리 부인은 임신하고 있었다.

제2부

1

용빌라베이는, 지금은 흔적조차 남아 있지 않는 카퓌생의 낡은 수도원이 여기에 있었기 때문에 이렇게 불리는 곳으로, 루앙에서 32킬로미터 거리인 작은 상업도시이며, 아브빌 가도와 보베 가도 사이의 골짜기 분지에 있었다. 이 골짜기에서 있는 리윌 강은 하구 가까이에서 세 군데 물방앗간을 돌리고 흐르다가 마을을 깨끗이 씻어주고 조그마한 개울을 통해 앙델 강으로 흘러갔다. 이 강에는 숭어가 있어 일요일이면 아이들이 낚시질을 하며 즐긴다.

국도를 라 부아시에르에서 벗어나 뢰 언덕 위까지 평평한 길을 따라가면, 거기에서 이 분지가 내려다보인다. 가로지른 개울이 분지를 뚜렷하게 다른 두 지역으로 갈라놓고 있다. 왼쪽은 완전히 목초지이고, 오른쪽은 경작지이다. 목장은 연속되는 낮은 언덕들 아래에서 쭉 넓혀져 마침내 브레 지방의 목초지와 이어져 있고, 동쪽에는 느린 경사를 이룬 평원의 황금빛 보리밭이 눈이 닿는데까지 펼쳐져 있었다. 초원의 가장 자리를 흐르는 물이 목장의 빛깔과 밭의 빛깔을 한 개의 흰 선으로 갈라 놓아, 들판은 마치 가장자리가 은빛 장식끈으로 둘려진 녹색 우단 깃이 달린 커다란 외투를 펼쳐 놓은 것 같았다.

이곳에 오면, 앞쪽 지평선 끝에 있는 아르게이유의 떡갈나무 숲들과, 위에서 아래까지 고르지 않은 붉은 선이 그어진 생쟝 언덕의 절벽이 보인다. 그것은 빗물 자국이다. 산의 잿빛에 대비되어 뚜렷이 보이는 이 벽돌색의 가는 줄은 그 주변에 솟아나오고 있는 많은 철분이 섞인 온천 때문이다.

이곳은 노르망디와 피카르디와 일 드 프랑스와의 경계이며, 경치에 특색이 없는 것처럼 언어에도 두드러진 억양이 없는 어중간한 곳이다. 이 구역 전체에서 가장 나쁜 뇌샤텔 치즈를 만드는 곳이 바로 여기다. 또 한편으로 모래와 자갈뿐인 퍼석퍼석한 땅을 기름지게 하기 위해서는 많은 비료가 들기 때문에 경작하는 데도 비용이 많이 든다.

1835년까지는 용빌에 오는 길다운 길이 하나도 없었다. 그러나 그 무렵에 지방국도가 생겨서 이 길을 통해 아브빌 가도가 아미앵 가도에 연결되어, 때때로 루앙에서 플랑드르 지방으로 가는 짐마차꾼들이 이용하고 있다. 그런데 용빌 라베이는 말하자면 새 출구가 생겼는데도 별로 발전하지 않았다. 이곳 사람들은 농사일을 개량하지 않고, 아무리 생산이 빈약하더라도 여전히 방목장을 계속하고 있다. 그래서 이 게으른 마을은 평야 쪽으로 뻗지 않고 자연히 개울 쪽으로 퍼져나갔다. 이 마을은 목초지에서 멀리 떨어져 있고, 강기슭을 따라 계속 자라났다. 멀리에서 보면 마치 물가에서 소치는 목동이 낮잠이라도 자고 있는 것처럼 길게 누워 있는 것이 보인다.

언덕 기슭의 다리를 건너면 어린 사시나무들을 심은 길이 시작되고, 이 길을 일직선으로 따라가면 처음으로 옹기종기 모여있는 집들이 있다. 이 집들은 모두 산울타리에 둘러싸여서 마당 한가운데에 서 있고, 마당에는 포도를 압착하는 곳, 짐차를 두는 곳, 사과주를 만드는 증류장 등의 건물들이 사다리처럼 멋지게 가지를 뻗은 울창한 나무들 밑에 흩어져 있다. 나뭇가지에는 사다리며 장대며 큰 낫이 걸려 있다. 짚을 이은 지붕은 눈 위까지 깊숙이 덮어쓴 털모자처럼 얕은 창의 거의 3분의 1까지 내려와 있다. 창유리는 병 밑바닥처럼 가운데가 툭 튀어나와 있었다. 검은 목재들보가 대각선으로 가로질러 있는 석회벽에는 군데군데 앙상한 배나무가 기대어 있고, 아래층 입구에는 조그마한 회전울짱이 있는데, 이것은 사과주가 밴 빵조각을 쪼아먹으려고 병아리가 문지방에 올라오는 것을 막기 위한 것이다.

마을 안으로 들어감에 따라 안마당은 점점 좁아지고, 집들이 붙어 있어서 산울타리는 없어진다. 빗자루 끝에 매단 고사리 묶음이 창 밑에서 흔들리고 있다. 말발굽에 편자 박는 대장간이 있고, 다음에 수레 만드는 목공소 앞에는 짐마차 두서너 대가 길로 비어져 나와 있다. 이윽고 울타리 너머로 손가락을 하나 입에 대고 있는 큐피드 상으로 장식한 둥근 잔디밭 저편에 하얀 집이 나타난다. 돌층계 양쪽에는 무쇠 항아리가 놓여 있고, 입구에는 방패 모양의 표지가 빛나고 있다. 공증인의 저택으로 이 동네에서 가장 훌륭한 집이다.

성당은 스무 걸음쯤 더 가서 한길 건너편 광장 입구에 있다. 성당을 둘러싼 조그마한 묘지는 팔꿈치 높이의 담에 둘러싸였고, 무덤이 너무 많아 땅바닥에 평평하게 묻은 묘석이 마치 포장석처럼 깔려 있으며, 그 틈에 잡초가 자라 반듯한 녹색의 정방형을 이루고 있다. 이 교회는 샤를 10세의 통치가 끝날 즈음에 다시 지어진 것이다. 나무로 만든 둥근 천장은 위쪽에서 썩기 시작해서 파랗게 칠을 한 곳이 군데군데 거뭇하게 들어가 있다. 파이프오르간이 있어야 할 입구 위쪽에는 남자용 자리가 마련되어 있고, 거기에 나막신 아래서 반향이 울리는 나선형 층계가 붙어 있다.

무늬 없는 유리창으로 들어오는 밝은 햇빛은 벽 옆에 직각으로 놓인 걸상을 비스듬히 비추고, 걸상에는 군데군데 돗자리가 못으로 박혀있고 그 돗자리 위쪽에 '아무개 씨 자리'라고 큰 글씨로 씌어 있다. 좀더 안쪽 좁은 곳에는 고해실이 조그마한 성모상과 마주 보고 있다.

성모상은 공단 옷을 입고 은별이 아로새겨진 엷은 망사 베일을 쓰고, 샌드위치 군도의 우상처럼 볼이 붉게 칠해져 있다. 끝으로 내무 대신이 기증한 '성가족'의 복제 그림 한 장이, 네 개의 촛대 사이로 제단을 내려다보고 있는데, 그것이 깊은 안쪽을 막고 있다. 소나무로 만든 성가대 걸상은 칠하지 않은 채 그대로 있다.

시장이라야 스무 개쯤 되는 기둥으로 기와 지붕을 받친 것이지만, 그래도 용빌 광장을 거의 절반이나 차지하고 있다. 시청은 파리의 어느 건축가의 설계로 세워진 그리스 신전 양식인데, 이것이 약제사의 집과 나란히 길모퉁이에 있다. 그 맨 아래층에는 이오니아식 기둥이 세 개 서 있고, 2층에는 반원형의 전시실 위쪽에 반원형의 홍예벽이 왕관처럼 장식되어 있고 거기에 프랑스 고을식의 수탉 한마리가, 한쪽 발은 프랑스 헌장 위에 나머지 발은 정의의 저울을 디디고 전시되어 있었다.

그러나 무엇보다도 사람의 눈을 끄는 것은 '황금사자'라는 여관 맞은편에 있는 오메 씨의 약국이다. 특히 저녁때 켕케식 기름 등잔에 불이 켜지고, 진열장을 장식한 빨갛고 파란 약병들이 그 빛을 멀리 땅 위에 비칠 때이다. 그빛을 통해 마치 벵갈 꽃불 속의 사람처럼, 약제사의 그림자가 잠깐씩 보인다. 그의 집에는 위에서 아래까지 영국 글씨체, 둥근 글씨체, 활자체 대문자로 쓴 약품 이름이 붙어 있다. 비시수(水), 셀츠수, 바레주수, 정화제, 라스파유 씨 약, 아라비아 분말, 다르세 정제, 르뇨 연고, 붕대, 욕제(浴劑), 약용 초콜릿 등등.

약국 입구 전체를 가득 메우는 간판에는 '약제사 오메'라고 금빛 글씨로 씌어 있다. 또 가게 안쪽 카운터 위에 있는 고정된 커다란 저울 뒤에는 '조제실'이라는 글씨가 유리문 위쪽에 가로 씌어 있고, 그 문 한복판쯤에도 검은 바탕에 금박이 글씨로 다시 '오메'가 되풀이되어 있다.

이 밖에 용빌에는 아무것도 볼 만한 것이 없다. 거리는 하나밖에 없다. 겨우 소총탄의 사정 거리 정도의 길이고 양쪽에 대여섯 개의 가게가 서 있지만, 한 길의 구부러지는 모퉁이에서 집은 뚝 끊어진다. 그 한길을 오른쪽으로 두고 생 쟝 언덕 밑을 따라가면 곧 묘지에 다다른다.

콜레라가 유행했을 때, 이 묘지를 늘이려고 담 한쪽을 헐고 이웃 토지를 3에이커쯤 사들였으나, 이 새로운 장소는 거의 비어있었고 무덤은 여전히 입구 가까이만 채워 나갔다. 무덤파는 사람 겸 교구 하급직원을 겸하고 있는 묘지기(이리하여 교구의 시체에서 이중 이익을 얻고 있는 사나이)는 빈터를 이용하여 감자를 심었다. 그러나 그 조그마한 밭은 해마다 좁아져 갔다. 그래서 만약 유행병이라도 번지면, 사람이 죽는 것을 기뻐해야 할 것인지, 무덤이 느는 것을 슬퍼해야 할 것인지 갈피를 잡지 못하게 된다.

"자넨 죽은 사람을 먹고 살고 있어, 레스티부두아!"

어느 날 본당 신부가 마침내 그에게 말했다.

이 섬뜩한 말을 듣고 그는 생각에 잠겼다. 그리고 한동안 감자심기를 하지 않았다. 그러나 지금은 감자심기를 계속하고 있을 뿐만 아니라, 감자는 제멋대로 나는 거야, 하고 태연스레 말하고 있다.

이제부터 이야기하려는 사건이 있은 뒤로 용빌에는 아무런 변화도 일어나지 않았다. 성당의 높은 종각에는 여전히 양철로 만든 삼색기가 돌고 있고, 잡화상 밖에서는 지금도 사라사로 만든 길쭉한 기치 두 폭이 바람에 나부끼고 있으며, 약제사 가게의 태아(胎兒) 표본은 흰 곰팡이 진흙 다발처럼 흐린 알콜 속에서 점점 더 썩어 가고 있고, 여관의 큰 대문 위에는 비를 맞아 퇴색한 낡은 황금사자가 지나가는 사람들에게 변함없이 복슬개처럼 털을 보여주고 있다.

보바리 부부가 용빌에 도착하게 되어 있던 날 저녁, 이 여관의 과부 여주인인 르프랑수아는 몹시 바빠 국남비를 휘저으며 구슬 같은 땀을 흘리고 있었다. 다음 날은 이 마을에 장이 서는 날이었다. 미리 고기를 썰어 놓고, 닭 내장을 빼놓고, 수프며 커피를 만들어 놓지 않으면 안 되었다. 게다가 묵어 가는 손님의 식사까지 준비해야 했다. 의사와 그 부인과 하녀의 식사다.

당구실은 웃음소리로 떠들썩했다. 조
그만 홀에서는 세 사람의 물방앗간 주인
들이 브랜디를 가져오라고 소리치고 있
었다. 장작이 타고, 불똥이 튀고, 부엌의 긴
식탁 위에는 잘라 놓은 양의 날고기 덩어리들 사이에 접시가 높다랗게 쌓여,
시금치를 잘게 써는 도마의 진동으로 건들거리고 있었다. 하녀가 잡아서 목을
자르려고 쫓아다니는 닭들이 뒷마당 닭장에서 비명을 지르고 있었다.

금빛 술이 달린 우단 모자를 쓰고, 푸른 가죽 실내화를 신은, 얼굴에 조금

얽은 자국이 있는 사나이가 난로에 등을 녹이고 있었다. 그의 얼굴에는 오로지 자기만족만 나타나 있었다. 그의 머리 위에 걸린 버드나무 새장 속에 있는 방울새처럼, 그는 인생을 차분하게 살아가는 인물인 것 같다. 그가 바로 약제사였다.

"아르테미즈!" 여관집 여주인이 소리쳤다. "장작 좀 패고, 주전자에 물을 담아 브랜디를 손님에게 갖다 드려라, 빨리빨리! 당신이 기다리고 있는 손님들에겐 어떤 디저트를 드려야 좋을까요? 어머나! 이삿짐을 나르는 저 짐꾼들이 당구실에서 또 떠들기 시작하네! 저 사람들이 어쩌려고 짐 마차를 문 앞에 내버려두고 저 모양이지! 역마차 '제비'가 도착하면 부딪쳐서 망가져 버릴 텐데! 폴리트를 불러서 짐마차를 빨리 옆으로 비켜 놓으라고 그래! ……아 글쎄, 오메 씨, 아침부터 저 사람들 아마 열다섯 번은 내기를 했을 거예요. 사과주를 여덟 병이나 비웠답니다…… 저러다간 당구대 나사 천을 찢어 버리겠어요."

그녀는 손에 거품 뜨는 숟갈을 쥐고, 눈은 멀리 당구치는 패들을 바라보며 말했다.

"크게 손해 볼 것도 없어요."

오메 씨가 대답했다.

"하나 더 사면 되니까."

"당구대를 하나 더 사요?"

과부는 소리를 높였다.

"저것은 이제 못 쓰겠던 걸요, 르프랑수아 부인. 늘 말하지만, 잘못하고 있어요! 암, 잘못 생각하고 있고말고! 게다가 요즈음 당구 애호가들은 포킷은 작고 큐는 무거운 걸 좋아한답니다. 이젠 아무도 옛날식 당구는 하지 않아요. 모든 것이 다 변했단 말입니다! 시대의 풍조를 따라가야 해요! 텔리에를 좀 봐요……."

여주인은 화가 나서 얼굴이 시뻘개졌다. 약제사는 덧붙여 말했다.

"그 집 당구대는 당신이 뭐라고 말한대도 여기 것보다는 훨씬 멋지단 말예요. 게다가 이를테면 폴란드 난민 구제라든가 또는 리옹의 수재민 구제를 위한 의연금을 걷기 위해서 당구대회를 연다든가 하는 구상은……."

"그런 아무짝에도 쓸모없는 인간, 나는 조금도 두렵지 않아요." 여주인은 뚱뚱한 어깨를 으쓱거리면서 말을 가로막았다. "왜 이러세요, 오메 씨. '황금사자'

가 서 있는 한, 손님은 와줄 거예요. 암요, 우리에게는 이래봬도 히든카드가 있는걸요! 두고 보세요, 어느 날 아침에 일어나 보니까 '카페 프랑세'는 문이 닫혔고, 덧문에 보기좋게 딱지가 붙은 걸 보게 될 테니! 우리 당구대를 바꾸다니. 저 당구대는 빨랫거리를 늘어놓기에 꼭 알맞은데다, 사냥철에는 손님을 여섯이나 그 위에 재운 적도 있는데……. 그나저나, 이놈의 느림보 이베르는 아직도 안 오네!"

"이베르가 올 때까지 기다렸다가 손님 식사를 내놓을 작정인가요?"

약제사는 물었다.

"그 녀석을 기다려요? 기다리는 건 비네 씨죠! 그는 6시 종만 치면 어김없이 들어오신답니다. 그렇게 꼼꼼한 양반은 이 세상엔 또 없을 거예요. 그리고 언제나 저 조그만 방에 있는 자리가 아니면 마음에 안 드신답니다! 딴 자리에서 식사를 하느니 차라리 죽는 편이 낫다는 거예요! 게다가 음식에 까다롭기는 또 말도 못해요! 사과주 같은 것도 참 까다롭게 따지죠! 레옹 씨와는 아주 달라요. 그는 7시에 올 때도 있고, 7시 반이 되어야 나타나기도 하죠. 음식 같은 것은 보지도 않아요. 참으로 좋은 젊은이야! 언성 한 번 높이지 않아요."

"그야 다를 수밖에 없지. 제대로 교육을 받은 사람과 중기병 출신의 세무 관리하고는 말이야."

6시를 쳤다. 비네가 들어왔다.

푸른 프록코트를 입었는데, 그것이 여윈 몸의 주위에 똑바로 늘어져 있었다. 가죽모자의 양쪽 귀가리개 끈을 머리 위에서 매어놓고 있었는데, 접어올린 차양 밑으로 철모 자국이 난 벗겨진 이마가, 수년 동안 계속 쓴 투구모양의 모자 때문에 납작하게 드러나 보였다. 그리고 까만 나사 조끼에, 말총을 짜넣은 빳빳한 칼라에, 쥐색 바지를 입고, 일 년 내내 신고 있는 잘 닦인 장화는 돌출해있는 발가락 때문에 대칭으로 부풀어 있었다.

턱을 둥그렇게 에워싼 금빛 구레나룻은 한 가닥의 털도 흐트러지지 않게 깨끗이 다듬어져서 화단 가장자리처럼 긴 얼굴을 둘러싸고 있었으며, 조그만 눈에 매부리코를 하고 있었다. 그는 트럼프놀이라면 무엇이든 잘했고, 사냥 솜씨도 좋았으며 글도 썩 잘 썼다. 자기 집에 도공용 녹로를 가지고 있어서 그것으로 도락삼아 냅킨 고리를 만드는데, 예술가다운 애착과 부르주아적 이기심으로 집안은 온통 그 고리들로 가득 차 있었다.

그는 작은 방 쪽으로 걸어갔다. 그러나 먼저 거기에서 세 사람의 물방앗간 주인을 몰아내야만 했다. 식탁 준비가 되는 동안 비네는 난로 옆에 있는 자기 자리에 묵묵히 앉아 있었다. 그리고 문을 닫고 여느 때처럼 모자를 벗었다.

"인사 정도는 해도 혀가 닳지는 않을 텐데 말이야!"

약사는 여주인과 단둘이 남게 되자 말했다.

"언제나 저렇게 말이 없답니다. 지난 주에도 젊은 포목 장수가 두 사람 여기 왔었는데 밤에 얼마나 재미있는 얘기를 많이 하는지, 나는 너무나 우스워 눈물이 나오도록 웃었답니다. 그런데 저이는 말 한마디도 없이 무뚝뚝하게 입을 다물고 있잖겠어요."

"그래. 상상력도, 재치도, 사교인의 자격도 없는 사람이야."

"하지만 저래도 돈은 많다던데요."

"돈요! 저 자 말인가요? 직업이 직업이니까 그럴지도 모르지."

약사는 아까보다 침착한 목소리로 덧붙였다.

"정말이야! 큰 거래를 하는 장사꾼이라든가, 법률가, 의사, 약제사 같은 사람들은 너무나 일에 정신을 쓰기 때문에 조금은 보통 사람과 달라도, 또 무뚝뚝해도, 나는 그것이 이해가 돼요. 역사 얘기에도 그런 예는 많이 나오지요. 그러나 그것은 적어도 그 사람들에게는 무언가 깊이 생각하고 있을 일이 있기 때문입니다. 나부터도 그래요. 약 이름을 이름표에 쓰려고 책상 위에 놓았던 펜을 열심히 찾아요. 그러다가 문득 깨닫고 보니 귀에 끼워 두고 있더란 말입니다. 그런 일은 여러 번 있지요."

그동안에도 르프랑수아 부인은 '제비마차'가 도착하지 않나 하고 문간에 나가 보았다. 그녀는 움찔 놀랐다. 검은 옷을 입은 남자가 불쑥 부엌에 들어온 것이다. 해질녘 어스름 속에서도 붉은 얼굴의 뼈대가 늠름한 사나이라는 것을 알 수 있었다.

"무슨 볼일이십니까, 신부님?" 여주인은 벽난로 선반에서 나란히 세워둔 놋촛대들 중 하나를 집어들면서 물었다. "무얼 좀 드시겠습니까? 구즈베리주는 어떠세요! 그보다 포도주를 하시겠어요?"

신부는 매우 정중하게 사양했다. 그는 일전에 에르느몽 수도원에 놓고 온 우산을 찾으러 온 것이었다. 그것을 르프랑수아 부인더러 오늘밤 안으로 사제관에 갖다 달라고 부탁하고는, 저녁 기도 시간을 알리는 종이 울리는 성당으로 가려고 나갔다.

신부의 구두 소리가 광장으로 사라지자 약제사는 신부의 태도가 온당치 않다고 비난하기 시작했다. 하찮은 마실 것 한 잔을 거절하다니 참으로 못된 위선이라는 것이었다. 사람이 보지 않는 데서는 신부들은 모두 실컷 마시고 있으며, 그리고 십일조(十一租)의 시절로 되돌아가려 하고 있다는 것이었다.

여주인은 신부를 두둔했다.

"무엇보다도 신부님은 당신 같은 사람 넷쯤은 한쪽 무릎에 올려 놓고 꺾어 버릴 수 있다구요. 작년에도 우리집 사람들이 창고에 짚을 넣는 것을 도와주셨는데, 여섯 묶음을 한꺼번에 짊어지던 걸요. 그만큼 힘이 세다니까요!"

"야! 신통한데! 그런 혈기 왕성한 사나이에게 딸을 고해하러 보내시지. 만일 내가 정부당국자라면, 한 달에 한 번씩 신부들의 피를 뽑아 주겠소. 암, 르프랑수아 부인, 달마다 피를 방혈시킬 게요, 이 사회의 치안과 풍기를 위해서 말이오."

"그 혀를 붙들어두세요, 오메 씨! 당신은 어쩌면 그렇게 신앙심이 없지요! 당신은 종교도 없지요!"

"나에게도 신앙이 있어요, 내 나름대로의 신앙 말이오. 아니 오히려 저런 능숙한 속임수꾼들을 다 합친 것보다 더한 종교가 있어. 나는 말이오, 저 인간들과는 달리 신을 숭배한다구요. 가장 높은 존재를 믿지. 창조주를 믿어요. 그것이 뭐든지 상관 없이, 하여간 우리를 이 세상에 보내준 것, 이 지상에서 국민으로서의 의무와 한 가정의 가장으로서의 의무를 다하도록 우리를 이 세상에 보내준 조물주를 믿는단 말이지요. 하지만 나는 은접시에 키스하거나, 우리보다 더 잘 먹고 살이 찐 많은 사기꾼을, 내 주머니를 털어 배부르게 해주기 위해 일부러 성당을 찾아갈 필요를 느끼지 않는단 말요! 신을 존경하는 거라면, 숲속에서나, 들 한가운데서나, 고대 사람들처럼 푸른 하늘을 쳐다보면서도 할 수 있는 거요. 나의 신은 소크라테스, 프랭클린, 볼테르, 베랑제의 신이오. 나는 '사부아인 보좌 신부의 신앙 고백'과 1789년 대혁명 불후의 원칙에 찬성하는 사람이오. 그러니까 나는 지팡이를 짚고 화단을 거닐거나, 고래 배 속에 친구들을 머물게 하거나, 외마디 소리를 지르고 죽었다가 사흘 뒤에 되살아나는 신의 아들 따위는 인정하지 않는단 말이오. 그러한 일은 그 일 자체가 어처구니없고, 모든 물리학적 법칙에 완전히 모순된단 말이오. 그러니 그것은 사제들이 언제나 창피한 무지몽매에 빠져서 살았고, 또 그뿐 아니라 세상 사람까지 그 속에 끌어 넣으려 애쓰고 있다는 것을 증명하는 거요."

그는 여기에서 입을 다물었다. 주위에 듣는 사람이 없나 하고 둘러보았다. 약제사는 너무 흥분하여 한순간, 시의회 석상에라도 있는 것 같은 착각을 일으켰던 것이다. 여관집 주인은 이제 그의 말을 듣고 있지 않았으며, 먼 곳에서 들려 오는 마차 소리에 귀를 기울이고 있었다. 느슨해진 편자가 땅을 때리는 소리에 섞여서 바퀴 구르는 소리가 분명하게 들려왔다. 잠시 뒤 '제비마차'가 마침내 집 문 앞에 멈췄다.

그것은 두 개의 커다란 바퀴 위에 올려 놓은 노란 상자 같은 마차였다. 그 바퀴는 포장 높이만큼 높이 올라와 있기 때문에, 승객은 오는 동안에 길을 볼 수도 없었고, 어깨는 튀어오른 진흙으로 엉망이 되었다. 마차에 달린 조그마한 유리창은 문이 닫혀 있는 동안 틀 속에서 흔들렸고, 소나기가 쏟아져도 깨끗이 씻겨지지 않은 묵은 먼지 위에 진흙이 여기저기 튀어 있었다. 이 마차는 맨 앞에 한 필의 말을 내세우고 그 뒤에 두 필의 말을 가지런히 세워, 말 세 마리가 끌었는데, 언덕을 내려갈 때에는 마차가 흔들려서 밑바닥이 땅에 닿곤 했다.

용빌의 주민들이 광장에 나왔다. 모두 한꺼번에 지껄여댔다. 소식을 알고 싶어하는 사람, 사정을 묻는 사람, 광주리를 달라고 소리치는 사람. 마부 이베르는 누구에게 먼저 대답을 해야 좋을지 정신을 차릴 수 없었다. 그는 동네 사람들의 부탁을 받은 여러 가지 일들을 도시에 나가서 보아주고 있었다. 그는 여기저기 가게를 찾아가서 구둣방에는 둘둘 만 가죽을, 말편자 대장간에는 고철을, 여관집 여주인에게는 소금에 절인 청어 한 궤짝을, 모자점에는 부인모자를, 이발소에는 가발을 하는 식으로 구해 가지고 왔다. 그리고 돌아오는 길에 마부석에서 일어나 큰 소리로 불러대면서 각각 보따리를 울타리 너머로 던져 넣는 것이다. 그동안에 말은 혼자서 달려 간다.

오늘은 뜻하지 않은 사고로 늦어졌다. 보바리 부인의 그레이하운드가 들판을 가로질러 도망친 것이다. 사람들은 15분 동안이나 휘파람으로 불러 보았다. 이베르도 곧 보일 것만 같아 2킬로미터나 되돌아갔다. 그러나 결국은 가던 길을 계속 갈 수밖에 없었다. 엠마는 울고 화를 냈다. 이렇게 된 것은 샤를 때문이라고 그를 탓하기도 했다.

같은 마차에 타고 있던 포목상 뢰뢰 씨는, 없어진 개가 몇 해가 지나고도 주인을 잊지 않고 알아보더라는 예를 수없이 들면서 그녀를 위로하려고 애썼다. 어떤 개는 콘스탄티노플에서 파리까지 찾아온 일이 있으며, 어떤 개는 직선거리로 200킬로미터 길을, 강을 넷이나 헤엄쳐 건넜다고 했다. 그의 아버지도 삽살개를 한 마리 기르는데, 잃어버린 지 12년이 지난 어느 날 저녁, 아버지가 밖에서 저녁을 먹으려고 걸어가고 있는데 난데없이 등에 뛰어올랐다는 것이었다.

2

엠마가 제일 먼저 내리고, 다음엔 펠리시테, 뢰뢰 씨, 유모 차례로 내려왔다. 그리고 구석에 있는 샤를을 흔들어 깨우지 않으면 안 되었다. 해가 지자 곧 곯아떨어져 버린 것이다.

오메가 자기 소개를 했다. '부인'에게 경의를 표하고, '선생님'에게 인사하고, 두 분을 도와드리게 되어서 기쁘다고 말하고, 또 자기 아내가 집에 없어 실례인 줄 알면서 자기가 나왔다고 정중하게 덧붙였다.

보바리 부인은 부엌에 들어가서 난롯가로 갔다. 두 개의 손가락 끝으로 무릎께에서 옷을 가볍게 집어 복사뼈까지 올리고, 꼬챙이에 꿰어서 굽고 있는 양다리고기 너머로 검정구두를 신은 발을 불에 내밀었다. 장작불은 그녀의 온몸을 비추어 강한 빛이 옷감의 올과 하얀 살결의 부드러운 털구멍과 이따금 깜박거리는 눈의 속눈썹까지도 비추었다. 반쯤 열린 문틈으로 바람이 획 불어올 때마다 그녀 위로 새빨간 불빛이 확 스치고 지나갔다.

난로 저편에서 금발 머리 청년이 말없이 그녀를 지켜보고 있었다.

공증인 기요맹의 사무소에서 서기 일을 보고 있는 레옹 뒤퓌 씨는 용빌의 생활이 하도 무료해서(그가 바로 '황금사자' 여관의 두 번째 단골손님이었다) 하루 저녁 이야기 상대가 되어 줄 손님이라도 나타나지 않을까 하는 기대로 식사 시간까지 가끔 늦추어 가면서 기다리는 것이었다. 일이 일찍 끝나는 날은 하는 일도 없고 하여 정확한 시간에 와서, 첫 수프가 나오고 마지막 치즈가 나올 때까지 비네 씨와 마주앉아 있는 수밖에 도리가 없었다. 그래서 그는 여관 주인이, 지금 막 도착한 새 손님들과 식사하지 않겠느냐고 권하자 매우 기뻐하면서 승낙했다. 사람들은 넓은 방으로 안내되었다. 거기에는 르프랑수아 부인의 지시로 네 사람분의 식사가 한껏 호화롭게 차려져 있었다.

오메는 코감기가 들 염려가 있다면서 터키 모자를 그대로 쓰고 있겠다고 양해를 구했다. 그리고 옆자리의 엠마를 돌아보았다.

"부인, 무척 피곤하시죠? 저사람이 우리의 낡은 제비마차에서 대단히 흔들리네요!"

"네, 아주 피곤해요." 엠마가 대답했다. "하지만 나는 요란한 소동을 즐기거든요. 게다가 발전적인 게 좋고."

"낡고 고리타분한 곳에 못박혀 있는 것은 정말 따분한 일이지요!"

서기가 한숨을 쉬었다.

"하지만, 당신도 나처럼 항상 말을 타고 이리 뛰고 저리 뛰어야 하는 입장이 되어 보시면……."

샤를이 말했다.

"하지만" 레옹은 보바리 부인을 보고 덧붙였다. "내가 만일 그런 처지가 될 수 있다면, 그보다 더 유쾌한 일은 없을 것 같은데요."

"게다가" 약제사가 말했다. "의사란 직업은 이 지방에서는 그다지 힘들지 않습니다. 왜냐하면 길이 좋기 때문에 마차를 탈 수 있고 일반 농가의 살림이 윤택하기 때문에 지불도 잘하는 편이거든요. 의학적 관점에서 말하면, 장염, 기관지염, 간장염 같은 흔한 증세를 제외하고는 수확기에 가끔 간헐열이 유행하기는 합니다만, 대단한 병, 즉 특히 주의할 만한 병은 없습니다. 다만 연주창이 대단히 많은데, 아마 이것은 한심스러운 농가의 위생 상태 때문일 겁니다. 그러나 보바리 선생, 아마 틀림없이 여러 가지 편견과 싸우지 않으면 안될 겁니다. 참으로 완고한 폐습이 지배하고 있는 고장이니만큼 선생의 과학적 모든 노력은 그런 것들과 매일매일 부딪치게 될 것입니다. 이 지방 사람들은 의사나 약제사에게 의논하기보다는 오히려 9일 기도를 한다든가, 성자의 유물을 얻어 온다든가, 신부에게 의뢰하고 있거든요. 그러나 기후 풍토는 사실상 그렇게 나쁘지 않습니다. 이 마을에는 90살이 넘는 노인도 몇분 계시죠. 온도계는—몇 번 관찰해 보았는데, 겨울에는 4도까지 내려가고, 한여름에는 섭씨 25도, 기껏해야 최고 30도밖에 안 올라갑니다. 다시 말해서 최고가 섭씨 24도, 바꾸어 말하면 화씨로—영국식 눈금이죠—54도를 넘는 일은 없습니다!—한쪽으로는 아르게이유 숲이 북풍을 막아주고, 한쪽으로는 생장의 언덕이 서풍을 막고 있기 때문이죠. 그러나 이 더위는 강에서 증발하는 수증기와 목장에 많은 가축 때문인데, 이 가축이 아시는 바와 같이 다량의 암모니아 가스, 즉 질소와 수소와 산소를 토해 냅니다―아니, 질소와 수소뿐이 아닙니다. 또 그 무더위 자체가 땅의 부식토에서 수분을 빨아 올리고, 그러한 여러 가지 발산물을 모두 혼합시키고, 공중에 전기가 있을 때에는 그것과 저절로 결합해서, 결국 열대 지방에서처럼 건강에 좋지 않은 독기가 발생되고 있는지도 모릅니다. 그런데 더위는 그것이 오는 방향 아니, 그것이 올 방향, 곧 남쪽에서 남동풍에 의해 완화되는데, 이 남동풍은 센 강을 건널 때 자연히 냉각되어, 가끔 러시아의 바람처럼 갑자기 이리로 불어닥치지요."

"이 가까이에 잠깐 산책할 만한 곳은 있어요?"

보바리 부인은 청년에게 물었다.

"아뇨, 별로 없습니다. 꼭 한 군데 언덕 위의 숲 가장자리에 '목장'이라고 부르는 데가 있습니다. 저는 일요일에 이따금 거기에 가죠. 책을 가지고 가서 석양을 바라보곤 합니다."

"석양의 경치만큼 멋진 것은 없다고 생각해요." 그녀가 말했다. "더욱이 바닷가에서 볼 때는 특히 그렇죠."

"아아! 저도 바다를 매우 좋아합니다."

레옹 씨는 말했다.

"그리고, 이런 기분은 들지 않으세요?" 보바리 부인이 말을 받았다. "저 끝없는 바다 위라면 사람 마음은 한층 더 자유롭게 방황할 수 있다고 말이에요. 넓은 바다를 가만히 바라보고 있으면, 영혼이 고양되어 영원이라든가 이상 같은 것을 생각하게 되지 않을까요?"

"산의 경치도 마찬가지입니다." 레옹은 다시 말을 이었다. "저의 사촌형이 작년에 스위스 여행을 했는데요, 그 형 말을 들어 보면, 폭포의 매력이라든가, 장엄한 빙하의 인상 같은 것은 도저히 상상조차 할 수 없을 정도라더군요. 도무지 믿을 수 없을 만큼 커다란 소나무들이 시냇물 위에 뻗어 있고, 산장이 깎아지른 듯한 절벽 위에 걸려 있어서, 구름이 걷히면 천길 발 아래 골짜기 전체가 한눈에 내려다보인답니다. 그런 경치를 보면 아마 틀림없이 감격해서 기도하고 싶은 마음도 일어날 것이고, 황홀해지기도 할 겁니다! 그래서 저는 저 유명한 음악가가 상상력을 한층 더 자극받기 위해 언제나 장엄한 경치 앞에서 피아노를 쳤다는 이야기를 들어도 별로 놀라지는 않습니다."

"선생님도 음악을 하세요?"

그녀가 물었다.

"아뇨. 그러나 퍽 좋아하는 편입니다."

"아닙니다! 곧이듣지 마십시오, 보바리 부인." 오메가 접시 위에 몸을 굽힌 채 가로막았다. "방금 그 말은 겸손해서 한 말입니다—왜 이래, 이 사람아! 전번에도 자네 방에서 '수호천사'를 아주 멋지게 부르지 않았는가. 난 약국에서 들었는데, 뭐 오페라 가수 못지않던데 그래."

마침 레옹은 이 약제사 집에 세들어 있었다. 광장으로 향한 3층의 조그마한 방이었다. 그는 집주인의 칭찬에 얼굴을 붉혔다. 집주인 오메는 벌써 의사 쪽으로 돌아앉아 용빌의 유지들을 하나하나 손꼽아 주고 있었다. 여러 가지 소문난 이야기도 들려 주고, 참고가 될 만한 지식도 가르쳐 주었다. 공증인의 재산은 정확히 모르겠고, 튀바슈라는 집안은 무척 오만하다고 했다.

엠마는 다시 말을 이었다.

"그래, 무슨 음악을 좋아하세요!"

"독일 음악입니다. 꿈을 꾸게 해주는 음악이죠."

"이탈리아 가극을 아세요?"

"아직 모릅니다. 그러나 내년에는 볼 수 있겠지요. 저는 법률 공부를 마치러 파리로 가게 되니까요."

"아까 의사 선생님에게도 말씀드렸습니다만" 약제사가 말했다. "그 가엾은 야노다가 도망가 버려서 말입니다. 그자가 어이없는 짓을 했기 때문에, 부인께선 이 용빌에서도 가장 살기 좋은 집에 사시게 된 겁니다. 그 집이 의사에게 특히 편리한 점은 골목길에 문이 나 있어서 환자들이 남의 눈에 띄지 않게 출입할 수 있다는 점입니다. 그뿐 아니라 집 구조가 아주 편리하게 돼 있어서 말이죠. 세탁실, 찬방이 붙어 있는 부엌, 거실, 과일 저장고…… 그 야노다란 자는 돈을 아끼지 않는 대단한 사람이었습니다! 여름에 맥주를 한 잔 마신다며 마당 안쪽 연못 곁에다 정자까지 만들었는데, 부인께서 만약 원예에 취미가 있으시다면……"

"집사람은 그런 것엔 별로 흥미가 없답니다." 샤를이 말했다. "아무리 운동을 권해도 언제나 방 안에 틀어박혀서 책 읽는 것을 더 좋아하죠."

"저도 그렇습니다." 레옹이 말을 받았다. "사실, 밤에 책을 들고 난롯가에 앉아 있는 것처럼 즐거운 일이 또 있겠습니까. 바람이 유리창을 두드리고, 등불이 타고 있을 때 말입니다……."

"정말 그래요."

그녀는 큼직한 검은 눈을 크게 뜨고 그를 바라보면서 말했다.

"멀거니 앉아 있는 동안, 시간은 흘러가 버립니다." 그는 다시 말을 이었다. "의자에 가만히 앉아서 여러 나라를 돌아다니는 겁니다. 직접 눈으로 보고 있는 듯한 기분이 드는 나라들을 말이지요. 생각이 가공의 이야기와 뒤얽혀서 사소한 일들을 즐기기도 하고, 기발한 계략의 함정에 쏠려들기도 합니다. 또 작중 인물과 하나가 되어서, 자기가 그 인물의 옷을 입고 움직이는 것 같은 생각이 들기도 합니다."

"정말 그래요, 정말이에요!"

"부인께서도 이따금 경험하신 적이 있으십니까?" 레옹이 말을 이었다. "책을 보시면서, 그전에 막연하게나마 생각한 적이 있었던 일이라든가, 이제는 더럽혀진 어떤 이미지가 마음속 깊이에서 가장 좋은 느낌으로 다시 읽혀지곤 하지요?"

"그런 적이 있어요."

"그래서 저는 특히 시인을 좋아합니다. 시는 산문보다도 더욱 감정이 깊고, 한층 더 두 눈에 눈물이 돌게 하지요."

"하지만 시는 조금만 지나면 오히려 피곤해져요." 엠마는 말을 이었다. "그래서 지금은 오히려 스토리가 무자비하게 진행되어 아슬아슬한 기분이 드는 그런 이야기가 좋아요. 일상 생활에 흔히 있는 평범한 주인공이나 미적지근한 감정은 싫어요."

"실은" 서기가 지적했다. "그런 작품들은 사람의 마음을 감동시키지 못하니까, 예술의 진정한 목적에서 멀어져 길을 잃은 것 같은 생각이 듭니다. 얼마나 사랑스럽습니까, 인생의 절망들 속에서 등장인물들의 고귀함이라든가 순수한 사랑, 행복한 풍경의 심미안 속에서 살 수 있다는 것이? 여기서 이렇게 세상에서 멀리 떨어져 살고 있는 저로서는 그것이 단 하나의 위안입니다. 정말 이 용빌라는 곳은 아무 다른 낙이 없는 곳이니까요."

"아마 토스트와 같은가봐요." 엠마가 말을 받았다. "그래서 저는 늘 대본 집에서 책을 빌어 읽었어요."

"부인께서 이용해 주신다면" 그녀의 마지막 말을 귀담아들은 약제사가 끼어들었다. "나한테도 볼테르라든가 루소, 드릴, 월터 스콧, '문학의 메아리' 같은 일류 작품을 모은 장서가 있으니까 언제든지 갖다 보십시오. 간행물도 여러 가지 받아 보고 있습니다. 그 가운데 '루앙의 등불'은 매일 오지요. 실은 내가 이 신문의 비시, 포르주, 뇌샤텔, 용빌, 그리고 주변 구역의 지역 통신원으로 있으니까요."

그들은 두 시간 반이나 식탁에 앉아 있었다. 그 까닭은 하녀 아르테미즈가 헌 베신을 발에 끼고 포석 바닥을 질질 끌면서 요리 쟁반을 하나씩 하나씩 날라 오고, 또 이것저것 잊어버리기를 잘 하고, 도무지 시키는 것을 잘 알아듣지 못하였기 때문이었다. 당구장 입구 문은 번번이 제대로 닫지 않아 고리 끝이 벽에 덜거덕거리며 부딪치곤 했다.

이야기를 하는 동안 레옹은 자기도 모르는 사이에 보바리 부인이 앉아 있는 의자의 가름나무에 발을 올려 놓고 있었다. 그녀는 조그마한 푸른빛 비단 스카프를 매고 있었는데, 그것이 동그랗게 주름잡힌 아모포 깃을 마치 원형 깃처럼 똑바로 세워 놓고 있었다. 그녀가 머리를 움직일 적마다 턱끝이 깃 속에 살짝 묻히기도 하고 아름답게 드러나기도 했다. 샤를과 약제사가 한가롭게 이야기하고 있는 동안, 엠마와 레옹은 이렇게 서로 가까이 붙어앉아 막연한 대화 속으로 잠겨 들기 시작했다.

이런 대화에서는 무심코 한 말이 실마리가 되어 언제나 서로 공감하는 핵심 속으로 끌려 들어간다. 파리의 흥행물, 소설 제목, 새로운 카드리유, 그들이 알지 못하는 사교계, 그녀가 살던 토스트, 그들이 지금 있는 용빌, 두 사람은 식사가 끝날 때까지 온갖 것을 함께 음미하고, 많은 이야기를 나누었다.

커피가 나왔을 때 펠리시테는 새 집의 침실을 준비하러 먼저 나갔다. 얼마 있다가 회식자들도 자리에서 일어섰다. 르프랑수아 부인은 난롯가에서 졸고 있었다. 외양간지기는 등불을 손에 들고 보바리 부부를 집에 안내하려고 기다리고 있었다. 그의 붉은 머리카락에는 지푸라기가 붙어 있었고, 왼쪽 다리를 절었다. 그가 한쪽 손에 신부님의 우산을 집어들자 사람들은 모두 걷기 시작했다.

거리는 잠들어 있었다. 시장터의 기둥이 기다란 그림자를 던지고 있었다. 땅바닥은 마치 여름밤처럼 모두 잿빛이었다.

의사의 집은 여관에서 겨우 50걸음밖에 떨어져 있지 않았기 때문에 곧 작별 인사를 나누지 않으면 안 되었다. 그리고 모두 뿔뿔이 헤어졌다.

엠마는 현관에 들어서는 순간, 회벽의 싸늘한 냉기가 마치 젖은 천같이, 두 어깨 위에 내려앉는 것을 느꼈다. 벽은 갓 칠했지만, 나무 층계는 삐걱거렸다. 2층 침실에는 희끄무레한 빛이 커튼 없는 창문에서 비쳐 들고 있었다. 나무꼭대기의 가지와 잎새들이 보이고, 그 너머에는 목장이 안개 속에 가라앉아 있었다. 안개는 냇물의 흐름을 따라 달빛 아래서 허연 김을 내뿜고 있었다. 방 한가운데에 옷장 서랍, 여러가지 유리병들, 커튼 받침대, 도금한 막대기 같은 것이 너절하게 흩어져 있었고, 침대 시트는 의자 위에, 대야는 방바닥에 뒹굴고 있었다─가구를 운반한 두 일꾼이 그것들을 아무렇게나 내버려 두고 가 버린 것이다.

엠마가 낯선 장소에서 자는 것은 이번이 네 번째였다. 처음은 수녀원에 입학한 날이고, 두 번째는 토스트에 도착했을 때이며, 세 번째는 보비에사르, 네 번째가 오늘이었다. 그때마다 그녀의 생애에 이른바 새로운 국면이 되었다. 그녀는 다른 장소에서 똑같은 일이 일어나리라고는 믿어지지 않았다. 오늘까지 살아 온 생애의 부분은 좋지 않았으니까, 이제부터 살게 될 남은 부분은 훨씬 좋아지겠거니 하고 그녀는 생각했다.

3

다음 날 눈을 떴을 때, 그녀는 광장에 있는 서기의 모습을 보았다. 그녀는 실내복을 입고 있었다. 서기는 얼굴을 들고 그녀에게 인사했다. 그녀는 가볍게 머리를 숙이고 창문을 닫았다.

레옹은 종일 저녁 6시가 되기를 기다렸다. 그러나 여관에 들어가 보니 비네 씨만 혼자 식탁에 앉아 있을 뿐이었다.

어젯밤의 만찬은 그에게는 사건이었다. 여태까지 그는 한 번도 계속하여 두 시간씩이나 숙녀를 상대로 이야기한 일이 없었다. 전에는 도저히 술술 이야기할 수 없었는데, 어떻게 그렇게 멋진 말로 그 많은 이야기를 그 부인에게 늘어놓을 수 있었을까? 평소에 그는 내성적이어서 언제나 부끄러워하는 듯한, 그런 척하는 듯한 조심스러움을 잃지 않았었다. 용빌 사람들은 그의 태도를 품위 있다고 생각하고 있었다. 그는 늙은이들이 늘어 놓는 이론에 얌전하게 귀를 기울렸고, 정치 문제에 열중하지 않았다. 이것은 젊은 사람에게는 드문 일이었다.

게다가 그에게는 여러 가지 재능이 있어서 수채화도 그리고, 악보도 읽을 줄 알았으며, 저녁 식사 뒤 트럼프놀이를 하지 않을 때에는 문학 작품을 탐독했다. 오메 씨는 이 청년의 교양에 경의를 품었고, 오메 부인은 그의 다정한 마음씨를 좋아했다. 자기 아이들과 잘 놀아 주었기 때문이다. 언제 보아도 칠칠맞고 너무 귀여워하여 제맘대로인데다가, 어머니를 닮아서 약간 약한 체질의 아이들이었다. 이 집에서는 아이들을 돌봐 주게 하기 위해 하녀 말고도 쥐스탱이라는 약국 수습점원을 두고 있었다. 오메 씨의 먼 친척 뻘 되는 아이인데, 동정하여 데려다 놓고, 집안일을 시키고 있었다.

약제사는 이웃으로서 더없는 친절을 베풀어 주었다. 보바리 부인에게 물건을 사는 데 대한 여러 가지 정보를 가르쳐 주기도 하고, 자기의 단골 사과주 장수를 일부러 불러다가 자신이 직접 맛을 보고는 술창고에 들어가 술통을 올바로 놓는 것까지 감독했다. 또 싼값으로 버터를 살 수 있는 방법도 비밀을 누설하듯 가르쳐 주고, 성당 지기 레스티부두아와의 교섭도 거들어 주었다. 레스티부두아는 성당의 잡일과 묘지 일 이외에도 사람들의 취미에 따라 시간제로 또는 1년제로 용빌의 주요 정원들을 손질해 주고 있었다.

약제사가 이렇게 아첨하는 것은 남의 일을 잘해 주는 성미이기도 했지만, 그 속에는 한 가지 꿍심이 있었던 것이다.

그는 혁명력 제11년 풍월(風月) 19일 (1803년 3월 8일)에 발표한 법률 제1조를 위반한 일이 있었다. 그것은 면허 없는 사람의 의료 행위를 금한 조항이었다. 그래서 밀고된 오메는 루앙 지방 재판소의 검사실에 출두하라는 명령을 받았다. 검사는 흰 담비가죽을 어깨에 걸치고 법모를 쓴 모습으로 일어나 그를 맞았다. 아직 법정이 열리지 않은 오전이었다. 복도에는 지나다니는 헌병의 무거운 군화 소리가 들리고, 멀리서는 큰 자물쇠를 채우는 듯한 소리가 들려왔다. 약제사의 두 귀에서는 뇌졸중으로 당장에 쓰러질 듯이 요란한 소리가 났다. 깊은 지하 감옥 생활, 눈물에 젖은 가족들, 약방이 팔리는 광경, 약병이 모조리 흩어져 있는 참상이 눈앞에 어른거렸다. 이윽고 그는 정신을 차리기 위해 카페에 뛰어가서 소다수를 탄 럼주를 한 잔 들이키지 않으면 안 되었다.

그때 견책받은 기억이 조금씩 희미해져 그는 지금도 전과 같이 뒷방에서 별로 나쁘지도 않은 진찰을 계속하고 있었다. 그러나 시장은 그것을 좋지 않게 여기고 있었고, 동업자들의 시기도 있고 하여 매우 신중해질 수밖에 없었다. 그래서 친절하게 대하여 샤를 보바리가 자기와 떨어질 수 없도록 은혜를 입혀, 나중에 만약 눈치를 채더라도 다른 사람에게 이야기하는 일이 없도록 미리 수를 써두기 위해서였다.

그래서 매일 아침 오메 씨는 그 신문을 가져다 주었고, 오후에도 이따금 잠시 약방을 비우고는 의사를 찾아가 잡담을 나누었다.

샤를은 매우 우울했다. 환자가 도무지 찾아오지 않았다. 그는 몇 시간씩 말도 하지 않고 가만히 앉아 있기도 하고, 진찰실에 들어 가서 낮잠을 자기도 했으며, 때로는 아내가 바느질하는 것을 물끄러미 바라보기도 했다. 지루함을 달래기 위해 일꾼처럼 힘든 일도 해보고, 칠장이가 놓고 간 남은 페인트로 다락방을 칠해 보기도 했다.

그러나 돈 문제가 걱정이었다. 토스트의 집수리며, 아내의 치장 값이며, 이사 비용 등으로 뭉치돈을 지출해서 3천 에퀴가 넘는 아내의 지참금이 2년 동안에 죄다 없어져 버렸다. 게다가 토스트에서 용빌로 운반하는 도중에 물건이 얼마나 상하고 없어졌는지 모른다. 신부의 석고상만 하더라도 마차가 몹시 흔들리는 바람에 캥캉푸아 마을의 포도에 떨어져서 산산조각이 나버렸던 것이다!

걱정거리라고는 하지만 그보다는 좀 나은 걱정거리가 생겨서 그의 마음을 달래 주었다. 그것은 아내의 임신이었다. 해산 달이 가까워짐에 따라 그는 더욱더 아내를 소중히 했다. 그것은 새로운 육체의 유대가 생기는 일이다. 전보다 더 복잡한 결합이라는 것을 언제나 의식하는 일이었다.

아내의 매우 힘들어 하는 거동을 볼 때, 코르셋도 하지 않은 허리 위에서 상체가 천천히 도는 것을 바라볼 때, 마주 앉아서 아내가 안락의자에 앉아 아주 피로해 하는 듯한 기색을 찬찬히 볼 때, 그는 더 이상 행복감을 누를 수 없었다. 그는 일어나서 아내를 껴안기도 하고, 얼굴을 어루만지기도 하고, 엄마라고 불러 보기도 하고, 춤을 추게 하려고도 하고 머리에 떠오르는 여러 가지 다정한 농담을 웃고 울면서 털어놓았다. 자기의 아이를 갖고있는 아내를 생각하면 기뻐서 견딜 수가 없었다. 이제 아무것도 부족한 것이 없었다. 인생을 끝에서 끝까지 완전히 경험한 것이다. 그래서 그는 쉽게 동요하지 않는 침착한 마음으로 식탁에 두 팔꿈치를 올려놓고 앉아 있는 것이었다.

엠마는 처음에는 매우 놀랐으나, 이윽고 어머니가 된다는 것이 어떤 것인지 알고 싶어 빨리 낳아 버리고 싶었다. 그러나 자기 마음대로 돈을 쓸 수가 없어서, 분홍빛 비단 커튼을 친 조그마한 배 모양의 요람이라든가, 수놓은 애기 모자를 살 수가 없었다. 그래서 홧김에 애기에게 필요한 것들을 손수 장만하려던 생각을 단념하고 옷 만드는 마을 여자에게 고르지도 의논도 않고 죄다 맡겨 버렸다.

그래서 그녀는 어머니로서의 애정이 점점 크게 자라는 출산에 대한 준비를 하는 즐거움도 제대로 누리지 않았다. 이런 일로 해서 아이에 대한 그녀의 애정은 처음보다 얼마간 약화되었는지도 모른다.

그러나 샤를이 식사 때마다 어린애 이야기를 하는 바람에 그녀는 늘 진지하게 그 일을 생각하게 되었다.

그녀는 사내아이를 갖고 싶었다. 그 아이는 튼튼한 체격에 갈색 머리를 가졌을 것이다. 이름은 조르주라고 지어야지. 아들을 낳고 싶다는 이 생각은 지금까지 자기가 하고 싶어도 하지 못한 모든 일에 대한 보상의 희망 같은 것이었다. 남자는 적어도 자유롭다. 남자는 모든 정열, 모든 나라를 돌아다닐 수 있고, 모든 장애를 뛰어넘을 수 있고, 무엇보다도 멀리 있는 행복을 손에 넣을 수 있다. 그러나 여자는 언제나 방해 받는다. 무기력하고 연약한 여자는, 육체적인 약함과 법률의 속박과 싸우지 않으면 안 된다. 여자의 의지는 쓰고 있는 모자 끈으로 매어놓은 베일처럼 모든 바람에 흔들린다. 거기에는 언제나 이끌리고 싶은 욕망과 이를 막으려는 체면이 있었다.

그녀는 어느 일요일, 해가 뜰 무렵 아침 6시쯤에 해산했다.

"딸이야!"

샤를이 말했다.

그녀는 얼굴을 돌리고 정신을 잃었다. 거의 동시에 오메 부인이 '황금사자' 집의 르프랑수아 부인과 함께 달려와서 산모에게 키스했다. 약제사는 신중한 남자답게 반쯤 열린 문틈으로 우선 두어 마디 인사말을 했다. 그리고 아기를 보여 달라고 하고는 아주 잘생겼다고 칭찬했다.

자리에서 산후 조리를 하는 동안 엠마는 딸 이름을 찾느라고 골몰했다. 처음 그녀는 이탈리아식 어미(語尾)를 가진 클라라라든가 루이자라든가 아망다라든가 아탈라 같은 이름을 생각해 보았다. 갈쉬앵드도 꽤 마음에 들었고, 이죄와 레오카디 같은 이름은 더 마음에 들었다. 샤를은 자기 어머니의 이름을 붙이고 싶어했다. 그러나 엠마는 반대했다. 성자의 이름이 적힌 달력을 한 장한 장 처음부터 끝까지 조사하고, 남들에게 물어보곤 했다.

"샤를 씨!" 약제사가 말했다. "저번 날 레옹 군과 얘기했는데요, 그 사람은, 어째서 지금 한창 유행하고 있는 마들렌이라는 이름으로 하지 않는지 모르겠다고 하더군요."

그러나 보바리 노부인은 그런 죄 많은 여인의 이름은 절대로 안 된다고 기를 쓰고 반대했다. 오메 씨 자신은 위인이나 유명한 업적이나 고귀한 사상을 연상시키는 이름을 특히 좋아했으며, 자기의 네 아이들도 그런 식으로 이름을 지었다. 즉 나폴레옹은 영광을, 프랭클린은 자유를 상징한다. 이르마는 아마도 낭만주의에 대한 양보였는지도 모른다. 그러나 아탈리는 프랑스 연극계 불후의 최대 걸작에 경의를 표한 것이다. 본디 그의 철학적 신조는 그의 예술적 찬미를 방해하지 않는 것이었고, 그에게 있어서 사상가는 감정이 풍부한 인간을 억압하지는 않았다. 그는 상상을 받아들이는 것과 광신을 받아들이는 것을 구별해서 생각했다.

예를 들면 비극 '아탈리'만 하더라도 그는 그 사상은 비난하지만 그 문체는 찬양했다. 구상은 비난하면서도 모든 세부적인 것은 칭찬했다. 그리고 인물에 대해서는 격분하면서도 그들의 대사에는 감격했다. 명문구를 읽을 때에는 황홀해졌지만, 그것을 성직자들이 돈 버는 데 이용하는 것을 생각하면 분해서 참을 수가 없었다. 이와같이 감정의 혼란에 빠져서 얼떨떨해진 그는, 처음에는 자기의 두 손으로 라신에게 영광의 관을 씌워 주고 싶어하기도 하고, 동시에 이 작자와 15분 동안 논쟁해 보고 싶은 생각도 드는 것이었다.

결국 엠마는 보비에사르 저택에서 후작부인이 어떤 젊은 부인을 베르트라고 부르던 것이 생각났다. 그래서 망설임 없이 그 이름을 따기로 했다. 그리고 친정 아버지 루오 노인은 올 수가 없었기 때문에 오메 씨에게 대부가 되어 달라고 부탁했다. 그는 자기 가게에서 만드는 물건을 모두 선물로 가지고 왔다. 대추젤리 여섯 상자, 과일설탕절임 한 항아리, 분홍색 접시꽃 크림 세 통, 그리고 장 속에서 찾아낸 얼음빛 사탕 스틱 열두 개 등이었다.

아기 명명식날 밤 성대한 만찬회가 벌어졌다. 본당 신부도 초대했으며, 모두가 흥겹게 떠들었다. 오메 씨는 식사 뒤 리쾨르가 나올 무렵 '뭇 남녀의 신'이라는 노래를 불렀고, 레옹 씨는 '뱃노래'를, 대모가 된 보바리 노부인은 제정 시대의 사랑의 노래를 불렀다. 그리고 끝으로 보바리 노인은 억지로 아기를 침대에서 데려오게 하여 그 머리에 샴페인을 뿌려 다시 세례하기 시작했다. 부르니지앙 신부는 첫 성사를 우롱당했다고 분개했다. 보바리 노인은 '신들의 전쟁'의 일절을 인용해서 그에게 응수했다. 신부는 자리를 차고 일어나서 퇴장하려 했다. 부인들이 열심히 애원하고, 오메 씨가 사이에 끼어들어서 말렸다. 그리하여 그들이 간신히 신부를 제자리에 돌려 앉혔고, 신부는 마시다 만 조그만 커피잔을 아주 조용히 접시에서 집어 들었다.

보바리 노인은 한 달 더 용빌에 머물렀다. 매일 아침 광장에 나가서 담배를 피우는데, 은실 장식이 달린 화려한 군모를 쓰고 있어 마을 사람들을 놀라게 했다. 그는 또 브랜디를 마구 마시는 버릇이 있어서 종종 하녀를 '황금사자' 여관 레스토랑에 보내어 한 병씩 가져오게 하고, 계산은 아들에게로 돌렸다. 그리고 목에 감은 엷은 비단 스카프에 향내를 피우려고 며느리의 오드콜로뉴를 있는 대로 모두 써 버렸다.

며느리는 시아버지와 함께 있는 것을 조금도 싫어하지 않았다. 시아버지는 여러 나라를 두루 돌아다닌 사람이다. 베를린, 빈, 스트라스부르에 관한 이야기도 들려주고, 장교 시절, 도처에서 만든 애인들, 그 자신이 개최한 성대한 오찬회에 관한 이야기를 해주기도 했다. 게다가 다정한 태도도 보여 주었다. 이따금 층계나 뜰에서 며느리의 허리를 안고서는 소리치기도 했다.

"샤를, 몸간수해라!"

그래서 보바리 노부인은 아들의 행복을 염려하고, 끝내는 남편이 시간이 경과함에 따라 젊은 며느리의 사고방식에 좋지 않은 감화를 줄까 걱정하여 서둘러 돌아가기로 했다. 어쩌면 어머니는 좀더 심각한 걱정을 했는지도 모른다. 보바리 노인은 어떤 일이고 깊은 생각없이 저지르고 말 인물이었기 때문이다.

어느 날 엠마는 목수 마누라인 유모에게 맡겨 놓은 딸이 갑자기 보고 싶어졌다. 그래서 해산 뒤 6주 동안의 모든 일을 삼가는 기간이 지났는지 어떤지를 달력으로 확인해 보지도 않고 롤레의 집으로 찾아갔다. 그 집은 동구 밖 언덕 밑에 큰 길과 목장 사이에 있었다.

마침 정오였다. 집집마다 덧문을 닫았고 슬레이트 지붕이 맑게 갠 하늘의 강한 햇빛에 번들거려, 양면경사 지붕꼭대기의 닭벼슬 장식에서 섬광이 나오고 있는 것처럼 보였다. 후텁지근한 바람이 불고 있었다. 걸어가는 엠마는 힘없이,

길 바닥의 조그마한 돌에도 걸렸다. 그녀는 차라리 집으로 돌아갈까, 아니면 어디든 들어가서 좀 쉴까 하고 망설였다.

그때 마침 서류 뭉치를 옆구리에 낀 레옹 씨가 근처의 어느 집에서 나왔다. 그는 가까이 다가와서 인사하고 뢰뢰 가게 앞에 튀어나온 햇빛 차양 그늘 안으로 들어섰다.

보바리 부인은 아기를 보러 가는 길인데, 무척 피곤해졌다고 말했다.

"뭣 하시면……."

레옹은 말을 꺼냈다가 말을 맺지 못하고 입을 다물었다.

"어디 볼일이라도 있어요?"

그녀는 서기의 없다는 대답을 듣고 나서, 함께 가 주지 않겠느냐고 부탁했다. 이 일이 저녁때에는 벌써 온 용빌 마을에 퍼졌다. 시장 부인인 튀바슈 부인은 "보바리 부인은 자기 체면을 구겼다"고 자기 집 하녀 앞에서 똑똑히 말했다.

유모네 집에 가기 위해 두 사람은 묘지에 갈 때처럼 마을 한길 끝에서 왼쪽으로 구부러져, 조그마한 집들과 뒷마당들 사이의 쥐똥나무가 늘어서 있는 오솔길을 따라나가야 했다. 쥐똥나무에는 꽃이 피어 있었고, 또 베로니카와 찔레, 쐐기풀, 그리고 덤불 속에서 날씬하게 뻗어 나온 나무딸기 줄기에도 모두 꽃이 피어 있었다. 울타리 틈으로는 농가의 마당에 돼지가 퇴비 더미 위에 누워 있는 광경이며, 밧줄에 매인 암소가 나무줄기에 뿔을 비벼대고 있는 것이 보였다. 두 사람은 나란히 말없이 걸어갔다. 그녀는 그에게 약간 기대고, 그는 그녀의 발걸음에 맞추어 천천히 걸었다. 두 사람 앞에서 파리 떼가 더운 공기 속에서 윙윙 소리를 내며 날아다니고 있었다.

유모의 집은 그 위를 덮은 오래된 호두나무로 곧 알아 볼 수 있었다. 갈색 기와를 입힌 나지막한 집인데, 다락방의 채광창 밑에는 염주처럼 주렁주렁 엮은 양파가 걸려 있었다. 가시 울타리 안에는, 상치밭과 몇 그루의 라벤더, 그리고 기둥을 감고 올라간 콩줄기들이 있었고, 그 주위에 땔나무들이 단단히 쌓여 있었다. 더러운 흙물이 풀밭 위로 스며나와 방울을 튀면서 흐르고 있었다.

여기저기에 가득 무엇인지 알 수 없는 누더기며, 손으로 짠 양말이며, 붉은 인도 사라사의 짧은 웃도리, 그리고 두꺼운 마직의 큼직한 홑이불이 울타리 위 테두리에 널려 있었다. 울타리 문을 여는 소리에 유모가 애기를 안고 젖을 먹이면서 나타났다. 또 한 손에는 딱지가 잔뜩 앉은 허약해 보이는 사내아이를 데리고 있었다. 루앙에서 양품 장사를 하는 사람의 아이로, 양친이 장삿일에 바빠서 맡긴 것이다.

"어서 들어오세요. 따님은 저쪽에서 자고 있어요."

이 집에는 아래층에 방이 하나밖에 없었으며, 이 방 벽 옆에 커튼이 없는 넓은 침대가 하나 놓여 있고, 그 맞은편에는 밀가루 반죽을 하는 통이 창 쪽을 차지하고 있었다. 유리창 한 장은 둥그런 푸른 종이를 발라서 깨진 곳을 막아 놓았다. 구석에 있는 문 뒤에는 번쩍번쩍하는 징이 박힌 편상화가 빨래판 밑에 나란히 놓여 있었고, 그 옆에는 병 주둥이에 새털을 하나 매달아 놓은 기름병이 놓여 있었다. 먼지가 뽀얗게 앉은 벽난로 선반 위에는 '마티외 랑스베르 달력'이 부싯돌, 양초 토막, 부싯깃 부스러기 등과 함께 얹혀 있었다. 무엇보다 이 방에서 가장 불필요해 보이는 최근의 사치품은 명성(名聲)의 여신이 나팔을 부는 그림이었다. 아마도 향료상의 광고에서 오려 낸 듯 여섯 개의 나막신용 못으로 벽에 박혀 있었다.

엠마의 아기는 방바닥에 놓인 버드나무 요람 속에서 자고 있었다. 그녀는 이불 포대기에 싸여 있는 아기를 이불째 안아들고 몸을 양옆으로 흔들며 조용히 노래 부르기 시작했다.

레옹은 방 안을 서성거렸다. 이 초라한 곳에서 이렇게 고운 무명 옷을 입은 아름다운 여성을 보는 것이 이상스러웠다. 보바리 부인은 얼굴이 빨개졌다. 레옹은 자기의 눈길이 무례했나보다 해서 외면했다. 이윽고 보바리 부인은 애기가 자기의 레이스 깃장식에 젖을 토했기 때문에 아기를 다시 요람에 뉘였다. 곧 유모가 달려와서 닦아 주며, 얼른 봐서는 모르겠지만요 하고 말했다.

"이 아이가 언제나 나를 이렇게 굴복시킨답니다……." 유모는 이어서 말했다. "그래서 언제나 애기를 씻어 주느라고 꼬박 붙어 있죠. 그러니까 잡화 가게 까뮈에게, 이따금 제가 필요할 땐 비누를 가져올 수 있도록 말씀 좀 해주시겠어요? 그러면 마님께도 일일이 귀찮게 해드리지 않아서 편리하니까요."

"좋아요, 좋아요!" 엠마는 말했다. "그럼 롤레 아줌마, 안녕히 계세요."

그녀는 문턱에서 신발을 닦고 밖으로 나왔다. 유모는 마당 끝까지 배웅하면서, 밤중에 일어나야 하는 고생스러움을 여러 가지로 호소했다.

"저는 너무나 고단해서 가끔 의자에 앉은 채 잠들어 버리곤 한답니다. 그런 형편이니까, 빻은 커피를 한 파운드만 주시면, 매일 아침 우유에 타서 먹을 수

있을 겁니다. 한 달은 갈 거예요."

유모의 수다스러운 인사를 한참 듣고 나서 보바리 부인은 그 자리를 떠났다. 오솔길을 조금 갔을 때 나막신 소리가 들려서 돌아보니 유모였다.

"무슨 일이죠?"

시골 여자는 엠마를 느릅나무 그늘로 끌고 가서 자기 남편 이야기를 꺼냈다.

"남편은 하는 일 말고도 1년에 6프랑의 수입이 있는데, 그것은 주인이……."

"요점을 말해요."

"그러죠!" 유모는 한마디 한마디에 한숨을 쉬면서 대답했다. "제가 혼자서 커피 마시는 걸 보면, 주인이 한탄하지 않을까 걱정이 되네요. 뭐니뭐니해도 남자란……."

"드리겠다고 했잖아요! 충분히 드리겠어요!" 엠마는 되풀이했다. "정말 귀찮게 구는군요."

"그게 말이에요, 마님. 실은 저의 주인은 다친 뒤에 가슴에 경련을 일으키게 되었지 뭡니까. 심지어 사과주만 마셔도 몸이 약해진다고 그러지 않겠습니까?"

"빨리 말해요, 롤레 아줌마!"

"그래서" 유모는 공손하게 절을 한 번 하고는 "대단히 염치없는 말씀입니다만……." 하며 또다시 절을 한 다음 "형편 좋으실 때에……." 하고 애원하는 눈초리로, "브랜디를 한 병만." 이라고 드디어 말했다. "그렇게 해 주시면 애기의 발도 문질러 줄 수 있고요. 정말 헛바닥처럼 부드러운 발이거든요."

가까스로 유모를 쫓아 버린 엠마는 다시 레옹의 팔을 잡았다. 그녀는 한참 동안 빠른 걸음으로 걸었다. 그리고 걸음을 늦추었다. 앞쪽을 보고 있던 그녀의 눈이 문득 청년의 어깨에 멈추었다. 그의 프록코트에는 까만 우단 깃이 달려 있었다. 단정하게 빗은 밤색 머리가 그 깃 위에 얹혀 있었다. 손톱을 보니, 용빌에 사는 다른 사람들보다 길게 다듬어져 있었다. 손톱 손질이 이 서기의 큰 일 가운데 하나였다. 손톱을 다듬는 조그만 칼이 늘 그의 필기통 속에 들어 있었다.

그들은 개울을 따라 용빌로 돌아왔다. 여름의 열기 아래서 물위의 강둑이 더욱 높아보였고, 여기저기 마당 정원의 담장 아래에서부터 강 바닥으로 내려가는 기다란 돌층계가 드러나 보였다. 시냇물은 소리도 없이 빠르게, 보기만 해도 차갑게 흐르고 있었다. 길고 힘없는 풀들이 흐르는 물에 밀려서 모두 엎드려, 마치 버려진 초록빛 머리카락처럼 투명한 물 속에서 휩쓸리고 있었다. 이 따금 등심초 끝이라든가 수련 잎사귀 위를, 다리가 가느다란 곤충이 기어다니다가 머무르곤 했다. 햇살이 물결 위의 조그맣고 푸른 거품방울들을 쏘아 터트리면, 거품방울들은 파문을 일으키며 스러져 버렸다. 가지를 친 늙은 수양버들이 물속에 비친 잿빛 나무껍질을 응시하고 있었고, 강 건너 목장은 텅 비어 있었다. 마침 농가는 점심 시간이어서, 걸어가는 젊은 유부녀와 청년의 귀에 들려 오는 것은, 오솔길의 흙을 밟는 자신들의 발자국 소리와 서로 주고받는 말과 엠마의 주위에서 사락사락 스치는 옷자락 소리뿐이었다.

마당 정원의 담장갓 걸침틀에 장식된 커다란 유리조각들 때문에 담장은 온실의 유리창처럼 따뜻했다. 안쪽 담장벽 길을 타고 향꽃장대가 올라와 있었다. 보바리 부인이 지나가면서 펼친 양산 끝으로 건드리니, 시들은 꽃들이 노란 가루가 되어 흩어졌다. 또 어떤 때는 담장 바깥 가장자리에 늘어진 인동덩굴과 미나리아재비 줄기가 비단천을 스치기도 했다.

그들은 루앙의 극장에 곧 오게 될 스페인 무용단에 관해서 이야기했다.

"구경가실 거예요?"

그녀가 물었다.

"예, 될 수 있으면."

이 밖에는 아무것도 할 이야기가 없었을까? 그러나 정말 그들의 눈은 좀더 심각한 이야기로 가득 차 있었다. 두 사람 다 평범한 말을 찾아내려고 애쓰면서도 동시에 두 사람은 똑같이 애달픈 기분에 젖어드는 것을 느꼈다. 그것은 그들의 목소리를 지워 버리고 마는, 좀더 깊고 끊기지 않는 영혼의 속삭임 같은 것이었다. 두 사람은 처음 경험하는 이 감미로운 기분에 놀라움을 느꼈으나, 그들은 그 느낌을 서로 큰 소리로 말하려고도, 또 그 원인을 찾아내려고도 하지 않았다. 기쁨은 지금도 와서 마치 열대 지방의 해변처럼, 감정을 눅이는 영향력을 향긋한 미풍에 실어 바다처럼 무한한 공간 너머로 내던진다. 아직 보이지 않는 지평선 아래에 무엇이 있든 상관없이, 그들은 이 도취 속에 빠진다.

가축들이 밟아서 땅바닥 한 군데가 꺼진 곳이 있었다. 진흙 속에 군데군데 놓여 있는 이끼 낀 큼직한 돌을 딛고 건너야만 했다. 엠마는 어디를 디디면 될까 하고 살피면서 몇 번이나 멈추어 섰다. 그리고 흔들거리는 돌 위에서 몸을 가누려고 팔꿈치를 쳐든 채 허리를 구부리고 눈을 두리번거리며 물구덩이에 떨어질까 겁이 나서 소리내어 웃었다.

자기 집 뜰 앞까지 왔을 때 보바리 부인은 조그마한 살문을 열고 돌층계를 뛰어올라가 모습을 감추었다.

레옹은 자기 사무실로 돌아갔다. 주인은 나가고 없었다. 그는 서류를 한 번 죽 훑어보고, 거위깃 펜을 깎았다. 마침내 모자를 들고 밖으로 나왔다.

그는 아르게이유 언덕 위 숲 입구에 있는 목장으로 갔다. 전나무 그늘 밑 땅바닥에 드러누워 손가락 사이로 하늘을 쳐다보았다.

"아아, 따분하다!" 그는 혼자서 중얼거렸다. "정말 따분해!"

그는 오메 같은 사람을 친구로 삼고, 기요맹 씨를 주인으로 섬기며 이런 마을에서 지내는 자신이 생각할수록 가여워졌다. 기요맹 씨는 일밖에 몰랐다. 금테 안경을 끼고, 흰 깃장식 머플러 위에 붉은 구레나룻을 기르고, 영국 신사처럼 예절 바르게 행동해서 처음에는 이 서기를 매혹시켰지만, 기요맹씨는 마음의 미묘한 움직임에 대해선 전혀 모르는 인물이었다. 약제사의 아내는 노르망디 제일가는 양처라고 할 수 있었으며, 양처럼 유순하고, 아이들과 부모와 사촌까지 소중하게 생각하고, 남의 불행에 눈물 흘리고, 집안일은 관대하게 되어가는 대로 내버려 두며, 코르셋은 아주 싫어했다. 그러나 동작이 아주 느리고, 말은 지리하고, 자태는 평범하고, 화제가 없어서 비록 이 여자는 30살이고 레옹은 20살에다 언제나 이웃 방에서 자며 매일 이야기를 주고받는 사이지만, 그는 이 여자가 누군가에게는 역시 여자라는 것, 치마 이외에 여자다운 것을 무언가 가졌다는 것을 한 번도 생각해 본 일이 없었다.

자, 그러면 또 누가 있는가? 비네, 몇몇 장사꾼들, 술집 주인 두서넛과 본당 신부, 그리고 끝으로 시장 튀바슈 씨와 그의 두 아들이 있다. 이 아들들은 돈이 좀 있고, 성질이 까다롭고 우둔하며, 자기 땅을 자기 손으로 갈고, 가족끼리 좋은 음식을 먹고, 게다가 대단한 신자인 체하는, 도저히 사귈 수 없는 인간들이다.

그러나 이러한 얼굴들의 평범한 배경 위에 엠마의 얼굴만 두드러지게 떠올라 있었으나, 그것은 훨씬 멀리 떨어져 있었다. 그는 그녀와 자기와의 사이에 막연하지만 심연 같은 것이 가로놓여 있는 것처럼 느껴졌다.

처음 그는 약제사와 함께 몇 번인가 그녀의 집에 갔다. 그가 찾아오는 것을 샤를은 그리 반기는 것 같지 않았다. 레옹은 실례가 될까 조심스런 마음과 거의 불가능한 줄 알면서도 친해지고 싶은 기분 사이에서 어쩔 줄 몰랐다.

4

추위가 시작되자 엠마는 자기 방을 떠나 거실에 있기로 했다. 천장이 얕고 좁은 기다란 방으로, 벽난로 위에는 많은 가지가 뻗은 산호가 거울 옆에 놓여 있었다. 창가의 안락의자에 앉아서 그녀는 보도 위로 마을 사람들이 지나가는 것을 바라보고 있었다.

레옹은 하루에 두 번씩 사무소에서 '황금사자' 레스토랑으로 간다. 엠마는 멀리서부터 그가 걸어 오는 발소리를 듣는다. 귀를 기울이면서 가만히 몸을 웅크린다. 청년은 언제나 같은 복장으로, 결코 고개를 돌리지 않고 커튼 뒤로 미끄러져 간다. 그러나 저녁때쯤 왼손으로 턱을 괴고, 수놓기 시작한 천을 두 무릎 위에 내려놓고 있을 때, 획 지나가는 그의 그림자를 보면 엠마는 이따금 으스스 떨 때가 있었다. 그녀는 일어나서 식사 준비를 시켰다.

오메 씨는 언제나 저녁식사 중에 찾아왔다. 터키 모자를 손에 들고, 방해가 되지 않도록 발소리를 죽여가며, "안녕하십니까, 여러분!" 하고 늘 같은 인사말을 되풀이하면서 들어오는 것이었다. 그리고 식탁 앞의 부부 사이에 여느때의 자리를 차지하고는 의사에게 환자들의 상태를 묻거나, 의사는 어느 정도의 사례를 받을 것인가, 그의 의견을 묻는다. 그 다음에는 '신문'에 실려 있는 것이 화제에 오른다. 오메는 이미 그런 것들은 모두 암기하고 있었기 때문에 신문 기자의 의견에서부터 프랑스와 외국에서 일어난 개개인의 불행에 이르기까지 빠짐없이 들려 준다.

이윽고 화제가 더 이상 없으면, 그는 순발력 있게도 이번에는 재빨리 식탁에 늘어놓은 음식에 대하여 과감하게 의견을 털어놓는다. 때로는 반쯤 일어서서 부인에게 가장 연한 고기를 살짝 손가락질하여 가르쳐 주기도 하고, 하녀를 돌아보며 스튜 만드는 법과, 조미료 사용법, 향료라든가 자양소, 고기 국물이라든가 젤라틴에 관한 이야기를 눈앞에 있는 듯 어지럽게 늘어놓았다. 무엇보다도 이 사나이의 머릿속은 약국에 약병을 늘어놓은 것보다 더 많은 조리법으로 가득 차 있기 때문에, 각종 잼이며 식초며 달콤한 리퀴르주를 만드는 데 솜씨가 있었다. 또 새로 고안해 낸 경제적인 남비며, 치즈를 보존하는 방법, 상한 포도주 고치는 방법 같은 것도 잘 알고 있었다.

8시에는 쥐스탱이 약방을 닫기 위해 주인을 마중하러 왔다. 그러면 오메 씨는 이 수습 점원이 의사 집에 오기 좋아하는 것을 눈치채고 있었기 때문에, 특히 이 보바리 댁의 하녀 펠리시테가 있을 땐 냉정한 눈길로 그를 보면서 말했다.

"우리집 젊은 녀석도 이제 엉뚱한 생각을 할 나이가 되었나 봐요. 아무래도 이 댁 하녀 아가씨에게 반한 것 같아요!"

그러나 쥐스탱의 가장 나쁜 버릇은 언제나 오메에게 야단맞는 일이기는 하지만, 항상 남의 이야기를 듣고 싶어하는 것이었다. 이를테면 일요일에 아이들이 안락의자를 하나씩 차지하고 헐렁한 옥양목 커버를 구기며 잠들어 있을 때, 오메 부인이 쥐스탱을 불러 아이들을 객실에서 데리고 함께 나가달라고 해도 도무지 나가려고 하지 않았다.

약제사 댁의 밤 모임에는 그다지 사람들이 모이지 않았다. 그의 독설과 정치적 의견 차이 때문에 사회적으로 존경할 만한 사람들이 그에게서 멀어져 버렸기 때문이다. 그래도 공증인 서기만은 빠짐없이 나왔다. 초인종이 울리면 그는 재빨리 보바리 부인을 맞이하러 나가서 목도리를 받아 주고, 눈이 오는 날이면 그녀가 신 위에 신고 온 큼직한 덧신을 약방 책상 밑에 치워 놓곤 했다.

먼저 모두 함께 트럼프의 '31' 놀이를 몇 번 하고 나서 오메 씨가 엠마를 상대로 '에카르테' 카드놀이를 했다. 레옹은 그녀 뒤에서 여러 가지 훈수를 했다. 뒤에 서서 그녀의 의자 등에 두 손을 얹고, 그녀의 말아올린 머리에 꽂힌 빗살을 내려다보았다. 그녀가 트럼프장을 던지려고 몸을 움직일 때마다 드레스의 오른쪽이 올라갔다. 말아올린 소용돌이 머리 묶음으로부터 갈색의 환영들이 등 위로 넘쳐흘러 내렸는데, 그것이 점점 희미해지다가 조금씩 결국 그림자가 되었다. 주름이 가득 잡힌 그녀의 옷은 부풀어올라 의자 양쪽으로 늘어져서 마루 위에 깔려 있었다. 레옹은 이따금 자기 장화가 그 옷자락을 밟은 것을 깨닫고 사람의 발이라도 밟은 듯이 움찔 옆으로 비켜서곤 했다.

트럼프놀이가 끝나자 약제사와 의사는 도미노놀이를 시작하고, 엠마는 자리를 바꾸어 책상에 팔꿈치를 짚고 주간 그림잡지 〈일뤼스트라시옹〉을 뒤적거렸다. 그녀는 자기가 보는 이 유행 잡지를 들고 왔던 것이다. 레옹이 그녀 곁에 앉았다. 그들은 함께 그림을 들여다보고, 서로 다 읽기를 기다려 주었다. 그녀는 청년에게 자주 시를 읊어 달라고 부탁했다. 레옹은 망설이며 천천히 시를 낭송

했으며, 사랑의 대목에 이르면 특히 잦아드는 목소리가 되었다. 도미노놀이를 하는 소리가 낭송에 방해가 되었다. 오메 씨는 도미노놀이를 잘했다. 그는 6·6 놀이에서 샤를을 이겼다. 그리고 100점 게임을 세 번 하고는 두 사람 모두 난로 앞에 길게 몸을 펴고 잠들어 버렸다. 불은 다 타들어가 재 속에서 꺼지려 하고 있었고, 차주전자는 텅 비어 있었다. 레옹은 아직도 계속하여 읽고 있었고, 엠마는 들으면서, 램프갓 망사에 색칠로 그려진 마차에 올라탄 어릿광대며, 장대를 들고 줄타기하는 여자를 기계적으로 돌리고 있었다. 레옹은 잠들어 있는 사람들을 몸짓으로 가리키며 갑자기 읽기를 멈추었고, 두 사람은 낮은 목소리로 이야기를 나누었다. 아무도 듣는 사람이 없었기 때문에 그들의 이야기는 한층 더 즐거운 것 같았다.

이렇게 하여 두 사람 사이에는 어떤 결합이, 책과 사랑 노래의 끊임없는 교류가 이루어졌다. 질투심이 없는 샤를은 이것을 별로 마음에 두지 않았다.

그는 생일 축하 선물로 골상학용의 훌륭한 해골을 받았다. 가슴뼈까지 가득 번호가 붙고, 파랗게 칠해져 있었다. 서기가 보낸 것이었다. 레옹은 이 밖에도 여러 가지 호의를 보이면서, 의사의 심부름으로 몇 번인가 루앙에도 가 주었고, 어떤 소설가가 쓴 책으로 인해 선인장이 몹시 유행하자, 그는 부인을 위해 그것을 사 가지고 제비마차에 타고서 딱딱한 가시에 손을 몇 번이나 찔리면서 무릎 위에 안고 돌아오기도 했다.

엠마는 화분을 늘어놓기 위해 창가 난간에 선반을 하나 달았다. 서기도 3층 자기 방 창가에 화분 선반을 달았다. 그들은 각각 창가에서 꽃 손질을 하면서 서로의 모습을 바라보았다.

마을의 수많은 창문들 중 그 이상으로 빈번히 사람 모습이 나타나는 창문이 또 하나 있었다. 일요일이면 아침부터 밤까지, 보통 날에는 날이 좋으면 오후 내내 다락방 채광 창 녹로대에 구부리고 있는 비네 씨의 여윈 옆얼굴이 보였다. 녹로를 돌리는 단조로운 소리는 '황금사자' 여관에까지 들렸다.

어느 날 밤, 집에 돌아온 레옹은 연한 바탕에 나뭇잎 무늬가 있는 양털 비로드로 양탄자가 한 장 놓여 있는 것을 보았다. 그는 오메 부인과 오메 씨, 쥐스탱과 아이들과 하녀까지 불러모았다. 사무소 주인에게도 그 이야기를 했다. 모두 그 양탄자를 보고 싶어했다.

어째서 의사 부인이 서기에게 이런 선물을 주었을까? 그것은 이상했다. 결국 사람들은 그녀가 청년의 애인임에 틀림없다고 단정해 버렸다.

그렇게 생각하는 것이 당연할 만큼 청년도 부인의 매력과 재치에 대해 항상 사람들에게 말했기 때문에, 비네 씨는 한번은 매우 무뚝뚝하게 대답했을 정도였다.

"내가 그 여자와 아무 관계 없는데, 그게 나와 무슨 상관이야."

레옹은 자기의 마음속을 어떤 방법으로 그녀에게 고백할 것인가 골똘히 생각했다. 그리고는 그녀가 싫어하지나 않을까 하는 걱정과, 이렇게까지 겁 많은 자신을 부끄러워하는 수치 사이에 끼어서 언제나 주저하며 실의와 욕망 때문에 울었다. 드디어 그는 단호한 결심을 하여 몇 통이나 편지를 썼다가는 다시 찢고, 또 뒤이어 없던 일로 돌릴 최후통첩을 내리는 것이었다. 이따금 대담하게 해치울 마음이 생겨서 용감하게 한 걸음 내딛지만, 막상 엠마 앞에 나가면 그만 그 결심은 곧 사그라져 버렸다. 그리고 갑자기 샤를이 나타나서 자기 마차로 함께 근처의 환자를 보러 가자고 권하면 곧 승낙하고 부인에게 인사하고는 나가 버리는 것이었다. 따지고 보면, 그녀의 남편도 그녀의 한 부분이 아닌가?

엠마는 자기가 그를 사랑하고 있는지 어떤지 생각해 보지도 않았다. 연애란 천둥과 번개처럼 느닷없이 나타나는 것—하늘에서 큰 바람이 불어와 생활을 뒤엎고, 인간의 의지를 나뭇잎처럼 찢어발기고, 사람의 마음을 몽땅 깊은 못 속으로 끌고 들어가는 것이라고 엠마는 믿고 있었다. 그녀는 지붕의 홈통이 막히면 빗물이 호수를 이룬다는 것을 모르고 있었다. 그래서 그녀는 그토록 안전한 마음으로 있을 수 있었는지 모른다. 그러나 어느 날 갑자기 벽에 틈이 생긴 것을 발견한 것이었다.

5

눈이 내리는 2월 어느 일요일 오후였다.

보바리 부부와 오메 씨와 레옹 씨는 용빌에서 2킬로미터쯤 떨어진 계곡에 세워지고 있는 제마(製麻) 공장을 구경하러 갔다. 약제사 오메는 운동을 시키기 위해서 아들 나폴레옹과 딸 아탈리를 데리고 갔다. 쥐스탱은 우산을 여러 개 어깨에 메고 따라 나섰다.

그런데 구경거리치고 이처럼 보잘것없는 것도 없었다. 그저 맥없이 넓은 빈터에 쌓아 올린 모래며 자갈 사이에 벌써 녹이 슨 톱니 바퀴들이 너저분하게 흩어져 있는 공터가, 조그마한 창문들이 무수히 뚫려 있는 좁고 기다란 사각형 건물 주위에 있을 뿐이었다. 건물은 아직도 다 완공되지 않아 서까래 사이로 하늘이 보였다. 박공*1옆의 들보에 매단, 이삭이 붙어 있는 밀짚단 끝에 세 가지 빛깔의 리본이 바람에 펄럭였다.

오메는 노상 지껄여댔다. 이 공장이 앞으로 아주 대단한 것이 될 거라고 그들에게 설명하고, 판자의 강도라든가 벽의 두께를 재 보기도 하고, 비네 씨가 늘 사용하는—자막대를 가지고 오지 않은 것을 매우 아쉬워했다.

약제사에게 팔을 맡긴 엠마는 그의 어깨에 기대다시피 하면서, 멀리 안개 속에서 눈부신 흰 빛을 내뿜고 있는 둥근 태양을 바라보았다. 그녀가 고개를 돌려보니 뒤에 샤를이 있었다. 챙 달린 모자를 눈썹까지 깊숙이 눌러쓰고, 추위에 떨고 있는 두꺼운 입술이 그 얼굴에 무언가 우둔한 느낌을 덧붙여 주었다. 그 태연한 등을 보고 있으니 그의 등조차도, 짜증이 났다. 그녀는 그 프록코트 위에 이 사람의 평범함이 그대로 드러나 있는 것같이 느껴졌다.

그를 검사하듯 면밀히 살펴보면서, 그녀가 그녀의 짜증스러움 속에서 일종의 방탕한 사악함을 맛보고 있을 때, 레옹이 한 걸음 앞으로 다가왔다. 추위로 새파랗게 질린 것이 얼굴에 한층 더 감미로운 피로의 기색을 띠게 하고 있는 것 같았다. 머플러 장식과 느슨히 풀린 셔츠 깃 사이로 하얀 목이 드러나 보였다. 머리카락 밑으로 드러난 한쪽 귓볼과 가만히 구름을 쳐다보는 큼직한 푸른 눈이, 엠마에게는 하늘이 비쳐진 산 속의 호수보다도 더 맑고 아름다워 보였다.

"야, 이녀석아!"

갑자기 약제사가 외쳤다. 그는 신에 흰 칠을 하려고 쌓여 있는 석회 속으로 막 뛰어내린 아이 쪽으로 달려갔다. 아버지에게 마구 야단을 맞은 나폴레옹은 큰 소리로 울기 시작했다. 쥐스탱이 짚을 뭉쳐서 나폴레옹의 구두를 문질러 주었다. 그러나 아무래도 칼이 있어야 했다. 샤를이 자기 칼을 빌려 주었다.

'어머나!'

그녀는 속으로 외쳤다.

'저이는 칼을 주머니에 넣고 다니잖아, 농사꾼처럼!'

---

*1 양 옆면이 잘린 듯이 보이는 지붕 양편에 'ㅅ'꼴로 붙인 널판.

진눈깨비가 오기 시작하여 모두 용빌로 돌아왔다.

그날 밤 보바리 부인은 이웃집에 가지 않았다. 그리고 샤를이 나가 버리고 혼자 있게 되자, 마치 직접 만져 보듯이 선명하게, 그리고 기억이 그 대상 인물에 주는 아득한 전망과 더불어 또 비교가 시작되었다. 침대에 들어가 밝게 타는 불을 지켜보면서, 그녀의 마음은 오늘 오후 거기서 레옹이 한 손으로는 단장을 쥐고, 한 손으로는 얼음 조각을 핥고 있는 아탈리의 손을 잡고 서 있던 모습을 생각했다. 그녀는 그를 매력 있는 사람이라고 생각했다. 그에 대한 생각을 떨 칠 수가 없었다. 여태까지 보인 그의 여러 가지 태도, 그가 한 말, 그의 목소리, 그 풍모 전체를 다시 생각했다. 그리고 키스라도 하는 것처럼 입술을 삐죽 내밀면서 되풀이해서 중얼거렸다.

"맞아, 매력적이야! 매력적이야! 그 사람 혹시 사랑을 하고 있나?"그녀는 자기에게 물었다. "그렇다면 누구를…… . 나야!"

증거가 될 만한 일이 한꺼번에 나타나서 가슴이 뛰었다. 난로 불빛이 현란하게 천장에서 너울거렸다. 그녀는 두 팔을 쭉 뻗으며 천장을 보고 누웠다. 그러자 끝없는 한탄이 쏟아져 나왔다.

"아아! 하늘만 허락한다면! 왜 아니겠어? 대체 누가 방해를 할까?"

샤를이 밤중에 돌아왔을 때 그녀는 지금 막 잠에서 깨어난 것처럼 하고, 그가 옷을 벗으면서 소리를 내자 그녀는 머리가 아프다고 중얼거렸다. 그러고는 오늘 밤 모임은 어땠느냐고 지나가는 말처럼 물었다.

"레옹 군은 2층으로 일찍 올라가 버렸어."

그녀는 미소를 누르지 못했다. 새로운 기쁨으로 마음이 가득 찬 채 잠이 들었다.

다음 날 해질 무렵, 잡화상 뢰뢰가 그녀를 찾아왔다. 이 가게주인은 매우 빈틈없는 사나이였다.

가스코뉴 태생이나 노르망디 사람이 된 그는 코 지방 특유의 교활함과 남쪽 지방 사람의 말주변을 함께 갖추고 있었다. 축 늘어져서 수염이 없고 기름기가 자르르 흐르는 그의 얼굴은, 감초를 엷게 달인 물을 바른 것처럼 보이고, 그 흰 머리카락으로 인해 조그마한 검은 눈 속의 날카로운 빛이 한층 돋보였다. 이 사나이가 무엇을 하던 사람이었는지 아무도 알지 못했다. 어떤 사람은 자질구레한 잡화 행상인이었다고 했고, 또 어떤 사람은 루토의 고리대금업자였다고 했다. 다만 확실한 것은 비네조차 혀를 내두를 만큼 복잡한 계산을 암산으로 해치운다는 것이었다. 그는 비굴하다 할 정도로 정중하게 상대방에게 인사를 하거나, 안내라도 하는 사람처럼 언제나 허리를 절반쯤 구부리고 있었다.

검정 실크테 장식의 모자를 문간에 놓고, 푸른 종이 상자를 테이블 위에 올려 놓고서 그는 대단히 세련된 말투로, 오늘날까지 부인의 단골이 되지 못한 것을 퍽 섭섭하게 생각한다고 아첨과 함께 푸념을 늘어놓기 시작했다. 저희들처럼 빈약한 가게는 멋진 분이 오실 만한 곳이 못된다고 특히 '멋진 분'에 힘을 주어 말했다.

하지만 무슨 물건이든지 주문만 해주신다면, 잡화건, 속옷이건, 편물이건, 유행품이건 무엇이든지 부인이 원하시는 대로 당장 구해 드리겠다고 장담했다. 왜냐하면 한 달에 네 번씩은 반드시 루앙에 나가기 때문이었다. 일류 상점들과 거래하고 있어서 '3형제' 상점이나 '황금수염' 상회나 '대야만인' 상점이나 어느 상점에서든, 그의 이름을 대면 잘 안다는 것이었다. 그래서 오늘은 지나가는 길에 극히 구하기 어려운 여러 가지 물건이 마침 손에 들어왔기에 부인께 보여드리려고 찾아왔다면서 그는 상자 속에서 수놓은 스카프 대여섯 장을 꺼내 놓았다.

보바리 부인은 그것을 살펴보았다.

"아무것도 필요 없어요."

그러자 뢰뢰는 알제리아 숄 석 장과 영국제 바늘 몇 갑과 밀짚 슬리퍼 한 켤레, 그리고 죄수들이 야자 열매 껍질을 정교하게 세공한 삶은 달걀 담는 그릇 네 개를 교묘한 솜씨로 늘어놓았다. 그리고 그는 책상 위에 두 손을 짚고, 목을 길게 빼고, 허리를 굽히고, 입을 크게 벌린 채 엠마의 시선을 좇았다. 엠마의 시선은 그의 물건들 사이에서 우유부단하게 배회하고 있었다. 이따금 그는 먼지라도 터는 것처럼 하나 가득 펼쳐 놓은 비단 숄을 손톱으로 툭 퉁겼다. 그러자 숄은 희미하게 사각거렸다. 마치 천에 뿌린 금박이 푸른빛을 띤 저녁 햇살을 받고 작은 별처럼 반짝이듯이 가벼운 소리를 내며 떨었다.

"이건 얼마지요?"

"싼 겁니다. 얼마 되지 않습니다. 그렇다고 값을 곧 치르시라는 것도 아닙니다. 언제라도 형편 좋으실 때 주시면 됩니다. 저희들은 유대인이 아니니까요."

그녀는 생각하다가 결국 또 그만두겠다고 하자, 뢰뢰 씨는 아무렇지도 않은 것처럼 대답했다.

"네, 좋습니다. 또 언젠가는 마음에 드실 때가 있으시겠지요. 저는 부인들과 언제나 이야기가 잘되거든요. 저의 집사람은 다릅니다만!"

엠마는 웃었다.

"그건 말하자면" 그는 농담을 하고 나서 참으로 호인처럼 말을 이었다. "저는 돈 같은 것은 걱정도 않는다는 말이죠……. 만약 필요하시다면 돈도 언제든지 마련해 드리겠습니다."

그녀는 놀라는 몸짓을 했다.

"예!" 재빨리 낮은 소리로 말했다. "돈을 구하러 멀리 가시지 않아도 될 겁니다. 언제든지 말씀만 하십시오."

그리고 그는 보바리 씨가 치료해 주고 있는 '카페 프랑세' 주인 텔리에 노인의 용태가 어떤지 묻기 시작했다.

"도대체 어찌된 셈일까요? 텔리에 영감은? …… 집이 울릴 만큼 심한 기침을 하더군요. 머지않아 플란넬 속옷 대신 전나무 관이라는 외투가 필요하지나 않을까 걱정입니다. 영감은 젊었을 때 너무 방탕했지요. 부인, 그런 사람들은 옛날에는 아주 엉망이었답니다. 브랜디를 너무 마셔서 속이 타버린 겁니다. 하지만 어쨌든 옛날부터 아는 사람이 죽어간다는 것은 역시 마음아픈 일이지요."

마분지 상자를 끈으로 동여매면서 그는 환자 이야기를 계속했다.

"기후 탓이겠지요." 그는 얼굴을 찡그리고 유리창을 바라보면서 계속 말했다. "그런 병이 많이 생기는 건 말입니다. 저도 어쩐지 좀 좋지 않아요. 언제 한번 선생님께 진찰을 받으러 와야겠습니다. 등이 아프거든요. 그럼 안녕히 계십시오. 부인, 앞으로 잘 부탁드립니다."

이렇게 말하고는 그는 조용히 문을 닫았다.

엠마는 거실에서 저녁을 먹기로 하고 쟁반에 담아 난롯가로 가져오게 했다. 그리고 천천히 먹었다. 모든 것이 다 맛있는 것 같았다.

"난 참 현명했어!"

그녀는 막연히 솔을 생각하면서 혼자 중얼거렸다.

층계에서 발소리가 들렸다. 레옹이었다. 그녀는 일어서서 찬장 위에 쌓아 놓은, 가장 자리를 접어 감추어야 하는 행주 가운데 제일 위의 것을 집어들었다. 레옹이 들어왔을 때, 그녀는 자못 바쁜 것처럼 보였다.

이야기는 활기를 띠지 못했다. 보바리 부인은 말을 잇지 못하여 금세 조용해지곤 했고, 한편 레옹도 어색한 기분이었다. 그는 난로 옆에 있는 낮은 의자에 앉아 손가락 끝으로 조그만 상아상자를 만지작거리고 있었다. 엠마는 부지런히 바늘을 움직이다가 가끔 손톱으로 헝겊에 주름을 잡기도 했다. 그녀는 도무지 말을 꺼내지 않았다. 그녀의 말에 매혹되었던 것처럼 그는 이번엔 그녀의 침묵에 사로잡혀 잠자코 있는 것 같았다.

'가엾은 사람!'

그녀는 생각했다.

'내 어디가 마음에 들지 않는 것일까?'

그는 생각했다.

그러나 마침내 레옹은, 가까운 시일 안에 사무소 일로 루앙에 가게 되었다고 말을 꺼냈다.

"부인의 악보 예약 기간이 다 되었는데, 다시 예약해 드릴까요?"

"괜찮아요."

"왜요?"

"그건……."

그녀는 입술을 꼭 오므리고 바늘에 꿴 회색 실을 천천히 잡아 뺐다.

이런 바느질은 레옹을 초조하게 만들었다. 엠마의 손가락 껍질이 벗겨질 것만 같았다. 그는 문득 여자를 기쁘게 해 줄 문구가 머리에 떠올랐으나 감히 말할 수 없었다.

"그럼 이제 그만두시는 겁니까?"

"무엇을요?"

그녀는 얼른 물었다.

"음악 말이에요? 아, 그러믄요. 집안일도 많구, 남편 시중도 들어야 하구요. 그 밖에 음악보다 중요한 여러 가지 일이 많거든요!"

그녀는 시계를 보았다. 샤를이 올 시간이 지나있었다. 그녀는 자못 걱정스러운 표정을 지어 보였다. 두세 번 이렇게 되풀이했다.

"참 좋은 사람이에요."

서기는 보바리 씨를 좋아했다. 그러나 그녀가 이렇게 분명하게 애정을 나타내는 데는 놀랐으며, 그다지 유쾌하지 않았다. 그래도 그는 계속 그를 칭찬하면서, 모든 사람들이, 특히 약제사가 언제나 칭찬한다는 말을 했다.

"네, 그이는 좋은 사람이에요."

"그럼요."

서기는 맞장구를 쳤다.

그리고 그는 오메 부인 이야기를 시작했다. 그녀가 몸단장을 너무 소홀히 하는 것이 언제나 두 사람의 웃음거리가 되었다.

"그런 거야 어때요?" 엠마가 가로막았다. "훌륭한 엄마는 자신의 몸치장 같은 것은 신경 쓰지 않는 법이에요."

그리고 다시 그녀는 이전처럼 조용해졌다.

그뒤로는 날마다 마찬가지 나날이었다. 그녀의 말투며 태도가 완전히 변해버렸다. 그녀는 집안일에 전념하고 성당에도 어김없이 나갔으며, 하녀도 엄격하게 다루었다.

유모에게 맡겼던 베르트도 데려왔다. 손님이 찾아오면 펠리시테가 아기를 데리고 나왔다. 보바리 부인은 그 앞에서 베르트의 옷을 벗겨 손발을 보여주었다. 그녀는 아이를 무척 좋아한다고 했다. 아이는 위안이고, 즐거움이며, 기쁨이라고 했다. 그리고 격앙된 애정을 털어놓으면서 베르트를 애무했는데, 이것을 용빌 마을 이외의 다른 곳에 사는 사람이 보았더라면 누구나 《노트르담 드 파리》에 나오는 사셰트를 연상했을 것이다.

샤를이 밖에서 돌아와 보면 그의 슬리퍼는 난롯가에 따뜻하게 놓여져 있었다. 이제는 그의 조끼 안이 터져 있다든가 와이셔츠 단추가 떨어져 있는 일도 없어졌다. 또 옷장 속에 차곡차곡 쌓여있는 나이트캡들을 보는 것에도 어떤 기쁨이 있었다. 그녀는 옛날처럼 뜰을 거니는 것을 싫어하지 않았다. 남편 말은 무엇이든 고분고분 잘 따랐다. 남편의 뜻이 무엇인지 확실하지 않더라도 잠자코 따랐다. 레옹은, 샤를이 저녁식사 뒤 난롯가에 앉아 두 손을 배 위에 모으고 두 다리를 장작 받침대 위에 올려 놓은 채 식사로 볼에 핑크빛이 돌고, 행복에 겨워 눈에 눈물이 글썽이는 모습과, 양탄자 위를 기어다니는 아이, 그리고 의자 뒤에서 이마에 키스하러 오는 호리호리한 여성을 바라보며 혼자서 중얼거리곤 했다.

"이건 미친 짓이야! 어떻게 저 여자 가까이에 갈 수 있겠어?"

사실 그에게는 이 여성이 참으로 정숙하고 점점 더 접근하기 어려워 보였기 때문에 모든 희망, 극히 희미한 희망마저 사라져 버렸다.

그러나 이렇게 체념해 버리자, 그녀를 이상한 대상으로 생각하게 되었다. 그가 볼 때 부인은 육체의 아름다움을 떠난 존재다. 그는 그 육체의 아름다움에서 아무것도 얻을 수 없었다. 그의 마음속에서 그녀는 상승을 계속하여 하늘로 올라가는 여신처럼 장엄하게 육체의 아름다움에서 멀어져 갔다. 그것은 인간 세상의 영위를 방해하지 않는 순수한 감정, 매우 희귀하기 때문에 사람들이 즐겨 키우는 순수한 감정, 그것을 잃는다는 것은 그것을 소유하는 기쁨 이상으로 사람을 슬프게 만드는 순수한 감정의 하나였다.

엠마는 야위어 갔다. 두 볼은 창백해지고, 얼굴이 길어졌다. 한가운데서 가른 검은 머리, 큼직한 눈, 곧은 콧날, 새처럼 가벼운 발걸음, 그리고 지금 와서는 언제나 잠자코 있을 때가 많은 그녀, 생활을 하면서도 거의 그 생활에 접촉하지 않고 지나치며, 이마에는 무언지 막연한게 어떤 장엄한 운명의 각인 같은 것이 찍혀 있는 것처럼 보이지 않는가? 그녀는 너무나 슬퍼 보이고, 너무나 조용하고, 너무나 상냥하며, 게다가 너무나 얌전해서 그녀 곁에 있으면 마치 얼음같은 매력에 사로잡히는 것을 느꼈다. 성당 안에 들어가서 찬 대리석 냉기에 섞인 꽃향기에 전율할 때 같았다. 다른 사람들도 이러한 매혹을 느끼지 않을 수 없었다. 약제사는 말하곤 했다.

"아주 대단히 유능한 여자야. 그만하면 군수 부인으로도 손색이 없겠는걸."

마을 아낙네들은 그녀의 알뜰함에, 환자들은 그녀의 예의바른 응대에, 가난한 사람들은 그녀의 자비로운 마음에 감탄했다.

그러나 그녀의 마음은 갈망과 노여움과 증오로 가득 차 있었다. 주름이 똑바로 잡힌 드레스는 산란한 마음을 감추고 있었고, 너무나 수줍은 입술은 미칠 것 같은 마음을 털어놓지 않았다. 그녀는 레옹을 사랑하고 있었다. 그리고 더 마음대로 그의 모습을 즐기기 위해 고독을 원했다. 그의 모습을 보면 오히려 이렇게 혼자 생각하는 기쁨이 방해를 받았다. 엠마는 그의 발 소리만 들어도 가슴이 설레었다. 그러나 막상 그의 앞에 나서면 감동은 사라지고, 그 뒤에는 큰 허탈감만 남았으며, 그것은 이윽고 슬픔으로 바뀌었다.

레옹이 절망적인 마음으로 그녀의 집을 떠날 때, 그녀가 뒤따라 일어나서 한길을 걸어가는 그의 모습을 지켜보고 있다는 사실을 그는 알지 못했다. 그녀는 그의 거동을 일일이 살폈다. 그의 표정을 살피고, 그의 방에 찾아갈 그럴듯한 거짓 구실을 만들어 냈다. 약제사의 아내는 그와 한 지붕 밑에서 잘 수 있어 행복해 보이고 부러웠다.

그녀의 생각은 '황금사자' 집의 비둘기 떼가 약국 지붕의 홈통에 그 장밋빛 발과 흰 날개를 적시러 오는 것처럼 언제나 그 집 위에 내려앉았다. 그러나 엠마는 자신의 사랑을 깨달을수록 그것을 밖으로 나타내지 않고 사라지게 하려고 힘껏 억눌렀다. 그녀는 그것을 레옹이 눈치채 주었으면 하고 생각했다. 그리고 그가 빨리 알아채도록 재촉하려고, 우연이라든가 이변 같은 것을 이것저것 공상했다. 그녀를 붙든 것은 분명 타성과 공포, 그리고 물론 조심성이었을 것이다.

그를 지나치게 멀리했다, 이제 이미 시기를 놓쳤다. 모든 것이 끝났다고 그녀는 생각했다. 그러고는 이어 "나는 정숙한 여자다" 하고 자기 자신에게 말할 수 있는 기쁨과, 체념한 자랑스러운 자태를 거울 앞에서 지어보이는 기쁨은, 대단한 희생을 치르고 있는 줄로 알고 있는 그녀를 얼마만큼 위로해 주었다.

이리하여 육체적 욕망도, 금전적 욕망도, 그리고 정념에서 오는 우울증도 모두가 하나의 고뇌 속에 뒤섞였다. ─더욱이 그녀는 자기의 괴로움으로부터 생각을 돌리기는커녕, 고통을 밝혀, 그 고통에다 모든 가능한 자극을 가했다. 그녀는 음식이 입에 맞지 않는다고 짜증을 내고, 방문이 반쯤 열려 있다면서 화를 냈으며, 자기에게는 비로드가 없다, 자기는 행복하지 않다, 꿈이 너무나 멀다, 집이 너무 좁다하고 한탄하는 것이었다.

도무지 약이 올라 견딜 수 없는 것은, 샤를이 그녀의 이러한 고통을 전혀 눈치채지 못하는 것처럼 보이는 것이었다. 그녀를 행복하게 해주고 있다고 믿는 남편의 확신이 그녀에게는 어리석은 모욕처럼 느껴졌고, 그의 애처가적인 만족감은 은혜를 모르는 행동으로 여겨졌다.

대체 누구를 위해 정절을 지키고 있는가? 샤를을 위해서가 아닌가? 샤를이야말로 모든 행복의 장애이고, 모든 불행의 원인이 아닌가? 그녀를 꽉꽉 죄어대는, 이 복잡한 혁대의 구멍에 끼우는 날카로운 철사 같은 것이 아닌가?

그러므로 그녀는 자신의 여러 가지 울적한 일 때문에 생긴 갖가지 증오를 오직 남편에게로 돌렸다. 증오를 덜려는 노력이 도리어 증오에 더해지기만 했다. 왜냐하면 그같은 쓸데없는 노력은 다른 절망의 원인에 더해져, 한층 더 그와의 사이를 벌어지게 만들었기 때문이다. 자기 자신의 상냥함에 도리어 반항심이 생겼다. 평범한 가정 생활은 그녀를 화려한 공상으로 몰아세우고, 부부간의 사랑은 불륜의 욕망으로 그녀를 밀고 갔다. 좀더 정당하게 샤를을 미워할 수 있고 복수할 수 있도록, 샤를이 자기를 때려 주었으면 좋겠다고까지 생각했다. 자기 마음에 떠오르는 여러 가지 억측의 무서움에 깜짝 놀라기도 했다. 그래도 늘 미소를 띠어야 했고, 당신은 행복한 사람이라는 말을 되풀이해 듣고는, 자신도 그런 것처럼 보여야 했고, 다른 사람들에게도 그렇게 믿도록 해야만 했다!

그녀는 그러한 위선이 싫었다. 새로운 운명을 시도하기 위해 레옹과 둘이서 어디 먼 곳으로 달아나고 싶은 유혹에 사로잡혔다. 그러나 곧 그녀의 마음속에는 캄캄하고 막연한 심연이 커다랗게 입 벌리는 것이었다.

'게다가 이젠 그 사람은 나를 사랑하지 않는걸. 나는 어떻게 될까? 어떤 구원을, 어떤 위로를, 어떤 편안함을 기다려야 하는 것일까?'

그녀는 너무나 지쳐서 헐떡이며 기진맥진해서 눈물을 흘리며 소리 죽여 흐느꼈다.

"왜 나리께 말씀드리지 않으시죠?"

엠마가 발작을 일으킬 때 방에 들어온 하녀가 말했다.

"신경 때문이란다. 치료약이 없는 병이야, 그러니까 나리께 말씀드리지 마. 걱정하시면 안 되니까."

"아, 참 그래요. 마님은 게란하고 똑같아요. 제가 여기 오기 전에 디에프에서 안 폴레의 어부 게랭 노인의 딸인데요, 몹시 우울한 성품이었어요. 그 집 문지방에 서 있는 것을 보면, 마치 그 집에 초상이나 난 것처럼 생각되었거든요. 그 아가씨의 병은 머릿속이 멍하니 안개가 낀 것처럼 희미해지는 병이래요. 의사도 신부님도 어떻게 손을 댈 수가 없었답니다. 그 병이 몹시 심해지면 그 아가씨는 혼자서 바닷가에 나가곤 했어요. 세관 사람이 순찰하는 도중에 여러 번 그 아가씨가 바닷가 자갈 위에 엎드려서 울고 있는 것을 봤대요. 그런데 시집을 가더니 그 병은 씻은 듯이 없어졌더래요."

"하지만 내 병은 말야, 시집온 뒤에 생긴 거란다."

6

어느 날 해질 무렵, 열어젖힌 창가에 앉아서 아까부터 성당지기 레스티부두 아가 회양목 가지 치는 것을 바라보고 있던 그녀는, 갑자기 삼종기도를 알리는 안젤루스의 종소리를 들었다.

앵초가 피는 4월 초순이었다. 따뜻한 바람이 갈아 놓은 꽃밭 위에 불고, 뜰은 마치 여자들처럼, 여름 축제를 위해 화장한 것같이 보였다. 정자의 덩쿨 나무 격자 천정 사이 저 멀리로 강이 목장을 가로질러 멋대로 곡선을 그려놓고 있었다. 저녁 안개가 포플러나무 사이로 표류하면서, 나무의 윤곽을 섬섬히 엉켜있는 거미줄보다도 한층 더 파리하고 투명하게 보랏빛으로 물들이고 있었다. 아득히 먼 곳에서 가축들이 돌아다니고 있었으나 발소리도 우는 소리도 들리지 않았다. 종소리는 언제까지나 울려서 마음을 가라앉히는 한탄의 소리를 하늘 높이 퍼지게 했다.

되풀이되는 종소리를 들으면서 젊은 부인의 마음은 청춘과 기숙사 생활의 옛 추억 속을 헤맸다. 꽃이 가득한 제단 위 꽃병 위로 우뚝 선 키큰 촛대들과, 미니 기둥들로 지어진 성합이 생각났다. 그녀는 그때처럼 하얀 베일을 쓴 기다란 대열 속에 섞여 있고 싶었다. 그 줄은 군데군데 기도대 위에 몸을 굽힌 수녀들의 빳빳한 머리 수건으로 검은 반점을 이루고 있었다. 주일 미사 때 잠깐 머리를 들면, 모락모락 피어오르는 파르스름한 향 연기의 소용돌이 속에 성모 마리아의 부드러운 얼굴이 보이곤 했다. 그것이 생각나자 마음은 갑자기 어떤 감동에 사로잡혀, 자신이 폭풍 속에 휘날리고 있는 새의 깃털처럼 허약하며, 버림받았다는 느낌이 들었다. 그리고 영혼을 모조리 몰입시킬 수 있고, 모든 생활을 거기에 묻을 수 있다면 어떤 신앙이라도 상관없다는 생각으로, 그녀는 아무 의식없이 성당 쪽으로 걸어가기 시작했다.

광장에서 그녀는 돌아오는 성당지기 레스티부두아를 만났다. 그는 하루 벌이에 손해가 되서는 안 된다고 하며, 잠시 성당에 갔다가 다시 돌아가서 일을 계속했다. 그래서 고백 기도 시간을 알리는 종도 자기 형편대로 쳤다. 그러나 조금 빠르게 치는 것은 아이들에게 교리 문답 시간을 알려 주는 것이 되기도 했다.

벌써 모여든 몇몇 아이들이 묘지의 돌바닥에서 구슬치기를 하고 있었다. 몇몇 다른 아이들은 말타듯이 담벽에 올라앉아 다리를 건들건들 흔들며, 낮은 벽과 가장 최근의 묘 사이에 돋아난 키 큰 쐐기풀을 나막신으로 차서 쓰러뜨리고 있었다. 그곳만 푸르게 풀이 있을 뿐 다른 곳은 모두 묘석뿐이고, 교회의 성물이나 도구 보관실에는 비가 있었지만 청소가 잘되지 않아 언제나 묘석은 뽀얗게 먼지를 덮어쓰고 있었다.

베신을 신은 아이들은 그곳이 마치 자기들을 위해 만든 마룻바닥인 양 이리저리 뛰어다녔기 때문에, 종소리에 섞여서 그들의 떠드는 소리가 들려왔다. 종소리는, 종루 꼭대기에서 늘어져 땅에 끌리는 굵은 밧줄의 흔들림이 작아질수록 그 소리도 점점 약해졌다. 제비가 나직이 울면서 날다가 갑자기 날카롭게 바람을 가르고 추녀 끝 기와 밑에 있는 노란 둥지 속으로 재빨리 돌아갔다. 성당 안쪽에는 등불이 하나 타고 있었다. 매달린 유리 그릇 속에 심지가 타고 있어서, 그 빛은 멀리서 보면 기름 위에 떨고 있는 하얀 점 같았다. 한 가닥의 기다란 햇살이 본당 안을 가로질러 양쪽 복도와 네 구석을 한층 어둡게 했다.

"본당 신부님은 어디 계시지?"

보바리 부인은 축의 구멍이 너무 헐거워진 회전문을 흔들면서 놀고 있는 아이에게 물었다.

"지금 오시고 있어요."

아이의 말대로 사제관 문이 삐걱 소리를 내더니 부르니지앙 신부가 나타났다. 아이들이 우르르 성당 안으로 달아났다.

"이 장난꾸러기들! 언제나 변함이 없거든."

신부는 이렇게 중얼거리며 발 끝에 차인 너덜너덜한 《교리 문답》을 집어들었다.

"도무지 무엇을 아낄 줄 모른만 말이야!"

그때 보바리 부인이 눈에 들어왔다.

"이거 실례했습니다. 오신 줄 몰랐군요."

그는 교리 문답서를 주머니에 넣고, 성물 보관실의 무거운 열쇠를 두 손가락에 끼고 흔들면서 그녀 앞에 섰다. 얼굴을 환하게 비추는 저녁 햇살이 그의 나사천 법의를 바랜 것처럼 허옇게 보이게 했다. 팔꿈치는 반들거리고 옷단 끝은 헤어져 있었다. 넓은 가슴 아래로 나란히 달려 있는 조그마한 단추들은 기름이며 담배 얼룩이 묻어 있었고, 깃장식으로 올라갈수록 얼룩이 더 많았다. 또목밴드 위의 주름이 잔뜩 잡힌 붉은 얼굴에는 희끗희끗 세고 거친 수염에 가리워진 누런 얼룩이 군데군데 보였다. 그는 방금 저녁을 먹어서 가쁜 숨을 쉬며 말했다.

"몸은 편안하신가요?"

"좋지 않아요." 엠마는 대답했다. "괴로워서 견딜 수 없어요."

"아, 그렇다면, 저와 마찬가지군요! 따뜻해지기 시작한 이른 봄날에는 누구나 몹시 몸이 나른해지지요. 그렇지 않습니까? 하지만 어쩔 수 없는 일 아니겠어요? 성 바오로의 말씀에도 있듯이 우리는 모두 괴로워하기 위해 태어난 거니까요. 그런데 댁의 선생께서는 무어라고 하시던가요?"

"그이야!"

그녀는 경멸하는 몸짓으로 말했다.

"아니!" 신부는 정말 놀라는 것 같았다. "선생께서 아무 처방도 안 해주십디까?"

"아아! 제가 필요한 것은 이 세상 약이 아닙니다."

신부는 계속 성당 안을 바라보았다. 거기에서는 아이들이 무릎을 꿇고 앉아 서로 어깨를 밀쳐서 마치 종이로 만든 인형처럼 쓰러지고 있었다.

"제가 알고 싶은 것은."

그녀는 다시 말을 시작하려고 했다.

"기다려라, 리부데!" 신부는 화가 나서 소리쳤다. "당장 가서 뺨을 때려 줄 테다, 이 개구장이 같으니라고!"

그러고는 엠마를 돌아보고 말을 이었다.

"저녀석은 목수 부데의 아들인데, 부모들이 살기가 좀 나아지니까 제멋대로 내버려 둔답니다. 하지만 꽤 영리한 녀석이라 마음만 먹으면 공부도 퍽 잘할 겁니다. 근본적으로 바보는 아니거든요. 나는 가끔 저 애를 리 부데라고 부르면서 놀려 주지요. 마롬으로 가는 도중에 그런 이름의 언덕이 있죠? 또 몽 리부데라고도 부릅니다, 핫핫핫. 리부데 산이라는 뜻도 되는 셈이지요. 언젠가 한번 주교님께 이 말씀을 드렸더니 주교님도 웃으셨지요…… 아니 웃어 주십디다. 그런데 보바리 씨는 안녕하신가요?"

엠마는 못 들은 척했다. 신부는 계속했다.

"여전히 바쁘시겠지요? 아마 주인어른과 나는 이 교구에서 가장 바쁜 사람일 겁니다. 주인어른은 육체의 의사이시고" 둔중하게 웃으면서 덧붙였다. "나는 영혼의 의사니까요."

그녀는 애원하는 눈으로 신부를 보았다.

"그렇습니다⋯⋯. 신부님은 모든 괴로움을 덜어 주시는 분이세요."

"아니, 그런 말씀은 하지 마십시오, 보바리 부인! 오늘 아침에도 암소에 종기가 났다고 와달라고 해서 바디오빌 마을에 갔다 왔는데, 그 사람들은 소가 무슨 지벌을 받은 게 아닌가 하고 생각하고 있더란 말입니다. 왜 그런지 모르지만 그 집 소가 차례차례 ⋯⋯ 잠깐 실례하겠습니다. 야, 이녀석! 롱그마르, 그리고 부데! 조용히 해라! 그만하란 말이야!"

그리고 신부는 단숨에 성당 안으로 뛰어들어갔다.

이때 개구장이들은 큰 성서대 주위에 몰려들기도 하고, 성가대 의자 위에 기어오르기도 하고, 기도서를 펼친 아이들이 있는가 하면, 살그머니 고해실 안에까지 들어가려는 아이들도 있었다. 느닷없이 나타난 신부가 다짜고짜로 따귀의 소나기를 퍼부었다. 멱살을 잡고 번쩍 들어다가 마치 땅에 나무를 심는 것처럼 성가대 돌바닥에 단단히 눌러서 무릎을 꿇려 앉혔다.

엠마에게로 돌아온 그는 인도 사라사의 큰 손수건 끝을 입에 물고 펴면서 말했다.

"사실, 농민들은 정말 가엾지요."

"가엾은 사람은 그 밖에도 있습니다."

엠마가 대답했다.

"그건 그렇지요! 예를 들면 도시의 노동자들."

"그런 사람들이 아닙니다."

"들어 보십시오! 나는 도시에서 보고 왔습니다. 가난한 가정의 어머니들과 정숙한 여자들, 정말 성녀 같은 여자들이 빵이 없어서 고생하는 것을 보았단 말입니다."

"하지만 저어⋯⋯." 엠마의 입매는 일그러져 있었다. "신부님, 빵은 있어도 무언가 없는 사람이⋯⋯."

"겨울에 장작이 없는 사람."

신부가 말했다.

"아니, 그게 그렇게 중요합니까?"

"무슨 말씀을, 나는, 내 생각으론 따뜻하게 지내고 배불리 먹으면⋯⋯. 아무튼, 결국은⋯⋯."

"아아! 오! 하느님."

그녀는 한숨을 쉬었다.

"어디 좋지 않으신가요?" 신부는 걱정스러운 듯이 다가서면서 말했다. "소화가 잘 안 되시는 모양이지요? 댁에 돌아가셔서 차를 좀 드시는 게 좋겠습니다, 보바리 부인. 그러면 기운이 납니다. 그렇지 않으면, 찬물에 흑설탕을 타서 한잔 마셔도 좋습니다."

"왜요?"

그녀는 마치 꿈에서 깨어난 사람 같은 표정을 지었다.

"이마에 손을 대셨거든요. 그래서 현기증이 나시는 줄 알았습니다." 그러고는 문득 생각난 것처럼 말했다. "그런데 나한테 무엇인가 물으셨어요? 무엇이었지요? 생각이 나지 않는데⋯⋯."

"제가요? 아뇨, 아무것도⋯⋯. 아무것도⋯⋯."

엠마는 시선을 이리저리 막연히 옮기다가 법의를 입은 노인 위에서 멈추었다. 두 사람은 아무 말 없이 서로의 얼굴을 바라보았다.

"그럼, 보바리 부인!" 드디어 신부가 말문을 열었다. "실례하겠습니다. 무엇보다도 할 일을 먼저 해야 하니까요. 내 몫인 저 악당 녀석들을 빨리 가르쳐서 보내야 합니다. 곧 저 아이들의 첫 영성체가 있거든요. 올해도 허둥지둥 할 것 같아서 걱정입니다! 그래서 승천절 뒤로 수요일마다 한 시간씩 더 아이들을 붙들어 놓고 공부를 시키고 있지요. 어린 못난이들! 애들을 하느님의 길로 인도하는 것은 빠를수록 좋습니다. 하느님 자신도 거룩한 그의 아들 그리스도의 입을 통해 그렇게 축하의 말씀을 하셨지요⋯⋯. 그럼, 몸조심하십시오, 부인. 주인께 안부 전해 주시고."

이렇게 말하고 그는 입구에서 약간 무릎을 구부려 인사를 하고 성당 안으로 들어갔다.

엠마는 그가 머리를 약간 어깨 위에서 기울이고, 두 손을 조금 밖으로 편채 무거운 걸음걸이로 두 줄로 나란히 놓인 걸상 사이로 사라지는 것을 지켜보았다.

이윽고 그녀는 조상(彫像)이 축에서 회전하듯 그 자리에서 빙 돌아 집으로 향했다. 그러나 신부의 굵은 목소리와 아이들의 새된 목소리가 아직도 그녀 귀에 쟁쟁하게 들려와 뒤에서 이렇게 되풀이하고 있었다.

"그대는 그리스도 교도인가?"

"예, 저는 그리스도 교도입니다."

"그리스도 교도란 어떤 것인가?"

"그리스도 교도는 영세를 받은 자입니다……. 영세를 받은……. 영세를……."

그녀는 난간에 매달리다시피 하며 층계를 올라갔다. 그리고 자기 방으로 들어가자 안락의자에 푹 쓰러져 버렸다.

유리창을 통해 유연하고 하얀 빛살이 밝은 파문을 일으키면서 부드럽게 내리비쳤다. 언제나 같은 자리에 딱딱하게 놓여 있는 가구들은 한층 더 움직일 수 없는 것으로 보이고, 컴컴한 바닷속에 떨어지는 것처럼 어둠 속에 잠겨들어 갔다. 난로불은 꺼지고, 시계만 여전히 소리를 내고 있었다. 마음속이 이렇듯 크게 동요하고 있는데, 주위의 물건들이 이처럼 조용한 것이 엠마에게는 어쩐지 이상스러웠다. 창문과 재봉대 사이에 있던 어린 베르트가, 뜨개질로 만든 신을 신고 위태로운 걸음걸이로 뒤뚱거리며 걸어와, 엄마의 앞치마에 달린 리본 끝을 잡으려고 했다.

"귀찮아!"

어머니는 손으로 아기를 떼밀어 내면서 말했다. 아이는 다시 어머니의 무릎께로 더 가까이 다가왔다. 그리고 두 팔로 그녀의 무릎에 매달려서 커다란 푸른 눈으로 어머니를 쳐다보았다. 맑은 침의 끈 한 가닥이 입술에서 비단 앞 치마 위로 흘렀다.

"귀찮다니까!"

엠마는 화를 버럭 냈다. 어머니의 얼굴을 보고 아이는 겁이 나서 울기 시작했다.

"저리 가!"

그녀는 팔꿈치로 아기를 떼밀며 소리쳤다. 베르트는 옷장 밑으로 넘어지면서 놋쇠 장식에 얼굴이 부딪쳤다. 뺨에 생채기가 나서 피가 흘렀다. 보바리 부인은 달려가서 아기를 안아 일으키고, 초인종 끈을 끊어져라 당기면서 미친듯이 하녀를 불렀다. 그리고 자기 자신을 저주하는 말을 뇌까리려 하고 있는데, 샤를이 들어왔다. 저녁식사 때가 되어 돌아온 것이었다.

"보세요, 여보." 엠마는 침착한 목소리로 말했다. "애가 여기서 놀다가 넘어져서 다쳤어요."

샤를은 걱정할 것 없다고 아내를 안심시켰다. 사실 대수롭지 않았다. 그리고 연고를 찾으러 내려갔다.

보바리 부인은 식당에 내려가지 않았다. 혼자서 아기 시중을 들겠다고 했다. 그리고 잠든 아이를 가만히 들여다보고 있으니, 아직도 남아 있던 불안이 조금씩 사라져서, 이렇게 대수롭지 않은 일에 허둥지둥했던 자신이 바보스럽게도 느껴졌다. 베르트는 이제 울먹이지 않았다.

지금은 무명 홑이불이 아기가 숨쉴 때마다 살짝살짝 들먹거릴 뿐이었다. 큰 눈물방울이 반쯤 감은 눈까풀 끝에 괴어 있어서, 속눈썹 사이로 가라앉은 젊은 두 개의 창백한 눈이 보였다. 뺨에 붙인 반창고가 단단한 피부를 엇비슷이 당기고 있었다.

'참 이상도 하다. 애는 어쩌면 이렇게도 못생겼을까!'

밤 11시, 샤를이 약방에서 돌아왔을 때(그는 저녁식사가 끝나자 남은 연고를 돌려 주러 약국에 갔었다) 아내는 아기 요람 곁에 서 있었다.

"아무렇지도 않아요, 괜찮다니까." 그는 엠마의 이마에 키스하면서 말했다. "걱정할 것 없어요, 여보, 당신이 병나겠구려."

그는 약제사 집에서 너무 오래 머물러 있었다. 그리 걱정스러운 얼굴을 보이지 않았는데도, 오메 씨는 그를 안심시키고 기운을 돋우어 주려고 애썼다. 그리고 어린 애들에게 흔히 생기기 쉬운 여러 가지 위험한 일이며, 하녀들의 부주의에 관한 이야기가 화제에 올랐다. 오메 부인도 경험이 있었다. 그녀의 가슴에는 옛날 하녀가 불씨를 한 부삽 들고 가다가 쏟은 것이 그녀의 깃 사이로 들어가서 덴 상처가 지금도 남아 있었다. 그래서 그녀의 양친은 그때부터 몹시 조심하게 되어 칼은 절대로 갈아 놓지 않았고, 방바닥은 절대로 초로 광을 내지 않았고, 창문에는 창살을 끼웠으며, 벽난로 가에는 단단한 안전장치를 달았다. 오메의 아이들은 응석받이로 자랐지만, 애보는 아이를 꼭 붙여 두었다. 조금이라도 감기 기운이 있으면 아버지는 곧 폐와 기관지 약을 억지로 먹였고, 심지어 네 살이 넘었어도 모두 부상을 막기 위해 솜을 넣어 누빈 큰 두건을 꼭 씌웠다. 사실 이렇게 조심해야 한다고 고집을 부리는 것은 오메 부인의 과잉보호였으며, 남편은 그렇게 아이의 머리를 압박하면 정신 기능에 좋지 않은 영향이 있을지도 몰라 마음속으로는 달갑지 않았다. 그래서 그만 이렇게까지 말한 적도 있다.

"당신은 아이들을 카리브족이나 보토쿠도스족 같은 야만인으로 만들 작정이오?"

샤를은 이런 긴 이야기를 몇 번이나 적당히 끊으려고 애를 태웠다.

"당신에게 할 얘기가 좀 있는데요."

샤를은 앞장서서 층계를 내려가려는 서기의 귀에 대고 조그만 소리로 말했다.

'무슨 눈치를 챘나?'

레옹은 혼자서 생각했다. 가슴이 두근거리고 여러 가지 억측이 솟아올랐다.

이윽고 입구의 문을 닫고 나서 샤를은 제일 고급 은판 사진이 얼마나 하는지 루앙에 가거든 알아봐 주지 않겠느냐고 부탁했다. 그것은 연미복을 입은 자기의 사진을 찍어서 갑자기 부인에게 선사하여 깜짝 놀라게 하려는 애정의 선물, 살뜰한 배려의 표시를 하기 위한 것이다. 그러나 그는 '얼마나 비용이 드는가' 미리 알아두고 싶었다. 레옹 씨는 거의 매주 시내에 나가니까, 그러한 부탁쯤은 그리 큰 폐가 되지는 않을 것이었다.

매주 시내에 나간다? 어떤 목적으로? 오메 씨는 거기에 젊은 사람에게 있을 법한, '젊은 바람기' 같은 것이 있다고 생각했다. 그러나 그것은 잘못된 생각이었다. 레옹은 결코 바람을 피우고 있는 게 아니었다. 그는 일찍이 없었던 우울한 심정이었다. 그는 요사이 식사를 많이 들지 못하고 남기곤 했기 때문에 르프랑수아 부인은 그것을 눈치채고 있었다. 자세한 내용이 알고 싶어서 그녀는 세리인 비네에게 물었다. 비네는 자기는 '경찰 월급을 받지 않는다'고 무뚝뚝하게 대답했다.

그러나 그도 청년의 태도가 수상하게 생각되었다. 레옹이 곧잘 두 팔을 벌리고는 의자에 벌렁 몸을 젖히고 걷잡을 수 없는 말로 인간의 전반적인 인생에 대해서 한탄을 늘어놓곤 했기 때문이다.

"그건 너무 낙이 없어서 그런 거요."

세리는 말했다.

"어떤 낙입니까?"

"내가 당신이라면 녹로를 하나 사겠소!"

"하지만, 나는 그런 걸 돌릴 줄 모르는 걸요."

"딴은 그렇군."

비네는 경멸과 만족이 뒤섞인 얼굴로 자기 턱을 만지면서 말했다.

레옹은 아무 보람 없는 사랑에 지쳐 버렸다. 게다가 아무런 흥미도 가질 수 없고 희망도 그를 받쳐 주지 않는, 똑같은 생활이 되풀이되는 데서 일어나는 견딜 수 없는 압박감을 느끼기 시작했다. 그는 용빌에도, 그곳 주민들에게도 싫증이 났다. 거기에 있는 어떤 사람들이나 어떤 집만 보아도 견딜 수 없는 짜증이 났다. 약제사도 사람은 좋았지만 참을 수 없는 구석이 있었다. 그러나 앞날의 새로운 국면을 상상하면 매력을 느끼기도 했지만 두려운 마음도 드는 것이었다.

그러한 두려움은 이윽고 초조로 바뀌었다. 그러자 파리가 멀리서 요란스러운 가면 무도회의 팡파레며 들뜬 처녀들의 웃음소리를 과시하기 시작했다. 어차피 파리에 가서 법률 공부를 마쳐야 한다. 어째서 떠나지 않는가? 무엇이 방해를 하는가? 그는 드디어 마음의 준비를 하기 시작했다. 미리 날마다 일을 정리해 나갔다. 머릿속에서 그곳 아파트의 방을 꾸몄다. 거기서 예술가 같은 생활을 하자! 기타도 배우자! 실내복을 입고, 베레모를 쓰고, 푸른 우단 슬리퍼를 사서 신자! 그는 벌써부터 벽난로 선반 위에 비스듬히 열 십자로 두 개의 펜싱용 칼을 장식하고, 그 위에 나란히 놓인 해골과 기타를 감탄하며 바라보고 있었다.

어려운 것은 어머니의 승낙을 얻는 일이었다. 그러나 결코 무리한 소망은 아닐 것이라고 생각했다. 좀더 수입이 많은 사무소가 있으면 옮겨 보라고 지금 주인까지도 권해 주었다. 그래서 레옹은 그 중간을 취하여 루앙 시에 견습서기 자리를 찾아보았으나 없었다. 마침내 그는 어머니에게 긴 편지를 써서 파리에 나가야 할 까닭을 설명했다. 어머니는 승낙했다.

그는 서두르지 않았다. 꼬박 한 달 동안 매일같이 마부 이베르가 그를 위해 용빌에서 루앙으로, 루앙에서 용빌로 여러 가지 상자와 여행용 트렁크와 짐꾸러미를 운반해다 주었다. 옷을 새로 장만하고, 안락의자 세 개의 속을 다시 채우고, 비단 목도리를 사 모았다.

요컨대 세계 일주 여행 준비보다도 더한 준비가 끝나고도 그는 한 주일 또 한 주일 떠나는 날짜를 미루다가 마침내 휴가 전에 시험에 합격하고 싶거든 빨리 출발하라는 두 번째 재촉 편지가 어머니에게서 날아들었다.

작별할 때가 되자 오메 부인은 눈물을 흘리고, 쥐스탱은 흐느껴 울었다. 오메는 역시 남자답게 감정을 억눌렀다. 그리고 그는 공증인의 집 문 앞에까지 레옹의 외투를 들어다 주겠다고 했다. 공증인이 자기 마차로 레옹을 루앙까지 태워다 주게 되어 있었던 것이다. 레옹은 가까스로 보바리 씨에게 인사할 시간 여유가 있었다.

층계를 다 올라갔을 때 몹시 숨이 차서 그는 걸음을 멈추었다. 그가 들어오는 것을 보고 보바리 부인은 얼른 일어섰다.

"또 왔습니다!"

"오실 줄 알고 있었어요!"

그녀는 입술을 깨물었다. 얼굴의 피부 밑으로 세차게 피가 돌아 한순간에 이마 끝에서 목덜미까지 발그레해졌다. 그녀는 어깨를 벽에 기대고 섰다.

"주인어른은 안 계십니까?"

"안 계세요."

여기서 말은 뚝 끊기고, 두 사람은 서로 얼굴을 쳐다보았다. 두 사람의 마음은 똑같은 하나의 고민 속에 녹아 마치 두근거리는 두 개의 가슴처럼 서로 꽉 껴안았다.

"베르트에게 키스하고 가고 싶습니다."

엠마는 층계를 몇 단 내려가서 펠리시테를 불렀다.

레옹은 재빠르게 자기 주위를 둘러보았다. 그 시선은 벽이며, 선반이며, 난로 위를 훑어 나가면서, 마치 그 모든 것에 스며들어 함께 가려는 것 같았다.

엠마가 돌아왔다. 그리고 하녀가 끈에 바람개비가 거꾸로 매달린 것을 흔들고 있는 베르트를 데리고 들어왔다. 레옹은 몇 번이나 그 목덜미에 입을 맞추었다.

"아가야 안녕! 잘 있어요, 예쁜 아기, 잘 있어!"

그리고 아기를 어머니에게 돌려 주었다.

"저리 데리고 가거라."

어머니가 하녀에게 말했다.

두 사람만 남았다. 보바리 부인은 그에게 등을 돌리고 유리창에 얼굴을 갖다댔다. 레옹은 손에 든 모자로 가볍게 허벅지를 치고 있었다.

"비가 올 것 같아요."

엠마가 말했다.

"외투가 있습니다."

"그래요."

그녀는 턱을 숙이고 이마를 앞으로 내밀며 얼굴을 돌렸다. 햇빛이 대리석 위를 미끄러지듯 그 얼굴 위를 흘러 눈썹의 곡선을 뚜렷이 드러냈다. 엠마가 눈앞의 무엇을 보고 있는지, 마음속 깊이 무엇을 생각하는지 알 길이 없었다.

"그럼 안녕히 계십시오!"

레옹이 한숨을 쉬면서 말했다. 그녀는 얼른 얼굴을 들었다.

"네, 안녕히…… 가세요!"

그들은 서로 앞으로 다가섰다. 그가 손을 내밀었다. 그녀는 망설였다.

"그럼 영국식으로."

그녀는 억지로 웃으면서 자기 손을 청년에게 맡겼다. 레옹은 자기 손가락 사이에 그녀 손의 감촉을 느꼈다. 그러자 자신의 온 존재가 촉촉한 여자의 손바닥 속으로 흘러들어가는 것처럼 느껴졌다. 그는 손을 폈다. 두 사람의 눈이 다시 마주치고, 그는 돌아섰다.

시장에 다다르자 그는 걸음을 멈추었다. 그리고 네 개의 푸른 덧문이 달린 그 흰 집을 마지막으로 한 번 더 보려고, 전봇대 뒤에 숨었다.

그녀의 방 창문 뒤에 사람 그림자가 보이는 것 같은 기분이 들었다. 그러자 커튼은 마술처럼 끈에서 풀려 긴 주름이 흔들리며 갑자기 펼쳐져서는 꼼짝도 않고 늘어져 석회벽처럼 움직이지 않았다. 레옹은 달리기 시작했다.

주인의 이륜마차가 멀리 길가에 있는 게 보였다. 그 옆에 거친 베 앞치마를 두른 사나이가 말을 붙들고 있었다. 오메 씨와 기요맹 씨가 이야기를 나누고 있었다. 그를 기다리고 있는 중이었다.

"마지막으로 안아 주게." 약제사가 두 눈에 눈물을 글썽거리며 말했다. "이건 자네 외투야. 감기들지 않도록 조심하게. 몸 조심하게. 무리하면 안 되네."

"자, 레옹. 어서 타."

공증인이 말했다.

오메는 수레바퀴의 흙받이 위에 몸을 굽히고, 흐느낌으로 끊어지는 목소리로 간신히 말했다.

"무사히 여행하길!"

"안녕히 계시오!" 기요맹 씨가 대답했다. "자, 떠나자!"

그들은 떠나고 오메는 자기 집으로 돌아갔다.

보바리 부인은 뜰로 향한 창문을 확 열어 놓고 구름을 바라보고 있었다.

구름은 서쪽 루앙 쪽 하늘에 뭉쳐있다가, 그 시커먼 소용돌이가 재빠르게 풀렸다. 그리고 태양 광선이, 마치 벽에 걸린 전승 트로피의 금화살자루처럼 구름 가장자리를 치장했다. 넓은 하늘의 다른 부분은 도자기처럼 하얬다. 갑자기 바람이 불어 포플러 나뭇가지가 휘더니, 굵은 빗방울이 떨어지기 시작했다. 푸른 잎사귀 위에 뚝뚝 떨어지는 소리가 났다. 이윽고 다시 해가 나고 암탉이 울었다. 참새는 젖은 숲속에서 날개를 퍼덕이고, 모래 위에 생긴 웅덩이에는 아카시아의 연분홍 꽃이 떠서 흐르고 있었다.

'아, 벌써 멀리 가 버렸을 거야!'

오메 씨는 여느때처럼 6시 반이 되자, 한창 식사를 하고 있는데 찾아왔다.

"아!" 자리에 앉으면서 그는 말했다. "아까 그 젊은 친구를 떠나보냈지요."

"그랬다더군요." 의사는 의자에 앉은 채 돌아보며 다시 말했다. "댁엔 아무 일도 없지요?"

"뭐 별다른 일은 없어요. 다만 오후에 집사람이 조금 흥분을 해서. 여자란 아무것도 아닌 일에 그만 당황을 하거든요. 우리 집사람은 특히 유난스럽지요. 여자의 신경 조직은 남자보다 훨씬 연약하니까요. 그렇다고 이 쪽에서 화를 내는 것도 무리겠죠."

"레옹 군도 가엾게시리!" 샤를이 말했다. "파리에서 어떻게 살아갈는지?…… 익숙해질까?"

보바리 부인은 한숨을 쉬었다.

"뭘요!" 약제사는 혀를 차며 말했다. "요리집에서는 여자들과 어울려 놀고, 가면무도회다! 샴페인이다! 만사가 아주 잘 될 겁니다. 틀림없이!"

"그 사람이 타락하리라곤 생각되지 않아요."

보바리가 약간 불만스러운 듯이 말했다.

"나도 그렇겐 생각지 않아요!" 오메 씨는 얼른 말했다. "하지만 다른 사람들이 하는 일은, 일단 자기도 하지 않으면 안 되겠지요. 위선자라는 말을 듣게 될 테니까요. 아무튼 그런 불량 학생들이 라틴 구역 일대에서 어떤 생활을 하고 있는지, 여배우 따위를 상대로 말이죠. 아마 모르실 겁니다. 첫째 파리에서는 학생들이 여간 인기가 아니랍니다. 조금이라도 사교의 재주가 있으면 상류 사회에 초대되죠. 생제르맹의 귀부인들 가운데는 학생들을 좋아하는 여자들도 있고, 그래서 또 나중에 훌륭한 결혼을 할 기회도 생기곤 한답니다."

"그러나 내가 걱정하고 있는 것은" 의사가 말했다. "파리에서는……"

"당연합니다." 약제사가 말을 가로챘다. "모든 일에는 좋은 일과 궂은 일이 있으니까요. 파리에서는 언제나 주머니끈을 단단히 잡아매고 있어야 합니다. 이를테면 말입니다. 선생이 어느 공원엘 간다고 합시다. 거기에 옷차림도 훌륭하고, 약식 훈장까지 단 외교관 같은 사람이 나타나 선생께 이야기를 걸어오지요. 그리고 교묘하게 선생의 환심을 사서, 담배를 권하기도 하고, 선생의 모자를 집어 주기도 합니다. 그리고 점점 더 친해져서 그 남자는 선생을 카페에도 안내하고 자기 별장에도 와달라고 끌지요. 술을 마시면서 여러 사람에게 소개도 합니다. 그런데 그런 사람들은 열이면 아홉, 선생의 주머니를 노리거나, 부정한 사업에 끌어 넣으려는 것이 목적이지요."

"옳은 말씀입니다." 샤를이 대답했다. "그러나 내가 걱정하는 것은 특히 병에 대한 겁니다. 예를 들면 지방에서 온 학생이 잘 걸리는 장티푸스 같은 것 말예요."

엠마는 몸서리를 쳤다.

"음식이 달라지니까요." 약제사가 말을 이었다. "그 때문에 몸에 이상이 옵니다. 게다가 파리의 물은 말도 못 하죠! 음식점의 음식으로 말하더라도, 그 향신료가 많이 든 음식만 먹으면, 피가 뜨거워질 게 뻔한 일이고, 뭐니뭐니 해도 푹푹 끓인 스튜를 당할 수가 없지요. 나는 말이죠, 언제나 가정 요리를 좋아합니다. 훨씬 건강에 좋거든요. 그러기에 루앙에서 약학을 공부하고 있었을 때에도 나는 식사를 제공하는 하숙집에서 교수들과 함께 식사를 했답니다."

이렇게 그는 자기 의견과 자기 기호에 대해서 긴 이야기를 늘어놓으며, 쥐스탱이 에그 플립*²을 만들어야 한다고 부르러 올 때까지 그치지 않았다.

"잠깐 숨쉴 틈도 없단 말야!" 그는 소리를 질렀다. "언제나 일, 일, 일! 1분간도 밖에 나와 있으면 안 되다니! 농사꾼의 말처럼 영원히 피땀을 흘리면서 일을

─────────

*2 맥주·브랜디 등에 설탕·달걀·향료를 넣은 혼합주.

해! 아, 고역의 삶 같으니!"

그리고 문간에 갔을 때 말했다.

"그런데 참! 그 소식은 들으셨나요?"

"무슨 소식 말입니까?"

"그게 말입니다." 오메 씨가 눈썹을 치켜올리며 진지한 표정을 짓고 말을 이었다. "세느 엥페리외르 지방의 농업 박람회가 금년에는 이 용빌라베이에서 열리는 모양입니다. 그런 소문이 돌고 있어요. 오늘 아침 신문에도 조금 나 있었습니다. 만약 그렇다면 우리 군으로서는 가장 중요한 사건이지요. 하지만 이 문제에 대해서는 나중에 또 천천히 이야기합시다. 아니 괜찮아요, 보입니다. 쥐스탱이 등불을 가지고 있으니까요. 고맙습니다, 두 분."

7

이튿날은 엠마에게 마음 어두운 하루였다. 음산한 분위기가 모든 것을 휩싸고, 사물 표면에 흐릿하게 떠돌고 있는 것처럼 여겨졌다. 그리고 마치 겨울 바람이 불어닥치듯 그녀의 영혼 속에 쓸쓸한 소리를 내면서 파고들었다.

그것은 두 번 다시 돌아오지 않는 것을 좇는 꿈, 일이 끝난 뒤에 엄습하는 권태, 요컨대 습관적인 움직임이 멈췄을 때, 오랜 진동이 갑자기 멈췄을 때에 일어나는 그 고통이었다.

보비에사르에서 돌아오고 있을 때 카드리유 춤이 아직도 그녀의 머릿속에서 소용돌이치고 있었던 것처럼, 그녀는 암울한 우수와 무기력한 절망을 느끼고 있었다. 레옹의 모습이 전보다도 더 크게, 더 아름답게, 더 상냥하게, 더 아련하게 떠올랐다. 그는 비록 엠마와 떨어져 있지만, 레옹은 그녀 곁을 떠나 버린 것은 아니다. 그곳에 있었다. 방 안 벽에는 그의 그림자가 떠있는 것 같았다. 그가 걸어 다니던 양탄자, 그가 앉아 있던 텅 빈 의자에서 그녀는 눈을 뗄 수가 없었다.

냇물은 지금도 변함없이 흐르고, 미끄러운 강가를 따라 잔잔하게 물결치고 있다. 같은 물결의 속삭임 소리를 들으면서 이끼 낀 조약돌을 밟으며, 두 사람은 몇 번이나 이곳을 산책했었다. 그들은 얼마나 상쾌한 햇빛을 받았던가! 몇 번이나 뜰 깊숙한 나무 그늘에서 단둘이 즐거운 오후를 보냈던가! 그는 모자도 쓰지 않고 마른 막대기를 얽어 만든 걸상에 앉아 소리 높여 책을 읽곤 했는데! 목장에서 불어오는 서늘한 바람이 읽고 있는 책장과 정자 위의 한련화를 흔들곤 했는데…… 그 사람은 떠나가 버렸다. 그녀의 유일한 희망이었던 그 사람! 그 기쁨이 눈앞에 나타났을 때 왜 붙잡지 않았던가! 그것이 달아나려고 했을 때, 왜 그 기쁨 앞에 무릎 꿇고 두 손을 뻗어 잡아 놓지 못했던가!

그녀는 레옹을 사랑하지 않았던 자기 자신을 저주하고, 그의 입술을 갈망했다. 얼른 그를 쫓아가서 그의 품에 몸을 내던지며, "저예요, 저는 당신 거예요!"라고 말하고 싶은 욕망에 사로잡혔다. 그러나 엠마는 그것을 실행하기 전에 그 계획이 지닌 여러 가지 어려움을 걱정해야 했다. 그리고 욕망은 후회와 더불어 점점 더해지고, 더욱더 심해질 뿐이었다.

그때부터 레옹에 대한 추억은 그녀의 권태의 중심처럼 되었다. 그것은 나그네가 러시아의 눈 쌓인 평야에 남겨놓고 간 모닥불보다도 강하게 타올랐다. 그녀는 그곳으로 달려가 그 곁에 웅크리고 앉아서, 점점 회색빛이 되는 잔해를 다독거리고 불기운을 되살릴 수 있게 하는 것은 없을까 하고 주위를 둘러보았다. 엊그제의 생생한 기억은 물론이고, 아득한 옛날의 어렴풋한 추억, 그녀의 느낌들, 공상들, 녹아서 형태도 없어져 버리는 관능의 욕망, 죽은 나뭇가지처럼 바람에 꺾이는 미래의 행복에 대한 계획, 메마른 정조, 떨어진 희망, 가정 생활의 사소한 일들, 이 모든 것들을 그러모아 자기의 슬픔을 다시 지피는 데 쓰려고 했다.

그러나 그 불길도 땔감이 절로 떨어졌던지, 아니면 너무 많이 쌓아올린 탓인지 그대로 사그라져 갔다. 사랑은 상대가 곁에 없어 조금씩 사그라지고, 후회는 익숙해짐에 따라 가려져 버렸다. 그녀의 파란 하늘을 붉게 물들였던 불길의 남은 빛은 차차 어두워져서 끝내 꺼져갔다. 어렴풋한 의식 속에서 그녀는 남편에 대한 혐오를 애인에 대한 동경으로 착각하고, 몸을 불태운 증오의 뜨거움을 사랑의 연소로 착각했다. 그래도 폭풍은 여전히 휘몰아치고 있었고 정열은 완전히 타서 재가 되었다. 더욱이 구원의 손길은 찾아오지 않고 태양도 나타나지 않았기 때문에, 사방은 캄캄해졌으며, 그녀는 그녀 안의 구석구석을 돌아다니는 뼈를 에는 무서운 추위로 방황하는 것이었다.

그래서 토스트에서의 그 지긋지긋했던 나날이 다시 시작되었다. 이번에는 그때보다도 더 불행한 것처럼 생각되었다. 이미 슬픔을 경험한 만큼, 그 슬픔에는 끝이 없다는 것을 잘 알았기 때문이다.

이처럼 큰 희생을 스스로 받아들인 여자라면 조금은 공상대로 해보아도 됨 직했다. 그녀는 고딕풍의 기도대를 샀다. 손톱을 손질하기 위해 한 달에 레몬을 14프랑 어치나 소비했다. 파란 캐시미어 옷을 편지로 루앙에 주문하고, 뢰뢰네 가게에서 가장 좋은 스카프를 골라 그것을 실내복 위로 허리에 맸다. 그리고 그러한 모습으로 덧문을 닫고 책을 한 권 손에 든 채 안락의자에 길게 누워서 보냈다.

머리 모양도 자주 바꾸었다. 부드럽게 끝을 말아올린 머리를 중국식으로 땋아 늘어뜨리기도 하고 때로는 남자처럼 옆에다 가리마를 타서 그대로 곱게 내려 빗기도 했다.

또 이탈리아어를 공부한다고 여러 가지 사전이며 문법책이며 많은 종이를 사들였다. 역사라든가 철학 같은 딱딱한 책도 읽으려고 했다. 샤를은 때때로 밤중에 환자의 집에서 부르러 온 줄 알고 갑자기 눈을 번쩍 뜨는 일이 있었다.

"곧 갑니다."

졸린 목소리로 그는 중얼거린다.

그러나 그것은 엠마가 램프 불을 다시 켜려고 성냥을 긋는 소리였다. 그런데 그녀의 독서는 수단짜기와 같았다. 이것저것 시작만 해 놓고 벽장 속에 처넣어 둔 수놓던 천처럼, 독서도 시작했다가는 곧 그만두고 다른 책으로 옮겼다.

때때로 발작이 일어났다. 그럴 때에는 어떤 터무니없는 짓도 하라고 하면 그대로 했다. 한번은 브랜디를 큰 컵으로 절반이나 마셔 보이겠다고 남편에게 우겨댔다. 샤를이 어리석게도 마실 테면 마셔 보라고 하자, 그녀는 단숨에 한 방울도 남기지 않고 마셔 버렸다.

겉보기에는 경망해 보였지만(이것은 용빌 아낙네들의 말이었다) 엠마의 마음은 즐거워 보이지 않았고, 나이 찬 노처녀나 실의에 빠진 야심가가 얼굴을 잔뜩 찌푸리고 있는 것처럼, 좀처럼 움직이지 않는 일그러진 표정이 언제나 입가에 보였다. 몸 전체에 핏기가 없고, 병적으로 하얬다. 콧방울은 가늘게 좁아지고 사람들을 쳐다보는 눈은 멍청했다. 관자놀이에 흰 머리가 세 가닥 보였다고 해서 이제 다 늙었다고 떠들어댔다.

가끔 현기증을 일으켰다. 어떤 날에는 각혈까지 했다. 샤를이 걱정스러운 표정으로 다가가자 그녀는 이렇게 말하는 것이었다.

"쳇! 이런 걸 가지고 뭘 그래요?"

샤를은 진찰실로 달아났다. 그러고는 사무용 안락의자에 앉아 두 팔꿈치를 책상에 짚고 골상학용 해골 밑에서 울었다.

그는 어머니에게 와 달라고 편지를 썼다. 그리고 그들은 엠마의 일에 대해 오랫동안 의논했다.

어떻게 하면 좋을까? 그녀는 어떤 치료도 받지 않겠다고 고집을 부리고 있으니, 어떻게 할 수 있을까?

"너희댁이 뭐가 필요한지 말해 주랴?" 보바리 노부인은 말했다. "억지로라도 일을 시켜야 해. 손을 움직이게 하란 말이다! 다른 사람들처럼 먹고 살려고 어떻게든지 일해야 하는 사람이라면, 저런 우울증은 생기지 않아! 몸이 한가해서 빈둥거리고, 쓸데없는 일만 생각하니까 그렇게 생기는 거지."

"하지만, 그녀는 여러 가지로 바쁜 걸요."

"여러 가지로 바빠? 어떤 일을 하기에 바쁘다지? 소설을 읽느라고! 돼먹지 않은 책이라든가, 교의를 헐뜯고, 볼테르가 한 말을 빌려서 신부님을 비방하는 그런 책을 말이다. 그런 일은 아무래도 결과가 좋지 않아요. 두고 봐라. 종교를 갖지 않는 사람은 틀림없이 앞으로 좋지 못하게 될 테니까."

그래서 엠마에게 소설을 읽지 못하게 하기로 결론이 내려졌다. 그러나 매우 어려운 일인 듯했다. 노부인이 그 일을 맡았다. 루앙을 지날 때, 대본 책방에 들러서, 엠마는 이제 책 대출 회원가입을 취소할 것이라고 말할 생각이었다. 만약 책방에서 그래도 세상에 해독을 끼치는 장사를 계속한다면, 이쪽에서는 경찰의 손을 빌 권리가 있지 않겠는가.

시어머니와 며느리의 작별 인사는 매우 싱거웠다. 함께 지낸 3주일 동안에도, 식탁에서 얼굴을 맞댔을 때와 밤에 자리에 들기 전에 짤막하게 인사를 나누는 것밖에는 거의 아무 말도 주고받지 않았다.

보바리 노부인은 어느 수요일에 떠났다. 마침 용빌에 장이 서는 날이었다.

광장은 아침부터 줄지어 있는 짐마차들로 혼잡했다. 마차들이, 꽁무니는 땅에 붙어있고 수레채는 허공으로 들려진 채, 성당에서 여관까지 추녀 끝을 따라 쭉 늘어서 있었다. 반대쪽에는 두꺼운 천 차일을 친 판자집이 생겼고, 거기에서 무명 제품, 담요, 모직 양말, 그 밖에 말의 굴레, 끝이 바람에 팔락이는 푸른 리본 묶음 같은 것을 함께 팔고 있었다. 피라밋처럼 쌓아올린 달걀과 지푸라기가 삐져 나온 치즈 바구니들 사이에는, 대형 냄비들과 팬들이 땅 바닥에 수북이 쌓여져 있었다. 보리를 훑는 탈곡기 옆에는 평평한 대소쿠리에 든 암탉이 꼭꼭거리면서 틈 사이로 목을 내밀고 있었다.

군중은 한군데로 몰려서 좀처럼 움직이지 않고, 이따금 약방 가게를 부숴 버릴 것처럼 밀려들었다. 수요일에는 언제나 이 가게가 매우 붐볐는데, 약을 사는 것보다는 진찰을 받기 위해 사람들이 모여들었다. 그만큼 오메 씨의 이름은 이 언저리 마을에 널리 알려져 있었다. 그의 대가인 척하는 대담한 태도가 농촌 사람들의 눈을 어리석게 하고 현혹시킨 것이다. 그들은 이 사나이를 어느 의사보다도 훌륭한 의사라고 생각하고 있었다.

엠마는 방 창가에 팔꿈치를 짚고 앉아 있었다(그녀는 종종 창문 앞에 가서 앉았다. 창은 시골에서는 극장이나 산책길을 대신한다). 그리고 시골 사람들의 혼잡을 바라보면서 즐기고 있었다. 그때 그녀는 초록색 우단 프록코트를 입은 한 신사를 보았다. 단단히 각반을 두르고 멋진 노란 장갑을 끼고 있었다. 그는, 고개를 숙이고 생각에 잠긴 한 농부를 거느리고 의사의 집 쪽으로 걸어왔다.

"선생님을 만날 수 있나요?" 그는 집 앞에서 펠리시테와 이야기하고 있는 쥐스탱을 이 집 고용인 줄 알고 말을 건넸다. "라 위셰트의 로돌프 불랑제라는 사람이 왔다고 전해 주시오."

이 방문객이 자기 이름 앞에 라 위셰트라는 땅 이름을 붙인 것은 자기 영지를 뽐내기 위해서가 아니라, 자기의 신분을 확실하게 알리기 위해서였다. 사실 라 위셰트는 용빌 가까이에 있는 토지 이름이었으며, 그는 최근 그곳 별장과 두 개의 농장을 함께 사들여서, 먹고 살기 위해서가 아니라 반 재미로 손수 경작하고 있었다. 그는 독신생활을 하고 있었고, '줄잡아 연수입 1만 5천 프랑'은 되리라는 소문이었다.

샤를이 진찰실에 나왔다. 불랑제 씨는 데리고 온 하인을 소개했다. 하인은 '온몸이 개미가 기어다니는 것처럼 근질근질하다'며 나쁜 피를 뽑아 달라고 부탁했다.

"그러면 피가 깨끗해집니다."

하인은 무슨 말을 해도 고집을 부렸다.

그래서 보바리는 붕대와 대야를 가져오게 하여 쥐스탱에게 대야를 들고 있어 달라고 부탁했다. 그러고는 벌써 파랗게 질려 있는 시골 남자에게 말했다.

"조금도 겁낼 것 없어요."

"겁내지 않습니다. 어서 해주십시오."

그리고 일부러 괜찮은 체해 보이면서 굵은 팔을 내밀었다. 침으로 찌르니, 피가 솟구쳐 거울에 튀었다.

"대야를 더 가까이!"

샤를이 소리쳤다.

"야아! 꼭 분수 같다! 굉장히 붉다! 내 피가 정말 빨갛네요! 이건 좋은 표시죠, 선생님?"

"어떤 때에는" 의사가 대답했다. "처음에는 아무렇지도 않다가, 나중에 기절하는 사람이 있지. 특히 이렇게 체격이 좋은 사람은 더하지."

농부는 이 말을 듣더니 손가락으로 만지작거리던 침 상자를 놓았다. 어깨가 부들부들 떨리고 의자등이 삐걱거렸다. 그의 모자가 떨어졌다.

"내 이럴 줄 알았지."

보바리가 혈관을 손가락으로 누르면서 말했다.

쥐스탱이 들고 있는 대야가 흔들리기 시작했다. 무릎이 와들와들 떨리고 얼굴이 새파래졌다.

"여보! 엠마!"

엠마가 단숨에 층층대를 뛰어내려왔다.

"식초를 갖다 줘!" 샤를은 소리쳤다. "이런 한꺼번에 두 사람이 기절하다니!"

그는 당황해서 압박 붕대도 제대로 대지 못했다.

"아무것도 아닙니다."

불랑제 씨가 쥐스탱을 두 팔로 안으면서 조용한 말씨로 말했다.

그리고 쥐스탱을 테이블 위에 앉혀 등을 벽에 기대게 했다.

보바리 부인이 쥐스탱의 넥타이를 끄르기 시작했다. 셔츠 끈에 매듭이 있어서 그녀는 몇 분 동안 그의 목에서 가느다란 손가락을 움직이고 있었다. 이윽고 그녀는 자기의 하얀 삼베 손수건에 초를 묻혀서 그의 관자놀이를 톡톡 쳐서 적셔 주었다. 그리고 그 위를 호호하고 불었다. 농부는 이내 정신을 차렸으나 쥐스탱은 쉬 깨어나지 않았다. 그의 눈동자는 마치 우유 속에 푸른 꽃잎처럼 창백한 막 속에 숨어 있었다.

"이것을 그가 보지 못하게 숨겨야겠군."

샤를이 말했다.

보바리 부인이 피가 고인 대야를 집어들었다. 그것을 탁자 밑에 놓으려고 허리를 굽혔을 때, 그녀의 치맛자락이(그것은 주름이 네 단으로 접힌, 허리선이 낮고 치마폭이 넓은 노란색 로웨이스트 여름 드레스였다) 방의 타일바닥 위에 확 퍼졌다.

그리고 구부린 엠마가 팔을 뻗으면서 조금 비틀거렸기 때문에, 허리 밑부터 부풀은 직물이 층층이 치마의 이음새에 따라 군데군데 허물어졌다. 그리고 그녀가 물주전자를 가지러 가서 설탕을 타고 있을 때 약제사 쥐스탱이 도착했다. 한참 소동 중에 하녀가 부르러 갔던 것이다. 눈을 뜬 조수를 보자 오메는 안도의 숨을 내쉬었다. 그리고 그의 주위를 돌면서 그를 위아래로 훑어보았다.

"이런 바보! 정말 바보로구나, 피를 뽑는 게 그렇게 대단한 일이냐! 그런 몸집을 가진 놈이 말이다! 이 녀석은 말이죠, 지금은 이렇지만 다람쥐처럼 높은 나무에 기어올라가서 호두를 흔들어 떨어뜨린답니다. 눈이 핑핑 돌 만큼 높은 데 올라가서 말이죠. 오, 그래, 어디 자랑 좀 해 봐! 그래서야 어찌 약제사 노릇을 하겠냐! 일이 잘못되면 재판소에 불려가 재판관 앞에서 법적 양심을 밝혀야 할 때가 있는데, 그런 때에는 냉정한 태도로 침착하게, 그리고 당당하게 말해서 남자다운 태도를 보여 주어야 하는 거야. 그렇지 않으면 바보 취급을 받는단 말이다!"

쥐스탱은 대답하지 않았다. 약제사는 계속 했다.

"누가 너보고 여기에 와달라고 그랬어? 선생님이나 부인께 늘 폐만 끼치고! 게다가 수요일에는 네가 꼭 집에 있어야 한단 말이야. 지금도 가게에 20명 남짓한 손님이 있다. 나는 네가 걱정이 돼서 모든 것을 내동댕이치고 달려왔단 말이야. 앞으로 갓! 가서 나를 기다려, 약병을 지키고!"

쥐스탱이 신사용 머플러를 목에 매고 나간 뒤, 모두들 잠시 기절하는 기질에 대해 이야기를 했다. 보바리 부인은 아직 한 번도 기절한 적이 없다고 했다.

"그것은 부인으로서는 드문 일인데요!" 불랑제 씨가 말했다. "세상에는 대단히 민감한 사람도 많지요. 나는 결투할 때, 피스톨에 총알 재는 소리를 듣고 정신을 잃은 입회인을 본 적이 있습니다."

"저는 말이죠" 약제사 오메가 말했다. "남의 피를 보는 것은 아무렇지도 않은데, 내 피가 흐르는 것은 생각만 해도 아찔해집니다. 너무 생각하면 말이죠."

그러는 동안에 불랑제 씨는 데리고 온 농부에게, 네가 말했던 그 개미가 기어다니는 환각은 이제 없어졌으니 안심하라고 타일러서 돌려보냈다.

"저 사람 덕분에 여러분과도 사귀게 되었습니다."

이렇게 말하면서 그는 엠마를 바라보았다.

이윽고 그는 테이블 한구석에 3프랑을 놓고는 가볍게 인사하고 나갔다.

잠시 뒤 그는 냇물을 건너가 있었다(라 위세트로 돌아가려면 그 길로 가야 했다). 엠마는 목장 속의 포플러 밑을 지나가는 그의 모습을 보았다. 이따금 무언가 깊은 생각을 하는 것처럼 발걸음이 느려졌다.

'매력있어!' 그는 속으로 되풀이했다. '매력있는 여자야, 그 의사 부인은! 깨끗한 이빨, 검은 눈, 화사한 발, 그리고 파리의 여인 같은 그 자태. 아, 기분 지독하군. 어디 출신일까? 그 얼간이 녀석, 어디서 그런 미인을 손에 넣었지?'

로돌프 불랑제 씨는 34살이었다. 그는 과격한 성격에 머리는 예민했고, 여자 관계가 무척 많아서 그 방면에는 지식이 상당했다. 그는 보바리 부인을 대단한 미인이라고 생각했다. 그래서 그 여자에 관한 일, 그 남편에 관한 일을 생각했다.

'남편은 그다지 영리하지 않더군. 그 아내는 싫증나 있는게 뻔해. 손톱도 더러웠고, 수염도 다듬지 않았던걸. 그자가 왕진 간 사이에 아내는 양말 따위를 깁고 있을 테지. 그러니 따분할 수밖에! 도시에 살고 싶을 거야. 매일 밤 폴카 춤이라도 추고 싶겠지! 가엾어라! 도마 위의 잉어가 물을 그리워하는 것처럼, 그 여자는 사랑을 동경하고 있을 거야. 틀림없어. 두어 마디 달콤한 말만 해주면, 틀림없이 넘어온다! 무척 정이 깊겠어! 좋을 거야! 그런데 나중에 떼어 버릴 때는 어떻게 한다?'

앞으로 이것저것 쾌락이 많을 것을 생각하니 이것과는 대조적으로 지금의 정부가 머리에 떠올랐다. 그의 정부는 루앙에서 몰래 데리고 사는 여배우였다. 지금은 생각만 해도 싫증이 나버린 그 여자의 모습이 마음속에 떠올랐다.

'보바리 부인이 훨씬 아름답지. 게다가 무엇보다도 싱싱하다. 비르지니는 너무 살이 찌기 시작했어. 쾌활하게 떠들어대는 것도 좋지만, 귀찮아. 그리고 새우는 또 왜 그렇게 좋아해!'

들판에는 사람 그림자가 없었다. 로돌프는 구두에 밟히는 규칙적인 풀잎 소리와 멀리 귀리밭 속에 숨어서 울고 있는 귀뚜라미 소리 말고는 아무것도 들리지 않았다. 그는 엠마가 아까 그 옷차림으로 방에 있는 모습을 눈앞에 그려 보았다. 그 옷을 벗겨 보았다.

"그래, 내 것으로 만들자!"

그는 단장 끝으로 발 앞의 흙덩이를 단번에 으깨면서 소리쳤다. 그리고 곧 그 연애 사업의 전술적 측면을 여러 가지로 검토해 보았다.

'어디서 만날까? 어떤 방법으로? 언제나 꼬마녀석이 따라 다니겠지. 또 하녀와 이웃 사람들과 남편, 귀찮은 방해물이 잔뜩 있다. 제기랄! 무척 고생스럽겠군!'

그는 다시 생각했다.

'그 여자의 눈은 송곳처럼 내 가슴속까지 꿰뚫는다. 게다가 그 창백한 안색……. 나는 창백한 여자가 좋단 말이야.'

아르게이유 언덕 꼭대기에 이르렀을 때, 이미 그는 결심이 되어 있었다.

'남은 건 좋은 기회를 기다리는 것뿐이야. 그래! 가끔 그 집으로 찾아가기로 하자. 사냥해서 잡은 짐승이라든가, 집에서 기르는 닭을 선물로 들고 가는 거다. 필요하다면 나도 피를 뽑아 달래지 뭐. 아무튼, 서로 가까워지도록 해서 그 부부를 우리 집에 초대하기로 하자……. 아 참! 그렇다! 곧 농사 박람회가 열리는구나, 거기에 그 여자도 오겠지, 거기서 그 여자를 만날 수 있다. 그때부터 시작해야겠다. 그리고 대담하게 밀고 나가자. 여자에겐 밀어붙이는 게 가장 좋은 수단이니까.'

8

드디어 그날이 왔다, 그 이름난 박람회가! 식이 있는 날 아침 일찍부터 마을 사람들은 모두 자기 집 문 앞에 나와 여러 가지 준비에 대한 이야기로 꽃을 피웠다. 시청 정문 위는 담쟁이덩굴로 장식되어 있고, 들판에는 연회를 위한 천막이 세워졌다. 성당 앞 광장 한복판에는 중세시대의 대포 비슷한 것이 마련되어, 도지사의 도착과 표창받는 농부들의 이름을 이것으로 알리게 되어 있었다. 비시로부터 국민방위군(용빌에는 그것이 없었기 때문에)이 증원을 위해 와서 비네가 지휘하는 소방대와 합류했다. 이날 비네는 평소보다 한층 더 높은 칼라를 달고 있었다. 짧은 제복의 웃도리 단추가 꽉 죄여진 채 그의 웃몸은 딱딱하게 굳어서, 그 몸 가운데 살아 있는 것은 발걸음을 맞추어 힘차게 쳐드는 두 다리뿐인 것처럼 보였다. 세리와 방위군 대장 사이에는 전부터 경쟁 의식이 있기 때문에, 각자 자기들의 재주를 전시하려는 듯이 저마다 부하들을 따로따로 행진시켰다. 붉은 어깨 견장과 까만 흉갑(胸甲)이 앞뒤로 왔다갔다하는 것이 보였다. 언제까지나 끝날 줄 모르고 몇 번이나 되풀이되었다.

이런 대규모 행진은 여태까지 본 일이 없었다. 어제부터 집 안을 깨끗이 청소해 놓은 사람도 있었다. 반쯤 열린 창문에 삼색기가 걸려 있었다. 술집마다 몹시 붐볐다. 마침 날씨가 좋아서 풀을 빳빳이 먹인 두건과, 금으로 만든 십자가, 여러 가지 빛깔의 목도리가 눈부시게 빛났으며, 햇빛이 반사되어 온갖 빛깔들이 푸른 작업복과 프록코트의 수수한 단조로움을 한결 돋보이게 했다. 가까운 농촌의 아낙네들은 말에서 내리자, 도중에 더럽힐까봐 걷어올려서 허리춤에 핀으로 꽂아 놓았던 치맛자락의 핀을 뽑았다. 남편들은 반대로, 모자가 다치지 않도록 손수건으로 덮어 그 끝을 입에 물고 있었다.

사람들이 마을의 양쪽 끝에서부터 큰길로 몰려들었다. 좁은 골목 길에서, 가로수 길에서, 모든 집에서 사람들이 수없이 쏟아져 나왔다. 간혹 모시 장갑을 끼고 축제를 보러 집에서 나오는 아낙네들 뒤에서 문고리 소리가 쾅 하고 들렸다. 특히 모든 사람들의 눈을 끈 것은 조명등을 많이 매단 높다란 두 개의 삼각대였는데, 신분 높은 명사들이 늘어 앉는 연단 양쪽에 있었다. 또 시청의 네 기둥에는 기다란 장대 같은 것이 네 개 세워져 있고, 그 하나하나에는 푸른 바탕에 금문자로 화려한 문구가 적힌 깃발이 달려 있었다. 하나에는 '상업 만세', 다음에는 '농업 만세', 세째에는 '공업 만세', 네째에는 '예술 만세'라고 씌어 있었다.

그러나 모든 사람의 얼굴을 명랑하게 해주는 이 커다란 기쁨이 여관집 여주인 르프랑수아 부인의 얼굴을 우울하게 만드는 것 같았다. 그녀는 부엌 층계에 서서 혼자 중얼거렸다.

"정말 어리석은 짓들이라니까. 저렇게 천막을 치고 연회를 열다니! 도지사님이 어릿광대처럼 저런 천막 밑에서 음식을 잡숫고 좋아하실 줄 아나봐! 저런 쓸데없는 짓을 하면서 이 마을을 위한다고 하니, 참 기막히기도 하지. 그렇다면 구태여 뇌샤텔에서 요리사를 데려올 것까지도 없었는데! 그래서 누구에게 요리를 먹이느냐 하면 기껏해야 소치는 놈들이 아니면 집도 절도 없는 거지들뿐이잖아……."

그때 약제사가 지나갔다. 그는 검정색 예복을 입고 무명 바지에 비버 가죽구

두, 그리고 놀랍게도 작달막하게 퍼진 모자를 쓰고 있었다.

"안녕하시오! 실례합니다, 좀 바빠서요⋯⋯."

뚱뚱한 과부가 어디 가느냐고 물었다.

"이상하게 여겨지지요? 라 퐁텐의 우화 속에 나오는 쥐가 치즈 속에서 나오지 않는 것 이상으로, 약국에 틀어박혀 있는 내가 외출을 한다니까."

"무슨 치즈 말이에요?"

여관집 주인이 물었다.

"아니, 아무것도 아니요! 나는 항상 은둔자같은 사람이라고 했을 뿐이오, 르프랑수아 부인. 그렇지만, 오늘은 아무래도 이럴 수밖에⋯⋯."

"당신은 저기와 상관 없잖아요?"

그녀는 톡 쏘며 경멸하는 투로 말했다.

"상관있죠." 약제사는 무슨 소리를 하느냐는 표정으로 말했다. "제가 심사위원인걸요."

르프랑수아 부인은 잠시 그를 바라보고 있다가 빙그레 웃으면서 말했다.

"그렇다면 얘기는 다르지만. 그렇지만 말이죠. 도대체 농사 짓는 일이 당신하고 무슨 관계가 있지요? 그런 것까지 아신단 말씀인가요?"

"알다마다요! 나는 약제삽니다. 즉 화학자란 말이에요. 화학이라는 것은 말이죠, 부인. 모든 자연계 물질의 상호간의 분자 작용을 아는 데 목적이 있어요. 그러니 농업도 당연히 화학 분야에 포함되지요! 사실 말이죠, 비료의 성분이라든가, 액체의 발효라든가, 가스의 분석이며 독기의 영향이라든가, 그러한 모든 것들은 그럼 무어란 말인가요? 부인, 이게 모두 화학이 아니고 무엇이겠습니까?"

여관집 여주인은 아무 대답도 하지 않았다. 오메 씨는 또 말을 이었다.

"당신은 농학자 자신이 농토를 경작하고 닭이나 가축을 기를 필요가 있다고 생각하시나요? 그것은 아무것도 모르는 사람의 생각입니다. 그보다 알아야 할 것은, 근본적인 문제인 물질의 조직이라든가 그 성립이지요. 지층이라든가, 공기의 작용이라든가, 토지며 광물이며 물 같은 여러 가지 물체의 밀도와 그 모세관 현상을 알아야 한단 말입니다! 그 밖에도 여러 가지가 있습니다! 집을 세우는 방법이라든가, 동물 사육법이며 가축의 영양이라든가, 고용인의 음식물 같은 것을 지도하고 비판하려면, 위생학의 모든 원리를 잘 알아두어야 하고요!

또 식물학도 알고 있어야 해요. 식물을 분명하게 알아볼 수 있어야 한단 말이지요. 아시겠어요? 어느 것이 약이고, 어느 것이 독인지, 어느 것에 자양분이 있고, 어느 것에 없는지 말입니다. 여기서는 뽑아 버리고, 저기서는 심는 것이, 좋으냐 나쁘냐 하는 것을 말입니다. 요컨대, 책이나 신문 잡지를 읽고, 과학의 진보에 뒤떨어지지 말아야 해요. 언제나 정신을 차리고, 개량해야 할 점을 세상 사람들에게 가르쳐야 한다 이 말입니다……."

여관집 주인은 카페 프랑세의 입구에서 잠시도 눈을 떼지 않았다. 약제사는 계속했다.

"바라건대, 농사짓는 사람들이 모두 화학자가 되었으면 합니다. 그렇지 않으면, 적어도 과학이 가르치는 바에 한층 더 귀를 기울여 주었으면 해요. 그래서 최근 나도 이러한 생각에서 주목할 만한 책을 하나 썼습니다. 72페이지가 넘는 논문인데, 제목은 '사과주와 그 제조법 및 효력과 아울러 본 문제에 관한 약간의 새로운 고찰'이라는 것입니다. 그것을 루앙에 있는 '농학협회'에 보냈지요. 그 결과 그 협회 농업부 과실 재배 위원회의 한 사람으로 추천받게 되었는데, 만약 내 책이 세상에 널리 알려진다면……."

르프랑수아 부인이 다른 데에 정신이 팔려 있는 것 같아 그는 입을 다물었다.

"저것 좀 보세요." 그녀가 말했다. "저 사람들 좀 보시라구요. 도대체 무슨 생각인지 나는 도무지 알 수가 없어요. 저런 형편없는 식당엘 들어가다니!"

그리고 털옷이 가슴을 가로질러 쭉 늘어나도록 크게 어깨짓을 하면서, 노래 소리가 흘러나오고 있는 경쟁 상대의 선술집을 두 손으로 가리켰다.

"저래 봐야, 오래 가지는 못할 거야. 한 주일도 못 가서 끝장이 나 버릴 거예요."

오메는 기가 막혀서 뒤로 물러섰다. 그녀는 층계를 세 단 내려와서 그의 귀에 대고 소곤거렸다.

"아니, 그것을 모르셨나요? 저 집은 이번 주 안에 차압 당할 거래요. 뢰뢰 때문에 저놈은 팔지 않을 수 없대요. 뢰뢰가 돈을 빌려 준 증서를 들이대고, 저놈의 숨통을 눌러 버린 거죠."

"정말로 비극적 파국이로구나!"

약제사는 소리쳤다. 그는 언제 어떠한 상황에나 알맞은 표현을 항상 준비해 두고 있는 사나이였다.

그리고 여관집 여주인은 기요맹 씨네 하인 테오도르에게서 들은 이야기를 그에게 들려주었다. 그녀는 텔리에를 몹시 싫어하기는 했지만, 뢰뢰의 행동은 좀 지나치다고 비난했다. 달콤한 말로 남을 속이는 비열한 사나이라고 욕했다.

"어머나, 저것 좀 보세요. 그자가 시장 처마 밑에 서 있어요. 보바리 부인에게 인사하네요. 부인은 초록색 모자를 썼어요. 로돌프 불랑제 씨의 팔을 잡고 있네요."

"응, 틀림없는 보바리 부인이군! 나도 가서 인사를 해야지. 아마 텐트 속 기둥 가운데에 자리를 잡아 드리면 기뻐하실 거야."

좀더 자세한 이야기를 하고 싶어하는 여주인을 내버려 두고 약제사는 입가에 미소를 띠면서, 무릎을 펴고 이리저리로 연방 인사를 해가며, 검은 예복의 커다란 옷자락을 거만스레 뒤로 펄럭거리면서 재빨리 멀어져 갔다.

로돌프는 멀리 약제사의 모습을 알아채고, 빨리 걸어가기 시작했다. 보바리 부인이 헐떡거렸다. 그는 다시 발걸음을 늦추고 웃으면서 거친 투로 말했다.

"저 뚱뚱보를 피하려고 그럽니다. 아시지요, 저 약제사 말입니다."

엠마는 팔꿈치로 그를 쿡 찔렀다.

'이게 무슨 뜻이지?'

로돌프는 생각했다. 그리고 걸어가면서 곁눈으로 그녀를 흘끔 살폈다.

그녀의 얼굴은 너무나 잔잔해서 어떤 내색도 없었다. 강가의 갈대가닥 같은 띠들이 둘려져 있는 부인 모자의 타원형 속에서, 옆 얼굴이 햇빛을 담뿍 받아 뚜렷하게 드러나 있었다. 구부러진 긴 속눈썹과 함께 그녀의 두 눈은 앞을 가만히 보고 있었고, 그 큰 두 눈은 고운 살갗 밑에서 피가 조용히 맥박치는 탓인지 광대뼈 쪽으로 조금 당겨져 가늘어진 느낌이 들었다. 콧구멍 사이의 살집이 장밋빛으로 물들었다. 한쪽으로 머리를 한쪽으로 기울여 보았다. 입술 사이로 진주왕관같은 새하얀 이들이 보였다.

'나를 놀리고 있는 것인가?'

그러나 엠마의 제스처는 바로 옆에 와 있는 뢰뢰때문에 주의를 시킨 것뿐이었다. 뢰뢰가 따라오면서 이야기에 끼어들고 싶어 이따금 말을 걸어왔기 때문이었다.

"참 날씨가 좋습니다! 모두 밖에 나와 있군요! 바람은 동풍 같습니다."

보바리 부인도 로돌프도 거의 대답해 주지 않았다. 그러나 뢰뢰는 두 사람이 조금만 어떤 움직임을 보여도, 실례합니다, 하면서 가까이 다가와 모자에 손을 대는 것이었다.

대장간 앞에 왔을 때 로돌프는 문까지 가지 않고 갑자기 보바리 부인을 끌고 보도로 들어섰다. 그리고 소리쳤다.

"뢰뢰 씨, 잘 가시오, 또 만납시다!"

"용케 따돌리셨어요!"

그녀가 웃으면서 말했다.

"남에게 방해 당하고 가만 있을 수야 없지 않습니까? 더구나 부인과 같이 있게 되어 이렇게 행복한데……."

엠마의 얼굴이 빨개졌다. 그는 말을 끝까지 하지 않았다. 그리고 좋은 날씨와 풀 위를 걷는 즐거움에 대하여 이야기했다. 데이지가 군데군데 피어 있었다.

"아주 예쁜 데이지가 피어 있군요." 그는 말했다. "이만하면 사랑을 하는 온 마을 여인들이 다 사랑점을 쳐 볼 수 있겠는데요. 꺾을까요? 어떠세요?"

"사랑하고 계세요?"

엠마가 가볍게 기침을 하면서 물었다.

"글쎄요, 누가 알아요, 그럴지."

목장은 사람들로 가득 차기 시작했다. 큰 양산과 바구니를 든, 또 아이들을 데리고 가는 부인네들이 서로 부딪치곤 했다. 시골에서 온 여자들의 긴 행렬도 있었다. 푸른 양말에 납작한 구두를 신고 은반지를 낀 하녀들이었는데, 옆을 지날 때에는 우유 냄새를 확 풍기곤 했다. 이 여자들은 손을 잡고 걷고 있어서, 백양나무 가로수가 있는 데서부터 연회용 텐트까지 줄이 이어져 있었다. 그러나 마침 심사 시간이 되어, 농부들은 나무 기둥에 긴 밧줄을 쳐서 만든 경마장 같은 곳으로 몰려들어갔다.

거기에는 가축들이 새끼줄을 쳐 놓은 쪽으로 코를 돌리고 있었다. 크고 작은 방둥이들이 서로 밀치며 구불구불 늘어져 있었고, 돼지는 느릿느릿 코로 땅을 파고 있었다. 송아지는 울음소리를 내고, 암양들은 메에메에 소리를 지르고, 암소는 한쪽 무릎을 꺾어 잔디에 배를 쭉 깔고는 천천히 되새김질로 씹으면서, 주위를 붕붕 날아다니는 날벌레 밑에서 내단히 커다란 눈꺼풀을 껌벅이고 있었다. 소매를 걷어붙인 마부들이, 암말 곁으로 달려가려고 코를 벌름거리며 소리 높여 울면서 뒷발로 일어서는 씨말의 고삐를 잡아 누르고 있었다. 암말은 목을 길게 빼고 말갈기를 늘어뜨린 채 조용했으며, 새끼말이 그 옆에서 쉬고 있다가 가끔 어미말한테로 젖을 먹으러 오곤 했다.

이렇게 여러 종류의 가축이 모여있는 줄의 물결 위로, 바람 속에서 마치 물결처럼 굽이치는 말갈기의 흰 빛과, 쑥쑥 나오는 뾰족한 뿔, 뛰어다니는 사람들의 머리가 보였다. 거기서 백 걸음쯤 떨어진 울타리 밖에는, 주둥이에 부리망을 씌운 커다란 검은 수소 한 마리가 콧구멍에 쇠고리를 꿴 채 청동으로 만든 소처럼 꼼짝도 않고 서 있었다. 누더기를 입은 소년이 그 고삐를 잡고 있었다.

그러자 두 줄로 늘어선 동물 사이를 여러 심사원들이 한 마리 한 마리 검사하면서 천천히 걸어다녔다. 그러고는 조그마한 소리로 서로 의논했다. 그 가운데 제일 윗사람인 듯한 이가 걸으면서 장부에 무엇인가 기록하고 있었다. 그가 바로 팡빌에서 온 심사위원장 드로즈레 씨였다. 그는 로돌프를 보자 재빨리 걸어왔다. 그리고 정다운 웃음을 띠면서 말했다.

"아이고 불랑제 씨, 우리는 안 보실 참입니까?"

로돌프는 지금 가려던 참이었다고 변명했다. 그러나 위원장이 가 버리자 말했다.

"제기랄, 안갑니다! 저 사람 옆에 있는 것보다 이렇게 당신 곁에 있는 게 낫지."

그리고 그는 박람회를 마구 헐뜯으며, 좀 더 자유롭게 걸어다니려고 헌병에게 파란 특별입장권을 내보이곤 했다. 이따금 그는 훌륭한 '출품' 앞에서 발길을 멈추었는데, 보바리 부인은 별로 감탄하는 빛이 없었다. 그는 그것을 눈치채고 이번에는 용빌 부인들의 옷에 대해 농담하기 시작했다. 그리고 곁들여서 자신의 복장이 소홀한 것을 사과했다.

그의 복장은 평이한 것과 이국적인 것이 한데 뒤섞여 있었다. 속된 사람들은 보통 이런 모습을, 색다른 생활 표현, 고분고분하지 않은 느낌, 예술의 횡포 등으로 받아들이고, 거기에 또 언제나 세상의 인습에 대한 일종의 모멸 같은 것이 섞여있다고 믿고, 어떤 매혹적인 일면을 보거나 아니면 화를 내는 것이다. 그래서 소매 끝에 주름이 잡힌 그의 마직 와이셔츠는 조끼 사이로 바람이 들어갈 때마다 부풀었는데, 조끼는 잿빛 능직무명이었다. 굵은 줄무늬 바지 밑자락에서는 복숭아뼈 언저리에 에나멜 가죽을 댄 구두가 내다보였다. 구두는 너무 반짝거려 잔디가 비쳤다. 그는 한 손을 웃도리 주머니에 찌른 채 밀짚모자를 비스듬히 쓰고, 그 구두로 말똥을 밟으며 걸어갔다.

"아무튼 시골에 살면⋯⋯."

그가 말했다.

"무슨 일을 해도 헛일이에요."

엠마가 받았다.

"네, 바로 그거예요!" 로돌프가 맞장구를 쳤다. "이런 선량한 사람들은 누구 하나 옷차림을 감정할 줄 아는 사람이 없으니 말입니다!"

그리고 그들은 시골의 평범함에 대해서, 그 평범함에서 오는 숨막힐 것 같은 생활에 대해서, 평범함 속에서 상실되어 가는 꿈에 대해서 이야기했다.

"그래서 저는 슬픔에 잠겨⋯⋯."

로돌프가 말했다.

"선생님이요!" 하고 그녀는 놀라며 말했다. "저는 매우 명랑한 분이라고 생각하고 있었는데요?"

"그야 겉으로 보기에는 그렇죠. 저는 사람들 앞에서 농담이라는 가면을 쓸 줄 알기 때문입니다. 그러나 달빛에 비치는 무덤 같은 것을 보면, 그곳에 누워 쉬고있는 사람들 틈에 나란히 끼어있는 편이 오히려 좋지 않을까 하고 생각한 적이 한두 번이 아닙니다⋯⋯."

"어쩌면! 하지만 친구분들이 계실 것 아니에요?" 그녀는 말했다. "친구는 생각지 않으세요?"

"친구요? 어떤 친구 말입니까? 그런 것이 내게 있을 것 같습니까? 누가 저 같은 사람을 생각해 주겠습니까?"

그는 마지막 말을 할 때 입술 사이로 스스로를 비웃는 듯한 휘파람 소리를 냈다.

이때 그들 뒤에서 한 남자가 산더미 같은 의자를 안고 왔기 때문에 그들은 잠깐 떨어지지 않으면 안 되었다. 그는 나막신 끝과, 어깨에서 벌린 양쪽 팔 끝만 보일 만큼 많은 의자를 들고 있었다. 성당지기 레스티부두아였는데, 사람들 속에 성당의 의자를 날라 온 것이다. 자기에게 이득이 있는 일이면 빈틈이 없는 그는 박람회를 이용해 한몫 볼 생각을 했다. 그의 생각은 들어맞아서 성공했다. 누구의 말을 먼저 들어 주어야 할지 알 수 없을 만큼 많은 의자 신청자들이 나왔기 때문이다. 사실 마을 사람들은 무더위에 견딜 수가 없어 짚 냄새와 향 냄새 풍기는 의자일망정 서로 다투어 빌려고 했다. 그리고 촛농으로 더러워진 의자의 단단한 등받이에 제법 고마운 표정으로 기대앉는 것이었다.

보바리 부인은 다시 로돌프의 팔을 잡았다. 그는 혼자말을 하듯 말을 이었다.

"그렇습니다! 저는 여러 가지 모자라는 것이 많았습니다. 언제나 혼자였지요. 아, 만약 내가 인생에 어떤 목적을 갖고 있었더라면, 만약 진정으로 나를 사랑해 주는 사람을 만날 수 있었더라면, 누군가를 찾아낼 수 있었더라면…… 그야말로 나 자신이 가진 모든 힘을 다 기울여서 어떠한 것도 뛰어넘고, 모든 장애를 부숴 버릴 수 있었을 것입니다!"

"하지만, 선생님은 그렇게 가엾은 분으로는 보이지 않아요."

"아! 그렇게 생각하십니까?"

"그건, 저……."

엠마는 말을 이었다.

"선생님은 자유로우시잖아요." 그녀는 잠깐 머뭇거리다가 다시 말했다. "부자시구요."

"놀리지 마십시오."

그녀는 결코 놀리는 것이 아니라고 말했다. 그때 구포 소리가 한 방 들려왔다. 금방 사람들은 뒤섞여서 마을 쪽으로 몰려갔다.

그 포성은 잘못된 것이었다. 지사는 아직 도착하지 않았다. 심사위원들은 회의를 열어야 할 것인지 더 기다려야 할 것인지 결정짓지 못하고 쩔쩔맸다.

그때 광장 너머로 말라빠진 두 마리의 말이 끄는 큼직한 임대 포장마차가 나타났다. 흰 모자를 쓴 마부가 힘껏 말을 채찍질하고 있었다. 비네만이 서둘러 "전원 집합!" 하고 호령할 겨를이 있었고, 경비 대장도 그를 흉내내어 소리쳤다.

사람들은 총들이 쌓여있는 곳으로 몰려갔다. 모두 허둥지둥 달려갔다. 칼라를 잊어버리고 끼지 않은 사람까지 있었다. 지사의 마차도 이 허둥거리는 혼잡을 알아차리고 나란히 매인 여윈 말 두 필의 쇠사슬을 당기고 몸을 흔들어대면서 잰 걸음으로 시청의 둥근 기둥 앞에 도착했다. 그때 마침 경비대와 소방대는 북을 치고 시간을 보면서 사람을 모으며 제자리걸음 중이었다.

"제자리 걸어 앞으로 갓!"

비네가 호령했다.

"제자리 섯!" 대장이 소리쳤다. "좌향 좌!"

그리고 '받들어 총'을 하자 소총 고리의 절그럭거리는 소리가 주위에 울려 퍼졌다. 마치 구리 남비가 층계에서 굴러떨어지는 소리 같았다. 받들어총이 끝나자 총은 다시 제자리로 내려갔다.

이때 은으로 수놓은 짧은 예복을 입은 사람이 마차에서 내리는 것이 보였다. 앞머리가 깨끗하게 벗겨지고, 뒷머리에는 머리칼이 한 줌 붙어 있었으며, 얼굴빛은 창백하고, 매우 호탕하게 보이는 인물이었다. 눈꺼풀이 몹시 두꺼운 두 눈은 군중을 바라보기 위해 반쯤 지그시 감겨 있었다. 뾰족한 코를 쳐들고 오목하게 오므라진 입가에 미소를 짓고 있었다. 그는 장식띠 단 것으로 시장을 알아보고, 지사 각하는 오시지 못한다고 알렸다. 이렇게 알린 자기 자신은 현 참사관이었다. 그러고 나서 그는 두서너 마디 변명을 덧붙였다. 시장 튀바슈가 답례로 공손히 인사하자 그는 참으로 황송하다고 말했다. 이리하여 두 사람은 그대로 마주보고 이마가 서로 맞닿을 듯한 모습으로 서 있었고, 그 주위에는 심사위원들과 지방 유지들과 경비대와 일반 군중들이 둘러사고 있었다. 참사관이 조그마하고 까만 삼각모를 가슴에 대고 몇 번이나 인사를 되풀이하자, 튀바슈는 허리를 활처럼 구부리고 뒤를 향해 싱글벙글 웃기도 하고, 말을 더듬거리거나 말주변이 없어 우물거리며 왕국에 대한 충성을 맹세하기도 하고, 용빌에 주어진 명예를 감사해하기도 했다.

여관집 심부름꾼 이폴리트가 마부에게서 말고삐를 받아 쥐고 비틀린 다리를 절뚝거리면서 '황금사자'의 현관으로 말을 끌고 갔다. 현관 앞에도 많은 농민들이 마차를 보려고 몰려와 있었다. 북소리가 나고, 구포 소리가 울렸다. 열을 짓고 서 있던 높은 양반들이 단 위로 올라가, 튀바슈 부인이 빌려 준 붉은 우단의 안락의자에 앉았다.

높은 신분의 사람들은 모두 비슷비슷했다. 조금 볕에 그을린 늘어진 얼굴은 부드러운 사과주 같은 빛이고, 커다랗게 매듭을 지은 흰 머플러로 치켜올려진 딱딱하고 높은 깃 위로 풍성한 구레나룻이 넘쳐 나와 있었다. 조끼마다 한결같이 우단이고, 가슴부분은 두 겹이었다. 시계에는 모두 기다란 리본 끝에 홍옥으로 된 타원형 도장이 매달려 있었다. 그들은 조심스레 바짓가랑이 사이를 벌리고 앉아 두 손을 양 허벅지 위에 올려 놓고 있었다. 그리고 아직 윤기가 지워지지 않은 바지는 튼튼한 장화 가죽보다 더 번들거렸다.

그 뒤쪽에 사교계의 부인들이 현관의 기둥과 기둥 사이에 자리잡고 있었으며, 일반 군중은 그 맞은편에 서 있기도 하고 의자에 앉아 있기도 했다. 레스티부두아는 풀밭에서 의자를 전부 이곳으로 옮겨 놓고는, 또 다른 의자를 가지러 쉴새없이 성당으로 뛰어가곤 했다. 그의 이런 의자 빌려 주는 장사 때문에 혼잡은 한층 더해서, 연단으로 올라가는 조그마한 층계까지 가는 데도 매우 힘이 들었다.

"저는, 이렇게 생각합니다." 뢰뢰 씨는(자리에 앉으려고 지나가는 약제사를 보고) 말했다. "거기에는 장식 기둥을 한 쌍 세웠어야 했지 않을까 하고 말이지요. 새로 유행하는 천으로 약간 무리를 하더라도 훌륭하게 장식을 했더라면, 아름답게 보였을 텐데 말입니다."

"정말 그렇군요."

오메가 대답했다.

"그러나 어쩔 수 없지요! 모두 다 시장 마음대로 해버렸으니까. 튀바슈란 사람, 도무지 운치를 모르는군. 예술에 대한 감각 같은 것이 전혀 없어요."

이 사이에 로돌프는 보바리 부인과 함께 시청의 이층 회의실로 올라갔다. 그 방에는 아무도 없었기 때문에 그는, 여기면 편안히 구경할 수 있겠습니다, 라고 말했다. 국왕의 흉상 밑에 놓여 있는 타원형 탁자 둘레의 접는 의자를 세 개 들어다가, 창가에 가까이 갖다 놓고 두 사람이 나란히 앉았다.

연단 위가 떠들썩하더니 한참 동안 쑤군쑤군 의논하는 소리가 들렸다. 마침내 참사관이 일어섰다. 사람들은 그의 이름이 리외벵이라는 것을 그제야 알고, 이 이름은 군중 속으로 차례로 전해져 나갔다. 그는 여러 장의 연설문 요지를 초고한 종이를 확인하고, 좀더 잘 보이도록 눈을 가까이 대고 입을 열었다.

여러분! 오늘 이 모임의 목적에 대해 여러분께 말씀드리기에 앞서, 이와 같은 기분은 여러분도 모두 느끼고 계시리라 확신합니다만, 저는 우선 여러분의 허락을 받아 최고 관청과 정부의 공적, 우리들이 경애하는 군주이신 국왕 폐하의 덕을 찬양하고 싶습니다. 국왕 폐하께서는 공적인 번영이나 사적인 번영이나 그 같은 일이라면 한 가지도 관심을 갖지 않으시는 일이 없으시고, 더욱이 확고하고 현명하신 판단으로 거친 바다의 끊임없는 위기를 극복하시고, 국가의 힘든 일을 손수 이끌어 나가고 계십니다. 더우기 전쟁뿐만 아니라, 평화, 공업, 상업, 농업, 그리고 예술까지도 존중하고 계시는 것입니다.

"조금 뒤로 물러앉아야겠는데요."
로돌프가 말했다.
"왜요?"
엠마가 물었다.
그러나 이때 마침 참사관의 목소리가 이상한 투로 한층 더 높아졌다.

여러분! 이제 내란으로 우리의 광장을 피로 물들이던 때는 지나갔습니다. 지주도, 상인도, 아니 노동자까지도 하룻밤 편안히 잠들었다가도 느닷없이 화재를 알리는 경종 소리에 잠이 깨어야 하는 것은 아닌가 하고 두려워 걱정하던 시대, 무엇보다도 파괴적인 주의주장이 대담하게도 사회의 기초를 뒤엎으려던 시대는 다행히 과거의 것으로 사라져 버렸습니다……

"왜냐하면" 그때 로돌프가 말을 이었다. "아래쪽에 있는 사람들이 우리 얼굴을 알아볼 것 같군요. 그렇게 되면, 보름은 변명을 하고 돌아다녀야 합니다. 특히 나는 평판이 좋지 못한 사람이니까……."
"어머, 선생님은 무척 자신을 나쁘게 말씀하시네요!"
"네, 내 평판은 아주 좋지 않습니다. 정말입니다."

그러나 여러분, 그러한 비참한 광경의 기억을 떠나 우리 아름다운 조국의 지금 상태로 눈을 돌린다면, 거기에서 우리는 무엇을 보게 되겠습니까? 여기저기에 상업과 예술이 번영해 가고 있습니다. 가는 곳마다 새로운 교통로가 열려 국가의 새로운 혈맥으로서 연결해 주고 있습니다. 우리의 공업 중심지는 또다시 활기를 띠고 활동하기 시작했고, 종교는 더욱 밑바탕을 굳게 하여 모든 사람의 마음에 미소를 던져 주고 있으며, 항구에는 배들이 가득하고, 자신은 되살아나서, 드디어 프랑스는 늠름하게 호흡하고 있는 것입니다……

"그것도" 로돌프는 덧붙였다. "아마 세상 사람들의 관점으로는 일리가 있는 것이지요."

"그것은 어째서요?"

"이보세요! 부인은, 이 세상에는 끊임없이 고통받고 있는 영혼들이 있다는 것을 모르십니까? 그런 사람들은 꿈과 행동이, 그리고 보다 순수한 정열과 보다 격렬한 향락을 갈망하고, 그래서 우리들을 끝도 없는 공상이나 분별 없는 짓으로 몰아넣는 것이지요."

그녀는 마치 이상한 나라들을 돌아다니다 온 나그네를 보듯 그를 가만히 바라보았다.

"우리 불쌍한 여자들은, 그런 위안을 갖지조차 못합니다."

"서글픈 위안이죠. 그런 것에서는 행복을 찾을 수가 없으니까요."

"과연 행복을 찾을 수 있는 어떤 것이 있을까요?"

"암요, 행복은 언젠가는 만나게 되는 것입니다."

참사관의 말은 계속 되었다.

그리고 이러한 것들은 여러분도 이미 잘 알고 계시는 일입니다. 농업에 종사하는 분 및 농촌 노동자 여러분, 여러분들이야말로 진정한 문명 사업의 평화적인 선구자입니다! 진취적이고 올바른 품성을 지닌 여러분! 되풀이합니다만, 여러분은 정치적 폭풍우가 나쁜 일기보다 더욱 무서운 것이라는 것을 잘 아셨을 줄 압니다……

"언젠가는 행복을 만날 수 있습니다." 로돌프는 되풀이해서 말했다. "어느 날 갑자기, 이제는 단념하고 절망해 버렸을 때 말이죠. 아시겠어요? 그때 지평선이 활짝 열립니다. 그것은 '나를 보시오!' 하고 외치는 소리를 듣는 것과 같아요. 당신은 그 사람에게 인생의 비밀을 말하고, 그 사람에게 모든 것을 바치고, 그 사람을 위해 모든 것을 희생해야 한다는 생각이 듭니다! 아무 말이 없어도, 서로 그냥 알게 되지요. 그때까지 꿈속에서 서로 만난 적이 있었던 것입니다(이렇게 말하고 그는 엠마를 응시했다). 그토록 간절히 찾아헤매던 보물, 그것이 거기에 있는 것입니다. 바로 눈앞에 말입니다. 그것이 반짝반짝 눈부시게 빛나고 있습니다. 그러나 아직도 의심이 남아 있기 때문에 믿을 용기가 없습니다. 마치 캄캄한 어둠 속에서 환한 빛 속으로 나온 것처럼, 눈이 멀어 버린 것이지요."

이렇게 말을 끝내면서 로돌프는 자기 말에 몸짓을 덧붙였다. 그는 어지러움을 느끼는 사람처럼 얼굴에 손을 갖다 댔다. 그리고 그 손을 엠마의 손 위에 살짝 내려놓았다. 그녀는 손을 치웠다. 참사관은 여전히 낭독을 계속하고 있었다.

그렇다면 여러분, 누가 이런 것에 놀라겠습니까? 그것은 오직 구시대에 대한 편견에 깊이 잠겨서―나는 거침없이 이렇게 말할 수 있습니다. 깊이 가라앉아 눈이 멀어서, 농촌 지역 사회의 정신을 잘못 생각하고 있는 겁니다. 진정, 농촌이 아니면 어디에서 이와 같은 애국심과 공공 이익에 대한 헌신과 지성의 위대함을 발견할 수 있겠습니까? 나는 아무 쓸모 없는 인간들의 소용없는 장식품 같은 천박한 지성을 말하는 것이 아닙니다. 무엇보다도 깊고 분별력 있는 지성, 유익한 목적을 추구하기 위해, 공공의 삶을 개선하고, 국가의 든든한 버팀목이 되는 데 공헌해 마지않는 지성을 말하는 것입니다. 이것이야말로 법을 존중하고, 의무의 습관을 존중하는 데서 나오는 성과인 것입니다…….

"아, 또 저 소리군." 로돌프가 말했다. "언제나 변함없이 의무, 의무 하지만, 저 말에는 딱 질색이란 말입니다. 플란넬 조끼를 입은 구시대의 늙은이들과 각로와 묵주를 갖고 다니는 맹신 노파들이 와글와글 모여서 우리 귀에다 쉴새없이 '의무! 의무!' 하고 말하지만 천만의 말씀이죠. 의무라는 것은 위대한 것을 느끼는 것이고, 아름다운 것을 사랑하는 것입니다. 사회가 우리에게 가하는 치욕에도 불구하고 사회의 모든 인습을 받아들일 필요는 없습니다."

"하지만…… 하지만……." 보바리 부인은 이에 맞서 말하려고 했다.

"아니! 어째서 정열을 응징하려는 겁니까? 정열이야말로 이 지상에 있는 가장 아름다운 것이 아닙니까? 영웅적인 행위와 감격과 시와 음악과 예술의, 요컨대 모든 것의 원천이 되는 것이 아닙니까!"

"하지만" 엠마는 말했다. "어느 정도는 사회의 의견에도 따라야 하고, 사회의 도덕도 지켜나가야 해요."

"아니, 도덕에는 두 가지가 있어요. 아주 조그마한 도덕, 인습적인 도덕, 인간들의 도덕, 끊임없이 변하는 도덕, 귀찮도록 떠들어대는 도덕은 저기 보이는 저 바보들의 모임처럼, 낮은 곳에서 땅을 기면서 비속하게 우글거리고 있습니다. 그리고 또 하나의 도덕, 이것은 영원한 것이며, 우리 주위에, 우리 머리 위에 있는 도덕입니다. 마치 우리를 에워싸고 있는 경치, 우리를 비추고 있는 저 푸른 하늘과 같은 것입니다."

참사관 리외뱅 씨는 손수건으로 막 입을 닦은 뒤였다. 그는 다시 계속했다.

그리고 여러분, 내가 이 자리에서 여러분에게 농업의 효용에 대해 구구하게 설명할 필요가 있을까요? 우리의 요구를 충족시켜 주는 것이 누구지요? 누가 우리의 생활필수품을 제공해 줍니까? 농민 아닙니까? 농민 여러분은 부지런한 손으로, 풍요한 경작지에 씨를 뿌리고 밀을 생산합니다. 그 밀은 정교한 기계에 의해서 분말이 되고, 밀가루가 되어 그곳에서 도시로 운반되고, 결국 빵 제조인에게로 갑니다. 빵제조인은 말이죠, 부자를 위해서든 가난한 사람을 위해서든 똑같이 조제를 합니다. 그리고 또, 우리의 옷을 위하여 살찌는 목장의 많은 가축 떼를 기르는 것도 농민이 아닙니까? 농민이 없다면 어떻게 우리가 옷을 입을 수 있으며, 어떻게 우리가 음식을 먹을 수 있겠습니까? 그렇습니다, 여러분, 그렇게 먼 곳에서 예를 찾을 필요는 없습니다. 우리의 잠자리에 푹신푹신한 베개를 공급해 주고, 식탁에 자양분이 풍부한 고기며 달걀을 동시에 공급해 주는, 우리 농가의 뜰에서 놓아 기르는 저 소박한 동물에게서 얻을 수 있는 이익의 중요함을, 누가 가끔씩이나마 생각한 자가 있겠습니까? 그러나 훌륭하게 경작한 땅이, 마치 자비로운 어머니가 자식들에게 아낌없이 주듯 제공해 주는 갖가지 산물을 여기에서 하나하나 대자면 끝이 없을 것입니다. 여기에는 포도나무가 있고, 저기에는 사과주를 만드는 사과나무가 있고, 저쪽에는 채소 씨, 더 멀리에는 치즈, 그리고 아마가 있습니다.

여러분, 아마를 잊어서는 안 돼요. 이것이야말로 요즘 들어 매우 뚜렷한 증산을 보이고 있어요. 특히 여기에 여러분의 주의를 촉구하고자 합니다.

일부러 주의를 촉구하지 않아도 좋았다. 왜냐하면 군중의 입은 모두 그의 말을 받아 먹기라도 하려는 것처럼 떡 벌어져 있었기 때문이다. 그의 곁에서는 시장 튀바슈가 눈을 커다랗게 뜨고 그의 말에 귀기울이고 있었다.

심사위원장인 드로즈레 씨는 가끔식 상냥하게 눈까풀을 깜작이곤 했다. 조금 떨어진 곳에는 약제사가 아들 나폴레옹을 두 무릎 사이에 끼고는, 한 마디도 놓치지 않으려고 손을 귀에 대고 있었다.

그 밖의 심사위원들은 동감이라는 표시로 조끼에 묻은 턱을 천천히 끄덕이고 있었다. 연단 앞에 있는 소방대는 총검에 기대어 쉬고 있었다. 마을 소방대장 비네는 팔굽을 옆으로 내밀고 사브르 칼 끝을 공중에 뻗힌 채 움직이지 않고 서 있었다. 철모의 차양이 코끝까지 덮고 있기 때문에 귀에는 들릴 테지만, 눈에는 아무 것도 보이지 않았을 것이다. 부대장인 튀바슈 시장의 막내아들이 쓴 철모는 그보다도 더 컸다. 터무니없이 큰 것이 머리 위에서 건들거리고, 얇은 인도 사라사 목도리 끝이 가장자리에 내다보일 뿐이었다. 그는 철모 속에서 애기같이 히죽히죽 웃고 있었다. 땀방울이 줄줄 흘러내리는 해쓱하고 조그마한 얼굴에는 기쁜 듯 하면서도, 피로해서 괴로운 듯한, 졸리운 듯한 표정이 떠 있었다.

광장은 집 추녀 끝까지 사람들로 가득 차 있었다. 창문마다 팔꿈치를 짚고 내다보는 사람들이 보이고, 문 앞마다 사람들이 몰려나와 있었다. 약방 창문 앞에서 쥐스탱은 그가 보던 광경에 빠져서 생각에 잠긴 듯 서 있었다. 주위는 조용한데도 참사관 리외벵 씨의 음성은 허공에 흩어져 잘 들리지 않았다. 사람들의 의자 움직이는 소리에 섞여서 토막토막 끊긴 문구가 들려왔다. 갑자기 뒤쪽에서 길게 목을 빼고 우는 황소 울음소리며, 거리 모퉁이에서 울어대는 어린 양들의 울음소리가 들려오곤 했다. 소치는 아이들이나 목동들이 근처까지 짐승을 끌고 온 것이다. 짐승들은 코밑에 늘어진 나뭇잎을 혀로 뜯으면서 이따금 소리를 질렀다.

로돌프는 엠마에게로 더욱 가까이 다가앉아서 나직하게 재빨리 말했다.

"부인은 세상의 이러한 음모에 분노를 느끼시지 않습니까? 세상이 비난하지 않는 감정이 하나라도 있습니까? 가장 고상한 본능, 가장 순수한 공감이, 박해당하고 중상당하고 있습니다. 만약 두 개의 고독하고 가련한 영혼이 가까스로 만나더라도, 그것이 결합할 수 없도록 여러 가지 일들이 꾸며지는 것입니다. 그러면 그 두 영혼은 노력하고, 기를 쓰고 날갯짓을 하고, 서로 불러댈 거예요. 아, 방해가 무슨 소용 있습니까! 그게 빨리 오든 늦게 오든, 여섯 달이나 아니 몇십 년쯤 지나면 둘은 하나로 결합돼요, 연인이 되는 것입니다. 운명이 그걸 명령해요. 왜냐구요? 둘은 서로를 위해서 태어난 것이니까요."

그는 깍지낀 두 팔을 무릎에 올려 놓고 있었다. 그리고 엠마 쪽으로 얼굴을 쳐들고 가만히 그녀를 들여다보았다. 그녀는 그의 눈 속의 까만 눈동자 언저리에 가는 금선이 방사상으로 둘러싸고 있는 것을 볼 수 있었다. 그의 머리를 빛내고 있는 포마드 냄새까지 맡았다. 그러자 그녀는 보비에사르에서 함께 왈츠를 추던 자작이 생각났다. 자작의 수염도 이 남자의 머리처럼 바닐라와 레몬 향내를 풍기고 있었다. 엠마는 기계적으로 그 향내를 좀더 잘 맡으려고 반쯤 눈을 감았다. 그러나 의자 위에 몸을 뒤로 젖히면서 가느다랗게 눈을 떴을 때, 아득한 지평선 너머로 헐어빠진 유명한 제비마차가 보였다. 그 제비마차는 기다란 흙먼지 꼬리를 끌면서 천천히 뢰 언덕을 내려오고 있었다. 레옹은 몇 번씩이나 바로 저 노란 합승 마차를 타고 그녀에게로 돌아왔다. 그리고 멀리 보이는 저 큰길로 영원히 사라져 가 버렸다.

그녀는 그의 모습이 맞은편 창가에 보이는 것 같았다. 이윽고 모든 것이 한데 섞이고 구름 같은 것이 눈앞을 지나갔다. 그녀는 아직도 자작의 팔에 안겨서 휘황한 샹들리에 불빛 아래서 왈츠를 추고 있는 것 같았고, 레옹도 멀리 있는 게 아니라 가까이에 있어서 곧 올 것 같은 기분이었다…….

그러나 그녀는 그녀 옆에 있는 로돌프의 머리카락 냄새를 맡을 수 있었다. 이 감각의 감미로움이 과거의 욕망 속에 깊이 스며들자, 바람입김 속의 곡식 알갱이들처럼, 향기가 나는 미묘한 입김 속에서 욕망들이 빙빙 돌고, 그 욕망의 알갱이들은 넘쳐서 그녀의 영혼 속으로 떨어졌다.

엠마는 몇 번이나 콧구멍을 커다랗게 벌리고 기둥 머리에 엉켜 있는 담쟁이 덩굴의 신선한 냄새를 들이마셨다. 장갑을 벗고, 손을 닦았다. 그리고 그 손수건으로 얼굴을 부채질했다. 그러는 동안에 관자놀이가 뛰는 소리를 통하여 군중의 와글거리는 소음과, 단조로운 문구를 낭독하는 참사관의 음성이 들렸다.

그는 말하고 있었다.

끝까지 계속 참관해 주십시오! 참아 주십시오! 인습에 젖은 목소리나, 무모한 경험주의자들의 성급한 충고를 조심하세요! 토지를 개량하고 비료의 질을 높이고, 말, 소, 양, 돼지 등의 발육에 온 힘을 다해 주시기 바랍니다. 오늘의 이 박람회가 여러분을 위한 평화로운 투기장이 되기를 바랍니다. 이긴 사람이 이곳에서 나갈 때에는, 진 사람에게 손을 내밀고 보다 큰 성공을 위하여 서로 친교를 맺도록 하세요! 그리고 여러분, 위대하고 겸허한 고용인 여러분! 오늘에 이르기까지 어떤 정부도 여러분들의 괴로운 노동을 돌보아 주지 않았습니다. 여러분의 말없는 미덕을 보상받으시기 바랍니다. 국가가 앞으로 여러분에게 관심을 갖고, 격려하고, 보호하고, 여러분의 정당한 요구를 받아들이고, 될 수 있는 대로 괴로운 희생의 무거운 짐을 조금이라도 덜도록 노력할 것을 믿어 주시기 바랍니다.

리외벵 씨는 이렇게 말하고 자리에 앉았다. 팡빌에서 온 심사위원장 드로즈레 씨가 일어나서 다른 연설을 시작했다. 그의 연설은 참사관의 연설만큼 아름다운 말이나 화려한 문구로 꾸며져 있지 않고, 좀더 착실한 말과, 한층 더 전문적인 지식과, 보다 높은 생각으로 되어 있는 것이 장점이었다. 그래서 정부에 대한 찬사는 전처럼 많지 않고, 종교와 농업에 대한 말이 더 많이 들어 있었다. 종교와 농업의 관계를 설명하고 어떻게 이 두 가지가 항상 문명에 이바지했는가 설명했다.

로돌프는 보바리 부인에게 꿈이라든가, 예감이라든가, 동물자기(動物磁氣)에 대해 이야기했다.

연단 위에서 연사는 사회의 요람기로 거슬러 올라가, 인간이 숲속에서 도토리를 주워 먹고 살던 야만 시대를 설명하고 있었다. 그 뒤 인간은 동물 가죽을 버리고 옷을 입게 되었으며, 밭을 갈고 포도나무를 심었다. 이것은 과연 좋은 일이었을까? 이 발견에는 이익보다 이롭지 못한 점이 더 많지는 않았을까? 드로즈레 씨는 이러한 문제를 내놓았다.

로돌프는 동물자기에서 친화력에 대한 이야기로 조금씩 옮겨 갔다. 위원장이, 스스로 쟁기를 쥔 귀족 신시나투스와 양배추를 심은 디오클레티아누스 황제와 신년 의식으로 씨를 뿌리는 중국 황제들의 이야기를 하고 있는 동안, 젊은 사나이는 젊은 여자에게, 그러한 저항할 수 없는 견인력이라는 것은 전생의 인연에서 비롯된다고 설명하고 있었다.

"그러니까 우리의 경우도 어째서 이렇게 서로 알게 되었을까요? 어떠한 우연으로 이렇게 되었다고 생각하십니까? 이것은 의심할 것도 없이 두 개의 냇물이 서로 거부할 수 없는 매력에 이끌려 한곳에 집중되듯, 우리들의 신기한 경향이 공허한 공간을 가로질러 우리 두 사람을 서로에게로 이끌어 준 것이란 말입니다."

이렇게 말하고 그는 엠마의 손을 잡았다. 그녀는 손을 빼지 않았다.

'전반적으로 우수한 경작자 포상!'

위원장이 소리쳤다.

"예를 들면 일전에 제가 댁에 찾아갔을 때……"

'캥캉푸아 마을의 비제 씨!'

"오늘 이렇게 제가 당신을 모시게 될 줄 어떻게 알았겠습니까?"

'상금 70프랑!'

"몇 번이나 저는 집에 돌아가려 했는지 모릅니다. 그러면서도 저는 부인 곁에 머물러 있기로 한 것입니다."

'이번엔, 비료 상!'

"저는 이대로 오늘 밤에도, 내일도, 그리고 다른 날에도 아니 한평생 머물러 있으렵니다."

'아르게이유 마을의 롱 씨에게 금메달!'

"왜냐하면, 지금까지 어떠한 사람과 같이 있었어도 이처럼 완전한 기쁨을 느낀 적이 없었기 때문입니다."

'지브리 생마르탱 마을의 뱅 씨!'

"당신은, 제 마음속에 소중히 간직할 것입니다."

'그리고 메리노 양 상은……'

"아니, 하지만 선생님은 저를 잊으실 거예요. 분명히 저 같은 것은 그림자처럼 사라져 버릴 거예요."

'메리노 양 상은 노트르담 마을의 블로 씨에게……'

"아닙니다. 절대로 그렇지 않습니다. 부인의 마음속에, 부인의 생활 속에, 제가 조금은 자리를 차지할 수 있을까요?"

'돼지 부문, 르에리세 씨와 퀼랑부르 씨에게 공동으로 상금 60프랑!'

로돌프는 엠마의 손을 꼭 쥐고 있었다. 그는 그녀의 손이 매우 뜨겁고, 마치 붙잡힌 비둘기가 날아가려는 것처럼 떨고 있는 것을 느낄 수 있었다. 그러나 그 손을 빼려는 것인지, 아니면 사나이가 움켜쥔 손에 대답하는 것인지 손가락을 꼼지락거렸다. 로돌프는 소리 높여 외쳤다.

"오오! 고맙습니다! 부인은 저를 거절하시지 않는군요! 참으로 다정한 분입니다! 제가 완전히 부인의 것이라는 것을 알아 주셨군요. 얼굴을 보여 주십시오! 좀더 자세히 보게 해주십시오!"

창으로 불어들어온 바람이 탁자보를 주름지게 했다. 밑의 광장에서는 시골 여인들의 큰 두건이 흰 나비 날개처럼 한꺼번에 펄럭였다.

'기름씨앗 케이크 이용' 위원장은 서둘기 시작했다. '플랑드르 비료—아마의 재배—배수시설—장기 임대 계약—고용인의 근무.'

로돌프는 이제 아무 말도 하지 않았다. 그들은 서로의 얼굴을 바라보고 있었다. 막바지에 달한 정욕이 그들의 마른 입술을 떨게 했다. 부드럽게 아무 힘도 들이지 않고 두 사람의 손가락이 얽혔다.

'사르토 라게리에르 마을에서 온 카트린 니케즈 엘리자베트 르루 할머니에게, 같은 농장에 54년 동안 근속한 상으로 은메달—상금 25프랑!'

"카트린 르루 할머니, 어디 계십니까?"

참사관이 되풀이했다.

그녀는 나타나지 않았다. 그러자 쑤군대는 소리가 들렸다.

"나가요!"

"싫어!"

"왼쪽으로 돌아서!"

"부끄러울 거 없어요!"

"바보 같은 여자군그래!"

"자, 어디 계십니까?"

튀바슈가 소리쳤다.

"예! 여기 계십니다!"

"그럼 나오라 그러세요, 앞으로 나와요!"

그러자 초라한 무명옷 속에 웅크리고 있는 것 같은 노파 하나가 겁먹은 태도로 조심조심 식단 위로 걸어나가는 것이 보였다. 발에는 튼튼한 나무창이 달린 신을 신고, 허리에는 크고 푸른 앞치마를 두르고 있었다. 가장자리 장식이 없는 두건에 싸인 그 마른 얼굴은 시들어 버린 레네트종 사과보다 더 쪼글쪼글했다. 그리고 붉은 웃도리의 소매 끝에서 마디가 굵은 길죽한 손이 나와 있었다. 헛간 먼지와 세탁용 소다와 양털의 기름끼 때문에 손등이 두껍고, 거칠고, 굳어서, 깨끗한 물로 씻고 왔는데도 더럽게 보였다. 오랫동안 너무나 일을 많이 해서 지금껏 시달려 온 많은 고통을, 하나하나 증거로 보이고 싶은 것처럼 손이 반쯤 벌어져 있었다. 수도하는 수녀들을 생각나게 하는 엄격함이 그녀의 얼굴 표정을 더한층 두드러지게 했다. 그 창백한 눈길은 어떠한 슬픔이나 감동의 빛도 부드럽게 할 수는 없었다. 항상 가축들만 돌보고 있는 동안에 동물의 침묵과 평안함이 그녀에게로 옮겨 온 것이었다.

노파가 이렇게 많은 사람들이 있는 데에 나온 것은 이번이 처음이었다. 깃발과 북과 까만 예복을 입은 신사들과 참사관의 훈장에 놀라 앞으로 나가야 할지 달아나야 할지, 주위의 사람들은 어째서 자기를 내밀어 보내려고 하는지, 어째서 심사원들이 자기를 보고 미소짓고 있는지 알 수가 없어서, 그녀는 가만히 서 있었다. 이리하여 근속 반 세기 그 자체의 모습이, 득의만면한 부르주아들 앞에 선 것이다.

"좀더 가까이 오십시오. 존경하는 카트린 니케즈 엘리자베트 르루 할머니!"

위원장의 손에서 수상자 명부를 받아 든 참사관이 말했다. 그리고 종이쪽지와 노파를 번갈아보면서 그는 다정한 목소리로 다시 되풀이했다.

"가까이 오십시오, 이리로!"

"당신 귀가 절벽이오?"

튀바슈가 안락 의자에서 튕겨 일어나면서 말했다. 그리고 노파의 귀에 대고 소리치기 시작했다.

"54년 근속! 은메달! 25프랑! 이것은 당신에게 주는 것이오."

노파는 더없는 은메달을 받아 들고 가만히 들여다보았다. 이윽고 기쁨의 미소가 그녀 얼굴 가득히 퍼졌다. 그리고 물러나면서 이렇게 중얼거리는 소리가 들렸다.

"이걸 마을의 본당 신부님께 드리고, 미사를 드려 달래야지."

"정말 광신자로군!"

공증인 쪽으로 몸을 내밀면서 약제사가 외쳤다.

식은 끝나고, 군중은 흩어졌다. 연설 낭독도 끝났으므로 저마다 제 지위로 돌아가고, 모든 것은 여느때 상태로 회복되었다. 주인은 하인들을 학대하고, 하인은 뿔과 뿔 사이에 푸른 잎사귀 관을 쓰고 졸며 가축 우리로 돌아가는 감각 없는 승리자들을 때렸다.

그러는 동안 국민방위군은 총 끝에 과자 빵을 꽂고, 포도주병 바구니를 안은 대대의 북치는 소리와 함께 시청 이층으로 올라왔다. 보바리 부인은 로돌프의 팔을 잡았다. 그는 엠마를 집까지 바래다주었다. 두 사람은 문 앞에서 헤어졌다. 그리고 그는 피로연 시간을 기다리며 혼자서 목장을 거닐었다.

연회는 길고, 떠들썩하고, 음식은 형편없었다. 너무 혼잡해서 팔꿈치도 움직일 수 없을 정도였다. 의자 대신 사용한 좁은 널빤지가 너무나 많은 손님들의 무게로 곧 부러질 것만 같았다. 모두 배불리 먹었다. 저마다 자기 앞에 주어진 몫을 남김없이 다 먹었다. 이마에서 땀이 흘렀다. 가을 아침의 강 안개처럼, 하얀 김이 식탁 위에 매달린 등불 사이에 감돌았다. 로돌프는 천막 천에 등을 기대고 골똘히 엠마를 생각하고 있었기 때문에 아무것도 귀에 들어오지 않았다. 뒤편 잔디밭에서는 하인들이 더러워진 접시를 쌓아 올리고 있었다. 옆에 있는 사람들이 말을 걸어와도 그는 대답하지 않았다. 누가 그의 잔에 술을 부었다. 시끄러운 소리는 더 커져 가는데도, 그의 생각 속에는 침묵이 쌓여갔다.

그는 엠마가 한 말을 꿈꾸고, 그녀의 입술 모양을 꿈꾸고 있었다. 그녀의 얼굴은, 마법의 거울에 비친 것처럼 경호대 모자의 배지 속에서 너울거리며 빛났다. 벽에 그녀의 옷주름이 늘어져 있고, 이 미래의 광경 저편에 긴 사랑의 나날이 끝없이 전개되었다.

그날 밤 한창 꽃불이 올라가고 있을 때, 그는 다시 엠마를 만났다. 그러나 이때 그녀는 남편과 오메 부인과 약제사와 함께 있었다. 약제사는 빗나간 꽃불의 위험을 몹시 걱정하여 쉴새없이 자리에서 빠져나가 소방대장 비네에게 여러 가지 주의를 주곤 했다.

튀바슈 씨에게 보내 온 꽃불덩어리를 너무 조심하느라고 지하실에 두었기 때문에 화약에 습기가 차서 제대로 터지지 않았다. 가장 인기를 끌었을 용이 꼬리를 무는 광경의 꽃불은 완전히 실패해 버렸다. 이따금 빈약한 유성(流星) 꽃불이 올라가면, 입을 헤벌린 관중은 함성을 질렀다. 거기에는 어둠 속에서 허리를 간지럽히는 여자의 교성도 섞여 있었다. 엠마는 말없이 샤를의 어깨에 몸을 살짝 기대고 서서, 고개를 쳐들어 캄캄한 하늘로 올라가는 빛나는 선을 눈으로 쫓고 있었다. 로돌프는 타는 장식등들의 불빛으로 가만히 그녀의 모습을 지켜보고 있었다.

장식등이 하나씩 꺼져 갔다. 별들이 반짝이기 시작했다. 비가 한 방울 두 방울 떨어졌다. 엠마는 모자를 쓰지 않은 머리를 숄로 감았다.

마침 이때 참사관 마차가 여관에서 나왔다. 술에 취한 마부는 그만 졸기 시작했다. 포장 위의 양쪽에 있는 두 개의 등불 사이로 마부의 커다란 몸뚱이가 마차 가죽끈의 움직임에 따라 좌우로 흔들리는 것이 먼 데서 보였다.

"사실 말이오" 약제사가 말했다. "주정뱅이만은 엄하게 다루어야 해요. 매주 시청 입구에, 그 주일 동안 술에 취했던 사람들 이름을 써 붙였으면 좋겠습니다. 그러면 한 눈에 볼 수 있는 연간 기록이 나올 테니까요. 통계학상의 참고 자료도 되고, 또 혹시 필요할 때는…… 잠깐 실례합니다."

그는 다시 소방대장 비네 쪽으로 뛰어갔다.

비네는 집으로 돌아가는 길이었다. 자기가 즐기는 녹로가 보고 싶었던 것이다.

"부하들 중 하나를 보내든지, 아니면 당신이 직접 가서 감독하는 게 아마 좋을거요."

오메는 그에게 말했다.

"아, 내버려 두십시오!" 본디 세금 관리인 비네가 대답했다. "걱정할 게 아무 것도 없으니까!"

약제사는 되돌아와서 말했다.

"안심하십시오. 비네 씨가 만반의 준비를 다 해두었답니다. 불티 하나도 떨어지지 않는대요! 펌프에도 물이 가득 들어 있고, 자, 돌아가서 잡시다."

"정말! 졸려요!" 커다랗게 하품하던 오메 부인이 말했다. "그러나 오늘 축제는, 참으로 날씨가 좋아서 다행이었어요."

로돌프는 다정한 시선으로 나직이 되풀이했다.

"정말 좋은 날씨였습니다!"

그들은 서로 인사를 나누고 헤어졌다.

이틀 뒤 '루앙의 등불'에 박람회에 관한 과장된 기사가 실렸다. 그것은 오메가 그 다음 날 써보낸 것이었다.

'무엇을 위한 불꽃이요, 꽃이요, 화관이었던가? 우리의 경작지에 열을 쏟는,

타는 듯한 햇빛 아래 성난 파도와도 같은 군중이 몰려간 곳은 어디였던가?'

계속해서 그는 농민들의 현상에 관하여 말했다. 확실히 정부가 많이 노력한 것은 사실이지만, 아직 충분하지 않다! '용기를 내라!' 하고 정부에 대해서 그는 외치고 있다. '수많은 개량이 불가결하다. 그것들은 완수되어야 한다!' 그 다음에는 참사관이 도착했을 때의 광경에 대해서 쓰고, '우리 국민방위군의 위풍 당당한 태도'라든가, '쾌활하고 발랄한 마을의 여성'들도 언급했으며, 머리가 벗겨진 노인들은 원로처럼 참석했으며, 그 가운데 어떤 사람은 영원한 국군 가운데 살아 남은 사람으로서, 씩씩한 북소리를 듣고 지금도 새삼스레 가슴 설렘을 금하지 못하고 있었다고 썼다. 그는 자기 이름을 쟁쟁한 심사원들 가운데서도 가장 위에 앉히고, 더구나 거기에 주를 달아, '약제사 오메 씨는 사과주에 관한 논문을 농사 협회에 제출했다'는 것까지 써 놓았다. 상품 수여의 대목에 이르자, 열광적인 찬미의 붓을 휘둘러서 수상자의 기쁨을 서술했다.

'아버지는 아들을 껴안고, 형은 동생을, 남편은 아내를 얼싸안았다. 획득한 조촐한 상패를 자랑스레 내보이는 사람도 적지 않았고, 아마 추측하건대 자기 집 착한 아내에게 돌아가 눈물을 흘리면서 초라한 초가집 벽에 그 상패를 걸 어 놓으리라.'

'6시 무렵, 리에자르 씨의 목장에 준비된 연회석에는 이날 식에 참석했던 주 빈들이 모여서 화기애애한 가운데 몇 차례나 건배했다. 참사관 리외뱅 씨는 국 왕을, 시장 튀바슈 씨는 지사를, 심사위원장 드로즈레 씨는 농업을, 오메 씨는 자매 관계에 있는 공업과 예술을, 르플리셰이 씨는 여러 가지 개량을 위하여 저마다 건배했다. 밤이 되자 찬연한 불꽃이 갑자기 하늘을 수놓았다. 실로 만 화경이요, 오페라의 무대라고 할 만큼 아름다웠다. 그리하여 잠시 우리의 조그 만 고장은 《아라비안 나이트》와 같은 꿈의 세계로 옮겨진 느낌이었다.'

'특히, 이같은 가족적인 회합을 문란케 하는 불상사가 한 건도 일어나지 않 았다는 사실이다.'

그리고 그는 덧붙였다.

'다만 사람들의 눈에 띈 것은, 성직자가 참석하지 않았다는 것이다. 생각하건 대 종교계는 진보에 대한 견해가 우리와 다르기 때문일까? 아! 로욜라의 추종 자들아, 그것은 그들의 자유!'

여섯 주가 지났다. 로돌프는 전혀 모습을 보이지 않았다. 어느 날 해질 무렵, 드디어 그는 나타났다.

박람회 다음 날 그는 생각했다.

'너무 빨리 찾아가지 말자, 틀림없이 좋지 않을 테니까.'

그리고 주말에는 사냥을 하러 갔다. 사냥에서 돌아오자 이미 늦었다는 생각이 들었다. 그러나 그는 다음과 같은 이유를 생각했다.

'만약 우리가 만난 첫날부터 그 여자가 나를 좋아했다면, 틀림없이 나를 한 번 더 만나고 싶어서 초조해할 테니, 이대로 있어야 한다!'

그는 객실에 들어서면서 엠마의 얼굴빛이 창백하게 변하는 것을 보고, 자기의 짐작이 들어맞았다는 것을 알았다.

그녀는 혼자였다. 해가 저물어 가고 있었다. 유리창에 걸려 있는 짤막한 모슬린 커튼이 저녁놀을 한층 더 짙게 했고, 저녁노의 광선 속에 걸려있는 금제 기압계가 거울 속 저편, 산호의 두툴두툴한 가지 사이에서 눈부시게 반짝이고 있었다.

로돌프는 그 자리에 가만히 서 있었다. 엠마는 그의 첫인사말에 대답도 제대로 하지 못했다.

"저는 그때부터 여러 가지 바쁜 일이 많았고, 그리고 몸이 좀 불편했었습니다."

"몹시 편찮으셨어요?"

엠마는 목소리를 높이며 물었다.

"아니요." 로돌프는 그녀 곁에 있는 의자에 앉으면서 말했다. "그렇지는 않습니다만……. 사실은 찾아뵙고 싶지 않았습니다."

"왜요?"

"그걸 모르시겠습니까?"

그는 다시 그녀의 얼굴을 바라보았다. 그 눈길이 너무나 강렬하여 그녀는 얼굴을 붉히고 고개를 숙였다. 그가 말을 이었다.

"엠마……."

"블랑제 씨!"

엠마는 조금 몸을 피하면서 말했다.

"오, 그래요! 당신은 알고 있어." 그는 침울한 목소리로 말했다. "당신한테서 떨어져 있으려 한 게 옳았다는 걸. 왜냐하면 내 마음을 가득 채우고 있어서 무심코 입에서 튀어나와 당신을 부르게 만듭니다! 보바리 부인…… 이것은 누구나가 부르는 이름입니다. 그러나 그것은 당신 이름이 아닙니다. 빌린 이름입니다!"

그는 다시 되풀이했다.

"빌린 이름이지요!" 그러고는 두 손으로 자기 얼굴을 가렸다. "그렇습니다. 저는 당신만을 계속 생각하고 있습니다…… 당신에 대한 기억이 내 마음에 상처를 냅니다. 아, 괴롭습니다, 용서하십시오…… 떠나야겠지요…… 안녕히 계십시오, 어딘가 멀리로 가 버리겠습니다. 이제 다시는 당신이 나 같은 사람의 이야기를 들을 수 없는 먼 곳으로 가 버리겠습니다…… 그러나 오늘은 저 자신도 어떤 일인지 알 수 없는 이상한 힘에 이끌려 당신 곁으로 왔습니다! 왜 하늘에 거역하는지, 왜 천사의 미소에 거역하는지! 아름다운 것, 매력 있는 것, 멋있는 것에 왜 굴복하지 않는 걸까요!"

이런 말을 듣는 것은 엠마에겐 생전 처음이었다. 그녀의 자존심은, 증기 욕탕에서 피로를 푸는 사람처럼 이 말의 열기에 맥없이 늘어졌다.

"그러나 오늘까지 찾아뵙지는 않았더라도" 그는 계속했다. "부인을 만나지는 않았더라도, 하다못해 부인을 에워싸고 있는 것들은 언제나 눈여겨 바라보고 있었습니다. 저는 밤이면 밤마다 이곳에 찾아왔습니다. 저는 부인의 집을, 달빛에 빛나는 지붕을 바라보았습니다. 부인의 창가에 흔들리는 뜰의 나무를 통해서, 유리 창문을 통해서, 어둠 속에 빛나는 조그만 램프 불빛을 바라보았습니다. 아아! 부인은 그렇게도 가까이에, 그리고 또 그렇게도 멀리에, 가련한 사나이가 있다는 것을 알지 못하셨습니다……."

엠마는 흐느껴 울면서 사나이 쪽으로 얼굴을 돌렸다.

"선생님은 참으로 좋은 분이세요."

"아닙니다. 저는 부인을 사랑하고 있는 것 뿐입니다! 그것만은 믿어 주시겠지요! 제발 말씀해 주십시오, 한마디만, 단 한마디만 말씀해 주십시오!"

이렇게 말하면서 로돌프는 조금씩 의자에서 마룻바닥으로 미끄러져 내려갔다. 그때, 부엌에서 나막신 소리가 났다. 객실 문은 잠겨 있지 않았다. 그는 그것을 깨달았다.

"한 가지만 내 부탁을 들어 주십시오."

그는 일어서면서 말을 이었다. 그녀의 집 안을 돌아보고 싶다는 것이었다. 그녀의 집 안 모습을 잘 보아 두고 싶다는 것이었다. 보바리 부인은 별로 상관 없는 일이라고 생각하고 두 사람은 함께 일어섰다. 그때 샤를이 들어왔다.

"안녕하십니까, 박사님?"

로돌프가 말했다.

의사는 뜻밖에 박사라고 불리는 바람에 흐뭇해져서 친절하게 대접했다. 로돌프는 그 틈에 조금 마음을 가라앉혔다.

"부인께선 저한테 건강에 대해서 말씀하시고 계셨습니다……."

샤를은 이 말을 가로막고, 그 점에 대해서는 자신도 여러 가지로 걱정이 된다면서 아내가 다시 숨이 갑갑하다고 호소하기 시작했다고 말했다. 로돌프는 말을 타는 것이 좋지 않겠느냐고 물었다.

"딴은 그렇군요! 그 이상 더 좋은 것은 없겠습니다! 좋은 생각입니다! 여보, 당신, 승마를 해보구려."

말이 없다고 엠마가 반대하자, 로돌프가 자기 말을 한 필 내주겠다고 했다. 그녀는 사양했다. 그는 강요하지 않았다. 그리고 그는 방문 구실을 찾기 위해, 전에 피를 뽑았던 하인이 아직도 어지러워서 고생하고 있다고 말했다.

"제가 한번 댁에 들르지요."

보바리가 말했다.

"아닙니다, 그애를 이리 보내지요. 제가 데리고 오겠습니다. 그 편이 좋으실 테니까."

"그러면 그렇게 하시죠, 대단히 고맙습니다."

이윽고 부부만 남게 되자,

"당신은 왜 불랑제 씨의 호의를 거절했소. 모처럼 친절하게 말씀해 주시는데?"

엠마는 조금 토라진 표정으로 여러 가지 변명을 하고는 끝에 가서, 그렇게 하면 이상하게 보일 것 같아서요, 하고 말했다.

"쓸데없는 소리……." 샤를은 발뒤꿈치로 빙그르르 돌며 말했다. "건강이 제일이오! 당신은 잘못 생각하고 있소!"

"하지만 승마복도 없는데, 어떻게 말을 타요."

"한 벌 맞추면 될 거 아니오!"

승마복 때문에 그녀의 마음은 정해졌다.

복장을 갖추게 되자 샤를은 불랑제 씨에게, 아내는 언제라도 좋으니 잘 부탁한다는 편지를 보냈다.

그다음 날 정오 때쯤, 로돌프는 자기 집의 승마용 말 두 필을 끌고 샤를의 집 앞에 닿았다. 한 필은 귀에 장밋빛 술이 달려있고, 사슴 가죽으로 만든 부인용 안장이 얹혀 있었다.

로돌프는 부드러운 가죽 장화를 신고 있었다. 그는 그녀가 아마 이런 것을 본 일이 없을 거라고 생각했다. 아니나다를까 엠마는 그가 큼직한 우단 웃도리에 하얀 저지 바지를 받쳐 입고 층계 위에 나타났을 때, 그의 모습에 매혹되었다. 그녀는 준비를 마치고 그를 기다리고 있었다.

쥐스탱은 엠마의 모습을 보려고 약방에서 빠져나왔다. 약제사도 일손을 놓고 나왔다.

오메는 불랑제 씨에게 여러 가지로 당부했다.

"사고라는 것은 느닷없이 일어나는 것이니까, 조심하십시오! 선생 말은 거센 놈이겠지요, 틀림없이?"

엠마는 머리 위에서 무슨 소리가 나는 것을 들었다. 펠리시테가 어린 베르트를 달래면서 유리창을 똑똑 두드리는 소리였다. 아기가 멀리서 키스를 보냈다. 어머니는 승마용 채찍 손잡이를 들어 이에 답했다.

"즐겁게 승마하고 오세요!" 오메 씨가 소리쳤다. "위험한 무리는 절대하지 마시고! 똑바로만 달리면 되요!"

멀어져 가는 그들을 바라보면서 그는 읽고 있던 신문지를 흔들었다.

발밑에 흙을 느끼자 엠마의 말은 곧 달리기 시작했다. 로돌프는 그 곁에 붙어서 달렸다. 이따금 그들은 간단한 말을 주고받았다.

그녀는 얼굴을 약간 숙이고 고삐를 짧게 쥐고는 오른팔을 똑바로 뻗은 채, 안장 위에서 흔들리는 대로 몸을 맡기고 있었다.

언덕 밑에 이르자 로돌프는 말고삐를 늦추었다. 두 사람은 나란히 달리기 시작했다. 이윽고 꼭대기에 올라서자 말이 갑자기 걸음을 멈췄다. 그녀의 큼직한 푸른 베일이 떨어졌다.

10월 초순의 들판에는 안개가 끼여 있었다. 지평선에는 증기기체들이 구릉

선을 따라 모여있었고, 그들은 그 구릉의 증기껍질을 한줄로 벗기며 사라졌다. 이따금 구릉이 끊어지면 그 사이로 햇빛을 받고 있는 용빌의 지붕들이 멀리 보였다. 냇물을 낀 뜰이며, 안뜰과 벽과 그리고 성당 종루도 보였다. 엠마는 자기 집을 찾아보려고 눈을 가느다랗게 떴다. 자기가 살고 있는 저 보잘것없는 쓸쓸한 마을이 이처럼 작아 보인 적은 없었다. 그들이 서 있는 높은 곳에서는 산골짜기 전체가 대기 속에 증발하는 허옇고 거대한 호수처럼 보였다. 우거진 나무숲이 군데군데 꺼먼 바위처럼 튀어나와 있었다. 안개 속을 뚫고 나와 늘어선 포플러나무 윗동들이, 바람막이 해안선처럼 보였다.

옆의 잔디밭 위 소나무들 사이에는, 갈색 햇빛이 습한 공기 속에서 빙빙 돌고 있었다. 담배 가루 같은 불그스레한 흙이 두 사람의 발소리를 흡수해 버렸다. 말은 편자 끝으로 굴러다니는 솔방울을 차면서 앞으로 나아갔다.

로돌프와 엠마는 숲가를 따라갔다. 그녀는 이따금 사나이의 시선을 피하려고 얼굴을 돌렸다. 그러면 눈에 들어오는 것은 한 줄로 늘어선 소나무 밑둥뿐이었다. 그것이 계속 눈에 들어오니 가벼운 현기증이 났다. 말이 헐떡이고 안장가죽이 삐걱거렸다.

그들이 숲속에 들어가는 순간 햇살이 비치기 시작했다.

"하느님이 우리를 지켜 주시는구나!"

로돌프가 말했다.

"그렇게 생각하세요?"

그녀는 말했다.

"자, 앞으로 갑시다!"

그는 혀를 찼다. 두 필의 말은 달렸다.

길가의 긴 양치식물이 엠마의 등에 걸렸다. 그때마다 로돌프는 말을 달리면서 몸을 굽혀 그것들을 당겨 풀어 주었다. 어떤 때는 나뭇가지를 치워 주기 위해 그녀 곁에 붙었다. 그때 엠마는 사나이의 무릎이 자기 다리에 닿는 것을 느꼈다. 하늘이 파랗게 개기 시작했다. 나뭇잎은 움직이지 않았다. 꽃이 만발한 히드가 가득한 널따란 빈터가 몇 군데 있었다. 보랏빛 제비꽃과 떨어진 나뭇가지 잔해들이 서로 다른 잎새 색깔로, 회색빛과, 오렌지 빛, 금빛을 사이사이 머금고 있었다. 때때로 우거진 수풀 사이로 활공하는 새들의 조용한 이동음과 날개짓 소리, 떡갈나무 가지 속으로 날아앉는 까마귀의 목이 쉬고 부드러운 지

저쪽이 들려왔다.

그들은 말에서 내렸다. 로돌프가 말을 맸다. 엠마는 잔풀 위에 나 있는 마차 바퀴자국 사이를 앞서 걸어갔다.

그러나 옷자락을 손으로 들어 올려도 옷이 너무 길어서 걷기가 힘들었다. 로돌프는 그녀를 따라가면서 검정 나사옷과 검은 반장화 사이로 보이는, 하얀 양말의 무어라 말할 수 없는 아름다움을 넋을 잃고 지켜보았다. 그것이 그녀의 살갗처럼 여겨졌다.

엠마는 걸음을 멈추었다.

"저, 피곤해요."

"자, 조금만 더 기운을 냅시다."

백 걸음쯤 가서 그녀는 다시 걸음을 멈췄다. 그녀가 쓰고 있는 남자용 모자에서 비스듬히 뒤로 넘겨져 엉덩이 위로 늘어진 베일을 통해서 보니, 마치 그녀가 바다 물결 속에서 헤엄을 치고 있는 것처럼 그녀의 얼굴이 옅은 푸른 안개 속에 있었다.

"어디까지 가는 거예요?"

로돌프는 대답하지 않았다. 그녀는 가쁘게 숨을 쉬었다. 로돌프는 주위를 둘러보고, 윗 수염을 지긋이 깨물었다.

두 사람은 좀더 넓은 곳으로 나왔다. 거기에는 어린 나무가 많이 베어져 있었다. 둘은 넘어진 나무 둥치에 걸터앉았다. 로돌프는 자기의 사랑에 대해 이야기하기 시작했다.

그는 찬사를 늘어놓아 여자에게 겁을 주지는 않았다. 그는 조용하고, 진지하고, 사뭇 우울해 보였다.

엠마는 고개를 숙이고, 발 끝으로 땅 위에 널려 있는 나뭇밥들을 건드리면서 그의 말을 듣고 있었다.

"우리 두 사람의 운명은 이제 하나가 된 것이 아닙니까?"

"아니예요!" 엠마는 대답했다. "잘 아시잖아요, 있을 수 없는 일이에요."

그녀는 일어서서 돌아가려고 했다. 사나이가 그녀의 손목을 잡았다. 그녀는 우뚝 섰다. 그리고 사랑에 불타는 젖은 눈으로 그를 보고 있다가, 다급하게 말했다.

"이제 그만두기로 해요, 그런 얘기……. 말은 어디 있어요? 돌아가기로 해요."

로돌프는 화난 듯, 난처한 듯한 몸짓을 했다. 그녀는 되풀이했다.

"말은 어디 있죠? 말이 어디 있어요?"

그러자 사나이는 야릇한 미소를 띠고, 똑바로 쳐다보면서 이를 악물고 두 팔을 벌린 채 앞으로 다가왔다. 엠마는 떨면서 뒷걸음질쳤다. 그리고 떠듬거렸다.

"오, 무서워요! 나를 곤경에 빠뜨리고 있어요! 우리 돌아가요."

"정 그러시다면."

그는 얼굴빛을 바꾸면서 말했다. 그는 곧 점잖고 상냥하고 수줍은 태도로 되돌아갔다. 엠마는 그에게 팔을 맡겼다. 그들은 집쪽으로 돌아섰다. 로돌프가 말했다.

"왜 그러십니까? 무슨 일이지요? 알 수가 없군요. 부인은 아마도 내 뜻을 오해하신 모양입니다. 부인은 내 마음속에서 받침대 위에 높이 모셔 놓은 마돈나처럼 높고 숭고하고 때묻지 않은 깨끗한 곳에 계시는 분입니다. 그러나 저는 살기 위해 부인이 꼭 필요합니다. 부인의 눈, 이, 목소리가, 마음이 필요합니다. 내 친구가 되어 주십시오, 내 누이 동생이 되어 주십시오, 아니, 내 천사가 되어 주십시오."

이렇게 말하면서 그는 팔을 뻗어 그녀의 허리를 감았다. 그녀는 힘없이 자기 몸을 빼내려고 했을 뿐이었다. 그는 걸으면서 이러한 자세로 여자의 몸을 부축했다.

이윽고 두 필의 말이 풀을 뜯어 먹는 소리가 들렸다.

"아아, 조금만 더. 돌아가지 맙시다! 여기에 있어 주십시오!"

로돌프가 말했다.

그는 좀더 저편에 부평초가 파랗게 덮여 있는 조그마한 연못가로 그녀를 데리고 갔다. 갈대들 사이에 썩어가는 수련이 붙어 있었다. 풀을 밟는 발소리에 놀란 개구리가 펄쩍 뛰어서 모습을 숨겼다.

"내가 나빠요, 나빠. 당신 말을 듣다니, 내가 미쳤어요."

"왜요?……엠마! 엠마!"

"오! 로돌프!"

젊은 여자는 남자의 어깨에 기대면서 천천히 말했다.

그녀의 모직 드레스 자락이 그의 우단자켓에 감겼다. 엠마는 한숨으로 부푸는 하얀 목줄기를 뒤로 젖혔다. 그리고 까무러칠 듯 하염없이 울면서, 한없이

몸을 떨면서, 얼굴을 가리고 그에게 몸을 맡겼다.

초저녁 그림자들이 땅위로 떨어지고, 지평선 위에 있던 태양이 나뭇가지들 사이를 지나면서 그녀의 눈을 부시게 했다. 이곳저곳 그녀 주위의 나뭇잎들 사이며 땅 위에는 햇빛반점이, 마치 벌새들이 뿌려놓은 깃털들처럼 경미하게 떨며 흩어져 있었다.

사방은 조용했다. 나무 사이에서 이상한 부드러움이 뿜어져 나오는 것처럼 생각되었다. 그녀는 심장에 손을 얹고 있는 듯, 심장의 박동을 다시금 감지한 듯, 그리고 온몸을 흐르는 피는 우유의 강인 듯 느껴졌다. 그때 멀리 숲 저쪽, 다른 언덕 위에서 길게 외치는 희미한 소리가 들려왔다. 희미해지는 신경의 마지막 진동 속에 녹는 음조 같았다. 그녀는 가만히 귀를 기울였다. 로돌프는 엽궐련을 물고 잘려진 한쪽 말고삐를 조그만 칼로 손질하고 있었다.

두 사람은 갈 때와 같은 길을 지나 용빌로 돌아왔다. 그들은 진흙에 나란히 박힌 그들의 말 발자국을 보았다. 그리고 갈 때 보았던 갈대 숲이며 풀숲 속의 조약돌을 보았다. 주위에 있는 것은 무엇 하나 변하지 않았다. 그러나 엠마에게는 산이 움직인 것보다도 큰 무엇인가가 일어난 것이다. 로돌프는 이따금 허리를 굽혀 그녀의 손을 잡고 키스하곤 했다.

말에 올라탄 그녀의 모습은 참으로 매력적이었다. 날씬한 몸을 똑바로 세우고, 무릎을 말 갈기 위에 굽히고, 바깥 공기를 쐬어 약간 발그레해진 얼굴이 저녁놀에 빛나고 있었다.

용빌에 도착하자 그녀는 포장된 보도 위에서 말이 뒷다리를 들고 껑충껑충 뛰게 했다. 사람들이 창문으로 그녀를 내다보았다.

저녁 식사 때, 남편은 아내의 얼굴빛이 좋다고 말했다. 그러나 산책에 관해서 묻자, 그녀는 타고 있는 두 개의 양초 사이에 놓인 자기의 접시 옆에 팔꿈치를 세우고 가만히 앉아 있었다.

"엠마!"

남편이 불렀다.

"네."

"사실은 말야, 오늘 오후에 내가 알렉상드르네 집에 들렀는데 말이오. 그 사람의 집에 암말이 한 필 있더군. 조금 나이 먹은 것 같았지만, 무릎에 상처가 조금 있을 뿐이고 아직은 넉넉히 탈 수 있는 좋은 말이야. 아마 300프랑쯤 주면 틀림없이 내놓을 것 같은데……."

그리고 그는 덧붙여서 말했다.

"당신 마음에도 들 거라고 생각해서 약속을 했소……. 아니, 사실은 사 버렸소……. 잘한 일이겠지? 어떻게 생각하오?"

엠마는 고개를 끄덕여 보였다. 그리고 15분쯤 지나서 물었다.

"오늘 밤 외출하세요?"

"응, 왜 그러지?"

"아뇨! 아무것도, 아무것도 아니에요."

샤를에게서 해방되자 그녀는 곧 자기 방으로 가서 틀어박혔다.

처음엔 어지러운 듯한 기분이었다. 나무며, 길이며, 도랑이며, 로돌프의 모습이 눈앞에 보였다. 사나이의 포옹이 느껴졌다. 그와 함께 나뭇잎이 한들거리고, 갈대들 바람에 살랑거렸다.

그러나 거울을 들여다보았을 때, 거기에 비친 자기의 얼굴을 보고 그녀는 깜짝 놀랐다. 그녀의 눈이 이토록 크고 이렇게 검고 깊었던 적은 지금껏 한 번도 없었다. 무언가 어떤 미묘한 것이 그녀의 몸에 퍼져서 그녀의 모습을 변화시키고 있는 것이다.

'애인이 있다! 나에게 사랑하는 사람이 있다!'

그녀는 되풀이하여 생각했다. 이러한 생각은 두 번째의 청춘기가 되살아난 것처럼 즐거웠다. 그녀는 마침내 사랑의 기쁨을 알게 된 것이다. 그녀가 실망했던 그 행복의 열병을 말이다. 그녀는 어떤 이상한 세계에 들어가고 있었던 것이다. 그 세계는 모든 것이 정열이고 모든 것이 황홀이고 모든 것이 열광이었다. 광막한 푸른 도취의 세계가 그녀를 둘러싸고, 감정의 최고 지점이 그녀의 마음의 눈 속에서 빛나고 있었다. 평범한 일상생활은 까마득히 먼 저 아래, 산봉우리 사이의 어둠 속에서 어렴풋이 보일 뿐이었다.

이때 그녀는 전에 읽었던 여러 가지 책의 여주인공들이 문득 생각났다. 불륜의 사랑을 하는 이 여자들의 합창단은, 마치 자매와도 같은 목소리로 그녀의 기억 속에서 유혹적으로 노래 부르기 시작했다. 엠마 자신도 환상의 한 부분이 되었다. 자신이 그토록 부러워한 사랑을 하는 여자의 틀 속에서 자기를 발견함으로써, 그녀는 젊었을 때 언제나 그렸던 몽상을 이루고 있었다. 그뿐 아니라 거기에는 복수에 대한 쾌감도 있었다. 지금까지 그토록 괴로워하지 않았던가! 이제야 승리를 거둔 것이다. 오랫동안 억눌렸던 사랑이 기쁨에 들끓으면서 한꺼번에 뿜어나온 것이다. 그녀는 아무런 양심의 가책도 불안도 번민도 없이 이 사랑을 맛보았다.

다음 날 하루는 완전히 새로운 기쁨 속에서 지나갔다.

두 사람은 서로 맹세했다. 엠마는 사나이에게 자기의 슬픔을 이야기했다. 로돌프는 키스로 그녀의 이야기를 막았다. 그녀는 눈을 반쯤 감고 사나이의 얼굴을 쳐다보면서, 다시 한 번 자기 이름을 불러 달라고, 자기를 사랑한다고 말해 달라고 부탁했다.

그것은 어제와 마찬가지로 숲속의, 그리고 나막신 만드는 오두막 안에서의 일이었다. 벽은 짚으로 되어 있고, 지붕이 낮아 내내 허리를 굽히고 있어야 했다. 그들은 가랑잎을 깐 자리에 꼭 붙어앉아 있었다.

그날부터 그들은 매일 밤 서로 편지를 주고받았다. 엠마는 편지를, 강가에서 가까운 정원 끝으로 가져가서 울타리 사이에 끼워 놓았고, 로돌프는 그것을 가지러 와서 자기의 편지를 놓고 가는 것이었다. 그러면 그녀는 언제나 사나이의 편지가 너무 짧다고 나무랐다.

어느 날 아침 샤를이 날이 새기 전에 외출했을 때, 그녀는 갑자기 로돌프를 만나고 싶은 충동을 느꼈다. 라 위셰트는 금방 갈 수 있고, 한 시간쯤 머무르다가 용빌로 돌아와도 모두 아직 자고 있을 것이라고 생각하니 엠마는 욕망에 숨이 막힐 것 같았다. 그녀는 뒤도 돌아다보지 않고 잰걸음으로 목장을 벌써 가로질러 가고 있었다.

날이 밝기 시작했다. 엠마는 멀리서 애인의 집을 보았다. 꼬리 달린 닭모양 풍향계 두 개가 하얀 첫 태양빛 속에서 검은 그림자를 비추고 있었다.

농장 안뜰을 지나자 저택으로 보이는 안채가 있었다. 가까이 다가가 그녀는 벽이 저절로 열린 듯 안으로 빨려들어갔다. 넓은 층계가 위쪽 회랑으로 곧장 올라가 있었다. 큼직한 문고리를 돌렸다. 그 순간 방 안쪽에 잠들어 있는 사나이가 보였다. 로돌프였다. 그녀는 새된 목소리로 불렀다.

"당신이 오다니! 당신이 오다니!" 그는 되풀이했다. "어떻게 빠져나왔소? 옷을 이렇게 적시고!"

"당신을 정말 사랑해요!"

그녀는 두 팔을 그의 목에 두르면서 대답했다.

이 대담한 첫 모험에 성공했으므로, 그뒤로 샤를이 아침 일찍 외출할 때마다 엠마는 부랴부랴 옷을 입고 강가로 통하는 돌층계를 살금살금 내려갔다.

그러나 소가 시내를 건너는 판자 다리가 치워져 있을 때에는 시냇가를 따라서 있는 울타리를 끼고 걸어야만 했다. 강둑은 미끄러웠다. 그녀는 넘어지지 않으려고 시든 향꽃장대 다발을 잡곤 했다. 그리고 밭을 가로지를 때에는 발이 빠져서 비틀거리고, 화사한 반장화는 진흙에서 잘 빠지지 않았다. 얼굴을 싼 엷은 비단 스카프가 잡초 속에서 바람에 펄럭거렸다. 소를 만나면 무서워서 뛰었다. 뺨을 장밋빛으로 물들이고, 나무 진과 신선한 대기의 냄새를 온몸에 풍기고, 숨이 차서 로돌프의 집에 도착했다. 사나이는 그때까지 자고 있었다. 그것은 마치 봄날 새벽이 방에 흘러들어온 것 같았다.

창에 쭉 걸쳐 놓은 노란 커튼이 짙은 금빛을 부드럽게 발하고 있었다. 엠마는 눈을 깜박거리면서 손으로 더듬어 걸었다. 머리에 붙은 이슬 방울이 마치 황옥의 후광처럼 얼굴 둘레를 어렴풋하게 에워싸고 반짝였다. 로돌프는 웃으면서 그녀를 끌어당겨 껴안았다.

조금 뒤에 그녀는 방 안을 둘러보았다. 가구 서랍을 열어 보기도 하고, 로돌프의 빗으로 자기 머리를 빗기도 하고 수염깎는 거울에 자기 얼굴을 비춰 보기도 했다. 머리맡에 놓인 조그마한 탁자 위에 레몬과 각사탕과 함께, 물주전자 옆에 놓여 있는 큰 파이프를 장난삼아 입에 물기도 했다.

헤어질 때는 적어도 15분은 걸렸다. 엠마는 울었다. 그녀는 평생 로돌프 곁을 떠나고 싶지 않다는 것이었다. 자기로서는 어떻게 할 수도 없는 무엇인가가 그녀를 로돌프에게로 밀고 갔다. 이런 일이 너무 자주 되풀이되자 어느 날 생각지도 않았을 때 그녀가 찾아온 것을 보고 그는 난처한 듯이 얼굴을 찡그렸다.

"왜 그러세요?" 그녀는 말했다. "편찮으세요? 네, 말씀해 주세요!"

드디어 그는 얼굴빛을 굳히고, 이렇게 자주 찾아오는 것은 경솔한 짓이며 엠마를 위태롭게 할지도 모른다고 분명하게 말했다.

10

이런 로돌프의 걱정은 조금씩 엠마에게도 옮겨 갔다. 처음에는 완전한 사랑에 취해 그 밖의 일은 아무것도 생각하지 않았다. 그러나 사랑이 그녀의 생활에 없어서는 안 되는 것이 된 지금, 이 사랑을 조금이라도 잃거나 혹은 어떤 방해가 생길까 두려웠다. 그의 집에서 돌아올 때 그녀는 불안한 눈길로 사방을 두리번거리면서, 먼 곳을 지나가는 사람의 모양이나, 누군가가 내다보고 있을지도 모를 마을 집 창문들을 하나하나 살펴보았다. 발소리와 부르짖는 소리, 쟁기 소리에도 귀를 기울였다. 그러고는 머리 위에서 흔들거리는 포플러 나뭇잎보다도 더 새파랗게 질리면서 걸음을 멈추는 것이었다.

어느 날 아침, 이런 기분으로 돌아오던 도중 느닷없이 기다란 총신이 자기 쪽을 겨누어져 있는 것을 깨닫고 숨을 삼켰다. 그것은 도랑가에 있는 풀숲에 절반쯤 숨겨진 조그마한 통 속에서 비스듬히 나와 있었다. 엠마는 무서워서 까무러칠 것 같으면서도 계속 앞으로 걸었다. 그러자 상자 속의 용수철 도깨비 장난감처럼 한 사나이가 불쑥 나타났다. 무릎까지 졸라맨 각반을 신고 납작한 사냥 모자를 눈까지 눌러쓰고, 입술을 떨며 코가 새빨간 남자, 그는 물오리를 기다리며 숨어 있던 소방대장 비네였다.

"더 빨리 소리를 질렀어야지요! 총을 보면 반드시 위험하다고 소리를 질러야 합니다."

이렇게 말하며 세리는 자기가 방금 놀랐던 일을 얼버무리려고 했다. 왜냐하면, 물오리 사냥은 배를 타고 잡는 것 이외는 명령으로 금지되어 있기 때문이었다. 평소에 법률에 대한 잔소리를 많이 하는 비네 자신이 법을 어기고 있는 것이다. 그래서 언제나 사냥터 관리인의 발소리가 들리지 않는가 해서 겁을 먹고 있었다. 그러나 그런 불안한 마음이 도리어 쾌락을 자극하기도 했다. 그래서 혼자 통 속에 들어가 앉아 자신의 행운과 재간에 만족의 미소를 짓는 것이었다.

엠마를 보고 그는 대단히 마음이 놓인 듯한 얼굴이 되면서 다시 입을 열었다.

"날씨가 매우 춥군요. 살을 에는 것 같은데요!"

엠마는 아무 대답도 하지 않았다. 비네는 말을 이었다.

"그런데 부인께서는 어떻게 이렇게 일찍 나오셨습니까?"

"네" 엠마는 더듬거렸다. "아기를 맡겨 둔 유모 집에 다녀오는 길이에요."

"아, 예에! 저는 새벽부터 여기에 이러고 있습니다만, 워낙 날씨가 나빠서 새가 총 끝에 와 주지 않으면……"

"실례하겠어요, 비네 씨."

그의 말이 채 끝나기도 전에 그녀는 홱 돌아섰다.

"실례했습니다, 부인."

비네는 무뚝뚝한 목소리로 대답했다. 그리고 그는 통 속으로 다시 들어갔다.

엠마는 세리와 그렇게 퉁명스럽게 헤어진 것을 후회했다. 틀림없이 그는 당치도 않은 억측을 할 것이다. 유모 이야기를 꺼낸 것은 가장 서툰 짓이었다. 용빌 사람들은 보바리네 아기가 전부터 부모에게 돌아와 있다는 것을 죄다 알고 있었다. 그보다도 첫째, 이 언저리에는 아무도 살고 있지 않았다. 이 길은 다만 라 위세트 별장으로만 통하고 있었다. 그러니 아무리 비네라도 그녀가 어디서 오늘 길인지 짐작할 것이다. 틀림없이 그는 잠자코 있지 않을 것이다. 반드시 지껄일 것이다. 의심할 여지도 없다. 그날 저녁때까지 그녀는 어떻게 꾸며댈 것인가 궁리하느라고 골치를 썩였다. 사냥구럭을 찬 그 바보가 쉴새없이 눈앞에 어른거렸다.

샤를은 저녁식사 뒤 아내가 걱정에 차 있는 것을 보고, 기분을 풀어 주기 위해 약제사의 집으로 데리고 갔다. 그런데 그 약방에서 제일 먼저 그녀 눈에 띈 사람이 바로 그 세리였다! 그는 빨간 유리병의 빛을 받으며 카운터 앞에 서서 말하고 있었다.

"황산염 반 온스만 주십시오."

"쥐스탱, 황산을 이리로 가지고 오너라."

약제사가 소리쳤다. 그리고 오메 부인의 방으로 올라가려는 엠마에게 말했다.

"아니올시다. 여기 계십시오. 일부러 올라가지 않아도 아내가 곧 내려올 겁니다. 난롯불이라도 쬐면서 기다리십시오…… 잠깐 실례하겠습니다…… 안녕하십니까, 박사님!(이 약제사는 '박사'라는 말을 쓰기를 매우 좋아했다. 이 말이 지니고 있다고 생각되는 영예를 남에게 사용하므로써 그 영예의 일부가 자기에게로 되돌아 오기나 하는 것처럼)…… 애야, 그 유발(乳鉢)을 뒤집어 엎으면 안 된다! 빨리 거실에 가서 의자를 가져오너라. 객실 안락의자는 건드리면 안 된다고 일렀잖아!"

그리고 안락의자를 제자리에 놓으려고 오메가 카운터에서 나왔을 때 비네가 당산을 반 온스 주문했다.

"당산요?" 약제사는 경멸하듯 말했다. "그런 건 모르겠는데, 그게 뭡니까? 수산을 말씀하신 게 아닐까요? 수산일 겁니다."

비네는 여러 가지 사냥 기구의 녹을 빼기 위해, 놋그릇 닦는 약을 만드는 데 부식제가 필요하다고 설명했다. 엠마는 뜨끔했다.

"사실 요사이는 날씨가 적합하지 못할 겁니다. 습기가 많아서요."

약제사가 말했다.

"하지만" 세리는 음흉스러운 표정으로 말했다. "그런 것은 숫제 아무렇지도 않게 여기는 사람들도 있더군요."

엠마는 숨이 막혔다.

"그리고, 또 필요한 것은……."

'이러다간 이 사람이 언제 갈지 모르겠다!'

엠마는 속으로 생각했다.

"송진하고 테레빈유 반 온스, 황색 왁스 4온스, 동물질 흑색 안료 1온스 반만 주십시오. 이것은 사냥복의 에나멜 가죽을 깨끗이 닦기 위한 겁니다."

약제사가 초를 자르기 시작했을 때, 오메 부인이 이르마를 안고 나폴레옹은 곁에, 그리고 아탈리는 뒤에 데리고 나타났다. 그리고 창 옆에 있는 우단 의자에 앉았다. 그러자 사내아이는 등받이 없는 의자에 웅크리고 앉고, 큰 딸아이는 아버지 옆에 있는 대추즙으로 된 기침약 상자 근처에서 서성거리고 있었다. 아버지는 약을 깔때기에 따르고, 병마개로 막은 다음 종이표식을 붙이고 포장했다. 주위 사람들은 모두 잠잠했다. 가끔 저울 접시에 닿는 추의 달그락거리는 소리와, 조수에게 이르는 약제사의 나지막한 소리만 들릴 뿐이었다.

"댁의 따님은요?"

갑자기 오메 부인이 물었다.

"조용히!"

장부에 숫자를 적어 넣고 있던 그의 남편이 소리쳤다.

"왜 데리고 오시지 않으셨어요?"

그녀는 다시 나지막한 소리로 말했다.

"쉿! 쉿!"

엠마는 손가락으로 약제사를 가리키며 말을 막았다.

그러나 비네는 계산서를 읽는 데 열중해서 아무 말도 듣지 못한 모양이었다. 마침내 그는 밖으로 나갔다. 엠마는 해방되어 크게 안도의 숨을 내쉬었다.

"어머나, 숨소리가 매우 거칠군요!"

오메 부인이 말했다.

"네, 좀 더워요."

엠마는 대답했다.

다음 날 엠마와 로돌프는 밀회하는 방법을 의논했다. 엠마는 자기 집 하녀에게 무엇이든 주어서 자기 말을 듣도록 할 참이었다. 그보다는 용빌 마을 어디에 사람의 눈에 띄지 않는 집을 구하는 편이 좋으리라. 로돌프가 찾아보겠다고 약속했다.

겨울엔 매주 서너 번씩, 밤이 이슥해지면 그는 뜰 안까지 들어오곤 했다. 엠마는 일부러 살문의 자물쇠를 빼놓았고, 샤를은 자물쇠를 잃어버린 줄 알고 있었다.

뜰 안에 들어오면 로돌프는 그녀에게 알리기 위해 모래를 한 줌 집어 덧문에 던진다. 엠마는 움찔 놀라며 의자에서 일어난다. 그러나 때로는 잠시 기다려야 할 때도 있었다. 샤를이 난롯가에서 이야기를 늘어놓는 버릇이 있어 한 번 시작하면 좀처럼 끝을 내지 않았기 때문이다. 그녀는 안절부절지 못해 사나워져 있었다. 만약 그녀에게 그럴 힘만 있었다면 샤를을 잡아서 창 밖으로 내던져 버렸을 것이다. 간신히 엠마는 밤화장을 시작한다. 그리고 책을 집어 들고는 침착하게 앉아 매우 재미있는 듯이 읽기 시작한다. 그러면 먼저 잠자리에 들어간 샤를이 그만 자자고 부른다.

"어서 자요, 엠마. 벌써 늦었어."

"곧 가요!"

이윽고 촛불에 눈이 부셔서 샤를은 벽 쪽으로 돌아누워 이내 잠이 든다. 그녀는 숨을 죽이고, 미소를 지으면서 두근거리는 가슴으로 잠옷을 입은 채 살그머니 방을 빠져 나가는 것이었다.

로돌프는 큰 망토를 입고 있었다. 그는 그것으로 엠마를 푹 싸서는 그녀의 허리를 안고 말없이 뜰 안쪽으로 데리고 갔다.

덩쿨나무 정자의 다 무너져가는 나무 벤치, 그곳은 지난날 레옹이 여름밤마다 그녀를 사모하여 바라보곤 하던 바로 그 벤치였다. 그녀는 이제 레옹은 거의 생각나지 않았다.

잎 떨어진 재스민의 나뭇가지 사이로 별이 빛나고 있었다. 그들 뒤에는 시냇물 흐르는 소리가 들리고, 이따금 강둑에서 마른 갈대들의 바스락거리는 소리가 났다. 시커먼 떨기나무 덩어리가 어둠 속 여기저기서 부풀어오르고, 이따금 한꺼번에 떨면서 두 사람을 집어삼키려는 검은 파도처럼 일어서고 쓰러지고 했다. 밤의 찬 공기가 두 사람을 더욱더 꼭 부둥켜안게 했다. 입술에서 새어나오는 한숨은 한층 더 뜨거운 것 같았고, 잘 보이지 않아 서로의 눈이 더 커지는 것 같았다. 정적 속에서 낮은 속삭임이 그들의 마음에 날카롭고 순수하게 울려, 빠른 율동의 박자로 메아리쳤다.

비가 오는 밤에는 헛간과 마구간 사이에 있는 진찰실로 들어가서 비를 피했다. 그녀는 책 뒤에 감춰 둔 부엌용 촛대에 불을 켰다. 로돌프는 마치 자기 집인 것처럼 천연덕스러웠다. 책장과 책상등, 이 방 전체의 모습을 보고 그는 쾌활해졌다. 그리고 엠마가 무안해하리만큼 샤를에 관한 농담을 수없이 늘어놓았다. 엠마는 로돌프가 좀더 진지했으면 싶었다. 때에 따라서는 좀더 적극적이어도 좋겠다고까지 생각했다. 이를테면 언젠가 뜰의 오솔길에서 발소리가 가까워 오는 것처럼 느껴져서,

"누가 오나 봐요."

그녀가 말했을 때, 로돌프는 촛불을 불어 껐다.

"당신, 권총을 가지고 계세요?"

"왜?"

"저…… 호신용으로 말이에요." 엠마가 말했다.

"당신 남편으로부터 몸을 지키기 위해서? 뭐, 그까짓 친구!"

그리고 로돌프는 말을 마치자 '그까짓 친구, 한 손가락으로 퉁겨서 없애버리겠다'는 뜻의 몸짓을 해보였다.

엠마는 그러한 몸짓에서 무언지 모르게 상스러움을 느껴 불쾌하면서도, 사나이다운 호남성을 믿음직하게 생각했다.

로돌프는 이 권총 이야기가 오랫동안 마음에 걸렸다. 만약 엠마가 진정으로 그런 말을 했다면, 그것은 참으로 우스꽝스러운 일이고, 추악한 일이라고 생각했다. 왜냐하면 그로서는, 말하자면 샤를에 대한 질투심 같은 것에 시달리는 일이 없으므로 그토록 사람 좋은 샤를을 미워할 이유가 조금도 없었기 때문이다. 이 질투에 대해서 엠마는 그에게 과장된 맹세를 했는데, 그것도 로돌프는 그다지 좋은 모양새라고는 생각하지 않았다.

게다가 그녀는 매우 감상적이 되어 버렸다. 조그마한 초상화를 서로 교환하기도 했고, 서로의 머리카락을 한 줌씩 잘라서 바꿔 갖기도 했다! 그리고 그녀는 이제 영원한 인연이라는 표시로 얼마 전에는 결혼 반지가 갖고 싶다고 졸라댔다. 때때로 엠마는 그에게 저녁종이라든가 '자연의 소리'에 대한 이야기를 했다. 그리고 자기 어머니와 로돌프의 어머니에 대한 이야기를 하고 싶어했다. 로돌프는 20년쯤 전에 어머니를 여의었다.

엠마는 마치 버려진 어린애에게 말하듯 달콤한 말로 그를 위로했다. 때로는 달을 쳐다보면서 이런 말을 하기도 했다.

"틀림없이 우리 어머니들은, 저 높은 하늘에서 함께 우리의 사랑을 용서해 주실 거예요."

어쨌든, 엠마는 참으로 아름다웠다! 로돌프는 지금까지 이처럼 순진한 여자를 소유해 본 적이 없었다! 주색잡기가 아닌 이같은 사랑은 그에게는 새로운 것이어서, 그의 편안한 습관적 행위로부터 자신을 유혹하는 것이 그의 자존심과 정욕을 한꺼번에 위로해 주었다. 그녀가 흥분하는 모양도 그의 부르주아적 상식으로는 쓸데없는 것으로 생각되어 경멸했지만, 그것은 어디까지나 로돌프 자신을 대상으로 하는 것이기 때문에 속으로는 역시 귀여웠다. 그래서 사랑받고 있다는 확신을 가지게 되자 더 이상 체면을 차리지 않았다. 그리하여 자신도 모르는 사이에 태도가 달라져 버렸다.

그는 이제 전처럼 그녀를 울릴 만한 달콤한 말도 하지 않았고, 그녀를 미치게 할 만큼 열렬한 애무도 하지 않았다. 그래서 엠마가 그 속에 푹 잠겨서 살고 있는 그들의 커다란 사랑은, 마치 냇물이 강바닥의 흙 속으로 빨려들어가는 것처럼 아래로 잦아들어갔다. 그녀는 바닥의 흙을 보았다. 그녀는 그것을 믿으려 하지 않고, 더욱더 자상하게 애정을 쏟았다. 로돌프는 점점 더 자기의 냉담함을 감추려 하지 않았다.

엠마는 자기가 이 사나이의 유혹에 끌려 들어간 것을 후회하고 있는지, 그렇지 않으면 반대로 더 강렬히 그를 사랑하고 싶은 것인지 자기 자신도 알 수 없었다. 자신의 연약함을 느끼는 굴욕감이, 육체의 쾌락에 의해 무뎌진 원망으로 바뀌고 있었다. 그것은 애정이 아니라, 끊임없는 유혹과 같은 것이었다. 로돌프는 엠마에게 군림하고 있었다. 그녀는 그것이 거의 무서울 정도였다.

그러나 로돌프가 이 간통을 자기 좋은 대로 교묘하게 끌고 나갔기 때문에,

겉으로 보기에는 매우 평온했다. 6개월이 지나 봄이 왔을 때, 그들은 안정된 살림을 하는 부부와 같은 사이가 되어 있었다.

때마침 친정 아버지 루오 노인이 다리를 치료받은 기념으로 언제나 칠면조를 보내 오는 계절이었다. 엠마는 편지를 맨 끈을 자르고 사연을 읽었다.

　사랑하는 아이들에게

　이 편지를 받아볼 때 둘 다 건강하리라 믿으며, 이 칠면조도 그전 것보다 못하지 않으리라 생각한다. 이번에 보내는 놈은 비교적 살이 연하고 살도 좀 더 찐 것이다.

　그러나 요다음에는 물건을 바꾸어서 수탉 한 마리를 보내기로 하겠다. 그러나 아무래도 칠면조가 좋다면 그대로 하겠다. 그리고 바구니는 먼저것 둘과 함께 돌려보내 주기 바란다. 지난번 밤에 심하게 불어 닥친 폭풍에 짐마차 헛간 지붕이 덤불 속으로 날아가 버려 큰일이다.

　금년에는 추수가 도무지 신통치 않구나. 이런 형편이라 좀처럼 너희를 만나러 갈 수가 없다. 내가 혼자 살고 있으니, 집을 비우고 떠나기가 이렇게 힘이 드는구나, 귀여운 엠마야!

여기까지 쓰고 두어 줄 사이가 비어 있는 것은, 노인이 펜을 놓고 한동안 무엇인가 생각에 잠겨 있었던 것을 표시하는 것 같았다.

　나는 매우 건강하다. 며칠 전 이브토 시장에 갔다가 감기가 들었을 뿐이다. 거기에 간 것은 양치기 녀석이 너무 음식 타박을 하기에 내보내고, 다른 사람을 데려오려고 갔던 것이다. 그런 녀석을 상대하다가는 한심스러워서 안 되겠더라. 게다가 그 녀석은 정직하지도 않았어.

　어떤 행상인이 이번 겨울 너희들이 사는 지방에 장사하러 갔다가, 지금은 없지만 그 전에 있었던 이를 하나 뽑고 왔다고 하는데 그의 말로는 네 신랑 보바리가 여전히 열심히 일을 하고 있는 모양이더구나. 참으로 다행한 일이다. 그 행상인이 자기 이를 보여주더구나. 우리는 함께 커피를 마셨단다. 그에게 너를 보았느냐고 물었더니, 너는 못 보았지만 외양간에 말 두 필이 있는 것을 보았다고 하더라. 그것으로 미루어 병원이 잘 되어 간다는 것을 알 수 있었다. 대단히 좋은 일이다. 사랑하는 아이들아, 자비로우신 하느님께서 너희들에게 온갖 행복을 베풀어 주실 것을 빌겠다.

내가 아직도 귀여운 손녀 베르트를 보지 못한 것이 한이다. 그 애를 위해 네가 쓰던 방 아래뜰에 살구나무 한 그루를 심어 놓았다. 이것은 앞으로 그 애에게 잼을 만들어 줄 때까지 아무도 다치지 못하도록 할 작정이다. 그리고 열매가 열리면 내가 손수 잼을 만들어 그애가 올 때까지 찬장에 간직해 두겠다.

잘 있거라, 나의 사랑하는 아이들아. 너에게 키스를 보낸다. 내 딸아. 그리고 사위에게도. 그리고 귀여운 손녀야, 너의 두 뺨에도 입을 맞춘다. 이만 줄인다.

너희들을 사랑하는 아버지

테오도르 루오

거친 종이에 쓴 편지를 그녀는 한동안 가만히 들고 있었다. 잘못 쓴 글씨가 군데군데 눈에 띄었다. 엠마는 가시 울타리에 반쯤 숨어서 꼬꼬댁거리는 암탉처럼 말하는 아버지의 정다운 목소리에 귀를 기울이고 있었다. 난로의 격자창살에 대고 잉크를 말린 듯, 편지에서 그녀의 옷으로 잿빛 먼지가 떨어져 내렸다. 부젓가락을 집으려고 등을 동그랗게 구부리는 아버지 모습이 보이는 것 같았다.

아버지 곁에서 난로 앞 걸상에 걸터앉아 막대기 끝을, 탁탁 불꽃이 튀는 가시금작화 나무 불에 태운 것은 이미 아득한 옛날의 일이다!……그녀는 햇빛이 강하게 비치던 여름 저녁때의 일을 생각했다. 망아지는 사람이 지나갈 때마다 울며 펄쩍 뛰어 달아났었지……. 내 방 유리창 밑에는 벌통이 있었다. 이따금 꿀벌들이 빛 속을 마구 날아다니다가 유리창에 부딪쳐서 황금 구슬처럼 튀곤 했다. 그 무렵은 얼마나 행복했던가! 얼마나 자유롭고 희망에 넘쳐 있었고 얼마나 많은 꿈을 지니고 있었던가! 지금은 아무것도 남아 있지 않다! 그 꿈들을 그녀 영혼의 탐험에 낭비해 버렸다. 인생의 연속되는 여러 국면에서, 처녀 시절에, 결혼 시절에, 연애 시절에, 이렇게 차례로 낭비해 버렸다. 마치 어떤 나그네가 길을 가다가 여관에 묵을 때마다 자기 재산의 일부를 놓고 가듯이

그러나 대체 누가 나를 이처럼 불행하게 만드는가? 나를 전멸시킨 이 비극

은 대체 어디에 있었는가? 엠마는 자기를 괴롭히는 원인이라도 찾으려는 듯이 고개를 들어 주위를 둘러보았다.

4월 햇빛이 화장대 위의 도자기에 반사되어 불꽃이 튀듯 빛났다. 난롯불이 타오르고 있었다. 그녀는 실내화 바닥에 부드러운 양탄자의 감촉을 느꼈다. 햇빛은 밝고, 공기는 따뜻했다. 딸아이가 깔깔대고 웃는 소리가 들렸다.

마침, 아이는 잔디밭 건초 속에서 뒹굴고 있었다. 쌓아올린 풀 위에 배를 깔고 엎드려 있다. 하녀가 아이의 치맛자락을 붙들어 주고 있었다. 성당 묘지기 레스티부두아가 그 옆에서 갈퀴로 풀을 긁어모으고 있었다. 그가 가까이 올 때마다 아이는 헤엄치듯 두 팔을 휘저으면서 앞으로 몸을 굽히곤 했다.

"애기를 이리 데려와!" 엠마는 뛰어나가 아기에게 키스했다. "엄마는 네가 제일 좋아! 네가 제일 좋아!"

아기의 귓불이 더러워진 것을 보고 그녀는 얼른 초인종을 당겨서 더운 물을 가져오게 하여 깨끗이 닦아 주었다. 속옷도 양말도 갈아 주고, 마치 여행에서 돌아오기라도 한 것처럼 건강상태가 어떠냐고 자세히 물어보고, 눈물을 흘리면서 한 번 더 키스하고, 하녀에게 아기를 돌려주었다. 하녀는 너무나 지나치게 애정을 드러내는 것을 보고 어리둥절해졌다.

그날 밤 로돌프는 엠마가 여느 때보다 태도가 진지하다고 생각했다.

'곧 나아질 거야. 한때의 변덕이니까.'

그리고 그는 계속해서 두 번이나 밀회하러 오지 않았다. 그가 그 다음에 나타나자 그녀는 냉담하고 거의 경멸하는 태도를 보였다.

"아니, 이러면 시간 낭비라구, 나의 귀여운 여인……."

그는 엠마가 우울한 듯 한숨을 쉬는 것도, 손수건을 꺼내는 것도 모르는 척했다.

엠마가 후회한 것은 이때였다!

그녀는, 왜 하필 자기가 샤를을 싫어했을까? 샤를을 사랑할 수 있다면 그편이 훨씬 더 행복하지 않을까? 이런 생각까지 했다. 그러나 샤를에게는 도무지 그녀가 감정을 돌이킬 만한 것이 없었고, 그녀가 희생이 되겠다는 기분을 가졌는데도 오히려 그녀를 훼방놓고 있었다. 그럴 즈음 마침 약제사가 좋은 기회를 마련해 주었다.

11

최근 약제사는 굽은 다리를 치료하는 새로운 방법을 칭찬한 기사를 읽었다. 그는 본디 진보주의자였기 때문에 용빌이 '세상에 뒤떨어지지 않기' 위해선 굽은 다리 수술도 반드시 해보아야 한다는 애향적인 생각을 갖게 되었다.

"뭐 손해볼 일은 하나도 없습니다." 그는 엠마에게 말했다. "잘 생각해 보십시오." 그리고 그는 이 수술에서 얻어지는 이점을 꼽았다. "성공은 거의 의심할 여지가 없고, 본인은 치료가 되고, 다리는 보기가 좋아지고, 수술한 사람은 단번에 세상에 이름이 알려집니다. 그러니까, 댁의 선생님도 한번 저 불쌍한 '황금사자' 여관집의 마부 이폴리트를 구해 줄 생각을 해보시는 게 어떻겠습니까? 그 사람 병이 나아 보십시오, 틀림없이 그 집에 자러 오는 모든 손님들에게 자신의 치료 결과를 이야기할 겁니다. 게다가 말입니다." 그는 목소리를 낮추고 주위를 둘러보았다. "제가 신문에 그 기사를 좀 적어 보내선 안 된다는 법도 없을 겁니다. 그렇게만 되면 신문 기사는 세상에 널리 퍼질 것이고 사람들 입에 오르내리게 될 것입니다……. 그리고 마침내 눈사람처럼 자꾸자꾸 커질 겁니다! 그리고 또 누가 알겠어요? 또……."

사실 샤를이 그것을 못 해낼 리가 없었다. 엠마가 보기에는 그의 기술이 뒤질 염려는 없었다. 그런데다가 그의 평판도 높이고 수입도 늘릴 수 있는 일을 남편에게 시킬 수 있다면, 그녀로서도 얼마나 보람 있는 일이겠는가? 연애보다 더 견실한 무엇에 매달리고 싶을 뿐이었다.

샤를은 약제사와 엠마가 양쪽에서 집요하게 권하는 바람에 마침내 스스로를 달래어 그럴 결심을 했다. 그는 루앙에서 뒤발 박사의 책을 구해 오도록 사람을 보냈고, 저녁마다 머리를 감싸고 열심히 읽었다.

이 의사가 말굽형 발, 안짱다리와 밭장다리, 곧 과학적으로 말하자면, 스트레포카토포디, 스트레펜도포디, 그리고 스트레펙소포디*³, 그리고 또 히아포텔러피즈, 애너텔러피즈*⁴ 등을 샤를이 연구하고 있는 동안, 한편에서는 오메 씨가 여관집 머슴에게 수술을 받으라고 별별 소리를 다하면서 권하고 있었다.

"그저 조금 아프기만 할 뿐, 거의 알지도 못할 거야. 나쁜 피를 조금 뽑을 때

---

*3 또는, 족관절의 이상으로 발꿈치가 땅에 닿지 않는 것, 발 끝이 안쪽으로 굽은 내번족, 새끼발가락쪽 발바닥이 들어올려지는 외번족 등 여러 가지로 발목이 구부러진 것.
*4 위로 뒤틀린 것.

따끔한 그 정도일 거라구. 물집 잡힌 곳을 터뜨리는 것보다도 더 쉬운 일이지.”

이폴리트는 생각에 잠겨서 우둔한 사람처럼 눈을 껌벅였다.

“게다가” 약제사는 다시 말했다. “이것은 내게 아무 상관도 없는 일이야. 다만 자네를 위한 일이라구. 순전히 인정으로 하는 말이야. 이 사람아, 나는 자네의 그 보기 흉한 절름발이의 짐을 벗고, 삐걱거리는 허리병이 낫는 것을 보고 싶어서 그래. 자네가 뭐라고 한대도 그 허리는 일하는 데 매우 방해가 될 테니까 말이야.”

그리고 수술받은 뒤에는 어떻게 건강한 다리가 되고, 기운이 얼마나 나며, 발이 얼마나 가벼워지는가를 설명했다. 또 여자들에게도 인기가 있을 것이라고까지 추켜 올렸다. 마부는 벙글거리고 웃었다. 다음에 오메는 마부의 허영심을 들뜨게 했다.

“이봐, 자네도 사내가 아닌가! 어때, 만약에 자네가 나라를 위해 군에 복무하게 되어 국기 아래서 싸워야 할 경우에는 어떻게 되겠나? 응, 이폴리트!”

그러더니 오메는, 과학의 은혜에 이렇게도 고집을 부리고 알아듣지 못하는 사람은 도무지 이해할 수 없다면서 나가 버렸다.

가엾은 이폴리트는 마침내 승낙하고 말았다. 그것은 마치 모든 사람들이 짠 음모 같았다. 지금까지는 절대로 남의 일을 돌보아 준 일이 없는 비네도, 르프랑수아 부인도, 아르테미스도, 이웃 사람들도, 그리고 시장 튀바슈 씨까지 온통 들러붙어서 권하고, 설교하고, 몰아세웠다. 그러나 드디어 그에게 결심을 하게 한 것은 ‘수술비는 무료’라는 말이었다. 보바리는 수술에 필요한 기구를 자기가 제공하겠다고 했다. 이 박애적인 교섭을 생각해 낸 것은 엠마였다. 샤를은 진심으로 자기 아내는 천사 같은 여자라고 생각하면서 그 제안을 승낙했다.

그는 약제사의 충고에 따라, 목공과 자물쇠 장수에게 주문해서 세 번 만에야 겨우 무게 4킬로그램의 상자 같은 것을 만들게 했다. 쇳조각, 널빤지, 양철, 나사못, 그리고 쇠고리 같은 것을 아낌없이 써서 만든 상자였다.

그런데 발의 어느 힘줄을 잘라야 할지 알기 위해서 샤를은 우선 이폴리트의 굽은 발이 어떤 종류의 것인가를 알아야 했다.

그의 발은 다리와 거의 일직선이면서도 약간 안으로 굽어 있었다. 곧 말굽형 발에 약간 안짱다리가 섞인 것, 혹은 가벼운 안짱다리에 두드러진 말굽형 발이 덧붙여진 것이라고 할 수 있었다. 이 말굽형 발은 실제로 말 발 만큼이나 커서, 피부는 거칠고 힘줄은 단단하고 발가락은 굵고, 검은 발톱이 마치 판자처럼 보였다. 이러한 기형의 발로 아침부터 밤까지 사슴처럼 뛰어다니고 있었다. 그가 굽은 다리를 앞으로 내밀면서 짐마차 주위를 뛰어다니는 것을 광장에서 언제나 볼 수 있었다. 병신 발이 도리어 성한 쪽 발보다 더 튼튼해 보이기조차 했다. 병신 발은 너무나 일을 많이 한 결과 인내와 정력과 미덕 같은 것이 갖추어져 있었다. 그리고 무슨 힘드는 일을 시키면 그는 으례 그 발로 버티곤 했다.

어쨌든 이 발은 말굽형 발이었으므로 우선 발 뒤꿈치 쪽 아킬레스건을 자르고, 안짱다리를 고치기 위해 며칠 뒤에 앞부분쪽 경골근육을 수술하면 될 것이었다. 그것은, 이 의사가 한꺼번에 두 가지 수술을 할 용기가 없었고, 자기가 알지 못하는 급소를 건드려서 상처를 내지 않을까 겁을 먹었기 때문이었다. 켈시우스 이래 15세기를 거쳐 처음으로 동맥의 직접 결합 수술을 한 앙브로즈 파레나, 뇌의 두꺼운 층을 절개하고 농양을 절개한 뒤퓌트랑, 또는 처음으로 턱뼈를 잘라 낸 장술, 이런 사람들도 힘줄 끊는 칼을 잡고 이폴리트에게 다가섰을 때의 보바리 씨만큼 심장이 두근거리고 손이 떨리고, 정신이 긴장되지는 않았으리라. 마치 병원에서처럼 옆 테이블 위에는 가제, 초먹인 실, 붕대가 놓여 있었다. 피라미드처럼 쌓인 붕대, 약국에 있는 붕대가 죄다 여기에 쌓여 있었다. 이러한 것을 마련한 것은 오메였다. 그는 모든 사람들을 깜짝 놀라게 하고 자기도 우쭐한 기분이 되기 위해 아침부터 애를 썼다. 샤를이 피부를 찔렀다. 뚝 하는 소리가 났다. 이것으로 힘줄은 끊어지고, 수술은 끝났다. 이폴리트는 어리둥절한 표정이었다. 그는 샤를의 두 손을 끌어다 얼굴에 대고 마구 키스를 퍼부었다.

"자아, 진정해라." 약제사가 말했다. "은인에 대한 인사는 나중에 천천히 하는 거야!"

그리고 그는 뜰에서 기다리고 있는 대여섯 명의 구경꾼에게 수술 결과를 알려 주러 내려갔다. 그들은 이폴리트가 똑바로 서서 걸어나올 걸로 알고 있었다. 그뒤 샤를은 환자의 발을 보행기 상자에 넣어 단단히 붙들어매 놓고 집으로 돌아갔다. 엠마가 걱정스레 문 앞에 서서 기다리고 있었다. 그녀는 남편 목에 매달렸다. 두 사람은 식탁에 마주 앉았다. 샤를은 굉장히 많이 먹었고, 식사가 끝나자 커피까지 한 잔 달라고 했다. 일요일에 손님이 있을 때나 하는 사치였다.

그날 밤은 즐거웠다. 이야기도 많았고 부부가 같이 여러 가지 몽상에 잠겼다. 그들은 앞으로의 재산에 대해서, 집 안의 여러 가지 수선에 대해서 이야기했다. 샤를은 자신의 명성이 높아지고 생활도 편해지고, 아내가 언제나 자기를 사랑해 주는 것을 마음속에 그렸다. 엠마는 자신이 새로운 감정 속에서 행복하게 되살아나는 것을 느꼈다. 자기를 사랑해 주는 이 불쌍한 사나이에게 조금이라도 애정을 느낄 수 있는 것이 기뻤다. 문득 로돌프가 머리에 떠올랐다. 그러나 그녀의 눈은 다시 샤를에게로 돌아갔다. 그녀는 샤를의 이가 조금도 더럽지 않은 것을 깨닫고 놀랐다.

부부가 이미 잠자리에 들었을 때, 오메 씨가 하녀의 만류도 듣지 않고 방금 쓴 원고를 들고 침실로 들어왔다. 그것은 '루앙의 등불'에 보내는 기사였다. 그것을 의사 부부에게 읽어 주려고 가지고 온 것이었다.

"읽어 주십시오."

보바리가 말하자 약제사가 낭독했다.

"여러 가지 편견이 베일처럼 여전히 유럽의 일부를 덮고 있음에도 불구하고, 광명은 마침내 우리 지방까지 비치기 시작했다. 우리의 조그마한 마을 용빌은 지난 화요일 어떤 외과적 실험 무대가 되었던 것이다. 그 실험은 동시에 하나의 숭고한 박애적 행위였다. 우리 지방의 가장 탁월한 개업의 보바리 씨는……."

"아, 그건 과찬입니다. 과찬입니다."

이렇게 말하고, 샤를은 감동을 억눌렀다.

"웬걸요, 실없는 말씀! '절름발이 수술을 했다…….' 저는 학술 용어는 쓰지 않습니다. 아시다시피 신문에서는……. 누구나 다 안다고는 할 수 없고, 결국 대중이……."

"그럴 테지요." 보바리는 말했다. "그 다음에 계속하십시오."

"예, 읽지요. 우리 지방의 가장 탁월한 개업의 보바리 씨는 절름발이 수술을 했다. 환자는 아름 광장의 미망인 르프랑수아 부인이 경영하는 '황금사자' 여관에서 25년 동안 마부 노릇을 하고 있는 이폴리트 토탱이라는 사람이다. 그 시도의 새로움과 수술 환자에 대한 관심으로 많은 군중이 모여서 그 여관 문 앞은 큰 혼잡을 이루었다. 게다가 수술은 훌륭하게 이루어져서 완고한 힘줄도 기술의 힘에는 굴복하지 않을 수 없었던 것처럼 불과 몇 방울의 피가 흘렀을 뿐이다. 신기하게도 환자는(목격자로서 확언하지만) 아무런 고통도 호소하지 않았다. 현재에 이르기까지 경과는 만족스럽다. 회복은 빠를 것으로 믿어진다. 그러므로 가까워 오는 다음 마을 축제 때, 환자가 쾌활한 합창 속에 바쿠스 춤을 추는 사람으로 나와 마을 사람들의 환호 속에서 그 열연과 묘기로 모든 사람 앞에 완쾌된 것을 나타내 보이게 될지 누가 알겠는가! 고매한 그 학자를 찬양하자! 인류 운명의 개선과 구제를 위해 매일 밤을 바치는 꺾이지 않는 이같은 지성에 영광 있으라! 영광 있으라! 세 번 되풀이하노니, 영광 있으라! 이제야말로 장님은 눈을 뜨고 귀머거리는 듣고, 절름발이는 걸을 것이다, 라고 말할 수 있지 않겠는가! 일찍이 광신이 소수의 선택된 사람들에게만 약속했던 것을 오늘의 과학은 모든 인간들을 위해서 이행한다! 이 주목할 만한 치료의 경과에 대해서는 차례로 독자에게 보도될 것이다."

그런데 그로부터 닷새 뒤, 얼굴빛이 달라진 르프랑수아 부인이 고함을 지르면서 뛰어들어 왔다.

"큰일났어요! 이폴리트가 죽어갑니다……. 어떻게 해야 합니까, 선생님!"

샤를은 '황금사자'로 뛰어갔다. 샤를이 모자도 쓰지 않고 광장을 뛰어가는 것을 본 약제사도 약국에서 뛰쳐나왔다. 그리고 숨을 헐떡이며 얼굴이 뻘개져서 불안한 표정으로, 층계를 올라가는 사람 모두를 붙들고 물었다.

"아니, 그 다리 병신이 도대체 어떻게 된 거죠?"

절름발이는 심한 경련을 일으켜 발에 끼운 보행기를 벽에 구멍이 나도록 부딪치며 몸부림치고 있었다.

발의 위치가 비뚤어지지 않도록 조심하면서 상자를 떼어보니 차마 볼 수도 없는 꼴이었다. 피부가 터지도록 부어올라 발의 형태가 아니었다. 피부가 그 기구 때문에 온통 피하출혈을 일으키고 있었다. 이폴리트는 진작부터 고통을 호소하고 있었으나 아무도 그의 말을 귀담아 들어 주지 않았던 것이다. 그것을 보니 그가 아파한 것도 무리는 아니었다.

그래서 몇 시간 동안 기계를 떼어 놓기로 했다. 그러나 부기가 약간 빠진 듯하자 이 두 선생은 다시 또 발을 기계 속에 넣고 더욱이, 빨리 효과를 올리기 위해 좀더 단단히 잡아 매는 편이 좋다고 판단했다. 그리고 사흘 뒤 이폴리트가 더 이상 도저히 참을 수 없다고 해서 다시 기계를 벗겼을 때 뜻밖의 결과에 새파랗게 질리고 말았다. 부기는 다리 전체에 미쳐서 납빛이고 군데군데 물주머니가 생겨서 검은 진이 흘러나오고 있었다. 실로 위험한 증세였다.

이폴리트는 못 살겠다고 호소했다. 르프랑수아 부인은 조금이라도 기분 전환이 되도록 부엌 옆에 있는 조그만 방으로 환자를 옮겨 주었다.

그러자 매일 이 방에서 식사를 하는 세리가 이런 환자가 곁에 있으면 싫다고 투덜대기 시작했다. 그래서 이폴리트는 당구실로 옮겨졌다.

그 방에서 그는 이불을 뒤집어쓰고 끙끙 앓았다. 얼굴은 창백하고 수염은 제멋대로 자라고 눈은 움푹 패였고, 파리가 덤벼드는 베개 위에서 땀에 흠씬 젖은 머리를 흔들어 댔다. 보바리 부인이 자주 그를 문병했다. 그녀는 찜질용 헝겊을 가지고 와서 위로도 하고 격려도 했다. 그 밖에도 그는 말동무가 부족하지는 않았다. 특히 장이 서는 날에는 농부들이 그의 주위에 모여서 당구도 치고, 당구채로 검술 흉내도 내고, 담배도 피우고, 술도 마시고, 노래도 부르고, 큰 소리를 지르고 떠들어댔다.

"어떤가, 좀?"

농부들은 그의 어깨를 치면서 말을 걸기도 했다.

"기운이 하나도 없군그래! 그러나 이것은 자네가 잘못이야. 이렇게 해보고, 저렇게 해봐야……."

그리고 그들은 이폴리트와는 다른 방법으로 거뜬히 나은 사람들의 이야기를 해주었다. 그러고는 위로라도 해주듯 덧붙였다.

"문제는 자네가 지나치게 자기 몸을 애지중지한다는 거야! 좀 일어나 보란 말야. 대감님처럼 몸을 사리고 이게 뭐야? 이거 고약한 냄새가 나는구나!"

사실 상처 썩는 부위가 자꾸만 위로 올라 가고 있었다. 보바리 자신도 그 냄새로 역겨울 지경이었다. 그는 줄곧 들렀다. 이폴리트는 겁에 질린 눈으로 샤를을 쳐다보고 흐느껴 울면서 투덜거렸다.

"언제 낫게 됩니까? 아아, 저를 살려 주십시오! 아, 죽겠습니다."

의사는 그럴 때마다 음식을 줄이라고 권하고 돌아갔다.

"그 사람 얘기 듣지 마라." 르프랑수아 부인은 말했다. "이만큼 너를 못살게 굴었으면 됐지. 먹지 않으면 너는 점점 더 약해져서 죽어. 자 어서 이걸 먹어!"

그리고 여주인은 맛있는 수프며, 양의 넓적다리 고기며, 베이컨이며, 때로는 브랜디까지 권했지만 이 환자는 그런 음식을 입에 가져갈 기운조차 없었다.

부르니지앙 신부는 그의 병세가 좋지 않다는 소문을 듣고 그를 보러 왔다.

신부는 우선 병자의 병세에 대해서 동정하고, 그러나 이것도 천주님의 뜻이니 기쁘게 생각해야 한다, 이것을 인연으로 알고 확고한 신심을 가지라고 말했다.

"알았지?" 신부는 자식에게 타이르듯 말했다. "자네는 평소에 의무를 등한히 했어. 미사 때에도 좀처럼 안 나왔지? 전번에 성체를 받고 벌써 몇 해나 되었느냐 말야. 일이 바쁘다고, 번잡한 세속 일에 얽매여서 영혼의 구제에 대한 것을 생각할 겨를이 없었다는 것은 나도 안다. 하지만 지금은 그것을 뉘우칠 때다. 그렇다고 낙심해서는 안 돼. 나는 아주 나쁜 인간들이 마지막에 천주님 앞에 나갈 때가 되어서야—그렇다고 자네가 지금 그렇다는 것은 아니야—천주님께 자비를 내려 주십사고 열심히 기도한 걸 알고 있지. 그러한 사람들은 아주 편안한 마음으로 죽어갔을 게다. 자네도 그런 사람들처럼 훌륭한 본보기를 보여다오! 그래, 어떠냐? 만일의 경우를 생각해서 경건한 마음으로 '성총이 깊으신 마리아님'과 '하늘에 계신 우리 아버님' 하고 매일 아침저녁으로 외어 봐. 응? 그렇게 해. 나를 위해서, 나를 기쁘게 하기 위해서. 손해될 것은 하나도 없지 않느냐? 어때, 약속하겠느냐?"

가엾은 이폴리트는 약속했다. 본당 신부는 그뒤 매일같이 찾아왔다. 와서는 여관집 여주인을 상대로 이폴리트가 알아들을 수 없는 농담도 하고, 세상 소문 이야기도 하고 서툰 재담을 늘어놓기도 했다. 그런가 하면 이야기 끝에 어떤 기회를 잡아 갑자기 진지한 표정을 짓고, 화제를 신앙 쪽으로 돌리는 것이었다.

신부의 열성은 성공한 것 같았다. 얼마 가지 않아서 이 환자가, 병이 나으면 봉스쿠르에 순례를 떠나고 싶다고 말했기 때문이다. 부르니지앙 신부는 그것 참 좋은 일이라고 대답했다. "두 가지 조심을 하는 것이 한 가지 조심보다 낫다. 조심해서 손해는 없다"는 것이었다.

약제사는 그의 이른바 '사제의 술책'에 분개했다. 그는 쓸데없는 짓을 하여 이폴리트의 회복을 방해한다고 주장했다. 그는 르프랑수아 부인에게 몇 번이나 되풀이했다.

"가만히 놔 둬요, 상관하지 말고. 당신네들은 하느님의 은혜니 뭐니 해가지고 저 사람 마음을 혼란하게 만들고 있어요."

그러나 이 여주인은 이제 그의 말을 들으려고 하지도 않았다. 일이 이렇게 된 원인은 모두 이 사나이에게 있는 것이다. 그녀는 고집스런 마음으로 성수를 가득 담은, 굽은 등같이 둥근 성수반에 회양목 가지를 곁들여서 병자의 머리 맡에 매달아 놓았다.

그러나 종교도 외과 의술과 마찬가지로 그를 구할 수는 없는 모양이어서, 손을 댈 수도 없을 만큼 다리에서 배로 점점 썩어 올라갔다.

약을 바꾸어 보기도 하고, 여러 가지 찜질도 해보았지만, 살은 날마다 문드러졌다. 보다 못한 여주인이, 이제는 하는 수 없으니까 뇌샤텔에 있는 유명한 카니베 선생을 불러오면 어떻겠느냐고 말했을 때, 샤를은 고개를 끄덕이는 수밖에 없었다.

의학 박사이며 50살쯤 된, 그리고 높은 지위나 명성에 부족함이 없이 자신 만만한 이 의사는, 무릎까지 썩은 다리를 보고 거리낌 없이 비웃었다. 그리고 이것을 절단하지 않으면 안 된다고 분명하게 말하고, 약국에 가서 이 가엾은 사람을 이 꼴로 만든 어리석은 인간들을 호되게 욕했다. 그는 오메 씨의 프록 코트 단추를 쥐고 흔들면서 호통쳤다.

"이게 바로 파리에서 온 신발명이란 말이오? 그 도시의 신사인 체 하는 사람들의 대단한 착상이란 말이오? 사팔뜨기를 치료한다든가, 클로로포름 마취제라든가 방광 결석 제거수술 같은 것은 정부가 마땅히 금지해야 할 엉터리 요법이에요! 그런데 그런 사람들은 혼자 영리한 체하고, 결과가 어떻게 될지 생각도 않고 함부로 치료법을 강요하거든. 오, 우리는 그런 선생들만큼 그렇게 영리하지는 못하지. 우리는 전문가가 아니거든요. 멋지게 보이려는 허튼 인간이 아니예요, 우리는 개업의사이고, 치료자요. 펄떡펄떡 뛰는 건강한 사람을 수술할 생각은 꿈에도 안한단 말이오! 절름발이를 고친다고요? 절름발이가 나을 것 같소? 그건 마치 곱사등을 꼿꼿하게 만들자는 것과 같은 짓이요!"

오메는 이런 욕지거리가 매우 듣기 거북했다. 그러나 카니베 선생의 처방전은 이따금 용빌에도 오기 때문에 이 사람 기분을 달래려고 그 훈계를 들으며 참고, 불쾌감을 웃음 뒤에 감추었다. 그래서 그는 보바리의 변호를 청하지도 않았고, 반대 의견을 내세우지도 않았다. 평소의 진보주의에 대한 신조를 내던지고, 더 소중한 장사의 이익을 위해 자기의 체면을 희생했다.

카니베 박사의 넓적다리 절단 수술은 이 마을의 큰 사건이었다! 그날 모든 주민들이 어느 날보다도 일찍 일어났다. 큰길은 사람들로 가득 차고, 마치 사형 집행이라도 있는 것처럼 음산한 공기가 감돌았다. 식료품 상점에 사람들이 모여 이폴리트의 병에 관해서 이야기했다. 상점마다 모두 문을 닫았다. 그리고 뒤바슈 시장 부인은 수술 의사를 빨리 보고 싶어 창가를 떠나지 않고 기다리고 있었다.

카니베는 이륜마차를 손수 끌고 왔다. 그러나 너무 살이 찐 몸무게 때문에 오른쪽 용수철이 납작해져서 마차는 조금 기울어진 채 달려왔다. 다른 쪽 방석에는 연한 빨간 양피로 덮인 큼직한 상자가 보이고, 그 상자에 단 세 개의 놋쇠 장식이 위엄있게 번쩍거렸다.

태풍처럼 '황금사자' 현관에 들어선 박사는 큰 소리로 말을 풀어 놓으라고 명령하고, 몸소 외양간에 가서 말이 귀리를 잘 먹는지 어떤지를 살펴보았다. 그는 어느 환자 집에 가든지 먼저 자기의 말과 마차부터 돌보는 버릇이 있었다. 그 때문에 사람들은 "아, 카니베 씨! 그 사람 좀 이상한 사람이지" 하고 수군거렸다. 그리고 또 카니베는 사람을 업신여기는 이런 교만한 태도 때문에 한층 더 신용을 얻었다. 지구가 갈라져서 사람들이 모두 죽어 버리더라도 그 버릇을 바꿀 사람이 아니었다.

오메가 왔다.

"잘 부탁하오." 박사가 말했다. "준비 되었소? 자아 갑시다!"

그러나 약제사는 얼굴을 붉히며, 자기는 신경이 너무 예민해서 이런 수술에는 입회하기 어렵다고 꽁무니를 뺐다.

"곁에서 아무것도 하지 않고 보기만 하는 것은 편한 것 같지만, 여러 가지 생각을 하게 되면 마음이 산란해져서 말입니다. 게다가 내 신경 조직은 아무래도……."

"말도 안 되는 말씀!" 카니베가 가로막았다. "그보다 선생은 오히려 뇌졸증 가능성이 있어요. 사실 그런 건 나한테는 놀라운 게 아니지요. 약방을 하는 양반들은 언제나 조제실에 틀어박혀 있으니 몸이 약해지는 것도 당연해요. 자, 나를 좀 보시오. 나는 매일 아침 4시에 일어나서 냉수로 수염을 깎아요. 차다는 생각은 조금도 한 적이 없어요. 플란넬을 입지 않는데도 감기에 걸리지 않고, 체력이 이렇게 좋거든! 건강그대로지요. 차려진 음식은 무엇이든지 닥치는 대로 먹으니까 선생처럼 예민하지도 않고, 테이블 위에서 사람하나 자르는 것은 닭 한마리 잡는 거나 내겐 똑같단 말요. 알겠소? 숙련이요, 숙련!"

두 사람은, 이불 속에서 식은땀을 흘리며 신음하고 있는 이폴리트는 아랑곳없이 지껄여댔다. 약제사는 외과의사의 냉정한 태도를 장군의 그것에 비교했고, 그 말이 마음에 든 카니베는 자기 의술이 보통 어려운 것이 아니라는 것을 길게 늘어놓았다. 보건당국 관리들은 의술을 모독하고 있지만, 자신은 의술을 신성한 직업이라고 생각한다고 했다. 그러고 나서야 의사는 겨우 환자에게로 돌아가서, 오메가 가지고 온 붕대, 절름발이 교정 수술을 할 때 내놓았던 것과 같은 붕대를 점검하고는, 누구든 환자 다리를 잡아 줄 사람이 없겠느냐고 말했다. 레스티부두아를 부르러 사람이 갔다. 카니베 선생은 팔소매를 걷어 올리고 당구실로 들어갔다. 약제사는 아르테미즈며 여관집 주인과 함께 뒤에 남았다. 두 사람은 앞치마보다도 창백한 얼굴로 방문에 귀를 기울였다.

그동안에 보바리는 집에서 한 걸음도 밖으로 나갈 용기가 나지 않았다. 불도 없는 아래층 방 난로 앞에 앉아서, 고개를 푹 숙이고 두 손을 꽉 움켜쥔 채 눈은 한 군데를 뚫어지게 바라보고 있었다. 이 무슨 재앙인가! 어쩌면 이렇게도 일이 빗나갔단 말인가! 하고 그는 생각했다. 그러나 할 수 있는 데까지 조심은 했다. 운이 나빴다. 그런 것은 어찌되었거나, 만약 이폴리트가 죽기라도 한다면 누군가 죽인 것이 된다. 왕진 때 누가 여러 가지를 묻기라도 한다면 무어라고 변명할 것인가? 무엇인지는 몰라도 아무튼 무슨 실수를 했기에 이렇게 되었겠지? 그는 알아내고 싶었지만, 도무지 짐작이 가지 않았다. 어떤 명의(名醫)라도 실수는 하게 마련이다. 그러나 그런 것은 아무도 생각해 주지 않는다. 그뿐인가, 오히려 비웃을 것이다. 그리고 욕할 것이다. 소문은 포르주까지 퍼질 것이다! 아니 뇌샤텔까지, 루앙까지, 곳곳에 퍼질 것이다! 의사들 가운데 누가 공격하는 글을 쓸지도 모른다. 논쟁이 벌어질 것이다. 그렇게 되면 신문 지상에 뭐라고 대답해야 한다. 이폴리트 자신이 소송을 제기하지 않는다고 할 수도 없다. 명예를 잃고, 파산하고, 형편없이 몰락한 자신의 모습을 생각했다. 그의 공상은 수없는 억측에 사로잡혀서 바다에 떠도는 빈 통이 물결 위에서 뒹굴듯 그 속에서 떠돌았다.

엠마는 맞은편에 앉아 남편을 지켜보고 있었다. 그녀는 남편의 굴욕을 공유하지 않고 다른 굴욕을 느끼고 있었다. 그것은 남편이 평범하지 않다고 이미 수십번이나 생각했던 만큼, 그가 무엇이든 할 수 있으리라고 생각했었기 때문이다.

샤를은 방 안을 돌아다녔다. 구두가 마루 위에서 삐걱거렸다.

"앉아요, 시끄럽잖아요!"

샤를은 앉았다.

또다시 남편을 잘못보다니(이처럼 영리했던 내가!) 게다가 끊임없는 희생을 치르고도 이렇게 나의 존재가 엉망진창으로 되다니, 이 무슨 미치광이 같은 짓인가? 그녀는 사치를 좋아하는 자신의 본능을, 마음의 여러 가지 불만을, 결혼 생활과 집안 살림의 형편없는 꼴을, 상처 입는 제비처럼 진창 속에 떨어진 꿈의 가지가지를, 자신이 소망했지만 이젠 체념해 버린 모든 것을, 얻을 수 있었을 모든 것들을 생각했다. 아아, 어째서 나는 얻지 못했을까? 무엇 때문이었을까?

마을에 가득 찬 정적을 깨뜨리고, 느닷없이 무서운 비명이 울려 퍼졌다. 보바리는 까무러칠 듯이 창백해졌다. 엠마는 짜증에 이마를 찌푸리고 다시 생각하기 시작했다. 그것은 이 사나이이다. 아무것도 느끼지 못하는 이 사나이 때문인 것이다! 그는 저기에 태연하게 앉아 있다. 이제부터는 자신의 이름이 세상 사람들의 웃음거리가 되고, 본인 뿐 아니라 나까지 부끄러운 생각을 해야 한다는 것도 깨닫지 못하고 있다. 이런 사나이를 사랑하려고 몇 번이나 노력했었고, 다른 남자에게 몸을 맡긴 것을 울며 후회하기도 했었다.

"혹시 바깥쪽이 들린 외번족이었나!"

깊은 생각에 잠겨 있던 보바리가 갑자기 소리쳤다.

은반에 떨어진 납탄환처럼 그녀의 의식 위에 떨어진 이 말의 뜻하지 않은 충격으로 엠마는 움찔 몸서리치며 그가 무슨 말을 했는지 되새겨 보았다. 그리고 두 사람은 서로가 거기 있는 것을 보고 깜짝 놀란 듯 서로를 쳐다보았다. 그만큼 두 사람의 마음은 멀리 떨어져 있었던 것이다. 샤를은 다리가 잘리는 이폴리트의 마지막 비명에 귀를 기울이면서 술취한 사람처럼 멍청한 눈으로 아내를 바라보았다. 그 소리는 마치 목을 잘리는 짐승이 멀리서 울부짖는 것처럼 날카롭게 토막토막 들려왔으며, 높고 낮게 꼬리를 끌면서 이어졌다. 엠마는 핏기 없는 입술을 깨물고 있었다. 그리고 깨진 장식 산호 가지의 부서진 토막을 손가락으로 만지작거리면서, 당장이라도 빠져 날아갈 듯한 두 눈은 두 개의 불화살처럼 샤를을 노려보고 있었다. 이제 남편의 모든 것이 짜증스러웠다. 얼굴도, 옷도, 그가 입 밖에 내지 않고 있는 것도, 그의 온몸, 그의 모든 인격, 요컨대 남편의 존재 자체가 짜증스러웠다. 그녀는 자기가 남편에게 바쳤던 과거의 정절을 마치 죄악인 것처럼 후회했다. 아직도 남아 있던 정절의 끄트머리가 자존심의 맹렬한 노기에 허물어져 버렸다. 그녀는 불륜이 승리하는 사악한 모순을 심술궂게 만끽했다. 애인에 대한 추억이 현기증이 날 만큼 매력을 지니고 되살아났다. 엠마는 새로운 감격으로 그 그리운 환영에 끌려 사랑의 추억 속에 영혼을 던져 넣었다. 그리고 샤를이라는 사나이는 그녀의 생활에서 떨어져 나간 것, 영원히 자취를 감춘 것, 도저히 존재할 수 없는 것, 전혀 없는 거나 다름없는 것처럼 느껴졌다. 눈앞에서 죽어가고 있는 것, 숨이 끊어질 때의 고통으로 신음소리를 내고 있는 것과 다름없었다.

문 밖에서 발소리가 들렸다. 샤를은 그쪽을 보았다. 내려놓은 덧문 너머 시장 끝에, 햇빛을 담뿍 받은 카니베 박사가 손수건으로 얼굴을 닦고 있는 모습이 보였다. 그뒤에 오메가 큼직한 붉은 상자를 들고 서 있었다. 두 사람은 약방 쪽으로 걸어갔다.

그때 샤를은 갑자기 낙담이 되어 아내가 그리워져서 그녀를 돌아보며 말했다.

"여보, 키스해 줘!"

"그만둬요!"

그녀는 얼굴을 붉히고 화를 냈다.

"아니, 왜 그래? 왜 그러오?" 샤를은 아연해지면서 되풀이했다. "진정해요! 진정해……. 지금 당신은 흥분해 있소! 자, 이리 와요!"

"싫다니까요!"

그녀는 무서운 표정으로 소리쳤다. 그리고 방에서 뛰쳐나가면서 방문을 너무 세게 닫는 바람에 기압계가 벽에서 떨어져 마루 위에 산산이 부서졌다.

샤를은 당황하여 안락의자에 털썩 주저앉았다. 엠마가 도대체 어떻게 된 것일까, 신경병이 발작한 것이라고 생각했다. 눈물이 났다. 무언가 불길한 것이 주위에 감돌고 있는 것을 막연하게 느꼈다.

그날 밤, 로돌프가 뜰 안에 들어섰을 때, 애인은 문 앞 층계 맨 밑에 서서 기다리고 있었다. 두 사람은 꼭 껴안았다. 이 뜨거운 키스로 서로의 언짢았던 마음은 눈 녹듯이 사라졌다.

12

그들은 다시 사랑하기 시작했다. 엠마는 때때로 대낮에 갑자기 그에게 편지를 쓰는 일도 있었다. 그리고 창 너머로 쥐스탱에게 신호를 보낸다. 쥐스탱은 재빨리 앞치마를 벗어 버리고 라 위세트 저택으로 달려간다.

이윽고 로돌프가 나타난다. 그러면 엠마는 심심해서 견딜 수 없느니, 남편이 싫어서 견딜 수 없다느니, 생활이 견딜 수 없이 지루하다느니 하고 그에게 불만을 늘어놓는 것이었다.

"그렇다고 나더러 어떻게 하란 말이오?"

어느 날 로돌프는 견디다 못해서 말했다.

"아아! 당신만 원하신다면!"

엠마는 로돌프의 무릎 사이에 끼어 마루 위에 앉아 있었다. 머리는 흐트러지고, 눈은 초점이 없었다.

"무슨 말이오?"

로돌프가 묻자 그녀는 한숨을 쉬었다.

"우리 둘이서 어디 다른 데 가서 살아요⋯⋯. 아무 데라도 좋아요⋯⋯."

"돌았군, 정말." 사나이는 웃었다. "그게 될 법이나 한 말이오?"

엠마는 이런 이야기를 되풀이했다. 그는 알아듣지 못한 척 하면서 화제를 돌렸다.

로돌프는 엠마가 한낱 남녀간의 정사에 지나지 않는 대수롭지 않은 일을 가지고 이렇게까지 정신을 잃는 것을 이해할 수 없었다. 엠마의 이런 미숙한 애착은 그녀가 남편에게서 느낀 혐오감 때문에 지속적으로 조장되었던 것이다.

사실 남편에 대한 혐오감 때문에 그러한 애정은 날로 강해져 갔다. 한쪽 사나이에게 정신을 뺏기고 몸을 맡기면 맡길수록 다른 쪽 사나이에 대한 증오는 커졌다. 로돌프와 밀회를 한 뒤 부부가 마주 앉아 있으면, 샤를의 손가락이 그렇게 뭉툭해 보이고, 우둔해 보이고, 태도가 평범해 보이는 적은 없었다. 그래서 겉으로는 아내답게, 정숙하게 행동하면서도, 햇빛에 그을은 이마에 검은 머리칼이 말려서 늘어진 그 얼굴, 억세고 우아한 그 모습, 사물을 판단하는 데는 충분한 경험을, 정욕을 발휘하는 데는 그토록 격렬한 힘을 가진 그 사나이를 생각하고, 남모르게 정열을 태우는 것이었다. 그녀가 금속 조각사처럼 공들여 손톱을 깎는 것도 그 사나이를 위해서였고, 콜드크림을 바르고, 손수건에 파출리 향수를 뿌리고, 그래도 모자라지 않을까 염려하는 것도 모두 그 사나이 때문이었다. 그녀는 팔찌며 반지며 목걸이를 잔뜩 몸에 달았다. 로돌프가 오기로 되어 있을 때에는, 두 개의 큼직하고 파란 유리 꽃병에 장미꽃을 가득 꽂고, 마치 왕자의 행차를 기다리는 시녀처럼 자기 방과 자기 몸을 말끔히 치장했다. 펠리시테는 끊임없이 마님의 속옷을 세탁해야 했기 때문에, 하루종일 부엌에서 떠나지 못했다. 그러면 쥐스탱이 곧잘 놀러 와서 그녀의 일하는 모습을 바라보며 말동무가 돼 주기도 했다.

쥐스탱은 펠리시테가 다리미질을 하는 긴 판자 위에 팔꿈치를 짚고, 거기에 펼쳐져 있는 여러 가지 여자 옷들, 곧 면으로 짠 속치마, 숄, 칼라, 그리고 허리가 넓고 아래를 오므린, 끈이 달린 부인용 속옷 같은 것을 신기한 듯이 바라보았다.

"이건 뭐 하는 거야?"

젊은이는 철선 같은 것을 받쳐서 둥그렇게 편 스커트며 호크 등을 만지면서 물었다.

"넌 아직 아무것도 본 적이 없구나?" 펠리시테는 웃으며 대답했다. "그럼 너의 집 아주머니 오메 부인은 이런 것을 안 입니?"

"아, 그래, 물론! 오메 부인이지!" 그리고 무슨 생각을 하다가 큰 소리로 덧붙였다. "우리 주인 아주머니야 어디 이댁 마님 같애!"

펠리시테는 쥐스탱이 곁에 붙어서 우물거리는 것이 짜증스러웠다. 그녀는 쥐스탱보다 여섯 살이나 위인데다가, 테오도르라는 기요맹 씨네 하인이 요사이 그녀에게 추파를 던지기 시작하고 있었다.

"참 귀찮게 구네!" 그녀는 풀그릇을 옮겨 놓으면서 소리쳤다. "너는 어서 가게에 돌아가서 편도라도 빻도록 해. 언제나 그저 여자 곁에서 기웃거리기나 하고, 그런 짓은 턱에 수염이라도 난 뒤에 하시지."

"그렇게 화내지 마. 너 대신 내가 너의 주인 마님 구두를 닦아 줄게."

그리고 얼른 선반에서 엠마의 진흙투성이 구두—밀회의 진흙—를 집어 들었다. 진흙은 그의 손가락에 닿아 가루가 되어 흩어졌다. 그는 그 먼지가 천천히 햇빛 줄기 속에서 피어 오르는 것을 보고 있었다.

"구두가 상할까봐 꽤나 조심하네!"

하녀가 말했다. 엠마는 자기 물건에 조금이라도 흠이 생기면 하녀에게 주어

버리곤 했기 때문에 그녀는 구두를 닦을 때 그다지 조심해 닦지 않았다.

엠마는 신장 안에 여러 켤레의 구두를 가지고 있어 아까워하지도 않고 마구 신었지만 샤를은 잔소리를 한 적이 없었다.

그와 같은 사정으로 엠마가 이폴리트에게 의족을 선사하는 것이 옳다고 해서 샤를은 그 값으로 300프랑을 지출했다. 의족의 몸체는 코르크를 입혔고, 용수철 장치로 된 관절이 여러 개 붙어 있었다. 복잡한 기구였다. 전체는 검은 바지로 싸여 있고, 끝에는 에나멜 장화가 달려 있었다. 그러나 이폴리트는 이런 훌륭한 의족을 평소에 아무렇게나 쓰는 것은 아까운 일이라면서, 보바리 부인에게 좀더 싼 것을 하나 더 사 주십사고 부탁했다. 이것 역시 의사의 주머니에서 돈이 나갔다.

이렇게 해서 젊은 마부는 다시 조금씩 일을 하기 시작했다. 예전처럼 마을을 뛰어다니는 모습을 보게 되었다. 보도 위에 딸가닥거리는 의족 소리가 멀리서 들리면 샤를은 얼른 옆길로 달아나곤 했다.

의족의 주문을 맡은 것은 상인 뢰뢰였다. 이것이 기회가 되어 그는 자주 엠마네를 드나들게 되었다. 그리고 파리에서 새로온 물건이라든가, 여러 가지 신기한 부인용품에 관해 이야기하고, 매우 상냥하게 굴면서 조금도 돈 독촉을 하지 않았다. 엠마는 자기의 변덕스러운 욕망을 무엇이든지 구해오는 뢰뢰의 수완에 두 손 들었다. 그래서 로돌프에게 선사하기 위해 루앙에 있는 우산 상점에 훌륭한 승마용 가죽 채찍을 주문했다. 뢰뢰는 그 다음 주에 그것을 엠마의 책상 위에 갖다 놓았다.

그런데 그다음 날 그는 273프랑의 계산서를 들고 그녀의 집에 나타났다. 엠마는 몹시 당황했다. 책상 서랍은 모조리 비어 있었다. 레스티부두아에게는 15일 분 이상의 노임이 밀려 있고, 그 밖에도 많은 빚이 있었다. 보바리는 팡빌의 드로즈레 씨로부터 송금을 기다리고 있었다. 그는 해마다 성 베드로 축일께에 지불해 주곤 했던 것이다.

엠마는 처음에는 뢰뢰를 적당히 돌려보내는 데 성공했다. 그러나 그는 더 참아 주지 않았다. 자기는 지금 고소당하고 있는데, 자금이 수중에 떨어져서 만약 조금이라도 회수할 수 없다면 엠마가 산 물건을 모조리 도로 찾아가지 않으면 안 되겠다고 했다.

"좋아요, 모두 도로 가져가요!"

엠마는 말했다.

"아, 농담입니다! 다만 내가 곤란을 겪는 것은 그 채찍 한 가지 때문이니까……. 물론, 정중히 선생님께 부탁해서 돌려주십사고 하겠습니다."

"안 돼요! 그건 안 돼요!"

'아하! 이제 네 꼬리를 잡았다!'

뢰뢰는 엠마의 비밀을 알아낸 것을 확신하고, 여느 때처럼 그의 색색거리는 작은 소리를 나직이 되풀이하면서 나갔다.

"그렇다면 할 수 없죠! 느긋하게 좀 두고 봅시다. 느긋하게!"

그녀가 어떻게 하면 이 급한 처지에서 빠져나갈까 하고 궁리하고 있을 때 하녀가 드로즈레 씨에게서 왔습니다 하면서, 푸른 종이로 조그맣게 싼 것을 벽난로 위에 놓고 나갔다. 엠마는 얼른 끌러 보았다. 속에 20프랑 짜리 나폴레옹 금화 15개가 들어 있었다. 이만하면 채찍 값으로 충분하다. 그때 층계에서 샤를의 발소리가 들렸다. 그녀는 금화를 서랍에 던져 넣고 열쇠를 뽑았다.

사흘 뒤에 뢰뢰가 또다시 나타났다.

"한 가지 상의할 일이 있습니다만. 청구 금액을 지불해 주시는 대신, 부인께서 생각만 있으시다면……."

"자, 받아요."

그녀는 그의 손에 14닢의 나폴레옹 금화를 놓았다.

상인은 깜짝 놀랐다. 그리고 자기의 실망을 감추기 위해 과도한 변명을 늘어놓고 무엇이든 시켜 주면 하겠다고 말했으나, 엠마는 모두 거절했다. 그리고 그가 거슬러 준 5프랑짜리 두 개를 앞치마 주머니 속에서 만지작거리며 얼마 동안 가만히 그 자리에 서 있었다. 이제부터 절약해야지, 그리고 그 돈을 갚아야지…….

'흥! 그이는 이 돈에 대해서 잊어버릴 거야.'

은도금 손잡이가 달린 채찍 말고도 로돌프는 '마음에 사랑을'이라는 문구가 새겨진 도장도 선물받았다. 그리고 목에 두르라고 비단 스카프 한 장과, 샤를이 언젠가 길에서 주워 엠마가 소중히 간직하고 있던 그 자작의 엽궐련 케이스와 똑같은 케이스를 받았다. 그러나 그런 선물을 받는 것은 남자의 자존심이 꺾이는 것 같아서 그 가운데 몇 가지는 사양했다. 엠마는 기어이 받으라고 했다. 로돌프는 하는 수 없이 승낙하기는 했지만, 속으로는 간섭이 지나치고 집요한 여자구나 하고 생각했다.

게다가 그녀는 이제까지 본 적 없는 가장 이상한 생각을 해냈다.

"밤 12시가 울리면, 내 생각을 해야 해요!"

그리고 만일 잊었다고 실토하는 날이면 갖은 잔소리를 다 늘어놓고, 마지막에는 판에 박은 말로 끝나는 것이었다.

"당신, 나를 사랑하세요?"

"물론이지! 사랑하고말고!"

"많이?"

"암!"

"다른 여자를 사랑한 일은 없지요, 네?"

"그럼 당신은 숫총각을 사귀고 있는 줄 알았었나?"

그는 웃음을 터뜨렸다.

엠마는 울었다. 로돌프는 장난삼아 사랑을 맹세하면서, 엠마를 위로하려고 했다.

"아아!" 그녀는 말을 이었다. "내가 이렇게 귀찮은 소리를 하고 울고 하는 것도, 다 당신을 사랑하기 때문이에요. 이제 당신 없이는 살 수 없을 만큼 당신을 사랑하고 있어요. 아시겠어요? 이따금 당신을 만나고 싶어서 견딜 수 없어져요. 그런 때에는 그리운 마음에 몸이 갈기갈기 찢어지는 것만 같아요. 그리고 내 가슴에 물어보는 거예요. '그분은 지금 어디 계실까? 다른 여자와 이야기하고 계실까? 여자가 방글방글 웃고, 그분은 다가서고……' 아니야, 그렇진 않지요? 당신 마음에 드는 여자는 달리 없지요? 그야 물론 세상에는 나보다 예쁜 여자들이 많이 있을 거예요. 하지만, 나만큼 사랑할 줄 아는 여자는 없어요. 나는 당신의 종이에요. 당신의 첩이에요! 당신은 나의 임금님, 나의 우상이에요! 당신은 참으로 다정하신 분이에요! 아름다운 분이에요! 영리한 분이에요! 든든한 분이에요!"

그는 이런 말은 이미 수없이 들어서 진력이 나 있기 때문에 조금도 새롭지 않았다. 엠마도 역시 세상의 보통 정부들과 별로 다른 것이 없었다. 새로운 매력도 마치 의복처럼 조금씩 떨어져 나가고, 언제나 같은 형태와 같은 말을 지닌, 변함없이 단조로운 정열만 앙상하게 드러내고 있었다. 대단한 사랑 전문가인 이 사나이도 여자들의 그렇고그런 표현들 밑에 숨은 감정의 차이를 구별하지는 못했다. 방탕하고 돈에 좌우되는 입술들이 똑같은 말을 속삭이기 때문에, 그는 엠마의 말도 거의 믿지 않았다. 평범한 감정을 과장된 말투로 감추려 드는 것을 감안해서 들어야 한다고 그는 생각했다. 영혼의 풍만함은 가장 늘어빠진 은유로도 절대 넘쳐흐르지 않는 것처럼, 누구든 자기의 욕망이나 사상이나 고통을 정확하게 표현할 수 있는 것은 아니며, 또 사람의 언어는 깨진 냄비같은 것이어서, 그것을 두드려 별을 감동시키려 해도 곰을 춤추게 할 정도의 멜로디 밖에 나오지 않는 것이기 때문이다.

그러나 로돌프는 어떤 입장에 놓이더라도 한 걸음 뒤로 물러서는 탁월한 비판력을 갖추고 있었기 때문에, 이 정사에서는 아직도 다른 향락을 끌어낼 수 있다고 판단했다. 그는 엠마를 사정없이 다루었다. 다루기 쉬운 타락한 여자로 만들었다. 그녀 쪽에서는 그에 대한 바보같은 애착과 찬탄 그리고 자기 자신의 쾌락이 넘치는 일종의 치정을 추구했다. 그녀의 영혼은 이 도취에 잠겨서 마치 독하고 단 백포도주 통에 빠져 죽은 그리스의 클레어런스 공작처럼 그 속에 빠져 웅크렸다.

정사에 빠져서 지내는 습관의 힘은 보바리 부인의 몸가짐을 무섭게 변화시켰다. 그 눈초리는 한층 대담해지고 말씨는 더욱 노골적이 되었다. 세상을 비웃어 주겠다는 듯이 담배를 입에 문 채 로돌프와 산책하는 고약한 짓까지 했다. 어느 날 엠마가 남자처럼 허리를 꽉 죄는 조끼를 입고 제비마차에서 내리는 것을 보았을 때, 설마하고 생각하고 있던 사람들도 이제 더는 의심하지 않았다. 남편과 크게 싸우고 아들 집에 도망쳐 와 있던 샤를의 어머니는 그 덕에 조금도 비난받을 일 없는 훌륭한 부인들 축에 끼게 되었다. 시어머니로서, 그녀는 그 밖에도 여러 가지 일들을 불쾌해 했다. 우선 소설을 읽지 못하게 하라는 그녀의 충고를 샤를이 듣지 않았다는 것, 다음에는 이 집의 가풍이 마음에 들지 않았다. 그녀는 여러 가지 잔소리를 해보았다. 특히 펠리시테의 일로 시어머니와 며느리 사이에 싸움이 벌어졌다.

보바리 노부인은 그 전날 밤 복도를 지나 가다가 펠리시테가 한 사나이와 함께 있는 것을 보았다. 턱에서 뺨까지 검은 수염을 기른 40살쯤 돼 보이는 남자였다. 그는 발소리를 듣자 살그머니 부엌으로 해서 달아나 버렸었다. 엠마는 이 말을 듣고 웃었다. 시어머니는 버럭 화를 내면서, 예의범절 따위는 차치하고라도 고용인의 행실에 대해서 주의쯤은 줘야 할 것 아니냐고 꾸짖었다.

"그러시는 어머님은 얼만큼 훌륭한 분이시죠?"

이렇게 말하는 눈길이 너무나 무례하여 시어머니는, 너는 네 행실을 변호하고 있는 거냐, 하고 응수했다.

"나가요!"

며느리는 펄쩍 뛰면서 소리쳤다.

"이봐, 엠마!……어머니!"

샤를은 그들을 말리려고 불러댔다.

그러나 여자들은 두 사람 다 격분하여 노부인은 뛰쳐나가 버렸다. 엠마는 발을 동동 구르면서 되풀이했다.

"예의도 모르고! 시골뜨기 할멈이!"

샤를은 어머니에게로 쫓아갔다. 어머니는 극도로 흥분해서 말도 분명치 못할 정도였다.

"버르장머리 없는 것! 경망한 것! 그보다 더 나쁠지도 모르지!"

시어머니는 며느리가 빌지 않으면 당장 돌아가겠다고 버티었다. 샤를은 엠마에게로 가서 두 손을 맞잡고 한 번만 양보하라고 애원했다. 무릎을 꿇었다. 그러자 마침내 엠마는 대답했다.

"좋아요! 가죠."

엠마는 마치 후작부인 같은 태도로 시어머니에게 손을 내밀었다.

"사과드립니다, 어머님."

그러고는 자기 방에 들어가 침대에 엎어져서 머리를 베개에 파묻고 어린애처럼 울었다.

엠마와 로돌프 사이에는 그전부터 약속한 것이 있었다. 만약 어떤 급작스런 일이 생겼을 때에는 그녀가 덧문에 하얀 종이쪽지를 달아 두기로 한 것이다. 그때 마침 로돌프가 용빌에 와 있을 때라면, 집 뒤 골목으로 달려온다는 것이다. 엠마는 그 신호를 걸어 놓았다.

그러자 45분쯤 지나 시장 건물 모퉁이에 로돌프의 모습이 보였다. 엠마는 창문을 열고 그를 부르려고까지 했다. 그러나 벌써 그의 모습은 사라지고 없었다. 그녀는 실망해서 다시 쓰러졌다.

그러나 곧 다시 보도를 걷는 발소리가 들리는 것 같았다. 의심할 것도 없이 로돌프였다. 그녀는 층계를 달려내려가 뜰을 가로질렀다. 그는 밖에 서 있었다. 그녀는 사나이의 품안에 뛰어들었다.

"누가 보면 어쩌려고?"

로돌프가 말했다.

"아아, 당신이 알아주셨으면!"

그리고 처음부터 끝까지 이야기하기 시작했다. 바쁘게, 앞뒤가 닿지 않게, 사실을 과장하고 많은 말을 만들어 내어 불필요하게 덧붙여가며 입밖으로 쏟아냈으므로, 사나이는 도무지 무슨 말인지 알아들을 수 없었다.

"자, 힘을 내요, 진정하고 꾹 참아요!"

"4년이나 참고, 괴로워했어요!……우리 두 사람의 사랑이라면 하늘을 우러러 고백해도 좋을 거예요! 모두 들러붙어서 나를 못 살게 구는걸요. 이 이상 참을 수가 없어요! 나를 구해 주세요!"

엠마는 로돌프에게 꼭 매달렸다. 눈물이 그득한 두 눈은 마치 불 속의 불꽃처럼 빛나고, 가슴은 심하게 파도치고 있었다. 로돌프는 이때만큼 그녀가 귀엽게 보인 적은 없었다. 그래서 그는 정신없이 말했다.

"어떻게 하면 좋지? 어떻게 하란 말이오?"

"나를 데리고 달아나요!" 그녀는 다급하게 외쳤다. "네, 같이 달아나요! 부탁이에요!"

그녀는 이렇게 말하고 사나이의 입에 매달리듯 입을 갖다댔다. 생각지도 않던 승낙을 사나이의 키스 속에서 재빨리 잡아 내기라도 하려는 듯이.

"하지만……"

로돌프가 말했다.

"하지만, 어쨌다는 거죠?"

"당신의 어린 딸은 어떡하겠소?"

그녀는 잠깐 생각하다가 대답했다.

"데리고 가겠어요, 하는 수 없는걸요!"

"어처구니없는 여자로군!"

그는 멀어져 가는 그녀를 바라보며 혼자서 중얼거렸다.

엠마는 누가 부르는 소리가 나서 뜰 안으로 달려간 것이다.

그날부터 보바리 노부인은 며느리의 태도가 완전히 달라진 데 매우 놀랐다.

사실 엠마는 아주 얌전해졌고, 오이 절이는 방법을 시어머니에게 물어볼 만큼 겸손해졌다.

이것은 시어머니와 남편을 교묘하게 속이려는 속셈이었을까? 아니면 자기를 억누르는 은밀한 쾌락을 누리면서, 언젠가는 버리고 갈 일의 괴로움을 한층 더 깊이 맛보려는 것이었을까? 그러나 사실 그런 것은 마음에 두고 있지조차 않았다. 그녀는 다가오고 있는 행복을 미리 맛보면서 꿈속에서 살고 있었던 것이다. 그것이 로돌프와 이야기할 때 언제나 변함없는 화제였다. 그녀는 사나이의 어깨에 기대어 속삭였다.

"생각해 보세요! 우리 둘이 역마차를 탈 때의 기분은 어떨까? 당신은 생각해 보신 적 있으세요? 정말로 그렇게 될 수 있을까요? 마차가 드디어 달리기 시작하는 순간에는 마치 풍선을 타고 구름 위로 날아오르는 기분일 거예요. 틀림없이 그럴 거예요. 저는 날짜를 손꼽아가며 기다리고 있어요……. 당신은, 안 그러세요?"

보바리 부인이 이때처럼 아름답게 보인 적은 없었다. 그녀는 환희와 감격과 성공에서 우러나오는, 무어라 말할 수 없는 아름다움을 지니고 있었다. 요컨대 그것은 그녀의 격렬한 성미에 맞춰진 상황의 조화에서 오는 아름다움이었다. 그녀의 욕망, 그녀의 슬픔, 환락의 경험, 그리고 언제나 젊은 환상들이 마치 비료와 비와 바람과 태양이 꽃을 기르듯 그녀를 점점 성장시켜 결국 그녀는 그 천성의 완전한 충실 속에 꽃이 핀 것이다. 그녀의 눈까풀은, 그녀의 눈을 물에 빠지게 한 그의 크고 열적인 풍모와 완벽하게 어울리는 것 같았다. 그 뜨거운 숨결 때문에 그녀는 섬세한 콧구멍을 벌렁이고, 그 포동한 입술 한구석을 위로 치켜올렸다. 햇빛이 비치면 입매가 가녀린 검은 솜털로 거뭇하게 그늘졌다. 묶은 머리가 목덜미에 늘어져 있는 모습은 마치 요염한 퇴폐의 아름다움을 그리는 데 익숙한 화가가 그려 놓은 것 같았다. 매일처럼 되풀이되는 밀회와 정사 때문에 마구 풀리는 대로 아무렇게나 묵직하게 묶여 있었다. 그녀의 목소리는 이제 한층 더 부드러웠고, 그 몸매도 또한 그러했다. 보는 사람의 가슴 속에 스며드는 신비한 무언가가 그녀의 옷주름과 발등에서까지 발산되고 있었다. 샤를은 그녀가 신혼 시절처럼 못견딜 정도로 귀엽고 매력적이라고 생각했다.

한밤중에 돌아왔을 때, 그는 아내를 깨울 용기가 나지 않았다. 도자기로 만든 조그만 등잔불이 천장에 밝은 빛의 동그란 원들을 던져 흔들리고 있고, 작은 어린아이 침대에 둘러친 커튼은 어둠 속의 하얀 텐트같았다. 샤를은 물끄러미 그것을 지켜보았다. 귀여운 딸의 가벼운 숨소리가 들리는 것 같았다. 이제부터 눈에 띄게 자라날 나이다. 계절마다 부쩍부쩍 자랄 것이다. 이 아이가 잉크로 얼룩진 옷을 입고 책가방을 손에 든 채, 저녁때 방실방실 웃으면서 학교에서 돌아오는 모습이 눈에 떠올랐다. 오래지 않아 이 아이를 기숙사에 넣어야지, 그러자면 적잖은 비용이 들 것인데 어떻게 하면 좋은가? 그는 곰곰이 생각했다. 가까이에 조그마한 농장을 빌려서, 매일 아침 왕진하러 가는 도중 손수 감독할 것을 생각했다. 농장에서 나는 수입을 절약해서 저금하자. 그리고 어느 것이라도 좋으니 주식을 사야지. 그러노라면 환자도 늘겠지. 그는 그것을 믿었다. 베르트를 훌륭하게 키워 여러 가지를 가르치고, 피아노도 익히게 하고 싶다. 열다섯 살쯤 되면, 외모가 자기 엄마를 닮아서, 여름에 엠마와 같이 커다란 밀짚모자를 쓰면 얼마나 예쁠까! 먼 데서 보고 사람들은 모두 자매로 착각할 것이다. 밤에 등불 아래서 딸이 부모 옆에 앉아 공부하는 모습을 상상했다.

내 실내화의 수를 놓아 주겠지, 집안일도 열심히 돌볼 것이다. 또 온 집안을 다정하고 쾌활한 분위기로 가득 채워 줄 것이다. 머지않아 결혼시킬 것도 생각해야 한다. 그녀에게 든든한 지위를 가진 착실한 신랑을 찾아 주자. 그 사위는 내 딸을 행복하게 해주겠지. 그리고 그 행복은 언제까지나 계속될거야.

엠마는 잠들어 있지 않았다. 그녀는 자는 체하고 있었다. 그리고 샤를이 그녀 곁에서 잠이 드는 동안, 그녀는 눈을 뜨고 다른 몽상 속에 잠겼다.

네 마리의 말이 끄는 대로, 그녀는 벌써 한 주일 동안이나 다시는 돌아오지 않을 어떤 새로운 나라로 달리고 있었다. 그들은 서로 팔을 끼고 한 마디 말도 없이 그저 앞으로 앞으로 나아가고 있었다. 이따금 산꼭대기에 서면 갑자기 둥근 지붕과 다리, 배와 함께 어느 아름다운 도시가 눈앞에 나타났다. 레몬나무 숲과 하얀 대리석 성당이 보이고, 뾰족한 종루에는 황새의 둥지도 있다. 두 사람은 천천히 마차를 몰고 간다. 잘 포장된 도로에는 빨간 코르셋을 입은 여자들이 바치는 꽃다발이 몇 개나 놓여 있다. 종소리가 들린다. 말 울음소리, 기타의 음률, 분수의 소리도 들린다. 분수에서 내뿜는 물보라가 그 밑에서 미소 짓고 있는 하얀 석상의 발 밑에 쌓인 과일더미를 식혀 준다. 그리고 어느 날 저녁 두 사람은 어촌에 도착한다. 거기에는 절벽과 어부들의 오두막을 따라 갈색 그물이 바람에 나부끼고 있다. 그들은 여기에서 살기로 한다. 그들은 바다 가장

자리의 만 입구에 심어져 있는 종려나무 그늘 아래, 납작한 지붕의 집에서 산다. 곤돌라를 타고 바다에도 나가고 해먹에 흔들리면서 쉬기도 하자. 생활은 그들의 비단옷처럼 편하고 안온하다. 그들이 바라보는 평온한 밤처럼 따뜻하고 별이 가득 빛난다. 엠마가 마음에 그려내는 이 무한한 미래에서는 하나도 특별난 것은 나타나지 않는다. 화려한 하루하루가 물결처럼 언제나 똑같았다. 그것은 무한히 조화된, 푸른빛을 띠고 햇빛에 뒤덮인, 끝없는 지평선 언저리에서 흔들리고 있다. 이런 여러 가지 몽상이 펼쳐져 나갈 때 어린아이가 요람 속에서 기침을 하고, 보바리의 코고는 소리가 더 커져 갔다. 엠마는 아침이 되어서야 겨우 잠이 들었다. 그때는 이미 새벽놀이 유리창을 희끄무레하게 물들이고, 광장에서는 벌써 쥐스탱 소년이 약방문을 열고 있었다.

엠마는 뢰뢰를 집으로 불러서 말했다.

"망토가 하나 필요해요. 큼직한 망토 말이에요, 깃이 넓고 안을 댄 것으로요."

"여행을 하십니까?"

"아니요, 하지만⋯⋯. 그런 거야 아무려면 어때요? 아무튼 부탁하겠어요. 되겠지요? 빨리요."

뢰뢰는 공손히 머리를 숙였다.

"그리고 또 있어요. 여행용 트렁크를 하나⋯⋯. 그다지 무겁지 않고 적당한 것으로."

"예, 잘 알았습니다. 50센티미터에 92센티미터쯤이면 되겠군요. 요새 그런 게 유행하는 모양입니다만."

"그리고 손가방도 하나."

'아하, 틀림없이 무언가 있구나.'

뢰뢰는 생각했다.

"그리고 저어⋯⋯." 보바리 부인은 허리띠 속에서 회중시계를 꺼내 들었다. "이걸 받아 두세요. 계산은 이것으로 해주세요."

그러나 상인은 안 된다고 거절했다.

"서로 모르는 사이도 아니고, 제가 부인을 신용하지 않는단 말씀입니까? 공연한 일입니다!"

그러나 엠마는 하다못해 시계줄만이라도 받아 달라고 고집을 부렸다. 뢰뢰가 그것을 주머니에 넣고 막 돌아가려고 하는데, 엠마가 다시 불러 세웠다.

"물건은 모두 가게에 두세요. 망토는……." 엠마는 잠깐 생각하는 듯하다가 말을 이었다. "그것도 역시 이리로는 배달하지 마세요. 내게 그 망토 직공의 주소만 알려 주세요. 그리고 직공에게 언제든지 내가 찾아올 수 있게 준비하도록 일러놔 주세요."

두 사람이 함께 도망가기로 정한 것은 다음 달이었다. 엠마는 루앙에 볼일이 있는 것처럼 하여 용빌을 출발하기로 하고, 로돌프는 마차 좌석을 예약하고, 여권을 마련하고, 파리에 편지를 내 마르세유까지 역마차를 대절해 두기로 했다. 마르세유에서 마차를 사서 곧장 제노바로 가는 길을 달릴 예정이었다. 엠마는 짐을 미리 뢰뢰네 가게에 보내 놓았다가 거기서 직접 제비마차 수레에 싣게 하면 아무도 이상히 생각지 않을 것 같았다.

그러나 이 모든 계획 속에 어린아이에 대한 것은 들어 있지 않았다. 로돌프는 말을 꺼내기를 피했고, 엠마는 틀림없이 잊어버린 모양이었다.

로돌프는 뒤처리를 한다며 두 주일쯤 여유를 달라고 했다. 한 주가 지나자 다시 두 주를 미루고, 그 다음에는 병이 났다고 했다. 다음에 그는 혼자서 여행을 떠났다. 8월이 지나가 버렸다. 이렇듯 여러 번 연기한 뒤에, 이번에야 말로 그들은 9월 4일 월요일에 틀림없이 떠나기로 결정했다.

드디어 토요일, 예정한 날의 이틀 전이 되었다.

그날 밤, 로돌프는 전보다도 훨씬 빨리 왔다.

"준비는 다 되었어요?"

엠마가 물었다.

"그럼."

그리고 두 사람은 뜰의 꽃밭 주위를 한 바퀴 돈 다음, 테라스에 가까운 동산 옆에 가서 앉았다.

"당신, 우울하신 것 같아요."

엠마가 말했다.

"그럴 리가 있나. 왜?"

이렇게 말하면서 그는 애정이 담긴 눈길로 귀여운 듯이 엠마를 바라보았다.

"멀리 가 버리게 돼서 그러세요?" 그녀는 말을 이었다. "당신이 사랑한 여러 가지 것들과 헤어지게 돼서 그러세요? 당신의 생활을 버리고 가게 돼서 그러세요? 알 만해요. 알겠어요…… 하지만 나는 이 세상에 아무것도 가진 것이 없어요. 내게는 당신이 전부니까요. 당신 역시 내가 당신의 전부가 되겠지요. 나는 당신의 가정, 당신의 고향이 되겠어요. 당신을 소중하게 받들겠어요. 당신을 사랑하겠어요."

"당신은 참으로 귀여운 사람이야."

그는 두 팔로 엠마를 껴안았다.

"정말?" 엠마는 관능적인 기쁨을 담은 미소를 띠면서 말했다. "저를 사랑하세요? 그럼 맹세해 주세요!"

"사랑? 사랑하느냐구? 진심으로 사랑하오, 내 사랑!"

자줏빛을 띤 둥근 달이 목장 끝의 지평선에서 떠오르고 있었다. 그것은 곧 포플러 나뭇가지 사이로 쑤욱 올라왔다. 나뭇가지는 넝마가 된 검은 커튼처럼 군데군데 달빛 앞을 가리고 있었다. 이윽고 달은 구름 한 점 없는 밤 하늘을 새하얗게 밝히며 나타났다. 달은 쉬이 표류하면서, 강물에 무수한 별들을 뿌려 놓은 듯이 커다랗게 반사되었다. 그 은백색은 반짝이는 비늘에 덮인 머리 없는 뱀처럼 물 속으로 꿈틀거리며 파고 들어가는 것 같았다. 또 그것은 녹은 다이아몬드 방울이 뚝뚝 떨어지는 괴기스런 나뭇가지 모양 촛대와도 비슷했다. 부드러운 밤기운이 다이아몬드 방울들 사이에 펼쳐져 있고, 가지의 잎새들 사이사이에 어둠의 그림자가 여러 겹으로 걸쳐 있었다.

눈을 절반쯤 감은 엠마는 산들거리는 차가운 바람을 깊은 한숨과 함께 들이마셨다. 꿈 속 같은 황홀한 기분에 잠긴 두 사람은 말없이 조용히 앉아 있었다. 지난 날의 살뜰한 애정이 다시 찾아왔다. 흐르는 강물처럼 조용히 넘쳐 흘러 풍성하고 조요하게, 흰 라일락 향기의 부드러움과 함께.

그런데 그 부드러움은 그들의 추억 저편에, 풀 위에 길게 늘어져서 움직이지 않는 버드나무 그림자보다도 더욱 우울하고 더욱 커다란 어둠을 던져 넣었다. 고슴도치와 족제비 같은 야행성 동물들이 먹이를 찾아 돌아다니는지, 이따금 나뭇잎이 바스락거렸다. 또 드문드문 무르익은 복숭아가 산울타리에서 저절로 떨어지는 소리가 들렸다.

"아아! 참 좋은 밤이구나!"

로돌프가 말했다.

"앞으로는 이런 밤이 많을 거예요!" 엠마는 자기 자신에게 들려주듯이 속삭였다. "그래, 여행하는 기분은 정말 즐거울 거야……. 그런데, 어째서 내 마음이 이렇게도 울적할까? 알지 못하는 앞일에 대한 두려움일까……. 옛 습관들이 나를 끌어당기기 때문일까……. 아니면? 아냐, 너무 행복에 겨운 거예요. 난 참 약한 여자야! 용서해요."

"아직 늦지 않았소!" 로돌프가 소리쳤다. "잘 생각해 봐요. 나중에 후회할지도 몰라."

"아뇨, 절대로 안 해요!" 엠마는 기를 쓰며 말했다. 그리고 로돌프에게 다가앉았다. "정말 내게 어떤 불행한 일이 있겠어요? 당신과 함께라면, 나는 사막이든, 절벽이든, 바다든 뭐든지 넘을 수 있어요. 우리가 함께 살아가면 갈수록 우리 생활은 날마다 한층 강하고 한층 완전한 포옹 같은 것이 될 거예요. 괴로움도, 근심 걱정도, 아무런 방해도 있을 수 없어요. 두 사람만의, 두 사람만의 세계예요, 영원토록……네, 뭐라고 말 좀 해보세요. 대답 좀 해보세요."

로돌프는 일정한 간격을 두고, "응…….그래…….' 대답하고 있었다. 엠마는 두 손을 사나이의 머리 속에 쑤셔 넣고 큰 눈물방울을 뚝뚝 떨어뜨리면서 같은 목소리로 되풀이했다.

"로돌프! 로돌프! ……아, 로돌프, 사랑하는 로돌프!"

자정을 알리는 종소리가 울렸다. 그녀가 말했다.

"12시예요! 자, 이제 드디어 내일이에요! 이젠 하루뿐이에요!"

로돌프는 일어나서 돌아가려고 했다. 그의 움직임이 마치 도피행의 신호인 것처럼 엠마는 갑자기 들떠서 말했다.

"여권은 가지고 있죠?"

"응."

"잊으신 건 없어요?"

"아니."

"틀림없죠?"

"암."

"프로방스 호텔이라고 했죠? 거기서 기다리는 거죠, 정오에?"

그는 고개를 끄덕였다.

"그럼 내일이에요!"

엠마는 마지막 애무를 하면서 말했다. 그리고 사나이가 멀어져 가는 모습을 지켜 보았다.

로돌프는 돌아보지 않았다. 그녀는 그의 뒤를 쫓아 뛰어갔다. 물가의 가시덤불 너머로 몸을 내밀고 소리쳤다.

"내일이에요!"

그는 이미 강 저쪽으로 건너가 목장 안을 빠른 걸음으로 걸어가고 있었다.

몇 분이 지난 뒤 로돌프는 걸음을 멈추었다. 하얀 옷을 입은 엠마가 유령처럼 차츰 어둠 속으로 사라져 가는 것을 보았을 때, 가슴이 심하게 두근거리기 시작했다. 그는 쓰러지지 않으려고 나무에 기댔다.

"이런 바보가 어디 있나!" 그는 심한 욕지거리를 하면서 자신을 꾸짖었다. "그렇기는 하지만……. 어쨌든 엠마는 사랑스러운 정부였어!"

그러자 갑자기 엠마의 아름다운 모습이 그 정사의 갖가지 쾌락과 함께 마음속에 되살아 났다. 처음에는 감동과 그리움이 간절했으나, 차차 여자에 대한 반발심으로 옮아갔다.

"어쨌거나……." 그는 몸짓을 섞어 가며 큰 소리로 말했다. "나는 아이를 떠맡고 유랑자가 될 수는 없단 말이야!"

그는 더욱 결심을 굳히기 위해 일부러 스스로에게 말했다.

"게다가 여러 가지 귀찮은 일이 생길 뿐더러 비용이 든다……. 아니 안 된다, 안 돼! 도저히 안 될 일이다! 너무나도 어리석은 짓이다!"

13

집에 돌아온 로돌프는 곧, 사냥 기념으로 벽에 장식한 사슴 머리 밑에 있는 책상에 앉았다. 그리고 펜을 잡기는 했지만, 쓸 말이 떠오르지 않아 두 팔꿈치를 짚고 골똘히 생각에 잠겼다. 결심을 하고 나니 두 사람 사이에 갑자기 커다란 틈이 생긴 것처럼, 엠마는 먼 과거 속으로 사라져 버린 것처럼 느껴졌다.

엠마에 대한 것을 무엇인가 생각해 내려고, 그는 침대 머리맡에 있는 벽장에서 오래된 랭스 지방의 비스킷 상자를 꺼냈다. 그는 언제나 이 상자 속에 연애 편지들을 넣어 두었다. 꿈꿈한 먼지 냄새와 시든 장미 향기가 풍겨 나왔다. 먼저 얼룩이 희미하게 묻은 손수건이 눈에 띄었다. 그것은 엠마의 손수건이었다. 언젠가 함께 산책할 때 그녀가 코피를 흘린 일이 있다. 그는 벌써 그런 일은 다 잊어버리고 있었다. 그 옆에는 네 귀가 접힌, 엠마가 보내 준 조그만 초상화가 있었다. 그녀의 치장이 매우 부자연스러워 보이고, 그 얼빠진 웃음은 왠지 가런하게 생각되었다. 로돌프가 이 초상화를 계속 들여다보면서 엠마의 얼굴을 생각해 내려 하고 있는 동안, 살아 있는 얼굴과 초상화에 그려져 있는 얼굴이 서로 얼굴을 부벼서 둘 다 지워지고 있었다. 마지막으로 그는 그녀의 편지를 읽었다. 모두 여행에 대한 의논뿐이었으며, 사무적이고 간단하고 틀에 박혀 있고 조급했다. 그는 훨씬 전에 온, 긴 편지가 읽고 싶어졌다. 상자 밑바닥에서 그 것을 찾아내려고 종이와 물건을 기계적으로 뒤적이는 동안 꽃다발이며, 양말 고리, 검은 가면, 머리핀, 머리카락 등이 뒤죽박죽으로 섞여 나왔다. 머리카락! 갈색도 있고 금발도 있다. 그 가운데 어떤 것은 상자의 쇠장식에 걸려 뚜껑을 열 때 끊어져 버렸다.

이렇게 여러 가지 추억 속을 방황하면서 그는 여러 가지 편지의 글씨체와 문체를 살펴보았다. 그것은 각 낱말의 철자법이 다르듯이 모두 저마다 달랐다. 다정한 것, 명랑한 것, 장난스러운 것, 슬픈 것, 가지각색이었다. 사랑을 요구하는 것도 있고, 돈을 요구하는 것도 있었다. 단 한 마디에서 갖가지 얼굴들이 되살아나기도 하고, 어떤 여러가지 몸짓들에서 하나의 목소리만 되살아나기도 했다. 더러 아무것도 생각나지 않는 것도 있었다.

사실 그의 머릿속에는 이러한 여자들이 한꺼번에 몰려 붐벼서 서로를 방해하고 깎아내리고 있었다. 그는 그들의 편지를 한 움큼 움켜쥐고 오른손에서 왼손으로 폭포처럼 떨어뜨리며 잠시 재미있어했다.

그러나 마침내 싫증이 나고 졸려서 로돌프는 상자를 벽장에 도로 넣어 두러 가면서 혼자 중얼거렸다.

"모두 객쩍은 소리뿐이구나."

이것은 그의 생각을 요약한 한마디였다. 그대로였다. 학교 마당에서 놀고 있는 아이들처럼, 쾌락이 그의 마음을 거칠게 짓밟아 버려 이제 거기에는 푸른 풀 한 포기 나지 않았다. 그곳을 지나간 사람들은 누구나 아이들보다도 멍청해서 그 이름을 벽에 새겨 두지도 않았다.

"자아, 이제 써야지!"

그는 펜을 집어 들고 이렇게 썼다.

용감해 지시오, 엠마! 용감해 지시오!
나는 당신의 일생을 망치고 싶지 않습니다…….

'어쨌든 이것은 사실이야.' 로돌프는 생각했다. '나는 그 여자를 위해 이러는 거야, 나는 정직해지는 거야.'

　당신은 자기의 결심에 대해 차분하게 생각해 보셨습니까? 내가 당신을 어떤 무서운 심연 속으로 끌어넣었는지 아십니까, 나의 가엾은 천사여? 당신은 알지 못합니다. 그렇죠? 당신은 행복을 믿고, 미래를 믿고, 완전히 마음을 맡기고, 정신없이 걸어왔습니다……. 아아, 우리는 참으로 불행하고 무모한 사람들이었습니다!

로돌프는 여기서 무언가 적당한 변명을 해야겠다고 생각하고 펜을 놓았다. '재산을 완전히 탕진해 버렸다고 말하면 어떨까? 아니다. 그건 안 된다. 그런 말로는 아무것도 막지 못한다. 그러다가는 다시 처음부터 시작하게 된다. 그런 여자에게 도리를 깨우치게 한다는 것은 불가능한 일이다.'
그는 곰곰이 생각하다가 다시 덧붙였다.

　나는 결코 당신을 잊지 않습니다. 이것을 믿어 주십시오. 그리고 나는 항상 당신에게 철저하게 헌신할 것을 맹세합니다. 그러나 조만간 언젠가는 이 격렬한 감정도 틀림없이 사그라질 것입니다!(그것이 인간이니까요) 권태가 찾아오는지도 모릅니다. 당신의 운명이 후회하는 것을 내 눈으로 목격하는 건 디기 어려운 고통을, 내 자신이 그 후회의 장본인인만큼 나도 그 후회에 관여하게 되는, 그런 견디기 어려운 고통을 겪는 일이 없으리라고 누가 말할 수 있겠습니까? 당신을 괴롭힌다는 생각만 해도 나는 견딜 수 없습니다. 엠마! 나를 잊어 주십시오! 어찌하여 내가 당신과 사귀지 않으면 안 되었을까요? 어째서 당신은 그토록 아름다웠을까? 그것이 내 죄였을까? 아니, 그렇지는 않습니다. 오직 운명을 원망해 주십시오!

'이 말은 언제나 효과가 있지.'

　아아, 만일 당신이 세상에서 흔히 볼 수 있는 경박한 여자 가운데 한 사람이었다면, 나는 반드시 내 이기적인 마음으로 같이 달아났을 것입니다. 당신이 경박한 여자라면 별로 위험하지도 않을 것이니까요. 그러나 당신의 매력이면서 고통이기도 한 그 순진한 정열 때문에, 사랑하는 당신이여, 앞으로의 우리 입장이 얼마나 불안하게 될 것인지 이해하시지 못했던 것입니다. 나 역시 처음에는 거기까지 생각이 미치지 못했습니다. 결과를 예상하지도 못하고, 그 잠의 나무 그늘에서 쉬듯 이상적인 행복의 그늘에서 편히 쉬고 있었던 것입니다.

'그 여자는 내가 돈이 아까워서 그만둔 줄 알겠는데……. 아무려면 어때! 그래도 좋다. 어쨌든 처리해 버려야지.'

엠마, 세상은 냉혹합니다! 우리가 어디로 가든지 세상은 우리를 쫓아다닐 것입니다. 당신은 무례한 질문과 중상모략과 멸시, 그리고 어쩌면 모욕까지 당할지도 모릅니다. 당신이 모욕당하다니! ……그런 일을 그냥 지나쳐 버릴 수 있습니까? 당신을 여왕 자리에라도 앉히고 싶은 내가! 당신에 대한 추억을 부적처럼 껴안고 떠나렵니다, 나는! 당신을 괴롭힌 벌을 받기 위해 나는 먼 곳으로 혼자 사라지렵니다. 먼 곳으로 가렵니다. 어디냐구요? 그것은 나도 알 수 없습니다. 나는 지금 미칠 것만 같습니다! 안녕히 계십시오! 언제나 정다운 당신으로 남아 있어 주십시오! 당신을 잃은 불행한 인간에 대한 추억을 잘 간직해 주십시오. 당신의 어린아이에게도 내 이름을 가르쳐 주십시오. 언제나 기도할 때에 이름을 부르도록 말입니다.

두 개의 양초에서 심지가 떨고 있었다. 로돌프는 일어나 창문을 닫고, 다시 돌아왔다.
'이제 다 쓴 것 같군. 아니, 또 있었구나. 그 여자가 찾아다니지 않도록 해놔야지.'

당신이 이 슬픈 글을 읽을 무렵 나는 이미 멀리 떠나 있을 것입니다. 당신을 다시 만나고 싶은 유혹을 피하기 위하여, 되도록 빨리 도망하고 싶었기 때문입니다. 지금 마음을 약하게 가져서는 안됩니다. 나는 다시 돌아옵니다. 아마도 우리는 뒷날, 우리의 지나간 사랑을 냉정한 마음으로 이야기하게 될 것입니다. 그럼 안녕히!

그리고 마지막의 '안녕' adieu를 일부러 A dieu 두 마디로 나누어서 적었는데, 그는 매우 좋은 모양새라고 생각했다.

"그런데. 이제 어떻게 서명한다? 당신의 충실한…… 이라고 할까? 아니, 안 된다. 당신의 벗?…… 그렇지, 이게 좋다."

당신의 벗

그는 편지를 다시 읽어 보고 그만하면 됐다고 생각했다.

'가엾은 여자야! 나를 바위같이 무정한 인간이라고 하겠지. 편지에 조금 눈물 흔적이 묻어 있는 게 좋겠군. 하지만 눈물이 나지 않는걸. 울 수 없는 게 내 탓은 아니거든.'

그래서 로돌프는 컵에 물을 따라 손가락을 담갔다가 큼직한 방울을 편지 위에 뚝 떨어 뜨렸다. 잉크 위에 엷게 파란 얼룩이 생겼다.

그리고 편지 봉투에 봉인할 것을 찾다가, 마침 '마음에 사랑을'이라고 새긴 엠마가 보내 준 도장이 눈에 띄었다.

"이럴 때 쓰기는 좀 어울리지 않는다만……. 뭐, 상관 있나!"

그리고 나서 파이프에 담배를 재이 석 대 피우고 잠자리에 들었다.

다음 날 로돌프는 일어나서(그는 늦게 잤기 때문에 일어난 것은 2시께였다) 살구를 한 바구니 따 오라고 했다. 그는 편지를 바구니 밑바닥에 포도잎으로 가려서 넣고, 머슴 지라르더러 곧 보바리 부인에게 소중히 갖다 드리라고 일렀다. 로돌프는 계절에 따라, 과일이라든가 사냥에서 잡은 짐승을 엠마에게 보내는 이러한 방법으로 늘 그녀와 편지를 주고받곤 했다.

"부인께서 나에 대해 묻거든" 그는 머슴에게 일렀다. "여행을 떠났다고 대답해라. 바구니는 부인에게 직접 드려야 한다……. 자, 그럼 갔다와, 조심해서!"

지라르는 가장 좋은 작업복으로 차려 입고, 손수건을 살구 위에 붙들어 매고는 투박스러운 징을 박은 나막신을 신고 무거운 발소리를 내며 조용히 용빌로 향했다.

보바리 부인은 그가 도착했을 때, 펠리시테와 함께 부엌 탁자 위에서 빨래거리를 매만지고 있었다.

"저의 주인 어른께서 부인께 갖다 드리라고 해서 갖고 왔습니다."

머슴이 말했다.

엠마는 어떤 나쁜 예감에 사로잡혔다. 그리고 주머니에서 잔돈을 찾으며 사나운 눈초리로 농부를 쏘아보았다. 머슴은 이런 선물에 그렇게 놀라는 것이 이해되지 않아 멍하니 그녀를 바라보고 있었다. 이윽고 머슴이 나갔다. 그러나 펠리시테는 거기에 남아 있었다.

엠마는 더 이상 참을 수가 없어 살구를 가지고 가는 척하면서 방으로 뛰어들어갔다. 바구니를 둘러엎었다. 잎사귀를 잡아뜯고, 편지를 꺼내 겉봉을 뜯었다. 그리고 등 뒤에 무서운 불길이라도 다가오는 것처럼 정신없이 거실로 뛰어갔다.

샤를이 있었다. 엠마는 그 모습을 보았다. 샤를이 무어라고 말을 걸었으나, 그녀의 귀에 들리지 않았다. 그녀는 가쁜 숨을 몰아쉬면서, 미친 사람처럼, 취한 사람처럼 그 무서운 종이쪽지를 움켜쥔 채 허둥지둥 층계를 뛰어올라갔다. 편지가 손가락 사이에서 함석 조각 같은 소리를 냈다. 삼층에 있는 다락방 문앞에서 그녀는 걸음을 멈추었다. 문은 닫혀 있었다.

엠마는 여기서 마음을 가다듬으려고 했다. 편지를 생각해 냈다. 다 읽어 봐야 했다. 그러나 읽는 것이 무서웠다. 용기가 나지 않았다. 게다가 어디서? 어떻게 읽는단 말인가? 들킬 것 같았다.

'아니, 여기면 괜찮아.'

엠마는 문을 밀고 안으로 들어갔다.

지붕의 슬레이트에서 답답하고 무더운 열기가 곧장 내려와 그녀의 이마를 짓누르는 것 같아서 숨이 콱 막혔다. 그녀는 닫혀 있는 채광창까지 간신히 가서 빗장을 뽑았다. 그러자 눈이 멀도록 센 햇빛이 쏟아져 들어왔다.

겹친 지붕 저편으로 훤한 들판이 까마득히 펼쳐져 있었다. 눈 아래 보이는 마을 광장은 텅 비어 있었다. 보도의 조약돌이 반짝반짝 빛나고, 집집마다 풍향계가 움직이지 않고 멈춰 있었다. 마을 모퉁이의 아래층 방에서 날카롭고 이상한 억양으로 울리는 소리가 들려왔다. 비네가 녹로를 돌리는 소리였다.

그녀는 채광창의 문장에 기대어 분노에 찬 서늘한 웃음을 띠면서 편지를 다시 읽었다. 그러나 편지에 주의를 집중시키려고 하면 할수록 머릿속은 더 혼란해졌다. 로돌프의 모습이 보였다. 그의 목소리가 들렸다. 그녀는 두 팔로 힘껏 사나이를 껴안았다. 힘껏 종을 치는 것처럼 가슴을 치는 고동이 불규칙해지면서 점점 빨라졌다. 엠마는 땅이 무너져 버렸으면 하고 바라면서 날카로운 눈초리로 주위를 둘러보았다. 어째서 죽어 버리지 못하는가? 무엇이 그녀를 막는가? 자유로운 몸이다. 그녀는 창가로 걸어나가 아래쪽 포도를 내려다보며 자신에게 말했다.

"해봐! 해봐!"

밑에서 반사하여 똑바로 솟아오르는 광선이 그녀의 체중을 눈앞 깊은 구렁 속으로 잡아끌었다. 광장의 땅이 흔들리면서 벽으로 솟구쳐 오르며 흐르고, 자기가 서 있는 마루바닥 양 끝은 앞뒤로 흔들리는 배처럼 기울어지는 것 같았다. 그녀는 넓고 아득한 공간에 둘러싸여 그 끝에 대롱대롱 매달려 있는 것 같았다. 하늘의 푸른빛이 그녀 속으로 쳐들어와, 공기가 머릿속에서 빙빙 돌고 있었다. 이제 끄는 힘에 몸을 내맡기고, 굴복만 하면 되는 것이다. 녹로 소리가 그녀를 불러대는 무서운 소리처럼 계속되고 있었다.

"여보! 여보!"

샤를이 부르는 소리에 엠마는 멈췄다.

"어디 있소? 빨리 와요!"

아슬아슬하게 죽음을 벗어났다고 생각하니 무서워서 기절할 것만 같았다. 그녀는 두 눈을 감았다. 소매를 잡는 사람이 있어 깜짝 놀라 돌아보았다. 펠리시테였다.

"나리께서 기다리고 계세요, 마님. 식사준비 다 해놓았어요!"

내려가야 했다. 식탁에 앉아야 했다!

그녀는 애써 먹으려고 했지만 음식이 넘어가지 않았다. 꿰매야 할 곳을 찾는 것처럼 냅킨을 펼쳤다. 그리고 정말로 그 일을 하려는 듯이 헝겊의 실눈을 세어 보려고 했다. 갑자기 편지 생각이 났다. 그 편지를 잃어버렸나? 어디에 두었지? 그러나 그녀는 매우 지쳐서 식탁을 떠날 구실을 생각해 낼 수가 없었다. 게다가 엠마는 갑자기 겁장이가 되어 버렸다. 샤를이 무서웠다. 남편은 모든 것을 다 알고 있다. 틀림없다! 사실 그는 이상스럽게도 이런 말을 꺼냈다.

"우린 당분간 로돌프 씨를 못 만날 것 같군."

"누가 그럽디까?"

그녀는 움찔 놀라면서 물었다.

"누가 그러더냐고?" 샤를은 아내의 날카로운 목소리에 은근히 놀라면서 대답했다. "지라르가 그러더군. 조금 아까 '카페 프랑세' 앞에서 만났는데, 그러던걸. 주인이 여행을 떠났다던가, 떠나기로 했다던가 하고 말이오."

엠마는 울음을 터뜨려 대답할 뿐이었다.

"왜 그렇게 놀라지? 그 사람은 가끔 그렇게 기분 전환을 하러 가는걸. 사실 그게 당연하지 뭐, 재산도 있고 독신이니까! 게다가 그 사람, 꽤 바람을 피운다더군. 상당한 오입쟁이라는 얘기야. 랑글루아 씨 얘기를 들어보면……."

하녀가 들어와서, 그는 체면상 입을 다물었다.

하녀는 선반 위에 흩어져 있는 살구를 바구니에 담았다. 샤를은 아내의 얼굴이 새빨개진 것도 깨닫지 못하고, 살구를 가져오게 하여 그중에 하나를 집어 깨물었다.

"호오, 바로 이 맛이야, 맛이 참 좋은데! 자, 하나 먹어 보구려."

그가 바구니를 내밀었으나 엠마는 가만히 밀어 놓았다.

"그러면, 냄새라도 맡아 봐, 아주 냄새가 좋은걸!"

그리고 살구를 몇 번이나 엠마의 코 밑에 대주었다.

"아, 가슴이 답답해요!"

엠마는 벌떡 일어나면서 소리쳤다. 그러나 필사적인 노력으로 그녀의 발작적 행동은 누그러졌다.

"아무것도 아니에요! 이젠 괜찮아요! 신경 때문인가봐요! 앉으세요. 어서 드세요!"

그녀는 남편이 이것저것 질문하거나, 그녀를 안달하게 하거나, 조용히 내버려 두지 않을까봐 두려웠던 것이다.

샤를은 엠마를 기쁘게 해주려고 다시 앉았다. 그리고 살구씨를 손바닥에 받아 자기 접시에 놓았다.

느닷없이, 파란 이륜 무개마차가 빠른 속도로 광장을 달려 지나갔다. 엠마는 외마디 소리를 지르고 뒤로 벌렁 넘어져서 마루바닥에 뻗어 버렸다.

곰곰이 생각한 끝에 로돌프는 루앙으로 떠나기로 결심했던 것이다. 그런데 라 위셰트에서 비시로 가려면 용빌 가도를 지나는 수밖에 없었으므로 그는 아무래도 이 마을을 통과하지 않으면 안 되었다. 엠마는 번개처럼 저녁 어둠을 가르는 램프의 불빛으로 그의 모습을 보았던 것이다.

집 안이 떠들썩해져서 약제사가 달려왔다. 식탁이 위에 놓였던 접시와 함께 뒤집혀서, 소스며, 고기며, 나이프며 소금 그릇이며 기름 병들이 온 방 안에 흩어져 있었다. 샤를은 누군가 와달라고 소리치고 있었고, 겁에 질린 베르트는 울고 있었다. 펠리시테는 덜덜 떨리는 손으로, 온몸에 경련을 일으키고 있는 부인의 옷을 늦추어 주고 있었다.

"약국에 가서 방향 초산을 가져오겠습니다."

약제사가 말했다.

곧 그가 가져온 병의 냄새를 맡고 엠마가 눈을 뜨자, 약제사는 말했다.

"역시 잘 듣는군. 이 약이면 죽은 사람도 깨어날 겁니다."

"어디 말 좀 해보구려!" 샤를이 말했다. "말해봐요! 정신차려요. 나라구, 나! 샤를이란 말이요……. 당신을 사랑하오. 나를 알겠소? 자아, 우리 아기요. 키스해 줘요."

어린아이는 엠마 목에 매달리려고 두 팔을 내밀었다. 엠마는 얼굴을 돌리고 헐떡이듯 말했다.

"싫어, 싫어……. 누구든 싫어!"

그녀는 다시 정신을 잃었다. 그리고 침대로 옮겨졌다.

그녀는 입을 벌리고, 눈을 감고, 두 손을 벌린 채, 꼼짝도 않고 납인형처럼 창백하게 누워 있었다. 두 눈에서 두 줄기 눈물이 솟아나 베개 위로 천천히 흘러내렸다.

샤를은 침실 안쪽에 우두커니 서 있었다. 그 곁에서 약제사는 인생의 엄숙한 순간에 알맞는 명상적인 침묵을 지키고 있었다.

"안심하세요." 샤를의 팔꿈치를 툭 치면서 말했다. "발작은 이제 가라앉은 것 같습니다."

"예, 좀 진정이 되는 것 같군요!"

샤를은 아내의 잠든 얼굴을 지켜보면서 말했다.

"가엾은 여자……. 가엾은 여자! 또 저렇게 되다니!"

오메가 대체 어떻게 해서 이런 일이 일어났느냐고 물었다. 샤를은 아내가 살구를 먹다가 갑자기 발작을 일으켰다고 대답했다.

"아니, 그런 일도 있군요!" 약제사가 말을 이었다. "하지만 살구가 졸도를 일으킬 수 없다고는 할 수 없지요! 어떤 종류의 냄새에 대해서 매우 민감한 사람이 있거든요! 이건 병리학상으로나, 생리학상으로도 매우 좋은 연구 과제가 될 겁니다. 신부들은 이러한 문제의 중요성을 잘 알고 있어서, 옛날부터 종교 의식에는 향료를 쓰지 않습니까? 그것은 이성을 마비시켜서 황홀한 기분을 자아내게 하려는 수법이지요. 특히 남자보다는 여자가 민감하기 때문에 쉬이 효과를 거둘 수 있습니다. 개중에는 동물 뿔을 태우는 냄새라든가, 갓 구운 빵 냄새를 맡고도 기절한 예가 있더군요……."

"아내가 깨지 않게 조심해 주세요!"

보바리는 나직이 말했다.

"사람뿐 아니라" 약제사는 계속 지껄였다. "동물도 역시 그런 변태 증세에 빠집니다. 이를테면, 네페타 카타리아, 흔히 개박하*5라고하는 풀은 참으로 이상야릇한 최음적인 효과가 있다는 것을 선생님도 아마 아시겠지요? 그리고 이것은 제가 확실히 보증할 수 있는 사실인데, 브리두라는 남자가—그는 지금 말팔뤼 거리에 점포를 벌이고 있는 내 옛친구 가운데 한 사람입니다만—개를 한 마리 기르고 있었죠. 이 개가 말입니다, 담뱃갑만 들이대면 곧 경련을 일으키는 겁니다. 브리두는 여러 번 기욤 숲에 있는 자기 별장에서 친구들을 모아 놓고 실험해 보였답니다. 코담배처럼 단순하게 재채기를 나게 할뿐인 자극물이, 동물의 생리에 이러한 영향을 준다는 것은 믿을 수 없는 일이 아닙니까? 이상하죠, 그렇지 않습니까?"

"과연 그렇군요."

이야기를 듣지도 않고 있던 샤를이 말했다.

"이것은 신경 계통의 장애가 수없이 존재한다는 걸 보여주지요." 약제사는 우쭐해져서 친절하고도 어리숙한 웃음을 지어보이며 말했다. "부인도, 실은 전부터 그렇게 생각했습니다만 몹시 감수성이 예민합니다. 과민증이죠. 그래서 병에 대한 요법을 쓴답시고 체질 그 자체에 충격을 줄, 그런 약은 어떤 것이든 절대로 권하고 싶지 않습니다. 안 돼요, 이롭지 못한 약은 쓰지 않는 편이 낫습니다. 식이요법, 그것이 가장 좋지요! 진정시키는 것, 완화시키는 것, 입맛을 달게 하는 것들이 좋습니다. 그리고, 상상력을 약간 자극할 필요가 있다고 생각하시지 않습니까?"

———————————

*5 고양이가 좋아하는 식물.

"어떤 식으로요? 어떻게 하는 겁니까?"

"그것이 문제입니다! 사실상 문제는 그것입니다. 먼젓번에도 신문에 났었지만, '그것이 바로 문제'거든요."

그때 엠마가 눈을 뜨면서 소리쳤다.

"편지는? 편지는?"

사람들은 그녀가 헛소리를 한다고 생각했다. 실제로 그녀는 한밤중부터 헛소리를 하기 시작했다. 뇌염 증세가 뚜렷했다.

43일 동안, 샤를은 아내 곁을 떠나지 않았다. 자기의 환자들은 거들떠보지도 않았다. 잠자리에도 들지 않고 쉴새없이 그녀의 맥을 짚어 보고, 겨자 고약을 붙여 주고 냉찜질을 해주었다. 그는 얼음을 구하러 쥐스탱을 뇌샤텔까지 보냈다. 얼음이 도중에서 녹으면 다시 보냈다. 카니베 박사에게 진찰을 부탁하고, 루앙에 있는 옛 스승 라리비에르 박사에게도 와달라고 했다. 샤를은 절망적인 기분이었다. 그가 무엇보다도 걱정한 것은 엠마의 정신적인 허탈 상태였다. 그녀는 말도 하지 않고, 남의 말을 알아듣지도 못했으며, 고통을 느끼는 것 같지도 않아 보였기 때문이다—마치 육체와 정신이 모든 흥분을 겪고난 뒤에 휴식하고 있는 것 같았다.

10월 중순이 되자, 엠마는 등에 베개를 받치고 침대에 일어나 앉을 수 있게 되었다. 아내가 잼 바른 빵의 첫 한 조각을 먹는 것을 보고 샤를은 울며 좋아했다. 엠마는 힘이 되살아나기 시작했다. 오후에는 몇 시간씩 일어나 앉아 있게 되었다. 어느 날, 엠마가 기분이 좋다고 해서 샤를은 그녀를 부축하여 뜰을 한 바퀴 돌았다. 길에 깔린 조약돌은 낙엽에 덮여 있었다. 엠마는 샤를의 어깨에 기대어 줄곧 미소지으며, 한 걸음 한 걸음 슬리퍼를 끌면서 거닐었다.

두 사람은 정원의 끝에 있는 휴식장소 쪽으로 걸어갔다. 그녀는 천천히 손을 들어 눈 위를 가리고 아득히 먼 곳을 둘러보았다.

그러나 지평선 언덕 위에는 풀을 태우는 불이 여기저기 보일 뿐이었다.

"피로하겠소, 여보."

샤를이 말했다. 그리고 조용히 엠마를 밀어서 나무 그늘 아래로 들게 했다.

"자, 이 벤치에 앉아요. 편할 테니까."

"아, 싫어요. 그 자리는 싫어요!"

엠마는 꺼져 들어가는 소리로 말했다.

그녀는 현기증을 느꼈다. 그리고 그날 밤부터 병세가 다시 나빠졌다. 병세가 전보다도 불안정해지고 더 복잡해졌다. 어떤 때는 가슴이 아프고, 그런가 하면 머리가 아프고, 손발이 아팠다. 갑자기 토하기까지 했다. 샤를은 암의 초기 증세라고 생각했다.

더욱이 이 불쌍한 사나이는, 그 무엇보다도 돈이 걱정이었다!

14

첫째, 그는 오메의 가게에서 가져온 약값을 어떻게 갚아야 할지 막연했다. 물론 개업 의사라는 입장에서 별일 아닌 것일 수도 있었지만, 그래도 이런 거래를 한다는 것은 매우 부끄러운 일이었다. 다음에는 집안의 여러 가지 잡비였다. 하녀에게 온통 맡겨 놓고 있었기 때문에 금액이 굉장히 불어나고 있었다. 갖가지 청구서가 사방에서 날아 들어왔고, 드나들던 장사꾼들은 투덜투덜 불평했다. 그 가운데에서도 뢰뢰가 누구보다도 그를 괴롭혔다. 실제로 이 자는 엠마의 병세가 가장 나빠졌을 때, 그 상황을 이용해서 계산액을 늘리려는 생각으로 망토며 여행가방, 그것도 한 개가 아니라 두 개씩, 그리고 그 밖에 갖가지 물건을 들고 들어왔다. 필요없다고 말하면 샤를은 나쁜 사람이 되는 것이었다.

"이 물건은 부인이 주문한 물건이라 도로 가져갈 수 없습니다. 더구나 그렇게 하면 부인께서 병이 나은 뒤에 역정을 낼 것입니다. 그 점을 잘 생각하세요." 뢰뢰는 무례하게 지껄였다.

요컨대 이 장사꾼은 자기의 권리를 버리느니 차라리 소송이라도 제기하겠다고 단단히 결심하고 달라붙은 것이다. 샤를은 나중에 물건을 뢰뢰의 가게로 돌려보내라고 일렀다. 그러나 펠리시테는 깜박 잊어버리고 말았다. 샤를도 다른 여러 가지 걱정거리가 많아 그 일을 까맣게 잊고 있었다. 뢰뢰가 다시 지불을 재촉하러 왔다. 위협하는 말로 협박도 하고, 우는 소리를 늘어 놓기도 하고 해서, 결국 샤를은 마침내 6개월 만기의 어음에 서명하지 않으면 안 되었다. 그런데 어음에 서명할 때, 문득 대담한 생각이 떠올랐다. 그것은 뢰뢰에게서 1천 프랑을 비는 일이었다. 샤를은 매우 말하기 어려운 듯이, 이 금액을 마련해 줄 수 없겠느냐고 물었다. 그리고 기한은 1년, 이자는 얼마라도 상관없다고 덧붙였다. 뢰뢰는 곧 자기 가게로 뛰어가 돈을 가지고 와서 또 한 장의 어음을 쓰게 했다.

그 어음은 보바리가 다음 해 9월 1일에, 1천 70프랑을 뢰뢰나 그의 지명인에게 지불하는 것으로 되어 있었다. 이 금액은 이미 어음에 사인한 180프랑을 합치면, 꼭 1천 250프랑이 되었다. 그러므로 이것을 6프로 이자로 빌려주고, 물건에서 4분의 1의 마진을 챙기면, 이 거래에서 적어도 3분의 1의 마진이 회수된다고 쳐서 12개월 뒤에는 130프랑의 이익이 생긴다는 계산이 된다. 더우기 뢰뢰는 이것으로 거래가 완전히 끝나게 된다고는 생각지 않았다. 그것은 샤를이 1년 뒤에 이 어음을 지불할 수는 없을 것으로 보았기 때문이다. 틀림없이 다시 연장하러 올 것이다. 그렇게 되면, 그가 내놓은 빈약한 돈이 마치 요양원에 들어가서 자라듯이 의사에게서 영양분을 듬뿍 얻어먹고 자라 살이 토실토실 찌고 가방이 터질 만큼 커져서 자기에게 돌아올 것이었다.

게다가 뢰뢰는 모든 일이 잘되어 가고 있었다. 뇌샤텔 병원에 사과주를 납품하는 입찰에서 낙찰이 되었고, 기요맹 씨는 그뤼메닐 토탄광 주권을 나누어 주겠다고 약속했다. 그리고 또 그는 아르게이유와 루앙 사이의 새로운 승합마차 사업을 시작할 궁리를 하고 있었다. 이것만 되면 '황금사자'의 포장마차 같은 것은 곧 거덜난다. 마차 삯은 싸고, 더 빠르고, 짐을 더 많이 실을 수 있으니까, 용빌의 모든 상거래를 자기 혼자서 도맡아 하게 될 것이라고 생각했다.

내년에 이 엄청난 돈을 어떻게 갚아야 할지, 샤를은 이따금 깊은 생각에 잠기곤 했다. 아버지에게 도와 달라고 할까, 아니면 무엇을 팔까 하고 이리저리 해결 방법을 궁리했다. 그러나 아버지는 들으려 하지도 않을 것이고, 자기는 아무것도 팔 물건이 없었다. 그러고 보니 정말 자신이 생각하기 불쾌한 중요한 문제를 마음에서 뒷전으로 미루어 두면서 그때그때 피했던 탓에 지금 이 지경에 이른 것이라는 생각이 들었다. 그러면서도 그런 마음의 고민 때문에 가장 소중한 엠마를 잊는 자신을 자책했다. 마치 자신의 모든 생각을 아내에게 바쳐야 하고, 한순간일지라도 아내를 잊는 것은 아내의 소유물을 훔치는 것과 같다고 생각했다.

그해 겨울의 추위는 혹심했다. 엠마의 회복은 오래 끌었다. 날씨가 좋을 때에는 안락의자에 기대앉아 광장이 바라보이는 창문가로 데려갔다. 엠마가 이제는 뜰을 무척 싫어해서 그쪽의 덧문을 닫아 놓았기 때문이다. 엠마는 또 말을 팔았으면 좋겠다고 말했다. 전에 좋아하던 것들이 지금은 모두 싫어졌다. 그녀의 머리에는 이제 다만 자기 자신을 돌보는 일, 그 생각밖에 없는 것 같았다.

자리에 누운 채 가벼운 식사를 하고, 초인종을 울려 하녀를 불러다가 달이는 약에 대해 물어보기도 하고 그녀와 잡담을 나누기도 했다. 그럴 때, 식료품가게 지붕에 쌓인 눈이 움직이지 않는 하얀 반사광을 방 안에 던졌다. 이윽고 비가 왔다. 그리고 엠마는 일정하게 되풀이되는 그날그날의 하찮은 일들을, 그녀와는 별로 관계도 없는 일들을 날마다 왠지 불안한 마음으로 기다렸다. 그 가운데 가장 큰일은 매일 저녁 제비마차 수레가 도착하는 일이었다. 여관집 여주인이 큰 소리를 지르면 다른 목소리가 이에 대답한다. 그리고 수레의 덮개 포장 위에 얹힌 짐을 살피는 이폴리트의 등불이 어둠 속의 별처럼 보였다. 점심 때에 샤를이 들어왔다 다시 나간다. 그리고 나면 엠마는 수프를 먹는다. 5시 해질 무렵이 되면, 학교에서 돌아오는 아이들이 나막신을 끌며 보도 위를 걸어가면서 덧문의 걸고리를 자막대기로 두드리고 지나갔다.

부르니지앙 신부가 그녀를 방문하러 오는 것도 이 시간이다. 그는 엠마의 건강 상태를 물어보고 여러 가지 세상 이야기를 들려주었다. 그러면서 상냥하게 수다를 떠는 사이에 그녀에게 교묘히 신앙을 권했다. 그의 신부복만 보아도 그녀는 마음이 든든했다.

병이 몹시 악화되어 이제는 죽나보다 하고 생각한 어느 날, 그녀는 성찬 배수를 부탁했다. 그녀의 방에서 식을 올릴 준비가 시작되고, 약병들이 어지럽게 널려있는 그녀의 침대 테이블을 제단으로 만들고, 펠리시테가 달리아 꽃잎들을 마루에 뿌리는 것을 보고 있는 동안, 엠마는 자신의 감정을 압도하는 무언가가 자기를 고통으로부터, 그리고 모든 감각과 감정으로부터 해방시키는 것을 느꼈다. 그녀의 몸은 이제 모든 생각의 짐을 내려놓았고, 새로운 생활이 시작되었다. 그녀의 존재 그 자체가 하느님에게 올라가서 마치 불을 붙인 향 연기가 허공에 빨려 들어가듯, 끝없는 하느님의 사랑 속으로 몰입해 들어가는 것 같은 기분이었다. 침대 시트에 성수가 뿌려지고, 신부는 성체 용기에서 하얀 성체빵을 꺼냈다. 엠마는 성체를 받기 위해 입술을 내밀었을 때, 이 세상 것이 아닌 기쁨으로 정신이 아찔해지는 것 같았다. 침대 커튼이 구름처럼 엠마 주위에 부드럽게 부풀어오르고, 침대 테이블 위에서 타고 있는 두 개의 촛불은 그녀의 눈에 눈부신 후광처럼 보였다. 그녀는 고개를 내려놓았고, 허공에서 최고의 천사가 켜는 하프의 음률이 들린다고 상상했다. 푸른 하늘의 금빛 왕좌 위에는 장엄한 하느님이 무언가 손짓을 하고 계셨다. 불날개 위에 올라탄 천사들을 지상으로 보내어 그녀를 팔로 안아오라고 하는 것이었다.

이 찬란한 환각은 꿈꿀 수 있는 것 가운데서 가장 아름다운 것으로 그녀의 기억에 남았다. 그래서 그녀는 그때만큼 격렬하지는 않지만, 지금도 떠나기를 망설이는 그 기분 좋은 감각을 한 번 더 잡아 보려고 애썼다. 오만한 마음으로 지칠 대로 지친 엠마의 영혼은 간신히 그리스도적 겸손한 마음속에서 안식을 찾게 된 것이다. 약한 자라는 기쁨을 느끼면서 그녀는 그녀의 내부에서 자신의 의지가 허물어져 가는 광경을 지켜보았다. 이것이야말로 신의 은총이 흘러 들어오는 커다란 입구가 되는 것이다. 그래서 현세의 행복 대신 보다 큰 하늘의 기쁨, 다른 모든 사랑을 뛰어넘고 초월한 또 하나의 사랑, 끊임없이 영원토록 이어지는 사랑이 존재했던 것이다! 엠마는 그 희망의 환상 속에서, 대지 위를 떠도는 하늘과 뒤섞이는 순수의 세계를 얼핏보고, 거기에 들어가고 싶어했다. 성녀가 되고 싶었다. 그녀는 묵주를 사고, 부적을 몸에 지녔다. 침대 머리맡에 에메랄드를 박은 성자의 유물 상자를 놓고 밤마다 입맞추고 싶었다.

사제는 엠마의 이러한 성향에 놀랐다. 그러면서도 그는 엠마의 신앙은 열심이 지나쳐서 이단으로 빗나가거나 엉뚱한 짓을 하게 될지도 모른다고 생각하고 있었다. 아무튼 사제는 이런 경우에 대해서는 어느 한도가 넘으면 그다지 아는 바가 없기 때문에, 사교님의 단골 서점 주인인 불라르 씨에게 편지를 보내어, '교양있는 부인의 신앙 지도를 할 만한 좋은 책'을 보내 달라고 부탁했다. 서점 주인은 마치 검둥이들에게 냄비솥이라도 보내듯이 무관심하게, 그 무렵 일반적으로 팔리던 종교 서적을 되는 대로 주워싸서 보내 왔다. 그것들은 문답체로 된 입문서와 드 메스트르 씨식의 거만한 문장으로 된 팸플릿과, 장밋빛 두꺼운 표지를 붙인 달콤한 문장의 소설 같은 것인데, 풍류 시인인 체하는 신학생이라든가, 참회한 여류 작가가 쓴 작품 등이 그 속에 끼어 있었다. 그 가운데는 《깊이 생각하라》라든가, 각종 훈장의 소유자 ×××씨의 저 《마리아의 발밑에 무릎 꿇는 귀족》이라든가 《볼테르의 오류─젊은이들을 위하여》 같은 것도 있었다.

보바리 부인은 아직 무슨 일이든 그것에 진지하게 몰두할 만큼 머리가 맑지는 못했다. 게다가 그녀는 이런 잡다한 책을 너무 서둘러 읽어 버리려고 했다. 예배에 관한 여러 가지 규칙이 성가시고 짜증스러웠다. 기고만장한 투의 교의 논쟁은, 그녀가 전혀 들어보지도 못한 인물을 공격하려고 지나치게 기를 쓰고

있어서 불쾌했다. 또 종교 냄새가 풍기는 통속 소설은 너무도 세상일을 모르고 쓴 것처럼 느껴져서, 그녀가 실증을 바랐던 진리로부터 그녀를 오히려 멀어지게 하는 결과가 되었다. 그러나 엠마는 참을성 있게 읽었다. 그리고 그 책이 어쩌다 손에서 떨어질라치면, 이제까지 어떤 영묘한 영혼도 품을 수 없었던 가장 훌륭한 가톨릭적 우수에 사로잡힌 탓이라고 믿었다.

로돌프에 대한 추억은 그녀의 마음속 깊숙이 가라앉아 있었다. 그것은 지하실에 넣어 둔 왕자의 미라보다도 더 장엄하고, 더 조용히 거기에 누워 었었다. 향료를 칠한 그 위대한 사랑에서는 어떤 증기가 피어올라, 그것이 모든 것에 퍼지고 그녀가 들어가 살고 싶은 정결한 분위기 속에까지 다정한 향기를 피워주었다. 고딕풍의 기도대 앞에 무릎 꿇고 그녀가 주께 바치는 말은, 지난날 불륜의 사랑에 가슴을 두근거리면서 속삭이던 것과 똑같이 달콤한 말이었다. 그것은 신앙을 가까이 부르기 위한 기도였다. 그러나 진정한 기쁨은 하늘에서 내려오지 않았다. 그녀는 지쳐서 무거워진 발과 다리로 겨우 일어섰으나, 그것은 몹시 짓궂은 장난이었다는 막연한 기분이 되었다. 이렇게 열심히 신앙을 찾는 것도 역시 선행의 하나다, 하고 속으로 생각했다. 그리고 믿음이 깊다는 것을 자부하는 마음에서, 엠마는 자신을 옛날의 귀부인들과 비교했다. 그녀가 옛날에 라 발리에르 공작 부인의 초상화를 보고 그런 부귀 영화를 꿈꾼 적이 있는 귀부인들, 긴 의상의 화려한 치맛자락을 엄숙하게 끌면서, 속세에서 마음 상한 눈물을 마음껏 그리스도의 발밑에 쏟으러 몰려갔던 귀부인들과 비교했다.

그래서 엠마는 자선을 베푸는 데 온 힘을 기울였다. 가난한 사람들의 옷도 꿰매 주고 해산한 여자들에게 장작도 보내 주었다. 어느 날 샤를이 집에 돌아와보니, 부엌에서 거지 세 사람이 식탁에 앉아서 수프를 먹고 있었다. 엠마가 앓는 동안 남편이 유모에게 맡겨 두었던 어린 딸을 다시 집에 데리고 왔다. 그녀는 딸에게 읽기를 가르치려고 했다. 베르트가 아무리 울어도 그녀는 화내지 않았다. 그것은 어디까지나 체념하려는 생각에서였다. 누구에게도 너그럽게 한다는 태도였다. 그녀의 말씨는 습관적으로 가장 좋은 표현에 차 있었다. 자기의 아이에게는 이렇게 말했다.

"나의 천사 아가씨, 이제는 배가 아프지 않아요?"

보바리 노부인도 이제는 며느리에게 잔소리할 일이 없어졌다. 굳이 말하라고 한다면, 며느리가 내 집 행주에 구멍난 것을 깁지는 않고, 다른 고아들을 위해 셔츠를 짜주는 일이었다. 그러나 부부 싸움에 지쳐 버린 노부인은, 이 평온해진 아들네 집에서 사는 기분이 그리 나쁘지는 않았다. 그래서 늘 빈정대는 영감의 심술을 피하기 위해 부활제가 끝날 때까지 머물러 있었다. 영감은 성 금요일에는 꼭꼭 돼지 순대를 먹고 싶다고 떼를 쓰는 사람이었다.

올바른 판단과 침착한 태도 때문에 마음이 든든해지는 시어머니를 상대하는 것 말고도 엠마는 거의 매일같이 여러 사람들과 사귀었다. 랑글루아 부인, 카롱 부인, 뒤브뢰이유 부인, 튀바슈 부인, 그리고 2시부터 5시까지는 언제나 사람 좋은 오메 부인이 반드시 찾아왔다. 오메 부인만은 세상 사람들이 엠마에 대해서 쑤군대는 말을 절대로 믿지 않았다. 오메 씨의 아이들도 쥐스탱을 따라 엠마를 보러 왔다.

쥐스탱은 아이들과 함께 그녀의 방으로 올라가 문가에 말없이 잠자코 서 있었다. 보바리 부인은 아주 종종 그가 온 것도 모르고 화장대에 앉아 있는 것이었다. 그녀는 먼저 빗을 뽑고 머리를 확 흔든다. 검은 고수머리 전체가 흘러서 무릎까지 늘어지는 것을 처음 보았을 때, 이 가엾은 소년은 도저히 알 수 없는 세계에 갑자기 발을 들여놓는 것 같은 기분이 들어 그 아름다움에 몸을 부르르 떨었다.

엠마는 아마 쥐스탱의 말없는 숭배도, 수줍음도 깨닫지 못했을 것이다. 그녀는 자기의 생활에서 이제는 사라져 버린 사랑이 바로 그곳, 자기 옆에서, 그 싸구려 셔츠 밑에서, 그녀가 내뿜는 아름다움을 향해 열려진 젊은이의 가슴속에서 숨쉬고 있으리라고는 꿈에도 생각하지 못했다. 게다가 지금 그녀는 그렇게나 모든 일에 대해 무관심에 휩싸여 있었다. 그녀의 말씨는 다정했으나 눈길은 몹시 오만했으며, 태도가 한결같지 않아 그녀의 그런 오만이 자비에서 비롯되었다고 말하기는 어렵고, 그녀의 변덕스런 말투가 미덕에서 나왔다고 할 수도 없었다. 이를 테면 어느 날 밤 외출하고 싶다면서 분명치 못한 말로 변명을 늘어놓는 하녀에게 그녀는 이성을 잃고 화를 냈다. 그런가 하면 느닷없이 이렇게 말했다.

"그럼 너, 그 남자에게 반했구나?"

그러고는 얼굴이 빨개진 펠리시테의 대답도 기다리지 않고, 그녀는 구슬픈 목소리로 덧붙였다.

"갔다 오렴! 어서 가서 즐기고 오렴!"

이른 봄이 되자 엠마는 남편이 말리는데도 뜰의 모습을 구석까지 다 바꾸어 버렸다. 그러나 샤를은 어쨌든 아내가 무슨 일이라도 하겠다는 의지를 보인 것을 기뻐했다. 엠마는 회복해 가면서 점점 더 그러한 의지를 보이게 되어 우선 그녀는 적당한 기회를 보아 유모 롤레 아주머니를 쫓아 버렸다. 이 여자는 엠마가 회복기에 있을 때, 자기의 아기 둘과 맡아 기르고 있는 사내아이를 데리고 자주 부엌에 나타났는데, 이 아이들은 말처럼 먹어댔다. 다음에 엠마는 오메네 가족을 적당히 멀리하고, 이어서 다른 손님들도 차례로 몰아내고는 자신 역시 성당에 별로 나가지 않게 되었다. 이런 일에는 약제사는 대단히 찬성하며, 엠마에게 상냥하게 이렇게 말하는 것이었다.

"그동안 부인께서는 그 시시한 설교에 너무 빠지신 경향이 없잖아 있었지요?"

부르니지앙 신부는 전과 다름없이 아이들의 교리 문답을 끝내면 매일 찾아왔다. 그는 집 안에 있는 것보다 문밖의 '조그만 숲'에서 서늘하게 쉬는 것을 좋아한다고 했다. 그것을 그는 나무 밑의 휴식처라고 불렀다. 마침 샤를이 돌아오는 시간이었다. 두 사람 다 더워했기 때문에, 달콤한 사과주를 내놓았다. 그들은 부인이 완쾌한 것을 축하해서 잔을 들어 건배했다.

비네도 가까이에서—조금 아래쪽 테라스(휴식정원) 담에 기대어 가재를 좇고 있었다. 보바리는 함께 와서 한 잔 들 것을 권했다. 비네는 병마개 뽑는 데 명수였다.

"우선 생각해야 할 것은……" 그는 만족스러운듯이 이리저리 한계선 있는데 까지 둘러보면서 말했다. "병을 이렇게 탁자 위에 똑바로 세워 놓아야 합니다. 자, 이렇게요. 그리고 끈이 끊기면, 코르크를 천천히 조금씩 아주 조금씩 밀어내야해요. 아실 거예요. 식당에서 탄산수 마개를 뽑는 그 요령 말입니다."

그러나 그가 본보기를 보이다가 사과주가 뿜어져 나와 사람들의 얼굴에 튈 때가 있었다. 그러면 신부는 흐흐 하고 입 속으로 웃으면서 농담했다.

"잘해보려는데 그만 무안을 당하는구려!"

사실 그는 세상일을 잘 아는 신부였다. 어느 날 약제사가 샤를에게, 부인의 기분전환도 될 테니 루앙 극장으로 유명한 테너 가수 라가르디의 노래를 들으러 같이 다녀오라고 권했을 때에도, 신부는 언짢은 표정 하나 짓지 않았다. 신부가 잠자코 있는 것이 뜻밖이었으므로 오메가 의견을 듣고 싶어했다. 신부는 음악은 문학만큼 풍속에 해가 되지는 않는 것으로 생각한다고 분명하게 말했다.

약제사가 문학을 옹호하고 나섰다. 이를테면 연극은 여러 가지 편견을 깨뜨리는 데 도움이 되고, 흥미를 느끼게 하면서 도덕을 가르친다고 그는 주장했다. "'그것은 웃음으로 풍속을 교정하노라'지요, 부르니지앙 신부님! 볼테르 비극의 대부분을 보십시오. 철학적 고찰이 재치 있게 들어 있어, 그것은 민중에게 도덕이나 처세술을 가르치는 참된 학교가 되고 있지요."

"나는 말입니다" 비네가 끼어들었다. "옛날에 〈파리의 개구장이〉라는 연극을 보았어요. 거기서 늙은 장군의 역이 좋았습니다. 노장군은 여공을 유혹한 양가집 아들을 혼내 주는데, 그 청년은 그 뒤……."

"물론" 오메가 말을 이었다. "세상에는 좋지 못한 약제사가 있는 것처럼 나쁜 문학도 있습니다. 그러나 그렇다고 여러 예술 가운데 가장 중요한 것을 하나로 뭉뚱그려서 비난하는 것은 어리석은 일이라고 생각해요. 갈릴레오를 감옥에 집어넣은, 그 불명예의 시대에나 어울리는 야만사상입니다."

"좋은 책도, 훌륭한 작가도 있다는 것은 나도 알고 있어요." 신부가 반박했다. "그러나, 세속적인 호화로움으로 장식된 우아한 방 안에 모인 남녀들, 이교도와 같은 분장, 야한 화장, 눈부신 등불, 여자 같은 가냘픈 목소리, 이러한 모든 것들이 결국 어떤 방탕한 분위기를 낳고 불결한 생각과 불결한 동경심을 불러 일으킨다고 모든 교부들은 생각하셨습니다. 아무튼," 그는 코담배를 한 줌 집어 엄지손가락으로 동그랗게 뭉치면서 갑자기 신비로운 말투가 되면서 덧붙였다. "교회가 흥행물을 나쁘다고 비난한 것은 그만한 이유가 있었던 거예요. 우리도 그 규칙은 따라야 합니다."

"어째서 교회는 배우를 파문하는 겁니까?" 약제사가 물었다. "옛날에는 그들도 종교의식에 공공연히 협력했습니다. 그럼요, 공연을 했지요. 그건 익살스런 신비극같은 것이었는데, 거기서 예의범절이 곧잘 침범되었단 말입니다."

신부는 음, 하고 입을 다물며 불만을 거기까지만 토로했다. 약제사는 다시 계속했다.

"그것은 성서의 경우도 마찬가지입니다. 성서에는, 아시겠지만 군데군데 있지 않습니까…… 아슬아슬한 대목이…… 한 마디로 흥미를 돋우는 데가 말입니다."

부르니지앙 신부의 화난 몸짓을 보면서, 오메는 말을 이었다.

"정말이지, 그렇지 않습니까? 성서는 젊은 처녀에게 읽힐 만한 책은 될 수 없을걸요. 나 역시 난처할 겁니다. 만약 우리 아탈리가⋯⋯."

"성서를 권하는 것은 신교도지 우리가 아니오."

신부는 더 참을 수 없어 소리를 질렀다.

"그건 문제가 아닙니다." 오메가 말했다. "저는 놀랐습니다. 오늘날과 같은 문명 개화 시대에, 아무 해도 없고 교훈적이고 또 때로는 위생에 좋기조차 한 지적 오락을 아직도 비난하려고 안간힘을 쓰는 사람들이 있다니요. 그렇지 않습니까, 의사 선생님?"

"그럴지도 모르겠군요."

의사는 찬성한다는 것인지 누구의 기분도 상하게 하고 싶지 않아서인지, 아니면 전혀 자기 의견이 없는 것인지 애매하게 대답했다.

이야기는 이 정도에서 끝나는 것으로 보였다. 그런데 약제사는 이 기회에 끝장을 봐야 겠다고 생각했다.

"성직자들 가운데도 보통 옷을 입고 여자들이 춤추는 것을 구경하러 가는 사람도 있다더군요. 나도 조금은 알고 있습니다."

"설마!"

신부가 말했다.

"아! 그런 사람을 확실히 알고 있다니까요!" 그리고 음절을 한마디씩 끊어가며 되풀이했다. "그런 사람⋯⋯ 알고⋯⋯ 있습니다."

"좋아! 그렇다면, 그놈들이 나빴던 게지."

이렇게 말하고 부르니지앙 신부는 나머지 말을 듣기를 회피했다.

"맙소사, 그것뿐이 아닙니다!"

약제사는 큰 소리로 말했다.

"여보시오, 오메 씨!"

신부가 끝내 매섭게 말을 막았다. 눈초리가 너무도 험악해서 약제사는 겁이 났다.

"아닙니다. 내가 말씀드리고 싶은 것은, 다만 참을성이야말로 인간의 마음을 종교로 끌어당기는 가장 확실한 방법이다, 이런 뜻입니다."

이번에는 덜 거친 어조로 신부의 험악한 눈초리에 답변했다.

"그렇겠지요, 그렇겠지요!"

사람 좋은 신부는 깨끗하게 양보하고 의자에 고쳐 앉았다. 그러나 신부는 곧 일어나서 돌아갔다. 그러자 오메 씨는 얼른 의사에게 말했다.

"이것이 바로 입씨름이라는 겁니다! 보시다시피 내가 해치우지 않았습니까! 아참, 아까 얘기하다가 말았지만, 부인을 모시고 극장에 가십시오. 선생의 일생에, 한 번만이라도 저런 늙은 신부님을 단단히 화나게 한다면 그것만 해도 가치가 있을 겁니다. 만약 우리 가게를 보아 줄 사람만 있다면, 저도 함께 모시고 가겠는데, 빨리 가시는 게 좋습니다! 라가르디가 출연하는 것은 이번뿐이에요. 그 사람은 곧 엄청난 출연료를 받고, 영국으로 건너갈 계약이 되어 있답니다. 사람들이 말하기로는 진짜 배우라는 거예요! 뭉칫돈을 굴리는 배우 말이죠! 첩 세 사람에다 요리사를 한 사람 데리고 다닌다니! 모름지기 인기인이란 정력을 낭비합니다. 오래된 상상을 자극하기 위해 어떤 식의 방종한 인생이 조금쯤은 필요한 겁니다. 그리고 그런 사람들은 젊었을 때 절약할 마음이 생기지 않으니까, 결국은 자선 병원에서 죽게 마련이죠. 아, 벌써 식사 시간이군요. 그럼, 내일 또 뵙겠습니다!"

샤를의 머리에는 극장에 갈 생각이 재빠르게 싹터서, 그는 곧장 아내에게 이야기했다. 엠마는 처음엔 거절했다. 피로하다느니, 귀찮다느니, 비용이 든다느니 하고 이유를 달았다. 그러나 샤를은 놀랍게도 물러서지 않았다. 그만큼 기분 전환은 아내를 위해 좋은 일이라고 생각했던 것이다. 아무것도 걸리는 것이 없었다. 어머니로부터 예상하지도 않았던 돈이 300프랑 왔고, 당장 급한 빚도 그다지 대단한 금액이 아니며, 뢰뢰에게 지불할 어음 기한도 아직 멀었기 때문에 벌써부터 근심할 건 없다고 생각했다. 그래서 그는 엠마가 일부러 마음을 써서 사양하는 것이라 보고 더 권했다. 엠마는 마침내 승낙하고 말았다. 그래서 다음 날 8시에 부부는 제비마차에 올라탔다.

약제사는 자기가 꼭 용빌에 남아 있어야 할 이유도 없을 터인데, 자신은 나갈 수 없는 몸이라고 단념하고 보바리 부부의 출발을 보며 한숨을 쉬었다.

"그럼, 잘 다녀오십시오! 참 부럽습니다!"

그러고는 옷자락에 네 단의 장식을 단 파란 비단 드레스를 입은 엠마에게 칭찬의 말을 건넸다.

"그림처럼 예뻐 보입니다! 루앙에서는 아마 인기가 대단하실 겁니다!"

역마차는 보부아지느 광장의 '붉은 십자가' 호텔 앞에 섰다. 지방 도시의 변두리에서 흔히 보는 그런 여관들 중의 하나로, 커다란 외양간과, 조그만 침실이 있었다. 침실에서는, 이곳저곳 떠돌아다니는 상인들이 뜰 한 복판에 세워놓은 진흙투성이 이륜마차 밑에서 암탉들이 귀리를 쪼아 먹고 있는 모습이 보였다.

벌레먹은 나무로 된 발코니가 달려 있는데, 겨울 밤에는 바람에 삐거덕 소리를 낼 만큼 낡았다. 언제나 손님들이 가득 몰려들어 소란스럽고 먹을 것이 가득했다. 그 검은 탁자는 커피와 위스키가 쏟아져서 끈적끈적했으며, 두꺼운 창유리들은 파리똥으로 누렇고, 축축하게 젖은 냅킨은 붉은 싸구려 포도주 자국으로 얼룩진, 그런 오래되고 마음편한 여관이다. 마치 나들이 옷을 입은 농사꾼처럼 아무래도 시골 쪽 냄새가 풍겼으며, 앞의 한길 쪽에는 카페가 있고 뒤의 들판 쪽에는 채소밭이 붙어 있었다. 샤를은 곧 표를 사러 나갔다. 그는 이층 좌석과 무대 정면의 칸막이 좌석을 구별할 줄 몰라서 여러 가지 설명을 들었으나 이해를 하지 못해 매표구에서 주임에게 가보라고 하여 그에게 들른 뒤, 일단 여관으로 돌아왔다가 다시 표 파는 곳으로 되돌아가는 등, 몇 번이나 극장과 한길 사이를 걸음으로 재듯이 성큼성큼 돌아다녔다.

엠마는 모자와 장갑과 꽃다발 따위를 샀다. 샤를은 막이 오를 때까지 늦지나 않을까 하여 몹시 조바심을 하였다. 그래서 수프를 먹을 겨를도 없이 부부는 극장으로 갔는데, 입구의 문은 닫혀 있었다.

15

사람들은 질서정연하게 난간과 난간 사이에 끼인 채 벽을 따라 늘어서서 기다리고 있었다. 가까운 거리 모퉁이에 붙어 있는 커다란 포스터에는, '뤼시 드 라메르무르……라가르디…… 오페라……' 같은 말들이 사람의 눈을 끌게 하는 이상한 글씨체로 씌어 있었다. 날씨는 활짝 개어 맑고 더웠다. 땀이 머릿속을 흘러 사람들은 손수건을 모두 꺼내어 붉어진 이마를 닦고 있었다. 이따금 개울에서 불어오는 미지근한 바람이 여기저기 술집 입구에 달아 놓은 천막 가장자리를 흔들었다. 그러나 조금 내려간 곳에서는 시냇물이 공기를 차게 식혀 서늘한 바람이 비계와 무두질한 가죽과 기름 냄새를 싣고 불어왔다. 샤레트 거리에서 오는 냄새였다.

그 가까이에는 어두운 큰 창고가 늘어서 있고, 인부들이 술통을 굴리고 있

었다.

엠마는 너무 허겁지겁 달려와서 남들이 성급한 시골뜨기들이라고 웃을까봐, 입장하기 전에 항구 쪽을 한 바퀴 돌아오고 싶다고 말했다. 보바리는 입장권을 소중하게 쥔 손을 바지 주머니에 집어넣고, 그것을 또 아랫배에 대고 꾹 누르고 있었다.

드디어 극장 안으로 들어간 엠마는 가슴이 두근두근했다. 그녀가 이층의 특별석으로 향한 계단을 올라가는 동안, 많은 손님들이 다른 쪽 복도에서 오른쪽으로 몰려가고 있었다. 그것을 보자 그녀는 불현듯 득의에 찬 미소가 떠올랐다. 융단으로 싼 큰 문을 손가락으로 밀 때, 어린애 같은 기쁨이 솟아올랐다. 그녀는 복도의 먼지 낀 공기를 가슴 가득히 들이마셨다. 그리고 자기 자리에 앉았을 때에는 공작 부인 같은 오만한 태도로 몸을 뒤로 젖혔다.

극장 안이 차기 시작했다. 오페라 글라스를 케이스에서 꺼내는 사람도 있고, 늘 오는 단골손님들은 멀리서 낯익은 사람을 알아보고 서로 인사를 나누고 있었다. 그들은 장사의 피로를 예술로 풀려고 찾아온 것인데, 역시 자기네들의 '거래'에 대한 것을 잊지 못해 여전히 무명이라든가 브랜디라든가 염료에 대해 이야기하고 있었다. 노인의 얼굴도 보였다. 아무 표정 없이 평온했으며 머리카락도 얼굴빛도 하얀 것이 마치 납 증기를 쬔 동그란 은메달처럼 보였다. 젊은 멋장이 신사들은 조끼 가슴에 장밋빛이라든가 연초록빛의 넥타이를 자랑스럽게 매고 뻐기면서 아래층 좌석 사이를 서성거리고 있었다. 보바리 부인은 이런 젊은이들이 노란 장갑을 손에 꼭맞게 끼고 금 손잡이가 달린 가느다란 지팡이를 들고 서 있는 모습을, 위에서 황홀하게 내려다보고 있었다.

이윽고 오케스트라석의 촛불이 켜졌다. 천장에 매달린 샹들리에의 크리스털이 극장 안에 찬란한 기쁨의 빛을 펼쳤다. 이윽고 악사들이 차례차례 들어왔다. 먼저 콧김처럼 쿵쿵거리는 콘트라베이스 소리, 아기처럼 앙앙거리는 바이올린 소리, 나팔소리처럼 울려퍼지는 코넷, 풀벌레와 새의 울음소리같은 플루트와 퉁소 소리, 이런 음향들이 대단한 소동을 일으켰다. 그러나 무대에서 딱딱딱 소리가 세 번 울리자 심벌즈가 울리고, 금관 악기가 요란하게 울려 퍼지면서 막이 오르고 한 시골 경치가 나타났다.

숲속의 네거리였으며, 왼쪽에는 한 그루의 떡갈나무 그늘 아래 샘이 있었다. 농부와 귀족들이 체크무늬 망토를 어깨에 걸치고, 사냥꾼의 노래를 합창하고 있었다. 갑자기 장교가 하나 나타나서 두 팔을 높이 쳐들고 악마에게 기도를 올렸다. 또 한 사람이 나타났다가 둘이 모두 퇴장하자 사냥꾼들이 다시 노래를 부르기 시작했다.

엠마는 처녀 시절에 읽은 책의 세계 속으로, 월터 스콧의 소설 속으로 깊숙히 되돌아가 있는 것 같은 기분이 들었다. 안개 속에서, 히드 나무 숲에 메아리치는 스코틀랜드의 백파이프 소리가 들리는 것 같았다. 이 소설에 대한 기억이 도움이 되어서 가극 가사를 쉽게 이해할 수 있었으므로, 엠마는 한 구절씩 그 줄거리를 추적하고 있었는데, 그동안 그녀에게 되살아난 상념들이 순간에 한바탕 음악의 폭풍우에 흩어져 버렸다. 그녀는 멜로디의 파문에 몸을 맡기고, 마치 바이올린의 활이 그녀의 신경선들을 연주하고 있는 것처럼 온몸이 떨리는 것을 느꼈다. 그녀의 두 눈이 다 감당해 내지 못할 갖가지 의상, 배경, 배우, 사람이 걸을 때마다 흔들리는 색칠된 나무, 우단 모자, 망토, 칼 등, 이런 모든 별천지가 어떤 다른 왕국의 분위기 속에 있는 것처럼 음악 소리에 맞추어 맥박치고 있었다. 그때 젊은 여자가 앞으로 나와서 푸른 옷을 입은 시골신사에게 지갑을 던져 주었다. 무대에는 여자 혼자 남았다. 그러자 남자 샘의 속삭임과 새의 지저귐처럼 플루트가 소리 내기 시작했다. 뤼시는 정중한 곡조로 G장조의 짧은 카바티나를 부르기 시작했다. 그녀는 사랑을 탄식하고, 날개를 갖고자 간절히 바랐다. 엠마도 그녀처럼 이 세상을 떠나 누군가의 포옹 속에서 어디론지 날아가고 싶었다. 갑자기 에드가르로 분장한 라가르디가 등장했다.

그는 남국 태생의 열정적인 사람에게 대리석 같은 위엄을 주는, 하얗게 빛나는 피부를 가지고 있었다. 그의 힘에 넘치는 체격은 짧은 신사자켓에 꼭 싸였고, 조각한 단검이 왼쪽 넓적다리에서 흔들리고 있었다. 하얀 이를 드러내며 애달픈 듯이 눈을 움직였다. 소문에 의하면, 비아리츠 바닷가에서 그가 보트 수선공으로 있었을 때 폴란드 공작부인이 어느 날 밤 그의 노래를 듣고 그를 사랑하게 되었다고 한다. 공작부인은 이 남자 때문에 재산을 다 털었으나 그는 공작부인을 버리고 다른 여자에게로 가 버렸다. 그러나 이 유명한 연애사건은 오히려 그가 예술가로서의 이름을 높이는 데 도움이 되었을 뿐, 상처를 주지는 않았다. 처세술에 능한 이 배우는, 광고문에 자기 모습의 매력이라든가 다감한 정신에 대해 시적인 문구를 끼워 넣는 것을 잊지 않았다. 아름다운 목소리와 침착한 태연스러움, 지적이라기보다 오히려 열정적이고, 진정 정열적이라기보다 애정적인 점이, 이발사나 투우사 같은 데가 있는 이 사기꾼 같은 인물을 더욱 돋보이게 했다.

그는 첫 장면부터 관중을 열광시켰다. 그는 뤼시를 힘껏 껴안았다가, 그 곁을 떠났다가, 다시 돌아왔다가, 절망한 것 같은 모습을 보이기도 하는 것이었다. 그리고 분노의 고함소리를 지르는가 하면, 한없이 부드러운 비극적인 대사를 신음소리처럼 독백했다. 흐느낌과 키스에 찬 노랫소리가 그의 드러난 목에서 흘러나왔다. 엠마는 칸막이 좌석 난간의 우단에 손톱을 눌러넣으면서 그를 보려고 몸을 앞으로 기울었다. 세찬 폭풍우 속을 뚫고 희미하게 들려오는 파선한 사람의 울부짖음처럼, 콘트라베이스의 반주에 맞추어 길게 끄는 애절한 한탄의 노래로 그녀의 가슴은 꽉 메었다.

자기가 죽으려 했던 지난날의 도취와 고뇌의 모든 것을 거기서 보았다. 여배우의 목소리는 꼭 자기 자의식의 메아리처럼 여겨졌고, 마음을 사로잡는 그 환상은 자신의 생활을 각색한 것이라는 생각이 들었다. 그러나 그 같은 사랑으로 그녀를 사랑해 준 사람은 이 지구상에 아무도 없었다. 마지막 날 밤 달빛 아래서, "그럼, 내일이에요, 내일이에요!" 하고 서로 말을 주고받았을 때, 그 사람은 에드가르처럼 울지 않았다. 브라보, 브라보! 하는 갈채 소리가 극장 안을 떠나갈 듯 메웠다. 마지막 장이 모두 되풀이되었다. 사랑하는 두 사람은 자기들 무덤의 꽃이며, 맹세며, 이별이며, 운명과, 희망을 이야기했다. 그리고 두 사람이 마지막 이별을 고하는 순간 엠마는 날카로운 외마디 소리를 질렀다. 그 소리는 음악의 마지막 화음의 울림 속에 묻혀 버렸다.

"그런데, 어째서 저 귀족은 저 여자를 괴롭히는 거지?"

보바리가 물었다.

"아니, 아니예요. 저 남자는 저 여자의 연인인걸요."

엠마가 대답했다.

"그러나, 저 남자는 저 여자 가족에게 꼭 복수를 하겠다고 하지 않소. 게다가 방금 나왔던 딴 남자는, '나는 뤼시를 사랑한다. 그리고 뤼시도 나를 사랑하고 있다'라고 말했단 말요. 게다가 그 남자는 여자의 아버지와 정답게 팔을 끼고 나가지 않았소? 그 남자가 그 여자의 아버지 아니오, 모자에 닭털을 꽂은, 조그맣고 못생긴 그 남자가 말이오?"

엠마가 거듭 설명했는데도, 질베르가 자기의 음모를 주인 아슈통에게 고백하는 이중창이 시작되었을 때 샤를은, 뤼시를 속이는 가짜 약혼 반지를 보고 그것을 에드가르가 보내 온 사랑의 기념품이라고 믿어 버렸다. 어쨌든 그는 고백하기를, 그는 줄거리를―음악 때문에 가사가 지워져서―도무지 잘 모르겠다고 털어놓았다.

"모르면 모르는 대로 괜찮잖아요. 좀 잠자코 계세요!"

엠마가 말했다.

"그러나 당신도 다 아다시피 나는 그 까닭을 완전히 알고 싶어하는 성미인걸."

샤를은 엠마의 어깨에 몸을 갖다 대면서 말했다.

"잠자코 계시라니까요!"

엠마는 짜증스레 말했다.

뤼시는 시녀들의 부축을 받으면서 앞으로 나왔다. 머리에 오렌지 관을 쓴 그녀의 얼굴은 드레스의 흰 공단보다도 더 하앴다. 엠마는 자신이 결혼하던 날을 아련히 회상하고 있었다. 고향에서 성당으로 걸어갈 때, 보리밭 뒤 오솔길을 지나가는 자신의 모습이 눈앞에 떠올랐다. 어째서 나는 저기 있는 여자처럼 방황하거나 애원하지 않았을까? 그뿐만 아니라 나는 자신이 나중에 떨어질 깊은 늪도 깨닫지 못하고 마음이 들떠 있었다. 아아! 내가 아직 싱싱한 아름다움을 지니고 있었을 때, 결혼 생활의 더러움이며 부정에 대한 환멸을 알지 못했을 때, 바로 그때 어떤 대단히 실속있는 고귀한 마음에 나의 생애를 맡길 수 있었더라면, 그야말로 미덕과 애정과 쾌락이 하나로 녹아 한평생 그 높은 행복에서 굴러 떨어지는 일이 없었을 것이다. 그러나 지금 눈앞에 보이는 이러한 행복은, 모든 욕망을 비웃어 절망으로 밀어넣으려는 속임수일지도 모른다. 이제 그녀는 예술에 의해 과장된 정열의 시시한 정체를 알았다. 그래서 엠마는 생각을 다른 데로 돌리려고 애쓰면서, 자신이 겪은 괴로움을 재현해 보이는 이 연극 속에서 다만 눈을 즐겁게 하는 감각적인 재미만을 보려고 했다. 그래서 무대 안쪽의 우단 장막을 젖히고 까만 망토를 입은 한 남자가 나타났을 때, 그녀는 마음속으로 경멸의 웃음을 띠우기까지 했다.

이 남자가 쓰고 있던 커다란 스페인식 모자가 그의 몸짓과 함께 떨어졌다. 그 순간 악기와 가수가 6중창을 부르기 시작했다. 불을 뿜을 듯이 격노한 에드가르는 한층 더 낭랑한 목소리로 다른 모든 소리를 눌렀다. 아슈통은 낮은 음조로 그에게 결투를 신청했다. 뤼시는 날카롭고 드높은 애원의 소리를 지르고, 아르튀르는 혼자 떨어져서 중음으로 노래했으며, 목사의 저음은 오르간 소리처럼 울려 퍼졌다. 여자들의 합창소리가 목사의 노래를 되풀이했다. 모두 한 줄로 늘어서서 몸짓을 하고 있었는데, 그들의 반쯤 열린 입에서는 분노와 복수, 질투, 공포, 연민, 놀라움이 한꺼번에 밖으로 나왔다. 모욕을 당한 연인 에드가르는 칼을 뽑아 들고 휘둘렀다. 레이스 장식을 단 칼라가 가슴이 아래위로 움직일 때마다 함께 흔들렸다. 복사뼈에서 불거진 부드러운 장화의 쇠발톱은 도금장식을 무대 가득히 울리면서 그는 성큼성큼 좌우로 걸어다녔다.

엠마는, 저 남자가 많은 관객에게 이처럼 풍부하게 사랑의 생각을 퍼붓는 것을 보면, 그에게는 틀림없이 마르지 않는 사랑의 샘이 있는가보다 하고 생각했다. 그 역할이 지니는 시적 매력에 감동되어서 이 가극을 나쁘게 말하려던 마음이 완전히 사라져 버렸다. 그리고 분장한 인물이 주는 착각 때문에 그 배우에게 마음이 끌린 그녀는 그 생활하는 모습, 화려하고 야릇한 그 멋진 생활을 마음속에 그려 보려고 했다. 그녀 자신도 운만 좋았다면 그런 인생은 자기 것이었을텐데. 그랬다면 저런 남자와 알게 되고 두 사람은 서로 사랑했을지도 모른다. 그와 함께 유럽의 여러 나라를 방문하고, 괴로움과 즐거움을 함께 하고, 손님들이 던지는 꽃을 줍고, 자신이 손수 그의 옷에 수를 놓을 기회가 있었을지도 모른다. 그리고 매일 밤 극장 좌석 안쪽 깊숙한 곳의 금빛 창살 뒤에 앉아 오로지 자기 만을 위해 노래해 주는 저 영혼에게서 넘쳐나오는 소리를 황홀하게 받아들였을지도 모른다. 저 사람은 틀림없이 무대에서 연기하면서도 자기를 바라보아 줄 것이다…… 여기까지 왔을 때, 그녀는 망상에 사로잡혔다. 저 사람은 지금 나를 보고 있다. 분명히 그렇다! 그녀는 뛰어나가서 그의 품에 뛰어들어, 그의 힘 속으로, 연애 그 자체의 화신 속으로 달아나고 싶었다. 그리고 '데려가 주세요, 저를 데려가 주세요. 자, 함께 달아납시다! 나의 사랑도, 꿈도, 모두 당신 거예요!' 외치고 싶었다.

막이 내렸다.

가스 냄새가 김빠진 생명력과 섞여 있었다. 부채 바람으로 공기는 한층 숨막힐 듯했다. 엠마는 밖으로 나가고 싶었다. 복도는 사람들로 가득 차서 꼼짝도 못할 것 같았다. 그녀는 숨이 막힐 만큼 가슴이 뛰어서, 힘없이 의자에 쓰러졌다. 샤를은 아내가 기절할까 겁이 나서 보리차를 사러 매점으로 달려갔다. 제

자리로 돌아오는 데는 퍽 힘이 들었다. 두 손에 컵을 들고 있었기 때문에, 걸음을 옮길 때마다 팔꿈치가 사람들에게 부딪쳤다. 그러다가 기어이 짧은 소매 옷을 입은 루앙의 한 부인의 양 어깨에 컵의 물을 4분의 3가량이나 끼얹고 말았다. 그 부인은 찬물이 옆구리로 흘러 들어가는 바람에 마치 살인자라도 만난 듯이 공작새 같은 목쉰 외마디 소리를 질렀다. 방직 공장 주인인 그녀의 남편은 이 조심성 없는 인간에게 화를 내면서, 아내가 버찌빛 호박단 나들이 옷에 묻은 얼룩을 손수건으로 닦고 있는 동안, 손해 배상이 어떠니, 비용이 얼마니, 변상을 하라느니, 하고 투덜거렸다. 간신히 샤를은 아내 옆으로 돌아와서 숨을 헐떡거리며 말했다.

"정말 오도가도 못할 뻔했네! 굉장히 붐비는군! 굉장해! 그런데 이층에서 내가 누구를 만났는지 아오? 레옹 군을 만났소!"

"레옹이요?"

"그렇다니까! 곧 당신에게 인사하러 올 거요."

말이 채 끝나기도 전에, 용빌의 그 옛날 공증인 서기가 칸막이 특별석 구역 내로 들어왔다.

그는 신사답게 거침없는 태도로 손을 내밀었다. 보바리 부인도 확실히 자신의 의지보다 강한 어떤 인력에 이끌려 기계적으로 손을 내밀었다. 그녀는 푸른 잎사귀 위에 비가 내리던 그 봄날 저녁, 창가에 서서 작별의 말을 나눈 뒤로 이러한 다른 의지의 힘을 느낀 적이 없었다. 그러나 곧 정신을 차리고, 추억에서 오는 취하는 듯한 마음을 떨쳐 버리고는 재빨리 말했다.

"어머! 안녕하세요…… 정말 놀랍고 반가워요!"

"조용히 해요!"

아래층에서 누가 소리쳤다. 제3막이 막 시작되려 했기 때문이다.

"지금 루앙에 와 계시나요?"

"예."

"언제부터지요?"

"나가서 얘기하시지!"

모든 사람들의 시선이 두 사람을 향했다. 두 사람은 입을 다물었다.

그리고 그 순간부터 그녀는 이제 무대의 소리가 귀에 들어오지 않았다. 초대받은 손님들의 합창도, 아슈통과 하인이 주고받는 대화도, 멋진 D장조의 이중

창도, 모두가 그녀에게는 아득히 먼 곳에서 일어나는 일들이었다. 마치 악기가 하나도 울리지 않게 되고, 배우들도 멀리 희미해져 버린 것 같았다. 엠마의 마음은 약제사의 집에서 즐긴 트럼프놀이라든가, 둘이 유모네 집까지 걸어갔던 일, 나무 그늘 아래 휴식처에서 책을 읽던 일, 난롯가에 마주 앉아 조용히 이야기를 나누던 일, 조용하고 안온하게 계속된 조심스럽고 정답고 안스러웠던 사랑, 더욱이 여태까지 까맣게 잊고 있던 사랑을 회상하고 있었다. 그런데 왜 이 사람이 다시 나타났을까? 어떤 일련의 사건이 또 이 사람을 그녀의 인생 속에 던져 넣었을까? 그는 간막이 벽에 기대어 엠마 뒤에 서 있었다. 이따금 그녀는 자기 머리에 와닿는 그의 훈훈한 콧김으로 가볍게 떨리는 자신을 느꼈다.

"이 극이 재미있으십니까?"

레옹이 그녀에게 몸을 굽히며 물었다. 콧수염 끝이 그녀의 볼에 살짝 닿았다.

그녀는 아무렇지도 않게 대답했다.

"아뇨! 별로."

그러자 청년은 밖에 나가서 어디 아이스크림이라도 먹으러 가자고 제안했다.

"아니, 아직! 좀 앉아 있어요!" 샤를이 말했다. "저 여자가 머리를 풀어 늘어뜨린 걸 보니, 이제부터 진짜 비극다워질 것 같아."

그러나 엠마는 그 광란의 장면이 조금도 재미가 없었고, 여배우의 연기는 좀 과장되었다고 생각했다.

"저 여자는 지나치게 외쳐대요."

그녀는 열심히 귀를 기울이고 있는 샤를을 돌아보며 말했다.

"응……. 조금 그런 것 같군."

샤를은 재미있다고 솔직히 말할 것인지, 아내의 의견을 여느때처럼 존중할 것인지 결단을 내리지 못하고, 애매한 대답을 했다.

잠시 뒤 레옹이 한숨을 쉬면서 말했다.

"이렇게 더워서야……."

"정말이에요, 견딜 수가 없어요!"

"답답하오?"

보바리가 물었다.

"네, 숨이 막힐 것 같아요. 나갑시다."

레옹이 그녀의 어깨에 긴 레이스 숄을 살짝 걸쳐 주었다. 그리고 세 사람은 밖에 나가서 항구 옆에 있는 카페 앞의 옥외용 의자에 앉았다. 처음에는 엠마의 병이 화제에 올랐다. 엠마는, 레옹 씨에게는 그런 이야기가 따분할 거라면서 몇 번인가 샤를의 말을 가로막았다. 그러자 레옹은 파리에서 취급하는 소송 사무가 노르망디 지방의 사무와는 다르기 때문에, 거기에 익숙해지기 위해 2년쯤 루앙의 어느 큰 공증 사무소에서 공부 겸 일하러 와 있다고 말했다. 그리고 그는 베르트와 오메 씨 댁, 그리고 르프랑수아 여주인의 안부를 물었다. 엠마와 레옹은 남편이 있는 데서는 더 이야기를 할 수가 없었기 때문에 곧 대화가 끊어졌다.

극장에서 나오는 사람들이, 부드럽게 노래를 부르거나 요란스럽게 떠들며 포도 위를 지나갔다. '오오, 아름다운 천사여, 나의 뤼시여!' 하고 가극의 가사를 외는 사람도 있었다. 레옹은 자기의 음악 지식을 뽐내려고 오페라 이야기를 하기 시작했다. 그는 탕뷔리니, 뤼비니, 페르시아니, 그리지를 모두 보았는데, 그들에 비하면 라가르디는 그저 무턱대고 과장만 했지 비교도 할 수 없을 만큼 엉터리라고 했다.

"그렇긴 하지만……" 럼이 들어 있는 과즙 아이스크림을 조금씩 핥고 있던 샤를이 가로막았다. "마지막은 아주 훌륭하다는 소문이던걸. 끝까지 보지 못한 것이 유감이야. 그때부터 재미있게 될 판이었거든."

"얼마 안 있다가 또 한 번 공연이 있는 모양이더군요."

서기가 말했다.

그러나 샤를은 자기들은 내일 돌아가야 한다고 대답했다.

"아니면 당신 혼자 남아 있겠소?"

그는 아내를 돌아보며 덧붙였다.

그러자 예상하지 못했던 소망을 이룰 수 있는 기회가 나타난 것을 본 청년은 재빨리 작전을 바꾸어 마지막 장면의 라가르디 연기를 칭찬하기 시작했다. 그 사람 연기 정말 뛰어나더군, 정말 뛰어나! 샤를은 덩달아 아내에게 권했다.

"당신은 일요일에 돌아오면 돼요. 그렇게 해요! 망설이는 건 당신 잘못이야. 당신 자신은 모르지만 이건 당신 몸에 조금이라도 좋은 약이 되는 거요."

그러는 동안에 주위 식탁에는 점차 손님들이 보이지 않게 되었다. 보이가 조심스럽게 그들 앞에 와 섰다. 샤를이 그것을 깨닫고 지갑을 꺼내자 서기는 샤를의 팔을 누르고 계산을 끝냈을 뿐 아니라, 은화 두 닢을 대리석 식탁 위에 놓는 것을 잊지 않았다.

"이러시면 마음이 편치않은데요." 보바리가 중얼거렸다. "당신에게 돈을 치르게 해서야……."

레옹은 이 정도쯤이야 당연하죠, 하는 몸짓을 하고 모자를 집어 들면서 말했다.

"그럼 결정하신 거죠, 내일 6시에?"

샤를은 다시 한 번, 자기는 더 이상 집을 비울 수 없기 때문에 거절하지만 아내가 남는 것은 별 상관 없을 것이라고 말했다.

"하지만 전……" 그녀는 야릇한 미소를 지으면서 더듬거렸다. "어떻게 해야 좋을지……."

"자, 잘 생각해 보구려, 천천히 말요, 하룻밤 자고 나면 좋은 생각이 떠오를 테지……." 그리고 그들을 배웅나온 레옹에게 말했다. "이제는 이렇게 우리와 가까운 곳에 사니, 이따금 집에 오셔서 저녁식사라도 같이 해주십시오."

"틀림없이 찾아뵙겠습니다. 용빌에는 사무소의 일로 가야 할 때도 있으니까요."

세 사람이 생테르블랑 골목 앞에서 헤어졌을 때, 성당에서 11시 반을 알리는 종이 울리고 있었다.

제3부

1

레옹은 법률 공부를 하는 한편 댄스 홀 '라 쇼미에르'에도 꽤 자주 드나들었는데, 여자들에게 대단히 평이 좋았다. 그녀들은 그가 '아주 품위 있는 사람'이라고 생각했다.

그는 가장 이해가 빠른 학생이었다. 머리는 너무 길지도 짧지도 않게 깎았고 학기의 3개월치 학비를 첫 달에 다 써버리는 일도 없었으며, 교수들과도 언제나 사이가 좋았다. 방탕은 선천적인 소심성과 점잖음 때문에 일체 삼갔다.

때때로 방에서 독서하고 있을 때, 또는 저녁에 뤽상부르 공원 보리수 아래 앉아 있을 때, 가끔 그는 손에 쥔 법률 서적을 땅에 떨어뜨리며 엠마를 생각할 때가 있었다. 그러한 생각도 점점 희미해지기 시작했다. 그리고 그 위에 갖가지 다른 욕망들이 쌓였으나 그래도 그 옛 느낌은 여전히 남아 있었다. 그는 희망을 아주 버리지는 않았던 것이다. 그의 마음속에는 황금의 과실이 아주 멋진 나무에 달려 있듯, 불확실한 미래의 어느 곳을 떠다니는 일종의 모호한 약속이 있었다.

그래서 3년만에 다시 엠마를 만나자 그의 정열은 다시 눈떴다. 드디어 그녀를 자기 것으로 만들어야겠다고 그는 마음먹었다. 게다가 그의 소심한 천성은 거칠은 친구들과 접촉하는 동안 아예 없어져 버렸다. 파리의 큰 길을 에나멜 구두로 걸어 보지 못한 인간들을 경멸하며 시골로 돌아온 그였다. 일개 법률을 공부하는 학생에 지나지 않는 레옹으로서는, 훈장과 마차를 가진 이름난 의사의 객실에서 레이스에 둘러싸인 파리 여자 앞에 섰더라면 아마 어린애처럼 쩔쩔 맸을 것이다. 그러나 여기 루앙이라는 항구 도시에서는, 상대가 이런 의사 부인이라면, 그도 상대를 현혹시킬 자신이 있었기 때문에 아주 침착했다. 침착이란 장소에 따라 달라지는 것이다. 2층에 사는 상류 인간과 5층에 사는 중류 인간과는 말도 저마다 다르게 마련이다. 게다가 돈 많은 여자는 정조를 지키기 위해 마치 코르셋 안쪽에 갑옷을 대듯, 몸 전체에 있는 대로 지폐를 감고 있는 것처럼 보인다.

전날 밤 레옹은 보바리 부부와 헤어진 뒤, 멀찌감치서 다시 그녀의 뒤를 밟았다. 그리고 그들이 '붉은 십자가' 호텔 앞에서 걸음을 멈추는 것을 보고 발길을 돌려 밤새도록 계획을 짰다.

그리하여 이튿날 저녁 5시께, 그는 목이 메고 두 볼은 창백해져서 절대로 뒤로 물러나지 않겠다는 겁장이 특유의 결의를 굳힌 표정으로 호텔에 들어갔다.

"바깥어른은 지금 안 계신데요."

하인이 말했다.

하늘의 도움이라고 생각하고, 그는 이층 계단을 올라갔다.

엠마는 그가 온 것을 보고도 별로 당황해 하지 않았다. 뿐만 아니라 자기들 숙소를 깜박 잊고 알려 주지 않은 것을 사과했다.

"아, 뭐 대강 짐작은 하고 있었습니다."

레옹은 대답했다.

"어떻게요?"

레옹은 본능에 이끌려서 그녀를 따라왔노라고 말했다. 그러나 엠마가 미소를 지었기 때문에 바보같은 말을 했나 싶어, 청년은 오전 내내 시내 여관을 모조리 뒤졌노라고 고쳐 말했다.

"그럼, 부인은 남아 계시기로 작정하셨습니까?"

"네. 하지만 괜한 짓을 한 것 같아요. 여러 가지 해야 할 일도 많은 사람이, 이렇게 엉뚱한 놀이나 하고 있어서야 되겠어요……."

"아, 그렇겠지요!"

"아니예요! 당신은 여자가 아니니까 제 마음을 모르실거에요."

그러나 남자들에게도 나름대로 괴로움이 있는 법이라면서, 두 사람의 대화는 갖가지 인생관에 관한 얘기로 옮겨갔다. 엠마는 속세적 애정의 비참함과, 인간의 마음을 영원히 매장시켜버리는 영원한 고립에 대해 이야기했다.

깊은 인상을 주려는 것인지, 혹은 엠마의 우울한 마음을 순수하게 흉내낸 것인지, 청년은 자기가 공부하는 동안 내내 마음이 우울해서 견딜 수가 없었다고 호소했다. 소송 기록에 대한 공부가 짜증이 나서 다른 직업에 마음이 끌린

다느니, 게다가 어머니는 편지할 때마다 계속 잔소리만 한다느니, 두 사람은 차츰 자기들의 고민을 하나씩 자세히 털어놓게끔 되었다. 이야기를 함에 따라 그들은 점점 더 솔직해지는 이야기에 차차 흥분을 느꼈다. 그러나 가슴속에 있는 생각을 몽땅 털어놓는 것은 피했다. 그리고 그럴 때는 뭔가 완곡한 표현으로, 진심을 은근히 나타낼 말을 찾았다. 엠마는 다른 남자를 사랑했다는 것은 고백하지 않았다. 그리고 레옹은 그녀를 잊었다는 사실을 말하지 않았다.

어쩌면 레옹은 가면무도회 뒤에 여자 댄서들과 저녁을 함께 먹은 일을 이미 잊어버렸는지도 모르고, 엠마도 아침 일찍 풀을 밟으며 정부의 집으로 달려갔던 일을 깡그리 잊고 있는지도 몰랐다. 거리의 소음은 두 사람 귀에 거의 들려오지 않았다. 그 방은 두 사람의 고독을 한층 더하게 하기 위해 특히 작고 오붓한 것만 같았다.

엠마는 능직 무명 실내복을 입고서, 낡은 안락의자 등에 묶은 머리를 기대고 있었다. 노란 벽지가 그녀 뒤에 금빛 배경을 만들어 주었다. 아무 장식도 하지 않은 머리가 거울에 비치고, 하얀 가리마를 사이에 두고 양쪽으로 가른 머리카락 밑으로 하얀 귓불이 보였다.

"용서하세요." 그녀는 말했다. "내가 나빴어요. 이런 불평만 늘어놓고, 싫증 나셨죠?"

"아닙니다. 별 말씀을……"

"당신이 알아 주신다면" 엠마는 눈물이 그렁그렁한 아름다운 눈으로 천장을 올려다보며 말했다. "내가 어떤 꿈을 꾸고 있었는지 당신은 상상도 못하실 거예요!"

"저도! 아, 저도 몹시 괴로웠습니다! 몇 번이나 하숙집을 나와, 강변을 방황했는지 모릅니다. 떠들썩한 사람들 틈에 끼어 기분을 풀지 않고는, 머리에 달라붙어 떨어지지 않는 생각을 도저히 쫓아 버릴 수가 없었습니다. 늘 다니는 길가 어느 판화 상점에 미의 여신을 그린 이탈리아 판화가 있었습니다. 그 여신은 튜닉*1을 입고, 아름답게 늘어뜨린 머리에 물망초를 꽂고 달을 보고 있었습니다. 저는 매일 무엇에 쫓기듯 그것을 보러 갔지요. 그리고 몇 시간이나 꼼짝도 하지 않고 그 그림 앞에 서 있었습니다."

---

*1 허리 아래까지 내려오는 여성용 웃옷.

그리고 그는 떨리는 목소리로 덧붙였다.

"그것은 부인을 꼭 닮은 여신이었습니다."

보바리 부인은 자기도 모르게 입가에 떠오르는 미소를 보이지 않으려고 얼굴을 돌렸다.

"전 몇 번이나 편지를 썼다가는 찢어 버렸습니다."

엠마는 아무 말도 하지 않았다. 레옹은 계속했다.

"때때로 어떤 우연이 부인을 데려다줄지도 모른다고 상상하곤 했습니다. 길모퉁이에서 문득 부인의 모습을 본 것 같기도 했고, 역마차 승강구에 부인 것과 비슷한 숄이나 베일이 하늘거리는 것을 보면, 저는 정신없이 마차 뒤를 따라가곤 했지요."

엠마는 그의 말을 가로막지 않고 그대로 계속 말하게 두었다. 팔짱을 끼고 고개를 숙인 채 덧신의 꽃장식을 내려다보고 있었다. 그리고 이따금 발 끝으로 덧신의 공단을 움직였다.

한참 뒤에 그녀는 한숨을 쉬면서 말했다.

"무엇보다 가장 슬픈 것은 나처럼 아무 쓸데없는 생명을 질질 끌며 사는 것이 아닐까요? 내 고통이 누구에게 도움이라도 된다면, 희생을 한다 여기고 마음을 위로하겠는데!"

레옹은 미덕과 의무와 감추어진 희생을 찬양하기 시작했다. 그리고 자신도 아직 적당한 일은 발견하지 못했으나 뭔가에 헌신하고 싶은 욕구를 강하게 느낀다고 말했다.

"전 병원에 근무하는 수녀가 되었으면 싶어요."

"아아, 불행하게도," 그는 말했다. "남자에겐 그런 신성한 일이 없습니다. 전 그런 직책을 아직 아무 데서도 발견하지 못했습니다…… 의사라도 되면 또 모를까……."

엠마는 가볍게 어깨를 움찔하여 그의 말을 가로막았다. 그리고 죽을 병이 걸렸을 때 죽지 못한 것을 한탄하고, 만일 그때 죽었더라면 지금과 같은 이런 고통은 없었을 것이라고 말했다. 레옹은 곧 '무덤의 고요함'이 부럽다고 말했다. 그리고 어느 날 밤에는 유언을 썼다는 것이었다. 자기의 유해를 엠마가 선물로 보내 준, 그 아름다운 비로드 줄무늬 침대 덮개로 싸달라고 말이다. 대충 이러이러한 것들이 그동안 그들이 바랐던 상황으로, 그들은 자신들의 과거의 생활을 각자 상대방을 위해 재정리하고 있는 것이었다. 참으로 언어란 감정을 끊임없이 확대하는 기계이다.

침대 덮개에 관해 꾸며 낸 얘기를 듣고 엠마는 물었다.

"어머, 왜 그러셨어요?"

"왜 그랬느냐구요?"

레옹은 주저하다가 대답했다.

"그건 부인을 진심으로 사랑하고 있기 때문이지요!"

레옹은 자신의 이 현명한 임기응변을 자축하면서, 곁눈으로 그녀의 표정을 살펴보았다.

그 얼굴은 마치 바람이 구름을 말끔히 걷어간 하늘과 같았다. 그녀의 푸른 눈을 짙푸르게 한 슬픔의 무게가 증발하고 있었다. 얼굴 전체가 환하게 빛났다.

레옹은 가만히 기다렸다. 이윽고 그녀는 대답했다.

"저도 오래전부터 알고 있었어요······."

여기서 두 사람은 기쁨과 슬픔을 단 한마디로 요약한 먼 과거의 사소한 일들을 하나하나 이야기했다. 그들은 미나리아재비풀이 성성했던 그 나무 그늘 아래 정원이며, 그녀가 입고 있던 옷이며, 방의 가구, 그녀의 집에 대한 모든 것을 회상했다.

"참, 그 선인장은 어떻게 되었습니까?"

"지난 겨울에 얼어죽었어요."

"아! 전 그 선인장을 얼마나 생각했는지 모릅니다. 여름날 아침, 햇빛이 덧문에 비치면 전 옛날처럼 곧잘 그 선인장을 생각하곤 했지요. 부인의 드러난 팔이 꽃 사이를 움직이고 있는 것이 눈에 훤히 보이는 것 같았습니다."

"어머, 어쩌면!"

그녀는 손을 내밀었다. 레옹은 능숙하게 그 손에 입술을 댔다. 그리고 숨을 한 번 커다랗게 쉬고는 말을 이었다.

"그때 제게 있어서 부인은 매력적이고 불가사의한 힘이었죠. 언젠가 부인 댁에 갔을 때 일인데, 부인은 벌써 그 일을 잊으셨을 겁니다만."

"잘 기억하고 있어요." 엠마는 말했다. "계속하세요."

"그때 마침 부인은 외출하려고 마지막 층계를 내려서고 계셨습니다······. 조그만 푸른 꽃이 달린 모자를 쓰고 계시더군요. 그런데 전 부인이 청하지도 않았는데 부인을 따라나섰습니다. 마음속으로는 괜한 짓을 한 건 아닌가 자꾸 후회가 되더군요. 그렇다고 그 자리에서 헤어질 수도 없고, 또 꼭 따라가야겠다는 분명한 용기도 없이 전 그저 우물쭈물 부인을 따라갔습니다. 부인이 어느 상점에 들어가셨을 때, 전 거리에 우두커니 서 있었죠. 유리창 너머로 부인이 장갑을 벗고 카운터에서 셈하시는 것을 바라보고 있었습니다. 그리고 나서 부인은 튀바슈 부인 댁의 초인종을 누르셨죠. 문이 열리고 부인이 들어가신 뒤 문이 쾅 닫힌 후에도, 전 그 육중한 문 앞에서 한참 동안이나 바보처럼 멍하니 서 있었습니다."

보바리 부인은 이 이야기를 들으며 자기가 무척 늙은 데에 놀랐다. 다시 눈앞에 나타난 모든 일들이 그녀의 생애를 늘려놓는 것 같은 생각이 들었던 것이다. 그 과거의 일들에 대한 이야기를 듣자니 감상적인 시공의 무한성같은 것이 새로이 생겨나기도 했다. 그것이 그녀의 마음속에 들어와, 그녀는 반쯤 눈을 감은 채 나지막하게 말했다.

"아, 그래요!······그랬어요!······그랬어요."

그들은 보부아진 가까이의 시계들이 8시를 치는 소리를 들었다. 이 언저리에는 기숙사며 교회며 낡고 큰 저택들이 많았다. 두 사람은 이야기를 그치고 말없이 있었다. 그러나 말없이 서로의 얼굴을 바라보고 있는 동안 머릿속에서 뭔가 울려 오는 것을 느꼈다. 고정된 두 사람의 시선에서 마치 뭔가 실제로 들리는 소리가 나오는 것 같았다. 두 사람은 아까부터 손을 맞잡고 있었다. 과거도, 미래도, 추억도, 공상도, 모두 이 황홀한 도취 속에 녹아들어가고 있었다. 밤의 어둠이 벽 위에 모여들고 있었다. 그러나 벽에 걸린 판화의 강렬한 빛은 반쯤 어둠에 잠겨 있으면서도 번쩍번쩍 빛났다. 네슬 탑의 네 장면을 그린 것인데, 밑에 스페인어와 프랑스어로 설명이 붙어 있었다. 창문을 통해 뾰죽뾰죽 치솟은 지붕 사이로, 밤하늘의 자투리 한 조각이 보였다.

엠마는 일어나 옷장 위에 있는 두 촛대에 불을 켜놓고 다시 자리에 앉았다.

"그래서······." 레옹이 말했다.

"그래서?"

그가 끊어진 대화를 어떻게 이을까 궁리하고 있는데 그녀가 먼저 말했다.

"지금까지 아무도 그런 기분을 내게 얘기해 준 사람이 없는데, 왜 그럴까요?"

그것은, 이상적인 성격은 누구에게나 다 쉽게 이해되기는 어렵기 때문이라고 서기가 설명했다. 하지만 저는 당신을 한 번 보고 좋아졌습니다, 만일 운이 좋아 좀더 일찍 만나 서로 굳게 맺어졌더라면, 두 사람은 얼마나 행복했을까요, 하고 중얼거리며 그는 절망을 느낀다고 말했다.

"저도 가끔 그런 생각을 했어요."

엠마는 대답했다.

"생각이요!"

레옹이 속삭였다. 그리고 엠마의 길고 흰 장식띠의 푸른 가장자리를 살짝 만지작거리면서 덧붙였다.

"다시 시작하는 데 무슨 어려움이 있을까요?"

"아, 안 돼요." 엠마는 대답했다. "나는 이제 너무 늙었고 당신은 아직 젊어요…… 제발 나 같은 건 잊어버리세요! 다른 여자가 당신을 사랑하게 될 것이고…… 당신도 그 사람을 좋아하게 될 거예요."

"부인만큼 사랑하진 못해요!"

그는 소리쳤다.

"어린애같이! 우리는 분별이 있어야 해요. 그랬으면 좋겠어요."

엠마는 자기들의 사랑이 이루어지기 어려운 이유를 설명하고, 예전처럼 그냥 오누이로서 다정하게 지내는 것으로 만족해야 한다고 타일렀다.

그녀는 진심으로 그런 말을 한 것일까? 물론 그녀 자신도 잘 알지 못했다. 유혹의 매력과 거기에서 몸을 지켜야 한다는 생각에 온통 정신을 뺏기고 있었기 때문이다. 그녀는 감동에 젖은 눈으로 청년을 바라보면서, 그가 매우 떨리는 손으로 주저주저 애무하려고 하는 것을 부드럽게 물리쳤다.

"아, 용서하십시오!"

레옹은 뒤로 물러앉았다.

엠마는 이 수줍어하는 태도를 보고 막연한 공포에 사로잡혔다. 로돌프의 그 대담성보다 이것이 더 위험한 것처럼 생각되었다. 어떤 남자도 이렇게 아름다워 보인 적이 없었다. 그 거동에는 뭐라 말할 수 없는 순진한 매력이 넘쳤다. 그는 휘어 올라간 가느다란 속눈썹을 내리깔았다. 매끄럽고 부드러운 볼이 그녀에 대한 욕망 때문에—적어도 그녀는 그렇게 생각했다—빨갛게 물들어 있었다. 엠마는 그 뺨에 입술을 갖다 대고 싶은 강렬한 충동을 느꼈다. 그래서 시간을 보는 척 시계 쪽으로 몸을 돌리면서 말했다.

"어머, 벌써 저렇게 됐네요! 꽤 오래 얘기했나 보죠!"

레옹은 그 말뜻을 알고 모자를 찾았다.

"얘기하느라고 연극 구경 가는 것도 잊고 있었군요! 가엾은 보바리는 그 때문에 나를 일부러 두고 갔는데! 그랑퐁 거리에 사는 로르모 씨가 그의 부인과 함께 절 데려다주기로 했어요."

그러니 오늘이 마지막 기회였다. 그녀는 내일 떠나야 하기 때문이다.

"그렇습니까?" 레옹이 말했다. "하지만, 저와 꼭 한 번 더 만나주셔야 합니다. 드릴 말씀이 있습니다……."

"뭔데요?"

"어떤…… 아주 중대하고 진지한 얘깁니다. 아아! 부인은 떠나실 리가 없습니다, 그럴 리가 없어요! 하다못해 부인께서…… 들어주십시오……. 그러면 제 기분을 모르셨단 말입니까? 짐작도 못하셨단 말입니까?"

"너무나 분명히 말씀하시는걸요."

"제발 놀리지 마십시오! 그만 하세요! 제말 꼭 한 번만 더 만나 주십시오……. 꼭 한 번만."

"글쎄요!"

그녀는 말을 끊고 생각을 고친 듯했다.

"하지만 여기선 안 돼요!"

"어디라도 좋습니다."

"그럼……."

그녀는 잠시 생각하는 것 같았다. 그리고 쌀쌀한 목소리로 말했다.

"내일 11시, 대성당에서."

"가겠습니다!"

그는 엠마의 손을 잡고 외쳤다. 그녀는 재빨리 손을 뺐다. 그리고 둘은 일어났다. 레옹은 엠마의 뒤에 서서 엠마가 고개를 숙였을 때 그녀의 목 위에 몸을 굽히고 오랫동안 목덜미에 키스했다.

"오, 미쳤군요! 이건 미친 짓이예요!"

그녀가 잔물결 같은 소리로 날카롭게 웃는 동안 키스는 몇 번이고 거듭됐다.

레옹은 엠마의 어깨 너머로 얼굴을 내밀며, 그녀의 눈에서 승낙의 표정을 찾으려고 했다. 그러나 엠마의 눈은 얼음 같은 위엄을 지니고 그를 내려다보았다.

레옹은 세 걸음 물러나서 밖으로 나가려고 했다. 문간에서 걸음을 멈추고 떨리는 목소리로 속삭였다.

"그럼 내일."

그녀는 고개를 끄덕이고 참새처럼 옆방으로 사라졌다.

그날 밤 엠마는 레옹에게 밀회를 거절하는 긴 편지를 썼다. 이제 모든 것이 끝났다, 우리는 서로의 행복을 위해 더 이상 만나서는 안 된다, 고 썼다. 그러나 편지를 봉했을 때, 그녀는 레옹의 주소를 모른다는 것을 문득 깨닫고 당황했다.

'내가 직접 주지 뭐, 그이는 올 테니까.'

이튿날, 레옹은 창문을 활짝 열어 젖힌 발코니에서 콧노래를 부르며 자기 구두를 정성껏 닦고 있었다. 흰 바지를 입고, 화려한 양말을 신고, 푸른 웃옷을 입은 다음, 손수건에는 향수를 있는 대로 뿌렸다. 그리고 이발소에서 머리도 곱슬렸는데, 역시 자연스러운 것이 좋을 것 같아 곱슬린 것을 도로 폈다.

'아직 너무 이르군!'

이발소의 비둘기 시계를 보고 그는 생각했다. 시계는 9시를 가리키고 있었다.

그는 낡은 유행 잡지를 읽고 집을 나섰다. 엽궐련을 한 대 피워 물고 세 거리를 지나, 이제 시간이 되었다고 생각하고는 노트르담 성당 앞 광장으로 천천히 걸어갔다.

진정 사랑스러운 여름 아침이었다. 금은방에 놓인 은그릇이 햇빛에 반짝이고, 대성당 위에는 햇빛이 비스듬히 떨어져 갈라진 회색빛 돌 틈새를 비추고 불꽃을 튀기듯 넘쳐나와 눈부시게 반사하고 있었다. 새 떼가 클로버 모양의 아치가 달린 조그만 종루를 맴돌며 푸른 하늘에서 날고 있었다. 사람소리로 시끄럽게 메아리치고 있는 광장에는 포장석 가장자리에 장미꽃, 재스민, 카네이션, 수선화, 월하향 향기가 물씬 풍기고 있었다. 그러한 꽃들 사이에는 고양이풀, 별꽃 등 이슬에 젖은 푸른 풀들이 아무렇게나 섞여 있었다. 광장 한가운데에는 분수가 소리를 내며 뿜어오르고 있었다. 그리고 커다란 양산 아래서는 꽃 파는 여자들이 모자도 쓰지 않은 채 맨머리로, 피라미드 모양으로 잔뜩 쌓아놓은 참외 사이에 앉아 제비꽃을 종이에 싸고 있었다.

레옹은 그것을 한 다발 샀다. 그가 여자를 위해 꽃을 산 것은 이것이 처음이었다. 그래서 그 냄새를 맡은 그의 가슴은 자부심으로 한껏 부풀었다. 마치 다른 사람에게 바치는 경의가 거꾸로 자기에게 돌아오는 것 같았다.

그러나 남의 눈에 띄는 것이 두려워서 큰 맘 먹고 성당 안으로 들어갔다.

마침 성당지기가 왼쪽 문 가운데에 있는 '춤추는 마리안' 아래의 문간에 서 있었다. 모자에 깃털을 꽂고, 정강이에까지 닿는 긴 칼을 차고, 단장을 손에 쥔 모습은 추기경보다도 위엄이 있고 신성한 성체기(聖體器)처럼 화려했다.

그는 레옹 쪽으로 다가왔다. 그리고 마치 성직자가 어린아이에게 뭘 물어볼 때처럼 온화하고 친절한 미소를 지으면서 물었다.

"아마 이 근처 분이 아니신 것 같은데, 성당 보물을 구경하시지 않겠습니까?"

"아니, 괜찮습니다."

레옹은 먼저 바깥 복도를 한 바퀴 돌았다. 그리고 광장으로 갔다. 엠마는 와 있지 않았다. 그는 다시 성가대 자리로 갔다.

물이 가득 찬 성수반에 본당 천정의 아치 끝과 스테인드글라스의 한 부분이 비치고 있었다. 그러나 그 물에 비친 스테인드글라스의 그림은 대리석 창가에 부딪쳐 꺾여서 포장 대리석 위에 양탄자처럼 갖가지 무늬를 새겨 놓았다. 문 밖의 밝은 햇빛은 열어 젖힌 세 개의 큰 문을 통해 세 줄기 굵은 빛이 되어 성당 안으로 비쳐들고 있었다. 이따금 제단 안 쪽으로 성기(聖器) 담당이 지나가면서 급한 신자가 그러듯이 제단 앞에 비스듬히 무릎을 굽혔다. 유리로 세공된 샹들리에가 꼼짝도 않고 매달려 있었다. 성가대 자리에는 은 램프가 타고 있고, 성당 안쪽 양 옆으로 늘어선 예배석들과 여기저기 컴컴한 구석 자리에서는 가끔씩 한숨 소리가 흘러나오고 있었다. 그 소리에 섞여 창살문 닫는 소리가 높은 천장에 메아리쳤다.

레옹은 엄숙한 걸음걸이로 벽을 따라 걸어갔다. 인생이 이처럼 즐겁게 여겨진 일은 없었다. 곧 그녀는 올 것이다. 아름답고 요염하게, 불안해하면서, 사람 눈을 피해 가장자리에 주름 장식이 달린 옷을 입고, 금테 안경에 화려한 구두를 신고서. 그가 여태껏 맛본 일 없는 갖가지 우아함을 몸에 지닌 채 바야흐로 성인다운 시정(詩情)에 넘쳐, 감정을 누그러뜨리는 그 말할 수 없는 미덕의 매력을 풍기면서 나타날 것이다. 성당은 마치 엠마의 규방처럼 모든 것을 갖추고 있었다. 둥근 아치형 천정은 허리를 구부려 그녀가 하는 사랑의 고백을 어둠 속에서 들으려는 듯하고, 스테인드글라스는 그녀의 얼굴을 비추기 위해 빛나고, 향로는 그녀가 향연 속에 천사처럼 나타나게 하기 위해 타오르고 있었다.

그런데 그녀는 오지 않았다. 레옹은 거기 있는 의자에 걸터앉았다. 어부들이 물고기 바구니를 나르고 있는 그림이 그려진 푸른 스테인드글라스가 눈에 띄었다. 그는 주의 깊게 그 그림을 바라보며, 물고기의 비늘과 단춧구멍을 세었다. 그러는 동안에도 그의 마음은 줄곧 엠마를 찾아 배회하고 있었다.

성당지기는 이 남자가 아무 도움없이 성당을 구경하는 것을 보고 저만치 뒤에서서 은근히 화가 나 있었다. 실로 괘씸한 태도였다. 그의 생각에 그것은 아주 괴물 같은 행동이고, 도둑놈의 종족같이 보이며, 신성을 모독하는 기분이 들었다.

그때 돌바닥 위에 비단옷 끌리는 소리가 나고, 차양이 달린 모자와 검은 케이프가…… 엠마다! 레옹은 벌떡 일어나 그녀에게 달려갔다.

엠마는 창백한 얼굴로 총총히 걸어왔다.

"읽어 보세요!" 그녀는 종이 한 장을 내밀었다. "아, 역시 안 돼요!"

그녀는 재빨리 손을 물리치고, 성모를 모셔 놓은 예배당으로 들어가 의자에 매달려 한쪽 무릎을 꿇고 기도하기 시작했다.

청년은 이런 기특한 변덕에 짜증이 났으나, 밀회 도중에 이렇게 안달루시아의 후작부인같이 기도에 열중하고 있는 것을 보니 어떤 매력이 느껴졌다. 그러나 그녀가 기도를 언제까지나 끝내려 하지 않아 차차 따분해졌다.

엠마는 뭔가 느닷없는 해결이 하늘에서 내려지기를 바라면서 빌었다. 아니 빌려고 애썼다. 그리고 신의 구원을 간절히 구하기 위해 번쩍거리는 성체를 똑바로 쳐다보고, 큰 꽃병에 꽂혀 있는 활짝 핀 흰 노랑장대 향기를 들이마셨다. 그리고 성당의 고요함에 귀를 기울였다. 그러나 그 고요함은 마음의 동요를 한층 더하게 할 뿐이었다.

그녀는 벌떡 일어났다. 두 사람이 같이 나가려고 하자 성당지기가 빠른 걸음으로 다가왔다.

"부인은 여기 분이 아니지요? 성당 보물을 구경하지 않겠습니까?"

"아, 괜찮아요!"

법률 서기가 소리쳤다.

"구경하는 것도 좋지 않겠어요?"

엠마가 받아서 대답했다.

사실 그녀는 비틀거리는 미덕을 잡아 세우기 위해, 성모에 매달리고, 조각에 매달리고, 무덤에 매달리고, 모든 기회에 매달리려 하고 있었다.

성당지기는 '적당한 형식'을 지키기 위해 먼저 두 사람을 광장 가까이의 입구로 데리고 갔다. 그리고 새겨진 문자도, 끝의 흔적도 없는 검은 포석들이 이룬 커다란 원을 지팡이로 가리키며 엄숙한 목소리로 말했다.

"이것은 앙부아즈 집안의 그 유명한 종 원둘레를 본뜬 것입니다. 종의 중량은 무려 4만 파운드로, 온 유럽에 둘도 없는 종이었지요. 그 종을 만든 사람은 너무 기뻐서 죽었다고 합니다."

"이것으로 충분해요, 갑시다."

레옹이 말했다.

성당지기 노인은 다시 걷기 시작했다. 그리고 성모의 예배당에 돌아오자, 한꺼번에 전체를 가리키려는 듯 두 팔을 벌려 크게 휘두르며, 시골 지주갈 자기 과수원을 보여줄 때의 몸짓보다 더 자랑스럽게 말했다.

"이 단순한 돌 밑에는, 바렌과 브리삭의 영주시고 프아투의 원수셨던 피에르 드 브레제께서 묻혀 계십니다. 그분은 노르망디의 지방 장관을 지내시다가 1465년 7월 16일 몽레리 싸움에서 전사하셨습니다."

레옹은 입술을 다부지게 맞물고 가볍게 걸었다.

"그리고 저 오른쪽에 온몸을 갑옷으로 두르고 말을 타고 있는 귀인의 조각은, 그분의 손자 루이 드 브레제입니다. 저분은 브르발과 봉쇼베의 영주로 계셨으며 몰르브리에 백작과 모니 남작을 겸하셨고, 국왕 폐하의 시종관으로 계시다가 기사 칭호를 받은 분으로서, 노르망디 지방의 장관을 지내셨습니다. 비문에도 새겨져 있지만, 1531년 7월 23일 일요일에 돌아가셨습니다. 그리고 그 밑에 조용히 최후를 결행하려 하고 계시는 인물은 같은 분의 모습입니다. 인간 세상의 덧없음을 이토록 완전하게 표현한 그림은 딴 데서는 도저히 찾아볼 수 없을 것입니다. 그렇지 않습니까?"

보바리 부인은 안경을 벗어 들었다. 레옹은 가만히 서서 그녀를 보고 있었다. 부인의 이중적인 표정을 보면서 실망한 레옹은 한마디 말도, 꼼짝도 않고 서 있었다.

안내인은 지치지도 않고 계속 지껄여댔다.

"그 옆에 무릎 꿇고 우는 부인은 바로 그분의 아내 디안 드 푸아티에 님인데, 브레제 백작부인은 발랑티누아 공작부인이라고도 하며, 1499년에 탄생하시어

1566년에 돌아가셨습니다. 그리고 그 왼쪽에 아기를 안고 계시는 분이 성모 마리아 님이십니다. 자, 그럼 이번엔 이쪽을 보십시오. 이것은 앙부아즈 집안의 묘석입니다. 이 명문 집안에서 태어나신 분은 두 분 다 대주교를 지내셨죠. 이분은 루이 12세 폐하의 장관을 지내신 분으로 이 성당을 위해 막대한 돈을 희사하셨습니다. 이분의 유언장에는 금화 3만 에퀴를 빈민들에게 나눠 주라는 말이 씌어 있었답니다."

거침없이 떠들어대면서 성당지기는 두 사람을 보호난간들이 여기저기에 널려 있는 예배당 안으로 억지로 끌고 들어갔다. 그리고 그들 중 몇 개를 옆으로 치워놓고, 이제까지 투박한 조각으로 여겨졌던 듯한 건축자재 같은 것을 보여주었다.

"이거야말로……" 그는 길게 한숨을 쉬고 말했다. "옛날 영국 왕과 노르망디 공을 함께 지내신 리샤르 사자왕의 분묘를 장식했던 것입니다. 그것을 이 꼴로 만들어 놓은 것은 그 칼뱅파 이교도들이죠. 그 고약한 놈들은 대주교님이 아직 재직 중이었을 때 이 조각을 화풀이로 땅속에 묻어 버렸습니다. 자, 이것 보세요. 이게 대주교님의 저택으로 들어가는 입구입니다. 다음에는 '괴상한 창문'으로 가보겠습니다."

이때 레옹은 재빨리 주머니에서 은화 한 닢을 꺼내 들고, 엠마의 팔을 잡았다. 성당지기는 아직 볼 것이 많이 있는데 벌써 사례를 하는 것이 이상한 듯 어이가 없는 표정을 지었다. 그래서 손님을 불러 세웠다.

"여보세요! 첨탑이 있습니다! 첨탑이!"

"아, 이젠 됐어요."

레옹이 말했다.

"안 보면 후회하실 거예요! 탑 높이는 440피트나 됩니다. 이집트의 대피라미드보다 9피트밖에 낮지 않죠. 전부 무쇠로 되어 있는데, 이거야말로……."

레옹은 뛰기 시작했다. 왜냐하면 거의 두 시간 동안이나 성당 안에서 돌처럼 꼼짝도 못한 그의 연정이, 이제 증발되어 연기처럼 사라지려 하고 있었기 때문이다. 그의 생각에 그 연정의 연기는 기괴한 형상을 하고 성당의 굴뚝 위로 피어오르려는 것 같았다. 그리고 굴뚝은 마치 밑둥이 잘린 튜브같은 모양으로, 성당 지붕 위로 튀어나온 어떤 괴상한 외국의 철제 실험기구같이 여겨졌다.

"대체 어디로 가시는 거지요?"

엠마가 말했다.

레옹은 아무 대답도 하지 않고 계속 빠른 걸음으로 걸어갔다. 보바리 부인이 입구의 성수반에 손가락을 담그고 있을 때, 뒤에서 단장을 짚는 소리에 섞여 가쁜 숨소리가 들려왔다. 레옹이 고개를 돌렸다.

"여보세요!"

"뭐요?"

보니 성당지기였다. 그는 가철한 책을 20권쯤 아랫배에 안아 들고 겨우 균형을 유지하며 다가왔다. 그것은 '이 성당의 내력을 적은 책'이었다.

"바보 같으니!"

레옹은 중얼거리며 성당 밖으로 뛰어나갔다.

성당 앞뜰에 어린애 하나가 놀고 있었다.

"마차를 한 대 불러 다오!"

아이는 카트르방 거리로 총알처럼 뛰어갔다. 두 사람은 한참 동안 마주 서서 얼굴을 바라보며 어색한 기분에 잠겼다.

"아아! 레옹! 정말, 전…… 어떻게 하면 좋아……."

그녀는 선웃음을 치다가 곧 정색을 하고 말했다.

"정말 이러면 안 돼요."

"뭘 말입니까?" 레옹이 응수했다. "이런 일은 파리에선 얼마든지 있는 일입니다!"

이 한마디가 거역할 수 없는 논거이기나 한 듯, 그녀의 마음은 결정적으로 굳혀졌다.

그러나 마차는 좀처럼 오지 않았다. 레옹은 그녀가 다시 성당으로 들어가지 않을까 겁이 났다. 마침내 마차가 나타났다. 성당 입구에 서 있던 성당지기가 다시 소리쳤다.

"하다못해 북쪽 문으로 나가십시오! 《부활》이랑, 《최후의 심판》이랑, 《낙원》, 《다윗왕》, 《불타는 지옥에 떨어진 악인들》이라도 보고 가십시오!"

"나리, 어디로 모실까요?"

마부가 물었다.

"어디든지 가 주시오!"

레옹은 마차 속으로 엠마를 밀어 넣으면서 대답했다.

이윽고 무거운 마차는 구르기 시작했다.

마차는 그랑퐁 거리를 내려가 데자르 광장과 나폴레옹 부두, 퐁뇌프를 건너 피에르 코르네유 상 앞에서 멈췄다.

"세우지 말고 가요!"

차 안에서 소리가 들려왔다.

마차는 다시 움직이기 시작했다. 그리고 라 파예트 네거리를 지나서부터는 언덕길이기 때문에, 전속력으로 내리달아 기차 정거장으로 들어갔다.

"아니, 그냥 곧장 가요!"

목소리가 크게 들렸다.

마차는 기차역 문을 나와 얼마 뒤 산책로에 이르러서는 키높은 느릅나무 사이를 평온하게 달렸다. 마부는 이마에 흐르는 땀을 닦고, 가죽 모자를 무릎 사이에 낀 채 마차를 옆길로 몰아 목초지 근처의 물가길을 따라갔다.

마차는 강가 자갈이 깔린 배를 끌고가는 길을 따라 섬 저쪽 오이셀 쪽으로 한참 동안 달렸다.

그러다 마차는 갑자기 한달음에 카트르마르, 소트빌, 그랑드쇼세, 엘뵈프 거리를 가로질러 앞으로 돌진해가다가 식물원 앞에서 세 번째로 멈추어 섰다.

"그냥 가라니까!"

아까보다 더 짜증스러운 목소리로 외쳤다.

마차는 다시 뛰기 시작하여 생스베르, 퀴랑디에 부두, 묄 부두를 지나, 다시 한 번 다리를 건넜고, 그런 다음 샹드마르스 광장을 가로질러 양로원 뒤뜰을 지나갔다. 양로원 마당에는 검은 옷을 입은 노인들이 등나무 덩굴로 푸르게 덮인 동산의 산책길을 햇볕을 쬐며 걷고 있었다. 마차는 부브뢰이유 거리를 올라가 코슈아즈 거리를 거쳐 멀리 드빌 언덕까지 몽리부데를 달렸다.

마차는 거기서 다시 돌아섰다. 그리고 거기서부터는 어디라고 할 목표도 방향도 없이 되는 대로 달렸다. 이 마차는 생 폴, 레스퀴르, 가르강 산, 라 루주마르, 가이야르부아 광장에 나타났는가 하면, 말라드르리 거리, 디낭드리 거리, 생로맹, 생비비앙, 생마클루, 생니케즈의 여러 사원 앞에—세관 앞에—바스 비에유 탑, 트루아 피프, 기념 묘지 앞에도 나타났다. 이따금 마부는 마부석에서 거리의 술집을 실망에 찬 눈으로 흘겨보았다. 그리고 이 손님들이 무엇 때문에 이처럼 멈추지도 않고 돌아다니고 싶어하는지 알 수 없었다. 때때로 멈추어

보면 그때마다 안에서 여전히 외치는 소리가 터져 나왔다. 그래서 마부는 이제까지보다 한층 더 심하게 땀에 흠뻑 젖은 말에 채찍을 휘둘렀다. 이제 마차가 아무리 흔들려도 상관하지 않았고, 여기저기 부딪쳐도 개의치 않았으며 거의 자포자기가 되었다. 목은 마르고, 배는 고프고, 겁은 나고 하여 거의 울상이 되어서 마차를 몰아 나갔다.

선창가에서는 짐수레와 나무통 사이에서, 한길에서는 경계표의 돌 모퉁이에서, 사람들이 휘둥그레진 눈으로, 시골에서는 좀처럼 볼 수 없는 이 괴물—커튼을 내리고, 무덤보다도 엄중하게 문을 꼭꼭 닫은 채, 배처럼 마구 흔들리면서 시내 이곳저곳에 나타나는 마차—에 놀라고 있었다.

단 한 번 점심때쯤 들판 한복판에서, 마차 옆에 붙은 낡은 은 램프에 햇빛이 비칠 때, 마차 창에 쳐진 조그맣고 노란 커튼 아래로 장갑을 끼지 않은 손이 나오더니 발기발기 찢은 종이를 던졌다. 종이는 바람에 날려서 저쪽에 빨간 꽃이 가득 핀 토끼풀 밭에 하얀 나비처럼 내려앉았다.

이윽고 6시가 다 되어, 마차는 보부아진 구의 어느 골목에서 섰다. 그리고 안에서 한 여자가 내렸고, 그리고 베일을 쓴 채 뒤도 돌아보지 않고 걸어갔다.

2

숙소로 돌아온 보바리 부인은 역마차가 보이지 않는 데 놀랐다. 마부 이베르는 엠마를 데리러 용빌에서부터 와서, 53분 동안이나 기다리다가 떠나 버린 것이다.

그녀는 꼭 돌아갈 이유는 없었지만, 그날 밤 안으로 돌아가기로 약속이 돼 있었다. 게다가 샤를이 기다리고 있을 것이 마음에 걸렸다. 그리고 많은 여자들에게 있어서 간통 뒤의 형벌이자 보상이라고 할 수 있는 그 심약한 복종심을 그녀는 이미 마음속에 느끼고 있었다.

그녀는 부랴부랴 돌아갈 준비를 하고 셈을 치른 다음, 안뜰에 불러달라고 한 이륜마차에 올라탔다. 그리고 마부를 재촉하여 쉴새없이 시간과 거리를 물어보면서, 캥캉푸아 마을 집들이 보이는 곳에서 간신히 이베르의 '제비마차'를 따라잡았다.

한쪽 구석에 자리잡은 그녀는 곧 눈을 감았다. 한참 뒤, 언덕 기슭에 다다랐을 때 눈을 뜨니 멀리 하녀 펠리시테가 대장간 앞에서 기다리고 있는 것이 보였다. 이베르가 말을 세우자 그녀는 마차 창에 발돋움하여 뭔가 뜻있는 목소리로 말했다.

"마님, 곧장 오메 씨 댁으로 가세요. 급한 일이 있대요."

마을은 여느 때와 다름없이 조용했다. 길가에는 붉은 무더기가 가는 곳마다 있어 모락모락 김을 뿜고 있었다. 마침 잼을 만드는 계절이어서, 용빌 사람들은 모두 같은 날에 1년치 잼을 만들고 있었던 것이다. 약방 앞에는 특히 큰 무더기가 있어 지나는 사람마다 보고 감탄했다. 약방의 화덕은 여느 집보다 컸는데, 일반적인 수요는 개인의 기호에 앞선다는 이치였다.

그녀는 집 안으로 들어갔다. 큰 안락의자가 아무렇게나 뒤집혀 있고, 심지어 신문 '루앙의 등불'이, 양 끝이 두 절굿공이로 고정된 채 펼쳐져 있었다.

엠마는 복도 문을 밀었다. 부엌 한복판에는 다듬은 붉은 까치밥 나무열매를 담은 갈색 항아리, 가루 설탕과 덩어리 설탕, 테이블 위의 저울, 불에 얹은 냄비, 이런 것들 사이에 어른과 아이 할 것 없이 오메네 식구들이, 턱까지 닿는 앞치마를 두르고 손에 포크를 쥐고 서 있는 것이 보였다. 쥐스탱은 고개를 떨군채 서 있고, 약사는 소리지르고 있었다.

"누가 창고로 가지러 가라고 했나?"

"뭐 말입니까? 왜 그러세요?"

"왜 그러느냐구요?" 약사는 대답했다. "함께 잼을 만들고 있었지요. 이것은 요리용으로 끓여서 주스를 만들려고, 냄비를 하나 더 가져오라고 소리쳤죠. 그랬더니 이 약하고 게으른 녀석은 내 약제실로 가서 거기 걸려있는 열쇠를 가지고 창고로 가지 않았겠습니까!"

약제사 오메는 약제 도구며 약품이 가득 들어 있는 다락방 하나를 창고라고 부르고 있었다. 그는 여기서 곧잘 오랜 시간을 혼자 보내며 레테르도 붙이고, 약을 옮겨 담기도 하고, 끈을 다시 매기도 했다. 그는 또 여기를 단순한 창고가 아니라 일종의 성스러운 곳으로 생각하고 있었다. 그가 손수 조제한 갖가지 환약과 탕재, 세척제, 물약 따위가 여기서 나와 여러 곳에 널리 그의 명성을 선전해 주기 때문이다. 아무도 이 방에 발을 들여놓지 못하게 하고, 청소도 자신이 직접할 만큼 소중히 여기고 있었다. 아무튼 굉장히 아꼈다. 누구나 들어갈 수 있는 약국이 그의 자랑이며 뽐내는 장소라면, 이 창고는 오메가 혼자서 열심히 생각하고 그대로 실험하여 만족을 얻는 은밀한 곳이었다. 때문에 그로서는 쥐스탱의 경솔한 행동을 도저히 그냥 넘길 수 없었던 것이다. 그래서 오메는 까치밥 나무열매보다 더 얼굴이 빨개져서 거듭 외쳐됐다.

"그래요, 창고 열쇠를 말입니다! 산과 알칼리의 극약을 넣고 잠가둔 열쇠로! 엉뚱하게도 특수용 냄비를 가지러 가다니! 뚜껑 달린 그 냄비를! 나도 잘 쓰지 않는 그 냄비를! 내 제약술의 미묘한 일에는 뭐든지 허술히 다룰 것이 하나도 없단 말이다! 이 망할 녀석! 그렇게 분별이 없어 가지고 어떻게 해. 제약용 물건을 부엌일에 쓰면 어떻게 하느냐 말이야. 그건 마치 수술용 칼로 닭을 잡고, 사법관이……"

"아이 여보, 고정하세요!"

오메 부인이 말했다.

아탈리는 오메의 프록코트를 잡아당기면서 말했다.

"아빠! 아빠!"

"넌 상관 마라! 상관 마라니까! 이 바보 같은 녀석! 너 같은 놈은 식료품 가게나 해라. 그래, 마음대로 해봐! 마음대로 부수어라! 마음대로 깨! 거머리를 놓아 줘라! 접시꽃을 내다 태워라! 약병에 오이를 절여라! 붕대를 찢어라!"

"저, 저한테 무슨 용건이……"

엠마가 말했다.

"아아, 잠깐 기다려 주십시오! 네가 지금 얼마나 위험한 짓을 했는지 알고 있나? 왼쪽 구석 세째 선반에서, 너 아무것도 보지 못했어? 대답해 봐, 대답해 보란 말이야!"

"모, 몰라요……"

소년은 간신히 입 속으로 중얼거렸다.

"뭐, 모른다고! 흥, 모른다면 가르쳐 주지! 너 거기서 황랍으로 봉한 푸른 유리병을 보았지? 거기에는 흰 가루가 들어 있고, 병엔 '위험'이라는 글씨가 씌어 있었다. 그 속에 뭐가 들어 있는지 알아? 비소야, 비소! 그런데 넌 그걸 만지려고 한 거야! 그 바로 옆에 있는 냄비를 집으려고 했단 말이야!"

"바로 옆에요!" 오메 부인이 두 손을 모으며 소리쳤다. "비소라구! 너 잘못했으면 우리 식구를 모두 독살할 뻔했구나!"

이 말을 듣고 아이들은 벌써 배라도 아픈 듯이 소리를 지르기 시작했다.

"아니면 환자를 독살했을지도 몰라!" 약제사는 말을 이었다. "너 나를 중죄 재판소 피고석에 앉히고 싶으냐? 단두대로 끌려가는 꼴이 보고 싶어? 익숙한 나도 약을 다룰 때는 얼마나 조심하는지 모른다. 내 책임을 생각하면 가끔 등골이 오싹해진단 말이야. 왜 그런지 아니? 그건 정부가 우리를 괴롭히고 지배하려고, 불합리한 법률을 마치 다모클레스의 칼처럼 우리의 머리 위에 들이대고 있기 때문이란 말이야!"

엠마는 자기가 무슨 일로 불려 왔는지 물어보는 것도 잊고 있었다. 약제사는 여전히 숨을 헐떡이며 어마어마한 말을 늘어놓고 있었다.

"그것이 네 놈에게 우리가 친절히 대해준 데 대한 보답이냐! 그게 내가 너를 아버지처럼 돌봐 준 데 대한 답례야? 정말이지 내가 없었다면 넌 어떻게 될 뻔했냐? 지금쯤 어떻게 됐겠어? 지금쯤 뭘하고 있겠냔 말이다. 네게 밥을 주고, 공부를 시키고, 옷을 해 입히는 게 누구냐? 나중에 사회에 나가서 존경받을 수 있도록 여러 모로 기초를 닦아 주고 있는 게 누구냐? 그렇게 되려면 땀을 흘리고 노력해야 한단 말이야. 세상에서 말하듯이 손에 못이 박이도록 일을 하지 않으면 안 된단 말이야. 파브리칸도 피트 파베르, 아게 쿠오드 아기스(대장장이 일을 해야 대장장이가 된다. 네 일에 전력을 다해라)."

그는 라틴어까지 인용할 만큼 흥분해 있었다. 만일 알고 있었다면 중국어와 그린란드어까지 인용했을지도 모른다. 그는 마치 폭풍우 때 큰 바다가 둘로 갈라져 해변의 해초에서 나락 밑바닥의 모래까지 온동 드러내 보이듯이, 인간의 마음이 간직하고 있는 것을 몽땅 털어놓고 마는 발작을 일으키고 있었던 것이다. 그는 다시 말을 이었다.

"지금 난 너 같은 놈을 맡게 된 걸 무척 후회하고 있다! 차라리 그때 너를 구해 주지 말고, 태어난 그대로 가난 속에 처박아 두었던들 이런 후회는 없었을 게다. 너는 소나 키우고 살 놈이야. 학문에는 전혀 소질이 없어! 약 이름 하나 제대로 못 붙이지 않느냐! 그런데도 너는 우리 집에서 할 일 없는 신부처럼 빈둥빈둥 놀며 밥이나 축내고 있단 말이야!"

"저보고 이리로 오라고 하셨다는데……."

엠마는 오메 부인을 돌아보고 말했다.

"아이! 참 저걸 어쩌지." 부인은 엠마의 말을 가로막았다. "뭐라고 말씀드려야 좋을까……. 정말 안됐어요!"

그녀는 말을 하다 말았다. 약제사는 여전히 고래고래 소리 지르고 있었다.

"냄비를 비워라! 그리고 깨끗이 닦아서 먼저 자리에 갖다 놔라! 빨리 해!"

그리고 쥐스탱의 작업복 덜미를 쥐고 힘껏 흔드니, 그의 주머니에서 책이 한 권 떨어졌다.

소년이 몸을 굽혔다. 그러나 오메가 더 빨랐다. 그는 책을 펴들고, 눈이 동그래지면서 입을 딱 벌리고 들여다보았다.

"부부의…… 사랑!" 그는 이 두 마디를 천천히 떼어서 읽었다. "허어 훌륭하구나! 훌륭해! 이쁘기도 하다! 게다가 삽화까지 있고, 허! 여러가지도 한다!"

오메 부인이 왔다.

"안 돼, 만지지 마, 저리 가요!"

아이들이 삽화를 보고 싶어했다.

"나가, 밖으로 나가!"

오메는 꽥 소리 질렀다. 아이들은 나갔다.

오메는 책을 펴든 채 눈을 데굴데굴 굴리며, 얼굴을 잔뜩 부풀리고, 마치 뇌일혈 환자처럼 방안을 왔다갔다했다. 그리고 제자 앞으로 성큼성큼 걸어가서 팔장을 끼고 그 앞에 우뚝 섰다.

"정말 너 큰일났구나…… 나쁜 짓은 골라 가며 몽땅 배웠구나! 생각해 봐라, 넌 하마터면 어이없는 실수를 할 뻔했단 말이야…… 만일 이 더러운 책이 아이들 손에라도 들어가서, 그애들 머리에 조금이라도 영향을 주어 아탈리의 순결을 더럽히고, 나폴레옹을 타락시키게 되었다면 어떻게 할 뻔했어? 너 그런 생각 해본 일 있느냐, 응? 그 애들은 이제 어른이 다 됐다. 설마 애들은 이 책을 보지 않았겠지? 너 보증할 수 있느냐?"

"저어, 제게 하실 말씀이?"

엠마가 다시 말했다.

"아, 참 부인…… 사실은 저어, 부인 시아버님이 돌아가셨습니다!"

엠마의 시아버지 보바리 씨는 사실 그 전전날 밤 식사를 마치고 난 뒤 갑자기 뇌일혈을 일으켜 세상을 떠났다. 그래서 샤를은 엠마의 예민한 신경을 염려하여, 혹시 마음에 상처를 입힐까봐 일부러 오메 씨에게 이 나쁜 소식을 적당히 전해 달라고 부탁해 놓았던 것이다.

오메는 생각하고 생각하여 말을 잘 골라, 부드럽고 품위 있고 자연스럽게 말을 흘리려고 준비해 놓고 있었다. 가장 신중하고 원만하고 기품 있는 말투였으나, 분노가 그 미사여구들을 머릿속에서 싹 지워버리고 만 것이었다.

엠마는 자세한 이야기를 듣는 것을 단념하고 약방에서 나왔다. 오메 씨가 또 욕을 퍼붓기 시작했기 때문이었다. 그러나 그는 차차 침착을 되찾아 터키 모자로 부채질을 해가며 어버이 같은 말투로 말했다.

"내가 뭐 이 책이 전부 나쁘다는 얘기는 아니다! 이걸 쓴 사람은 의사야. 이 책 속에는 어른은 누구나 알아서 나쁠 것 없는, 아니 어른이면 누구나 알아두어야 할 과학이 있다. 하지만 네겐 아직 까마득하단 말이야! 네가 어른이 되고 하나의 완전한 인간으로 자립했을 때, 그때 읽어야 할 책이란 말야."

엠마가 문을 노크하자 돌아오기를 기다리고 있던 샤를이 두 팔을 벌리고 다가와 눈물어린 목소리로 말했다.

"아! 당신이구려……."

그리고 다정하게 몸을 굽혀 아내에게 키스했다. 그러나 그의 입술이 닿았을 때, 엠마는 딴 남자가 생각나서 몸을 떨며 손으로 얼굴을 문질렀다.

그래도 나지막이 말했다.

"아, 저 들었어요……. 다 들었어요……."

샤를은 어머니가 감정을 조금도 섞지 않고 사실만을 알려온 편지를 엠마에게 보여주었다. 어머니는 편지에서, 남편이 퇴역 장교들의 애국적인 모임을 마치고 돌아오는 도중 두드빌르의 어느 술집 앞이나 길거리에서 죽었기 때문에, 종교의 구원을 받지 못한 것이 다만 생각할수록 애석하다고 말하고 있었다.

엠마는 편지를 돌려주었다. 저녁식사 때는 예절을 지켜 일부러 식욕이 없는 체했다. 그러나 남편이 끈질기게 권하였기 때문에 못 이기는 체하며 먹기 시작했다. 샤를은 맥이 풀린 듯 꼼짝도 않고 엠마 앞에 앉아 있었다.

샤를은 때때로 얼굴을 들어 슬픔에 찬 눈으로 아내를 바라보았다. 그러고는 깊은 한숨을 내쉬면서 말했다.

"한 번만 더 뵈었더라면 좋았을걸!"

그녀는 잠자코 있었다. 그러나 무슨 말이든 해야 한다고 생각하고 물었다.

"연세가 몇이셨죠, 당신 아버님이?"

"쉰여덟!"

"아, 그렇죠!"

이것으로 대화는 그쳤다. 15분쯤 뒤에 그가 다시 말했다.

"가엾은 어머님은 이제부터 어떻게 사시지?"

엠마는 모르겠다는 몸짓을 했다.

그녀가 이토록 말없이 앉아 있는 것을 보고 샤를은 그녀도 슬퍼하고 있는 줄 알았다. 그래서 아내의 마음을 그토록 무겁게 만드는 슬픔을 더 이상 자극하지 않기 위해 아무 말도 하지 않기로 했다. 그 대신, 그는 자기의 슬픔을 누르고 물었다.

"어제는 재미있었소?"

"네."

하녀가 식탁보를 걷어갔지만 보바리는 일어나지 않았다. 엠마도 일어나지 않았다. 남편의 얼굴을 바라보고 있는 동안 그 항상 변함없는 모습이, 그 지나친 단조로움이, 서서히 그녀의 마음에서 측은한 기분을 몰아내 버렸다. 샤를은 어느 모로 보나 나약하고, 무가치하고 측은한 남자로만 보였다. 어떻게 하면 이 사내에게서 해방될 수 있을까! 어쩌면 이 밤은 이렇게도 길까! 마치 아편 연기와 같은, 무언가 사람의 지각을 빼앗는 것이 엠마의 마음을 둔화시키고 있었다.

막대로 마루를 쾅쾅 울리는 듯한 소리가 복도에서 들려왔다. 이폴리트가 엠마의 짐을 날라 온 것이다.

그는 짐을 내려놓느라고 의족으로 4분의 1쯤 원을 그렸다.

'남편은 벌써 이 남자 일을 까맣게 잊어버렸나봐!'

엠마는 헝클어진 빨간 머리에서 땀을 흘리고 있는 가엾은 사나이를 보면서 생각했다.

보바리는 지갑에서 잔돈을 찾고 있었다. 그러나 그는 구제할 수 없는 그의 무능함에 대한 비난의 상징이라고 할 수 있는 모습으로 거기에 서 있는 이폴리트에게는, 옆에서 그렇게 하고 있는 것만으로도 얼마나 굴욕을 느끼고 있는 지를 모르고 있는 것 같았다.

"아! 예쁜 꽃다발이군!"

샤를은 난로 선반 위에 놓인 레옹이 준 오랑캐꽃을 보고 말했다.

"네, 아까 산 거예요…… 여자 거지한테서."

그녀는 아무렇지도 않게 대답했다.

샤를은 오랑캐꽃을 집어 들고, 울어서 빨개진 눈을 식히면서 조용히 냄새를 맡았다. 엠마는 얼른 그것을 남편의 손에서 낚아채어 유리컵에 꽂으러 갔다.

이튿날 보바리 노부인이 도착했다. 어머니와 아들은 몹시 울었다. 엠마는 지시할 일이 있다는 핑계로 그 자리를 피했다.

그다음 날은 모두 함께 상의하여 상복 같은 것을 준비하지 않으면 안 되었다. 반짇고리를 들고 냇가의 푸른 나뭇가지 아래 정자 밑으로 갔다.

샤를은 아버지를 생각하고 있었다. 그리고 지금까지 그렇게 좋아하지도 않았던 아버지에게 이렇듯 깊은 애정을 느끼게 되는 데에 스스로 놀랐다. 보바리 노부인도 남편을 생각하고 있었다. 그 가장 불행했던 날들이 지금은 모두 그립게만 여겨졌다. 남편과 함께 산 오랜 일상생활에 대한 본능적인 향수때문에 다른 모든 것을 잊은 것이다. 바늘을 놀리고 있는 동안 굵은 눈물 방울이 때때로 코를 타고 내려와 코끝에 매달리곤 했다.

엠마는 바로 48시간 전, 레옹과 단둘이서 세속을 멀리 떠나 정신없이 도취되어, 서로 아무리 바라보아도 모자라던 일을 생각하고 있었다. 지나가 버린 그날의 아주 사소한 일까지도 다시 한 번 회상하려고 했다. 시어머니와 남편이 옆에 있는 것이 방해가 되었다. 그녀는 사랑의 꿈을 흐트러뜨리지 않기 위해 아무것도 듣고 싶지 않았고, 아무것도 보고 싶지 않았다. 그러나 아무리 애써도 그 꿈은 밖에서 오는 감각에 뒤섞여서 점점 사라져 갔다.

그녀는 겹으로 된 옷을 풀고 있었다. 옷 조각들이 주위에 흩어졌다. 시어머니는 고개를 숙이고 가위질을 하고 있었다. 샤를은 장식이 달린 덧신을 신고, 실내복으로 입는 낡은 밤색 프록코트를 걸치고, 두 손을 주머니에 찌른 채 역시 입을 꽉 다물고 있었다. 그 옆에는 베르트가 작은 앞치마를 두르고서 삽으로 모래를 긁으며 놀고 있었다.

별안간 포목상 뢰뢰 씨가 문을 열고 들어 오는 것이 보였다.

'불행한 일을 당하셨으니' 혹시 뭐 도와 드릴 일이라도 없나하여 들렀다고 했다. 엠마는 별로 일이 없다고 대답했다. 상인은 이런 대답에 물러가지 않고 말했다.

"아, 대단히 죄송합니다만, 좀 조용히 드릴 말씀이 있는데요." 그리고 목소리를 낮추어 말했다. "바로 그 일 때문에 그러는데, 아시죠……."

샤를은 귀가 빨개졌다.

"아, 그렇지……. 그렇구나." 그리고 당황하여 아내를 돌아보았다. "여보, 당신이 좀......."

엠마는 알아듣고 일어났다. 샤를은 어머니에게 말했다.

"뭐 아무것도 아닙니다. 그냥 사소한 집안일입니다."

그는 어음에 관한 것을 어머니에게 알리고 싶지 않았다. 잔소리를 들을 것이 두려웠던 것이다.

뢰뢰 씨는 엠마와 단둘이 되자 노골적인 말투로 유산 상속을 축하했다. 그리고 과수 울타리, 수확, 자기의 건강, 등 쓸데없는 이야기를 늘어놓고, 자기의 건강은 '그저 그렇다'고 말했다. 사실은 세상 소문과는 달리 자기는 빵에 바를 버터 값도 못 벌면서 노예처럼 일하고 있다는 것이었다.

엠마는 상인이 마음대로 지껄이도록 내버려 두었다. 지난 이틀 동안 정말로 따분했던 것이다!

"그런데, 부인은 이제 완전히 회복되셨습니까? 주인 어른께서 무척 걱정하시더군요! 좋은 분입니다, 저는 약간 옥신각신하긴 했지만요."

엠마는 무슨 일로 옥신각신 했느냐고 물었다.

샤를은 그 물건에 대한 논쟁을 아내에게 숨겨왔던 것이다.

"왜 부인도 잘 알고 계시잖습니까! 그 특별히 주문한 여행 가방 말입니다."

뢰뢰는 다시 모자를 깊숙이 눌러쓰고 뒷짐을 지고 벙글벙글 웃으면서 나직이 휘파람을 불어 가며 대담하게 그녀의 얼굴을 똑바로 바라보았다. 이 남자가 무엇을 눈치챈 것일까? 그녀는 은근히 걱정이 되어 이것저것 상상해 보았다. 이윽고 상대가 입을 열었다.

"바깥어른하고는 벌써 타협이 됐습니다. 그런데 한 가지 더 의논 드릴 일이 있어서요."

그것은 샤를이 서명한 어음을 갱신하는 일이었다. 보바리는 뢰뢰가 하라는 대로 할 것이고, 더구나 골치 아픈 일이 많이 생기려는 지금 이런 일 때문에 고민하지 않을 것이다.

"차라리 그 어음을 누군가에게 양도하시는 편이 나을 것입니다. 가령 부인에게라도 말예요. 위임장 하나만 있으면 그런 건 아무것도 아니지요. 그렇게 되면 부인과 저, 두 사람으로 간단히 해결될 것입니다......"

엠마는 잘 납득이 가지 않았다. 상인은 입을 다물었다. 그리고 뢰뢰는 다시 장사 이야기로 돌아가 부인에게 무엇이든 팔아 달라면서, 옷 한 벌 감으로, 까만 바레주 천을 12미터 보내겠다고 했다.

"지금 입고 계신 것은, 집 안에서는 괜찮지만, 밖에 나가시는 옷은 따로 한 벌 더 있으셔야겠습니다. 전 여기 들어서면서 대뜸 그렇게 느꼈지요. 제 눈은 보통 눈이 아니니까요."

그는 옷감을 인편에 보내지 않고 손수 가지고 왔다. 그러고는 또 치수를 재러 다시 왔다. 그 밖에 여러 가지 핑계를 만들어 찾아와서는, 그때마다 친절과 성의를 다하여, 오메 씨 말마따나 온갖 충성을 다 바치는 신하인듯 행세했다. 그리고 돌아갈 때는 꼭 위임장에 대하여 한 마디씩 흘리는 것을 잊지 않았다. 그러나 상인은 어음에 대해서는 한 마디도 하지 않았다. 엠마는 그것에 대해 생각지 않았다. 물론 병이 다 회복되어 갈 무렵, 그 돈문제에 대해 샤를에게서 조금 들은 이야기는 있었지만, 그뒤 엠마의 머릿속에 여러 가지 동요가 일어나 기억 속에서 사라졌던 것이다. 게다가 엠마는 금전상의 문제로 이러쿵저러쿵 다투기를 피했다. 보바리 노부인은 엠마의 이러한 태도를 보고 놀랐다. 그리고 이토록 엠마의 마음이 변한 것은 병을 앓을 때 눈뜬 종교적인 감정 때문이겠지 하고 생각했다.

그러나 시어머니가 떠나자 곧 엠마는 착실한 실무 재능을 발휘하여 보바리를 놀라게 했다. 그녀는 여러 가지를 조회하고, 담보 상태를 조사하고, 경매나 청산당할 우려가 없는가 확인해야 했다.

그녀는 또 곧잘 전문 용어를 효과적으로 사용해서 지정인이니, 선물 계약이니, 전망이니 하는 과장된 말을 해가며 끊임없이 유산 상속의 어려움을 강조했다. 그러던 어느 날 그녀는 결국 남편에게 '사무를 관리하고, 차입하고, 모든 어음에 서명과 이서(裏書)를 하고, 일체의 지불을 하는 등' 총괄 위임장 견본을 보여주었다. 뢰뢰가 가르쳐 준 것을 활용한 것이었다.

샤를은 이런 서류가 어디서 났느냐고 어수룩한 질문을 했다.

"기요맹 씨 한테서요."

그리고 그녀는 태연히 덧붙였다.

"하지만 그 사람을 별로 믿지 않아요. 공증인이란 대개가 평이 좋지 않으니까요! 누구하고 의논해야 한다면…… 아마 우리가 아는 사람이…… 아뇨! 아무도 없어요."

"레옹 군이라면 혹시……."

생각에 잠겨 있던 샤를이 말했다.

그래도 편지로 모든 것을 의논하기는 어렵다는 이유로 그녀는 자기가 직접 다녀오겠다고 말했다. 샤를은 그럴 필요까지는 없다고 말했으나 엠마는 굳이 가겠다고 했다. 지나치게 형식적인 호의가 오갔다. 마침내 그녀는 일부러 고집을 부리는 척하며 말했다.

"당신이 뭐라 해도, 저는 꼭 가겠어요."

"당신은 정말 착한 사람이야!"

남편은 아내의 이마에 키스하며 말했다.

이튿날 그녀는 곧 제비마차를 타고 레옹과 의논하기 위해 루앙으로 떠났다. 그리고 사흘 동안 그곳에 묵었다.

3

그것은 충만한, 더없이 즐겁고 멋진 사흘이었다. 문자 그대로 밀월이었다.

두 사람은 부둣가에 있는 '불로뉴' 호텔에 묵었다. 덧문을 꼭 닫고, 문을 잠그고, 마루에는 꽃을 뿌리고, 아침부터 아이스 시럽을 마시며 보냈다.

저녁이 되면 지붕이 있는 배를 타고 섬으로 식사하러 갔다.

그때의 시각은, 조선소에서 선체를 두드리며 배의 갈라진 틈을 때우는 직공들의 망치 소리가 울려 퍼질 때였다. 타르를 태우는 연기가 나무숲에서 흘러나오고, 강변에는 큰 기름 얼룩이 수면 위에 비친 붉은 석양빛과 함께 이리저리 움직이고 있었다.

두 사람은 강변에 매어 놓은 배 사이를 누비며 강을 따라 내려갔다. 비스듬히 맨 닻줄이 그들이 타고 있는 배 위를 아슬아슬하게 스치고 지나갔다.

거리의 소음은 어느새 멀어졌다. 마차 구르는 소리도, 사람들 떠드는 소리도, 다른 배 위에서 짖어대는 개 울음소리도 아득히 멀어졌다. 엠마는 모자를 벗었다. 곧 섬에 닿았다.

그들은 입구에다 검은 망을 친, 천장이 낮은 술집 홀에 자리를 잡았다. 그리고 송어 튀김과 크림, 버찌를 먹었다. 또 풀 위에 눕기도 하고, 포플러 그늘에서 몰래 포옹하기도 했다. 그들은 마치 로빈슨 크루소와 같이 이 조그만 곳에서 영원히 살고 싶었다. 그곳은 행복에 취한 그들에게는 이 세상에서 가장 멋진 곳으로 여겨졌다. 물론 그들이 나무와 푸른 하늘과 잔디밭을 보고, 흐르는 물과 나뭇잎을 흔드는 산들바람 소리를 처음 듣는 것은 아니었다. 그러나 적어도 그러한 것들의 매력에 이토록 마음이 흔들린 것은 처음이었다. 마치 자연이라는 것이 지금까지는 존재하지 않다가 욕망이 충족된 지금에야 아름답게 느껴진 것 같았다.

해가 지자 두 사람은 돌아가는 배를 탔다. 배는 섬이 많은 해안을 따라 서서히 움직였다. 두 사람은 어두운 뱃바닥에 몸을 숨긴 채 아무 말도 하지 않았다. 네모난 노의 날이 쇠고리 사이에서 절걱거렸다. 그 소리는 정적 속에서 메트로놈처럼 박자를 맞추고, 노의 뒤쪽에서는 물에 드리운 밧줄이 끊임없이 잔물결를 일으키고 있었다.

이윽고 달이 떠올랐다. 두 사람은 애수에 찬 시적인 말을 늘어놓았고, 그녀는 노래까지 부르기 시작했다.

　　기억하세요. 그대와 둘이서 배 저어 나간 밤을……

아름답고 가냘픈 목소리가 파도 위로 사라져 갔다. 레옹은 바람에 실려 가는 곡조를 마치 옆을 스쳐 지나가는 새의 날개 소리처럼 듣고 있었다.

그녀는 배 칸막이에 기대어 남자와 마주 앉아 있었다. 달빛이 열어 놓은 덧문 틈으로 배 안에 비쳐들었다. 그녀의 까만 옷주름이 부챗살 모양으로 퍼져서 그녀는 한결 늘씬해 보였다. 그녀는 고개를 들어 손을 마주 잡고 허공을 바라보고 있었다. 때때로 버드나무 그림자가 그녀의 모습을 가렸다. 그러다가 느닷없이 환상처럼 달빛 속에 나타나곤 했다.

옆에 앉아 있던 레옹은 문득 붉은 비단 리본이 떨어져 있는 것을 발견했다.

뱃사공은 리본을 들여다보더니 말했다.

"아, 이건 아마 저번에 태워 드린 손님들 것인가 봅니다. 남자와 여자들 여럿이 같이 타서는 과자다, 샴페인이다, 악기까지 갖고 와서 법석을 떨다 갔죠. 그 가운데에서도 키가 크고 윗수염을 가늘게 기른 남자 손님은, 정말 재미 있는 분이었어요! 그 손님한테 다른 손님들이 모두 '이봐, 무슨 얘기 좀 해봐……아돌프……' 아니, 도돌프던가, 하여튼 그러면서 떠들어댔어요."

그녀는 으스스 떨었다.

"왜 기분이 나쁘십니까?"

레옹이 다가앉으면서 물었다.

"아뇨! 아무것도 아니예요. 밤바람이 좀 차서 그런가 봐요."

"그분도 여자가 아쉽지 않을 인물입디다요."

늙은 뱃사공은 레옹에게 아첨할 생각으로 넌지시 이렇게 말했다. 그리고 두 손에 침을 탁 뱉더니 노를 고쳐 쥐었다.

마침내 헤어져야 할 시간이 되었다! 이별은 슬펐다. 레옹은 롤레 아줌마 댁으로 편지를 보내겠다고 했다. 엠마는 이중으로 봉해서 보내라고 자세히 주의를 줘 레옹은 그녀의 사랑의 기교에 감탄했다.

"틀림없이 그렇게 할 수 있죠?"

그녀는 작별의 키스를 하며 말했다.

"그럼요, 물론이지요!"

그는 혼자 돌아오면서 생각했다.

'그런데, 그 위임장인가 뭔가 하는 것엔 왜 그렇게 신경을 쓰는 걸까?'

4

레옹은 이윽고 동료들에게 젠체하고 으스대며 사귀지도 않았고, 소송 서류 같은 건 거들떠보지도 않았다. 그는 여자한테서 오는 편지만 기다렸다. 오면 몇 번이고 되풀이해 읽었다. 그는 답장을 썼다. 그리고 욕망과 추억의 힘을 빌어 열심히 그녀의 모습을 회상했다. 만나고 싶은 생각은 헤어져 있어서 덜해지기는커녕 날이 갈수록 더 심해져서, 마침내 그는 토요일 아침에 법률 사무소를 살짝 빠져나왔다.

언덕 꼭대기에서 골짜기 사이로 성당 종루가 보이고, 그 종루의 양철 풍향계가 바람에 빙글빙글 도는 것이 보였다. 그는 고향을 방문하는 백만장자처럼 잔뜩 부푼 허영심과 이기적인 감동이 뒤섞인 환희를 느꼈다.

그는 그녀의 집 가까이에서 왔다갔다했다. 등불이 하나 부엌에서 반짝이고 있었다. 엠마의 그림자가 없나 하고 커튼 뒤를 엿보았으나 아무것도 보이지 않았다.

르프랑수아 부인은 그를 보자 대단히 기뻐하면서, '키가 커지고 몸이 여위었다'고 했다. 그와 반대로 아르테미즈는 레옹이 '튼튼해지고 얼굴이 그을었다'고 말했다.

레옹은 그전처럼 좁은 방에서 저녁 식사를 했다. 그러나 그날은 세리인 비네와 함께가 아니고 혼자 들었다. 비네가 이제 제비마차를 기다리는 데 진절머리가 나서 식사를 한 시간 앞당겨 5시에 들기로 했기 때문이다. 그래도 여전히 '낡아 빠진 차'가 또 늦는다고 투덜댔다.

레옹은 큰맘 먹고, 의사 집으로 찾아갔다. 부인은 거실에 있었고, 15분이나 지나서야 겨우 내려왔다. 샤를은 그와 만나서 무척 기뻐하는 것 같았다. 그러나 이날 밤도, 이튿날도 그는 집을 비우지 않았다.

그날 밤 레옹은 밤이 깊어서야 겨우 뒤뜰 샛길에 혼자 있는 엠마와 만났다. 전번 남자와 만난 바로 그 오솔길을 걸었는데, 때마침 폭풍우가 불어 두 사람은 한 우산 속에서 번갯불에 비치는 얼굴을 보며 이야기를 주고 받았다.

헤어지는 것이 괴로워 견딜 수 없었다.

"차라리 죽고 싶어!"

엠마는 말했다. 그녀는 울며 레옹의 품안에서 몸부림쳤다.

"잘 가세요! 언제 또 만날 수 있을까요?"

가다가 다시 돌아와 서로 꼭 껴안았다. 그리고 이때 그녀는 레옹에게 무슨 방법으로라도, 적어도 한 주일에 한 번씩은 자유롭게 만날 수 있는 기회를 가까운 시일 안에 만들겠다고 약속했다. 그녀는 기회를 만들 자신이 있었다. 게다가 밝은 희망이 있었다. 돈이 손에 들어올 전망이 있었던 것이다.

그래서 그녀는 거실에 커튼을 치려고, 뢰뢰가 헐값이라고 떠벌리는 노란 바탕에 굵은 줄무늬가 있는 천을 두 폭 샀다. 양탄자도 깔고 싶어했다. 뢰뢰는 "그거 뭐 별거 아닙니다" 하고 한 장 갖다 주마고 약속했다. 그녀는 이제 이 상인의 도움 없이는 아무것도 할 수 없게 되었다. 하루에 몇 번을 불러도 뢰뢰는 불평 한 마디 없이 자기 일을 버리고 달려왔다. 또 롤레 아줌마가 왜 매일같이 엠마의 집에서 점심을 먹는지, 또 왜 개인적으로 엠마를 만나러 오는지 세상 사람들은 알지 못했다.

엠마가 음악열에 무척 들떠 있는 것처럼 보인 것은 바로 이 무렵으로, 초겨울이었다.

어느 날 밤 샤를이 듣고 있을 때, 그녀는 같은 곡을 연거푸 네 번이나 치고는 몹시 안절부절 못했다. 보통 때와 다르다는 것을 눈치채지 못한 샤를이 말했다.

"좋은데! 멋져! 그냥 하지 그래……. 자, 계속해요!"

"아아, 안 되겠어요! 엉망이에요! 손가락이 아주 굳어 버렸는걸요."

이튿날, 샤를은 다시 그녀에게 뭐든 좀 쳐보라고 했다.

"좋아요, 정 그러시다면 당신을 위해."

다 듣고 난 샤를은 조금 서툰 것 같다고 말했다. 그녀는 음표를 뒤섞고, 아무렇게나 치더니 쾅하고 멈추었다.

"아아! 이젠 틀렸어요! 개인 지도를 받아야 해요. 하지만……."

그녀는 입술을 깨물고 덧붙였다.

"수업료가 매번 20프랑씩이라니, 너무 비싸요!"

"음, 그렇군……. 약간……." 샤를은 바보 같은 웃음을 띠며 말했다. "하지만, 좀더 싸게 하는 수도 있을 거요. 이름 없는 음악가도 유명한 선생보다 잘 가르치는 수가 있으니까."

"그런 사람 있으면 찾아줘요."

이튿날 왕진에서 돌아온 샤를은 무언가 숨기고 있는 눈초리로 엠마를 바라보았다. 그리고 끝내 참지 못하고 말했다.

"당신은 가끔 이상하게 고집을 부리는 버릇이 있어! 오늘 바르푀쉐르에 다녀왔는데 리에자르 부인 말이, 수도원 여학교에 다니는 자기 딸 셋은 한 번에 2프랑 50상팀만 내고 레슨을 받고 있다는 거요, 선생도 아주 유명한 여자분이래."

엠마는 어깨를 으쓱해 보였다. 그리고 다시는 피아노 뚜껑을 열지 않았다.

그러나 그 피아노 옆을 지날 때(물론 샤를이 있을 때에 한해서), 그녀는 한숨을 쉬며 말했다.

"아아! 피아노가 가엾기도 하지!"

그리고 손님이 오면 반드시, 자기는 어쩔 수 없는 사정으로 음악을 포기했다고 말했다. 그러면 손님들은 모두 무척 애석하게 여겼다. 딱하기도 해라! 그렇게도 소질이 있는데! 샤를에게도 그 말을 하면서 그가 나쁘다고 내놓고 나무랐다. 특히 약제사는 제일 앞장서서 나무랐다.

"선생, 그래서는 안 됩니다! 타고난 재능이란 잠재워 둬서는 안 돼요. 게다가 생각해 보십시오, 부인이 공부를 해두면, 뒤에 댁의 아이들에게 음악 교육을 시키는데 비용이 들지 않을 게 아닙니까! 난 이렇게 생각합니다. 아이들 교육은 반드시 어머니가 해야 한다고. 이건 루소의 사상이지요. 아직 약간 새로운 생각일지는 모르지만, 이 사상은 언젠가는 반드시 승리할 것입니다. 모유 양육이나 종두의 의무처럼 말입니다."

이리하여 샤를이 다시 피아노 문제를 꺼내자, 엠마는 이런 거 차라리 팔아 버렸으면 좋겠다고 불쾌하게 대답해 버렸다. 자기에게 그토록 큰 자랑과 만족을 주던 피아노가 어딘가로 팔려 간다는 것은, 보바리로서는 마치 자기 아내의 한 부분이 잘리는 것만큼이나 괴로운 일이었다.

"자주는 못 받더라도, 레슨을…… 가끔 받아 보는 게 어떻겠소? 그러면 비용도 그렇게 많이 들지는 않을 테니까."

"레슨이란, 계속해서 받지 않으면 소용없는 거예요."

이렇게 하여 결국 그녀는 일 주일에 한 번씩 애인을 만나러 시내에 갈 수 있는 허락을 남편에게서 얻었다. 한 달이 지나자, 그녀는 피아노 솜씨가 상당히 늘었다는 말을 들었다.

5

엠마가 레슨받는 목요일이었다. 그녀는 일어나서 샤를이 깨지 않도록 조심스레 옷을 차려입었다. 너무 일찍 준비하는 것을 보면 혹시 남편이 잔소리를 할지 모르기 때문이었다. 옷을 다 입은 그녀는 방 안을 왔다갔다했다. 그리고 창가에 서서 한참 광장을 내다보았다. 시장건물의 기둥들 사이로 뿌옇게 날이 새고 있었다. 덧문이 닫힌 약국 간판의 큰 글자만이 새벽의 하얀 여명에 훤히 드러나 보였다.

시계가 7시 15분을 가리켰을 때, 그녀는 '황금사자'로 갔다. 아르테미즈가 하품을 하면서 문을 열고, 보바리 부인을 위해 잿속에 묻힌 불을 꺼내 주었다. 엠마는 혼자 우두커니 부엌에 있었다. 이따금 밖으로 나가보았다. 이베르는 르프랑수아 부인의 지시를 들으면서 천천히 마차에 말을 매고 있었다. 여관 여주인은 나이트캡을 쓴 채 머리를 작은 창 밖으로 내밀고 여러 가지 일을 부탁하면서, 웬만한 작은 남자는 당황하게 할 만큼 장황한 설명을 늘어놓았다. 엠마는 발이 시려 구둣바닥을 안뜰 돌 위에 탕탕 굴렀다.

이윽고 식사를 끝낸 이베르는 외투를 입고 파이프를 피워 물고는, 채찍을 쥐고서 천천히 마부석에 올라앉았다. '제비마차'는 가벼운 걸음으로 달리기 시작했다. 그리고 10킬로미터쯤 가는 동안 여기저기 멈추어 서서, 길바닥이나 농장의 문 앞에 서서 마차를 기다리는 손님을 태워 가지고 갔다. 전날 자리를 예약해 놓은 사람들 대부분은 기다리고 있었으나, 그중에는 아직 일어나지 않은 사람도 있었다. 그럴 때마다 이베르는 소리쳐 부르기도 하고, 욕설을 퍼붓기도 하고, 마부석에서 내려 탕탕 문을 두드리기도 했다. 갈라진 마차 창문으로 바람이 불어들어왔다.

그러는 동안에 네 개의 벤치는 모두 차고, 마차는 빠른 속도로 달리기 시작했다. 사과 나무가 쭉 늘어서 있는 것이 보였다. 길은 누런 물이 괸 두 도랑 사이로, 길은 지평선 저쪽 끝까지 차차 가늘게 아득히 뻗어 있었다.

엠마는 이 길을 끝에서 끝까지 알고 있었다. 목장 다음에는 이정표 말뚝이 있고, 그다음에는 느릅나무가 한 그루, 그리고 창고인지 도로 수리공의 오막살이인지가 있다는 것을 알고 있었다. 어떤 때는 벌써 여기까지 왔나, 하고 놀라 보려고 일부러 눈을 감을 때도 있었다. 그러나 앞에 남은 거리만은 언제나 분명히 헤아려 보고 있었다.

이윽고 벽돌집들이 차차 많아지면서 길은 차 바퀴 밑에서 소리내어 울리고, '제비마차'는 뜰과 뜰 사이를 누비며 지나갔다. 울타리 사이로 뜰에 있는 석상이라든가, 포도나무 시렁이라든가, 잘 다듬은 주목, 그리고 그네가 보였다. 그리고 곧 시가가 눈앞에 나타났다.

시가는 마치 계단식 언덕처럼 아래로 차차 내려가서 안개 속에 잠기다가 다리 저쪽에 무질서하게 펼쳐져 있었다. 멀리 널따란 마을이 단조로운 기복을 이루며 하늘가에 핏기없는 희뿌연 얼룩으로 번져 있었다. 높은 데서 보니 전체의 경치가 한 폭의 그림처럼 조용했다. 닻을 내린 배들이 한쪽에 모여 있고, 강물은 푸른 언덕 밑으로 굽이치고, 길쭉한 섬들은 마치 꼼짝도 하지 않는 커다란 검은 물고기처럼 물 위에 떠 있었다. 공장 굴뚝에서 내뿜어진 굵은 갈색 연기는 위에서부터 차차 사라져 갔다. 주물 공장에서 들리는 울부짖는 듯한 소음이 성당의 맑은 종소리와 함께 멀리서 들려왔다. 큰 길가 가로수는 잎이 다 떨어져 있고, 집집마다의 뜰 한복판에는 자줏빛 가시덤불이 무성했다. 비에 젖은 지붕이 집의 높이에 따라 높고 낮게 반짝이고 있었다. 때때로 바람이 획 불어와 구름들을 생트카트린 언덕 쪽으로 몰아갔다. 그것은 큰 파도가 절벽에 부딪쳐서 소리없이 부서져 사라지는 광경과 비슷했다.

그 밀집된 인간 사회로부터 그녀는 현기증을 일으키는 무언가를 들이켰다.

그녀는 상상했다. 그것은 아마도 저 아래서 맥박치는 12만 명의 영혼들이 모두 한꺼번에 정열의 연기를 내뿜어 놓은 것이라고. 그녀의 사랑은 이 넓은 공간을 가로질러 넓게 퍼지고, 아래서 피어오르는 막연한 소음으로 가득 찼다. 그녀는 그것을 다시 비처럼 아래로 퍼부었다. 광장으로, 산책로로, 시가로 쏟아부었다. 그 노르망디의 옛 도시는 그녀가 들어가려는 한없이 넓은 도시, 바빌론의 도시 처럼 눈 아래 펼쳐졌다. 그녀는 두 손으로 창틀을 잡고, 몸을 내밀어 시원한 바람을 마셨다. 세 마리 말이 끄는 마차는 쏜살같이 달리며 마구 흔들리고, 돌은 진흙 속에서 소리를 냈다. 이베르는 멀리서 큰 길을 지나가는 이륜마차를 향해 소리쳤다. 기욤 숲에서 밤을 새운 시민들이 그 조그마한 자가용 마차로 천천히 언덕을 내려가고 있었다.

마차는 세관 입구에서 멈추었다. 엠마는 비신을 벗고, 장갑을 바꾸어 끼고는 숄을 고쳐 두른 다음 20걸음쯤 더 가 '제비마차'에서 내렸다.

시가는 막 잠에서 깨어나려 하고 있었다. 터키 모자를 쓴 점원들은 가게 앞 유리를 닦고, 허리에 바구니를 찬 행상 여인들은 길 모퉁이에서 소리를 질렀다. 엠마는 검은 베일 속에서 미소를 지으며 눈을 내리깔고 벽을 따라 걸어갔다.

남의 눈에 띌까 꺼리어 지름길로는 가지 않았다. 어두운 뒷골목으로 들어가 나시오날 거리의 분수가 있는 곳까지 땀투성이가 되어 걸어갔다. 극장과 선술집과 창부들의 거리였다. 흔들거리는 연극의 배경 장치를 실은 짐마차가 엠마 곁을 지나갔다. 앞치마를 두른 웨이터들이 관목들 사이의 포석들 위에 모래를 뿌리고 있었다. 독한 압생트 주와 엽궐련과 굴 냄새가 났다.

그녀는 한 골목으로 접어들었다. 그리고 모자에서 삐져 나온 고수머리로 금방 그를 알아보았다.

레옹은 보도 위를 계속 걸어간다. 엠마는 그 뒤를 따라 호텔로 간다. 그는 층계를 올라가 방문을 열고, 안으로 들어간다……. 그리고 열렬한 포옹!

키스에 이어 이야기가 끝없이 쏟아져 나왔다. 그들은 그 주일에 일어났던 슬픈 일, 예감, 그리고 초조하게 기다린 편지에 대해서 얘기했다. 그러나 지금 그런 것은 이미 지난 일이었다. 두 사람은 관능의 기쁨에 웃고, 다정하게 서로 이름을 부르며, 서로의 얼굴을 마주 보았다.

방 안에는 배 모양의 마호가니 침대가 있었다. 빨간 터키 비단 커튼이 천장에서부터 침대 머리 아래로 너무 내려온 탓에 만곡을 이루며 접혀 있었다. 엠마가 부끄러운 듯 두 손으로 얼굴을 가리고 살이 드러난 팔을 오므릴 때, 그 붉은 바탕에 뚜렷이 드러나는 그녀의 갈색 머리와 흰 살결만큼 아름다운 것은 이 세상에 없었다.

수수한 양탄자와 화려한 장식품, 게다가 광선이 조용히 비쳐드는 이 따뜻한 방은 그야말로 사랑을 풀기에 가장 적당한 곳이었다. 화살촉 모양의 커튼봉과, 놋쇠 커튼 핀, 난로망 위의 굵직한 석탄 구슬들은 햇빛이 비치면 반짝 하고 빛났다. 벽난로 위의 촛대 사이에는, 귀를 갖다대면 바다의 파도 소리가 들리는 큼직한 분홍빛 조개껍질이 두 개 놓여 있었다.

화려한 아름다움은 약간 퇴색해 있었지만, 밝고 편안한 이 방을 두 사람은 얼마나 사랑했는지! 가구는 언제나 제자리에 놓여 있었다. 지난 목요일에 그녀가 잊어버리고 간 머리핀이 시계 받침 밑에 그대로 놓여 있을 때도 있다. 그들은 난로 옆에 있는, 자단을 박은 작고 둥근 탁자에서 식사를 했다. 엠마는 갖은 애교를 다 부리며 고기를 잘게 잘라 레옹의 접시에 놓아 준다. 샴페인의 거품이 화사한 술잔에 넘쳐 그녀의 반지에 흐르면, 엠마는 깔깔대고 웃는다. 그들은 서로를 완전히 자기 것으로 만드는 데 정신이 없어 마치 그들 자신의 집에 있는 것 같은 착각에 빠졌다. 그리고 젊은 부부처럼 죽을 때까지 그곳에 살 듯한 기분이 들었다. 그들은 곧잘 우리의 방, 우리의 양탄자, 우리의 소파, 라고 불렀다. 또 엠마는 우리들의 덧신이라고까지 불렀다. 그것은 엠마가 가지고 싶어하여 레옹이 선사한, 백조 깃털로 가장자리를 장식한 장밋빛 공단으로 만든 실내화였다. 레옹의 무릎에 앉으면 그녀의 두 발은 바닥에 닿지 않고 허공에 떴다. 그러면 뒤축 끈이 없는 그 귀여운 신은 그녀의 맨발 발가락 끝에 걸려 있곤 했다.

레옹은 태어나 처음으로 여자의 아름다움의 뭐라 말할 수 없는 미묘함을 맛보았다. 이제까지 이토록 우아한 말씨와 정숙한 의상, 조는 비둘기 같은 황홀한 자태를 본 일이 없었다. 그는 엠마의 높은 영혼과 스커트의 레이스를 찬미했다. 게다가 이 여자는 '상류 부인'이고, 남의 아내가 아닌가! 그야말로 어김없는 정부가 아닌가?

그녀는 기분이 바뀌는 대로 신비로워졌다가, 명랑해졌다가, 수다스러워졌다가, 입을 다물었다가, 흥분했다가, 냉담했다가 하면서 레옹에게 많은 욕망을 불러일으키고 갖가지 본능과 추억을 북돋웠다. 그녀는 모든 소설 속의 사랑하는 여인이었으며, 모든 희곡의 여주인공이었으며, 모든 시집 속에 나오는 막연한 '그녀'였다. 레옹은 엠마의 어깨에서, '목욕하는 후궁'의 호박빛 색채를 보았다. 그녀는 봉건 성주의 부인처럼 허리가 길었고, 또 '바르셀로나의 창백한 여인'과도 비슷했다. 그러나 무엇보다도 그녀는 천사였다!

그녀를 보고 있노라면 레옹은 자기의 영혼이 빠져나가 그녀의 머릿속에서 파도처럼 물결치다가, 그녀의 하얀 가슴으로 밀려들어가는 것 같은 느낌이 들었다.

레옹은 엠마의 발아래 무릎을 꿇고, 엠마의 무릎에 두 팔꿈치를 세우고, 웃는 얼굴을 내밀어 초조하게 그녀를 말없이 올려다본다.

그녀는 레옹에게 몸을 굽혀 황홀하게 취한 목소리로 숨이 막힌 듯이 속삭인다.

"아! 움직이지 마세요! 아무 말도 말고! 나만 똑바로 보세요! 당신 눈에서 뭔가 달콤한 것이 풍겨 나와요. 아, 기분이 좋아!"

그리고 그를 '도련님'이라고 불렀다.

"도련님, 내가 좋아요?"

그러고는 대답도 듣지 않고 입술을 레옹의 입에 갖다 대었다.

탁상시계 위에는 청동으로 만든 작은 큐피드가 황금빛 화환 밑에 팔을 구부리고 교태를 짓고 있었다. 둘은 그것을 보고 곧잘 웃었다.

그러나 헤어질 때가 되면 갑자기 모든 것이 심각해 보였다. 서로 마주 보며 꼼짝도 않고 되풀이해서 말했다.

"그럼, 또 목요일에!……목요일에!"

엠마는 갑자기 레옹의 머리를 두 팔로 껴안고는 "잘 있어요!" 소리치고는 이마에 키스를 한 다음 재빨리 층계를 뛰어내려갔다.

그리고 머리를 고치러 코메디 거리에 있는 미장원으로 갔다. 벌써 해가 지고 있었다. 미장원에는 가스등을 켜기 시작하고 있었다.

엠마는 극장에서 배우에게 출연을 알리는 희미한 종소리를 들었다. 그러자 길 건너편에서 얼굴에 하얀 칠을 한 남자와 빛바랜 의상을 입은 여자들이 극장 뒤의 무대 출입구로 들어가는 것이 보였다.

천장이 몹시 낮은데다가 가발과 포마드가 잔뜩 놓여 있는 사이에서, 난로가 소리를 내며 타고 있어 방 안이 무척 더웠다. 머리 지지는 냄새와 함께 미용사

가 기름 묻은 손으로 머리를 매만지는 바람에, 그녀는 곧 나른해져서 화장옷을 입은 채 한참 동안 졸았다. 미용사들은 머리를 매만지면서 가면 무도회 표를 그녀에게 억지로 권했다.

그리고 엠마는 돌아간다! 거리를 몇 개 거슬러 올라가 '붉은 십자가' 호텔에 도착한다. 그리고 아침에 의자 밑에 숨겨 두었던 비신을 꺼내 신고, 기다리기에 지친 승객들 사이를 헤치고 나아가서 자기 자리에 털썩 주저앉는다. 몇 사람은 언덕 밑에서 내린다. 그녀 혼자만 마차 속에 남는 때도 있다.

길을 굽어 돌을 때마다 거리의 불빛이 많이 보였다. 그것은 옹기종기 모인 집들의 희미한 윤곽 위로 퍼진 굉장한 빛의 안개 같았다. 엠마는 걸상의 방석 위에 무릎을 꿇고, 그 눈부신 빛의 바다 속을 눈으로 더듬는다. 그리고 흐느끼며 레옹의 이름을 부른다. 그에게 사랑의 말을 보내고, 키스를 보낸다. 그러나 바람에 흩날려 사라져 버린다.

언덕 위에는 거지 한 사람이 지팡이를 짚고 오가는 마차 사이에서 서성거렸다. 겹치고 겹쳐 댄 누더기 옷을 걸치고, 얼굴은 주발처럼 동그래진 낡은 모자에 가려서 거의 보이지 않았다. 모자를 벗으면 거의 눈꺼풀이 없는 핏발 선 큰 눈구멍 두 개가 나타났다. 살갗이 찢어져서 빨갛게 짓물러 흘러내린 고름이 코 근처까지 푸른 옴병처럼 늘어붙어 있었다. 시커먼 콧구멍에서는 쉴새없이 찌륵찌륵 소리가 났다. 무슨 말을 할 때는 하늘을 쳐다보며 백치처럼 웃었다. 그럴 때면 푸른 눈동자가 끊임없이 굴러다니면서 관자 놀이 쪽의 열려진 눈구멍 가장자리에서 허공을 향해 무언가를 정탐하고 있었다.

거지는 마차 뒤를 따라오며 짧은 노래를 불렀다.

따뜻하고 날씨가 좋은 날에는
아가씨도 사랑의 꿈을 꾼다네.

그다음 가사에는 참새니 햇빛이니 푸른 잎이니 하는 말이 튀어나왔다.

이따금 거지는 모자도 쓰지 않고 불쑥 엠마 뒤에 나타났다. 그러면 엠마는 비명을 지르며 물러앉는다. 마부 이베르가 그를 놀리며 생로맹 시장에 판자집을 하나 구하라는 둥, 네 정부는 어찌되었느냐는 둥 웃으면서 물었다.

마차가 달리고 있을 때, 거지의 모자가 불쑥 차 안으로 들어올 때도 있었다.

거지는 흙탕물을 튀기는 앞 뒤 바퀴 사이의 발판에 올라서서, 다른 한 손으로 마차에 착 달라붙어 있는 것이었다. 그의 목소리는 처음에는 나약하고 애처로운 소리 같았으나, 차차 날카로워졌다. 그 소리는 무어라 알아들을 수 없는 고통을 호소하는 한탄처럼 어둠 속에 긴 여운을 남기고 사라졌다. 방울 소리와 우수수 흔들리는 나뭇가지 소리와 덜커덕거리는 마차 소리를 통해 들려 오는 그 소리는, 마치 아득한 옛날의 무엇을 연상시켜 엠마의 마음을 견딜 수 없이 뒤집어 놓았다. 회오리바람이 심연 속으로 소용돌이쳐 내려가듯, 그것은 엠마의 영혼 깊숙이 파고들어와 끝없이 우울한 골짜기로 그녀를 몰고 갔다.

그러나 마차가 한쪽으로 기우는 것을 깨달은 이베르가 채찍으로 이 장님을 힘껏 후려쳤다. 가죽끈이 상처를 때렸다. 장님은 비명을 지르며 진창 속으로 굴러떨어졌다.

이윽고 '제비마차'에 탄 손님들은 꾸벅꾸벅 졸기 시작했다. 어떤 사람은 입을 딱 벌리고, 어떤 사람은 고개를 푹 숙이고, 옆 사람의 어깨에 기대거나 또는 가죽 손잡이를 잡은 채 마차가 흔들리는 대로 규칙적으로 흔들거렸다. 말 엉덩이 쪽에 걸려 있는 불빛이 밤색 캘리코 커튼을 통해 차 안에 비쳐들어, 꼼짝도 않고 있는 손님들 위에 핏빛 그림자를 던졌다. 엠마는 슬픔에 취하여 옷 속에서 떨었다. 점점 발끝이 시려오고, 애절한 외로움이 가슴에 그득히 찼다.

샤를은 집에서 그녀를 기다리고 있었다. '제비마차'는 목요일이면 언제나 연착을 했다. 이윽고 보바리 부인이 집에 돌아왔다! 그녀는 딸에게 변변히 키스도 해주지 않았다. 저녁 준비는 돼 있지 않았으나 상관 없었다. 그녀는 하녀를 나무라지도 않았다. 이제는 하녀가 무슨 짓을 해도 상관하지 않았다.

남편은 엠마의 얼굴이 창백한 것을 보고 병이 아니냐고 물었다.

"아니예요."

"하지만, 오늘 밤은 아무래도 이상한데 그래?"

"아니예요! 아무것도 아니예요! 아무것도!"

어떤 날은 돌아오자마자 곧장 거실로 올라가 버릴 때도 있었다. 그러면 마침 와 있던 쥐스탱이 발 끝으로 조심스레 다니며 눈치빠른 하녀보다 더 능숙하게 그녀의 시중을 들어주었다. 성냥과 촛대와 책 같은 것을 제자리에 놓고, 잠옷을 꺼내 주고 이불을 펼쳐 주었다.

"자, 이제 됐으니 돌아가요."

엠마는 말했다.

쥐스탱이 갑자기 망상의 무수한 실오라기에 얽혀 버린 듯, 손을 축 늘어뜨리고 우두커니 서서 커다랗게 뜬 눈으로 바라보고 서있었기 때문이다.

이튿날은 괴로운 하루였다. 그리고 그다음 며칠 동안은 행복을 다시 한 번 붙잡고 싶은 초조감—지난번의 환영으로 달아오르는 격렬한 욕망 때문에 한층 더 견딜 수가 없었다. 그 욕망은 한 주일 뒤 다시 레옹의 품에 안겨 흡족하게 폭발할 때까지 타올랐다. 레옹의 정열은, 엠마에 대한 경이와 감사의 기분 밑에 감추어져 있었다.

엠마는 그러한 사랑의 방법을 사려깊게 온 마음을 기울여서 음미하고, 사랑의 기교를 다해 계속 타오르게 하면서도 언젠가는 모두 사라져 버릴 것이 아닌가, 하고 늘 불안해했다.

이따금 그녀는 우수에 찬 달콤한 목소리로 말했다.

"아아! 머지않아 당신은 나를 버리게 될 거야……. 당신은 결혼할 거야! 당신도 딴 사람과 마찬가질 거야."

"딴 사람?"

"남자들 말이에요." 그녀는 나른하게 그를 밀어 내면서 덧붙였다. "남자들은 모두 뻔뻔스러워요!"

어느 날 두 사람이 이 세상의 한멸에 대해서 제법 철학적인 이야기를 나누고 있었을 때, 엠마는 갑자기 (레옹의 질투심을 실험하기 위해서였는지, 혹은 자신의 마음속에 있는 것을 몽땅 털어놓지 않고는 견딜 수가 없었던지) 자기는 레옹을 사랑하기 전에 다른 남자를 사랑한 일이 있다고 고백해 버렸다.

"그렇지만 당신만큼 사랑하진 않았어요."

엠마는 얼른 덧붙였다. 그리고 '아무 일도 없었다'는 것을 딸의 생명을 걸고 맹세했다.

청년은 엠마의 말을 믿었다. 단지, 그가 무엇을 하는 사람인가 물었다.

"해군 대령이었어요."

이렇게 대답한 것은, 꼬치꼬치 캐묻는 것을 미리 막고, 동시에 대장부다운 사람, 세상에 인기가 있는 남자를 매혹시켰었다는 것으로써 자기를 한층 훌륭하게 보이려고 한 것이 아니었을까?

서기는 자기의 지위가 낮은 것을 느꼈다. 견장과 훈장과 계급이 부러웠다. 엠마는 그런 것들을 좋아하는 게 틀림없었다. 그는 그녀의 사치하는 생활로 미루어 전부터 그것을 알고 있었다.

그러나 엠마는 여전히 마음속에 어이없이 사치스러운 소망을 간직하고 있었다. 예를 들어 루앙에 가는 데 파란 칠을 한 이륜마차에 영국 말을 매고, 승마 구두를 신은 마부에게 고삐를 쥐게 한다는 따위였다. 이 허영심을 부채질한 것은 쥐스탱이었다. 그는 자기를 마부로 써 달라고 부탁하고 있었다. 그녀가 밀회하러 루앙에 도착했을 때의 기쁨은 줄어들지 않았으나, 자가용 마차가 없기 때문에 돌아올 때의 고통은 확실히 더했다.

둘이서 파리 얘기를 할 때, 엠마는 곧잘 속삭였다.

"아아! 파리에 가서 살면 얼마나 좋을까!"

"지금도 행복하지 않습니까?"

청년은 엠마의 머리를 쓰다듬으면서 부드럽게 말했다.

"그래, 정말이야. 난 바보인가봐. 자, 키스해 줘요!"

엠마는 전보다 다정하게 남편을 대했다. 땅콩 크림을 만들어 주기도 하고, 저녁식사 뒤 왈츠를 함께 춰주기도 했다. 샤를은 자기가 세상에서 제일 행복한 사람이라고 생각했다. 엠마도 아무 걱정 없이 지내고 있었는데, 어느 날 밤 샤를이 불쑥 물었다.

"랑프뢰르 양이라고 했지, 당신의 피아노 레슨을 봐주고 있는 선생이?"

"네."

"실은 조금 전에 리에자르 부인 댁에서 그분을 만났소. 그런데, 당신 얘기를 했더니 그 사람은 당신을 모르던데."

마른하늘에 날벼락이었다. 그러나 엠마는 천연덕스럽게 대답했다.

"아마 내 이름을 잊어버린 모양이죠."

"루앙에 랑프뢰르라는 피아노 선생이 또 있나 보지!"

"아, 그럴 수도 있겠죠!"

"그분 영수증을 가지고 있는데요, 자! 보세요."

그리고 그녀는 책상으로 가서 서랍을 다 뒤지고 서류를 온통 뒤섞어 놓으면서, 마치 미친 사람처럼 굴었기 때문에, 샤를은 그런 아무것도 아닌 영수증을 가지고 그렇게 기를 쓸 필요는 없다고 말해야 했다.

"아니예요! 꼭 찾고 말겠어요."

사실 그다음 금요일, 샤를은 자기 옷을 넣어 두는 방에서 장화를 신다가 구둣바닥에 뭔가 종이 조각이 들어 있는 것을 발견했다.

그것을 꺼내 읽어 보았다.

　　금 65프랑,
　　위 금액을 3개월 수업료와 기타 잡품비로서 정히 영수함.
　　　　　　　　　　　　　　　　　　　음악 교사 펠리시 랑프뢰르

"도대체 왜 이런 것이 내 구두 속에 들어 있지?"

"아마, 선반 위에 있는 낡은 영수증 상자에서 떨어진 모양이죠."

엠마는 대답했다.

이때부터 엠마의 생활은 온통 거짓말투성이가 되었다. 그녀는 그 거짓말 속에, 마치 베일에 감싸듯 자기의 사랑을 감추고 있었다.

거짓말하는 것이 어쩔 수 없는 필요가 되고, 광적인 버릇이 되고, 쾌락이 되었다. 그녀가, 나는 어제 길 오른쪽으로 갔다고 말한다면, 사실은 왼쪽으로 간 것이라고 생각해야 할 정도였다.

어느 날 아침, 엠마가 여느 때같이 상당히 얇은 옷을 입고 집을 나갔는데, 이내 갑자기 눈이 내리기 시작했다. 샤를이 창가에 서서 눈 내리는 것을 내다보고 있으려니까, 부르니지앙 신부가 튀바슈 씨의 경마차에 동승하고서 루앙으로 떠나는 것이 보였다. 그래서 샤를은 곧 뛰어내려가 신부에게 두꺼운 숄을 건네 주면서, '붉은 십자가' 호텔에 다다르면 엠마에게 전해 달라고 부탁했다. 부르니지앙 신부는 여관에 도착하자, 즉시 용빌의 의사 부인은 어디 있느냐고 물었다. 여관집 주인 마누라는, 그 부인은 이 여관에선 별로 묵지 않는다고 대답했다. 그날 밤 '제비마차'에서 보바리 부인을 만났을 때, 신부는 자기가 그 여관에서 당황했던 이야기를 꺼냈다. 물론 신부는 그 일을 아무렇지도 않게 생각하는 듯이 보였다. 왜냐하면 신부는 곧, 요즘 대성당에서 큰 인기를 끌고 있는 어느 설교사에 대한 얘기를 하면서, 시내 부녀자들이 모두 그 설교를 들으러 간다는 말을 하기 시작했기 때문이다.

그러나 신부는 그 연유를 꼬치꼬치 묻지 않더라도, 다른 사람들이 앞으로 거리낌없이 호기심을 나타낼지도 몰랐다. 그래서 그녀는 다음부터는 루앙에 갈 때마다 매번 '붉은 십자가' 호텔에 묵는 것이 이로울 것이라고 판단했다. 그러면 용빌에서 온 사람들은 그 호텔 층계에 그녀가 서 있는 것을 보고 아무 의심을 품지 않을 것이기 때문이다.

그러던 어느 날, 엠마가 레옹과 팔짱을 끼고 '불로뉴' 호텔에서 나오다가 뢰뢰에게 들키고 말았다. 엠마는 그가 소문을 퍼뜨리지 않을까 걱정이 되었다. 뢰뢰는 그런 바보가 아니었다.

그로부터 사흘 뒤, 그는 엠마 방으로 들어와서 문을 닫고 말했다.

"돈이 좀 필요한데요."

지금 줄 수 없다고 엠마는 딱 잘라 말했다.

뢰뢰는 여러 가지 불평을 늘어놓으며 우는소리를 했다. 그리고 지금까지 그녀에게 베풀어 온 여러 가지 친절을 하나하나 들먹였다.

사실 샤를이 서명한 두 장의 어음 중에서 엠마는 지금까지 한 장밖에 지불하지 않았다. 게다가 그 남은 어음도 그녀의 간청으로 뢰뢰가 다른 두 장과 교환하는 데 동의해 주었는데, 그 두 장의 지불기한을 각각 연기해 놓았던 것이다. 이어 그는 외상으로 돼 있는 납품 목록을 주머니에서 꺼냈다. 그 물품은 커튼, 양탄자, 소파용 천, 몇 벌의 옷, 그리고 여러 가지 화장품 등으로 대금은 무려 2천 프랑이나 되었다.

엠마는 고개를 떨어뜨렸다. 뢰뢰는 말을 계속했다.

"현금은 없으시지만, '재산'은 가지고 계시지 않습니까?"

이렇게 말한 뒤 그는, 오말 부근 바른빌에 있는 거의 쓸모없이 쓰러져 가는 집에 대한 얘기를 꺼냈다. 그것은 옛날 샤를의 아버지가 팔아 버린 작은 농지에 딸린 건물이었다. 뢰뢰는 이런 사정을 모두 알고 있었고, 아직 팔지 않은 면적은 몇 헥타르쯤 되며 집 가까이에 누가 살고 있다는 것까지 상세히 알고 있었다.

"나 같으면 그 집을 팔겠습니다. 그러면 빚도 다 갚고 돈도 얼마쯤 남을 텐데요."

엠마는 살 사람을 찾기가 어려울 것이라고 하자 뢰뢰는 있을 것 같다고 희망을 갖게 했다. 그녀는 자기 명의로 팔려면 어떻게 해야 하는가 물었다.

"위임장을 가지고 계시지 않습니까?"

이 말은 엠마에게는 마치 한 줄기의 시원한 바람처럼 느껴졌다.

"그 청구서는 놔 두고 가세요."

"아니! 그럴 필요는 없습니다!"

다음 주에 그는 다시 찾아왔다. 그리고 여기저기 알아본 결과, 랑글루아라는 사람이 값은 확실히 말하지 않지만 전부터 그 땅에 눈독을 들이고 있었던 것을 알아냈다고 자랑스럽게 말했다.

"값은 아무래도 좋아요!"

엠마는 소리쳤다.

뢰뢰는 그렇게 말할 것이 아니라 조금 기다리면서 그 남자의 심중을 알아보아야 한다, 이쪽에서 한 번 찾아갈 필요가 있지만 부인이 일부러 간다는 건 좀 뭣하니, 자기가 랑글루아와 만나 결판을 짓는 것이 좋겠다고 말했다. 한 번 다녀오더니 살 사람이 4천 프랑을 내겠단다고 전했다.

엠마는 굉장히 기뻤다.

"솔직히 말해서 정말 좋은 값입니다."

그는 덧붙여 말했다.

그녀는 그 자리에서 반액을 받았다. 그리고 그 대금을 지불하려고 하자, 상인은 말했다.

"이렇게 큰돈을 한꺼번에 내놓게 되시다니, 정말 안됐습니다."

엠마는 그 지폐를 내려다보았다. 그리고 2천 프랑이 의미하는 수없이 많은 밀회를 생각하면서 중얼거렸다.

"네, 뭐라고 하셨지요?"

"아, 예." 뢰뢰는 일부러 호인다운 미소를 띠었다. "영수증은 아무렇게나 좋으실 대로 쓸 수 있습니다. 저는 이래봬도 살림살이에 대해 전문지식이 많은 인간입니다."

그는 긴 종이쪽지 두 장을 손가락으로 훑으면서 똑바로 그녀를 응시했다. 그리고 서류 가방을 열고 천 프랑짜리 약속어음 4장을 테이블 위에 늘어놓았다.

"여기에 서명해 주시지요. 그리고 돈을 전부 넣어 두세요."

엠마는 너무나 놀라워 안 된다고 반대했다.

"하지만 잔금은 드리게 되니까, 이렇게 하는 게 부인을 위해서도 좋지 않겠습니까?"

뢰뢰는 뻔뻔스럽게 대답했다. 그러고는 펜을 들어 계산서 밑에 썼다.

금 4천 프랑

보바리 부인으로부터 영수함.

"아무 걱정하실 것 없습니다. 여섯 달 후에 3장의 어음 만기가 되면 현금으로 그 집의 잔금 2천 프랑을 받으시게 될 테고, 마지막의 어음 지불일은 그 돈이 들어오고 난 뒤로 잡혀 있으니까요!"

엠마는 이런 계산에 약간 당황했다. 마치 금화가 부대를 찢고 그녀의 발 주위에 요란스레 흩어져 떨어지는 것 같은 귀울림을 느꼈다. 결국 뢰뢰가 말하기를 루앙의 금융업자로 뱅사르라는 친구가 있는데, 그 사람에게 가서 이 4장의 어음을 할인해 가지고 자기가 받을 돈을 빼고 나머지를 갖다 드리겠다고 설명했다.

그런데 뢰뢰는 2천 프랑을 가져와야 할 것을 1천 800프랑밖에 가져오지 않았다. 왜냐하면 친구 뱅사르가 '당연한 권리'로서 수수료와 할인료 200프랑을 미리 뗐기 때문이다.

그리고 그는 아무렇지도 않게 인수증을 청구했다.

"아시겠지만…… 장사에서는…… 때때로 그…… 그리고 날짜를 부탁합니다. 날짜를요."

모든 것이 이루어질 듯한 전망이 엠마의 눈앞에 펼쳐졌다. 그녀는 현명하게도 할인해서 쓴 처음 석 장의 어음 만기가 되었을 때, 그 집 대금 중 3천 프랑을 받아두었다가 잘 해결하였다. 그러나 4장째 어음이 하필이면 어느 목요일이 집에 날라 들어왔다. 샤를은 질겁을 하여 아내가 돌아오기를 기다렸다가 그 이유를 물었다.

엠마는, 지금까지 어음에 대한 얘기를 하지 않은 것은 그가 집안의 번거로운 일에 신경을 쓰지 않게 하기 위해서였다고 말했다. 그리고 남편의 무릎에 올라앉아 남편을 애무하며, 달콤한 목소리로 불가피하게 외상으로 산 물건을 하나하나 주워섬겼다.

"결국 가짓수로 보면 그렇게 비싼 편은 아니잖아요?"

난처해진 샤를은 할 수 없이 뢰뢰를 찾아가 도움을 청했다. 뢰뢰는, 만일 당신이 두 장의 어음에 서명만 해준다면 사건을 무사히 처리해 주겠다고 말했다.

두 장 가운데 한 장은 700프랑짜리로 3개월 만기였다. 샤를은 어머니에게 도움을 청하는 비통한 편지를 썼다. 어머니는 답장을 쓰는 대신 직접 찾아왔다. 엠마가 어머니한테서 얼마를 받았느냐고 묻자, 남편은 대답했다.

"응, 어머니는 계산서 내역을 보자고 하시는 거요."

이튿날 아침 일찍 엠마는 뢰뢰에게로 달려가서, 천 프랑 미만의 계산서를 따로 한 장 만들어 달라고 부탁했다. 왜냐하면 4천 프랑의 계산서를 보이는 경우, 자연히 그 4천 프랑 가운데 3분의 2를 지불했다는 말을 해야 하고, 따라서 결국에는 부동산을 매각한 사실을 고백하지 않으면 안 되었기 때문이다. 그래서 이 매각 거래는 뢰뢰가 잘 처리했기 때문에 사실이 드러난 것은 훨씬 뒤였다.

물건 하나하나는 모두 대단히 값이 쌌으나, 시어머니는 낭비가 심하다고 말했다.

"양탄자 같은 거 없이 지낼 수는 없었더냐? 그리고 의자 커버는 왜 또 바꿨지? 내가 젊었을 때는 의자가 한 집에 하나밖에 없었다. 게다가 그건 노인들만 썼어…… 딴 집은 모르지만, 적어도 우리 어머니는 그러셨다. 정말 짜임새 있는 분이셨지, 세상사람이 다 부자냐! 돈을 물 쓰듯 쓰기 시작하면 아무리 재산이 많아도 남아나지 못한다! 난 부끄러워서도 너희들 같은 사치스런 생활은 못 하겠다! 나이도 먹고 해서 정말 이젠 누가 돌보아 주었으면, 하는 나이가 됐어도……. 아이구! 또 있구나, 또 있어! 장식품이! 뭐, 안감 비단이 2프랑? 10수, 아니 8수만 주면 아주 훌륭한 면사를 살 수 있는데!"

엠마는 소파에 기대앉아 될 수 있는 대로 조용히 응답했다.

"아아! 알았어요! 이제 그만하세요!"

노부인은 설교를 계속하면서, 너희는 결국 돈 한 푼 없이 자선 병원에서 죽을 것이라고 예언했다. 그리고 이렇게 된 것은 뭐니뭐니 해도 샤를이 나쁘기 때문이라 말하고, 고맙게도 샤를은 이제라도 그 위임장을 무효로 하겠다고 약속했다고 말했다.

"뭐라고요?"

"그래! 단단히 약속했다."

노부인은 대답했다.

엠마는 창문을 열고 샤를을 불렀다. 샤를은 어머니의 성화에 못 이겨서 약속을 했다고 실토했다.

엠마는 밖으로 나가더니 곧 돌아와서, 커다란 종이 한 장을 엄숙하게 시어머니에게 내밀었다.

"정말 고맙구나."

노부인은 말하고, 위임장을 불 속에 던졌다.

엠마는 웃기 시작했다. 날카롭고 폭발하는 듯한, 연속되는 웃음이었다. 신경발작이 일어난 것이다.

"아! 큰일났다!" 샤를은 소리쳤다. "어머니! 어머니도 나쁘세요! 어머닌 뭐 엠마하고 싸움이나 하러 오셨습니까!"

"저건 다 연극이야."

어머니는 어깨를 으쓱하더니 잘라 말했다.

그러나 샤를도 이번만은 반항하여 아내의 편을 들었기 때문에 노부인은 곧 돌아가겠다고 말했다. 그리고 이튿날 일찍 떠나버렸다. 문간에서 샤를이 붙잡으려 하자 말했다.

"싫다, 싫어! 넌 나보다는 네 처를 더 사랑하지 않느냐? 하긴 당연하지, 당연하고말고, 할 수 없는 노릇이지! 어쨌든 당분간은 서로 헤어져 있자! 그동안 몸조심이나 해라…… 네 말대로, 아마 이제부턴 그애와 싸우러 오진 않을 게다."

그러나 샤를은 엠마와 마주 앉자 다시 당황했다. 자기를 믿지 않았다는 불만을 엠마가 노골적으로 털어놓았기 때문이다. 그래서 샤를이 몇 번이나 애원하고서야, 전처럼 다시 그가 그녀 앞으로 위임장을 쓰는 데 합의했다. 그들은 곧 기요맹 씨 사무실에 가서 먼저처럼 위임장을 만들었다.

"이해합니다." 공증인은 말했다. "학자란 자질구레한 살림살이에 신경을 쓰시는 게 아니니까요."

샤를은 이 아첨에 기분이 가벼워졌다. 왜냐하면 이 말로, 그의 무능이 고상한 일에 몰두하고 있기 때문이라는 그럴듯한 해명이 되었기 때문이었다.

그다음 목요일, 호텔 방에서 레옹과 만났을 때 엠마는 얼마나 격렬한 감정을 쏟았던가! 그녀는 웃고, 울고, 노래하고, 춤을 추었다. 얼음 과자를 먹고, 담배를 피우고 싶다고 했다. 레옹에겐 그녀가 어처구니없는 여자로 보였다. 그러나 못 견디게 좋았다. 참으로 근사했다.

엠마의 존재 전체에 일어난 반동이 어떠한 것이기에 그녀로 하여금 인생의 향락으로 내닫게 하는 것인지 레옹은 짐작이 가지 않았다. 그녀는 더욱 쉬 격해지고, 식욕도 정욕도 강해졌다.

그리고 한길에서도 아무 거리낌없이, 그녀의 말대로 체면도 두려울 것 없이 레옹과 함께 활개를 치고 다녔다. 그러면서도 때로 그녀는 혹시 로돌프와 마주치지나 않을까 매우 두려워 몸을 떨었다. 로돌프와는 영원히 헤어지기는 했지만, 그 남자의 그림자는 아직 그녀의 어딘가에 남아 있는 것같이 느껴졌기 때문이다.

어느 날 밤, 엠마는 용빌에 돌아오지 않았다. 샤를은 제정신이 아니었다. 어린 베르트는 엄마 없이는 자지 않겠다고 애처롭게 울었다. 쥐스탱은 정처없이 한길을 뛰어나갔다. 오메까지 약방에서 나왔다.

11시가 되자 더 이상 참을 수 없게 된 샤를은 마차에 말을 매고, 말 위에 뛰어올라 채찍질하여 새벽 2시께 '붉은 십자가' 호텔에 도착했다. 여관엔 아무도 없었다. 엠마는 서기와 만난 게 틀림없다. 그런데 그는 어디에 살고 있는가? 다행히 서기의 주인 주소가 생각나서 샤를은 그리로 달렸다.

날이 훤히 밝아오기 시작했다. 어느 문간 위에서 공증인의 문패를 발견했다. 그는 대문을 두드렸다. 누군가가 문도 열지 않고 노기에 찬 목소리로 서기의 주소를 가르쳐 주고는, 밤중에 시끄럽게 남의 집 문을 두드리는 놈이 어떤 놈이냐고 욕설을 퍼부었다.

서기의 집에는 초인종도, 두드리는 문고리도, 문지기도 없었다. 그는 세게 창문을 두드렸다. 마침 순경이 지나갔다. 그는 무서워서 그 자리를 떴다.

"내가 돌았군." 샤를은 혼자서 중얼거렸다. "아마 로르모 씨 댁에서 저녁식사를 하고 그냥 붙들린 모양이지."

그 로르모 씨 가족은 루앙에서 떠난 지 벌써 오래였다.

"어쩌면 뒤브뢰이유 부인을 간호하느라고 남아 있는지도 모르겠군. 참, 뒤브뢰이유 부인은 열 달 전에 죽었지! 그럼 대체 어디 있단 말인가?"

한 가지 생각이 떠올랐다. 그는 카페에서 연감을 빌려 급히 랑프뢰르 양의 이름을 찾았다. 르넬 데 마로키니에 거리 74번지에 살고 있었다.

그 길로 들어섰을 때, 마침 저쪽 끝에서 엠마가 나타났다. 샤를은 껴안는다기보다 거의 달려들다시피 하면서 외쳤다.

"어젠 왜 못 돌아왔소?"

"아팠어요."

"어디가 아팠소?……어디서?……어떻게?"

"랑프뢰르 양 댁에서요."

엠마는 이마에 손을 대고 말했다.

"그럴 줄 알았지! 나 지금 그리로 가는 길이오."

"어머! 이젠 가실 필요 없어요."

"그분은 조금 전에 나갔으니까. 하지만, 앞으로는 그렇게 걱정하지 마세요. 조금만 늦어도 당신이 이렇게 신경을 쓰신다고 생각하면, 거북해서 마음대로 행동할 수도 없잖겠어요?"

그것은 말하자면 거리낌없이 외박할 수 있는 허락을 제멋대로 얻은 것과 같았다. 그래서 엠마는 이것을 실컷 이용했다. 레옹과 만나고 싶으면 무슨 핑계를 대서라도 당장 집에서 뛰쳐나갔다.

약속을 정하지 않은 그런 날에는 레옹이 기다리고 있지 않기 때문에, 그녀는 법률 사무소로 찾아갔다.

처음에는 무척 반가운 일이었다. 그러나 레옹은 솔직하게 털어놓지 않을 수 없게 되었다. 그런 행동을 주인이 매우 싫어한다는 것이었다.

"무슨 상관 있어요! 자, 가요!"

이 말을 듣고 레옹은 사무소를 빠져나간다.

엠마는 레옹에게 검은색으로만 옷을 입으라고 했다. 루이 13세의 초상처럼 턱에 염소 수염을 기르라고 권하기도 했다. 레옹의 하숙집을 보고 싶다고 하여 보고 나서는 평범하다고 평했다. 레옹은 얼굴을 붉혔다. 엠마는 상관하지 않고, 자기네 커튼과 같은 것을 사라고 했다. 청년이 돈이 든다고 하자 엠마는 웃으며 말했다.

"어머! 어머! 꽤나 쩨쩨하시네요!"

만날 때마다 레옹은, 전번 밀회 뒤에 한 일을 낱낱이 보고해야 했다. 엠마는 한 번은 시를 보내 달라고 했다. 자기를 위한 시를, 자기를 찬양하는 '사랑의 시'를 받고 싶다고 했다. 레옹은 시를 써보려 했으나 아무리 해도 둘째 줄부터는 운이 생각 나지 않아, 하는 수 없이 선물용 장식책에서 소네트 하나를 베껴보냈다.

허영에서보다도 오로지 엠마의 마음에 들고 싶어서였다. 그는 언제나 그녀의 생각에 반대하는 법이 없었다. 그녀의 어떠한 취미도 다 받아들였다. 엠마가 레옹의 정부라기보다 오히려 레옹이 엠마의 정부였다. 엠마는 그의 혼을 빼앗는 키스와 진하고 달콤한 말을 가지고 있었다. 너무나 깊이 감추어져 있어서 거의 그 형태를 포착할 수 없는 이런 음란한 기교를 엠마는 대체 어디서 배웠을까?

6

그녀를 만나러 갈 때, 레옹은 곧잘 약제사 오메의 집에서 식사를 했다. 그래서 그 답례로 자기도 약사를 한 번 초대해야겠다고 생각했다.

"아, 물론 가고말고!" 오메 씨는 대답했다. "나도 이런 데만 맨날 처박혀 있어서야 되겠나. 기운을 좀 내야지. 자네와 같이 극장에도 가고, 요릿집에도 가보세. 한번 실컷 놀아 보자구!"

"아니, 여봇!"

오메 부인은 남편이 저지르려 하는, 뭔지 모르는 위험이 겁나서 다정하게 말했다.

"뭐라고? 당신은 내가 일 년 내내 약국에서 약 냄새만 맡아 건강을 해치고 있다는 건 생각지 않소? 하긴 그게 여자의 버릇이긴 하지만. 여자는 학문에도 질투를 하고, 사람이 당연한 기분 전환을 하는 데도 반대한단 말이야. 자, 그런 건 상관할 것 없고, 레옹 씨, 다 내게 맡겨요. 그리고 우리 머지않아 루앙에 가서 돈을 마음껏 뿌려 보자구. 염려 마."

그전 같으면 오메는 이런 말을 삼갔을지 모르나, 요즘은 들뜬 파리 취미에 영향을 받아 그것을 좋은 취미라고 생각하고 있었다.

그리고 이웃 보바리 부인처럼 도회지의 풍습을 서기에게 자세히 물었다. 그뿐 아니라 속물들을 놀라게 해주려고 은어로 '튀른(누추한 집)', '바자르(난잡한 집)', '시카르(맵시 있는)', '시캉다르(아주 고급)', '브레다 스트리트(창녀 거리)', 혹은 '나는 간다'고 할 것을 '나는 꺼진다'라고 했다.

어느 목요일, 엠마는 '황금사자' 식당에서 여행복을 입은 오메 씨를 보고 깜짝 놀랐다. 약제사 오메는 처음 보는 낡은 외투를 걸치고 한 손에는 여행가방을, 다른 한 손에는 약방에 언제나 있던 따뜻한 슬리퍼를 들고 있었다. 약방을 비워 단골을 불안하게 해서는 안 된다고 하면서, 그는 이번 여행을 아무한데도 알리지 않고 떠났다.

그는 젊은 시절을 보낸 땅을 오랜만에 보는 것이 자못 즐거웠던지, 차 속에

서도 내내 떠들며 갔다. 이윽고 루앙에 도착하자 마차에서 뛰어내려 곧장 레옹
한테로 갔다. 서기가 사양하는 것도 아랑곳없이, 그를 '노르망디'라는 큰 술집
으로 끌고 갔다. 그리고 이런 유흥장에서 모자를 벗는 것은 시골뜨기 같다면
서 모자를 쓴 채 위풍당당히 들어갔다.

엠마는 레옹을 45분이나 기다렸다. 기다리다 못한 그녀는 레옹의 사무실로
달려갔다. 그러고는 여러 가지 억측을 하면서 레옹의 박정함을 원망하고 자기
의 유약함을 자책하며 유리창에 이마를 대고 오후를 보냈다.

두 남자는 2시가 되어도 그대로 식탁에 마주 앉아 있었다. 큰 홀은 점점 사
람이 줄어들었다. 야자나무 모양으로 꾸며진 난로 굴뚝이 흰 천장을 배경으로
금빛 잎사귀들을 펼치고 있었다. 두 사람 옆의 유리 칸막이 안에서는 작은 분
수가 햇빛을 받으며 대리석 수반에 소리내며 떨어지고, 수반에는 양갓냉이와
아스파라거스 사이에서 축 늘어진 세 마리의 큰 새우가, 옆으로 쌓아 놓은 메
추라기 앞까지 발을 쭉 뻗고 있었다.

오메는 무척 기분이 좋았다. 음식보다 화려한 분위기에 도취되었는지, 포마
르주가 몇 잔 돌고 럼주가 든 오믈렛이 나올 때쯤에는 천박한 여성론을 펴기까
지 했다. 그가 특히 매력을 느끼는 것은 고상한 멋이 있는 여자 몸짓이라고 했
다. 좋은 가구가 놓인 방에서 우아한 옷차림을 한 여인에게는 홀딱 반하게 마
련이고, 육체적인 장점을 말한다면 몸집이 작은 여자가 좋다고 했다.

레옹은 초조하게 벽시계만 바라보았다. 약사는 마시고 먹고 지껄이다가 뚱
딴지같은 말을 했다.

"자네, 루앙에선 부자유스러울 거야. 하기야 자네가 좋아하는 사람이 가까운
데 살고 있긴 하지만."

상대가 얼굴이 빨개지는 것을 보고 또 말했다.

"자아, 고백하지그래! 그렇지 않다고는 말 못하겠지, 용빌인가?"

청년은 말이 막혀 우물쭈물했다.

"보바리 부인 댁에서 꾀었지?"

"누, 누구를요?"

"하녀 말이야!"

오메가 농담을 한 것은 아니었다. 그러나 레옹은 조심성보다 체면이 앞서서,
자기도 모르게 아니라고 소리치고 말았다. 그리고 그가 좋아하는 여자는 첫째

머리가 갈색이어야 한다고 말했다.

"나도 동감이야." 약사는 말했다. "그런 여자가 정감도 짙거든."

그리고 서기의 귀에 입을 갖다 대고, 여자의 정감이 농후한 것은 어떤 것으로 알 수 있는가를 가르쳐 주었다. 이윽고 이야기는 인종론으로까지 발전하여 독일 여자는 우울증에 걸리기 쉽고, 프랑스 여자는 바람기가 있으며, 이탈리아 여자는 정열적이라고 했다.

"흑인 여자는요?"

"예술가들이 좋아하지!" 오메는 말했다. "웨이터, 커피 두 잔!"

"일어날까요?"

레옹은 마침내 참다못해 말했다.

"예스."

오메는 이렇게 대답은 해놓고 나가기 전에 집주인을 만나야 한다면서, 그를 만나 여러 마디 칭찬을 늘어놓았다.

청년은 오메와 헤어지려고, 할 일이 있다고 핑계를 댔다.

"아! 내가 데려다주지!"

오메는 이렇게 말하는 것이었다.

길을 함께 걸으면서 오메는 자기 아내에 대한 얘기며, 아이들에 대한 얘기, 또 그애들의 앞날에 대한 얘기, 약국에 대한 얘기, 약국이 옛날엔 얼마나 형편 없었으며, 그것을 자기가 어떻게 오늘날 같은 훌륭한 가게로 만들었는가, 하는 얘기를 했다.

불로뉴 호텔 앞에서 오메와 헤어진 뒤, 레옹은 곧장 층계를 뛰어올라갔다. 연인은 잔뜩 흥분해 있었다.

약사의 이름을 듣더니 그녀는 화를 발칵 냈다. 레옹은 어쩔 수 없었던 이유를 이것저것 들었다. 내가 실수한 것이 아니다, 당신도 오메가 어떤 인물인지 몰라서 그러느냐, 그런 남자와 같이 있기를 좋아할 사람이 누가 있겠느냐고 말했다. 그러나 그녀는 앵 톨아져 밖으로 나가려고 했다. 레옹이 그녀를 붙들었다. 그리고 털썩 무릎을 꿇고, 욕망과 애원에 찬 지친 몸짓으로 그녀의 허리를 두 팔로 껴안았다.

엠마는 똑바로 서 있었다. 타는 듯한 큼직한 눈이 심각하고 무섭도록 심각하게 레옹을 쏘아보았다. 이윽고 그것은 차차 눈물로 흐려졌다. 부풀어 오른 그녀의 눈꺼풀이 감겼다. 그리고 엠마는 두 손을 그에게 내밀었다. 레옹이 미친 듯 그 손을 입으로 가져가려고 할 때였다. 웨이터가 들어와서 어떤 손님이 그를 찾아왔다고 알렸다.

"만나고 돌아오실 거죠?"

"그럼요."

"언제?"

"곧."

"내가 계략을 부렸지." 약제사는 레옹을 보자 말했다. "자네가 여기 찾아오는 걸 꺼리는 것 같아서, 빨리 끝내 주게 하려고 찾아온 거야. 어때, 브리두 집으로 가서 가뤼스 한 잔 안하겠나?"

레옹은 사무소에 꼭 돌아가 봐야 한다고 거절했다. 약제사는 그런 지리한 소송 서류나 소송 수속 같은 것을 조롱했다.

"퀴자스나 바르톨르 같은 무리는 잊으라구. 시시한 것들! 자, 좋지 않나, 용기를 내요, 용기를! 브리두네 집으로 가세. 거기 가면 개가 한 마리 있는데, 그놈이 또 아주 재미있다구."

서기가 여전히 일이 있다고 고집을 부렸다.

"그럼 나도 같이 사무소로 가지. 자네를 기다리는 동안, 신문이라도 읽으면 되지 않나, 아니면 법전을 읽든가."

엠마의 분노와 오메의 수다로 골머리가 아픈데다, 조금 전에 먹은 점심까지 과식을 해서 레옹은 분명히 결심을 하지 못한 채 약제사의 요술에 걸린 듯이 우두커니 서 있었다.

"자, 브리두네 집으로 가자구! 말팔뤼 거리에 있는데, 여기서 조금만 가면 돼."

이리하여 레옹은 자신의 우유부단함과 어리석음, 그리고 사람에게 이끌려 가는 그 무어라 말할 수 없는 기분이 작용하여 어슬렁어슬렁 브리두의 집으로 따라갔다. 브리두는 좁은 안뜰에서 셀츠 광천수 제조기의 커다란 바퀴를 숨가쁘게 돌리고 있는 세 젊은이를 감독하고 있었다. 오메는 젊은 사람들에게 하나하나 조언해 주고 나서, 브리두를 껴안았다.

그들은 앉아서 술을 마셨다. 레옹은 몇 번이나 돌아가려고 했다. 그때마다 오메가 번번이 그의 팔을 잡았다.

"조금만 기다려! 나도 갈 테니까. 같이 '루앙의 등불' 사에 가서 여러 간부를 만나 보세. 토마생 씨를 소개해 주지."

그러나 레옹은 오메를 뿌리치고 날듯이 호텔로 달려갔다. 그러나 엠마는 이미 없었다.

엠마는 화가 잔뜩 나서 돌아가 버렸다. 이제 레옹을 생각만 해도 지긋지긋했다. 밀회의 약속을 어긴 것은, 그녀로서는 모욕을 당한거나 마찬가지였다. 그래서 그녀는 그와 손을 끊을 이유를 이것저것 찾아보았다. 그 남자는 대담하지 못한데다가 겁쟁이고, 평범하고, 여자보다도 소극적이고, 게다가 인색하고 소심했다.

잠시 뒤 기분이 좀 가라앉자, 엠마는 자기가 너무 지나치게 생각했다는 것을 깨달았다. 그러나 사랑하는 사람을 헐뜯으면, 그 사람으로부터 조금이나마 멀어지게 되기 마련이다. 우상에 손을 대서는 안 된다. 금박이 벗겨져서 손에 달라붙기 때문이다.

그로부터 두 사람은 자기들의 사랑과는 관계없는 일을 더 많이 화제로 삼게 되었다. 그리고 엠마가 보내는 편지 속에는 곧잘 꽃이나, 시의 구절, 달, 등이 나왔다. 그것은 식은 열을 세상의 모든 도움을 빌려서나마 다시 뜨겁게 태워 보려는 소박한 수단이었다. 그녀는 갈 때마다 이번에는 꼭 깊은 기쁨을 맛보고 오리라 기대하지만, 돌아올 때는 늘 전번과 조금도 다름없었다는 것을 인정하지 않을 수 없었다. 그러나 이러한 환멸은 곧 새로운 희망으로 바뀌어 엠마는 전보다 더 강한 정염에 불타고, 전보다 더 레옹을 탐하면서 그를 찾아갔다. 그녀는 거칠게 옷을 벗어 던지고 코르셋 끈을 확 잡아당겼다. 미끄러져 나가는 독사의 소리처럼 끈은 그녀의 허리에서 바람 소리를 냈다. 엠마는 맨발 끝으로 살금살금 가서 문이 잘 잠겨 있는가 살펴보았다. 그리고 돌아와서 옷을 몽땅 한꺼번에 벗어 던졌다—그리고 창백한 얼굴에 입을 굳게 다문 채 심각한 표정으로, 부들부들 떨며 사내의 가슴에 몸을 던졌다.

그러나 식은땀에 젖은 그 이마에는, 무슨 말을 중얼거리는 그 입술에는, 불안한 듯한 그 눈동자에는, 껴안는 그 팔에는, 뭔가 막연하지만 심상치 않은 불길한 그림자가 떠돌고 있었다. 레옹은 그것이 두 사람을 갈라 놓으려는 것처럼 살며시 스며들고 있는 듯한 기분이 들었다.

그것을 그녀에게 물어볼 용기는 없었다. 그러나 그녀가 그러한 행위에 익숙한 것을 보고, 이 여자는 고통과 쾌락의 모든 시련을 다 겪었나 보다 하고 생각했다.

전에는 그를 매혹시킨 것들이 이제는 조금씩 겁이 났다. 무엇보다도 그녀의 개성이 날이 갈수록 자신을 휘어잡고 조여오는 데에 반발심이 일어났다. 또 언제나 엠마가 이기는 것이 화가 났다. 그래서 짐짓 이제는 이 여자를 사랑하지 말자, 마음먹다가도 그녀의 구두 소리만 들리면 곧 독한 술을 본 중독자처럼 다시 끌려들어가는 것이었다.

사실 엠마는 그에게 음식 맛을 보는 일에서부터 옷맵시를 내는 법, 육감적인 눈짓을 하는 일에 이르기까지 모든 일에 세심하게 신경을 써 주었다. 용빌에서 장미꽃을 몰래 가지고 와서는 레옹의 얼굴에 던지기도 하고, 레옹의 건강을 염려하는가 하면, 그의 여느 때 행동에 대해 일일이 충고하기도 했다. 그리고 레옹을 언제까지나 단단히 붙들어 두려고 하느님의 도움을 바라는 뜻에서인지 그의 목에 성모상 메달도 걸어 주었다. 엠마는 또 엄격한 어머니처럼 레옹의 친구 관계를 따지고 들었다.

"그런 사람들은 만나지 마세요. 그렇게 자꾸 밖에 나다니면 안 돼요. 그저 우리들 일만 생각하세요. 나를 사랑해 줘요!"

그녀는 레옹의 생활을 감시하고 싶었다. 문득 미행을 시켜 볼까 하는 생각이 들었다.

항상 호텔 언저리를 왔다갔다하며 사람들을 따라다니는 그 부랑자 같은 남자에게 부탁하면, 혹시 들어줄지도 모른다....... 그러나 막상 구체적으로 생각하자 자존심이 고개를 들었다.

"그래, 하는 수 없다. 배신당하면 당하지 뭐! 그런 거 아무럼 어때!"

어느 날, 레옹과 일찍 헤어져 혼자 큰길을 걸어오던 엠마의 눈에 옛날 그녀가 살던 수도원 벽이 보였다. 그녀는 느릅나무 그늘에 놓인 벤치에 앉았다. 아아, 그 시절의 그 평화로웠던 마음! 책에서 읽은 대로 열심히 상상한, 이루 말할 수 없는 사랑의 감정을 엠마는 얼마나 동경했던가!

결혼 뒤 처음 몇 달 동안, 말을 타고 숲 속을 산책하던 일, 왈츠를 함께 춘 자작, 노래를 부른 라가르디, 그런 것들이 다시 눈앞에 떠올랐다....... 그리고 그런 모든 것들과 마찬가지로 레옹의 모습까지 갑자기 멀어져 보였다.

'하지만, 역시 나는 레옹을 사랑하고 있어!'

그런데도! 그녀는 행복하지 않았다. 지금까지 한 번도 행복한 적이 없었다.

인생의 이 아쉬움은 대체 어디서 오는 걸까? 뜻했던 모든 것들이 눈 깜짝할 사이에 썩어 문드러지는 것은 왜일까?…… 하지만, 만일 어딘가에 아름답고 씩씩한 사람이 있다면, 열정적이고 품위 있는 성격, 천사와 같은 시인의 마음, 하늘을 향해 애조띤 축혼가를 켜는 청동 하프 같은 마음, 이런 것들을 지닌 사람이 있다면, 그런 사람과 우연한 기회에 만나지 말라는 법이 어디 있겠나? 그러나 아! 다 틀렸다! 게다가 일부러 애쓰며 그런 것을 찾아 봐야 무슨 소용 있는가! 모두 미화된 거짓이다! 어떠한 미소에도 권태의 하품이 숨어 있고, 어떠한 환희에도 저주가, 어떠한 쾌락에도 혐오가 숨어 있다. 황홀한 키스조차도, 충족되지 못한 더 큰 쾌락의 욕망을 입술에 남긴다.

금속성의 쉰 소리가 공중에 긴 꼬리를 끄는가 싶더니 수도원의 종이 네 번 울렸다. 4시다! 엠마는 자기가 태곳적부터 그 벤치에 앉아 있었던 것 같은 기분이 들었다. 정열의 무한성이란 순간에 채워질 수 있는 것이기에 말이다. 마치 군중이 비좁은 장소로 순간에 모여들듯.

엠마는 스스로 정념의 포로가 되어 나날을 보내고 있었다. 그리고 마치 공작부인처럼 돈에 대해서는 일체 개의하지 않았다.

어느 날, 얼굴이 붉고 머리가 벗겨져 궁상스러워 보이는 남자가 루앙의 뱅사르 씨 심부름이라면서 엠마를 찾아왔다. 그는 긴 녹색 프록코트 옆주머니에 꽂혀 있는 핀을 빼서 그것을 소매에 꽂더니, 서류 한 장을 끼내어 정중하게 내밀었다.

그것은 엠마가 서명한 700프랑짜리 어음이었다. 그렇게 단단히 한 약속을 어기고, 뢰뢰가 뱅사르에게 넘긴 것이다.

엠마는 곧 뢰뢰 집에 하녀를 보냈으나 뢰뢰는 올 수 없다고 거절했다.

그러자 짙은 갈색 눈썹 아래로 신기한 듯 주의를 둘러보고 서 있던 낯선 자가 시치미를 떼고 물었다.

"뱅사르 씨에게는 뭐라고 전할까요?"

"글쎄요." 엠마는 대답했다. "이렇게 전해 주세요……. 지금은 가진 게 없고 다음 주엔 된다고요……. 기다려 주십사고……. 네, 다음 주까지요."

그 남자는 아무 말도 하지 않고 돌아갔다. 그러고 나서 이튿날 정오에, 엠마는 지불만기가 된 어음을 제시 받았다. 인지가 붙은 서류에 '비시 시(市) 집달리 아랑'이라는 커다란 글자가 즐비하게 씌어 있는 것을 보고, 엠마는 몹시 놀라 부리나케 포목상 집으로 달려갔다.

그는 마침 가게에서 포장한 물건을 묶고 있는 중이었다.

"아, 어서 오십시오! 잠깐만 기다리십시오."

이렇게 말하고 뢰뢰는 가게 일과 부엌 일을 함께 보는, 등이 구부정한 13살짜리 곱추 같은 여자아이의 도움을 받으며 계속 일하고 있었다.

이윽고 일이 끝난 그는 마룻바닥에 나막신 소리를 내며 이층 작은 방으로 엠마를 안내했다. 거기에는 전나무로 만든 큰 책상 위에 장부가 몇 권 놓여 있었는데, 장부는 모두 자물쇠가 달린 쇠막대로 눌려 있었다. 벽에는 무늬가 요란한 인도 천이 걸려 있었고, 금고가 하나 눈에 띄었다. 그 크기로 보아 현금과 증서 외에도 무엇인가 들어 있는 것 같았다. 보바리 부인의 금시계 줄도, 가엾은 텔리에 노인의 귀걸이도 모두 이 금고 속에 들어 있었다. 텔리에 노인은 마침내 가게를 팔게 되어 캥캉푸아 마을에 조그마한 잡화상을 하나 샀다. 그러나 그곳에서 지병인 카타르를 앓았던 탓에, 그의 얼굴은 자기가 팔고 있는 초보다도 더 샛노랗게 된 채 거의 다 죽어가고 있었다.

뢰뢰는 짚을 넣은 널찍한 안락의자에 걸터앉으며 물었다.

"무슨 일이라도 생겼습니까?"

"이것 보세요."

엠마는 서류를 내보였다.

"저보고 이걸 어떻게 하란 말씀입니까?"

엠마는 화가 발끈 나서 언젠가 어음은 절대로 딴 사람한테 넘기지 않겠다고 약속하지 않았느냐고 따졌다. 그도 그것은 인정했다.

"하지만 저도 도저히 어쩔 수 없어 한 노릇입니다. 저도 요즈음엔 옴짝달싹할 수가 없게 돼서요."

"그럼 앞으로 어떻게 되는 거죠?"

"아, 그야 뭐 뻔한 일이죠. 법정에서 판결 있고, 그다음에 차압…… 이젠 어쩔 수 없어요."

엠마는 그의 얼굴을 힘껏 때려 주고 싶은 것을 참았다. 그리고 조용히, 뱅사르 씨를 달랠 방법이 없겠느냐고 물었다.

"아, 그렇습니까, 뱅사르 씨를 달랜다? 부인은 그자를 잘 몰라서 그럽니다. 그자는 아라비아인보다도 더 지독한 놈입니다."

그래도 당신이 어떻게 좀 힘을 써 줘야 하지 않겠느냐고 하자 그는 말했다.

"아, 들어 보세요! 저야 오늘날까지 부인을 위해서 성의껏 해드린 줄 알고 있는데요."

그는 장부 하나를 펼치면서 말했다.

"자아, 이것 보세요!"

그리고 손가락으로 한 페이지를 밑에서 거슬러 올라가며 설명했다.

"아, 이것 보십시오…… 8월 3일, 200프랑…… 6월 17일에 150프랑…… 3월 23일에 46프랑…… 4월에는……."

뢰뢰는 여기에서 뭔가 실수를 할까봐 겁이 나는 듯 멈췄다.

"게다가 바깥어른께서 서명하신 700프랑짜리 어음 하나와 300프랑짜리 어음은 따로 있습니다! 부인께서 조금씩 지불하신 돈에다 또다시 이자를 생각하면 복잡해서 나도 뭐가 뭔지 알 수도 없습니다. 이런 일은 이제 더 하고 싶지 않습니다!"

엠마는 울었다. 그리고 그를 '친절하신 뢰뢰 씨'라고까지 불렀다. 그러나 뢰뢰는 어디까지나 '그 악당 뱅사르'한테만 책임을 씌우면서, 자기는 살짝 빠졌다. 하여튼 자기한테는 지금 돈 한 푼 없고, 요새 누구 한 사람 돈을 제대로 돌려주는 사람이 없어 거의 빈털터리 신세이며, 이런 시시한 금융업자가 누구에게 돈을 대주겠느냐고 했다.

엠마는 잠자코 있었다. 뢰뢰는 잠시 거위 깃 펜의 털을 씹고 있더니 엠마의 침묵이 마음에 걸리는지 다시 말을 이었다.

"아무튼 며칠 새에 돈이 좀 들어오면…… 어떻게……."

"저도, 저 바른빌 땅의 잔금만 들어오면……."

"뭐라구요?"

랑글루아가 아직 돈을 다 치르지 않았다는 말을 듣고 그는 무척 놀라는 시늉을 했다. 그리고 은근한 목소리로 말했다.

"그럼 어떻게 해보죠……. 얼마나?"

"아, 되시는 대로요!"

뢰뢰는 눈을 감고 잠시 생각하는 듯하더니, 이것저것 숫자를 써서 계산해 보았다. 그리고 무척 고생을 하겠다는 둥, 위험한 일이라는 둥, '피를 짜내는' 것 같다는 둥 하면서, 지불 기한이 각각 한 달 간격으로 돌아올 250프랑짜리 어음

4장을 작성했다.

"이제 뱅사르 씨만 이쪽 말을 들어주면 되겠군요! 아무튼 잘 알았습니다. 전 한번 마음먹으면 우물쭈물하지 않습니다. 아주 시원한 사람이죠."

그리고 여러 가지 상품을 보여 주면서, 이것은 새로운 물건이긴 하지만 부인 취미에 맞는 것은 하나도 없다고 말했다.

"이건 1미터에 7수 하는 옷감인데, 그래도 염색은 보증하는 물건입니다! 이렇게 말하면 모두 믿고 사가죠! 아시다시피 장사꾼이란 진실을 얘기하는 법이 없거든요."

그는 자기가 다른 손님을 속인다는 것을 털어놓고, 그녀에게만은 정직하다는 것을 완전히 납득시키려고 했다.

그러고 나서 그는 돌아가려는 그녀를 불러 세워, 최근 '경매에서' 찾아낸 진귀한 물건이라며 3미터쯤 되는 레이스를 보여주었다.

"어때요, 좋지 않습니까! 요샌 이걸 흔히 안락의자 커버로 많이들 씁니다. 한창 유행이죠."

그리고 요술쟁이보다도 잽싸게 푸른 종이에 싸 엠마의 손에 쥐어 주었다.

"하지만 값이 얼마나 되는지……."

"뭐, 나중에 하죠."

이렇게 대답하고 돌아서 버렸다.

그날 밤 엠마는 샤를을 졸라 어머니한테 편지를 쓰게 했다. 나머지 유산 전부를 빨리 보내 달라고 하는 것이었다. 시어머니한테서는 이제 아무것도 남은 것이 없다는 회답이 왔다. 모든 계산은 끝났고, 너희들한테는 바른빌 땅 말고는 600프랑의 연금이 남아 있을 뿐이니, 그 돈은 자기가 꼬박꼬박 보내 주겠다는 것이었다.

그래서 보바리 부인은 환자 몇 사람의 집에 청구서를 보냈다. 그것이 성공하자 맛을 들인 그녀는 계속 그 방법을 썼다. 그리고 청구서 뒤에는 반드시 '주인은 아시다시피 자존심이 강한 사람이니까, 부디 이 일은 비밀로 해주십시오…… 나쁘게 생각지 마시기를…… 이만.' 이렇게 덧붙였다.

돈을 만들기 위해 그녀는 자기의 낡은 장갑이며, 헌 모자며, 철물 등을 팔기 시작했다. 그것도 아주 악착같은 방법으로 흥정했다. 그녀의 몸 안에 흐르고 있는 농부의 피가 이득에 혈안이 되도록 만들었다. 게다가 시내에 다녀올 때마다, 다른 사람은 아니더라도 뢰뢰에게만은 팔 수 있을 듯싶은 여러 가지 골동품을 사가지고 왔다. 타조 깃털이라든가, 중국 도자기라든가, 나무 보석상자 같은 것이었다. 그래서 그녀는 펠리시테고, 르프랑수아 부인이고, '붉은 십자가' 호텔의 안주인이고 가릴 것 없이 아무한테서나 돈을 꾸었다. 얼마 뒤에 바른빌에서 집 대금 중 잔금 어음에 대한 지불이 돌아오자, 250프랑짜리 어음 2장만 결재했다. 그리고 나머지 1천 500프랑은 모두 써 버렸다. 그리고 또 빚을 졌다. 언제나 이런 식이었다.

가끔 빚이 얼마쯤 되는가 계산해 볼 때도 있었다. 해보니 너무나 엄청나서 쉽게 믿어지지 않았다. 그래서 다시 계산을 시작했으나 뒤죽박죽이 되어 그대로 집어던지고 다시는 생각하지 않기로 했다.

요즘은 집안이 우울해졌다. 드나드는 상인들이 성난 얼굴로 나가는 것이 종종 보이고, 화덕 위에는 손수건이 흩어져 있었다. 베르트가 구멍 뚫린 양말을 신고 있는 것을 보고 오메 부인은 어이가 없어 눈살을 찌푸렸다. 샤를이 눈치를 봐가며 주저주저 한마디 할라치면 엠마는 그건 자기 잘못이 아니라고 퉁명스럽게 대답하는 것이었다.

어째서 이렇게 화를 잘 내는 것일까? 샤를은 모든 것이 다 그녀가 전에 앓은 신경병 때문이라고 생각했다. 그리고 아내의 병을 그녀의 결점처럼 잘못 생각한 자기를 나무라고, 자기 멋대로 판단한 것이 나빴다고 뉘우치면서 아내에게 달려가 꼭 안아 주고 싶은 충동을 느꼈다.

'아니! 그만두자, 오히려 귀찮아할 거야!'

샤를은 속으로 중얼거렸다. 그러고는 그만두기로 했다.

저녁식사가 끝난 뒤, 그는 혼자서 곧잘 뜰을 거닌다. 베르트를 무릎에 앉히고, 의학 신문을 펼쳐 들고, 글자를 가르치려고 한다. 아직까지 공부라는 것을 해본 일이 없는 어린애는 결국 슬픈 눈을 크게 뜨고 울기 시작한다. 그는 어린애를 달랜다. 물뿌리개에 물을 떠다가 모래땅에 개울을 만들어 주기도 하고, 쥐똥나무 가지를 꺾어 화단에 나무를 심어 주기도 한다. 이런 일을 해도, 이미 잡초가 무성해진 뜰은 이제 더 보기 싫어질 것이 보잘것없다. 일을 시킨 레스티부두아에게 일삯도 많이 밀려 있다! 이윽고 아이는 춥다며 어머니를 찾는다.

"하녀를 부르자, 애야."

샤를은 말한다.

"응, 엄마는 귀찮게 구는 걸 싫어하시니까."

초가을이라 벌써 나뭇잎이 떨어지고 있었다—2년 전, 엠마가 앓을 때와 같이!—대체 이런 일이 언제나 끝이 날까? 샤를은 뒷짐을 지고 계속 왔다갔다하는 것이었다.

아내는 늘 자기 방에 있었다. 거기에는 아무도 올라가지 못한다. 그녀는 거의 옷도 제대로 갈아입지 않고 마비된 것처럼 종일 그곳에 틀어박혀 있다. 그리고 때때로 루앙의 알제리인 가게에서 산, 후궁들이 썼던 향을 피운다. 밤에는 옆에서 기다랗게 누워 자는 남편이 보기 싫어 몇 번이나 얼굴을 찡그린 끝에 그를 3층으로 쫓아 버렸다. 그리고 자기는 피비린내나는 사건과 음란한 장면을 묘사한 형편없는 책을 아침까지 읽는다. 그러다 정 못 견디게 무서울 때면 혼자서 비명을 지르는 것이었다. 샤를이 놀라 달려오면 그녀는 말한다.

"아, 저리 가요!"

또 어떤 때는 불륜의 쾌락이 부채질하는 가슴속의 정염이 점점 심하게 타올라, 숨을 헐떡이며 흥분하여 욕정의 덩어리가 되었다. 그러면 가슴이 답답해 창문을 열고 찬바람에 그 풍성한 머리카락을 날리면서, 하늘의 별을 바라보았다. 왕자의 사랑을 애타게 찾았다. 그리고 그 남자를, 레옹을 생각했다. 이런 때에 그녀는, 자기의 갈망을 채워 주는 단 한 번의 밀회를 위해 모든 것을 내던져도 아깝지 않을 것 같았다.

그 밀회의 날만이 그녀의 축제일이었다. 그녀는 그 밀회의 날이 항상 멋지기를 바랐다! 레옹 혼자서 비용을 부담할 수 없을 때에는 엠마가 보충했는데, 거의 언제나 그런 식이었다. 레옹은 어딘가 좀더 싼 호텔로 가자고 했으나 엠마는 반대했다.

어느 날, 그녀는 손가방 속에서 도금한 은수저 여섯 벌을 꺼내어 (그것은 아버지 루오 노인이 준 결혼 선물이었다) 그것을 가지고 곧 전당포에 갔다와 달라고 레옹에게 부탁했다. 하라는 대로 하기는 했지만 그의 기분은 별로 좋지 않았다. 나중에 체면에 관한 일이 생길까 두려웠던 것이다.

게다가 아무리 생각해 보아도 엠마의 태도가 이상했다. 그녀와 손을 끊으라는 사람이 있는데, 그 말도 어쩐지 일리가 있는 것 같았다.

사실은 누군가가 레옹의 어머니에게 이름을 밝히지 않고 긴 편지를 보냈던 것이다. 그 편지에서, 아들이 '어떤 유부녀에게 빠져 있다'고 경고했다. 그래서 늙은 어머니는 항상 가정을 위협하는 공포의 대상, 사랑의 심연에 사는 정체를 알 수 없는 요사스런 여자, 요물의 모습을 상상하고, 곧 레옹 사무실의 주인 뒤보카주 변호사에게 편지를 띄웠다. 주인은 이 사건에 대해 더할 나위 없는 훌륭한 조치를 취했다. 그는 레옹을 45분 동안 붙들어 놓고서 그의 눈을 뜨게 하려고, 그것은 바로 신변을 위협하는 깊은 함정이라고 경고해 주었다. 그런 연애는 앞으로 출세하는 데 방해가 될 뿐이니 꼭 손을 끊어라, 만일 스스로를 위해서는 그것이 안 될 것 같으면 나 뒤보카주를 위해서 꼭 그렇게 해달라고 부탁했다.

결국 레옹은 다시는 엠마와 만나지 않겠다고 맹세했다. 아침에 난로 옆에서 동료들에게 놀림받는 것은 고사하고라도, 그녀로부터 자기에게 어떤 짜증과, 또 어떤 비난이 퍼부어질지 모를 일이라고 생각하니 이런 약속을 진작에 지키지 않았던 것이 후회되었다. 게다가 그는, 가까운 날에 나는 서기장이 될 예정이다, 점잖게 행동할 시기이다, 이렇게 생각하고 플루트 연습도, 열렬한 정감도, 공상도 단념해 버렸다. 왜냐하면 어떤 평범한 사람이라도 젊은 피가 끓을 때에는, 단 하루, 단 1분이라도, 광대한 정열, 높고 큰 계획을 당해낼 수 있는 능력이 자기에게 있다고 생각하게 마련이기 때문이다. 어떤 평범한 난봉꾼이라도 회교국 왕비를 첩으로 가져 보고 싶어한다. 어떤 공증인이라도 시인의 마음 한 조각쯤은 가슴에 간직하고 있다.

요즘은 엠마가 갑자기 그의 가슴에 매달려 흐느껴 울기라도 하면, 레옹은 귀찮은 생각이 들었다. 그의 마음은 마치 일정량의 음악밖에 들을 줄 모르는 사람처럼, 이미 사랑의 미묘한 매력을 알아보지 못하게 되어, 소음으로밖에 들리지 않는 사랑의 소리에 거의 관심이 없어 졸음이 오는 것이었다.

그들은 이제 서로를 너무나 잘 알았다. 기쁨을 백배나 더해 주는 그 소유의 놀라움을 느끼지 못하게 되었다. 레옹이 엠마에게 싫증이 난 것만큼, 엠마도 그에게 싫증을 느끼고 있었다. 엠마는 불륜에서도 결혼 생활 같은 모든 평범한 면을 발견하였다.

그러나 어떻게 하면 이런 생활을 버릴 수 있을 것인가? 그녀는 이처럼 저속한 행복에 굴욕을 느끼면서도 어쩔 수 없이 오랜 습관에서, 혹은 타락에서 그것에 집착했다. 날이 갈수록 더욱 열을 내어 너무나 큰 행복을 바라다가, 오히려 행복의 샘을 말려 버렸다.

그녀는 마치 레옹이 배반이라도 한 것처럼 자기의 실망을 레옹 탓으로 돌렸다. 그리고 그녀는 헤어질 결심을 할 용기가 없기 때문에, 어쩔 수 없이 헤어질 파국이 우연히 일어나주기를 바라기까지 했다.

그러면서도 그녀는, 여자란 항상 애인에게 편지를 써야 한다는 생각에서 그에게 계속 편지를 썼다.

그러나 쓰는 동안에 그녀의 눈앞에는 다른 남자의 모습이 떠오르기 시작했다. 그것은 가장 열렬한 추억과 가장 아름다운 독서와 가장 강렬한 욕망 같은 것들이 만들어 낸 환영이었다. 마침내 그 환영은 너무도 현실적이고 잡힐 듯하여, 그녀의 경탄한 마음은 급히 달리고 있었다. 그러나 이교도의 신이 갖가지 속성을 지니고 있어 그 속에 파묻혀 버리듯, 그 환영의 남자 모습을 그릴 수가 없었다. 그 환영의 남자는 신비한 나라에 있었다. 거기서는 꽃의 입김 속에 하얀 달빛을 받으며 비단 줄사다리가 발코니에서 흔들리고 있었다. 엠마는 그 남자가 가까이에 있다고 느꼈다. 그는 곧 다가와서 그녀에게 키스를 퍼부은 다음 그녀를 앗아가려 하고 있었다. 이윽고 엠마는 기진맥진하여 픽 쓰러졌다. 이런 막연한 사랑의 흥분은 격렬한 행위 이상으로 그녀를 피로하게 만들었다.

그녀는 요즘 언제나 심한 피로에 지쳐 있었다. 자주 소환장을 받거나 인지가 붙은 서류를 받았다. 그러나 잘 읽어 보지도 않았다. 이제는 살고 싶지 않았다. 영영 잠들어 버리고 싶었다.

사순절 중간의 목요일, 엠마는 용빌로 돌아오지 않고 밤이 되자 가장무도회에 나갔다. 비로드 바지에 빨간 양말을 신고, 고풍 가발에 접은 삼각 종이 모자를 한 쪽 귀에 꽂고 있었다. 그녀는 광적인 트롬본 소리에 맞춰 밤새도록 춤을 추었다. 사람들이 그녀 주위에 둥근 원을 그리며 뛰었다. 아침에 정신을 차려보니, 여자 인부와 선원으로 가장한 남녀 대여섯 명과 함께 극장 기둥 복도에 있었다. 모두 레옹의 친구들이었는데, 그들은 모두 저녁식사를 하겠다며 이야기하고 있었다.

근처의 카페는 만원이었다. 그들은 선창가에 아주 싼 음식점을 발견했다. 주인은 그들을 5층의 작은 방으로 안내했다.

남자들은 비용에 대한 의논을 하는지 한쪽 구석에 가서 수군거렸다. 서기가 한 사람, 의학생이 둘, 거기에 점원이 한 사람 있었다. 시시한 패거리들! 그중에서도 여자들은 더 형편없는 패들이라는 것을 그 말투로 알 수 있었다. 엠마는 무서워져서 의자를 뒤로 밀고 눈을 감았다.

모두 먹기 시작했다. 엠마는 먹지 않았다. 이마가 불같이 뜨겁고, 눈꺼풀은 지끈지끈 쑤시고, 살갗은 얼음처럼 차가웠다. 머릿속에서는, 춤추는 무수한 다리의 리듬에 따라 무도장의 마루가 마구 뛰어오르는 느낌이었다. 펀치 냄새와 엽궐련 연기가 뒤섞여서 머리가 빙빙 돌았다. 그녀는 정신을 잃었다. 사람들이 그녀를 창가로 옮겨 놓았다.

해가 서서히 떠오르고 있었다. 커다란 진홍색 얼룩이 생트카트린 언덕 위의 하얀 하늘에 퍼져 나갔다. 바람에 납빛 강물이 떨고 있고, 다리 위에는 사람 그림자 하나 없이 가로등이 하나하나 꺼져 갔다.

엠마는 차차 정신을 차렸다. 문득 베르트가 생각났다. 멀리 그곳 하녀 방에서 자고 있을 베르트가. 그때 기다란 철판을 가득 실은 짐마차가 집집의 벽에 귀청이 떨어질 듯한 금속성 반향을 일으키며 지나갔다.

엠마는 서둘러 그 자리를 떠나 입고 있던 옷을 벗어 버리고, 레옹에게도 이젠 돌아가야 한다고 말한 뒤 '불로뉴' 호텔에서 간신히 혼자가 되었다. 모든 것, 자기 자신까지도 견딜 수가 없었다. 그녀는 새처럼 날아올라 어딘가 아득히 먼 곳, 깨끗하고 순결한 공간 어딘가로 가서 자기의 젊음을 되찾고 싶었다.

그녀는 밖으로 나갔다. 큰 골목과 코슈아즈 광장, 그리고 교외의 시가를 지나 여기저기 집 정원이 내려다보이는 넓은 길로 나갔다. 그녀는 빠른 걸음으로 걸어갔다. 신선한 공기가 마음을 가라앉혀 주었다. 군중의 얼굴도, 가면을 쓴 모습도, 카드리유 춤도, 샹들리에도, 밤바람도, 그 여자들도, 모두 날아가는 안개처럼 사라져 버렸다. 그녀는 '붉은 십자가' 호텔로 돌아가, '네슬 탑'의 그림이 걸려 있는, 3층의 작은 방 침대에 몸을 던졌다. 저녁 4시가 되자 이베르가 그녀를 깨우러 왔다.

엠마가 집에 돌아가니, 펠리시테가 괘종시계 뒤에 감추어 두었던 회색 서류를 꺼내 주었다. 엠마는 읽었다.

'집행문을 첨부한 판결의 정본에 입각하여……'

판결이라니? 사실 전날 다른 서류가 한 통 와 있었다는 것을 그녀는 알지 못했다. 그래서 그녀는 다음 문구을 읽고 깜짝 놀랐다.

'국왕과 법률 및 정의의 이름으로 보바리 부인에게 명하노니……'

그리고 몇 줄 건너 다음과 같이 씌어 있는 것이 보였다.

'지체 없이 24시간 내에'—대체 이게 무슨 말이지? '총액 8천 프랑을 지불할 것' 그리고 또 다음에는, '모든 법적 조치, 특히 동산의 차압에 의해 강제 집행함.'

어떻게 한다?……24시간 이내라면, 바로 내일이다! 뢰뢰가 틀림없이 또 위협하려고 그러는 것이다, 하고 엠마는 생각했다. 이번엔 그녀도 재빨리 뢰뢰의 온갖 술책, 친절을 가장한 목적을 눈치챘다. 더구나 금액이 엄청나게 불어난 것이 엠마를 오히려 안심시켰다.

사실 그녀는 물건을 사고도 값을 지불하지 않고, 빚을 계속 지고는 어음에 서명하고, 그 어음을 몇 번이나 고쳐 써 왔다. 그 때문에 새 지불 기한이 올 때마다 어음 액수는 차차 불어나 결국은 뢰뢰에게 한 밑천 잡아 주는 결과가 되었던 것이다. 뢰뢰는 자기의 투기 사업을 위해 이러한 결과를 이제나저제나 하고 고대하고 있었다.

엠마는 아무렇지도 않은 표정으로 뢰뢰의 가게에 나타났다.

"알고 계시죠, 내게 일어난 일을? 물론 농담이시죠!"

"농담이 아닙니다."

"뭐라구요?"

뢰뢰는 천천히 돌아서서 팔짱을 끼고 말했다.

"부인, 내가 영원토록 부인의 어용 상인이나 돈을 융통해 주는 사람 노릇을 할 줄 아셨습니까? 나도 꿔 준 돈은 언젠가는 받아야 할 게 아닙니까? 공정하게 합시다요."

엠마는 꾼 돈이 그렇게 많을 리가 없다고 이의를 내세웠다.

"그건 어쩔 수 없습니다! 재판소가 빚을 인정하고, 판결을 내려서 이미 통지가 왔으니! 물론 그건 내가 한 일이 아니고 뱅사르가 한 일이지만 말입니다."

"당신의 힘으로 어떻게 좀……."

"아니, 어쩔 수가 없습니다."

"하지만…… 나는 다시 부탁할 수밖에……. 얘기 좀 해봐요……." 엠마는 떠듬거렸다. "나는 아무것도 모르고 있었어요……. 정말 이건 기절할 노릇이에요……."

"그게 다 누구 탓입니까?" 뢰뢰는 절을 한 번 하고 빈정했다. "나는 피땀을 흘리며 일하는 동안 부인은 실컷 재미를 보지 않았습니까?"

"아, 설교는 듣기 싫어요!"

"들어서 해롭진 않을 텐데요."

그가 되받았다.

그녀는 비굴해져서 그에게 울며 애원했다. 희고 화사한 긴 손을 상인의 무릎에 올려놓기까지 했다.

"이거 이러지 마십시오! 누가 보면 부인이 저를 유혹하는 줄 알겠습니다!"

"이 악마!"

엠마는 꽥 소리를 질렀다.

"허어, 성미가 불같으시군!"

뢰뢰는 웃으며 대답했다.

"당신 정체를 폭로하겠어요. 남편한테 말하겠어요……."

"그러시다면, 나도 보여줄 게 있습니다, 주인 양반한테!"

뢰뢰는 금고에서 1천 800프랑짜리 영수증을 꺼냈다. 그것은 뱅사르가 어음을 할인해 주었을 때 엠마가 건네 준 영수증이었다.

"어떻습니까, 그 양반이 이것을 보면, 부인한테 속고 있었다는 것을 알게 되지 않을까요, 그 가엾은 양반도?"

몽둥이로 호되게 맞은 것보다 더 심한 충격을 받고 그녀는 의자에 쓰러질 듯이 푹 기대앉았다. 뢰뢰는 창문과 책상 사이를 왔다 갔다 하면서 되풀이했다.

"암! 꼭 보여야지……. 보이고말고……."

그리고 엠마 옆에 다가와서 갑자기 나직해진 목소리로 말했다.

"부인으로서는 물론 즐거운 얘기는 못될 겁니다. 하지만 이런 일로 사람이 죽을 것도 아니고, 또 이런 수단이라도 쓰지 않는다면 부인한테선 돈을 받아낼 수 없을 것 같아서 그러는 겁니다……."

"하지만, 그 돈을 대체 어디서 구한단 말이지요?"

엠마는 자기의 두 팔을 꼬면서 말했다.

"뭘요! 부인같이 좋은 남자 친구가 많으시다면야!"

이렇게 말하고 뢰뢰는 날카롭고 무서운 눈으로 그녀를 쏘아보았다. 엠마는 내장까지 떨렸다.

"약속하겠어요……. 저 서명하겠어요……."

"필요 없습니다. 부인의 서명은!"

"또 팔겠어요……."

"농담하지 마십시오!" 그는 어깨를 으쓱하며 말했다. "이제 아무것도 없잖습니까?"

그리고 가게를 내다볼 수 있도록 만든 구멍을 향해 소리쳤다.

"아네트! 14번 이권(利券) 석 장을 잊지 마라."

하녀가 나타났다. 엠마는 눈치를 채고, '고소를 취소시키려면 돈이 얼마나 필요하겠느냐'고 물었다.

"이미 늦었습니다!"

"하지만, 몇천 프랑 가져온다면, 전액의 4분의 1이나, 3분의 1이나, 혹은 거의 전액을 가져온다면?"

"아니, 다 소용 없습니다!"

그는 엠마를 살며시 계단 쪽으로 밀고 갔다.

"아, 제발, 뢰뢰 씨, 이삼 일만 기다려 주세요!"

엠마는 흐느껴 울었다.

"오! 이런 이렇게나 우시다니!"

"이제 절망이에요!"

"내가 알 바 아닙니다!"

문을 닫으면서 그는 말했다.

7

이튿날 집달리 아랑이 차압 조서를 작성하기 위해 입회인 두 사람을 데리고 집에 찾아 왔을 때, 그녀는 조금도 흔들리지 않았다.

그들은 먼저 샤를의 진찰실부터 시작했다. 골상학용 두개골은 '직업상 필요한 기구'로 보고 기입하지 않았다. 그러나 부엌에서는 접시, 냄비, 의자, 촛대를, 침실에서는 선반 위에 얹은 하찮은 물건까지 낱낱이 기입했다. 엠마의 옷, 속옷, 화장실까지 들춰 냈다. 그리하여 엠마의 생활은 마치 해부당한 시체처럼 가장 비밀스러운 곳까지 모조리 세 남자의 눈앞에 드러났다.

아랑은 꼭 끼는 연미복에 흰 넥타이를 매고, 바지 끝의 가죽 끈을 꽉 졸라 맨 차림으로 이따금 되풀이했다.

"실례합니다! 부인, 아, 실례……."

"훌륭한데요! 썩 아름답습니다!"

이렇게 탄성도 질렀다. 그리고 왼손에 들고 있는 뿔 잉크병에 펜을 담갔다가 다시 쓰기 시작했다.

방이 다 끝나자 다락방으로 올라갔다.

거기엔 로돌프의 편지를 넣어둔 책상이 있었다. 그것도 열어야 했다.

"아아, 편지가 있군요!" 아랑은 은밀한 미소를 띠며 말했다. "하지만, 이것도 잠깐 봐야겠는데요! 이 상자 속에 다른 물건이 있는가 확인해야 하니까요."

그리고 마치 금화라도 떨어뜨리려는 듯이 편지들을 슬쩍 옆으로 기울여 보았다. 엠마는 전에 자신의 가슴을 그처럼 두근거리게 한 편지 위에 징그러운 벌레 같은 붉은 손이 닿자, 뭐라 말할 수 없는 노여움이 치밀어올랐다.

이윽고 그들은 돌아갔다. 펠리시테가 돌아왔다. 샤를을 집에 접근하지 못하도록 하기 위해 망을 보러 내보냈던 것이다. 둘은 재빨리 차압 감시인을 다락방으로 몰아넣었다. 그리고 거기서 꼼짝도 하지 않겠다는 약속을 받아 냈다.

그날 밤 엠마의 눈에는 샤를이 무척 근심에 차 있는 것처럼 보였다. 남편의 주름진 얼굴을 보니 자기가 비난받는 듯한 기분이 들어, 엠마는 불안한 눈초리로 몇 번이나 그의 모습을 훔쳐보았다. 그리고 중국 병풍 앞에 놓인 난로며, 헐렁한 커튼, 안락의자 등, 지금까지 자기 생활의 불만을 어느 정도 완화시켜 준 이런 물건들을 보자, 그녀는 양심의 가책이라기보다 끝없는 후회를 느꼈다. 그리고 그 기분은 정념을 가라앉히기는커녕 오히려 더욱 부채질했다.

샤를은 장작 받침대 위에 두 발을 올려놓고 조용히 불을 쑤석거리고 있었다.

감시인이 지루한 듯 다락방에서 작은 소리를 냈다.

"누가 위에서 걸어다니고 있나?"

샤를이 말했다.

"아니예요! 열린 천장문이 바람에 흔들리는 소리예요."

이튿날 일요일, 엠마는 이름을 들은 대금 업자를 만나기 위해 루앙으로 갔다. 그들은 대부분 시골 별장에 가 있거나 여행중이었다.

그러나 그녀는 단념하지 않았다. 만나는 사람마다 붙들고, 꼭 필요한 돈이다, 틀림없이 갚겠다며 빌려 달라고 부탁했다. 어떤 사람은 코웃음을 쳤다. 아무도 그녀의 말을 들어주지 않았다.

2시에 엠마는 레옹의 집으로 달려가 문을 두드렸다. 문은 좀처럼 열리지 않았다. 한참 뒤에야 겨우 레옹이 나타났다.

"어쩐 일입니까?"

"왜, 방해가 되나요?"

"아니…… 하지만……."

레옹은 집주인이 '여자'를 불러들이는 것을 좋아하지 않는다고 말했다.

"당신한데 애기할 것이 있어서요."

그러자 그는 자기 방 열쇠를 내려놓으려 했다. 엠마가 막았다.

"아니예요! 저기, 우리 방으로 가요."

그들은 '불로뉴' 호텔의 그 방으로 갔다. 엠마는 들어가자 큰 컵에 물을 하나 가득 따라서 단숨에 들이켰다. 얼굴이 창백했다.

"레옹, 내 부탁을 들어줘야겠어요."

그녀는 꼭 잡은 남자의 손을 흔들면서 덧붙였다.

"나, 8천 프랑이 꼭 필요해요!"

"아니, 정신이 나갔나요!"

"아직 나가지 않았어요!"

그리고 엠마는 차압당한 애기를 하고 자기의 딱한 처지를 설명했다. 샤를은 아무것도 모르고, 시어머니는 나를 미워한다, 친정 아버지도 어쩔 도리가 없다, 하지만 당신이라면, 레옹, 당신이라면 필요한 그 돈을 어떻게 구해 줄 것 같아서…….

"내가 어떻게 그런……."

"어쩜 그렇게 용기가 없어요!"

엠마는 소리쳤다. 그러자 레옹은 어리석게도 말했다.

"당신은 너무 비관적으로만 생각하고 있어요. 아마 3천 프랑만 주면, 상대방을 무마시킬 수 있을 겁니다."

그가 최대한 애를 쓰면, 3천 프랑쯤 변통 못할 리가 없다. 첫째, 자기 대신 레옹이 담보를 제공하고 직접 빌려올 수도 있지 않은가.

"어떻게 좀 해봐요! 그래야 돼요! 응, 빨리! 빨리 좀 해봐요! 내가 마음껏 사랑해 줄 테니까!"

레옹은 나갔다가 한 시간쯤 지나서 돌아왔다. 그리고 어두운 표정으로 말했다.

"세 사람이나 만나 보았는데…… 모두 안 되겠답니다."

두 사람은 난로 옆에 마주 앉아 입을 꾹 다문 채 꼼짝도 하지 않았다. 엠마는 발을 동동 구르면서 이따금 어깨를 움찔해 보였다. 레옹은 엠마가 중얼거리는 소리를 들었다.

"내가 당신이라면, 꼭 구해 올 거야!"

"어디서요?"

"당신 사무실에서!"

이렇게 말하고 그녀는 그를 뚫어지게 쳐다보았다.

그 불타는 눈동자에 악마 같은 대담성이 번뜩였다. 눈이 요염하게 부추기듯 점점 가늘어졌다―청년은 자기에게 범죄를 권하는 여자의 말없는 의지에 눌려 자기가 차츰 무력해지는 것을 느꼈다. 어쩐지 무서웠다. 그래서 자신이 늘어놓아야 할 여러 가지 설명을 피하기 위해 이마를 탁 치면서 말했다.

"아, 참 모렐이 오늘 밤에 돌아옵니다! 그 친구는 아마 거절하지 않을 겁니다 (그는 레옹의 친구로, 어느 돈 많은 장사꾼의 아들이었다). 그럼 내가 내일 당신에게 그 돈을 전하지요."

엠마는 이 희망에 대해, 레옹이 예상한 것만큼의 기뻐하는 빛을 보이지 않았다. 거짓말이라는 것을 눈치챘기 때문일까? 레옹은 얼굴을 붉히면서 말을 이었다.

"하지만 만일 내가 3시까지 가지 않거든 그 이상 기다리지 마십시오. 그럼 미안하지만 이제 가봐야겠습니다, 안녕히 가십시오!"

그는 엠마의 손을 잡았으나 아무 반응도 없었다. 그녀는 이제 아무것도 느낄 힘이 없었다.

4시를 치는 소리가 들렸다. 그녀는 마치 자동인형처럼 습관의 힘에 쫓겨, 용빌로 돌아가기 위해서 일어났다.

좋은 날씨였다. 태양이 하얀 하늘에서 빛나는, 밝고 으슬으슬 추운 3월의 하루였다. 나들이옷으로 갈아입은 루앙 시민들이 즐거운 듯 산책하고 있었다. 엠마는 성당 앞 광장에 다다랐다. 마침 저녁기도가 끝났는지 사람들이 세 개의 문을 통해, 마치 다리 밑의 세 개의 아치 사이로 흐르는 강물처럼 흘러나오고 있었다. 그리고 그 한가운데에서 성당지기가 바위처럼 묵직하게 버티고 서 있었다.

엠마는 불안을 느끼면서도 희망에 차서 넓은 본당으로 들어가던 날, 성당의 그 깊숙한 곳도 자기의 사랑만큼 깊지는 않다고 느낀 그날을 회상했다. 그리고 베일 속에서 흐느껴 울며 거의 실신할 듯 비틀비틀 걸어갔다.

"위험해!"

조금 열린 어느 저택의 대문 안에서 누가 소리쳤다.

그녀가 걸음을 멈추자, 검은 말 한 필이 아슬아슬하게 옆을 지나갔다. 말은 이륜마차의 수레채 속에서 안간힘을 쓰고 있었다. 담비 외투를 입은 신사가 몰고 있다. 누구던가? 어디서 본 얼굴이다…… 마차는 곧장 달려서 보이지 않게 되었다.

"아! 그분이다, 자작이다!"

엠마는 돌아보았다. 그러나 거리에는 아무도 보이지 않았다. 그녀는 너무나 맥이 빠지고 슬픔이 복받쳐서 쓰러지지 않으려고 벽을 잡았다.

얼마쯤 지나자 그녀는 그것이 자기의 착각이었을 것이라고 생각했다. 사실 확실한 것은 아무것도 알 수 없었다. 그녀의 마음속에서나 밖에서나 모든 것이 그녀를 버렸다. 그녀는 자기가 파멸하여 깊디깊은 심연 속으로 마구 굴러 떨어지는 것 같은 기분이었다. 그래서 '붉은 십자가' 호텔에 닿아 낯익은 오메의 모습을 보았을 때는 거의 기쁨에 가까운 감정을 느꼈다. 오메는 시내에서 산 커다란 약 상자가 '제비마차'에 실리는 것을 지켜보고 있었다. 그는 아내한테 줄 선물로 루앙의 명물인 슈미노 빵을 여섯 개 사서 비단 손수건에 싸 들고 있었다.

오메 부인은 터번형의 이 뭉툭하고 작은 빵을 무척 좋아했다. 사람들이 사순절에 간 맞춘 버터를 발라서 즐겨 먹는 빵이다. 야만 시대 음식물의 마지막 표본으로, 그 기원은 아마도 십자군 시대로 거슬러 올라갈 것이다. 옛날 용맹스런 노르만인들은 누런 횃불 아래서, 식탁에 놓인 이포크라스 포도주 항아리와 큰 돼지고기 덩어리 사이에 그 빵을 놓고, 사라센인의 머리라도 뜯어먹듯 입 안 하나 가득 빵을 넣고 배가 그득 차도록 먹었던 것이다. 약제사의 아내는 이가 나빴으나 용감한 노르만인처럼 이 빵을 잘 먹었다. 때문에 오메 씨는 시내에 갈 때마다 아내를 위해 마사크르 거리의 큰 빵집까지 일부러 가서 잊지 않고 이 빵을 사오는 것이었다.

"아, 이거 반갑습니다!"

오메는 이렇게 말하면서 손을 내밀어 엠마가 '제비마차'에 올라타는 것을 거들어 주었다. 그리고 그는 그물 선반에 빵을 얹어 놓고는 모자를 벗은 다음, 팔짱을 끼고 명상에 잠겼다. 나폴레옹이 무색한 자세였다. 조금 후에, 여느 때처럼 고개에서 또 장님이 나타나자 그는 큰 소리로 말했다.

"당국이 아직도 이따위 못된 행동을 그냥 두다니, 도무지 이해할 수 없단 말야! 이런 건달은 당장 감금해서 강제노동이라도 시켜야 해! 문명의 진보는 맨날 가도 거북이 걸음이야. 우린 아직도 야만 속에서 쩔쩔매고 있어!"

장님이 모자를 내밀었다. 그것은 못이 빠져서 흔들흔들 하는 커텐처럼 마차 창문에서 흔들거렸다.

"림프샘이 붓는 몹쓸 질환이로군!"

약사가 말했다. 그는 이 거지를 잘 알고 있으면서 처음 보는 것처럼, '각막'이니 '불투명 각막'이니, '공막'이니, '안모'니 하는 용어를 주워섬기더니, 아주 친절한 아버지 같은 태도로 '맹인'에게 물었다.

"그런 나쁜 병에 걸린 지 꽤 오래됐지? 선술집에서 술이나 퍼마시지 말고, 조리를 잘해야 해."

그리고 고급 포도주와 고급 맥주와 고급 불고기를 먹으라고 권했다. 장님은 늘 부르는 노래를 계속 흥얼거리고 있었다. 그는 거의 백치에 가까운 것 같았다. 오메는 마침내 지갑을 끌렀다.

"자, 1수 줄 테니 2리아르 잔돈 내놔라. 그리고 내 주의를 잊지 마라. 그러면 틀림없이 몸이 좋아질 테니까."

"글쎄 그럴까."

마부가 큰 소리로 말했다. 그러자 약사는 자기가 조제한 소염 연고로 꼭 치료해 보이겠다고 큰소리쳤다. 그리고 자기 주소를 가르쳐 주었다.

"시장 옆 오메 약국, 하면 다 알지."

"이봐, 그 답례로 재주나 부려!"

마부 이베르가 말했다.

장님은 무릎을 꿇고 앉았다. 그리고 머리를 뒤로 젖히고 푸른 눈알을 데굴데굴 굴리면서, 혀를 내밀고 두 손으로 배를 쓰다듬으며 굶주린 개 같은 둔한 울음소리를 냈다. 엠마는 기분이 나빠져, 어깨너머로 5프랑짜리 금화를 던져 주었다. 그녀의 전 재산이었다. 그녀는 그렇게 던져준 것을 잘한 일이라고 생각했다.

마차는 다시 움직이기 시작했다. 갑자기 오메는 창 밖으로 몸을 내밀고 고함쳤다.

"전분이나 우유류는 먹으면 안 돼! 털옷을 입고, 상처는 노가주나무 열매를 태워서 연기를 쏘여라, 알겠나?"

눈앞에 펼쳐지는 낯익은 풍경을 보고 있으니, 엠마는 차차 고통이 사그라지는 것을 느꼈다. 몹시 피곤했다. 이윽고 정신이 아득해져서 거의 반수면 상태로 집에 닿았다.

'될 대로 되라지!'

엠마는 혼자 속으로 중얼거렸다. 어쩌면 갑자기 이변이 일어날지 모른다. 뢰뢰가 갑자기 죽을지 누가 알겠는가.

그녀는 아침 9시에 광장에서 들려오는 사람들의 웅성거리는 소리에 눈을 떴다. 시장 가까이에 사람들이 모여 기둥에 붙인 커다란 벽보를 읽고 있었다. 쥐스탱이 경계석 위에 올라가 벽보를 찢으려고 하는 것이 보였다. 마침 나타난 경관이 그의 목덜미를 잡았다. 오메 씨가 약방에서 뛰어나왔다. 르프랑수아 부인이 사람들 한가운데서 뭐라고 지껄이고 있는 모양이었다.

"마님! 마님!" 펠리시테가 뛰어들어오면서 소리쳤다. "큰일났어요!"

하녀는 잔뜩 흥분하여 집 문에서 뜯어 온 누런 종이를 엠마에게 내밀었다. 엠마는 흘끗 보고, 자기 집의 동산 전부가 경매에 붙여졌다는 것을 알았다.

두 사람은 아무 말도 없이 서로의 얼굴을 쳐다보았다. 하녀와 여주인은 서로 아무런 비밀이 없는 사이였다. 잠시 후, 펠리시테가 한숨을 쉬었다.

"저 같으면 기요맹 씨를 찾아가 보겠어요."

"그렇게 생각하니?"

이 반문은 이런 뜻이었다.

'넌 그 집 하인과 친해서 그 집 내용을 잘 알 텐데, 혹시 그 집 주인이 이따금 내 얘기를 하든?'

"네, 찾아가 보세요, 꼭 좋은 일이 있을 거예요."

엠마는 외출 준비를 했다. 검은 옷을 입고, 검은 구슬을 박은 모자를 썼다. 그리고 '광장엔 여전히 사람들이 웅성거리고 있었기 때문에' 사람들의 눈에 띄지 않게 살짝 개울가 오솔길로 해서 마을을 벗어났다.

그녀는 가쁜 숨을 몰아쉬며 공증인 기요맹 씨의 집 문 앞에 도착했다. 하늘은 잔뜩 흐려서 눈이 날리고 있었다.

초인종 소리를 듣고, 빨간 조끼를 입은 테오도르가 현관 돌층계에 나타났다. 그리고 아는 사람이라도 대하듯 친근하게 문을 열어주며 그녀를 식당으로 안내했다.

커다란 도기 난로가 움푹 들어간 벽 가득히, 가지 뻗은 선인장 가까이에서 소리 내며 타고 있었다. 떡갈나무 결 무늬 벽지 위에는 검은 액자에 긴 슈토이벤 작 《에스메랄다》와, 쇼팽이 그린 《퓌티파르》가 걸려 있었다. 준비가 다 된 식탁과 은으로 만든 두 개의 풍로, 크리스털 문 손잡이, 그리고 모자이크로 된 마룻바닥에서 여러 가구에 이르기까지, 모두가 영국식으로 매우 청결하게 반짝이고 있었다. 유리창의 네 구석은 모조리 색유리로 장식되어 있었다.

'우리도 꼭 이런 식당이 하나 있었으면.'

엠마는 생각했다.

공증인은 종려나무 무늬가 있는 실내복 앞자락을 왼손으로 여미며 들어왔다. 그리고 다른 손으로 밤색 비로드 모자를 잠시 올렸다 내렸다. 그리고 다시 부자연스레 오른쪽으로 삐딱하게 썼는데, 모자 밑으로는 뒷 머리에 모여 그 대머리를 둘러싸고 있는 금발 세 술이 있었다.

그는 의자를 권한 뒤, 몇 번이나 실례를 사과하면서 식탁에 앉아 식사를 하기 시작했다.

"저, 청이 좀 있어서……."

"무슨 일입니까? 들어 봅시다."

엠마는 사정을 설명하기 시작했다.

기요맹은 그 포목상과 몰래 결탁하고 있었기 때문에 그 사정을 잘 알고 있었다. 그는 언제나 사람들로부터 저당 의뢰를 받으면 그 자본을 이 상인으로부터 융통해 오고 있었던 것이다.

때문에 기요맹은 이 어음의 복잡한 내력을 '엠마 이상으로' 잘 알고 있었다. 그 어음은 처음에는 아주 작은 액수였으나 여러 사람이 이서를 하고, 또 각 어음은 상당히 긴 지불 결제기간을 두고 발행되었고, 또 끊임없이 갱신되었다. 그리하여 마침내는 포목상 뢰뢰가 자기 동네에서 지독한 놈이라는 소리를 듣기가 싫어서 친구인 뱅사르한테 의뢰하여 그 이름으로 필요한 소송을 일으켰던 것이다.

엠마가 이야기하는 도중 간간히 뢰뢰를 맞비난하면, 공증인은 대수롭지 않은 듯 적당히 대답해 넘겼다. 그는 갈비를 뜯고 홍차를 마시면서, 하늘색 넥타이에 턱을 파묻고 있었다. 그 넥타이에는 짧은 금 사슬로 연결된 두 개의 다이아몬드 핀이 꽂혀 있었다. 그는 어딘가 모호한 기분 나쁜 미소를 띠고 있었다.

그는 엠마의 발이 젖어 있는 것을 보고 말했다.

"좀더 난로 앞으로 다가 앉으십시오……. 발을 더 들고…… 그 도기에 대세요……."

엠마는 도기 난로를 더럽히지 않을까 겁을 냈다. 공증인은 친절한 말투로 말했다.

"예쁜 것으로는 아무것도 더럽혀지지 않습니다."

엠마는 이 남자의 마음을 움직이려고 애썼다. 그러나 먼저 흥분해서 자기 가족들의 어려운 점이며, 자기의 마음고생, 돈이 상당히 필요하다는 것 등을 다 털어놓고 말았다. 그는 사정을 잘 이해했다. 멋있는 부인이란 이런 것이군! 여전히 쉬지 않고 먹으면서 그는 엠마 쪽으로 몸을 한껏 돌리고 있었기 때문에 무릎이 엠마의 구두에 스쳤다. 엠마는 구두바닥이 휘도록 구두를 난로에 대고 있어서 김이 무럭무럭 나고 있었다.

그러나 엠마가 돈 3천 프랑을 빌려 달라고 부탁하자, 그는 입을 꽉 다물었다. 그리고 미리 자기에게 재산 관리를 맡기지 않은 것을 무척 유감스러워하면서, 부녀자로서 간단히 돈을 늘릴 길이 얼마든지 있었다고 아쉬운 듯 말했다. 그럼 므닐 토탄 광산이나 아브르 땅은 거의 위험성이 없고 대단한 이익을 낳는 투자의 대상이었다는 것이다. 믿을 수 없을 만큼 많은 돈을 벌었을 것이라는 말에 엠마가 무척 원통해하는 것을 보고, 공증인이 말을 이었다.

"왜 지금까지 나한테 한 번도 의논하러 오시지 않았습니까?"

"저도 왜 그랬는지 모르겠네요……."

"왜 그러셨죠, 예?……내가 무서웠습니까? 원망을 하고 싶은 건 오히려 납니다. 우린 지금까지 서로 별로 교제도 없었습니다. 하지만 나는 부인께 진심을 바치고 있습니다. 그 점은 의심하지 않으시죠? 그렇게 생각해도 되지요?"

그는 엠마의 손을 잡고 미친 듯이 키스한 다음, 그 손을 자기 무릎 위에 올려놓았다. 그리고 달콤한 말을 속삭이면서 엠마의 손가락을 만지작거렸다.

남자의 김빠진 목소리가 냇물이 흐르듯 속삭이고 있었다. 번쩍이는 안경 너머로 눈동자에서 불꽃이 튀었다. 그의 두 손이 엠마의 소매 위로 슬금슬금 기어 올라오더니 이내 팔을 꽉 붙들었다. 엠마는 볼에 그의 가쁜 숨소리와 가벼운 접촉을 느꼈다. 그녀는 몸서리치도록 그 사내가 싫었다.

그때 엠마는 벌떡 일어나며 말했다.

"여보세요, 저는 기다리고 있어요!"

"뭘 말입니까?"

갑자기 얼굴이 파래진 공증인이 말했다.

"돈을요."

"하지만……." 그는 강렬한 욕정의 폭발을 누르지 못하고 말했다. "조, 좋습니다!"

그러면서 무릎을 꿇고 실내복이 더러워지는 것도 아랑곳없이 엠마에게 다가갔다.

"제발 부탁입니다. 돌아가지 마십시오. 난 부인을 사랑합니다!"

그는 엠마의 허리를 안았다.

보바리 부인은 얼굴이 빨개졌다. 격하게 뒤로 물러서면서 소리쳤다.

"당신은 남의 약점을 이용해서 이렇게 뻔뻔스럽게 구는 겁니까? 난 지금 난처한 입장이긴 하지만 몸을 팔러 온 게 아녜요!"

그녀는 밖으로 뛰어나갔다.

이런 상황에 공증인은 자신도 놀란 채 어리둥절해져서, 자기가 신고 있는 아름답게 수놓은 실내화를 멍하니 내려다보았다. 그것은 사랑의 선물이었다. 그것을 보고 있으니 마음이 가라앉았다. 그리고 이런 모험에 발을 들여놓으면 너무 깊이 빠질 것이라고 지레 혼자서 상상했다.

"뻔뻔스런 놈! 야비한 자식! 어쩌면 그런 더러운 짓을 한담!"

엠마는 포플러가 늘어선 가도를 떨리는 다리로 뛰면서 몇 번이나 속으로 되풀이했다. 일이 뜻대로 되지 않은 실망이 모욕받은 분노를 한층 부채질했다. 하느님이 자기만 열심히 괴롭히려 하고 있는 것 같은 생각이 들었다. 그럴수록 그녀는 자신 속에서 강한 긍지를 느꼈다. 그리고 지금까지 느껴 보지 못한 심정으로 모든 사람을 경멸했다. 그녀는 악에 받칠 대로 받쳐, 남자란 남자는 모조리 갉겨 주고, 얼굴에 침을 뱉고, 짓밟아 주고 싶었다. 그녀는 창백한 얼굴로 분노에 떨면서 텅 빈 지평선을 눈물에 젖은 채 사냥꾼의 눈으로 살펴보며, 숨 막힐 듯한 증오를 속으로 즐기기라도 하듯 점점 잰걸음으로 달음질치듯 걸어 갔다.

집이 보이자 갑자기 온몸이 마비되는 것 같았다. 한 걸음도 앞으로 내디딜 수 없었다. 그러나 걷지 않으면 안 되었다. 게다가 이제 와서 도망칠 곳이 어디 있단 말인가?

펠리시테가 문 앞에서 기다리고 있었다.

"어떻게 됐어요?"

"틀렸어."

그리고 약 15분쯤, 두 사람은 용빌에서 엠마를 도와줄지도 모를 사람을 하나하나 생각해 보았다. 그러나 펠리시테가 이름을 댈 때마다 엠마는 대답했다.

"설마! 그 사람이 들어 줄라고."

"하지만 선생님이 돌아오실 텐데요."

"알고 있어……. 저리 좀 가 있거라."

그녀는 할 수 있는 모든 일을 다 해보았다. 이제는 더 이상 해볼 길이 없다. 샤를이 돌아오면 이렇게 말하자.

'물러서세요. 당신이 밟고 있는 양탄자는 이제 우리 물건이 아니에요. 당신 집에 있는 가구 하나, 핀 하나, 지푸라기 하나도 당신 것이 아니에요. 가엾은 당신을 파산시킨 건 바로 나예요.'

그리고 심하게 흐느껴 운다. 남편도 몹시 울겠지. 하지만 그 놀라움이 어느 정도 가라앉으면 마침내 나를 용서해 주겠지.

"그래." 엠마는 이를 갈면서 중얼거렸다.

"그이는 나를 용서해 줄거야. 그가 나를 알기만 한 것으로도 몸서리가 쳐진 다. 그가 백만금을 가졌다 해도…… 싫다! 싫어!"

남편이 자기에게 콧대를 높일 것을 생각하니 엠마는 견딜 수가 없었다. 첫째, 자기가 고백하든 안 하든 이 사실은 곧, 아니면 오후, 적어도 내일까지는 남편 에게 알려진다. 그러니 그 불쾌한 장면을 그대로 앉아 기다리고 있다가 남편이 보이는 관대한 태도의 참을 수 없는 무게를 견디지 않으면 안 된다. 다시 한 번 뢰뢰의 집에 가보고 싶은 생각이 들었다.

하지만 가서 어쩐단 말인가? 아버지에게 편지를 내볼까. 그것도 이미 늦었다. 엠마는 이제 조금 전의 그 남자에게 몸을 맡기지 않은 것을 후회하고 있는지도 몰랐다. 그때 뒷길에서 말굽 소리가 들렸다. 남편이었다. 울타리 문을 열고 있다. 얼굴이 회칠한 벽보다도 창백하다. 엠마는 층계를 뛰어내려가 재빨리 광장으로 도망쳤다. 성당 앞에서 레스티부두아와 이야기하고 있던 시장 부인이 엠마가 세리 집으로 들어가는 것을 보았다.

시장 부인은 카롱 부인한테 달려가 이 사실을 알렸고, 두 사람은 다락방 헛간에 걸쳐놓은 빨래 뒤에 숨어서 비네의 방 안 전체가 내려다보이는 곳에 자리를 잡았다.

비네는 다락방에서 혼자 있었다. 그 아무짝에도 소용없고, 뭐라고 말할 수도 없는 상아 세공품을 나무로 모조하고 있는 중이었다. 그것은 여러 개의 초승달 모양과 공 모양들이었으며 초승달과 공이 서로 파고든 모양으로 전체가 오벨리스크처럼 똑바로 서는 것이다. 거의 마지막 손질을 하고 있었다.

어두컴컴한 작업장에서 금빛 먼지가, 마치 달리는 말발굽에서 나는 불꽃처럼 튀고 있었다. 두 개의 바퀴가 빙빙 돌며 요란한 소리를 냈다. 비네는 턱을 당기고 콧구멍을 벌름거리며 만족한 웃음을 띠고서, 요컨대 완전한 행복의 순간에 잠겨 있는 것처럼 보였다. 그러한 행복은 별로 어렵지 않게 오는 것이다. 지성을 즐겁게 해주고, 완전한 성취감으로 지성을 만족시켜 주는 평범한 일에서만 오는 것이다.

"봐요, 저기 왔어요."

튀바슈 부인이 말했다. 그러나 녹로 소리 때문에 엠마의 말을 거의 알아들을 수 없었다. 겨우 두 여자는 '프랑'이라는 말을 알아들은 것 같았다. 튀바슈 노부인이 작은 소리로 말했다.

"저 여자, 아마 세금 좀 연기해 달라고 부탁하고 있는 모양이지."

"글쎄, 그런 것도 같군요!"

엠마가 방 안을 왔다갔다하면서 벽에 걸린 냅킨 집게며, 촛대며, 난간의 옛스런 장식 같은 것을 들여다보았다. 한편 비네는 만족한 듯이 수염을 쓰다듬고 있었다.

"혹시 뭘 주문하러 간 것일까?"

튀바슈 부인이 말했다.

"하지만, 저이는 아무것도 팔지 않잖아요!"

그 세리가 상대의 말을 잘 알아들을 수 없다는 듯이 눈을 둥그렇게 뜨고 귀를 기울이고 있는 모양이었다. 엠마는 상냥하게 애원하는 태도로 계속 무어라고 말하고 있었다. 그녀가 가까이 다가갔다. 그녀의 가슴이 파도치듯 출렁거렸다. 그들은 이제 아무말도 하지 않고 있었다.

"뭣을 설득하고 있을까?"

튀바슈 부인이 말했다.

비네는 귀까지 새빨개졌다. 엠마가 남자의 손을 잡았다.

"어머, 어쩌면 저런 짓을……."

엠마는 확실히 뭔가 부당한 부탁을 하고 있는 것이 틀림없었다. 왜냐하면 세리가—그는 바우첸과 루첸 전투에 참전했고, 프랑스 영내의 작전에도 참가했으며, '레종 도뇌르 훈장' 후보 명단에까지 오른 용사였다—갑자기 뱀이라도 본 듯 뒤로 확 물러서면서 외쳤다.

"부인! 그건 말도 안 되는 소립니다!"

"저런 여자는 채찍으로 후려쳐야 해요!"

튀바슈 부인이 말했다.

"어디로 갔지?"

카롱 부인이 소리쳤다.

그녀들이 말하고 있는 동안 엠마는 모습을 감추었다. 조금 뒤 그녀가 큰길로 빠져서 묘지에라도 가는지 오른쪽으로 꺾어지는 것을 보고, 두 여자는 이러쿵저러쿵 추측을 해 보았다. 짐작이 가지 않았다.

"롤레 아줌마!" 유모의 집에 들어간 엠마는 말했다. "아 숨차! 옷을 좀 끌러 줘요."

그녀는 침대 위에 쓰러졌다. 그리고 어깨를 들먹거리며 울었다. 롤레 아주머니는 그녀에게 속치마를 덮어 주고, 그 옆에 우두커니 서 있었다. 그러나 기다려도 아무 말이 없어 그곳을 떠나 물레를 잡고 실을 잣기 시작했다.

"아아, 좀 그만둬요."

비네의 녹로 소리가 들리는 것 같아 엠마는 중얼거렸다.

'무슨 걱정이라도 있나?' 유모는 이상하게 생각했다. '여긴 왜 찾아왔을까?'

엠마는 일종의 공포감에 쫓겨, 집에 있지 못하고 이곳으로 달려온 것이다.

꼼짝하지 않고 반듯이 누워 눈을 똑바로 뜬 엠마는 백치같이 집요한 주의력을 집중하지만, 사물들은 희미하게만 보일 뿐 도무지 알아볼 수가 없었다. 그녀는 벽의 벗겨진 자국, 포개져 연기를 뿜고 있는 두 개의 장작, 머리 위 대들보 틈 사이로 기어다니는 기다란 거미, 그런 것들을 쳐다보았다. 차차 머릿속이 가라앉았다. 그러다가 문득 생각이 났다. 어느 날, 레옹과…… 아아, 그건 벌써 아득한 옛날 일이다……. 해는 냇물 위에서 빛나고, 미나리아재비 향기가 진하게 풍기고 있었다……. 이렇게 급류 속에 휘말리듯 추억 속을 헤매는 엠마의 머리에 이윽고 어제의 일이 떠올랐다.

"지금 몇 시지요?"

엠마는 물었다.

유모는 밖에 나가서 하늘이 좀더 밝게 빛나는 쪽으로 오른쪽 손가락을 쳐들어 재어 보듯 하고는 천천히 들어왔다.

"곧 3시가 되겠어요."

"그래요. 고마워요! 고마워."

조금만 있으면 레옹이 집으로 돌아온다! 그녀는 생각했다. 꼭 올 거야! 내가 여기 온 줄 모르니까 곧장 집으로 갈 거야. 그래서 엠마는 유모에게 부리나케 집에 달려가서 그를 데려와 달라고 부탁했다.

"빨리!"

"네, 곧 갑니다! 곧 갑니다요!"

엠마는 처음부터 그 사람 생각을 하지 않은 것이 스스로도 이상했다. 어제 그 사람은 약속했다. 그것을 어길 리 없다. 그녀의 눈에는 벌써 뢰뢰의 집에 가서 책상 위에 지폐 3장을 늘어놓는 자기의 모습이 보였다. 그다음에는 샤를에게 적당히 얼버무려서 설명할 거짓말을 생각해 내야 한다. 뭐라고 할까?

그러나 시간이 꽤 흘러도 유모는 좀처럼 오지 않았다. 이 집에 시계가 없기 때문에 그렇게 느껴지는 것이라고 생각도 해 보았다. 엠마는 뜰에 나가서 천천히 걷기 시작했다. 울타리 옆 오솔길을 따라 올라가다가, 혹시 유모가 다른 길로 올지도 모른다는 생각에 허겁지겁 돌아섰다. 기다리다 지친 그녀는 아무리 떨쳐 버려도 엄습해 오는 갖가지 의혹에 쫓기다가 이윽고 자기가 여기에 아주 옛날부터 있는 것인지 아니면 조금 전에 온 것인지조차 분간할 수 없게 혼란되어, 방 한쪽 구석에 털썩 주저앉아 눈을 감고 귀를 막았다. 옷장이 삐걱거렸다.

엠마는 벌떡 일어났다. 그녀가 입을 열기 전에 롤레 유모가 말했다.

"댁에는 아무도 안 오셨던데요!"

"뭐라구?"

"아무도! 나리는 울고 계십니다. 마님을 찾고 계세요. 모두가 마님을 찾고 계십니다."

엠마는 아무 말도 하지 않았다. 주위를 둘레둘레 둘러보며 숨을 헐떡거렸다. 그 표정에 놀란 유모는 그녀가 마치 미친 것같이 보여 본능적으로 뒷걸음질쳤다. 갑자기 엠마는 자기 이마를 탁 때리며, 아아 하고 외쳤다. 로돌프 생각이 마치 어두운 하늘의 번갯불처럼 마음속을 스치고 지나갔기 때문이었다. 그 사람은 참으로 친절하고, 다정하고, 마음이 넓었다. 설사 그이가 처음에는 내 부탁을 들어주는 것을 다소 망설일지라도, 추파 한 번으로 옛 사랑을 상기시켜 내 일을 돕게 할 수 있다. 그것만은 자신 있다. 엠마는 당장에 라 위셰트를 향해 출발했다. 불과 얼마 전에 그녀를 그토록 화나게 했던 바로 그 일을 하기 위해서, 곧 자기 몸을 바치러 달려가고 있다는 것도 깨닫지 못하고, 또 그것이 바로 매춘 행위라는 것을 미처 생각지 못하고 그곳을 향해 가고 있었다.

8

엠마는 걸어가면서 생각했다.

'무슨 말부터 시작할까?'

걷다보니 전에 본 적이 있는 언덕 위의 풀숲과 나무숲, 가시금작화, 그리고 멀리 저택이 나타났다. 그리고 옛 사랑의 감각이 되살아났다. 짓눌려 있던 그녀의 가련한 마음은 이 감각 속에서 그리움으로 부풀어 올랐다. 훈훈한 바람이 엠마의 얼굴을 쓰다듬었다. 눈이 녹아 물방울이 되어, 나무에 움튼 싹으로부터 풀잎 위로 떨어지고 있었다.

그녀는 그전처럼 조그마한 뒷문을 통해 넓은 뜰 안으로 들어갔다. 뜰에는 우거진 보리수가 두 줄로 늘어서 있었다. 나무가 우수수 바람 소리를 내면서 긴 가지를 흔들었다. 개집 안의 개들이 한꺼번에 짖어댔다. 개짖는 소리가 사방에 울려 퍼졌으나 아무도 모습을 나타내지 않았다.

그녀는 나무 난간이 붙은 쪽 곧은 층계를 올라갔다. 층계는 먼지투성이 돌인데, 바닥을 깐 복도로 통해 있고, 복도에는 수도원이나 여관처럼 많은 방문이

한 줄로 늘어서 있었다. 로돌프의 방은 왼쪽 맨 끝에 있었다. 자물쇠에 손을 댔을 때 그녀는 갑자기 맥이 빠졌다. 혹시 없을지도 모른다는 생각이 들어서였다. 그러면서도 한편, 차라리 없기를 바라는 심정도 있었으나, 이 사나이야말로 지금 하나밖에 없는 희망의 끈이고, 구제의 마지막 기회인 것이다. 그녀는 한순간 마음을 진정시켰다. 그리고 눈앞에 닥친 절박한 사정을 생각하고 용기를 내어 안으로 들어갔다.

그는 난로 앞에서 두 다리를 난로의 가름나무 위에 올려놓고 파이프를 빨고 있는 중이었다.

"아아, 당신이었군요!"

그는 벌떡 일어나면서 말했다.

"네, 저예요……. 로돌프! 당신에게 의논하고 싶은 것이 있어서 왔어요."

이렇게 말했을 뿐, 아무리 애를 써도 더 말을 계속할 수가 없었다.

"조금도 달라지지 않았군요. 언제 보아도 아름다우시군요."

"오오!"

그녀는 씁쓰레하게 받았다.

"허, 시시한 아름다움이죠. 당신에게 멸시당했으니까요."

로돌프는 자기의 행동을 변명하기 시작했다. 그러나 신통한 말을 생각해 내려해도 모호한 말만 되풀이되었다.

그녀는 그의 말에 스스로 끌려들어가고 있었다. 아니 오히려 그 목소리와 그의 몸 매무새에 마음이 끌리고 있었다. 그래서 그녀는 서로의 끊어진 관계에 대해서 남자가 하는 변명을 받아들이는 척했다. 혹은 진심으로 받아들였는지도 모른다. 어떤 제삼자의 명예, 아니 생명에 관계되는 일로 어쩔 수 없이 그렇게 되었는데, 그 일은 비밀이라고 했다.

"그렇지만 역시" 그녀는 슬픈 듯이 사나이를 바라보면서 말했다. "저는 무척 괴로워했어요."

로돌프는 잘 알고 있다는 표정으로 대답했다.

"인생이란 그런 것입니다!"

"하지만, 우리가 서로 헤어지고 나서의 그 인생이, 당신에게는 행복했었나요?"

"뭘요, 행복할 것도 없고…… 불행할 것도 없었지요."

"헤어지지 않은 편이 더 좋았을지도 모르겠어요."

"글쎄요……. 그럴지도 모르지요!"

"그렇게 생각하세요?"

엠마는 가까이 다가가면서 말했다. 그리고 그녀는 한숨을 쉬었다.

"오오, 로돌프! 당신이 이걸 알아 주신다면……. 전 당신을 정말로 사랑하고 있었어요!"

그리고 엠마는 그의 손을 잡았다. 처음 만난 날 그 농사 공진회에서처럼, 두 사람은 서로의 손을 깍지낀 채 한동안 말이 없었다. 사나이는 완고한 자존심 때문에 덮쳐 오는 감동과 싸우고 있었다. 그러나 엠마가 사나이의 가슴에 매달리면서 말했다.

"제가 당신 없이 어떻게 살아갈 수 있겠어요. 행복이라는 것을 한번 알고 나니, 잊히지 않아요. 저는 절망 속에 빠져 있었어요! 이제 죽는구나! 하고요. 나중에 죄다 얘기해 드리겠어요. 당신은 나한테서 달아나 버린 거예요!"

사실 지난 3년 동안 로돌프는 남성의 특질인 타고난 비겁성으로 조심스레 엠마를 피해 왔던 것이다. 엠마는 귀엽게 목을 흔들면서, 발정난 고양이보다 더 요염한 태도로 말을 이었다.

"당신은 저 말고도 사랑하는 여자를 잔뜩 만드셨겠죠? 고백하세요. 하지만 그 여자들의 마음을 알 것 같아요. 당연해요. 당신이 유혹했으니까요. 나를 유혹한 것처럼요. 하지만 당신은 남자예요! 당신에게는 여자가 좋아하는 모든 것이 있어요. 우리, 다시 시작하기로 해요, 네? 서로 사랑하기로 해요. 어머, 내가 웃고 있네! 행복한 거예요! 자, 뭐라고 말씀 좀 하세요."

지나가는 폭풍이 남긴 물방울이 파란 꽃받침에서 떨고 있듯이 눈에 서린 눈물방울이 떨고 있었고, 엠마는 황홀하리만큼 아름다웠다.

로돌프는 그녀를 무릎 위에 끌어당겨 그녀의 윤기 흐르는 머리를 손등으로 쓰다듬었다. 그 머리 위에, 저녁놀 속의 마지막 햇빛이 황금 화살처럼 빛나고 있었다. 그녀는 고개를 숙이고 있었다. 마침내 로돌프는 입술 끝으로 그녀의 눈까풀에 살며시 키스했다.

"이런, 당신 울고 있었군. 왜 그래요?"

그가 말했다.

갑자기 엠마는 심하게 울기 시작했다. 로돌프는 그것을 여자의 그리움이 폭발한 것이라고 생각했다. 그리고 그녀가 잠자코 있자 그 침묵을 마지막 부끄러움이라고 해석했다. 그래서 그는 저도 모르게 소리쳤다.

"아아, 용서해 주십시오! 내가 사랑하는 사람은 당신뿐입니다. 내가 어리석었습니다. 나쁜 놈이었어요! 나는 당신을 사랑합니다. 언제까지나 사랑할 겁니다…… 왜 그러죠? 자, 말 좀 해봐요!"

그는 무릎을 꿇고 있었다.

"저…… 실은, 저, 파산했어요. 로돌프! 3천 프랑만 빌려 주세요!"

"……하지만 ……하지만."

그는 조금씩 일어나면서 말했다. 그의 얼굴 표정이 굳어졌다.

"사실은……" 엠마는 재빨리 말을 이었다. "주인이 어느 공증인에게 재산을 전부 맡겨 두었답니다. 그런데 그 남자가 달아나 버린 거예요. 환자들은 좀처럼 돈을 주지 않고, 우리는 빚을 졌어요. 하긴 유산 결산이 아직 끝나지 않았으니까, 마무리되면 그 가운데서 얼마쯤은 들어올 거예요. 그러나 지금은 당장 3천 프랑이 없어서 차압을 당하게 됐어요. 지금 곧요, 지금 당장. 그래서 저는 당신의 우정을 믿고 찾아온 거예요."

'허!' 로돌프는 갑자기 얼굴이 새파래져서 생각했다. '그래서 나를 찾아왔군.'

그는 매우 침착한 얼굴로 말했다.

"부인, 나는 그만한 돈이 없습니다."

이것은 거짓말이 아니었다. 아마 그만한 돈을 지금 가지고 있었다면, 돈을 낸다는 화려한 몸짓이 그리 마음 내키는 일은 아니지만, 그래도 그는 주었을 것이다. 돈을 내라고 조른다는 것은 연애에 엄습하는 태풍 가운데에서도 가장 차갑고, 가장 피해가 큰 것이기 때문이다.

그녀는 처음에는 한동안 사나이의 얼굴을 지켜보고 있었다.

"없다구요?"

엠마는 몇 번이나 되풀이했다.

"없다구요……. 이렇게 심한 창피를 당할 줄 알았더라면, 찾아오지 말 걸 그랬지. 당신은 나를 한 번도 사랑한 적이 없어요. 당신도 결국 다른 남자들과 조금도 다름이 없어요."

그녀는 정신없이 그만 속마음을 드러내 버렸다.

로돌프는 그녀를 가로막으면서, 자기도 '몹시 고통을 당하고 있다'고 분명하

게 말했다.

"그래요? 그것 참 안됐군요. 정말 매우 안됐네요!"

엠마는 벽에 걸린 무기 장식 속에 반짝이고 있는 은으로 세공한 기병소총을 보고 말했다.

"하지만 그렇게 가난하다면 총 개머리판에까지 은장식 따위를 하지는 않을 거예요! 거북이 등껍질을 끼운 시계 따위도 안 살 거구요." 그녀는 거북 등껍질에 상감 세공을 한 시계를 손가락으로 가리키면서 말을 이었다. "채찍에 다는 은도금호각도요." 엠마는 거기에 손을 댔다. "회중시계줄에 다는 이런 보석 장식도 여간해선 사기 어려울 텐데요! 어쩌면, 없는 게 없네요! 방 안에 놓는 술 세트까지 있어요! 결국 당신은 자기 자신만 중하지요. 사치를 즐기고, 저택도, 농장도, 산림도 가졌고, 개를 끌고 다니면서 사냥도 하고, 파리로 여행도 하고 하는 거예요…… 하다못해 이런 거라도." 그녀는 그의 커프스 단추를 벽난로 위에서 집어 들면서 소리쳤다. "이런 하찮은 물건이라도 팔면 돈이 될 수 있는 거 아녜요?……아뇨, 난 필요 없어요! 소중하게 간직하세요!"

그리고 그녀는 두 개의 단추를 멀리 던졌다. 단추는 벽에 부딪쳐서 금줄이 끊어졌다.

"만일 내가 당신이었다면 무엇이든지 다 줄 거예요. 모조리 팔아 버릴 걸요! 그리고 이 두 팔로 노동도 마다않겠어요. 큰 길가에서 거지 노릇이라도 하겠어요. 단 한 번이라도 고마워서 나를 쳐다보아 준다면 말이에요, 단 한 번이라도 웃어준다면 말이에요, 단 한 마디 '고맙다'는 말을 이 두 귀로 들을 수 있다면 말이에요! 그런데 당신은 그렇게 안락의자에 한가하게 앉아 계시는군요, 아직도 나를 덜 괴롭힌 것처럼 말이죠! 당신이라는 사람이 없었더라면, 나는 행복하게 살 수 있었을 거예요! 아시겠어요? 누가 당신더러 그런 짓을 하라고 했던가요? 누구하고 내기라도 걸었던가요? 하지만 당신은 나를 사랑하셨어요. 당신이 그렇게 말했어요……. 바로 조금 전에도 그랬어요……. 아아! 차라리 나를 내쫓아 버려야 했던 거예요! 아직도 내 손에는 당신 키스의 따뜻함이 남아 있어요. 그리고 무릎에 매달려서 영원한 사랑을 맹세한 것도 바로 그 융단 위란 말이에요. 보세요. 당신은 내게 바로 이런 것을 믿게 했어요. 당신은 나를 2년 동안이나 너무도 화려하고 달콤한 꿈속으로, 더없이 달콤한 꿈속으로 끌어넣어 주었죠……. 지난번 우리가 둘이서 여행하려고 계획했던 일, 당신은 기억하시나요? 오오! 당신의 그 편지! 그것이 내 마음을 갈기갈기 찢어 놓았어요……. 그런 일이 있고 나서, 오늘 나는 당신을 찾아온 거예요. 부유하고, 행복하고, 자유로운 그 남자에게로 와서, 간절히 애원하고 애정을 털어놓으려고 하면 누구라도 해줄 만한 도움을 청했어요. 그랬더니, 그 사람은 나를 뿌리친 기예요. 3천 프랑이 아까워서!"

"나한테는 그 돈이 없어요!"

로돌프는 노여움을 꾹 참으면서 마치 표면을 가리는 방패를 사용하는 사람처럼 빈틈없이 조용한 어조로 말했다.

엠마는 뛰어나갔다. 벽이 흔들리고 천장은 당장 그녀를 짓눌러 버릴 것 같았다. 바람에 흩어지는 낙엽 무더기에 걸려 비틀거리면서 긴 가로수 길을 되돌아갔다. 간신히 철책 문 앞의 물 없는 도랑에 이르렀다. 서둘러서 자물쇠를 열려고 하다가 손톱이 찢겼다. 그리고 백 걸음쯤 가서 숨이 막혀 쓰러질 것 같아 걸음을 멈추었다. 그녀는 뒤를 돌아보고 다시 한 번 그 무정한 저택을, 농장을, 정원을, 그리고 세 개의 안뜰을, 그리고 정면에 늘어선 창문을 하나하나 바라보았다.

엠마는 그저 멍청하게 서 있었다. 혈관의 맥박치는 소리만이 살아 있다는 것을 의식하게 할 뿐, 이미 자신에 대한 의식은 없었다. 그 소리는 그녀의 몸에서 세차게 터져나와 음악처럼 주위의 들판 가득 우렁차게 울리는 것 같았다. 발밑의 땅은 물결보다 부드럽고, 밭이랑은 물결치며 부서지는 다갈색의 거대한 파도처럼 보였다. 머릿속의 모든 기억과 생각은 무수한 불꽃처럼 한꺼번에 튀어올랐다.

그녀는 아버지의 모습을 보았다. 그리고 뢰뢰가 가게 안에 있고, 또 그들이 시내의 같은 방에 있는 또 하나의 경치가 보였다. 미칠 것 같았다. 그녀는 무서워져서 간신히 정신을 차리기는 했지만, 그래도 역시 맑은 의식은 아니었다. 엠마 자신을 이토록 비참한 상태로 만든 원인인 돈 문제가 이제 전혀 기억에 있지 않았기 때문이다. 그녀는 그저 사랑의 상처만이 고통스러웠다. 마치 상처에서 피가 흘러 생명이 꺼져 가는 것을 느끼는 빈사의 중상자처럼! 지금 이 사랑의 추억을 통해 자기의 영혼이 빠져나가는 것을 느꼈다.

해가 지고 있었다. 까마귀가 바쁘게 날아다녔다.

갑자기 조그마한 불빛 혈구들이 충격받은 작렬탄처럼 공중에서 파열했다.

돌고 돌면서, 나뭇가지 사이의 눈 위에 녹아 없어지는 듯 했다. 그 파열되어 퍼져 나가는 원구들 하나하나의 복판에 로돌프의 얼굴이 보였다. 구슬들은 점점 그 수가 늘어갔다. 그것들이 서로 군생하듯 떼를 짓더니 엠마의 몸속으로 침투해, 눈에서 모두 사라져 버렸다. 엠마는 멀리 안개 속에서 반짝이는 집들의 등불빛을 보았다.

그제서야 그녀가 놓여 있는 지금 입장이 심연처럼 나타났다. 그녀는 가슴이 터질 것 같아 숨을 헐떡였다. 이어 정신없이 비장한 느낌이 들자 거의 환희에 취한 듯한 기분에 쫓겨서, 그녀는 언덕을 달려내려가 소를 건네는 판자 다리를 건넜다. 그리고 오솔길과 가로수 길과 시장을 지나, 약제사의 가게 앞에 이르렀다.

아무도 없었다. 그녀는 안으로 들어가려다가 초인종 소리를 내면 사람이 나올까봐 사립문으로 살짝 들어가서 숨을 죽이고 벽을 더듬어 부엌 입구로 갔다. 부엌에는 화덕 위에 촛불이 하나 타고 있었다.

쥐스탱이 셔츠 바람으로 쟁반을 나르고 있었다.

"아, 저녁식사 중이구나. 조금 기다리자."

쥐스탱이 돌아왔다. 엠마가 유리창을 두드리니, 쥐스탱이 나왔다.

"열쇠를 다오! 그게 있는 위층 열쇠를……."

"뭐라구요?"

쥐스탱은 어둠 속에 허옇게 떠오른 그녀의 얼굴이 너무나 창백한 것을 보고 놀라면서 말똥말똥 엠마를 바라보았다. 그녀는 더없이 아름답고 환영처럼 장엄해 보였다. 그녀가 무엇을 원하는지 잘 알 수 없었지만, 쥐스탱은 무언가 무서운 것을 예감했다.

엠마는 나지막한 사람을 녹여 버릴 듯한 부드러운 목소리로 재빨리 말했다.

"그 열쇠가 필요해서그래! 그것을 좀 빌려주렴."

칸막이 벽이 얇아, 식당에서 접시에 부딪치는 포크 소리가 들려왔다.

엠마는 쥐가 시끄럽게 굴어서 잠을 잘 수가 없어 잡으려고 그런다는 평계를 댔다.

"주인 나리께 말씀드리고 오겠습니다."

"아냐! 가지 마."

그러고는 아무렇지도 않은 듯이 말했다.

"괜찮아, 그러지 않아도. 이따 내가 말씀드릴 테니까. 자, 불 좀 비춰 줘!"

엠마는 조제실로 통하는 복도로 들어섰다. 벽에 '창고'라는 패가 달린 자물쇠가 걸려 있었다.

"쥐스탱!"

약제사가 기다리다 화가 나서 소리를 질렀다.

"올라가자!"

쥐스탱은 엠마의 뒤를 따라 올라갔다.

열쇠가 자물통 속에서 돌았다. 엠마의 기억은 확실했다. 그녀는 세째 번 선반으로 똑바로 가서, 주둥이가 큰 파란 병을 집어 들고는 마개를 뽑고, 그 속에 손을 쑤셔 넣었다.

그리고 하얀 가루를 한 줌 집어 내어 그대로 자기 입에 털어 넣었다.

"안 됩니다!"

쥐스탱이 달려들면서 소리쳤다.

"쉿! 누가 듣는다."

쥐스탱은 저 혼자 어떻게 할 수가 없어 사람들을 부르려고 했다.

"아무 말도 하지 마, 소문이 퍼지면 모두 여기 주인의 책임이 된다!"

그리고 그녀는 갑자기 침착해져서 할 일을 다 한 것처럼, 거의 명랑한 기분까지 느끼면서 돌아갔다.

차압 소식을 듣고 몹시 놀란 샤를이 집에 돌아왔을 때는 엠마가 막 나간 뒤였다. 샤를은 고함을 지르고, 울부짖고 기절했다. 그러나 그녀는 돌아오지 않았다. 대체 어디에 간 것일까? 그는 펠리시테를 오메 씨 댁이며, 튀바슈 씨 댁, 뢰뢰의 가게며, '황금사자' 등 사방으로 찾으러 보냈다. 그리고 절망의 사이사이에 이것으로 세상의 존경도 잃고, 재산은 한 푼도 없고, 딸 베르트의 앞날까지 엉망이 되어 버린 암담한 광경이 눈에 떠올랐다. 무엇이 원인이란 말인가…… 도무지 영문을 알 수가 없다! 샤를은 저녁 6시까지 기다렸다. 드디어 더이상 참고 견딜 수가 없어서 루앙에 갔는지도 모른다고 짐작하고 큰길로 나갔다. 5마일쯤이나 나갔지만 아무도 만나지 못했다. 그런데 한참이나 기다리다가 다시 돌아왔다.

엠마는 돌아와 있었다.

"어찌 된 일이오? 왜 그랬소? 까닭 좀 말해 봐요……."

엠마는 책상 앞에 앉아 편지를 써서 천천히 봉하고 날짜와 시간을 적었다.

그리고 엄숙한 목소리로 말했다.

"내일 이것을 읽어 보세요. 그때까지는 제발, 아무 말도 묻지 말아주세요……. 제발 한마디도!"

"하지만…… 여보."

"아아…… 저리 가주세요!"

이렇게 말하고 그녀는 침대에 길게 드러누웠다.

입 속에 맵싸한 맛을 느끼고 엠마는 눈을 떴다. 샤를이 보여 다시 눈을 감았다.

그녀는 고통이 있는지 어떤지 알려고 조심스럽게 자기 몸의 상태를 살폈다. 아니, 조금도! 아직 아무렇지도 않다. 탁상시계 소리도, 불이 튀는 소리도, 그녀의 침대 옆에서 있는 샤를의 숨소리도 다 들렸다.

'아아, 죽음이란 대단한 게 아니구나!' 엠마는 생각했다. '곧 잠들어 버리면, 그것으로 끝나는 거야.'

엠마는 물을 한 모금 마시고 벽 쪽으로 돌아누웠다.

잉크를 핥은 것 같은 언짢은 뒷맛이 계속 되었다.

"목이 말라요!……아아, 목 말라!"

그녀는 한숨을 쉬었다.

"어찌된 일이오?"

샤를이 유리컵을 그녀에게 내밀면서 물었다.

"아무것도 아니예요!……창문을 열어 줘요.……답답해요."

갑자기 구역질이 났다. 베개 밑에서 손수건을 꺼내 입에 댈 시간도 없을 정도였다.

"이것을 치워 줘요!" 엠마는 단숨에 말했다. "버려 줘요!"

샤를이 무슨 말이냐고 다시 물었으나 그녀는 대답하지 않았다. 조금만 움직여도 토할 것 같아서 꼼짝도 하지 않았다. 그러는 동안에 그녀는 발에서 심장으로 얼음 같은 냉기가 치밀어 오르는 것을 느꼈다.

"아아, 드디어 시작하는구나!"

엠마는 중얼거렸다.

"뭐라고 했소?"

엠마는 혓바닥 위에 무언가 매우 무거운 것이 올라앉아 있는 것처럼 끊임없이 입을 벌리고, 괴로운 듯이, 그러나 조용히 머리를 조금씩 흔들고 있었다. 8시에 또 구토가 시작되었다.

샤를은 세면기의 사기바닥에 하얀 모래알 같은 것이 붙어 있는 것을 발견했다.

"이거 이상한데! 아무래도 이상해!"

그는 되풀이했다. 그러나 그녀는 똑똑한 목소리로 말했다.

"아니예요, 당신이 잘못 본 거예요!"

샤를은 가만히 쓸어 주듯 그녀의 배에 손을 대보았다. 엠마가 날카로운 비명을 질렀다. 샤를은 깜짝 놀라 뒷걸음질쳤다.

이윽고 그녀는 신음소리를 내기 시작했다. 처음에는 희미했지만, 심한 전율이 엠마의 두 어깨를 흔들었다. 그녀의 얼굴은, 경련을 일으킨 손가락이 꽉 움켜쥔 시트보다도 더 하얬다. 고르지 못한 맥박은 이제 거의 느껴지지도 않았다.

창백한 얼굴에 땀방울이 맺혔다. 그 얼굴은 마치 금속성 화학물질에서 내뿜는 증기에 싸여 굳어 버린 것 같았다. 이가 맞부딪혀 소리를 내고, 커다랗게 뜬 눈이 멍하니 주위를 둘러보고 있었다. 무엇을 물어도 고개를 저을 뿐이었다. 더욱이 두어 번 미소를 띠기까지 했다. 신음 소리가 점점 더 높아졌다. 이따금 나직한 비명이 새어나왔다. 잠시 후 그녀는 기분이 좋아지는 듯하니 곧 일어나겠다고 우겼다. 그 순간 경련이 엄습했다. 엠마는 저도 모르게 소리를 질렀다.

"아아! 괴로워요. 살려 줘요!"

샤를은 그녀의 침대 곁에 무릎을 꿇었다.

"말해 주오! 무얼 먹었소? 여보, 대답해 주오, 제발 여보!"

그러면서 그는 엠마가 지금까지 본 적이 없는 애정이 담뿍 담긴 눈으로 그녀를 들여다보았다.

"저, 저기에…… 저기에!"

그녀는 꺼지는 듯한 목소리로 말했다.

그는 책상 쪽으로 뛰어가 봉투를 찢고 큰 소리로 읽었다.

"아무도 탓하지 말아 주세요!"

그는 읽기를 멈추고 눈을 비볐다. 그리고 다시 읽기 시작했다.

"아이구! 이거 큰일났구나! 누구 좀 와 주시오!"

그리고 그는 다만 "독약을 먹었다! 독약을 먹었다!" 되풀이할 뿐이었다. 펠리시테는 오메네 집으로 달려갔다. 오메는 그 말을 듣고 광장에 뛰어나가 고함을 쳤다. 르프랑수아 부인은 '황금사자'에서 그 목소리를 들었다. 두 서너 사람이 일어나서 옆집 사람에게 전하고, 이렇게 하여 밤이 새도록 온 동네가 긴장하고 있었다.

샤를은 정신이 뒤집혀서 알 수도 없는 말을 지껄이며, 쓰러질 듯 온 방 안을 빙빙 돌았다. 그는 가구에 부딪치고 머리카락을 쥐어뜯었다. 약제사는 이러한 무서운 광경이 이 세상에 있으리라고는 상상도 하지 못했다.

약제사는 자기 집에 돌아가서 카니베 씨와 라리비에르 박사에게 편지를 썼다. 그도 머릿속이 혼란스러워진 탓에 15장 이상이나 써서 버리고 또다시 썼다. 이폴리트는 뇌샤텔(보바리 부인의 친정이 있다)로 출발했다. 쥐스탱은 샤를의 말을 타고 달렸는데, 너무 박차를 가하는 바람에 기욤 숲 언덕 중간쯤에서 말이 지쳐 죽을 지경이 되었다. 거기서부터는 말을 내버리고 걸어야 했다.

샤를은 의학 사전을 찾으려 했지만, 줄과 줄이 춤을 추고 헛갈려서 아무것도 보이지 않았다.

"진정하시오!"

약제사가 말했다.

"무언가 아주 강한 해독제를 쓰면 될 거요. 독은 무엇이지요?"

샤를은 그 편지를 보였다. 그것은 비소였다.

"그렇다면" 오메가 말을 이었다. "분석을 해볼 필요가 있군요."

그는 어떤 중독이든 분석할 필요가 있다는 것을 알고 있었다. 그러자 샤를은 그 뜻을 잘 이해하지 못한 채 대답했다.

"아, 그렇게 해주십시오. 부탁합니다. 아내를 구해 주십시오!"

그리고는 엠마 곁으로 돌아가서 무릎을 꿇고 그녀의 침대 가장자리에 머리를 대고 흐느껴 울었다.

"울지 마세요!" 그녀는 말했다. "이제 조금만 더 있으면, 당신을 더 이상 괴롭히지 않게 될 거예요."

"어째서였소? 어째서 이런 일을 해야 했단 말이오?"

엠마는 대답했다.

"하는 수 없었어요."

"당신은 행복하지 않았단 말이오? 내가 나빴소? 나는 내 힘으로 할 수 있는 데까지는 했는데!"

"네…… 그래요. 당신은 참 좋은 분이에요."

이렇게 말하면서 엠마는 샤를의 머리를 천천히 쓰다듬었다. 이 기분 좋은 감촉이 샤를의 슬픔을 한층 더하게 했다. 여태까지 없었던 애정을 이토록 보여주는 아내를 지금 잃지 않으면 안 된다고 생각하니, 정말 자신의 모든 존재가 허물어져 버리는 것 같았다. 그러면서도 자기가 무슨 일을 해야 할지 생각나지 않았다. 도대체 어찌된 영문인지 알 수가 없었다. 당장 처리해야 할 긴급한 상황에 몰려서 완전히 정신을 잃어버린 것이다.

엠마는 이제 모든 것이 끝났다, 수많은 배반과 천박했던 행위와, 그리고 자기를 괴롭혔던 그 많은 욕망들이 이제 다 끝에 다다랐다고 생각했다. 그녀는 이제 증오도 느끼지 않았다. 희미한 황혼의 혼돈이 그녀의 마음을 덮쳤다. 지상의 온갖 소리 중에서 엠마의 귀에 들리는 것은 이제 자신의 부드럽지만 분명치 않은, 더듬거리는 비탄의 소리뿐이었다. 자신의 소리가 마치 멀리서 연주되는 교향곡의 마지막 여운처럼 귀에 울렸다.

"애를 데려다 주세요."

그녀는 한쪽 팔꿈치를 짚고 몸을 일으키면서 말했다.

"여보, 그럼 아까보다 기분이 좋은 거지? 어떻소?"

샤를이 물었다.

"네, 그래요!"

베르트는 기다란 잠옷 밑으로 맨발을 드러 낸 채 하녀에게 안겨서 들어왔다. 꿈을 꾸듯, 아직 잠에서 덜 깨어 있었다. 어린아이는 어수선하게 흩어진 방 안이 이상스러운듯이 바라보았다. 그리고 가구 위 여기저기에서 타고 있는 촛불에 눈이 부시어 얼굴을 찌푸렸다. 베르트는 설날이나 사순절의 채 밝지 않은 이른 아침에 깨어나면 꼭 이렇게 촛불이 보이던 일, 그리고 어머니의 침대에 선물을 받으러 올라가던 일이 생각났던지 베르트는 어머니를 찾았다.

"어디 있어, 엄마?"

사람들이 모두 잠자코 있었으므로 다시 말했다.

"엄마, 내 예쁜 신이 보이지 않아."

펠리시테가 아이를 안고 침대 쪽으로 몸을 구부렸으나, 베르트는 여전히 벽난로 쪽만 바라보았다.

"유모가 집어 갔어?"

어린아이가 물었다.

유모라는 말에 보바리 부인은 자신이 저지른 불륜 관계며 괴로웠던 일들이 다시 기억에 되살아나서, 더 강한 독이 입 속에 솟구치는 것 같은 혐오감으로 얼굴을 돌렸다. 그동안 베르트는 침대 위에 올라가 있었다.

"아, 엄마 눈이 굉장히 커! 얼굴은 파랗구! 저렇게 땀을 흘리네!"

어머니는 뚫어져라 딸 아이를 바라보았다.

"아이 무서워!"

베르트는 뒤로 물러났다. 엠마가 베르트의 손을 잡고 키스하려 하자, 아이는 몸부림쳤다.

"이제 됐다! 저리로 데려가!"

한쪽 구석에서 흐느껴 울던 샤를이 소리 질렀다.

이윽고 증세는 잠시 멈추었다. 그녀는 흥분하는 것 같았다. 샤를은 아무런 의미도 없는 말 한 마디 한 마디와, 조금 가라앉은 것 같은 아내의 숨소리를 들을 때마다 희망을 되찾는 것이었다. 이윽고 카니베 씨가 들어오자 그는 울면서 그의 팔에 매달렸다.

"아아, 선생님이시군요! 고맙습니다! 그런데, 퍽 좋아지는 것 같습니다! 자아, 좀 보십시오……."

그러나 동업자는 의견이 달랐다. 그리고 그 자신의 말을 빌면 '이것저것 꾸물댈 것 없이' 위장을 깨끗이 씻어 내기 위해 구토제를 처방했다.

엠마는 잠시 후 피를 토했다. 그녀의 입술은 더 꽉 다물어지고, 손발은 경련을 일으키고, 온몸에 갈색 반점이 나타났다. 맥박은 팽팽하게 잡아당긴 실처럼, 당장 끊어질 것 같은 하프 줄처럼 손가락 밑에서 떨었다.

이윽고 엠마는 무서운 소리를 지르기 시작했다. 그녀는 독약을 저주하고, 욕설을 퍼붓고, 어서 죽여 달라고 독약에다 애원했다. 그리고 샤를이 그녀보다도 괴로워하며 무엇이든 먹으려 하면 뻣뻣해진 팔로 모조리 밀어 냈다. 샤를은 손수건을 입에 대고, 숨가쁘게 흐느껴 울면서, 머리부터 발끝까지 오열로 떨고

서 있었다. 펠리시테는 어쩔 줄 모르고 방 안을 이리저리 뛰어다녔다. 오메는 꼼짝도 않고 깊은 한숨만 짓고 있었다. 카니베 박사는 여전히 침착하기는 하지만, 속으로는 당황하고 있었다.

"이거 이상한데……. 그러나…… 해독을 해서 위장은 깨끗해졌을 게고, 그럼 원인인 독이 없어진 이상……."

"결과인 죽음도 없어지겠지요."

오메가 말했다. 그것은 분명한 이치이다.

"아내를 살려 주십시오!"

보바리가 외쳤다.

카니베 박사는, 약제사가 '아마 이 증상은 좋아지기 전에 일어나는 발작이 겠죠' 하고 늘어놓는 억설에는 귀를 기울이지 않고, 막 아편성 해독제를 투여하려고 했다. 이때 채찍질을 하며 역마차가 귀밑에까지 진흙을 뒤집어쓴 세 마리의 말에 끌려 공동 시장 모퉁이를 전속력으로 달려왔다. 라리비에르 박사였다.

하느님의 출현도 이 이상의 감동을 일으키지는 않았을 것이다. 보바리는 두 손을 쳐들고, 카니베는 동작을 멈추고, 오메는 박사가 들어오기도 전에 모자를 벗어들었다.

라리비에르 박사는 비샤 계통의 위대한 외과 학파에 속해 있었다. 지금은 그 세대가 없어지고 말았으나, 그는 여전히 열광적으로 의술을 사랑하고 열성적이면서도 총명하게 의술을 베푼, 그 철인적인 임상의 세대에 속해 있었다. 그가 화를 내면 병원이 떨고, 그를 존경하는 제자들은 개업을 하면 곧 스승을 닮으려고 애썼다. 그 때문에 가까운 마을에서는 제자들이 박사의 것과 같이 메리노 모직 솜을 넣은 긴 외투며 똑같이 큰 검은 예복을 입고 있는 것을 종종 볼 수 있었다. 박사가 입는 예복은 단추를 끼우지 않아, 보기 좋게 살 찐 매우 아름다운 손을 그 소매 끝이 살짝 덮고 있었다. 그 손은 병으로 신음하는 고통 속으로 조금이라도 빨리 들어가려는 듯이, 장갑을 낀 적이 없었다. 훈장과 직위와 신분과 학회를 경멸하고, 가난한 자에게 친절, 관대, 인자한 아버지였으며, 또한 미덕에 대한 보답을 믿지 않으면서 미덕을 실천했다. 이런 그는 거의 성자로 숭앙받았다. 수술용 메스보다 능란한 그의 눈빛과 절개는 사람들 영혼에 똑바로 파고들어, 신중함이나 가장의 붕대 속에 있는 거짓을 절개해 보였다.

이렇듯 박사는 위대한 재능의 자각과 재산과 근면과 나무랄 데 없는 40년의 생애가 주는 따뜻한 위엄에 차서 인생을 보내고 있었던 것이다.

그는 입을 벌리고 똑바로 누워 있는, 엠마의 다 죽어가는 얼굴을 보더니 문턱에서 눈살을 찌푸렸다. 그리고 카니베의 설명에 귀를 기울이는 척하면서 코밑을 집게 손가락으로 쓰다듬으며 되풀이했다.

"괜찮아요, 괜찮아."

그러나 박사는 천천히 어깨를 으쓱했다. 보바리는 감을 잡았다. 두 사람의 눈이 마주쳤을 때, 사람이 신음하는 광경에 익숙한 박사도 이때만은 자신의 가슴 장식 레이스 위에 떨어지는 한 방울의 눈물을 막지는 못했다.

그는 카니베를 옆방으로 불렀다. 샤를은 그 뒤를 따랐다.

"대단히 중태지요? 겨자 뜸질이라도 해보면 어떻겠습니까? 그 밖에 뭐든지? 저는 어떻게 하면 좋을지 모르겠습니다. 어떻게 무슨 수가 없겠습니까? 제발 생각해 봐 주십시오. 선생님께서는 많은 인명을 구하시지 않았습니까?"

샤를은 두 팔로 박사를 껴안고 거의 실신한 듯 그의 가슴에 매달려서 겁에 질린 듯, 그리고 애원하듯 박사를 쳐다보았다.

"자, 용기를 내게! 이제 어쩔 도리가 없네!"

이렇게 말하고 라리비에르 박사는 얼굴을 돌렸다.

"돌아가시렵니까?"

"또 오겠네."

그는 마부에게 이를 말이 있는 것처럼 카니베 씨와 나란히 걸어 나갔다. 카니베도 엠마의 최후를 지켜보고 싶지는 않았던 것이다.

약제사는 광장에서 두 사람을 바싹 따랐다. 그의 천성은 이름난 사람들과 떨어져 있을 수가 없었던 것이다. 그래서 그는 라리비에르 씨에게 특별히 간청하여, 카니베 씨와 함께 점심을 드시고 가십사고 애원했다.

서둘러 '황금사자'에서 비둘기 요리를 가져오고, 고깃간에서 가장 좋은 고기를 있는 대로 가져오고, 튀바슈 집에서는 크림을, 레스티부두아 집에서는 달걀을 가져왔다. 그리고 약제사가 손수 준비를 거들었다. 오메 부인은 앞치마 끈을 잡아매면서 말했다.

"죄송합니다, 선생님들. 이렇게 불편한 곳에서는 전날 미리 알지 못하면 이렇게……"

"포도주 좀 가져와요 쟌!"

오메가 낮은 소리로 귀띔했다.

"시내라면, 하다못해 다진 야채와 고기를 넣은 돼지 족발쯤은 구할 수가 있겠습니다만서도……."

"조용히 해요……. 박사님, 이리로……. 식탁으로 가시지요."

오메는 첫 음식이 나오자 조금 먹다가, 이번 사건의 전말에 관해 자세한 이야기를 조금쯤 들려줘도 괜찮을 것이라고 생각했다.

"처음에는 인후에 건조감을 느끼고, 다음에는 상복부에 심한 통증을 느끼고, 심하게 토하고, 그러고 나서 혼수 상태에 빠졌습니다."

"그 부인은 왜 독약을 먹었나요?"

"모르겠습니다. 박사님, 게다가 어디서 그 비소를 구했는지도 알 수가 없습니다."

이때 마침 접시를 한아름 포개 안고 들어오던 쥐스탱이 갑자기 와들와들 떨기 시작했다.

"왜 그래?"

약제사가 물었다.

젊은이는 이 질문을 받더니, 들고 있던 접시를 와그르르 마룻바닥에 떨어뜨리고 말았다.

"바보 같은 놈!" 오메가 저도 모르게 소리쳤다. "경솔한 녀석! 못난이! 짐승 같은 놈!" 그러나 갑자기 화를 누르고 말을 이었다. "그래서 박사님, 저는 분석을 해봐야겠다고 생각하고, 우선 신중히 권한 것이 튜브……."

"그보다는 오히려……." 외과 의사가 말했다. "환자의 목구멍에 손가락을 넣어주는 편이 좋았을 게요."

그의 동료 카니베는, 조금 전에 그 구토제 때문에 개인적으로 엄한 꾸중을 들었으므로 입을 다물고 있었다. 그래서 굽은 발을 수술한 때에는 그처럼 거침없이 말이 많던 그가, 오늘은 매우 얌전하게 끊임없이 고개를 끄덕이며 동의를 표하는 미소만 보이고 있었던 것이다.

오메는 만찬의 주인역을 맡은 것이 대단히 기분 좋아서 벙글벙글 웃고 있었다. 가엾은 보바리를 생각하고, 그와 자신을 비교해 보고는 내심 흐뭇해했다. 게다가 박사와 나란히 자리를 함께하는 것 또한 자랑스러웠다. 그는 자신의 박식함을 과시했다. 칸타리데스니, 유파스 나무니, 독이 있는 만치닐 나무니, 살모사니 하는 것을 생각나는 대로 죽 늘어놓았다.

"박사님, 그것뿐이 아닙니다. 저는 여러 사람들이 졸도한 예를 읽은 적도 있습니다. 너무 많이 훈증시킨 순대에 중독되어 졸도한 것입니다. 어떤 매우 훌륭한 보고 가운데 씌어 있었는데, 그 필자는 우리 약학계의 스승이시며 권위자이신 저 유명한 카데 드 가시쿠르 선생이었습니다."

오메 부인이 알콜 램프의 화력을 이용하는 그 건들거리는 기구를 들고 다시 나타났다. 오메가 식탁에서 커피를 끓이고 싶어했기 때문이다. 더욱이 손수 볶아서 가루를 만들어 섞었다.

"사카룸을 타시겠습니까, 박사님?"

그는 설탕을 건네었다.

이윽고 오메는 아이들의 체격에 대해서 이 훌륭한 외과 의사의 의견을 듣고 싶다며 이층에서 아이들을 모두 내려오게 했다.

드디어 라리비에르 선생이 돌아가려고 하자, 오메 부인이 남편을 한번 진단해 달라고 부탁했다. 남편은 매일 저녁 식사만 끝나면 조는데, 분명 혈액순환이 나빠진 탓일 것이라고 했다.

"아, 그것은 피가 안 도는 것이 아닙니다."

박사는 이런 재담이 통하지 않는 것을 보고 빙그레 웃으면서 문을 열었다. 그런데 약국 문 앞에는 사람이 가득했다. 아내가 평소에 난롯재 속에 가래를 뱉는 버릇이 있는데 이게 폐병이 아니냐고 걱정하는 튀바슈 씨를 비롯해서, 때때로 심한 허기를 느낀다는 비네 씨, 몸이 바늘로 찌르는 것처럼 쑤신다는 카롱 부인, 현기증이 나는 뢰뢰, 류머티즘에 걸려 있는 레스티부두아, 위산과다의 르프랑수아 부인 등, 이 사람들을 쫓아 버리는 데 여간 애를 먹지 않았다. 가까스로 세 마리의 말이 가볍게 달리기 시작했다. 박사는 조금도 친절하게 굴지 않았다는 것이 일반의 평이었다.

그때 부르니지앙 신부가 성유를 들고서 시장을 지나 나타났다. 사람들은 그에게 주의를 기울였다.

오메는 그의 주의나 주장으로 봐서 당연한 일이지만, 신부를 보고 죽은 사람의 냄새를 맡고 모여드는 까마귀와 같다고 했다. 신부 모습을 보는 것을 천성적으로 싫어했다. 법의는 죽은 사람의 수의를 연상케 했기 때문에, 그는 수의가 무서워서 자연히 법의를 두려워했던 것이다.

그러나 오메는 그의 이른바 '나의 사명' 앞에 한발도 물러서지 않고 용감히, 카니베 씨와 함께 보바리의 집으로 돌아갔다. 라리비에르 박사가 출발하기 전에 그렇게 하도록 카니베에게 권했기 때문이다. 그리고 오메는 아내가 말리지 않았더라면, 두 아들도 데리고 갈 참이었다. 아이들이 이런 특별한 장면에 익숙하게 되어, 그것이 하나의 교훈이 되고 훈계가 되는 장엄한 장면으로서, 두고두고 머릿속에 남게 하고 싶었던 것이다.

그들이 들어갔을 때, 방 안은 기분 나쁜 장엄한 분위기에 싸여 있었다. 흰 수건이 덮인 재봉대 위에 불이 켜진 두 개의 촛대가 있고, 그 사이에 커다란 십자가상이, 그리고 그 옆에, 대여섯 개의 조그마한 솜뭉치가 은접시에 담겨 있었다. 엠마는 턱을 가슴에 붙이고, 커다랗게 눈을 뜨고 있었다. 보기에도 딱한 두 손은 벌써 수의라도 입으려는 듯이, 임종하는 사람의 불길하고 조용한 몸짓으로 침대 시트 위에서 꿈틀거리고 있었다. 샤를은 조상(彫像)처럼 창백한 얼굴에 두 눈이 숯불처럼 빨갛게 부어, 이제는 울지도 않고 침대 발치에서 엠마를 마주 보고 서 있었다. 한쪽에서 신부가 무릎을 꿇고 나직한 소리로 기도하고 있었다.

엠마는 천천히 얼굴을 돌렸다. 그리고 사제의 목에 걸려 있는 보랏빛 영대(領帶)를 보더니 갑자기 기쁨의 미소를 지었다. 아마도 잊고 있던 젊은 날의 신비로운 황홀감을 바야흐로 시작되려 하고 있는 영원한 지복과 함께 이상한 평화 속에서.

신부는 일어서서 십자가상을 집어 들었다. 그러자 엠마는 목마른 사람처럼 목을 내밀어 그리스도상에 입술을 꼭 대고 일생을 통해 가장 열렬한 사랑의 키스를 했다. 막 꺼져 가려는 힘을 있는 대로 다 담아 거기에 찍었다. 이어 신부는 '천주께서 불쌍히 여기소서', 그리고 '용서하여 주옵소서'라고 기도를 올리고, 오른쪽 엄지손가락을 성유에 적셔서 종부 성사를 시작했다. 먼저 지상의 모든 영화를 그토록 갈망하던 두 눈 위에, 다음에는 훈훈한 미풍과 달콤한 사랑의 향기를 갈망하는 코에, 다음에는 거짓말을 말하기 위해 열리고 자존심으로 신음하고, 음란한 기쁨을 외치던 입에, 그다음은 흔쾌한 감촉을 즐기던 손에, 그리고 마지막에는, 지난날 그녀가 욕망을 충족시키기 위하여 뛰어다닐 때에는 그처럼 민첩하였건만 이제는 걸을 수도 없게 된 양쪽 발바닥에 기름을 발랐다.

신부는 자기 손가락들을 모두 닦고, 기름이 밴 솜조각을 불 속에 던졌다. 그리고 죽어 가는 여자 옆 의자에 앉아서, 이제 고통을 예수 그리스도의 고통과 하나로 합치고 신의 자비에 몸을 맡기라고 타일렀다.

설교를 마치자 사제는 엠마의 손에 촛불을 쥐어 주려고 했다. 잠시 후에 엠마를 둘러쌀 하늘의 영광의 상징이다. 그러나 엠마는 이제 초를 움켜쥘 힘도 없었다. 부르니지앙 신부가 아니었더라면, 촛불은 바닥에 떨어져 버렸을 것이다.

그러나 엠마의 얼굴은 이제 아까처럼 창백하지 않았다. 마치 기적으로써 치유된 것처럼 활짝 갠 표정이었다.

물론 사제는 재빨리 사실을 말해 주는 것을 잊지 않았다. 그는 주님께서 영원한 구제를 위해 필요하다고 생각할 때에는 사람의 생명을 연장시킬 때도 있다고 보바리에게 설명해 주었다. 샤를은 전에 엠마가 지금처럼 빈사 상태에 빠졌을 때, 성체 배수를 했던 날의 일이 생각났다.

'절망하지 않아도 되는 것을 그랬는지 모른다.'

사실 엠마는 마치 꿈에서 깨어난 사람처럼 가만히 주위를 둘러보았다. 그리고 또렷한 목소리로 거울을 갖다 달라고 하더니, 잠시 거울을 들여다보고는 이윽고 두 눈에서 큰 눈물방울이 솟아 주르륵 흘러내렸다. 그리고 한숨을 크게 쉬더니, 머리를 젖히고 베개 위에 푹 쓰러졌다.

그녀의 가슴이 갑자기 가쁘게 뛰기 시작했다. 혀는 입 밖으로 축 늘어졌다. 두 눈은 빙빙 돌면서, 소멸되어가는 전구의 불빛처럼 빛을 잃어 갔다. 그녀는 벌써 죽은 것같이 보였다. 그러나 곧 늑골이 격렬한 호흡으로 심하게 덜컹거렸다. 그녀의 영혼은 몸을 깨치고 나가 자유롭게 되려고 급격한 소동을 벌이고 있었다. 펠리시테는 십자가상 앞에 무릎을 꿇었고, 카니베 씨는 멍하니 뜰을 바라보고 있었다. 부르니지앙 신부는 침대 모서리에 얼굴을 숙이고 기도하기 시작했다. 기다란 검은 법의 자락이 바닥에 깔려 있었다.

샤를은 그 맞은편에 무릎을 꿇고 앉아 엠마에게 두 손을 내밀었다. 움켜진 엠마의 두 손이 심장의 고동으로 흔들릴 때마다 몸을 떨었다. 죽음이 가까워진 마지막 헐떡임이 더욱 강해져 신부의 기도 소리도 속도가 빨라졌다. 그 소리는 보바리의 억누른 흐느낌과 뒤섞이고, 이따금 죽음을 알리는 종소리처럼 울리는 라틴어 음절의 무감동한 중얼거림 속으로 모든 것이 사라지는 것 같았다.

갑자기 보도 위에서 무거운 나막신 소리가 지팡이를 질질 끄는 소리와 함께 들려왔다. 그리고 쉰 목소리가 이렇게 노래 불렀다.

따뜻하고 날씨가 좋은 날에는,
아가씨는 사랑의 꿈을 꾼다네.

엠마는 전류가 통한 시체처럼 벌떡 일어났다. 머리는 헝클어지고, 눈동자는 움직이지 않았으며, 입은 커다랗게 벌리고 있었다.

낫으로 베어진 보리 이삭들,
헛된 연인인 나의 나네트 아가씨가,
그것을 모으느라 허리 굽히네,
보리가 무르익은 밭이랑에서.

"장님이야!"

엠마가 외쳤다. 그리고 엠마는 웃기 시작했다. 그 거지의 추악한 얼굴이 괴물처럼 지옥의 영원한 암흑 속에 우뚝 서 있는 것을 보는 것 같아, 미친 듯이 절망적으로 웃었다.

그날은 몹시도 바람이 불어
짧은 속치마가 날아가 버렸네!

마지막 경련이 일어나 엠마는 침대 위에 쓰러졌다. 모두 다가섰다. 엠마는 이미 이 세상 사람이 아니었다.

9

사람이 죽은 뒤에는 언제나 정신이 멍청해지는 상태가 일어나는 법이다. 불의에 엄습하는 허무를 이해하고 그것을 체념하기란 그만큼 어려운 것이다. 엠마가 움직이지 않는 것을 깨달았을 때, 샤를은 아내의 몸 위에 자기 몸을 내던지면서 소리쳤다.

"잘 가오! 잘 가!"

오메와 카니베가 그를 방 밖으로 끌어냈다.

"진정하시오!"

"아아, 알았어요" 하고 그는 몸부림치면서 말했다. "조용히 하겠습니다, 쓸데없는 짓은 안할게요. 그러나 좀 내버려둬 주시오! 저 사람의 얼굴이 보고 싶습니다! 저 사람은 내 아내요!"

그리고 샤를은 울었다.

"우십시오." 약제사는 말했다. "인간의 본성이 시키는 대로 하십시오, 그러면 마음도 한결 후련해집니다!"

어린아이보다도 더 약해진 샤를은 얌전하게 아래층 방으로 끌려갔다. 오메 씨는 조금 있다가 자기 집으로 돌아갔다.

오메 씨는 광장에서 장님에게 붙들렸다. 그 장님은 염증을 가라앉히는 고약을 구하러 용빌까지 다리를 질질 끌며 찾아와서는, 지나가는 사람마다 붙들고 약제사가 어디에 사느냐고 묻고 있었던 것이다.

"이런! 바빠 죽겠는데, 이게 무슨 꼴이람! 안됐지만 나중에 다시 오게!"

이렇게 말하고 그는 허둥지둥 약방으로 뛰어들어갔다.

그는 편지를 두 통 써야 했고, 보바리에게 진정제를 만들어 주어야 했다. 죽은 부인이 약을 먹었다는 진상을 감출 수 있는 거짓말을 생각해 내야 했고, '루앙의 등불'에 싣기 위해 이 사건의 기사를 써야 했다. 게다가 여러 가지로 자세한 사정을 묻기 위해 많은 사람들이 기다리고 있었다. 결국 오메는, 보바리 부인이 바닐라 크림을 만들다가 비소를 설탕인 줄 알고 잘못 타 마신 것이라고 용빌 사람들에게 말해 주었다. 그러고는 보바리네 집으로 돌아갔다.

샤를 혼자서(카니베 씨는 방금 돌아갔기 때문에) 창가 소파에 앉아 넓은 방의 바둑판 무늬를 바보처럼 멍하니 바라보고 있었다.

"그런데, 식을 올릴 시간을 정하셔야겠어요."

약제사가 말했다.

"뭐라구요? 식이라니, 뭐 말인가요?" 그리고 겁먹은 것처럼 떠듬거렸다. "아, 안 됩니다! 그래야 합니까? 저 사람은 집에 놓아 두겠습니다."

오메는 차분해지려고, 선반에서 물뿌리개를 가져다 제라늄 화분에 물을 주었다.

"고맙습니다. 이렇게 친절하게!"

샤를은 말했으나, 약제사의 행동만 봐도 떠오르는 많은 일들이 가슴에 밀려와 더 말을 이을 수가 없었다.

그의 기분을 바꾸기 위해 오메는 원예에 관한 이야기를 해보면 어떨까 하고, 식물에는 물이 필요하다고 말했다. 샤를은 지당하다는 듯이 고개를 끄덕였다.

"게다가 이제 곧 봄이 옵니다."

"아!"

보바리는 대답했다.

약제사는 더는 할 말이 없어져서, 유리창의 조그만 커튼을 살그머니 젖혀 보았다.

"아, 저기 튀바슈 씨가 지나가네."

샤를은 기계처럼 따라 말했다.

"튀바슈 씨가 지나가네."

오메는 다시 장례식 준비에 대한 말을 꺼낼 용기가 없었다. 간신히 그것을 납득시킨 것은 신부였다.

샤를은 서재에 들어가서 펜을 들었다. 그리고 한참 흐느껴 울고 나서 이렇게 썼다.

'엠마에게 혼례 때의 옷을 입히고, 흰 구두를 신기고, 머리에는 화관을 씌워서 묻어주고 싶습니다. 머리카락은 어깨 위로 늘어져 퍼지게 해주십시오. 관을 세 겹으로 하고, 그 가운데 하나는 참나무, 하나는 마호가니, 하나는 납으로 해주시기 바랍니다. 저에게는 아무 말도 하지 말아 주시기 바라며, 정신은 또렷하므로 절대로 이성을 잃지는 않을 겁니다. 아내의 몸은 커다란 초록빛 비로드로 덮어 주십시오. 이것은 제가 원하는 것입니다. 그대로 해주시기 바랍니다.'

이것을 읽은 두 사람은 보바리의 너무나 환상적인 생각에 적지않이 놀랐다. 약제사는 곧 샤를에게 가서 말했다.

"이 비로드는 아무래도 좀 필요 없을 것 같아요. 그리고 무엇보다 비용이……."

"그건 당신이 참견할 일이 아니잖습니까?" 샤를은 소리쳤다. "내가 하는 대로 내버려 두시오! 당신은 그 사람을 사랑한 일이 없습니다! 돌아가 주세요!"

신부는 샤를의 팔을 끼고 뜰을 한 바퀴 돌면서 산책을 시켰다. 그는 이 세상의 모든 것이 허망하다고 설명했다. 신은 진정 위대하고 자비로우므로 사람은 불평하지 말고 신의 명령에 복종해야 하며, 또 감사해야 한다고 말했다.

샤를은 큰 소리로 신을 모독했다.

"미워요, 당신이 말하는 그 신이 밉습니다!"

"아직 당신에게는 반항심이 남아 있군그래."

신부는 한숨을 쉬었다.

보바리는 그 자리를 떠나 담을 따라 과일 나무 울타리 옆을 성큼성큼 걸어갔다. 그러고는 이를 악물기도 하고, 저주하는 눈빛으로 하늘을 향해서 눈을 부라리기도 했다. 그러나 나뭇잎 하나 까딱하지 않았다.

보슬비가 내리기 시작했다. 샤를은 앞가슴을 풀어 젖히고 있었기 때문에 오한으로 떨기 시작했다. 그는 부엌으로 되돌아가서 앉았다.

6시에 광장에서 요란한 소리가 들렸다. '제비마차'가 도착한 것이다. 샤를은 유리창에 이마를 대고, 승객들이 차례로 내리는 것을 지켜보았다. 펠리시테가 그를 위해 객실 침대에 매트리스를 깔아 주었다. 샤를은 그 위에 몸을 던지고 잠이 들었다.

철학적 자유사상가로 자처하는 오메 씨도 죽은 사람에 대해서는 경의를 표했다. 그래서 그는 가엾은 샤를이 한 말은 개의하치 않고, 세 권의 책과 기록을 하기 위한 서류첩을 한 권 들고 그날 밤 시신 옆에 머무르려고 왔다.

부르니지앙 신부도 와 있었다. 침대가, 본디 놓여 있던 벽의 오목한 자리로부터 끌려 나와 있고, 그 머리맡에는 촛불 두 개가 타고 있었다.

약제사는 아무 말도 않고 가만히 있는 것이 괴로워서 마침내 이 '불운한 젊은 부인'을 애도하는 말을 늘어놓기 시작했다. 사제는, 이제 남은 것은 그녀를 위해 기도하는 것밖에 없다고 대답했다.

"그러나" 오메는 말을 이었다. "두 가지 가운데 한 가지일 겁니다. 만약에 이 부인이—성당에서 하는 말대로—은총을 받고 돌아가셨다면, 구태여 우리가 기도해 드릴 필요가 없을 것이고, 또 만약 부인이 죄를 회개하지 않고 돌아가셨다면—아마 신부께서도 그렇게 말씀하시는 것 같았는데—그런 경우에는……."

부르니지앙 신부는 그를 가로막고, 그래도 역시 기도는 드려야 한다고 무뚝뚝하게 대답했다.

"그러나" 약제사는 반대했다. "하느님이 우리의 요구를 죄다 알고 계신다면, 기도라는 게 무슨 소용 있습니까?"

"무슨 말씀이요?" 신부가 말했다. "기도를 모르다니! 당신은 기독교도가 아닌가요?"

"미안합니다." 오메는 말했다. "저는 기독교를 찬미합니다. 첫째, 노예를 해방시키고, 이 세상에 하나의 새로운 도덕을……."

"바로 그런 점 때문에 좋아요! 성경 구절은 모두……."

"허! 그게 성경이라구요! 성경의 문구라면 역사를 펼쳐 보십시오. 성경의 역사를 예수회 사람들이 변조했다는 것은 누구나 다 아는 사실입니다."

샤를이 들어왔다. 그는 침대 쪽으로 걸어가서 가만히 커튼을 젖혔다.

엠마는 머리가 오른쪽 어깨로 기울어 있었다. 벌어진 입이 얼굴 아래 쪽에 난 시커먼 구멍처럼 보였고, 양쪽 엄지손가락은 손바닥 안으로 꺾여 있었다. 흰 가루 같은 것이 눈썹에 뿌려진 것처럼 보였고, 눈은 마치 여태 거미가 줄을 치고 있었던 것처럼, 얇은 점액막에 덮인 채 그 아름다움이 변질되어가고 있었다. 그녀를 덮은 시트는 젖가슴에서 무릎까지 쑥 들어갔고, 발가락쯤에서 다시 불룩 솟아 있었다. 샤를은 무한히 크고 엄청나게 무거운 덩어리가 엠마를 누르고 있는 것처럼 생각되었다.

성당의 종소리가 새벽 2시를 알렸다. 정원의 동산 밑을 흐르는 개울물 소리가 어둠 속을 뚫고 크게 들려왔다. 부르니지앙 신부는 이따금 요란스럽게 코를 풀고, 오메 씨는 종이 위에 사각사각 펜을 긋고 있었다.

"자아, 선생은 저리로 가서 쉬십시오. 보고 있으면 가슴만 아플 뿐이니."

샤를이 나가자 약제사와 사제는 다시 토론을 시작했다.

"볼테르를 읽으시오!" 한 사람이 말했다. "그리고 돌바크를 읽으시오, 《백과전서》를 읽으시오!"

"저 《포르투갈계 유대인의 서간집》을 읽으시오! 전(前) 사법관 니콜라스의

《기독교의 의의》를 읽으시오!"

상대가 응수했다.

두 사람은 열중하여 얼굴이 시뻘개져서, 서로 상대의 말은 듣지도 않고 동시에 떠들어댔다. 부르니지앙 신부가 그런 무도한 말이 어디 있느냐고 눈살을 찌푸리면, 오메는 신부의 그런 고지식한 어리석음에 놀랐다. 마침내는 두 사람이 서로 막 욕설을 주고받으려는 순간에 이르렀는데, 그때 갑자기 샤를이 다시 나타났다. 그는 어떤 정체를 알 수 없는 힘에 끌리는 것처럼 곧장 이층으로 올라오는 것이었다.

샤를은 엠마를 좀더 자세히 보려고 그녀 앞에 서서 망연히 들여다보았다. 그 응시가 너무나 심각하여 이제 슬픈 빛도 없었다.

샤를은 전신 경직에 관한 이야기와 동물 자기(動物磁氣)의 기적이 생각났다. 그는, 만약 진정으로 한결같이 갈망한다면 엠마를 소생시킬 수 있을지도 모른다고 생각했다.

한 번은 시체 위에 몸을 굽히고, "엠마! 엠마!" 나직이 불러 보기까지 했다. 심하게 토해 내는 그의 숨결이 촛불을 벽 쪽으로 흔들흔들 나부끼게 했다.

새벽에 보바리의 어머니가 도착했다. 샤를은 어머니를 부둥켜안고 다시 한바탕 울었다. 어머니는 앞서 약제사가 한 것처럼 장례식 비용에 관하여 이것저것 샤를에게 의견을 말해 보았으나, 샤를이 몹시 화를 내는 바람에 입을 다물어 버렸다. 더욱이 샤를은 필요한 물건들이 있으니 즉시 루앙에 가서 사다 달라고 어머니에게 부탁했다.

그날 오후 한나절 샤를은 혼자 남아 있었다. 베르트는 오메 부인에게 데려다 두었고, 펠리시테는 르프랑수아 부인과 이층 방에 있었다.

밤이 되자 여러 사람들이 조문을 왔다. 그는 일어서서 말을 할 기운도 없이 손님들과 악수했다. 손님들은 난로 주위에 둘러 앉은 사람들 틈에 끼어 앉았다. 모두 고개를 숙이고 다리를 꼬고 앉아, 이따금 생각난 듯 큰 한숨을 쉬면서 다리를 흔들고 있었다. 그리고 모두 지루했지만 차마 먼저 일어서서 갈 수는 없었다.

오메가 9시에 다시 돌아왔을 때는(지난 이틀 동안 그는 혼자서 광장을 뛰어다녔다) 장뇌며 안식향이며 향초 같은 것을 잔뜩 안고 있었다. 그리고 공기 속의 독기를 뺀다고 염소수를 가득 담은 병도 가지고 왔다. 마침 이때 하녀와 르프랑수아 부인, 그리고 보바리 노부인은 엠마에게 수의를 갈아 입히느라 매우 바쁘게 움직이고 있었다. 그들은 뻣뻣한 긴 베일을 끌어내려 엠마의 공단 구두 끝까지 덮어 주었다.

펠리시테는 흐느껴 울고 있었다.

"참으로 불쌍한 마님! 가엾은 마님!"

"저걸 좀 보세요." 여관집 여주인 르프랑수아 부인은 한숨을 쉬면서 말했다. "아직도 저렇게 아름다우시군요. 당장 자리를 털고 일어날 것만 같아요."

그러고 나서 여자들은 엠마에게 화관을 씌워 주기 위해 몸을 굽혔다.

머리를 조금 쳐들어야 했다. 그러자 구역질이라도 하듯 그녀의 입에서 시커먼 물이 콱 쏟아져 나왔다.

"이런, 큰일났어요! 옷이 더러워져요. 조심해요!" 르프랑수아 부인이 소리쳤다. "좀 도와주세요!" 그녀는 약제사를 돌아보고 또 말했다. "겁나세요?"

"내가 겁이 나요?" 오메는 어깨를 으쓱하면서 대답했다. "음, 그렇지! 내가 약학 공부를 할 때, 시립 병원에서 그런 것은 신물이 나도록 보았소! 해부실에서 펀치를 만들어 마시기도 했는 걸! 철인은 허무를 무서워하지 않는 법이지요. 내가 늘 말하는 것이지만, 나는 죽으면 학문상의 도움이 되도록 내 시신을 병원에 기증할 작정이오."

사제는 방 안에 들어오자 곧 샤를의 안부를 물었다. 그리고 약제사의 대답을 듣고는 덧붙였다.

"아직도 타격이 생생하니, 무리도 아니지."

그러자 오메는 사제에게, 신부님은 세상 사람들처럼 사랑하는 아내를 잃을 염려가 없어서 좋겠네요, 하고 말했다.

또 그것이 도화선이 되어 성직자의 독신 생활에 대해 한바탕 논쟁이 벌어졌다.

"도대체가" 약제사는 말했다. "남자가 여자 없이 지낸다는 것은 부자연스러워요! 그래서 사실 많은 범죄가……."

"무슨 소리를 하는 거요!" 사제가 큰 소리로 말했다. "결혼 생활에 묶인 인간이 어떻게 이를테면 고백성사의 비밀 같은 것을 지킬 수 있겠소?"

오메는 고백을 비난했다. 부르니지앙 사제는 비밀의 고백을 변호했다. 고백성사가 인간으로 하여금 본심으로 돌아가게 한다는 것을 길게 역설하고, 도둑이 갑자기 참사람이 된 여러 가지 예를 증거로 들었다. 군인들이 고백성사실에 가까이 와서야 간신히 현실에 눈뜬 일도 있고, 또 한번은 프라이부르크에 어떤 장관이 있었는데…….

약제사는 졸고 있었다. 이윽고 방 안의 공기가 답답하고 숨이 막힐 것 같아져서 신부는 창문을 열었다. 그 소리에 약제사가 눈을 떴다.

"자, 코담배를 한 대, 어떠시오?" 신부가 권했다. "한 대 피우시오. 기분이 거뜬해질 테니까."

어디선가 멀리서 개짖는 소리가 승냥이 울음처럼 길게 꼬리를 끌었다.

"개짖는 소리가 들립니까?"

약제사가 물었다.

"개는 송장 냄새를 맡는다고 하지요." 사제가 대답했다. "마치 꿀벌처럼 말입니다. 꿀벌은 사람이 죽으면 한꺼번에 벌통에서 나옵니다."

오메는 이런 미신에는 아무 논박도 하지 않았다. 다시 졸고 있었기 때문이다.

부르니지앙 신부는 오메 씨보다 건강했으므로 한참 동안 조용히 입술을 움직이며 나직이 뭔가 외고 있었으나, 이윽고 자기도 모르는 사이에 점점 턱을 떨어뜨려 물면서, 이내 들고 있던 두툼한 책을 손에서 떨어뜨리고 코를 골기 시작했다.

두 사람은 아랫배를 쑥 내밀고, 볼은 부풀리고, 입은 찌푸린 얼굴에 쑥 들이밀어 둔 채 시무룩하게 마주 앉아 있었다. 실컷 말다툼을 거듭한 끝에, 인간 단순한 공통 약점 속에서 결국 이렇게 서로 화합한 꼴이었다. 두 사람은 옆에서 잠자는 것처럼 보이는 시체와 다름없이 조금도 움직이지 않았다.

샤를이 들어왔으나 두 사람은 깨어나지 않았다. 이것이 마지막이다. 샤를은 아내에게 작별인사를 하러 온 것이었다.

향초는 아직 연기를 올리고 있었다. 푸르스름한 연기의 소용돌이가 창문 언저리에서 흘러들어오는 안개와 뒤섞였다.

별이 몇 개 보이는 평온한 밤이었다.

촛대에서 밀랍의 눈물방울이 시트 위에 흘러 떨어졌다. 샤를은 누런 불꽃의 빛에 눈이 피로하면서도 촛불이 타는 것을 가만히 지켜보았다.

물결 무늬가 달빛처럼 창백한 공단 드레스 위에서 밀려왔다 다시 밀려가고 있었다. 엠마가 그 밑에 숨어 있었다.

샤를은 엠마가 자신의 몸 밖으로 퍼져 나와서 주위의 모든 것들 속으로, 침묵 속으로, 어둠 속으로, 불어 지나가는 바람 속으로. 피어오르는 축축한 향기 속으로 녹아드는 것 같은 기분이 들었다.

갑자기 샤를은 토스트의 뜰안 가시울타리 앞에 놓인 걸상 위에, 루앙의 거리거리에, 자기 집 문 앞에, 그리고 베르토의 안뜰에 있는 엠마의 모습을 보았다. 사과나무 그늘에서 춤을 추던 명랑한 청년들의 웃음소리도 들려오는 것 같았다. 방 안은 엠마의 머리 냄새로 가득차고, 그녀의 드레스는 샤를의 두 팔 안에서 불꽃방전으로 바지직거리며 물결치고 있었다. 이것은 그녀가 방금 전에 입었던 드레스이다.

샤를은 이렇게 하여 오랫동안 지나가 버린 모든 행복을, 엠마의 여러 가지 자태며 몸짓이며 음성을 회상했다. 절망이 꼬리를 물고 마치 끝없이 밀려드는 조수처럼 몰려왔다.

샤를의 마음속에 무서운 호기심이 일어났다. 그는 가슴을 두근거리면서 손가락 끝으로 살살 그녀의 베일을 걷어 올렸다. 그러다가 공포의 외마디 소리를 질렀다. 그 소리에 두 사람이 눈을 떴다. 그들은 샤를을 아래층 방으로 끌고 갔다.

펠리시테가 올라와서 샤를이 엠마의 머리카락을 갖고 싶어한다고 말했다.

"잘라 가렴."

약제사가 말했다.

그러나 펠리시테가 무서워서 자르지 못하자 약제사는 손수 가위를 들고 앞으로 다가갔다. 그는 몹시 떨려서 엠마의 관자놀이 피부를 여기저기 쿡쿡 찔렀다. 겨우 가슴의 울렁임을 누르고, 오메는 무작정 두서너 번 뭉턱뭉턱 가위질을 했다. 그 때문에 그 아름다운 까만 머릿속에 허연 자국이 몇 군데 생겼다.

약제사와 신부는 다시 저마다의 일을 시작했으나, 때때로 졸지 않을 수 없었다. 두 사람은 잠이 깰 적마다 서로 상대편이 잠든 것을 책망하곤 했다.

부르니지앙 신부는 성수를 방 안에 뿌리고, 오메는 염소수를 바닥에 약간 뿌렸다.

펠리시테가 재치 있게 그들을 위해 옷장 위에 브랜디 한 병과 치즈 한 조각과 큼직한 빵 과자를 놓아 두었다. 그래서 새벽 4시쯤 되자 약제사는 이제 더 견딜 수 없다는 듯이 한숨을 섞어 가며 말했다.

"조금 영양 보충을 해야겠는데요!"

신부는 조금도 사양하지 않고 찬성했다.

그리고 성당에 미사를 올리러 나갔다가 곧 돌아왔다. 두 사람은 먹고, 컵을 쨍그랑 하고 마주쳤다. 그동안 조그만 소리로 키득거리며 까닭 없이 무의식 중에 이상한 유쾌함으로 자극되었다. 그것은 어떤 슬픔의 기간을 거친 뒤에 우리에게 찾아오는 그런 것이었다. 마지막 잔을 비웠을 때, 사제는 약제사의 어깨를 두드리며 말했다.

"당신과 나, 우리도 결국 마지막 순간에는 서로 의견을 이해하게 될 게요!"

아래층 현관에서 두 사람은 들어오는 일꾼들을 만났다. 그로부터 두 시간 동안 샤를은 관의 널빤지에서 울리는 쇠망치 소리를 가슴 졸이며 들어야 했다. 이윽고 사람들은 엠마를 참나무 관 속에 넣고, 그 관은 또 다른 두 개의 관속에 겹쳐 넣었다. 그러나 바깥관은 너무 커서 털이불 속의 양털로 틈을 메워야 했다. 마지막에 세 개의 뚜껑을 깎고, 못을 치고, 땜질이 끝나자, 관을 문 앞으로 들어냈다. 문이 활짝 열어 젖혀지고, 용빌 사람들이 차차 모여들기 시작했다.

루오 노인이 도착했다. 노인은 검은 막을 보고 그 자리에서 졸도했다.

10

루오 노인은 사건이 일어난 지 36시간 만에야 비로소 약제사의 편지를 받았던 것이다. 오메는 노인이 놀라지 않도록 빙 둘러서 어물어물 썼기 때문에 무슨 말인지 도무지 알 수가 없었다.

처음에 그 편지를 읽었을 때 노인은 뇌출혈이라도 일으킨 것처럼 쓰러졌다. 다음에 그는, 엠마는 아직 죽지 않았다고 생각했다. 아니, 죽었는지도 모른다……. 결국 노인은 부랴부랴 작업복을 걸치고, 모자를 쓰고, 구두에 박차를 달고, 전속력으로 말을 몰았다. 먼 길을 오는 동안 루오 노인은 내내 숨을 헐떡이고 심한 불안에 시달렸다. 한 번은 부득이 말에서 내려야만 했다. 눈이 보이지 않게 되었는데 주위에 사람의 목소리가 들려서 정신이 돌아버릴 것 같았기 때문이다.

날이 샜다. 세 마리의 검은 암탉이 나무 속에서 자고 있는 것이 보였다. 노인은 이 불길함에 떨었다. 그래서 그는 성모 마리아께 기도를 드리고, 성당에 상제복 세 벌을 바치고, 베르트의 공동묘지에서 바송빌의 성당까지 맨발로 참배하겠다고 맹세했다.

노인은 멀리서부터 여인숙 사람들을 불러대며 마롬 마을에 들어가, 여인숙 문을 어깨로 밀고 들어가서, 여물통에 귀리와 달콤한 능금주를 한 병 부어 준다음 다시 말 위에 올랐다. 말은 네 개의 편자에서 불꽃을 튀겼다.

내 딸은 꼭 산다, 하고 그는 생각했다. 의사가 무슨 좋은 치료법을 발견해 줄것이다. 틀림없이 그럴 것이다. 노인은 기적으로 병이 나았다는 사람들에게서 들은 이야기를 죄다 생각해 보았다.

그러자, 죽은 딸이 눈에 보였다. 딸은 바로 눈앞에, 길 한복판에 벌렁 넘어져 있었다. 노인은 고삐를 잡아당겼다. 그러자 환상이 사라졌다.

캥캉푸아 마을에서 기운을 차리기 위해 그는 커피 석 잔을 연거푸 마셨다.

이름을 잘못 적었는지도 모른다는 생각을 해보고, 주머니 속의 편지를 찾아 만지작거렸으나 펴 볼 용기는 없었다.

마침내, 노인은 어쩌면 이것은 좋지 못한 장난이 아닐까 하고 생각하게 되었다. 어떤 사람의 앙갚음이든가, 아니면 어느 장난꾸러기가 한 잔 마신 김에 한 장난이다. 만약에 딸이 죽었다면, 여느 때와 다른 어떤 낌새가 어디엔가 있을 것이다. 그런데 주위의 들판에는 아무런 변화도 눈에 띄지 않는다. 하늘은 푸르고, 나무들은 흔들거리고, 양 떼가 지나간다. 용빌 마을이 보였다. 마을 사람들은 노인이 말 위에 엎드려서 달려오는 것을 보았다. 노인은 힘껏 채찍질을 하고 있었다. 말의 뱃대끈에서 피가 흐르고 있었다.

노인은 정신을 차리고는 사위의 두 팔에 쓰러져서 울었다.

"내 딸! 엠마가! 내 자식이! 어떻게 된 일인가?"

사위도 흐느끼며 대답했다.

"모르겠습니다, 저도 모르겠습니다! 액운입니다!"

약제사가 사이에 끼어들었다.

"이런 끔찍스러운 이야기를 자세히 해보았자 소용없는 일입니다. 이 어른에게는 제가 말씀드리지요. 손님들이 오십니다. 마음을 굳게 먹고…… 침착해야 합니다!"

가엾은 샤를은 굳세게 보이려고 애썼다.

그리고 몇 번 되풀이하였다.

"예, 예······. 마음을 단단히 먹어야죠!"

"그래!" 노인이 소리쳤다. "나도 기운을 차려야지! 그렇구말구, 나는 마지막까지 저 아이를 따라가겠소!"

종소리가 울렸다. 모든 준비가 다 되었다. 드디어 출발하지 않으면 안 된다.

이윽고 안쪽 자리에 나란히 앉은 두 사람은 세 명의 성가대원이 성가를 부르면서 그들 앞으로 왔다갔다하는 것을 보았다. 나팔수가 뱀 모양의 취주악기를 힘껏 불어댔다. 부르니지앙 신부는 정장을 하고 큰 소리로 노래를 부르면서, 성궤에 예배하고 두 손을 높이 쳐들어 팔을 뻗었다. 레스티부두아는 고래뼈 지팡이를 짚고 성당 안을 돌아다니고 있었다. 성서대 옆에는 사방이 큰 촛불로 둘러싸인 관이 안치되어 있었다. 샤를은 일어나서 촛불을 꺼버리고 싶었다.

그러나 샤를은 스스로 신앙심을 돋우려고 애썼고, 엠마와 다시 만날 저세상이 있다는 희망을 가지려고 노력했다. 아내는 오래전에 먼 나라로 여행을 떠나 있는 중이라고 상상해 보았다. 그러나 그녀는 현재 저 밑에 있다. 모든 것은 끝났다. 그리고 엠마는 땅속에 묻혀 버리고 만다. 이렇게 생각하니 샤를은 거칠고 캄캄한, 절망적인 노여움에 사로잡혔다. 그러나 때때로 아무 고통도 느끼지 않게 된 것같이 생각되기도 했다. 그는 자신을 서글픈 인간이라고 나무라면서도, 그 고통의 완화를 지그시 음미하는 것이었다.

쇠촉이 박힌 지팡이로 일정한 간격을 두고, 돌바닥을 두드리는 것 같은 메마른 소리가 들려왔다. 그 소리는 뒤쪽에서 와서, 성당 옆에서 멈췄다. 초라한 갈색 웃도리를 입은 사나이가 힘들게 무릎을 꿇었다. '황금사자'의 하인 이폴리트였다. 그는 새 의족을 달고 있었다.

성가대원 한 사람이 성금을 모으려고 성당 안을 한 바퀴 돌아다녔다. 2수짜리 동전이 차례로 은접시에 떨어지며 소리를 냈다.

"빨리 해주게! 나는 괴로워서 견딜 수가 없어!"

보바리는 화난 듯이 외치고 5프랑짜리 금화를 던져 넣었다.

성가대원은 정중하게 절을 했다.

그들은 노래하고, 꿇어앉고, 일어서고, 하여 언제 끝날지 알 수 없었다! 샤를은 결혼 초에 엠마와 함께 미사에 참석했을 때 오른쪽 벽 앞에 앉아 있었던 일이 생각났다. 종이 또 울리기 시작했다. 여기저기서 의자가 덜거덕거리며 움직였다. 관을 나르는 사람들이 관 밑에 세 개의 막대기를 찔러 넣었다. 모두 성당을 나왔다.

이때에 쥐스탱이 약국 문 앞에 나타났다. 그는 갑자기 파랗게 질려 비틀거리면서 다시 약국 안으로 들어가 버렸다.

사람들은 장례 행렬이 지나가는 것을 보려고 창가에 나와 있었다. 샤를은 맨 앞에 서서 몸을 젖히고 걸어갔다. 그는 씩씩한 체하고 있었다. 그리고 골목이며 문에서 나와 한 줄로 늘어서 있는 사람들에게 하나하나 가벼운 눈인사를 보냈다. 관 양쪽에 셋씩, 여섯 사람이 붙어서 조금 잰걸음으로 약간 숨을 헐떡이며 걸어갔다. 사제들과 성가대원들과 두 사람의 소년 찬양대원은 애도가 '심연에서'를 부르고 있었다. 그 소리는 높고 얕게 파도치면서 벌판으로 퍼져 나갔다. 이따금 그들의 모습은 오솔길 모퉁이에서 보이지 않게 되었다. 그러나 커다란 은 십자가는 언제나 나무 숲 사이에 우뚝 솟아 있었다.

여자들은 두건을 뒤로 젖힌 검은 겉옷을 입고 뒤따르고 있었다. 그녀들은 불을 켠 큰 촛불을 손에 들고 있었다. 샤를은 끊임없이 계속되는 기도와 촛불과 법의에서 나는 야릇한 냄새 때문에, 정신이 아찔해지는 것 같았다. 시원한 산들바람이 불어오고, 호밀과 아마는 보기에도 푸르렀다. 이슬방울이 길가 가시울타리에서 조그맣게 떨고 있었다. 여러 가지 즐거운 듯한 소리들이 주위에 차 있었다. 수레바퀴 자국을 따라 덜컹거리며 굴러가는 짐마차 소리, 연달아 울어대는 수탉 소리, 사과나무 그늘로 뛰어드는 망아지의 발굽 소리. 맑은 하늘에는 장밋빛 구름이 드문드문 걸려 있었다. 푸르스름한 연기의 소용돌이가 붓꽃으로 뒤덮인 초가지붕 위에 길게 끼었다. 걸어가는 도중 샤를은 이곳저곳의 낯익은 뜰을 보았다. 그는 한순간, 이런 날 아침 일찍 환자를 왕진하고서 환자의 집을 나와 아내가 기다리는 집으로 돌아가던 일을 회상했다.

흰 눈물 방울무늬로 뒤덮인 검은 천이 이따금 바람에 날려서 관을 드러내 보였다. 관을 멘 일꾼들은 피로해서 걸음을 늦추었다. 관은 파도에 부딪칠 때마다 옆으로 흔들리는 거룻배처럼 끊임없이 끼웃끼웃 흔들리며 앞으로 나아갔다.

묘지에 도착했다.

남자들은 아래쪽 잔디밭 끝의 무덤이 파인 데까지 갔다.

모두 구덩이를 둘러쌌다. 사제가 무언가를 외는 동안, 구덩이 가장자리에 파 올려 놓은 붉은 흙이 한쪽 구석에서 소리도 없이 자꾸 흘러 내렸다.

이윽고 네 개의 밧줄이 마련되고, 관이 그 위에 올려졌다. 샤를은 관이 내려가는 것을 지켜보았다. 그것은 계속 내려갔다.

겨우 밑바닥에 닿는 소리가 났다. 밧줄이 스치는 소리를 내면서 올라왔다. 부르니지앙 신부는 레스티부두아가 건네 주는 삽을 받았다. 그리고 오른손으로 성수를 뿌리면서, 왼손으로는 흙을 크게 한 삽 떠서 뿌렸다. 널에 돌멩이가 부딪쳐서 마치 저세상의 메아리인가 싶은 기분 나쁜 소리가 났다.

사제는 관수기를 옆사람에게 건네 주었다. 그는 오메 씨였다. 그는 엄숙한 얼굴로 그것을 흔들고는 샤를에게 내밀었다. 샤를은 흙 속에 무릎까지 묻혀서 "잘 가오!" 소리치며 두 손 가득 흙을 담아서 던졌다. 그는 엠마에게 키스를 던지고, 자신도 함께 무덤 속에 묻히겠다고 구덩이로 기어들었다.

사람들이 그를 끌어냈다. 그는 곧 진정이 되었다. 다른 사람들과 마찬가지로 이제는 일이 끝났다는 희미한 만족을 느꼈기 때문인지도 모른다.

루오 노인은 돌아가는 길에 천천히 담배를 피우기 시작했다. 오메는 내심 못마땅하게 생각했다. 오메는 또 비네 씨가 장례에 참석하지 않은 것과 튀바슈 씨가 미사가 끝나자 '도망가 버린' 사실, 그리고 공증인의 하인 테오도르가 (관습인 이상 검은 옷쯤은 어떻게 마련할 수 있었을 터인데도) 푸른 옷을 입고 온 일 등을 그대로 보아 넘기지 않았다. 그리고 그것을 퍼뜨리기 위해 사람들이 모여 있는 곳을 여기저기 왔다갔다했다. 사람들은 모두 엠마의 죽음을 슬퍼하고 있었다. 특히 뢰뢰가 그러했다. 그는 특별히 신경을 쓰며 묘지까지 따라왔다.

"가엾은 부인입니다! 바깥어른께서는 얼마나 슬퍼하시겠습니까!"

약제사가 그 말에 맞장구를 쳤다.

"내가 신경쓰지 않았다면,—이건 아셔야 합니다만—아마 그 양반의 손으로 경솔한 짓을 했을 지도 몰라요!"

"참으로 좋은 부인이었는데! 요전번 토요일에도 우리 가게에 오셨는데 말입니다!"

"정말이지 묘 앞에서 드릴 추도사를 준비할 겨를도 없을 만큼 갑작스러웠죠." 오메가 말했다.

집에 돌아온 샤를은 옷을 갈아입었다. 루오 노인도 다시 푸른 작업복을 입었다. 아직 새것이었는데, 오는 도중에 몇 번씩이나 그 소매로 눈물을 닦아서 얼굴에 퍼런 물이 들어 있었다. 눈물 자국이, 먼지로 더러워진 얼굴에 몇 줄이나 선을 긋고 있었다.

샤를의 어머니도 함께 있었다. 세 사람 모두 말이 없었다. 이윽고 루오 노인이 한숨을 쉬면서 탄식했다.

"자네도 생각나겠지, 응, 자네가 전처를 잃은 바로 뒤에 내가 토스트에 간 일이 있는데, 그때는 내가 자네를 위로해 주었지, 위로할 말이 있었거든. 그런데 지금은……."

그리고 노인은 가슴이 크게 들먹이는 긴 숨을 내쉬면서 신음했다.

"아아, 이것으로 이제 나도 마지막이구나. 마누라도 먼저 떠나보내고…… 아들도 갔고…… 그리고 오늘은 딸이 갔으니!"

노인은 이 집에서는 도저히 잘 수가 없을 것 같다면서 곧 베르토로 돌아가겠다고 했다. 그는 손녀딸을 만나는 것까지 거절했다.

"아니, 그만두겠네! 만나면 가슴만 더 아플 테니까. 자네가 내 몫까지 키스해 주게나. 그럼 잘 있게!……자네는 좋은 사람이야! 그리고 내 다리를 고쳐준 것은 평생 잊지 않겠네!"

노인은 자신의 넓적다리를 두드리며 말했다.

"염려 말게! 칠면조는 계속 보내 주겠네."

그러나 언덕 꼭대기에 이르렀을 때, 노인은 옛날 딸과 헤어지면서 생빅토르 가도에서 돌아보았을 때처럼 뒤를 돌아보았다. 마을의 창문이 초원 끝에 지는 석양빛을 비스듬히 받아 빨갛게 타고 있었다. 그는 한 손을 들어 눈 위를 가렸다. 지평선 저편에 담을 둘러친 곳이 하나 보였다. 나무들이 하얀 묘석 사이에 군데군데 검은 숲을 이루고 있었다. 노인은 말이 다리를 절기 때문에, 천천히 달리게 하며 다시 나아갔다.

샤를과 그 어머니는 그날 밤, 피로했지만 꽤 오랫동안 이야기했다. 지난날을 이야기하고 앞날을 이야기했다. 어머니는 용빌로 옮겨 와서 살림을 돌보겠다고 하고, 이제부터는 모자가 절대 떨어지지 말자고 했다. 그녀는 오래전에 잃었던 애정을 되찾게 된 것이 기뻐서 매우 다정하게 대했다. 자정을 알리는 종이 울렸다. 마을은 여느 때나 다름없이 적막했다. 그러나 샤를은 잠을 이루지 못하고, 언제까지나 엠마를 생각하고 있었다.

로돌프는 기분전환으로 온종일 숲속을 돌아다니며 사냥을 한 끝에 지금은 집에서 편안히 잠들어 있었다. 레옹도 그 도시에서 잘 자고 있었다.

이 시각에 자지 않고 있는 사람이 또 한 사람 있었다.

전나무 숲으로 둘러싸인 무덤 앞에서 한 소년이 꿇어앉아 울고 있었다. 흐느낌으로 터질 것만 같은 소년의 가슴은, 달빛보다도 달콤하고 밤의 어둠보다도 한량없는 회한의 무게에 짓눌려 어둠 속에서 헐떡이고 있었다. 갑자기 철문이 삐걱거렸다. 레스티부두아였다. 낮에 잊고 간 삽을 찾으러 온 것이다. 그는 담을 타넘고 도망치는 쥐스탱의 모습을 보았다. 그리고 언제나 자기 감자를 훔쳐가는 도둑놈의 정체를 이제야 알았다고 생각했다.

11

샤를은 그다음 날 아이를 데려오게 했다. 아이는 어머니를 찾았다. 어머니는 지금 밖에 나가셨는데, 이제 곧 장난감을 많이 사가지고 올 것이라고 대답했다. 베르트는 몇 번이나 같은 말을 되풀이하더니, 이윽고는 잊어버렸다. 아이가 명랑하게 떠드는 것을 보자 보바리의 마음은 더 슬퍼졌다. 그는 또 약제사의 귀찮도록 늘어놓는 위로의 말을 참고 들어야 했다.

뢰뢰가 다시 한패인 뱅사르를 들쑤셔서 곧 또 돈 시비가 불거져 나왔다. 샤를은 엄청나게 많은 돈을 지불할 약속을 해버렸다.

그는 아내가 쓰던 가구류는 아무리 하찮은 것이라도 절대로 팔려고 하지 않았다. 어머니는 그것을 보고 몹시 화를 냈다. 샤를은 어머니보다 더 화를 냈다. 샤를은 아주 딴사람이 되어 버렸고, 어머니는 집을 나갔다.

이렇게 되니 모두 '우려먹으려고' 덤벼들어, 랑프뢰르 양은 엠마가 단 한 번도 레슨을 받은 일이 없는데도(엠마는 남편에게 영수증을 보여주었었다) 6개월분의 강습료를 청구했다. 그것은 여자 두 사람이 짜고 한 일이었다. 책방에서는 3년치의 구독료를 청구했다. 유모 롤레는 약 스무 통의 편지 심부름을 해준 삯을 달라고 했다. 샤를이 그 이유를 물으니 유모는 조심스럽게 대답했다.

"글쎄요, 저는 아무것도 모르겠습니다요. 마님의 볼일인 것 같았는데요."

빚을 갚을 때마다 샤를은 이것으로 끝났겠지 하고 생각했다. 그러나 또 다른 일이 잇따라 나타났다.

샤를은 밀려 있던 옛날의 왕진료를 받아 내려고 했다. 상대편은 엠마가 보낸 편지를 내보였다. 오히려 이쪽에서 거꾸로 사과하지 않으면 안 될 형편이었다.

펠리시테는 이제 마님의 옷을 입고 있었다. 하기야 그게 다는 아니었다. 왜냐하면 샤를이 그 가운데 몇 벌을 간직해 두고는 아내의 화장실에 들어가 그 옷들을 바라보곤 했기 때문이다. 펠리시테는 몸집이 거의 엠마와 같았기 때문에 샤를은 펠리시테의 뒷모습을 보고는 자주 착각을 일으키고 소리를 질렀다.

"아, 그대로 있어! 가만히 그대로 있어 줘!"

그러나 성신 강림절 때, 펠리시테는 테오도르의 유혹으로 옷장에 남아 있던 물건을 모조리 훔쳐 가지고 용빌에서 도망쳐 버렸다.

마침 그때 과부 뒤퓌 부인이, '이브토 시의 공증인인 아들 레옹 뒤퓌가 봉드빌에서 사는 레오카디 르뵈프 양과 결혼하게 되었다'고 샤를에게 알려왔다. 샤를은 미망인에게, 레옹과 레오카디 양의 결혼을 축하한다며 이런 말을 써서 보냈다.

'저의 아내가 있었다면 얼마나 기뻐했겠습니까!'

어느 날, 샤를은 집 안을 서성거리다가 지붕 밑 다락방에까지 올라갔다. 그때 실내화에 얇은 종이 뭉치가 밟혔다. 주워서 펴 보았다. '용기를 내시오, 엠마! 용기를 내시오! 나는 당신의 일생을 불행하게 만들고 싶지 않습니다.' 그것은 로돌프가 보낸 편지였다. 상자 사이의 바닥에 떨어져서 그대로 있던 것을, 채광창에서 불어온 바람이 얼마 전에 문 쪽으로 날려 보낸 것이다. 샤를은 꼼짝도 하지 않고 멍한 표정으로, 그 옛날 엠마가 지금의 샤를보다 더 창백해져서 너무나 절망한 나머지 죽으려 했던 바로 그 자리에 우두커니 서 있었다. 드디어 그는 두 장째 끝에서 조그만 R자를 발견했다. 누구일까? 그는 로돌프가 친절하게 자주 찾아왔던 일, 또 그가 갑자기 모습을 보이지 않게 된 일, 그 후 두서너 번 만났을 때 왠지 그 거동이 어색했던 일 등이 머리에 떠올랐다. 그러나 편지의 말투에 그는 속아 넘어갔다.

'두 사람은 아마 정신적으로 사랑했나 보지' 하고 그는 생각했다.

원래 샤를은 어떤 일을 깊이 파고드는 성질이 아니었다. 그는 증거 앞에서 뒷걸음질쳤다. 그의 분명찮은 질투는 무한한 비애 속에 묻혀 버렸다.

누구든지 엠마를 좋아했을 것이다 하고 샤를은 생각했다. 남자란 남자는 모두 엠마에게 마음을 두었을 것이다. 이렇게 생각하니 죽은 아내가 한층 더 아름답게 느껴졌다. 그리고 끊임없는, 미칠 것만 같은 욕망을 느꼈다. 그것은 그의 절망을 부채질했으며, 이제 채워질 수 없는 욕망이라서 더욱 한이 없었다.

아내가 살아 있는 것처럼, 샤를은 그녀의 기분을 맞추어 주려고 그녀가 좋아하는 것을 사들여 사용했다. 에나멜 장화를 사고, 흰 넥타이를 사용했다. 화장용 코스메틱을 수염에 바르고, 엠마처럼 약속 어음에 서명했다. 엠마는 무덤 속에서 그를 타락시킨 것이다.

그는 은그릇을 하나씩 팔지 않으면 안 되었다. 그다음에는 객실 가구를 팔았다. 방마다 텅텅 비어 버렸다. 그러나 거실만은, 엠마의 거실만은 그대로 두었다. 저녁식사 후 샤를은 그 방에 올라간다. 난로 앞에 둥근 의자를 끌어당겨 놓고, 아내가 쓰던 의자를 가까이 갖다 놓는다. 그리고 자기는 맞은편에 앉는다. 촛불 한 자루가 도금한 촛대에서 타고, 베르트는 그의 옆에서 판화에 색칠을 하고 있다.

베르트의 옷이 너무 초라하여 아버지로서 가슴이 아팠다. 구두에는 끈도 없고, 블라우스는 팔소매께에서 허리까지 찢어져 있다. 가정부가 제대로 돌보아 주지 않는 것이다. 그러나 베르트는 매우 얌전하고 아주 예쁘다. 귀여운 금발 머리를 장밋빛 뺨에 늘어뜨리고, 조그마한 머리를 참하게 갸웃거린다. 그 모습을 보고 있으면 샤를은 끝없는 행복감에 잠기는 것이었다. 그것은 송진 냄새를 풍기는 잘못 담근 포도주처럼, 쓴맛이 섞인 기쁨이었다. 그는 딸의 장난감을 고쳐 주고, 두꺼운 종이로 인형을 만들어 주고, 인형의 찢어진 배를 꿰매 주었다. 그리고 반짇고리며 흩어진 리본이며, 더욱이 테이블 틈새에 끼어져 있는 바늘을 발견하고는, 생각에 잠긴다. 아버지가 너무 슬픈 표정을 짓기 때문에 어린 베르트도 그만 슬퍼지고 만다.

이제 아무도 그를 찾아오지 않았다. 쥐스탱은 루앙으로 도망가서 식료품 상점의 점원이 되었고, 약제사의 아이들은 점점 베르트와 놀지 않게 되었다. 서로 사회적인 신분이 달라진 것을 보고, 이제 오메 씨는 친밀한 교제를 계속하고 싶은 마음이 없어진 것이다.

오메의 고약으로 낫지 않은 그 장님은 기욤 숲 언덕으로 돌아가서 약제사의 약은 엉터리라 낫지 않는다고 오가는 사람들에게 떠들어댔다. 그런 심술 너무 잦아, 오메는 시에 들어갈 때 장님과 만나지 않으려고 '제비마차'의 커튼 뒤에 숨을 정도였다. 그는 장님이 미웠다. 그래서 자기 자신의 평판을 위해 어떻게든 이 거지를 쫓아 버리려고 은밀히 공격을 시작했는데, 거기서 그의 교묘한 지혜와 악랄한 허영심이 아낌없이 발휘되었다. 6개월 동안 계속해서 다음과 같은 짧은 기사가 '루앙의 등불'에 실리게 되었다.

기름진 파카르디 지방으로 가는 사람은 누구나 기욤 숲 언덕에서 얼굴에 무서운 흉터가 있는 처참한 거지를 보았을 것이다. 그 거지는 사람들에게 귀찮게 달라붙고 협박하여, 마치 통행세라도 받아 내듯 여행하는 사람에게 금품을 징수한다. 우리는 지금 아직도, 부랑자들이 저 십자군 원정에서 가지고 온 문둥병과 연주창을 공공연히 사람들 앞에 드러내는 것을 허용하였던, 그 무서운 중세의 시대에 살고 있는가?

어쩌면 또,

방랑자 금지법이 존재함에도 불구하고, 우리 나라 대도시의 변두리는 여전히 거지 무리들이 제멋대로 돌아다니는 위험한 장소이다. 그들 중에는 혼자 돌아다니는 자도 있으나, 그 위험성에는 변함이 없다. 시당국은 무엇을 생각하고 있는가?

그리고 오메는 여러 가지 이야기를 꾸몄다.
'어제 기욤 숲 언덕에서 한 마리의 사나운 말이…….'
그리고 그 뒤에는 그 장님이 나타났기 때문에 일어난 우발사건 이야기가 계속된다.

오메의 방법이 효과가 있어 장님은 구속되었다. 그러나 곧 석방되었다. 장님이 다시 시작하자 오메도 다시 시작했다. 일종의 전투였다. 드디어 오메는 이겼다. 적이 빈민구제소에서 종신 감금을 선고받았기 때문이다.

이 성공으로 그는 대담해졌다. 그 뒤부터는 이 고장에서 개가 한 마리 치어 죽어도, 헛간 한 칸이 불에 타도, 소교구 내에서 어느 마누라가 매를 맞아도, 그는 항상 진보를 사랑하는 마음과 성직자에 대한 증오로, 재빨리 그 사건을 세상에 알렸다. 그는 공립 초등학교와 신부가 가르치는 교단의 학교를 비교하여 신부의 학교를 맹렬히 공격하고, 성당에 백 프랑의 보조금이 주어진 데에 관련해 저질러진 저 생바르텔레미의 대학살을 끌어내어 악폐를 고발하고 경구를 외쳤다. 이것은 전적으로 그 자신의 화술이었다. 오메는 무엇이든지 뿌리째 파헤쳤다. 그러던 끝에 매우 위험한 인물이 되었다.

그는 신문이라는 조그마한 세계가 갑갑해졌다. 이윽고 그는 서적이, 저술이 필요해졌다! 그래서 그는 《용빌 지구의 일반 통계 및 풍토학적 관찰》을 저술했다. 이 통계학에서 전진하여 다시 철학으로 나아가고, 사회문제, 빈민 계급의 교육 문제, 양어법(養魚法), 탄성(彈性)고무, 철도 등 커다란 문제에 몰두하기에 이르렀다. 그리고 마침내 그는 자기가 일개 속인이라는 것을 부끄러워하게 되었다.

그래서 예술가인 체하기를 즐기고, 담배를 피우기 시작했다! 그리고 객실을 장식하기 위해 퐁파두르풍의 멋진 조그만 조각을 두 개 사들였다.

그렇다고 약국을 등한히 하지는 않았다. 오히려 그와 반대로 그는 여러 가지 새로운 발견에 관한 정보를 늘 입수하고 있었다. 초컬릿 대유행을 좇아, '쇼카'라든가 '르발랑티아'를 센 현에 처음 도입한 것이 그였다. 그는 퓔베르마셰식의 수력 응용전기 건강대(健康帶)에 열을 올려 자신도 매고 다녔다. 그래서 밤에 오메가 플란넬 조끼를 벗으면, 오메 부인은 남편의 몸을 싸고 있는 황금빛 나선을 보고 눈이 휘둥그레졌다. 그리고 야만 인종인 스키티아인보다도 엄중하게 몸을 졸라맨, 고대의 요술사처럼 찬연히 빛나는 남편에게 더욱더 정열이 불타오르는 것을 느끼는 것이었다.

오메는 엠마의 무덤에 대해서도 몇 가지 묘안을 생각해 냈다. 그는 먼저 휘장으로 장식한 조그마한 원주를 세워두는 것은 어떠냐고 했다. 그다음에는 피라미드형을, 그다음은 둥근 지붕의 베스타 신전형…… 그렇지 않으면 '폐허의 산'을 본 뜬 모양은 어떠냐고 물었다. 어떤 것이든 수양버들은 꼭 곁들여야 한다고 우겼다. 비애를 상징하는 것으로 절대 필요하다고 오메는 생각한 것이다.

샤를은 오메와 함께 루앙의 어느 비석 집 마당에 가서 무덤의 견본을 여러 가지 구경했다—브리두의 친구이며 항상 재담만 늘어놓는 보프릴라르라는 화가가 안내했다. 백 장가량의 설계도를 살펴보고, 견적서를 쓰게 한 다음, 샤를은 다시 루앙에 가서야 겨우 양면에 '꺼진 횃불을 든 정령'을 새긴 대형 묘를 택하기로 결정했다.

비문에 대해서는 오메도 '나그네여, 발길을 멈추라'가 역시 가장 좋고 생각했고, 그래서 그 이상의 문구가 떠오르지 않았다. 그는 여러 가지로 머리를 짜면서, '나그네여, 발길을 멈추라……'를 되풀이하다가, 마침내 '그대 발아래 고이 잠든 이는 사랑하는 나의 아내로다!'를 생각해 내어 이것이 채택되었다.

이상한 일이지만 보바리는 항상 엠마를 생각하고 있으면서도 동시에 엠마를 잊어 갔다. 그 모습을 잡아 두려고 무진 애를 쓰는데도 그것이 그의 기억에서 빠져나가는 것을 느끼며 안타까워했다. 그러나 그는 밤마다 엠마의 꿈을 꾸었다. 언제나 똑같은 꿈이었다. 그가 엠마에게 다가가서 꼭 껴안았다고 생각하는 순간 품속에서 푸석 사그라져 버리는 그런 꿈이었다.

1주일 동안, 저녁때가 되면 샤를이 성당에 들어가는 것이 사람들 눈에 띄었다. 부르니지앙 신부는 두서너 번 그를 방문해 주었으나, 이윽고 그만두고 말았다. 하기야 오메의 의견으로, 이 신부는 요사이 점점 관용이 없어지고 광신의 경향이 보인다는 것이었다. 사제는 시대 정신을 통렬히 공격하였고, 두 주일마다 하는 강론에서는 자신의 똥을 먹으면서 죽었다는, 누구나 다 아는 볼테르의 임종 때 이야기를 반드시 들려주었다.

검소한 생활을 했음에도 샤를은 도저히 부채를 갚아 나갈 수가 없었다. 뢰뢰도 이제는 어떤 어음으로도 갱신하는 것을 거절했다. 다시 차압이 다가왔다. 샤를은 어머니에게 울며 매달렸다. 어머니는 자기 재산의 일부를 저당 잡힐 것을 승낙해 주었으나, 그 편지에서 엠마에 대해 심한 욕설을 써놓은 뒤 자기의 희생에 대한 보상으로 펠리시테가 훔쳐 가고 남은 엠마의 숄을 하나 달라고 했다. 샤를은 거절했다. 어머니와 아들 사이에 싸움이 벌어졌다.

마침내 어머니 편에서 먼저 화해를 청해 와서 손녀딸 베르트를 자기가 맡겠다고 했다. 자기가 데려다가 늘그막에 낙으로 삼겠다는 것이었다. 샤를은 승낙했다. 그러나 막상 딸이 떠날 때가 되자 그의 용기가 꺾여 버렸다. 이번에야말로 결정적으로 사이가 완전히 틀어지고 말았다.

애정을 쏟을 곳이 차차 없어짐에 따라 샤를은 더욱더 딸에 대한 사랑에 집착하게 되었다. 그러나 딸의 건강이 걱정스러웠다. 기침을 자주하고 두 볼에 빨간 점이 생겨났기 때문이다.

샤를의 상대편에서는 만사가 잘되어 가는 듯, 약제사의 집 안은 명랑한 웃음소리 넘치는 생활을 펼치고 있었다. 나폴레옹이 이제는 제법 약국에서 아버지를 도왔고, 아탈리는 아버지 모자에 수를 놓고, 이르마는 잼항아리를 덮을 둥그런 종이를 오리고, 프랑클랭은 구구셈을 단숨에 외었다. 오메는 이 세상에서 가장 행복한 아버지, 가장 운이 좋은 사람이었다.

그런데, 아니었다! 그는 남모르는 야심으로 번민하고 있었다. 오메는 훈장이 타고 싶었던 것이다. 자격은 충분하다고 스스로 생각했다.

첫째, 콜레라가 유행했을 때 방역에 헌신적으로 봉사하여 인정받은 일, 둘째, 여러 가지 공공 이익에 기여하는 각종 저술을 하여, 더욱이 자비로 출판한 일. 이를테면……(오메는 〈사과주와 그 제조법 및 효능〉이라는 제목의 그의 연구 논문을 비롯해, 루앙의 학술 협회에 제출한 〈잔털이 있는 진드기〉에 관한 관찰, 통계 서적, 그리고 약제사 자격 논문에 이르기까지 나열했다) 하고 덧붙인다면, 그는 여러 학회의 (사실은 하나에 불과하지만) 회원이라는 것이었다.

"요컨대" 오메는 한쪽 발끝으로 빙그르르 돌면서 소리쳤다. "불이라도 나서 남들이 주목할 만한 활동을 해 보이기만 하면 되는데 말야!"

그래서 오메는 권력에 접근할 것을 계획했다. 선거 때에는 지사를 위해 남모르게 충성을 다했다. 실제로 몸을 팔았던 것이다. 심지어 국왕에게 탄원서를 보내어 '정의의 실행'을 청하기도 했다. 국왕을 '우리의 훌륭하신 국왕 폐하'라 부르고, 명군 앙리 4세와 비교했다.

그리고 약제사는 매일 아침 자기에게 훈장이 수여되는 기사가 실리지 않았나 하여 신문에 달려들었다. 그런 기사는 실리지 않았다. 드디어 참을 수 없어진 오메는, 훈장의 별 모양을 한 잔디밭을 자기 집 뜰에 만들게 하고, 그 꼭대기에서 보면 리본으로 보이는 가느다란 두 줄을 잔디로 만들어서 곁들이게 했다. 그리고 그 주위를 팔짱 끼고 걸으면서 당국의 무능과 인간의 배은에 대하여 명상하는 것이었다.

샤를은 사랑하는 사람에 대한 경의에서 그대로 소중하게 두고 싶었던지, 아니면 천천히 조사하겠다는 어떤 관능의 욕구 때문이었던지, 엠마가 평소에 사용하던 자단(紫檀)*2 책상의 비밀서랍을 아직 열어 본 일이 없었다. 어느 날, 마침내 그는 그 책상 앞에 앉아서 열쇠를 돌리고 용수철을 밀었다. 그 속에는 레옹의 편지가 전부 들어 있었다. 이번에야말로 더 의심할 여지가 없었다! 샤를은 마지막 한 통까지 정신없이 읽고는 흐느껴 울고, 고함을 지르고, 넋을 잃고, 미친 사람처럼 되어 구석이라는 구석, 가구라는 가구, 서랍이라는 서랍, 벽 뒤에까지 샅샅이 뒤졌다. 상자 하나를 발견하고 마구 짓밟고 발로 차서, 상자가

---

*2 가구재료 용열대산 향목.

열렸고, 그 뒤집힌 사랑의 편지들 속에서 로돌프의 초상이 튀어나와 샤를의 얼굴을 정면으로 응시했다.

사람들은 샤를이 너무나 넋이 빠져 있는 것을 보고 놀랐다. 그는 문밖에도 나가지 않았고, 찾아오는 손님도 만나지 않았으며 왕진도 거절했다. 사람들은 그가 '방구석에 처박혀서 술을 마시고 있겠지' 하며 쑤군댔다.

그러나 때때로 극성맞은 사람들이 울타리 너머로 발돋움을 하여 집 안을 들여다보고는, 수염이 자랄대로 자란 샤를이 더러워진 옷을 입고, 무서운 얼굴로 왔다 갔다 하면서 통곡하고 있는 모습에 깜짝 놀랐다.

여름날 저녁, 샤를은 어린 딸을 데리고 곧잘 무덤에 갔다. 그들은 날이 저물고 광장에 비네 씨 집 창문의 불밖에 보이지 않을 무렵에야 집에 돌아왔다.

그러나 이렇게 해도 슬픔에 잠기는 쾌락은 충분하지 않았다. 함께 슬퍼해 줄 사람이 아무도 없었기 때문이다. 그래서 샤를은 '그 사람' 이야기가 하고 싶어서 자주 르프랑수아 부인을 찾아갔다. 그러나 이 여관집 여주인은 그녀 자신의 걱정거리가 생겨서 그의 말을 지나가는 말로밖에는 들어주지 못했다. 뢰뢰가 드디어 '인기 영업마차'라는 승합 마차업을 시작했기 때문이었다. 또 지금까지 일을 매우 잘해서 인기가 좋은 마부 이베르가 급료를 올려 달라, 그렇지 않으면 '경쟁 상대'에게로 자리를 옮기겠다, 하고 위협했다.

어느 날 샤를은—드디어 돈이 되는 마지막 것인—말을 팔려고 아르게이유의 장에 갔을 때 로돌프와 딱 마주쳤다.

두 사람은 서로 얼굴을 보자 파랗게 질렸다. 로돌프는 장례식에 다만 명함을 보내어 인사를 할 뿐이었으므로 처음에는 무엇이라고 변명 비슷한 말을 중얼거렸으나, 그러다가 대담해져서 뻔뻔스럽게도(8월이어서 매우 더운 날이었다) 맥주나 마시자고 끌었다.

로돌프는 샤를과 마주 앉아 팔꿈치를 세우고 지껄여대면서. 엽궐련을 씹었다. 샤를은 옛날에 아내가 사랑한 사나이를 마주 대하니 여러 가지 생각이 오락가락했다. 그는 아내의 어떤 면을 다시금 보는 것 같은 기분이 들었다. 찬미하는 마음이 일었다. 될 수 있다면 이 사나이가 되고 싶었다.

로돌프는 자기의 급소를 찌를 만한 말이 나올 틈을 적당한 말로 막으면서, 농사와 가축과 비료에 대한 이야기를 계속했다. 샤를은 듣고 있지 않았다. 로돌프는 그것을 깨달았고, 또 샤를의 표정에 눈에 띄게 스쳐지나는 여러 가지 옛 기억의 자취를 좇았다. 샤를의 얼굴은 점점 붉어지고, 콧구멍이 벌름거리고, 입술이 떨리고 있었다. 샤를이 우울한 분노에 찬 눈길로 로돌프를 가만히 노려보면, 그는 두려워서 입을 다물기까지 했다. 그러나 곧 샤를의 얼굴에는 다시 우울하고 무기력한 빛이 나타났다.

"나는 당신을 원망하지 않소."

샤를은 말했다.

로돌프는 아무 말도 하지 않았다. 샤를은 두 손으로 머리를 감싸고 공허한 목소리로, 그 무한한 고통을 체념한 목소리로 말을 이었다.

"그렇소, 나는 이제 당신을 원망하지는 않습니다."

그리고 샤를은 여지껏 한 번도 입에 올려본 일이 없는 대단한 말까지 한마디 덧붙였다.

"운명의 죄입니다!"

그 특별한 운명을 이끌었던 로돌프로서는, 이 사나이가 자신의 자리에 있었던 다른 사내를 너무도 마음씨 좋게 대한다고 생각했을 뿐 아니라 우스꽝스럽게까지 여겼고, 약간 비열하게도 생각했다.

다음 날, 샤를은 푸른 나무 덩굴을 아래의 그 벤치에 가 앉았다. 햇빛이 얽어맨 나무들 사이로 흘러들었다. 포도잎이 모래 위에 그림자를 드리우고 재스민 꽃이 향기를 뿜고 있었다. 하늘은 푸르고, 만발한 백합꽃 주위에서 가뢰가 윙윙거리며 날고 있었다. 샤를은 그의 슬픈 가슴을 부풀게 하는 막막한 사랑의 충동에 사로잡혀 청년처럼 숨이 답답해지는 것을 느꼈다.

7시에, 그날 오후 내내 아버지를 보지 못한 베르트가 저녁을 먹자고 그를 부르러 왔다.

아버지는 머리를 뒤로 젖히고 벽에 기대어, 눈을 감고 입을 벌린 채 길고 새까만 머리카락 한 줌을 두 손에 쥐고 있었다.

"아빠 어서 오세요!"

베르트는 아버지가 장난을 치고 있는 줄 알고, 아빠를 가만히 밀었다. 아버지는 땅바닥에 쓰러졌다. 그는 죽어 있었다.

36시간이 지나서야 약제사의 부탁으로 카니베 씨가 달려왔다. 샤를을 해부해 보았으나 아무것도 발견되지 않았다.

살림살이 일체를 파니 12프랑 75상팀이 남았다. 그것은 어린 보바리 양이 할머니에게로 가는 여비가 되었다. 할머니도 같은 해에 죽었다. 루오 노인은 중풍을 앓고 있어서 어린 보바리 양은 고모가 데려갔다. 그 고모는 가난하여 생활비를 얻기 위해 베르트를 어느 면사 공장에 내보냈다.

보바리가 죽은 뒤, 세 사람의 의사가 번갈아 용빌에서 개업했으나, 곧 오메 씨에게 심하게 당하여 다 성공하지 못했다. 오메는 엄청나게 많은 단골 손님을 가지고 있었다. 당국에서도 그를 높이 보고 있으며, 여론도 그를 옹호하였다.

그리고 그는 레종 도뇌르 훈장을 받았다.

Un coeur simple
순박한 마음

순박한 마음

1

풍 레베크 읍내 아낙네들은 오뱅 부인이 반세기 동안 펠리시테 같은 하녀를 데리고 사는 것을 무척 부러워했다.

그 하녀는 1년에 백 프랑 밖에 받지 못하면서 요리도 하고 걸레질, 바느질도 잘 하는가 하면, 빨래와 다림질에, 말에 굴레도 채우고, 가축을 기르고, 버터를 만들 줄 알 뿐만 아니라 안주인에게 매우 충실했다. 하지만 그 안주인은 사람들에게 그리 호감을 주는 인물은 아니었다.

이 안주인은 재산은 없지만 잘생긴 청년과 결혼했는데, 그 남편은 1809년 초에 자산은커녕 많은 빚과 어린 두 아이만 남겨 둔 채 세상을 떠났다. 그래서 오뱅 부인은 투크와 제포스의 농지만 남겨 두고 부동산을 팔아치웠는데, 그 농지의 수익도 고작 5천 프랑 밖에 되지 않았다. 그래서 그녀는 생 물렌느 집을 팔아버리고 시장 뒤쪽, 훨씬 생활비가 덜 드는 선대의 집으로 옮겨 살게 되었다.

슬레이트 기와지붕인 이 집은 강까지 이어지는 오솔길 골목 사이에 있었다. 집의 내부는 발밑을 조심해야 할 만큼 바닥이 고르지 않았다. 부엌과 객실 사이 좁은 현관이 있었는데, 그 객실에는 오뱅 부인이 하루 내내 창가에서 짚을 넣은 안락의자에 앉아 있었다. 객실 흰 벽을 등지고 마호가니 의자 여덟 개가 한줄로 쭉 놓여 있었다. 벽에 걸린 기압계 아래 낡은 피아노가 있고, 그 위에는 상자와 두꺼운 종이가 피라미드처럼 쌓여 있었다. 루이 15세 양식 노란 대리석 벽난로 양쪽에는 두꺼운 천을 씌운 안락의자가 하나씩 놓여 있었다. 그 난로 위에 놓인 탁상시계는 베스타 신전(神殿)을 본떠 만든 것이었다. 아무튼 온 방 가득 언제나 곰팡이 비슷한 냄새가 났다. 집안 바닥이 뜰보다 낮았기 때문이었으리라.

2층에는 굉장히 큰 '마님' 방이 있는데, 퇴색한 꽃무늬 벽지 위에 혁명 시대 왕당파 복장을 한 '나리'의 초상화가 걸렸다. 이 방은 작은 방으로도 이어지며 그 방에는 매트리스가 없는 아이들 침대 둘이 놓여 있었다. 그 다음에는 늘 닫혀 있는 객실이 하나 있고, 거기에는 헝겊 커버를 씌운 가구들이 빼곡 들어 찼다. 복도는 서재로까지 이어지는데 커다란 검은 나무책상을 삼면에서 에워 싼 책장에는 책과 못 쓰는 문서류가 들어 있었다. 양쪽 책장 뒤에는 펜화, 구 아슈의 풍경화, 오드랑(17세기 판화가)의 판화 등이 잔뜩 걸려 있어서 바탕이 보이지 않을 정도였다. 이 그림들은 좋았던 시절과 사라져버린 취미를 떠올리 게 했다. 3층에 오르면 펠리시테의 방이 있고 그 방에는 빛이 드는 창문이 하 나 있어 목장을 내려다 볼 수 있었다.

펠리시테는 미사에 빠지지 않으려고 새벽부터 일어나 밤까지 쉬지 않고 부 지런히 일했다. 저녁 식사가 끝나면 설거지를 하고 문을 꼭 닫은 뒤, 타다 남 은 장작을 재 밑으로 넣고 난로 앞에서 묵주를 만지작거리면서 잠들곤 했다. 물건 값을 깎는 데 있어선 그녀만큼 끈질긴 여자가 없었다. 또 얼마나 청결한 지, 그녀가 쓰는 냄비들은 어느 집 하녀도 흉내를 낼 수 없을 만큼 반짝거렸 다. 또한 얼마나 알뜰한지 천천히 식사를 하면서 손가락으로 식탁 위 빵 부스 러기를 주울 정도였다. 그 빵도 자기가 먹으려고 특별히 구운 빵인데 그녀는 그 빵으로 20일은 버틸 수 있었다.

그녀는 사철 내내 등에 핀으로 고정하는 인도 사라사 머플러를 두르고, 머 리카락이 보이지 않게 모자를 썼다. 또 회색 양말을 신고 빨강 페티코트를 입 고 짧은 재킷 위에 병원 간호사처럼 가슴받이를 댄 앞치마를 두르고 있었다.

펠리시테의 얼굴은 무척 야윈 편이었으며 목소리는 카랑카랑했다. 그녀가 스무 살이었을 때부터 마흔 살로 보였을 정도였다. 50에 들어서자 그녀는 몇 살인지조차 알 수 없게 되었다. 늘 말수가 적은 데다 꼿꼿한 자세로 절도있게 움직였으므로 마치 자동장치로 움직이는 나무인형 같기도 했다.

2

그녀도 다른 여자들과 한 가지로 연애이야기를 하나쯤 가지고 있었다. 미 장이였던 그녀의 아버지는 발판에서 떨어져 죽고 말았다. 이어서 어머니까지 죽고 형제들은 뿔뿔이 흩어졌다. 어느 농부가 펠리시테를 데려갔다. 너무나도 작고 어린 그녀에게 시골에서 암소 지키는 일을 시켰다. 그녀는 누더기옷을 입고 바들바들 떨며 늪에 엎드려 물을 마시고, 툭하면 아무 것도 아닌 일로 얻어맞다가, 마침내 영문도 모르는 3백 수의 도난 사건 때문에 쫓겨나고 말았다. 그녀는 다른 농가에 들어가서 닭들을 돌보는 일을 하게 되었는데 주인이 마음에 들어 하자 동료들이 그녀를 질투하기도 했다.

8월 어느 날 밤(그때 그녀는 열여덟 살이었다) 동료들이 그녀를 코르뷔르의 축제에 데리고 갔다. 그녀는 아름다운 바이올린 소리, 숲 사이의 불빛, 레이스, 온갖 현란한 의상, 금빛 십자가, 일제히 춤추고 노는 많은 사람들을 보고 얼이 빠져 멍해 있었다. 그녀는 얌전히 한쪽에 떨어져 있었다. 그때 마차 위에 양팔을 괴고 파이프를 피우고 있던, 얼핏 보기에 부유해 보이는 청년이 그녀에게 다가와 춤을 청했다. 청년은 그녀에게 사과술, 커피, 파이, 스카프를 사준 뒤, 자신의 의도를 눈치챘으리라 생각하고 바래다주겠노라 말했다. 귀리밭 모퉁이에 이르자 그는 느닷없이 그녀를 넘어뜨렸다. 그녀는 무서워서 큰 소리로 비명을 질러댔다. 어쩔 수 없이 당황한 그는 물러갔다.

그 뒤 어느 날 저녁, 그녀가 보봉 거리에서 앞서 천천히 가고 있는 건초수레를 지나 바퀴 옆을 스쳐가게 되었을 때 안에 타고 있는 이가 그때의 사내 테오도르라는 것을 알았다.

그는 침착하게 그녀 곁으로 다가와서, 정중히 그때의 일은 술탓이었으니 없었던 일로 해주지 않겠느냐고 말했다.

그녀는 뭐라고 대답해야 좋을지 모른 채 그저 빨리 도망치고 싶은 생각뿐이었다.

그는 곧 그녀에게 수확이라든가, 읍내의 유지들에 대한 이야기를 했다. 그가 그런 이야기를 할 수 있었던 것은 그의 아버지가 시골인 코르뷔르를 떠나 에코의 농지로 옮겨서 지금은 에코 읍의 높은 양반들과 이웃처럼 지내고 있었기 때문이었다. 그녀는 그저 짧게 "아, 네!" 말할 뿐이었다. 그는 모두가 그에게 어서 가정을 이루기를 바라고 있다고 덧붙였다. 하지만 그는 결혼을 서두를 생각이 없고 자기의 취향에 맞는 여자를 기다리고 있노라 했다. 그녀는 고개를 끄덕였다. 그러자 그는 결혼에 대해 생각해 본 적이 있느냐고 물었다. 그녀는 미소를 지으면서 사람을 놀리는 건 나쁜 일이라고 말했다.

"그런 게 아니에요, 진심입니다!" 그는 왼팔로 그녀의 허리를 감싸 안았다.

두 사람의 걸음이 느려졌다. 바람은 부드럽고 하늘에 별은 빛나고 있었다. 네 마리의 말은 발을 끌면서 먼지를 피워 올리고 있었다. 말은 고삐를 잡지 않았는데도 오른쪽으로 돌았다. 그는 다시 한 번 그녀에게 키스했다. 그녀는 얼굴을 붉히며 어둠 속으로 사라졌다.

테오도르는 다음 주에 그녀를 남몰래 몇 번 만날 수 있었다.

둘은 안뜰 구석에 있는 벽 뒤 외딴 나무 밑에서 만났다. 그녀는 요조숙녀들처럼 숙맥은 아니었다. 동물들로부터 그 방면의 지식을 얻었기 때문이다. 그러나 이성과 정조에 대한 본능이 그녀가 실수하지 않도록 지켜주었다. 그 저항이 테오도르에게 사랑을 불러 일으켜, 그는 자신의 사랑을 만족시키기 위해 (아니 정직한 마음이었을지도 모른다) 그녀에게 청혼했다. 그녀는 그것을 진심으로 받아들이기를 망설였다. 그는 몇 번이나 거듭 굳게 맹세했다.

얼마 뒤 그는 어떤 난처한 일을 털어 놓았다. 지난해에는 그의 부모가 돈을 들여 사람을 사서 자신의 징병의무를 대신하게 했지만, 언젠가는 자신도 끌려가야 할 것만 같다는 것이었다. 병역에 복무한다는 생각만으로 그는 두려웠다. 그러한 소심함이 펠리시테에게는 사랑의 증거로 보였다. 그녀의 사랑은 더욱 깊어졌다. 그녀는 밤만 되면 집을 빠져나가 그를 만났고 그때마다 테오도르는 늘 불안해하거나 계속 뭔가를 부탁해서 그녀를 괴롭혔다.

마침내 그는 자신이 직접 군청에 가서 어떻게 되는지 알아보고, 돌아오는 일요일 밤 열한 시에서 자정 사이에 결과를 알려주러 오겠노라 약속했다.

약속한 시간이 되자 그녀는 애인이 있는 곳으로 뛰어갔다.

그녀가 만난 것은 그가 아니라 그의 친구였다.

그러나 그 친구는 그녀가 두 번 다시 테오도르를 만날 수 없게 되었다는 것을 알려 주었다. 테오도르는 징병을 피하기 위해 루세 부인이라는 투크의 돈 많은 여자와 결혼해 버렸다는 것이었다.

그것은 이루 말로 표현할 수 없는 슬픔이었다. 땅에 온몸을 내던지고 울음을 터뜨린 그녀는 신의 이름을 부르며 홀로 들판 한복판에 서서 해가 뜰 때까지 슬퍼하고 탄식했다. 그녀는 농가로 돌아가 그곳을 떠나겠다고 말했다. 그 달 끝무렵 품삯을 받은 펠리시테는 조그마한 보따리를 하나 꾸려서 퐁 레베크로 떠났다.

어느 여인숙 앞에서 그녀는 과부가 쓰는 카플린 모자를 쓴 한 부인에게 말을 건네게 되었는데 마침 가정부를 구하던 참이라고 했다. 젊은 처녀가 그다지 아는 것은 없지만 성격이 꽤 좋아 보였고 지나친 욕심도 없어보이자, 오뱅 부인은 마침내 이렇게 말했다.

"좋아요. 내가 당신을 고용하겠어요!"

펠리시테는 15분 뒤에 벌써 부인의 집에 들어가 있었다.

처음에 그녀는 온 집안을 감싸고 있는 '집안의 범절'과 '나리'에 대한 기억 때문에 묘한 전율을 느끼면서 살았다. 그 두 가지가 모든 것을 지배하고 있었기 때문이었다! 일곱 살 폴과 네 살 비르지니가 그녀에게는 뭔가 특별한 것으로 만들어진 존재처럼 느껴졌다. 그녀는 언제나 말처럼 그 아이들을 등에 태워 주었으나, 오뱅 부인은 함부로 키스하는 것은 허락하지 않았다.

그것이 그녀를 매우 가슴 아프게 했으나 그녀는 행복했다. 조용한 환경이 그녀의 슬픔을 흩어지게 한 것이다.

목요일마다 단골손님들이 카드놀이를 하러 왔다. 펠리시테는 이 놀이를 위해서 미리 트럼프와 화로를 준비해 두었다. 그들은 언제나 여덟 시 정각에 와서 열한 시가 되기 전에 돌아갔다.

매주 월요일 아침에는 가로수 길 쪽에 살고 있는 고물상이 주워 모은 고철들을 땅바닥에 펼쳐 놓았다. 그럴 때면 읍내는 온갖 소리들로 떠들썩해졌다. 말 울음소리, 새끼양이 우는 소리, 꿀꿀대는 돼지 소리 등이 한길에서 사륜 짐마차가 덜커덩거리는 소리와 함께 뒤섞여 소란스러움으로 가득 찼다. 정오쯤, 시장이 가장 활기를 띨 무렵이면, 집 문 앞에 모자를 뒤로 젖혀 쓴 매부리 코에 키 크고 늙은 농부가 나타나는데, 그는 제포스의 소작인 로블랭이었다. 이어서 키가 작고 얼굴이 붉고 살찐 투크의 소작인 리에바르가 회색 저고리를 입고 박차가 달린 가죽 각반을 차고 나타난다.

둘 다 자기네 지주에게 암탉과 치즈를 바치러 오는 것이었다. 그러나 펠리시테가 어김없이 그 꼼수를 간파해내면 그들은 그녀에게 혀를 내두르며 돌아가곤 했다.

꼭 정해진 것은 아니지만, 이따금 백부인 드 그르망빌 후작이 오뱅 부인을 방문하러 올 때도 있었는데, 그는 방탕한 생활로 파산해버려 팔레즈에 마지막 조금 남아있는 토지로 생계를 겨우 이어가고 있었다. 그는 언제나 점심때쯤 해서, 지저분한 강아지를 끌고 나타났는데 강아지는 온 가구를 더럽히며 돌아다니곤 했다. 그는 '돌아가신 아버님'이라는 말을 할 때마다 계속 모자를 벗을 만큼, 귀족처럼 보이도록 애쓰고 있었다. 그러나 혼자서 잔을 거듭하는 사이에 그만 저도 모르게 평소에 하던 버릇대로 상스러운 말을 내뱉곤 했다. 펠리시테는 "드 그르망빌 나리, 꽤 많이 드신 것 같군요. 다음에 하기로 해요." 하면서 그를 정중하게 밖으로 밀어냈다. 그리고 문을 닫아 버렸다.

그녀는 예전에 소송 대리인이었던 불레 씨에게는 반갑게 문을 열어 주었다. 그의 하얀 넥타이와 대머리, 와이셔츠의 가슴장식, 큼지막한 다갈색 프록코트, 팔을 구부려 코담배 가루를 집는 동작 등, 그 인물이 풍기는 비범한 풍모가 그녀의 가슴에 큰 감동을 불러일으켰다.

그는 '마님'의 토지를 관리하고 있었기에 자주 몇 시간 동안 마님과 함께 '나리'의 서재에 틀어박혀 있었는데, 언제나 체면을 구기는 것을 두려워했다. 그리고 사법관의 신분을 더없이 존중했고 뛰어난 라틴어 실력은 자랑거리였다.

그는 아이들은 재미있는 방법으로 가르쳐야 한다면서 판화로 된 지리책을 선물했다. 그 그림 안에는 머리에 깃털 장식을 한 식인종이나 아가씨를 채가는 원숭이, 사막 안에 사는 베두인이나 작살에 찍힌 고래 등, 세계의 별의별 풍물들이 그려져 있었다.

폴은 그 목판화들을 펠리시테에게 설명해주었다. 그녀가 배운 문자는 그것이 전부였다.

아이들의 교육은 읍사무소에 근무하고 있는 가난뱅이 기요 씨에게 맡기고 있었는데, 글씨 잘 쓰기로 유명한 그 사내는 장화에 작은 칼을 꽂고 다녔다.

날씨 좋은 날에는 모두 아침 일찍 제포스의 농장으로 가곤 했다.

그곳에는 비탈진 마당 한 복판에 집이 서 있었는데, 저 멀리 바다가 잿빛 얼룩처럼 보였다.

펠리시테가 바구니에서 차가운 고기를 꺼내면 다함께 낙농장(酪農場)에 이어져 있는 방에서 점심을 먹었다. 그 방은 지금은 사라진 별채의 유일한 흔적이었다. 다 떨어진 벽지가 밖에서 들어오는 바람에 부르르 떨었다. 오뱅 부인은 갖가지 회상에 잠겨 고개를 숙이고 있었다. 아이들도 입을 꼭 다문 채 아무 말이 없었다. "자, 너희들은 나가 놀아!" 부인이 말하자 아이들은 밖으로 뛰어나갔다.

폴은 헛간에 올라가거나 새를 잡고, 연못에서 조약돌로 물수제비를 뜨기도 하고, 아니면 큰북 같은 소리를 내는 커다란 통을 막대기로 두들겨 패기도 했다.

비르지니는 토끼에게 먹이를 주고 수레국화를 뜯으러 가기도 했는데 어찌나 종종거리며 걷는지 수놓은 팬티가 몽땅 드러날 지경이었다.

어느 가을 밤, 모두들 목장을 지나 집으로 돌아가고 있었다.

반달이 하늘을 비추고, 안개가 투크 강의 꼬불꼬불한 물길을 따라 숄처럼 펼쳐져 있었다. 잔디밭에 누워 있던 암소들은 네 사람이 지나가는 것을 가만가만 바라보고 있었다. 그런데 세 번째 목장에 이르자 소 몇 마리가 벌떡 일어나서 그들 앞에서 둥글게 진을 쳤다. "절대로 겁을 먹어선 안돼요!" 펠리시테가 말했다. 그녀는 슬픔에 찬 노래를 작은 소리로 부르면서 가장 가까이 있는 소의 잔등을 쓰다듬었다. 소가 방향을 바꾸었고 다른 소들도 그 뒤를 따랐다. 그러나 다음 목초지를 지나갈 때 갑자기 소의 울음소리가 무섭게 들려왔다. 안개에 가려 보이지는 않지만 황소가 틀림없었다. 그 소가 두 여인 쪽으로 다가왔다. 오뱅 부인은 달아나려고 했다. "안돼요! 안돼요! 더 천천히!" 그래도 그녀들의 걸음은 저도 모르게 빨라질 수밖에 없었다. 뒤에서 황소가 차츰 빨리 다가오며 내뿜는 거친 숨소리가 쫓아왔다. 발굽이 쇠망치처럼 목장의 풀을 거칠게 때렸다. 소가 드디어 뛰어오기 시작했다! 펠리시테는 뒤로 돌아섰다. 그리고 두 손으로 흙덩이를 움켜쥐고 소의 눈을 향해 잽싸게 던졌다. 소는 코를 숙이고 뿔을 흔들며 무서운 신음소리를 지르면서 분노에 떨었다. 오뱅 부인은 두 아이와 함께 목장 끝에서 어쩔 줄 몰라하며 이 높은 울타리를 어떻게 넘어갈지 걱정하고 있었다. 펠리시테는 그때까지도 소 앞에서 뒷걸음질을 치면서 잔디밭의 흙덩이를 계속 던지며 계속 "빨리 가요! 빨리 가란 말야!" 크게 외쳐댔다.

오뱅 부인은 도랑으로 내려가 비르지니와 폴을 밀어 올린 뒤 자기도 비탈을 기어올랐다. 그녀는 몇 번이나 쓰러졌지만 끝까지 포기하지 않고 마침내 위에 이르를 수 있었다.

황소는 벌써 펠리시테를 좇아 울타리 가까이로 바싹 달라붙었다. 입 안에서 뿜어져 나오는 거품이 그녀의 얼굴에 튀었고 이제 단숨에 소의 뿔이 그녀의 배를 꿰뚫을 것만 같았다. 그녀가 겨우 두 개의 격자 사이로 기어나갈 만한 구멍을 찾았다. 커다란 짐승은 닭 쫓던 개처럼 우뚝 멈춰 서고 말았다.

　이 사건은 퐁 레베크에서 오랫동안 이야깃거리가 되었다. 그러나 펠리시테는 자신이 영웅적인 일을 했다고 생각지 않았기에 조금도 자랑으로 여기지 않았다. 그녀는 오로지 비르지니가 걱정될 뿐이었다. 비르지니가 황소 습격 사건을 겪은 뒤 신경병에 걸렸기 때문이었다. 푸파르 의사는 트루빌 바다로 해수욕을 가라고 권했다.

　그 무렵에는 사람들이 해수욕을 그다지 즐기지 않았다. 오뱅 부인은 트루빌에 대해 요모조모 알아보고 불레의 의견을 들은 뒤, 마치 긴 여행에 나서는 것처럼 준비를 갖추었다.

　짐은 하루 먼저 리에바르의 이륜마차에 실어 보냈다. 이튿날이 되자 리에바르가 말 두 필을 끌고 왔는데, 한 마리에는 비단 등받이가 있는 부인용 안장이 놓여 있었다. 다른 말은 엉덩이에 돌돌 만 외투가 의자처럼 놓여 있었다. 오뱅 부인은 리에바르의 뒷자리에 올라탔다. 펠리시테는 비르지니를 맡고, 폴은 얌전히 타고 돌려주기로 약속한 르샵투아 씨의 당나귀를 타면서 무척이나 즐거워했다.

　길이 매우 험하여 8킬로미터를 가는 데 꼬박 두 시간이나 걸렸다. 말은 진흙탕에 몇 번이고 발목이 빠져서 헤어 나오느라고 허리를 사납게 흔들어댔다. 그렇지 않으면 바퀴자국에 걸려 넘어기도 했다. 어느 때는 펄쩍 뛰어오르기도 한다. 리에바르의 암말은 어떤 곳에선 갑자기 멈춰서기도 했는데, 그럴 때마다 리에바르는 꾹 참고 말이 다시 걸을 때까지 기다렸다. 그는 길가에 토지를 갖고 있는 사람들 이야기를 하면서 그들 신상에 도덕적인 견해를 덧붙이기도 했다. 그리하여 투크 한복판에서 일행이 한련꽃으로 에워싸인 창문 아래를 지나갔을 때, 그가 어깨를 으쓱하면서 말했다. "여기는 루세 부인이라는 여자가 살아요. 이 사람은 젊은 남자와 결혼한 대신……" 펠리시테는 그 뒤는 더 이상 듣지 않았다. 말은 빠르게 뛰기 시작했고 당나귀는 전속력으로 달려 나갔다. 일행은 골목길에 들어섰다. 빗장을 돌리자 사내 아이 둘이 나타났다. 모두들 거름웅덩이 앞에 마차를 세우고 출입문 문지방 위에 내렸다.

　리에바르의 아내는 오뱅 부인을 보자 연신 기쁘다는 인사를 늘어놓았다. 그녀는 여주인에게 점심을 대접했는데, 소의 허릿살, 내장, 소시지, 어린 닭의 프리카세(잘게 썬 닭고기 요리), 거품이 이는 사과술, 과일절임을 넣은 파이, 화주(火酒)에 담근 매실 등이었다. 그녀는 마님의 신수가 훤해졌다거나, 비르지니 아가씨는 '멋쟁이' 숙녀가 되었고 폴 도련님은 몰라보게 '자라셨다'고 온갖 치렛말을 늘어놓은 뒤, 리에바르 네들이 몇 대 전부터 모시고 있어서 너무나 잘 알고 있는, 주인댁 조상들에 대한 이야기도 빼먹지 않았다. 이 농가는 집주인들처럼 고풍스러운 데가 있었다. 천장의 대들보는 벌레 먹었고, 벽은 연기에 검게 그을었으며, 유리창은 먼지 때문에 잿빛으로 흐려 있었다. 떡갈나무로 만든 식기 선반에는 물병과 접시, 주석 그릇, 늑대의 덫, 양털 깎는 가위 등 온갖 도구들이 올려져 있었다. 그곳에는 커다란 관장기(灌腸器)까지 있어서 아이들은 그것을 보고 웃음을 터뜨렸다. 세 개의 마당에는 나무 밑동에 버섯이 자라거나 가지 사이마다 겨우살이가 자라는 나무들로 가득 찼다. 바람이 몇 그루를 쓰러뜨리긴 했지만 나무들은 줄기 한가운데서 다시 살아나고 있었다. 그리고 모든 나무 가지마다 풍성한 사과를 맺고 휘어져 있었다. 두께가 고르지 않은, 갈색 벨벳 같은 초가지붕은, 아무리 거센 돌풍에도 끄떡하지 않았다. 그러나 짐수레 헛간은 거의 부서져 있었다. 오뱅 부인은 어떻게 할지 생각해 보자면서 다시 말에다 마구를 채우라고 지시했다.

트루빌까지는 아직 반 시간 정도 더 가야만 했다. 작은 캐러밴은 절벽을 지나기 위해 말에서 내렸다. 바다의 배 위로 불쑥 튀어나온 벼랑이었다. 약 3분쯤 뒤 암벽 끝에 온 그들은 '황금 새끼양'이라 부르는 다비드 아주머니 집 마당에 들어서고 있었다.

비르지니는 며칠이 지나자, 맑은 공기와 해수욕 덕분인지 한결 기운을 되찾고 있었다. 비르지니는 수영복이 없어서 속옷차림으로 바다에 들어갔다. 해수욕이 끝나면 다비드 부인의 하녀가 해수욕객들에게 제공된 세관원 오두막에서 옷을 갈아 입혀 주었다.

오후에는 당나귀를 타고 로셰 누아르를 지나 엔누크빌까지 갔다. 오솔길은 먼저 공원의 잔디밭처럼 낮고 움푹한 지대 사이를 올라간 다음, 목초지와 경작지가 번갈아 나타나는 평원에 이르렀다. 길섶에는 뱀딸기 덤불 속에 호랑가시나무가 자라고 있고, 여기저기 커다란 고목(枯木) 가지들이 하늘을 향해 지그재그를 이루고 있었다.

그들은 거의 언제나, 왼쪽에 도빌, 오른쪽에 르 아브르, 앞으로 끝없이 펼쳐진 바다를 보면서 풀밭에 앉아 휴식을 취했다. 바다는 햇빛에 반짝거렸고, 거울처럼 매끄러웠으며, 고요한 속삭임마저 들리지 않을 만큼 온화했다. 참새들이 숨어서 지저귀고 있었다. 끝없이 넓은 하늘이 모든 것을 둥근 천장처럼 감싸 안고 있었다. 오뱅 부인은 바느질을 했고 비르지니는 그 옆에서 골풀을 엮으면서 놀았다. 펠리시테는 잡초를 뽑았고, 폴은 지루해서 돌아가기를 바랬다.

어떤 날은 배를 타고 투크 강을 건너 조개를 주우러 가기도 했다. 썰물 때면 섬게나 가리비, 해파리들이 모습을 드러냈다. 한편 아이들은 바람에 밀려오는 파도 거품을 잡으려고 이리저리 뛰어다녔다. 잠든 듯한 파도가 모래 위까지 밀려와서는 해변을 따라 퍼져갔다. 해변은 까마득히 보이지 않는 곳까지 펼쳐져 있었지만, 그 바닷가 내륙 쪽은 모래 언덕이 있는 곳에서 끝나 있었다. 그곳은 마치 경마장 같은 모양을 한 광활한 초원지대와 해변을 가르고 있었다. 그들이 집으로 돌아갈 때는 투르빌 읍이 언덕 밑에서 한 걸음씩 옮길 때마다 점점 커져서, 이 마을이 이런 저런 모습의 집들과 함께 어우러져 화려한 무질서 속에서 피어난 것처럼 보였다.

날씨가 너무 더울 때는, 그들은 집안에서 나가지 않았다. 바깥의 눈부신 햇살이 덧문 판자 사이로 빛의 줄기를 긋고 있었다. 마을에서는 아무 소리도 들려오지 않았다. 아래쪽 한길에도 사람 하나 지나가지 않았다. 멀리 퍼져가는 침묵은 온갖 사물 속의 정적을 더욱 키워만 갔다. 멀리서는 조선공(造船工)들이 뱃바닥에 못을 박고 있었고, 묵직한 미풍이 타르 냄새를 실어왔다.

가장 큰 즐거움은 고깃배가 항구로 돌아올 때였다. 배들은 항로표지를 빠져나간 뒤 언제나 갈지자로 전진을 하기 시작했다. 돛은 돛대의 3분의 2 지점까지 내려지고, 앞돛대 돛은 풍선처럼 바람을 잔뜩 안고 일렁이는 물결을 헤치고 항구 한복판까지 미끄러져 들어와 갑자기 닻을 내렸다. 그리고 배는 안벽에 붙어서 정박했다. 뱃사람들은 펄펄 뛰는 물고기를 뱃전 너머로 집어던졌다. 짐수레들이 줄지어 기다리고 무명모자를 쓴 아낙네들이 달겨들어 바구니를 받은 뒤 남편들에게 입을 맞췄다.

어느 날 아낙네 가운데 하나가 펠리시테에게 다가왔고, 잠시 뒤 펠리시테가 무척 기쁜 표정으로 방으로 돌아왔다. 펠리시테는 자기 여동생을 다시 만난 것이었다. 어느 날 르루라는 남편을 둔 나스타시 바레트라는 여동생은 가슴에는 젖먹이를 안고, 오른손에는 또 한 아이를 데리고 왼쪽에도 주먹을 허리에 얹고 베레모를 비스듬히 눌러 쓴 꼬마 선원을 데리고 펠리시테를 찾아왔다.

15분쯤 지나 오뱅 부인이 그녀를 내보냈다.

몬들 부엌 근처에서, 산책을 하다가 이 여동생을 만났지만, 남편의 모습은 온데간데 보이지 않았다.

펠리시테는 여동생 식구들에게 애정을 느꼈다. 그녀는 이불과 속옷, 요리용 화덕 따위를 사주었다. 물론 그들은 그녀를 이용하고 있었다. 펠리시테의 그런 약점이 오뱅 부인을 화나게 했다. 부인은 그녀의 조카가 너무 허물없이 구는 데다 자기 아들에게 반말을 툭툭 던지는 게 마음에 들지 않았다. 게다가 비르지니가 계속 기침을 했고 이젠 좋은 계절도 다 지나갔기 때문에, 부인은 퐁 레베크로 돌아가버렸다.

불레 씨가 중학교 진로에 대해 부인에게 설명해 주었다. 칸에 있는 중학교가 가장 우수하다는 평판이었다. 그리로 가게 된 폴은, 이제부터 친구를 사귈 수 있는 곳에서 살게 된 것에 만족하고 의젓하게 작별인사를 남기고 떠났다.

오뱅 부인은 아들과 멀어지는 게 무척 서운했지만 어쩔 수 없는 일이라 여기고 체념했다. 비르지니는 차츰차츰 폴에 대해 생각하지 않게 되었다. 펠리시테는 그가 일으키던 떠들썩함이 못내 그리웠다. 하지만 한 가지 일거리가 그리움을 잊게 해 주었다. 크리스마스부터, 그녀는 날마다 비르지니를 날마다 교리문답에 데리고 가게 된 것이다.

3

그녀는 성당 문 앞에서 언제나 무릎을 꿇은 다음, 천장이 높은 성당 안 의자들 사이를 걸어가서는 오뱅 부인의 자리에 앉은 뒤 주위를 둘러보았다. 성가대석 오른쪽에는 소년들이 왼쪽에는 소녀들이 가득 자리하고, 사제는 독서대 옆에 서 있었다. 그 뒤 스테인드글라스에 성령(聖靈)이 성모 마리아를 굽어보는 그림이 있었다. 다른 쪽 스테인드글라스에는 마리아가 어린 그리스도 앞에서 무릎 꿇고 있는 모습이 그려져 있고, 성궤(聖櫃) 뒤에 성 미카엘이 용을 무찌르는 장면을 나타낸 목조(木彫) 군상들이 늘어서 있었다.

사제는 먼저 성서를 요약해서 들려주었다. 펠리시테의 눈앞에 천국과 홍수, 바벨탑, 불길에 싸인 도시, 죽어가는 사람들, 쓰러지는 우상들이 보이는 듯했다. 그녀는 그러한 환상 속에서 지고한 하느님에 대한 경외감과 노여움에 대한 두려움을 품게 되었다. 그녀는 그리스도의 수난에 대해 들으면서 눈물을 흘렸다. 그리스도는 아이들을 사랑하고, 백성들에게 양식을 주고, 장님도 눈 뜨게 했을 뿐만 아니라 가난한 사람들 틈에서 보잘 것 없는 마구간 짚더미 위에서 태어난 분인데, 왜 그들은 그런 그리스도를 십자가에 못 박아 처형했단 말인가? 씨뿌리기, 수확, 포도 압착기 등, 복음서에서 얘기하는 모든 귀한 것들이 그녀의 삶 속에도 고스란히 녹아 있었다. 하느님의 왕림이 그것들을 성화(聖化)한 것이었다. 그녀는 '길 잃은 어린 양'을 향한 사랑으로 양떼들을 더욱 사랑하게 되었고 성령이 깃들었다는 생각으로 비둘기들을 더욱 사랑하게 되었다.

펠리시테는 그 성령의 모습을 도무지 상상할 수가 없었다. 성령은 새일 뿐만 아니라 불이기도 하고, 어떤 때는 바람이기도 했기 때문이다. 어둑어둑한 밤 늪 근처를 일렁이며 날고 있는 것은 성령의 불이고, 구름을 밀어내는 것도 성령의 숨결이며, 은은하게 들려오는 종소리도 성령의 소리인 것 같았다. 그녀는 온통 청결한 벽과 성당의 고요함을 느끼면서 숭배하는 마음으로 가득차 있었다.

교리에 대해선 그녀는 아무것도 몰랐지만, 알려고 애쓰지도 않았다. 사제가 설교하고 아이들이 따라서 암송하는 동안, 그녀는 마침내 잠에 빠지고 말았다. 그리고 아이들이 나막신 소리를 요란하게 내면서 집으로 돌아가는 소리에 깜짝 놀라 눈을 떴다.

그녀가 교리문답을 배운 것은 이런 방식으로 몇 번이나 들은 결과였다. 그녀는 어린 시절에 종교 교육을 받은 적이 없었다. 그때부터 그녀는 비르지니의 종교의식을 그대로 따라 했다. 비르지니가 단식을 하면 그녀도 단식했고, 비르지니와 함께 고해성사도 했다. 또한 성체대축일에는 둘이 함께 제단을 만들었다.

비르지니의 최초의 성체배례는 전부터 펠리시테에게는 커다란 걱정거리였다. 그녀는 비르지니가 신을 구두와 묵주, 책과 장갑을 갖추느라 잔뜩 들떠 있었다. 그리고 딸에게 옷을 입혀주는 어머니 오뱅 부인을 얼마나 떨리는 마음으로 도와주었는지!

미사가 거행되는 동안 그녀는 내내 불안했다. 불레 씨가 앞에 앉아 있어서 성가대 한쪽이 가려져 보이지 않았다. 하지만 정면에서 면사포를 쓰고 그 위에 하얀 관을 쓴 처녀들의 모습이, 마치 눈 내린 들판처럼 그녀의 눈에 들어왔다. 그리고 멀리서 가장 귀여운 목덜미와 명상하는 듯한 자태의 꼬마 아가씨가 자신이 사랑하는 비르지니임을 알아보았다. 종이 울려 퍼졌다. 모두들 고개를 숙였다. 한동안 침묵이 흘렀다. 오르간 소리에 맞춰 성가대와 군중이 아그누스데이(하느님의 어린 양)를 부르기 시작했다. 이어서 소년들의 행렬이 시작되었다. 그들 뒤에 소녀들이 일어났다. 소녀들은 손을 모으고 밝게 비춰진 제단 앞으로 한 걸음 한 걸음 나아가 첫 번째 계단에서 무릎을 꿇고 차례로 성체의 빵을 받아 먹은 다음, 같은 순서로 자신들의 기도대로 돌아갔다. 비르지니 차례가 되자 펠리시테는 그녀를 보기 위해 몸을 앞으로 내밀었다. 진실된 애정에서 비롯된 상상력으로, 그녀는 그 아이가 바로 자기 자신인 것 같았고, 소녀의 얼굴은 곧 자기 얼굴이 되었다. 어느새 소녀의 옷이 자신에게 입혀져 있었다. 소녀의 심장이 그녀의 가슴 속에서 고동치고 있었다. 비르지니가 눈을 감으면서 입을 벌리는 순간, 그녀는 하마터면 정신을 잃을 뻔했다.

이튿날 아침 일찍, 펠리시테는 사제로부터 성체배례를 받기 위해 성구실(聖具室)로 갔다. 그녀는 경건한 마음으로 받았지만 전과 같은 환희심은 느껴지지 않았다.

오뱅 부인은 딸을 흠잡을 데 없는 여자로 키우고 싶어 했다. 그런데 기요 씨는 영어도 음악도 가르쳐 줄 수 없었기 때문에, 딸을 옹플뢰르의 위르쉴린 수도원 기숙사에 보내기로 결심했다.

딸은 아무 반대도 하지 않았다. 펠리시테는 마님이 무정하다며 한숨지었다. 그리고는 아마도 마님의 판단이 옳을 거라 생각했다. 어쨌든 이 일은 그녀의 권한을 넘어서는 것이었다.

드디어 어느 날 낡은 마차 한 대가 집 앞에 섰다. 마차에서 비르지니를 데려갈 수녀 한 명이 내렸다. 펠리시테는 마차 지붕에 짐을 싣고 마부에게 몇 가지 주의를 준 뒤, 화물칸에 잼 단지 여섯 개와 배 한 다스를 오랑캐꽃 다발과 함께 넣었다.

비르지니는 마지막 순간에 울음을 터뜨렸다. 그녀가 어머니를 껴안고 입을 맞추자, 어머니는 딸의 이마에 입을 맞추며 몇 번이고 "자, 기운을 내야지, 기운을" 하고 말했다. 발판이 올라가고 마차는 떠났다.

오뱅 부인은 그만 정신을 잃고 말았다. 그날 저녁 로르모 부부와 르샵투아 부인, 그리고 로슈푀이유의 노처녀들, 드우프빌 씨와 불레 씨가 그녀를 위로하기 위해 찾아왔다.

딸을 떠나보낸 뒤 오뱅 부인은 처음에는 무척 괴로워했다. 하지만 일주일에 세 번씩 딸에게서 편지가 왔고, 다른 날에는 딸에게 편지를 쓰거나 정원을 산책하고, 틈틈이 독서를 하면서 공허함을 메웠다.

펠리시테는 아침이면 평소에 하던 대로 비르지니의 방에 들어가 벽을 바라보았다. 그녀는 이제 소녀의 머리를 빗질해주거나 신발끈을 매주고, 침대 시트를 정리할 필요가 없었다. 그 귀여운 얼굴을 더 이상 볼 수도 없고 함께 손을 잡고 외출할 일도 없어져서 너무나 허전했다. 그녀는 무료함을 달래기 위해 뜨개질을 하기도 했다. 그러나 무디어진 손가락은 실이나 끊어먹을 뿐이었다. 그녀는 아무 것도 새로 익힐 수도 없고 잠도 제대로 이루지 못하게 되어, 그녀의 입버릇처럼 '좀이 슬고' 있었다.

그녀는 마음을 달래기 위해 조카 빅토르를 불러 오게 해달라고 오뱅 부인에게 간청했다.

그는 일요일 미사가 끝난 뒤 뺨에 홍조를 띠고 가슴을 드러낸 채 지나온 들판의 냄새를 풍기면서 찾아왔다. 펠리시테는 곧바로 조카에게 밥을 차려주었다. 두 사람은 마주 앉아 점심을 먹었다. 그녀는 비용을 아끼기 위해 자신은 가능한 적게 먹고 조카에게는 배불리 먹였기 때문에, 식사를 한 뒤 그는 바로 잠이 들 정도였다. 저녁기도를 알리는 종이 울리자 그녀는 조카를 깨워 바지를 털어주고 넥타이를 매준 다음 마치 어머니라도 되는 듯한 자부심을 느끼며 그 아이의 팔에 의지하여 성당으로 갔다.

빅토르의 부모는 이 아이를 통해 언제나 그녀에게서 무언가를 얻어내려 했다. 흑설탕이니, 비누, 술, 때로는 돈까지 얻어내고 있었다. 빅토르는 언제나 기워 입어야만 하는 누더기 옷을 가지고 나타났다. 그래도 그녀는 이 아이를 어떻게든 다시 만날 수 있는 게 너무 기뻐서 기꺼이 도와주곤 했다.

8월이 되자 빅토르의 아버지는 그를 연안항해에 데리고 가버렸다.

때는 휴가철이었다. 폴과 비르지니가 집으로 돌아온 것이 펠리시테에게는 위안이 되었다. 하지만 폴은 버릇이 없어졌고 비르지니는 이미 어린아이 취급을 받을 나이가 아니었다. 그래서 두 사람 사이는 왠지 서먹서먹하고 거리감이 느껴졌다.

빅토르는 모르레, 뒹케르크, 브라이턴 등으로 잇따라 항해를 했다. 그는 항해에서 돌아올 때마다 그녀에게 선물을 가져왔다. 처음에는 조개껍데기로 만든 상자, 다음에는 찻잔, 세 번째는 인형 모양의 빵케이크였다. 그는 더욱 미소년이 되어 체격도 좋아지고 수염도 조금 자라고 순박한 눈매를 하고, 마치 항해사처럼 작은 가죽모자를 뒤로 젖혀 쓰고 있었다. 그는 뱃사람의 말투를 섞어 가며 자신의 항해담을 들려주어 그녀를 즐겁게 했다.

어느 월요일, 그러니까 1819년 7월 14일(그녀는 이 날짜를 잊을 수가 없었다), 빅토르는 자신이 먼 바다를 항해하게 되었고, 이틀 뒤면 옹플레르에서 상선을 타고 가까운 르아브르에서 떠날 예정인 자신의 스쿠너 배를 타러 간다고 그녀에게 알려왔다.

그가 없는 생활을 떠올린 펠리시테는 곧 낙심하고 말았다. 그래도 다시 한번 그에게 작별인사를 하기 위해, 수요일 밤 마님의 식사가 끝나자, 나무창을 댄 구두를 신고 퐁 레베크에서 옹플레르까지 40리 길을 단숨에 걸어갔다.

그런데 그리스도 십자가상 이정표 앞에 닿았을 때 왼쪽으로 가야 할 것을 그만 오른쪽으로 가는 바람에 조선소 안에 들어가 길을 잃고 다시 온 길을 되돌아오게 되었다. 그녀가 사람들에게 다가가 길을 묻자 그들은 빨리 서둘러야 한다고 일러 주었다. 그녀는 배들이 가득 정박하고 있는 부두를 한 바퀴 돌면서 배를 매어 놓은 줄에 몇 번이나 발이 걸렸다. 지면이 낮아지고 여러 개의 빛줄기가 눈에 어른거렸다. 그녀는 공중에 떠있는 말을 보았을 때 정신이 이상해졌다고 생각했다.

부둣가에서는 다른 말이 바다를 보고 놀라 히힝거리고 있었다. 권양기(券揚機)가 말을 끌어올려 배에 내리고 있었는데, 승객들이 큰 사과술통과 치즈 광주리와 곡물 부대 사이에서 법석거리고 있었다. 수탉들이 우는 소리가 들려오고 선장이 고함을 지르고 있었다. 그리고, 한 소년선원이 모든 것에 아랑곳하지 않고 뱃머리에 가만히 팔꿈치를 괴고 서 있었다. 펠리시테는 그가 빅토르라는 것을 알아보지도 못한 채 무작정 "빅토르!" 하고 소리쳤다. 그가 고개를 들었다. 그녀가 달려가려는 순간 갑자기 사다리가 걷혔다.

여자들이 노래하면서 밧줄을 잡고 있던 배가 항구를 떠났다. 선체가 삐걱거리고 묵직한 파도가 뱃머리를 때리고 있었다. 돛은 벌써 방향을 바꾸었고 사람 모습도 보이지 않았다. 달빛을 받아 은빛으로 반짝거리는 바다 위에서 검은 점 하나가 차츰차츰 희미해지더니 물에 잠기듯 사라져버렸다.

펠리시테는 그리스도 십자가상 옆을 지나면서, 그녀가 가장 사랑하는 아이 앞날에 신의 가호가 있기를 빌었다. 그녀는 오랫동안 서서 눈물로 얼굴을 적시며 구름을 향해 기도를 올렸다. 거리는 잠이 들었고, 세관원들이 돌아다니고 있었다. 수문구멍을 통해 물이 쉴 새 없이 사납게 소리내며 떨어지고 있었다. 시계가 두 시를 알렸다.

옹플레르 수도원 면회소는 동이 트기 전에는 문을 열지 않을 거야. 늦게 돌아가면 어김없이 마님이 역정을 내실 테지. 그녀는 또 한 명의 귀여운 아이 비르지니를 만나 안아주고 싶었지만 그냥 돌아가야만 했다. 그녀가 퐁 레베크에 들어섰을 때 여관집 하녀들이 잠에서 깨어나고 있었다.

그 가엾은 아이는 몇 달 동안 파도 위를 떠다니겠지! 빅토르가 예전에 떠났던 항해들이야 하나도 무서울 것이 없었다. 영국이나 브르타뉴에서는 누구나 금방 돌아올 수 있었다. 하지만 그녀에게 미국, 식민지, 서인도제도 같은 곳은, 이 세상 저쪽 끝에 있는 까마득한 땅으로만 여겨졌다.

그때부터 펠리시테는 오로지 조카 생각만 했다. 햇빛이 쨍쨍한 날이면 그 아이가 목말라할까 봐 걱정이었고, 폭풍우가 칠 때는 그 아이에게 벼락이라도 떨어질까 봐 겁이 났다. 굴뚝 안에서 바람이 신음소리를 내고 슬레이트 지붕이 날아가는 소리가 나면, 그가 부러진 돛대 꼭대기에서 폭풍우를 맞아 광막한 바다 거품 속으로 내동댕이쳐지는 광경이 떠올랐다. 또는 판화 그림이 실린 지리책에서 본 야만인들에게 잡아먹히거나 숲속에서 원숭이들에게 붙잡히기도 하고, 인적 없는 바닷가에서 죽어가고 있었다. 그러나 그녀는 자신의 불안한 마음을 누구에게도 말하지 않았다.

오뱅 부인도 자기 딸 때문에 걱정하고 있었다.

친절한 수녀들은 비르지니가 정은 많지만 체질이 예민하다는 것을 알게 되었다. 아주 하찮은 일에도 그 애는 신경이 날카로워졌다. 피아노도 그만두지 않을 수 없을 정도였다.

오뱅 부인은 정기적으로 소식을 전해 달라고 수도원에 강력하게 요구했다. 어느날 아침 우체부가 오지 않자 그녀는 안절부절못하고 있었다. 그녀는 소파에서 창문까지 거실 안을 서성거렸다. 이건 예삿일이 아니야! 나흘씩이나 소식이 없다니!

펠리시테는 자신의 경우를 예로 들어 마님을 위로하려고 이렇게 말했다.

"마님, 전 벌써 여섯 달 동안이나 편지를 받지 못했는걸요."

"누구한테서?"

펠리시테는 조용히 대답했다.

"저어, 제 조카한테서요."

"뭐, 네 조카!"

오뱅 부인은 어깨를 으쓱하더니 다시 서성거리기 시작했다. 그건 이런 의미였다. '무슨 그따위 생각을! 난 그런 아이는 안중에도 없어! 그 하찮은 조무래기 선원 따위, 그런 별 볼일 없는 놈은 어떻게 돼도 상관없잖아? 그에 비하면 내 딸은, ⋯⋯원, 생각을 좀 해보라고!'

펠리시테는 아무리 하찮은 대우를 받으며 살아왔어도, 이때만큼은 마님에게 화가 났다. 그러나 그것도 잠시뿐 곧 잊어버렸다.

펠리시테에게는 비르지니에 대해서라면 마님이 앞뒤 가리지 못하는 것도 당연한 일처럼 여겨졌다. 두 아이 모두 그녀에게는 똑같이 소중했다. 그녀의 마음의 끈이 그 둘을 하나로 묶고 있었으므로 그들의 운명은 마땅히 똑같은 것이어야 했다.

약사가 펠리시테에게, 빅토르의 배가 하바나에 도착한 것을 알려주었다. 어느 신문에서 그 기사를 읽은 것이었다.

하바나라는 담배가 있다는 것을 알고 있던 펠리시테는 그곳은 온통 담배피우는 것 말고는 아무 것도 하지 않는 나라로 상상하고 있었다. 그래서 빅토르가 자욱한 담배 연기 속에서 흑인들 사이를 돌아다니고 있다고 생각했다. 하바나라는 곳은 '배가 없을 때' 육지로 걸어서라도 돌아올 수 있는 곳일까? 이곳 퐁 레베크와는 얼마나 많이 떨어져 있을까? 펠리시테는 그것이 알고 싶어서 불레 씨에게 달려가 물어보았다.

그는 지도를 꺼내 경도(經度)에 대해 설명하기 시작했다. 그리고는 망연해 있는 펠리시테 앞에서 유식한 척 의기양양하게 미소지었다. 이윽고 그는 연필로 타원 모양의 반점으로 테두리를 그린 선 안에서 눈에 잘 보이지도 않는 검은 점 하나를 가리키며 "여기요" 하고 말했다. 그녀는 지도 위로 몸을 굽혔다. 색깔 있는 선(線)들이 이리저리 뒤엉켜 있어 눈만 어지러울 뿐 아무 것도 알 수가 없었다. 불레 씨가 잘 모르겠으면 물어보라고 하자, 그녀는 빅토르가 지내고 있는 집이 어디쯤인지 가르쳐달라고 했다. 불레 씨는 두 손을 번쩍 쳐들었다. 그리고 재채기를 한 뒤 요란하게 웃음을 터뜨렸다. 그토록 순박해 보이는 모습이 그를 즐겁게 한 것이었다. 그러나 펠리시테는 그가 왜 웃는지 이유를 알 수 없었다. 그녀는 조카의 모습까지 볼 수 있지 않을까 기대하고 있었다. 그녀는 그토록 세상 물정에 대해 아는 것이 없었다.

그로부터 2주일이 지난 뒤, 리에바르가 여느 때처럼 시장에서 돌아와 부엌에 들어와서 그녀에게 편지 한 통을 건넸다. 그녀의 제부한테서 온 편지였다. 두 사람 다 글을 몰라서 마님에게 읽어달라고 부탁했다.

뜨개질의 콧수를 세고 있던 오뱅 부인은 뜨개질감을 내려놓고 편지를 뜯어보더니, 진저리를 한 번 치고는 진지한 눈초리로 그녀를 바라보면서 낮은 목소리로 말했다.

"참 안된 소식이야…… 자네 조카가……"

그가 죽었다는 것이었다. 그것 말고는 아무 것도 적혀 있지 않았다.

펠리시테는 의자에 털썩 주저앉으며 칸막이벽에 머리를 기대고 눈을 감았다. 눈시울이 금방 붉게 물들었다. 그런 다음 이마를 숙이고 두 팔을 축 늘어뜨린 채, 초점 잃은 눈으로 같은 말을 되풀이했다.

"가여워서 어떡하나, 가여워서 어떡하나……"

리에바르는 한숨을 지으며 그녀를 바라보았다. 오뱅 부인은 조금 떨고 있었다.

오뱅 부인은 그녀에게 트루빌에 가서 언니를 만나보는 게 어떻겠느냐고 말했다. 펠리시테는 몸짓으로 그럴 필요없다고 대답했다.

한동안 침묵이 흘렀다. 리에바르는 이제 물러가는 것이 예의라고 판단했다. 그때 오뱅 부인이 말했다.

"그 애 부모들한테는 이런 일은 아무것도 아닐 거예요!"

그녀는 다시 고개를 떨어뜨렸다. 그리곤 이따금 기계적으로 반짇고리에 있는 긴 바늘을 집어들었다.

여자들이 손수레를 밀며 안뜰을 지나고 있었는데, 수레에 실린 옷가지가 비어져 나와 있었다. 창문을 통해 그것을 본 펠리시테는 빨랫감이 생각났다. 간밤 물에 담가놓았으니 오늘은 그것을 행궈야 했다. 그녀는 밖으로 나갔다.

빨래판과 대야는 투크 냇가에 있었다. 그녀는 제방에 속옷 더미를 던져놓고 소매를 걷어붙인 뒤 빨래 방망이를 쥐었다. 그녀가 힘차게 내리치는 방망이 소리가 근처 집들 마당에서도 들렸다. 목장에는 아무도 없었다. 바람이 냇물을 흔들고 있었다.

냇물 속에는 키가 큰 수초가 마치 떠있는 송장 머리카락처럼 나부끼고 있었다. 그녀는 저녁때까지는 슬픔을 누르고 장하게 버틸 수 있었다. 그러나 제방으로 돌아오자 그녀는 이불 위로 몸을 던지고 머리를 베개에 묻고는 양쪽 관자놀이에 두 주먹을 갖다댔다.

그로부터 훨씬 뒤에, 그녀는 빅토르가 탔던 배의 선장으로부터 그가 어떻게 죽었는지 알게 되었다. 그가 황열병에 걸렸는데 병원에서 지나치게 사혈(瀉血)을 많이 했다는 것이었다. 의사 네 명이 그에게 매달렸으나 그는 금방 숨을 거두었고 주임의사는 이렇게 말했다고 한다.

"이런! 또 한 명이 죽었군!"

빅토르의 부모는 언제나 그를 가혹하게 다루었다. 펠리시테는 그런 사람들은 차라리 보지 않는 것이 낫겠다고 생각했다. 게다가 그들도 그를 잊었는지, 아니면 가난뱅이의 비뚤어진 마음 때문인지 아무 연락이 없었다.

비르지니는 점점 쇠약해져가고 있었다.

가쁜 숨결과 기침, 계속 되는 열, 광대뼈에 나타난 반점 따위가 무언가 깊은 병의 징조 같았다. 푸파르 선생은 남쪽으로 잠시 옮겨가는 것이 좋겠다고 권했다. 오뱅 부인은 그 충고를 따랐으나 곧 퐁 레베크의 기후가 좋아져서 다시 비르지니를 데려오고 말았다.

마차업자는 부인과 타협한 결과, 화요일마다 부인을 수도원에 데려다 주기로 했다. 수도원 정원에는 센 강을 굽어볼 수 있는 작은 언덕이 있었다. 비르지니는 어머니의 팔에 기대어, 포도나무에서 떨어진 낙엽을 밟으며 그곳을 산책했다. 이따금 탕카르빌 성에서 르 아브르의 등대까지, 수평선 멀리 돛단배를 바라보면서, 구름 사이로 비치는 햇살 때문에 눈을 깜빡거려야 할 때도 있었다. 그러고 나면 두 사람은 나뭇잎으로 뒤덮인 정자에서 쉬었다. 오뱅 부인은 작은 통에 질 좋은 말라가 산(産) 포도주를 넣어왔다. 하지만 비르지니는 취할까 봐 두어 모금만 입에 댈 뿐 더 이상 마시지 않았다.

비르지니는 기력을 회복했고 가을은 조용히 지나갔다. 펠리시테는 오뱅 부인을 안심시켰다. 그런데, 어느 날 저녁 펠리시테가 주변을 산책하고 돌아왔을 때 문 앞에 푸파르 씨의 마차가 서 있는 것이 보였다. 푸파르 씨는 이미 현관에 들어가 있었고, 오뱅 부인이 모자의 끈을 묶고 있었다.

"내 발덮개하고 지갑, 장갑을 갖다 줘, 어서 서둘러!"

비르지니가 폐렴에 걸려서 매우 위독한 상태였다.

"아직은 괜찮아요!" 의사가 말했다. 두 사람은 마차를 타고 눈보라 속을 달리기 시작했다. 곧 밤이 될 것이었다. 몹시도 추운 겨울날씨였다.

펠리시테는 급히 성당으로 가서 촛불 하나를 켰다. 그런 뒤 그녀는 의사의 이륜마차 뒤를 쫓아 달리기 시작했고, 한 시간 뒤에 마차를 따라잡을 수 있었다. 그녀는 마차 뒤에 가볍게 뛰어 올라서 그대로 줄을 잡고 섰다. 그때 문득 생각나는 것이 있었다. "아차, 대문을 안 잠궜네. 도둑이 들면 어떡하지?" 그녀는 마차에서 뛰어내렸다.

이튿날 동이 트자마자 그녀는 의사의 집으로 갔다. 그는 벌써 돌아와서 시골로 왕진을 나간 뒤였다. 누군가 편지라도 전해주겠지 하는 생각에 펠리시테는 여인숙에 남아 있었다. 하지만 결국 아침 일찍 리주에서 온 승합마차에 올랐다.

수도원은 가파르고 좁은 길 끝에 있었다. 언덕 중간쯤에서 그녀는 죽은 사람을 애도하는 심상치 않은 종소리를 들었다. "아마 다른 사람일 거야" 하고 그녀는 생각했다. 펠리시테는 다급하게 문을 두드리는 종을 흔들었다.

몇 분 뒤 뒤축이 닳은 신발을 끄는 소리가 나더니 문이 반쯤 열리고 수녀가 나타났다. 수녀가 비통한 표정으로 말했다. "아가씨는 방금 숨을 거두었습니다." 성베르나르의 조종(弔鐘)이 더욱 크게 울려 퍼졌다.

펠리시테는 3층으로 올라갔다.

방 문턱에서 비르지니는 휘장 사이로 보였는데 그 휘장보다 창백한 얼굴로 반듯하게 누워 두 손을 모으고 입술을 벌린 채, 바닥 쪽으로 기울어져 있는 검은 십자가 밑에서 머리를 뒤로 젖힌 모습이었다. 오뱅 부인은 침대 발치를 두 팔로 끌어안은 채 비통하게 오열하고 있었다. 원장 수녀가 오른쪽에 서 있었다. 장롱 위에 켜놓은 촛불 세 개가 붉은 반점처럼 보이고 안개가 창문을 희뿌옇게 물들이고 있었다. 수녀들이 오뱅 부인을 데리고 나갔다.

펠리시테는 이틀 밤 동안 유해 곁을 떠나지 않았다. 그녀는 똑같은 기도소리를 되풀이하며 덮개 위에 성수(聖水)를 흩뿌리고, 다시 돌아와 무릎을 꿇고 유해를 가만히 바라보았다. 첫날밤을 지새고 났을 때 그녀는 비르지니의 얼굴이 이미 노르스름해지고 입술은 파래졌으며 코가 좁아지고 눈이 움푹 들어간 것을 알아차렸다. 그녀는 그 눈에 수없이 입을 맞췄다. 설령 비르지니가 다시 눈을 뜬다 해도 그녀는 조금도 놀라지 않을 것이다. 그녀와 같은 영혼을 지닌 사람에게는 초자연적인 일도 아주 당연한 일이었다. 그녀는 비르지니에게 화장을 해주고 수의로 싸서 관에 넣은 뒤 머리카락을 펼쳐주었다. 그녀의 금발은 나이에 비해서 무척 긴 편이었다. 펠리시테는 머리카락을 한 뭉치 잘라서 절반을 자신의 가슴에 품었다. 그리고 절대로 버리지 않겠노라 결심했다.

유해는 오뱅 부인의 뜻에 따라 퐁 레베크로 운반되었다. 부인은 마차를 타고 창문을 닫은 채 영구차를 따라갔다.

미사가 끝난 뒤 약 45분이 걸려 묘지에 닿았다. 폴이 맨 앞에서 흐느끼며 걷고 있었다. 불레 씨가 그 뒤를 따랐고, 그 다음에는 마을의 유지들과 검은 외투를 입은 부인들, 그리고 펠리시테가 있었다. 그녀는 조카를 생각하고 있었다. 조카에게는 이런 훌륭한 장례식을 해주지 못했으므로, 마치 조카를 비르지니와 함께 매장하는 것 같아서 슬픔이 사뭇 더해갔다.

오뱅 부인은 끝없는 절망에 빠졌다.

먼저 그녀는 하느님이 자신에게서 딸을 빼앗아간 것을 부당하게 여기고 분노했다. 내 딸은 조금도 나쁜 짓을 하지 않았고, 그 영혼은 그토록 순결했는데! 아니야, 아니야! 그 애를 남쪽으로 데려 갔어야 했어. 아니, 다른 의사였다면 그 앨 구할 수 있었을 거야! 그녀는 자신을 나무랐고 딸의 뒤를 따라가고 싶은 마음에 꿈속에서도 비탄에 잠겨 눈물을 흘렸다. 특히 한 가지 꿈이 그녀를 사로잡았다. 선원 복장을 한 그녀의 남편이 원양항해에서 돌아와, 자기는 비르지니를 데려가라는 명령을 받았다고 울면서 이야기하는 꿈이었다. 그리고 그녀와 그녀의 남편은 비르지니를 숨겨둘 집을 찾기 위해 함께 의논하는 것이었다.

한 번은 넋이 나가서 정원에서 돌아온 적이 있었다. 오뱅 부인은 방금(그녀는 그 장소를 가리켰다) 남편과 딸이 차례로 앞에 나타나서 아무 말도 하지 않고 자신을 바라보고 있었다고 했다.

몇 달 동안 그녀는 멍하니 자기 방에 틀어박혀 있었다. 펠리시테는 상냥하게 그녀를 타일렀다. 아들을 위해서라도, 또 한 아이에 대한 추억을 위해서라도 기운을 차려야 한다는 것이었다.

"그 아이?" 오뱅 부인은 마치 잠에서 깨어난 것처럼 되풀이했다. "아! 그렇지! 그래…… 자네는 그 아이를 잊지 않았군."

그것은 바로 무덤을 가리키는 말이었다. 그때까지 사람들이 오뱅 부인을 배려해 무덤에 가지 못하게 하고 있었다.

펠리시테는 날마다 그곳에 갔다.

네 시 정각에 그녀는 늘어선 집들을 지나 언덕에 올라가, 울타리 문을 열고 비르지니의 무덤 앞에 섰다. 무덤은 장밋빛 작은 대리석 원기둥으로, 아래에 포석(鋪石)이 한 장 깔려 있고 쇠사슬이 둘러져 있어 작은 뜰을 이루고 있었다. 화단은 온통 꽃들로 뒤덮여 있어서 흙이 보이지 않을 정도였다. 그녀는 잎에 물을 주거나 모래를 갈아주고, 무릎을 꿇고 땅을 갈기도 했다. 오뱅 부인은 처음 그곳에 올 수 있게 되었을 때, 슬픔이 누그러지는 듯한 어떤 위안을 느꼈다.

그리고 똑같은 날들이 반복되어 어느덧 몇 년이 흘렀다. 부활제나 성모승천제, 만성절 같은 축일 말고는 특별히 이야깃거리도 없었다. 그러자 집안에서 일어난 일들의 날짜만 남아서 모두 그것을 기억하고 있었다. 이를테면 1825년에는 유리가게 사람 두 명이 현관문을 수리했고, 1827년에는 지붕기와가 안뜰에 떨어져 어떤 남자가 죽을 뻔한 일이 있었다. 1828년 여름에는 오뱅 부인이 성찬빵을 받았다. 그 무렵 불레 씨가 이유도 모르게 자취를 감췄다. 기요, 리에바르, 르샵투아 부인, 로블랭, 오래전 중풍에 걸린 그르망빌 아저씨 등, 옛날부터 알던 사람들이 하나씩 죽어갔다.

어느 날 저녁, 우편마차가 와서 퐁레베크에서 7월 혁명이 일어났다는 소식을 전해주었다. 얼마 뒤 새 부지사가 임명되었다. 전에 미국영사였던 라르소니에르 남작이었는데, 그 집에는 부인 말고도 처제와 다 자란 딸이 셋 있었다. 사람들은 잔디밭에 딸들이 가벼운 블라우스를 입고 뛰어다니는 모습을 자주 보았다. 그 집에는 흑인 하인 말고도 앵무새도 한 마리 있었다. 오뱅 부인은 부지사 가족의 방문을 받았고, 그녀도 답례로 그들을 방문하는 것을 잊지 않았다. 아무리 멀리 있어도 펠리시테는 그들이 보이면, 재빨리 달려가 부인에게 알렸다. 하지만 부인의 마음을 정말 감동시킬 수 있는 것은 단 한 가지밖에 없었다. 그것은 바로 아들이 보낸 편지였다.

폴은 술집에 죽치고 앉아 있느라 진득하게 직업을 가질 수가 없었다. 부인이 빚을 갚아주면 그는 또 다시 빚을 얻었다. 부인이 창가에서 뜨개질을 하면서 한숨 쉬는 소리가 부엌에서 물레를 돌리고 있는 펠리시테의 귀에까지 들렸다.

부인과 펠리시테는 과수원 울타리를 따라 함께 산책하면서 늘 비르지니 이야기를 했다. 그 애가 좋아했을 거라든가, 이럴 때 그 애라면 이렇게 말했을 거라고.

비르지니가 쓰던 소지품은 모두 침대가 둘 있는 방 벽장 속에 들어 있었다. 오뱅 부인은 될 수 있으면 그 벽장을 열어보지 않으려 했다. 그러던 어느 여름 날 부인은 그것을 열지 않을 수 없었다. 그러자 옷장에서 나방 몇 마리가 날아갔다.

딸의 옷들은 하나의 선반 아래에 일렬로 정리되어 있고, 그 위에는 인형 세 개, 굴렁쇠 여러 개, 소꿉놀이 장난감, 딸이 쓰던 대야가 놓여 있었다. 부인과 펠리시테는 속치마와 양말, 손수건 따위를 꺼내 침대 위에 펼쳐놓았다. 태양이 그 가련한 물건들을 비추자, 얼룩과 주인의 몸짓으로 생긴 주름들이 또렷하게 드러났다. 맑고 무더운 날씨였다. 콩새 한 마리가 지저귀고 있었다. 모든 생명이 깊은 평온 속에서 살아 꿈틀거리는 것 같았다. 두 사람은 털이 긴 작은 밤색 비단 모자를 발견했다. 온통 좀이 슬어 있었다. 펠리시테는 그 모자는 자기가 간직하고 싶다고 말했다. 두 사람은 눈물이 가득한 눈으로 서로 마주 바라보았다. 이윽고 여주인이 두 팔을 벌렸고 하녀는 그 품에 몸을 던졌다. 두 사람은 꼭 껴안고, 서로의 신분도 잊어버리고 입을 맞추며 함께 슬픔을 나누었다.

오뱅 부인은 개방적인 성격이 아니어서, 이것은 그들 사이에 처음 있는 일이었다. 펠리시테는 마치 은혜라도 입은 듯이 부인에게 감사했다. 그 뒤로 그녀는 마치 몸과 마음을 비쳐 부인을 따르고 우러러 공경하듯 소중히 섬겼다. 펠리시테의 착한 심성은 더욱 멀리 퍼져 갔다.

거리에서 행진하는 군대의 북소리라도 들려오면 그녀는 사과술병을 들고 문 앞에 서서 군인들에게 마시게 했다. 또한 콜레라에 걸린 환자를 간호해주었다. 그녀는 폴란드에서 망명온 사람들을 보살펴주기도 했는데, 그 가운데

한 사람은 그녀에게 청혼까지 했다. 그러나 곧 사이가 틀어지고 말았다. 어느 날 아침 그녀가 삼종기도를 마치고 돌아와 보니, 그 남자가 혼자 부엌에 몰래 들어와 식초를 넣은 샐러드를 만들어 유유히 먹고 있었다.

폴란드 사람들에 이어 콜미슈라는 노인이 나타났다. 1793년 무언가 끔찍한 일을 저지른 노인이었다. 그는 냇가에 있는, 돼지우리에 들어가 살고 있었다. 동네 개구쟁이들이 자주 벽 틈으로 안을 들여다보면서 노인에게 돌을 던졌는데, 돌이 노인의 초라한 침대 위로 떨어졌다. 노인은 그 침대에서 카타르로 끊임없이 신음하고 있었는데, 머리카락은 길게 자라고 눈꺼풀에서는 열이 나고 팔뚝에는 커다란 종기가 나 있었다. 펠리시테는 노인을 위해 속옷도 구해 주고, 그 오두막을 청소했고, 마님만 괜찮다면 그를 세탁장에서 지내게 하면 어떨까 하는 생각까지 했다. 노인의 종기가 터지자 그녀는 날마다 그에게 가서 붕대를 감아 주고, 때로는 빵을 가져가 먹이기도 했고 짚더미에 앉히고 햇볕을 쬐게 해주었다. 불쌍한 노인은 침을 질질 흘리고 몸을 덜덜 떨면서 기어드는 목소리로 그녀에게 감사했다. 그러나 펠리시테를 잃는 것이 두려워 저 멀리 그녀가 멀어져 가면 두 손을 뻗곤 했다. 그는 숨을 거두었다. 펠리시테는 그의 영혼의 안식을 위해 신부에게 미사를 부탁했다.

그날 그녀에게 커다란 행복이 찾아들었다. 저녁 식사 때 라르소니에르 부인의 흑인이 새장에 앵무새를 넣어가지고 온 것이다. 새장에는 횃대와 쇠사슬, 자물쇠까지 들어 있었다. 남작 부인이 오뱅 부인 앞으로 보낸 편지에 의하면 남편이 지사로 승진해서 오늘밤 가족이 모두 떠난다는 것이었다. 그리고 이 새는 부인에게 기념으로, 또 부인에 대한 존경의 표시로 보내는 것이니 부디 받아달라고 했다.

그 새는 오래 전부터 펠리시테에게 상상력을 불러일으키고 있었다. 그 새는 아메리카에서 왔는데, 그 아메리카라는 단어가 그녀에게 빅토르를 떠올리게 했다. 그래서 그녀는 흑인에게 새에 대해 자주 물었고 하루는 이런 말까지 했다. "그 새를 얻게 된다면 마님이 얼마나 기뻐하실까!"

흑인이 그 말을 라르소니에르에게 전했고, 남작 부인도 그 새를 가져갈 형편이 아니어서 결국 오뱅 부인에게 주었던 것이다.

새 이름은 루루였다. 몸은 녹색이고 날개끝은 장밋빛, 이마는 푸른색, 목덜미는 금빛이었다.

그런데 이 새는 횃대를 물어뜯는 고약한 버릇을 가지고 있는데다, 깃털을 뽑고 오물을 아무데나 흩트리고 그릇에 담긴 물을 여기저기 뿌려댔다. 넌더리가 나버린 오뱅 부인은 그 새를 아예 펠리시테에게 넘기고 말았다.

그녀는 새를 훈련시킬 계획을 세웠다. 얼마 안 되어 새는 "귀여운 녀석! 천만에요, 나리, 안녕하세요, 부인"이라는 말을 할 줄 알게 되었다. 루루의 새장은 문 옆에 놓여 있었는데, 사람들은 이 새가 자코라는 이름 불러도 아무 대답이 없는 것을 이상하게 생각했다. 그 시절에는 앵무새도 보통 자코라 불리고 있었기 때문이었다. 얼마 안 가서 사람들은 루루를 멍청한 여자나 바보 같다고 말했다. 펠리시테에게는 얼마나 가슴에 못을 박는 말이었는지 모른다! 또 루루에게는 기묘하고 고집스러운 버릇이 있었는데, 누군가 자기를 보고 있을 때는 절대로 입을 열지 않는 것이었다.

그래도 루루는 사람이 그리운 모양이었다. 일요일에 로슈푀이유의 노처녀들과 드 우프빌르 씨, 그리고 새로운 손님인 약제사 옹프루아 씨, 바랭 씨, 매튜 대위 등이 트럼프 놀이를 하는 동안, 새가 하도 날개로 유리문을 두드리며 소란을 피워서 서로 이야기가 들리지 않을 정도였다.

불레 씨의 얼굴이 새에게는 아주 이상하게 보이는 모양이었다. 루루는 그를 알아볼 때마다 목청을 다해 웃어댔다. 그 소리가 옆집 마당까지 전달되어 메아리처럼 울려 퍼지면 이웃집 사람들도 창가에 고개를 내밀고 함께 웃었다. 그래서 불레 씨는 앵무새에게 들키지 않으려고 옆얼굴을 모자로 가리고 벽을 따라 냇가까지 간 뒤 거기서 정원 문으로 들어오곤 했다. 그가 이 새를 곱게 볼 리 없었다.

루루는 전에 푸줏간 바구니 속에 머리를 틀어박았다가 소년에게 꼬집힌 적이 있었다. 그때부터 새는 그 소년만 보면 셔츠 위를 부리로 쪼려고 했다. 푸줏간 아이 파뷔는 목을 조르는 시늉을 하며 루루에게 겁을 주었다. 사실 그 소년은 팔에 문신을 하고 구레나룻도 있었지만 잔인한 성격은 아니었다. 오히려 그는 앵무새를 좋아해서 장난삼아 욕설을 가르치고 싶어할 정도였다. 펠리시테는 아무래도 안 되겠다 싶어 루루를 부엌에 두기로 했다. 그런데 쇠사슬을 풀어놓으면 새는 온 집안을 돌아다녔다.

새는 계단을 내려갈 때마다 발판에 구부러진 부리를 대고 오른발 왼발을 차례로 들었다 내렸다 하며 같은 몸짓을 되풀이했다. 펠리시테는 새가 현기증이라도 나면 어쩌나 걱정이 되었다. 그러다가 새는 병에 걸렸다. 루루는 말도 하지 못하고 먹을 수도 없게 되었다. 혀 밑에 닭이 이따금 걸리는 종기가 생긴 것이었다. 펠리시테는 손톱으로 그 얇은 껍질을 벗겨내고 치료를 해주었다. 한 번은 폴이 무심코 새의 콧구멍에 담배 연기를 내뿜었다. 어느 날 루루는 로르모 부인이 양산 끝으로 약을 올리자 부리로 양산 끝을 덥석 물었다. 그러다가 끝내 기절하고 말았다.

펠리시테는 새가 기운을 차릴 수 있도록 풀밭에 내려 놓고 잠깐 자리를 비웠다. 그런데 그녀가 돌아오자 앵무새가 보이지 않았다! 그녀는 덤불 사이를 뒤지고 물가도 찾아본 뒤 지붕에도 올라가보았다. "조심해! 미쳤어요?" 오뱅 부인의 고함소리도 아랑곳하지 않고 지붕 위도 찾아보았다. 그런 뒤 그녀는 퐁 레베크에 있는 집들의 정원이란 정원은 모조리 살폈다. 그녀는 지나는 사람을 붙들고 물었다. "혹시 어디서 제 앵무새를 보지 못하셨나요?" 앵무새를 모르는 사람에게는 생김새를 설명해주었다. 그러다 그녀는 언뜻 언덕기슭에서 풍차 뒤쪽으로 파란 것이 날아간 것을 본 것 같았다. 하지만 언덕 위에는 아무것도 없었다. 잡화를 팔러 다니는 행상인이 조금 전에 생므렌느 시몽 할머니 가게에서 그 새를 보았다고 자신 있게 말했다. 그녀는 그곳으로 달려갔다. 그러나 거기 있는 사람들은 그녀가 무슨 소리를 하는지 알아듣지 못했다. 마침내 그녀는 슬픔에 잠겨 누더기가 된 신발을 끌고 기진맥진하여 집으로 돌아왔다. 그녀가 마님 옆 안락의자에 앉아서 자기가 한 행동을 하나하나 얘기하고 있는데, 어느 순간 그녀의 어깨 위에 무언가 가벼운 것이 내려앉는 느낌이 들었다. 루루였다! 아, 이 녀석이 도대체 어딜 갔다 온 거지? 아마, 이 근처를 산책하고 있었던 모양이야!

어느 날부터 펠리시테는 좀처럼 기력을 회복하지 못했다. 아니 차라리, 그 뒤로부터 기력을 회복하지 못했다고 하는 편이 옳을 것이다.

오한이 끊이지 않더니 이어서 구강염에 걸렸고 나중에는 귓병까지 앓았다. 그리고 삼년이 지나자 귀가 완전히 멀고 말았다. 그래서 그녀는 성당에서도 큰 소리로 말했다. 그녀가 고백한 죄가 교구 구석구석까지 퍼져나간다 해도 그녀 자신에게 불명예가 되지 않고 어느 누구에게도 불편함을 주는 일은 아니었지만, 사제는 앞으로 고해는 성구실(聖具室) 안에서만 받는 것이 좋겠다고 펠리시테에게 말했다.

마침내 환청이 그녀를 혼란에 빠뜨리고 말았다. 오뱅 부인은 자주 그녀에게 이렇게 말했다. "맙소사! 이런 바보가 또 있을까!" 그러면 그녀는 "그러문요, 마님" 하고는 주변에서 무언가를 찾곤 했다.

그녀의 좁은 사고의 틀은 더욱 좁아져서, 다 같이 울리는 종소리도 황소들의 울음소리도 더 이상 않았다. 모든 사람들이 유령처럼 소리 없이 움직이고 있었다. 오직 한 가지 소리만이 그녀의 귀에 들려올 뿐이었다. 바로 앵무새 소리였다.

마치 그녀의 마음을 달래주려는 듯 앵무새는 쇠꼬챙이가 달그락거리며 돌아가는 소리, 생선 장수가 날카롭게 외치는 소리, 맞은편에 살고 있는 목재상의 톱질 소리 따위를 흉내냈다. 그리고 초인종이 울리면 오뱅 부인의 말투도 흉내냈다. "펠리시테야, 문 열어, 문!"

그녀와 새는 곧잘 대화를 나누었는데, 루루가 잘하는 세 가지 문구를 지겨울 만큼 되풀이하면, 펠리시테는 아무 상관도 없는 말로 대답하곤 했다. 그래도 그녀의 말 속에는 애정이 넘쳐흘렀다. 그녀의 고독한 생활 속에서 루루는 자식이고 애인이었다. 새는 그녀의 손가락 위로 하나하나씩 올라가서 입술을 가볍게 깨물거나 숄에 매달리곤 했다. 그리고 그녀가 아기에게 젖을 먹이는 유모처럼 머리를 흔들면서 이마를 숙이면, 그녀 모자의 큰 챙과 새의 깃털이 함께 떨렸다.

구름이 뭉게뭉게 피어오르고 천둥이 칠 때면 루루는 자신이 태어난 고향 숲에서 소나기가 생각나는지 끊임없이 날카롭게 울어댔다. 물 흐르는 소리가 망상을 자극하는지 루루는 미친 듯이 여기저기 날아다녔다. 천장에 날아올라 온갖 것을 뒤집어엎고, 창문을 통해 뜰로 나가서는 진흙탕 속을 부리로 헤집기도 했다. 그러나 금방 난로 앞에 있는 장작 받침대 한쪽으로 돌아와서, 깃털을 말리려고 깡총거리면서 때로는 꽁지 쪽을, 때로는 부리 쪽을 난로에 갖다대었다.

1837년 몹시 추운 겨울 날 아침, 펠리시테는 새장 앞에 난로를 두었는데, 루루가 새장 한가운데서 머리를 거꾸로 하고 발톱으로 창살을 움켜쥔 채 죽어 있는 것을 발견했다. 아마도 충혈 때문이었을까? 그녀는 루루가 파슬리를 먹고 중독된 것이 틀림없다고 생각했다. 펠리시테는 아무런 증거도 없이 파뷔를 의심했다.

그녀가 도무지 울음을 그치지 않자 마침내 오뱅 부인이 말했다. "그럼, 그걸 박제로 만들어보지 그래."

그녀는 늘 앵무새에게 잘해주던 약방 주인에게 의논을 청했다. 그는 르 아브르로 편지를 보냈다. 펠라셰라는 남자가 이 일을 맡아주었다. 그러나 승합마차에서 자주 짐이 분실되는 사고가 있어서, 그녀는 직접 앵무새를 가지고 옹플레르에 가기로 결심했다.

길 양쪽에는 잎이 떨어진 사과나무가 죽 이어져 있었다. 도랑은 얼음으로 덮여 있고, 농가 주변에서는 개 짖는 소리가 들려왔다. 그녀는 반코트 속에 두 손을 넣고 조그마한 나막신을 신은 채, 장바구니를 들고 길 한복판을 서둘러 걸어갔다.

그녀는 숲을 지나고 오셴느를 지나 생가티엥에 다다랐다.

그때 뒤에서 우편마차 한 대가 먼지구름을 일으키며 비탈을 전속력으로 내려오고 있었다. 펠리시테가 길을 비키지 않는 것을 보고, 마부는 벌떡 일어났다. 조수도 소리 질렀지만, 마부도 멈추지 못할만큼 네 마리의 말은 더욱 빨라질 뿐이었다. 맨 앞 두 마리가 그녀를 스치고 지나갔다. 마부는 힘껏 고삐를 당겨 말을 길가로 몰아넣었다. 화가 난 마부가 한쪽 팔을 쳐들어 긴 채찍으로 그녀를 머리에서 배쪽으로 휘갈기자, 그녀는 벌렁 뒤로 나자빠지고 말았다.

정신을 차린 그녀가 맨 먼저 한 행동은 바구니를 열어보는 것이었다. 다행히 루루는 그대로였다. 갑자기 그녀는 오른쪽 뺨이 화끈거리는 것을 느꼈다. 손을 대어보니 빨갛게 물들어 있었다. 피를 흘리고 있었던 것이다.

그녀는 자갈더미 위에 앉아 손수건으로 얼굴을 가볍게 두드린 뒤, 준비해 온 빵껍질을 씹었다. 그리곤 새를 바라보면서 상처의 아픔을 달랬다.

에크모빌 꼭대기에 도착하니 옹플레르의 등불이 마치 바다 속에서 반짝이는 수많은 별처럼 보였다. 바다가 저 멀리 아득한 곳까지 망막하게 펼쳐져 있었다. 갑자기 온몸에 힘이 빠지는 느낌이 들어 그녀는 걸음을 멈췄다. 비참했던 어린 시절, 환멸로 끝난 첫사랑, 떠나가버린 조카, 비르지니의 죽음이 마치 밀물처럼 한꺼번에 되살아나서, 목구멍까지 차올라 숨이 막히는 것만 같았다.

잠시 뒤 그녀는 르아브르에 가는 배의 선장을 만나 이야기해야겠다고 생각했다. 그리고 보내는 것이 무엇인지 밝히지도 않은 채 그에게 여러 가지를 부탁했다.

펠라셰는 앵무새를 오랫동안 맡았다. 그는 언제나 다음 주까지는 일을 끝내겠다고 약속했다. 6개월이 지나자 그는 상자를 발송했다고 알려 왔다. 그러나 이제 그런 소식 따위는 기대하지 않았다. 그녀는 앵무새가 돌아오는 일은 일어나지 않을 거라고 생각했다. '그놈들이 내게서 루루를 훔쳐갔어!'

마침내 루루가 도착했다. 마호가니 대에 끼운 나뭇가지 위에 똑바로 서서, 한쪽 발을 허공에 올리고 고개를 갸우뚱하면서 입에 호두를 문 멋진 모습이었다. 게다가 박제상이 호두에 멋을 낸다고 금박까지 씌워놓았다.

그녀는 그 박제를 자기 방에 넣어 두었다.

사람을 거의 들이지 않는 그 방은 예배당 같기도 하고 시장 같기도 했다. 그만큼 온갖 종교적인 도구와 기묘한 물건들이 가득 채워져 있었다.

커다란 옷장은 문을 여닫을 때마다 거추장스럽게 걸렸다. 정원으로 내단 창문 건너편에는 둥글고 작은 창문이 안뜰을 내려다보고 있었다. 접이식 침대 옆 탁자 위에는 물주전자, 빗 두 개, 네모난 비누가 담긴 이 빠진 접시가 놓여 있었다. 벽 앞에는 묵주와 부적, 성모상 몇 개, 야자열매로 만든 성수기(聖水器)가 있었다. 제단(祭壇)처럼 천을 씌워둔 옷장 위에는 빅토르가 그녀에게 준 조개껍데기 상자가 있었다. 그밖에 물뿌리개와 공, 몇 권의 습자첩, 판화 그림으로 된 지리책 따위가 있었다. 또 거울을 걸어놓은 못에는 리본으로 작은 비단모자가 걸려 있었다! 펠리시테는 과거를 향한 존경을 더욱 멀리까지 넓혀서 주인 나리의 프록코트까지도 보관해 두었을 정도였다. 오뱅 부인에게 필요 없게 된 고물들을 자기 방을 위해 거두어 들였다. 옷장 끝에는 조화가 놓여 있고 들창의 우묵한 곳에는 아르투아 백작 초상이 놓여 있었다.

그녀는 방 안으로 나와 있는 굴뚝 위에 작은 판자를 놓고 그 위에 루루를 앉혔다. 날마다 눈을 뜨면 그녀는 새벽빛 속에서 새를 발견하고는, 거기서 지나간 나날들과, 여러 가지 의미 없는 하찮은 것까지 아무런 슬픔도 없이 잔잔한 마음으로 떠올렸다.

펠리시테는 그 누구와도 사귀지 않은 채 몽유병자처럼 무기력 속에서 살고 있었다. 그나마 성체 대축제의 행렬이 그녀에게 생기를 되찾아주었다. 사람들이 거리에 세울 제단을 아름답게 꾸미기 위해, 촛대나 돗자리를 구하러 이웃집을 들락거렸다.

성당에서 그녀는 언제나 성령을 바라보았는데, 거기에 앵무새와 똑같은 무언가가 깃들어 있다는 것을 깨알았다. '우리 주님'의 세례식을 그린 에피날의 판화를 보면 볼수록 더욱 확실한 것 같았다. 그녀는 앵무새의 보랏빛 날개를 에메랄드빛 몸을 한 성령상에 붙여 보았다. 그야말로 루루의 초상이었다.

그녀는 성령 그림을 아르투아 백작 대신 벽에 걸어 놓았다. 그리하여 그녀는 그 둘을 한눈에 볼 수 있게 되었다. 성령 그림과 루루는 그녀의 생각 속에서 서로 맺어져 있었다. 앵무새는 성령으로 신성해졌고, 성령은 생명력을 얻어 더욱 이해하기 쉬워졌다. 하느님 아버지는 자신의 뜻을 전하기 위해 비둘기를 선택하는 대신 루루를 택했는지도 모른다. 비둘기는 말할 줄 모르니. 펠리시테는 판화 속의 성상을 보면서 기도를 드렸지만, 가끔은 새 쪽을 흘끗 쳐다보기도 했다.

그녀는 성처녀 봉사단에 가입하고 싶었지만 오뱅 부인이 말렸다.

중요한 사건이 일어났다. 바로 폴의 결혼이었다.

그는 처음에는 공증인 서기 노릇을 했고, 이어서 장사도 하고, 세관과 세무서에 들어갔다가 영림서에 취직하기 위한 운동까지 시작한 뒤, 나이 서른여섯에 갑자기 하늘의 계시라도 받은 것처럼 제 갈 길을 찾은 것이다. 그것은 다름 아닌 등기소였다! 여기서 그가 매우 뛰어난 능력을 보여주었기에, 어느 검사관이 자기 딸을 그에게 주고 후견인이 되겠다고 약속했다.

한결 착실해진 폴은 그 처녀를 어머니에게 데리고 왔다.

그 여자는 퐁 레베크의 관습을 업신여기는 데다 마치 공주처럼 굴어서 펠리시테의 마음을 상하게 했다. 오뱅 부인은 그녀가 떠나자, 무거운 짐이라도 내려놓은 듯한 기분을 느꼈다.

다음 주에 사람들은 불레 씨가 브르타뉴의 어느 여관에서 죽었다는 소식을 들었다. 자살이었다. 그의 성실함에 대해서도 여러 가지 의혹이 제기되었다. 오뱅 부인은 회계 목록을 조사해보곤 불레 씨가 잇따라 저지른 부정한 짓을 알아냈다. 소작료 착복, 목재 밀매, 영수증 위조 등등이었다. 게다가 그에게는 사생아도 있었고, 트뤼레의 어떤 여자와 모종의 관계까지 있었다.

오뱅 부인은 이런 파렴치한 행위 때문에 몹시 실망했다. 1853년 3월에 그녀는 가슴에 통증을 느꼈다. 그녀의 혀에는 백태가 가득했다. 거머리로 사혈을 해도 호흡이 편해지지 않았다. 아흐레째 되던 날 밤, 그녀는 일흔두 살로 생을 마감했다.

곰보자국이 있는 창백한 얼굴을 감싸고 있던 갈색 머리카락 때문에, 그녀를 항상 나이보다 젊게 보았다. 또한 그녀의 죽음을 애석해 하는 사람은 별로 없었는데, 그녀의 행동거지가 사람을 멀리 물리칠 만큼 거만했기 때문이었다.

보통 주인의 죽음을 슬퍼하는 하인은 거의 없는 법이지만 펠리시테는 눈물을 흘렸다. 마님이 자기보다 먼저 죽은 것이 혼란스러웠다. 그녀에게는 사물의 이치에 어긋나는 것이었고, 용서할 수 없는 무도한 일로 여겨졌다.

열흘 뒤(브장송으로부터 달려오는 데 걸리는 기간) 상속인 부부가 왔다. 새댁은 곳곳을 뒤적이고, 좋은 가구를 골라낸 뒤 나머지는 팔아버렸다. 그런 뒤 그들은 등기소로 돌아갔다.

마님의 안락의자, 작은 탁자, 발덮개, 다리가 여덟 개인 의자가 없어져 버렸다! 칸막벽 한가운데에는 누런 네모 자국이 몇 개나 있어서 판화가 걸려 있던 곳임을 똑똑히 보여주고 있었다. 두 사람은 작은 침대 두 개를 매트리스째로 운반해 갔다. 그리고 벽장 속에 있던 비르지니의 물건들은 하나도 보이지 않았다! 펠리시테는 슬픔에 젖어 비틀거리며 계단을 올라갔다.

이튿날 대문에 쪽지 한 장이 붙어 있었다. 약제사가 그녀의 귀에 대고 집을 팔기 위해 내놓은 것이라고 큰 소리로 말했다.

그녀는 비틀거리다가 그만 주저앉고 말았다. 특히 그녀를 낙심시킨 것은 자신의 방을 내놓아야 하는 일이었다. 그곳은 가엾은 루루에게 참으로 쾌적한 곳이었다. 비탄의 눈길로 새를 지켜보면서 그녀는 성령에게 계속 애원했다. 앵무새 앞에 무릎을 꿇고 기도를 올리는 우상숭배와 비슷한 습관이 생겨버렸다. 때때로 들창에서 들어온 햇살이 새의 눈에 닿아 거기서 눈부신 광선이 번쩍 빛나는 것을 볼 때면 그녀는 언제나 황홀경에 빠지곤 했다.

그녀는 마님의 유언에 따라 380프랑의 연금을 받았다. 그리고 마당에서는 채소를 길러먹을 수 있었다. 옷은 죽을 때까지 입을 만큼 있었고, 해가 지면 바로 잠자리에 들어 연료를 아꼈다.

그녀는 자기 집 옛 가구들이 진열되어 있는 고물상 앞을 지나가는 것이 싫어서 거의 외출도 하지 않았다. 전에 한 번 크게 혼이 난 뒤로 그녀는 한쪽 다리를 절었다. 거기다 기운도 떨어져서 식품 가게를 하다가 망한 시몽 할머니가 매일 아침 와서 장작을 패주고 펌프로 물을 길어 주기도 했다.

그녀는 시력도 약해졌다. 덧문은 이제 굳게 잠겨 있었다. 많은 세월이 흘러갔다. 그러나 집에 세를 들려는 사람도, 사겠다는 사람도 없었다.

펠리시테는 쫓겨날까 두려워 아무 것도 수리하지 않았다. 지붕 판자는 썩어가고 있었다. 그녀의 베개는 겨우내 축축하게 젖어 있었다. 부활제가 지난 뒤 그녀는 피를 토했다.

시몽 할머니가 의사를 불러왔다. 펠리시테는 자기가 무슨 병에 걸렸는지 알고 싶었다. 그러나 귀가 너무 어두워져서 사람들이 하는 말을 알아들을 수 없었지만, 오직 한 마디 '폐렴'이라는 말만은 귀에 들어왔다. 그녀는 조용히 말했다. "아! 마님과 똑같은 병이군요" 그녀는 주인마님 뒤를 따르는 것이 당연하다고 생각했다.

제단을 세우는 날이 다가오고 있었다. 제1제단은 여느 때와 같이 언덕 기슭, 제2제단은 역참 앞, 제3제단은 거리 한가운데였다. 그런데 제3제단을 세울 장소를 두고 경합이 붙었고, 결국 교구의 여자들이 오뱅 부인의 안뜰을 갖기로 결정됐다.

펠리시테는 점점 숨이 차고 열도 높아졌다. 그녀는 제단 세우는 일에 참여할 수 없는 것을 탄식했다. 하다못해 그 제단에 무언가 바칠 수라도 있다면 얼마나 좋을까! 그때 그녀는 앵무새가 생각났다. 이웃 여자들이 그건 당치않다며 반대했다. 그러나 자게가 그것을 허락해주었다. 그녀는 너무나 기뻐서 자기가 죽으면 자신의 유일한 재산인 루루를 받아달라고 사제에게 간청했을 정도였다.

화요일부터 성체 대축일 전날인 토요일까지 그녀는 기침이 더욱 심해졌다. 그날 밤 그녀의 얼굴은 경련을 일으켰고 입술이 잇몸에 오그라붙었으며, 구토 증세를 보였다. 이튿날 날이 새자 드디어 마지막이 다가온 것을 느낀 펠리시테는 사제를 불러오게 했다.

종부성사(終傅聖事)를 하는 동안 세 명의 여인들이 그녀를 둘러쌌다. 그러자 그녀는 파뷔에게 고백할 것이 있다고 말했다.

그는 일요일에 입는 나들이옷을 입고 나타났는데, 이런 비통한 분위기에 어울리지 않는 것 같아 민망해했다. "용서해 주게" 그녀는 팔을 뻗으려고 안간힘을 쓰면서 말했다. "루루를 죽인 게 자네인 줄 알았어."

도대체 무슨 소리야! 나 같은 사람을 살해자로 의심하다니! 그는 화가 나서 떠들어대기 시작했다.

"이 할머니, 제 정신이 아니에요. 잘 보세요."

펠리시테는 가끔 망령과 이야기를 하고 있었다. 친절한 세 여인은 돌아갔고 시몽 할머니는 점심 식사를 했다.

잠시 뒤 할머니는 루루를 들고 와서 펠리시테에게 가까이 다가갔다.

"자, 루루에게 작별인사를 해야지!"

루루는 박제품이었는데도 벌레가 슬고 있었다. 한쪽 날개는 부러졌고 배에서는 솜조각이 밖으로 삐져나와 있었다. 그러나 완전히 눈이 먼 펠리시테는 루루의 이마에 입을 맞춘 뒤 한참 동안 뺨에 대고 있었다. 시몽 할머니가 그녀에게서 다시 루루를 가져갔다.

5

목초들이 여름 냄새를 실어보낸다. 파리떼가 윙윙 소리를 울린다. 햇빛에 강물이 반짝거리고 지붕 기와가 달아올랐다. 시몽 할머니는 방으로 돌아가 조용히 잠들었다.

종소리에 그녀는 잠에서 깨어났다. 사람들이 저녁 미사를 올리고 밖으로 나오고 있었다. 펠리시테의 착란은 가라앉았다. 성체행렬을 생각하면서 그녀는 마치 자기가 그 행렬을 따라가고 있는 것처럼 마냥 응시하고 있었다.

학교 모든 아이들과 성가대, 의식을 집행하는 사람들이 보도 위를 행진하고, 길 한복판에는 창을 손에 든 성당 경비원, 이어서 커다란 십자가를 든 성당지기와 장난꾸러기들을 감시하는 학교선생님, 그리고 수녀들이 계집아이들을 걱정하면서 나아갔다. 아주 귀여운 여자아이들 가운데 천사처럼 곱슬머리를 한 세 아이가 장미꽃잎을 공중에 흩뿌리고 있었다. 보조사제가 두 팔을 벌리고 음악을 지휘했다. 그리고 향로를 든 두 사람이 발걸음을 옮길 때마다 성체 쪽을 돌아보았다. 성체는 네 명의 성당 재산관리위원이 떠받치고 있는 붉은 벨벳 천개 밑에 아름다운 상제복(上祭服)을 입은 주교가 들고 있었다. 그 뒤로 사람들 물결이 집집마다 벽을 뒤덮은 하얀 현수막 사이로 빼곡하게 뒤따랐다. 마침내 사람들은 언덕 아래에 이르렀다.

차가운 땀이 펠리시테의 관자놀이를 적셨다. 시몽 할머니는 자기도 언젠가 이렇게 되리라 생각하면서 그녀의 땀을 손수건으로 가만가만 닦아주었다.

군중의 떠들썩한 소리가 갈수록 커지더니 한 순간 최고조에 이르렀다가는 다시 멀어졌다.

일제 사격하는 총소리가 유리창을 뒤흔들었다. 성체현시대(聖体顯示臺)에 경배하기 위해 역마차 마부들이 쏜 총소리였다. 펠리시테는 눈동자를 그쪽으로 굴리더니 앵무새가 걱정되는지 아주 작은 목소리로 말을 했다.

"그 애 괜찮을까?"

임종이 시작되었다. 헐떡이는 숨결이 차츰차츰 빨라졌고 가슴이 계속 들먹거렸다. 입가로 거품이 흘러나오고 온몸이 떨고 있었다.

이어 관악기 울리는 소리와 아이들의 맑은 목소리, 어른들의 굵은 소리가 저마다 또렷하게 들려왔다. 이따금 모든 것이 조용해졌다. 사람들의 발걸음 소리가 사라져가고 마치 잔디밭 위를 걷는 소떼 소리처럼 들렸다.

성직자들이 안뜰에 나타났다. 시몽 할머니는 작은 창문에 닿으려 의자 위로 기어올랐다. 시몽 할머니는 그런 모습으로 성체식 제단을 계속 내려다보았다.

영국 레이스로 가장자리를 꾸민 제단 위에는 푸른 꽃장식이 늘어져 있다. 한가운데 성자의 유물이 담긴 작은 틀이 있었고, 귀퉁이마다 두 그루의 오렌지 나무가 서 있으며 은촛대와 도자기 항아리들이 늘어서 있었다. 갖가지 항아리에는 해바라기, 백합, 모란, 디기탈리스, 수국꽃 들이 꽂혀 있었다. 갖가지 현란한 색으로 이루어진 이 작은 동산은, 이층에서 비스듬히 내려진 포석 위로 깔려진 양탄자까지 이어져 있었다. 온갖 진귀한 물건들이 사람들 눈길을 끌었다. 붉은 설탕 단지에는 오랑캐꽃이 왕관처럼 소복하게 꽂혔고, 알랑송 석(石)으로 만든 샹들리에 장식들이 이끼 위에서 빛나고 있었다. 두 개의 중국 가리개에는 산수화가 그려졌으며, 루루는 장미꽃더미에 묻혀 있어서, 감청색 금속판 같은 파란 이마만 겨우 보일 뿐이었다.

성당 재산관리위원들과 성가대원들, 그리고 아이들이 안뜰의 세 방향으로 저마다 나뉘어 늘어섰다. 사제가 조용히 제단을 올라가 금빛 광선을 내뿜고 있는 커다란 성체함을 레이스 위에 올려놓자 사람들은 모두 무릎을 꿇었다. 너무나 고요했다. 이윽고 소년의 손에 들려 있던 향로가 크게 흔들리면서 그것을 매어두었던 사슬 위로 미끄러졌다.

　파르스름한 향그러운 연기가 펠리시테의 방으로 흘러들어왔다. 그녀는 콧구멍을 앞으로 내밀고, 어떤 신비스런 감각으로 그것을 들이마셨다. 그리고 그녀는 눈을 감았다. 그 입술은 미소를 띠고 있었다. 심장 박동이 조금씩 느려져서, 맥박이 뛸 때마다 마치 샘이 마르고 메아리가 사라져 가듯이 희미해지고 점점 느려져 갔다. 그리고 마지막 숨을 거둘 때, 그녀는 반쯤 열린 하늘나라에서 자기 머리 위를 유유히 날아가는 커다란 앵무새를 보았다고 생각을 했다.

플로베르 생애와 작품

절대의 탐구자 플로베르

펜이란 얼마나 '무거운 배를 젓는 노'란 말인가

귀스타브 플로베르를 연구하는 학자나 독자가 가장 많이 찾는 플로베르 작품 원전은 전26권짜리 코나르판이다. 전집 내용을 보면 귀스타브 플로베르의 독특한 성격을 뚜렷이 알 수 있다. 총26권에는, 1856년 발표된 플로베르의 실질적 처녀작 《보바리 부인》 이후 그가 죽기까지 28년 동안 집필 간행된 작품을 담았다. 물론 미완성으로 끝나 그가 죽은 뒤 발행된 《부바르와 페퀴셰》를 포함한 여러 단편집도 들어 있다. 이 가운데 《성 앙투안의 유혹》은, 《보바리 부인》 이전인 1849년에 완성되었지만 실패작으로 여겨져 구석에 던져놓았던 초고를 절반쯤 그대로 실었다. 이른바 초기 습작을 실은 것이 세 권, 《보바리 부인》이 담긴 기행문이 두 권이다. 1835년 플로베르가 열 살 때부터 스물여덟 살 가을까지 14년 동안 쓴 작품과, 작가 생활 28년간 작품 분량은 거의 같다.

1830년 그가 아홉 살 때 섣달그믐날에 쓴 '설 같은 건 시시하다'는 유명한 편지에서 시작되어 평생에 걸쳐 쓴 서간집이 무려 열세 권이나 있다는 사실을 기억해야 한다. 첫 묶음인 초기 작품들에 일관되어 흐르는 것은 낭만주의적인 감상과 몽상 권태이며, 놀랄 만큼 조숙한 글재주에 의해 이야기되고 있다. 그러나 그런 낭만주의적 자기 고백이나 억제되지 않는 환상은 《보바리 부인》으로 시작되는 둘째 묶음에서는 완전히 사라져 버린다. 비평가 알베르 티보데는 이렇게 말했다.

"동강난 두 개의 산 덩어리가 지질학적으로 연결돼 있음을 설명하는 지층의 깊은 습곡작용이 존재한다고는 하나, 지표에 가로세로 균열이 난 '두 산 덩어리'는 분명히 '동강난' 것 같은 모습을 드러내고 있는 것이다."

이 두 개의 산 덩어리를 꿰뚫고 그가 삶을 바쳐 쓴 서간문 속에서, 플로베르는 때로는 사랑을 이야기하고 때로는 잔잔한 부드러운 마음을 엿보이게 하고 때로는 인생의 어리석음을 규탄하며 권태의 한숨을 쉰다. 그때그때마다 그는 마음의 동요 아래, 한결같이 문학 제단에 열렬한 신앙 고백을 바친다. 그러나 초고《성 앙투안의 유혹》집필을 시작할 무렵(1847년)부터 편지의 흐름 속에 글을 쓴다는 괴로운 신음 소리가 조금씩 섞이기 시작하여《보바리 부인》에서는 처음부터 '문체의 고민'이 헐떡거리듯 이야기된다.

"펜이란 얼마나 무거운 노(櫓)일까요."

이러한 탄식은 그가 죽을 때까지 끝나는 일이 없었다. 의심할 나위도 없이 이 두 산 덩어리의 중간 지대에서 무언가가 일어난 것이다. 분명 중간 지대에서 어떤 큰 힘이 심한 습곡작용을 일으킨 것이다.

집안의 얼간이

귀스타브 플로베르는 파리 북서쪽에 있는 지방 도시 루앙 시립병원 외과 부장이었던 아쉴 플로베르 박사의 둘째아들로 태어났다. 그 위로 세 아이가 있었는데 모두 허약해서 한 살도 되기 전에 몽땅 죽고 말았다. 그래서 맏형 아쉴과는 아홉 살이나 차이가 났고 밑으로 세 살 아래인 누이동생 카롤린이 태어났다. 아버지 플로베르 박사는 근엄하고 모범적인 중산층 부르주아이고, 어머니도 어진 편이라기보다는 오히려 어진 부인이라고 하는 편이 어울리는 사람이었던 것 같다. 부모의 관심은 여러모로 영리하고, 장래에 아버지 뒤를 잇게 될 맏아들 아쉴에게 집중되고 또 애정은 막내에다 외딸인 카롤린에게 쏠렸다. 집안 사람들은 플로베르를 어렸을 때부터 '집안의 얼간이'라고 생각했던 것 같다.

"손가락을 입에 물고, 바보같이 몇 시간이고 멍청히 있을 때가 많았다."

그의 어머니가 늘그막에 외손녀에게 한 말이다. 하인 피에르가 그를 놀려 주기 위해 "부엌에 내가 있나 없나 가 보고 와요" 말하면, 곧 부엌으로 가서 하녀에게 "피에르가 여기 자기가 있나 없나 보고 오랬는데 여기 안 왔어?" 물었다고 한다. 글을 배울 때도 처음부터 몹시 애를 먹었던 것 같다.

이렇듯 아버지로부터 압박을 받고 형과 비교당하면서 열등감을 맛보고 자란 귀스타브는, 세계로부터도 언어로부터도 완전히 소외당한 존재였다. 이 '집안의 얼간이'가 왜 일찍 아홉 살 때부터 글을 쓰기 시작했는가(현재 알려져 있는 가장 일찍 쓴 플로베르의 작품은 그가 아홉 살 때 쓴 두 편의 평론《루이 13세》와 《코르네이유 송(頌)》이다). 사르트르는 플로베르론《집안의 얼간이》에서 이 물음

에 다음과 같은 해답을 주고
있다.

소외당하는 존재였던 어
린 귀스타브는 그러한 자기
처지를 깨닫고 글을 거울삼
아 거기다 자신을 비추어
소외당한 존재로서 자각을
외면화시켰다. 이렇듯 실생
활에서 소외당한 존재여서
는 안 될 그가('못난 동생'이
라는 것이 사실이라 해도 부
모나 사회의 눈으로 볼 때는
늘 비판의 시선을 받고 있었
던 것이다) 글자에 의한 비
현실 세계에서는 소외당한
'자기가 사람이 될 수 있는'

귀스타브 플로베르(1821~1880)

자유를 얻을 수 있는 것이다. 물론 이런 비현실 세계의 변증법이 아홉 살짜
리 어린 귀스타브의 문학 작품 안에 이미 있었다는 것은 아니다. 현재 남겨
져 있는 소년 귀스타브의 창작 중 가장 일찍 쓴 것은 그가 열네댓 살 때 쓴
작품이다. 귀스타브는 자유의 돌파구로서 비현실 세계를 먼저 연극에서 찾
았다.

연극놀이

그는 열한 살 때 자기 집 당구실에서 누이 동생에게 무대 장치와 의상을 맡
기고, 자기가 쓴 각본을 친구와 연출해 어머니와 하인들을 불러 구경시켰다.
그 정도로 귀스타브는 연극놀이에 무척 열중해 있었다.

'당구실의 연극'에서 그가 친구들과 함께 가르송이라는 괴상한 등장인물을
창작한 것도 아마 그의 작품 속에 깔린 비현실세계의 변증법 때문일 것이다.
가르송은 세일즈맨을 직업으로 삼고 있으며, 힘이 세고 자동인형 같은 태도로

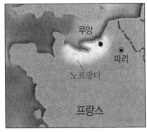

▲플로베르의 고향 루앙

◀플로베르 생가
아버지가 원장으로 있던 시립병원 안에 있다. 소년 플로베르는 여동생과 놀면서 해부된 시체를 몰래 들여다봤다. 그런 환경이 그의 작품세계에 무언가 흔적을 남겼을 것이다.

정체된 부르주아사회의 인습적 동작을 드러낸다. 또 터무니없는 대식가로, 말을 함부로 지껄이고 자유분방한 웃음을 자아내며 부르주아적인 것을 부숴버리는 인물이다. 자기 가정과, 루앙이라는 폐쇄적인 지방 도시의 부르주아적인 속성에 숨막힌 플로베르가 반항하기 위해 이런 전형을 생각했다는 건 매우 마땅하다 할 수 있을 것이다. 연극이란 어떤 가공적 인물이 되는 것이므로, 플로베르는 늘 자기에게 압박을 주는 부르주아적인 것을 직접 무대에서 의식적이고 조롱적으로 모방해 떠들썩한 웃음과 함께 그것을 부숴버리는 것으로써 말할 수 없는 자유를 맛보았던 것이 틀림없다.

그러나 자유의 원천이었던 '당구실의 연극'도 성가시다는 이유로 아버지에게 금지당하고 만다. 플로베르에게 이제 자유는 문자의 세계밖에 없었다. 글과의 연결은 소외당한 자기 존재 확인이라는 '수동적'인 것이었는데, 아버지의 권위로 연극을 금지당했을 때 소년 플로베르는 이른바 이중의 거절을 겪은 셈이다. 사르트르에 따르면 그는 '하는 수 없이' 문학이라는 '음침하고 고독한 놀이'를 적극적으로 선택했다고 한다.

여기서 '성격'이라는 애매한 개념을 굳이 쓴다면 귀스타브 플로베르는 오히려

플로베르 기념관 내부 시립병원 건물 일부는 플로베르 기념관으로 일반인에게 공개되었다. 병원 의료에 대한 자료나 플로베르 소설에 관련된 물건 등을 전시하고, 작가가 소년 시절을 보낸 공간을 재현했다.

활달하고 정열적인 성격을 가졌던 것 같다. 열네댓 살 귀스타브는 틀림없이 학급에서 가장 컸을 것이라고 사르트르는 추측한다. 또 스물한 살 귀스타브를 그의 친구는 이렇게 묘사하고 있다.

흰 살결에 볼은 장밋빛이고, 길고도 부드러운 머리칼을 휘날리는 큰 키에 어깨는 떡 벌어졌으며 탐스러운 턱수염은 황금빛 갈색, 바다 같은 녹색을 한 큼직한 두 눈은 검은 눈썹으로 덮여 있고, 목소리는 나팔 소리같이 쩌렁쩌렁하고 몸은 지나치게 컸으며 깨지는 듯한 큰 소리로 웃는다.

막심 뒤 캉 〈문학적 회상〉

이러한 빼어난 외모와 호탈한 성격인데도 플로베르의 초기 작품들은 모두 음산한 죽음, 권태, 감상적인 몽상이나 어두운 환상을 이야기한다. 주로 낭만주의적인 색채가 짙은 것도 플로베르가 언어와의 유대를 가진 데서 비롯된다.

물론 그때 문단이나 극단을 지배하던 뒤마, 위고, 위세, 스콧 등 낭만파 작품을 애독했던 것이 그의 초기 작품을 크게 규정지었던 것만은 사실이다. 어렸을 때 창작은 반드시 모방에서 출발하는 법이다. 프랑스 왕정은 7월 중도정치를 표방했는데, 사실은 보수반동의 노선을 걷고 있었다. 낭만파에 물들었던 열세 살 소년 플로베르는 이렇게 썼다.

'연극의 검열이 다시 시작되고 언론의 자유가 폐지된 것을 유감스럽게 생각한다. 이제 사람들은 문학자들로부터 양심을 뺏으려 하고 있다.'

몽상의 전개

그를 소외시키는 요인이 또 하나 늘었으므로 그는 언어의 세계에서 소외당한 자기의 수동적인 확인, 채워지지 않는 몽상의 전개, 자신의 무능력에 대한 사디즘적인 일그러진 영상에 의한 자기공격 등등의 방향으로 상상력을 키워나간 것이다. 활달한 '성격'과는 반대로 그의 손에 차차 우울이 깃들어 간다. 그는 언어를 거울로 삼고 내성적인 시선을 돌릴 때, 거울에 비친 영상에는 우울이나 권태의 색조가 번져나온다는 식으로 차츰차츰 변해간다. 열여섯 살 귀스타브 플로베르는 고백소설 《광인 일기》에서 이런 초상을 그려낸다.

'권태에 사로잡혀서 나는 모든 것을 의심하기에 이르렀다. 나이가 어린데도 나는 늙어 있다. 영혼에는 주름이 잡혀 있다. 인생이라든가 사랑이라든가 영광이나 신이라든가, 존재하는 모든 것을, 존재할지도 모를 모든 것을, 너무나 잘 알고 있는 것이다.'

이것이 바로 귀스타브의 자화상이라고 말하는 것은 아니다. 상상력의 세계에서 벗어난 언어라는 거울은 사물을 비뚤게 비춘다. 중요한 것은 어떻게 비뚤어졌는가이다. 어린 귀스타브는 자기 심정을 멋대로 토로하는 날개를 타고, 열여섯 살에 '난로가에서 팔짱을 끼고 앉아 무료해서 줄곧 하품만 하고 하루 종일 혼자 지내면서, 이따금 눈길을 돌려서 보는 것이라곤 난로 위에서 언제나 얼굴을 찌푸리고 있는 인생을 상징하는, 그처럼 냉정하고 조소적인 이가 빠진 누런 해골' 같은 '나'의 모습을 그려내 채워지지 않는 실존을 달래고 있었다. '내'가 만약 귀스타브 자신이었다면 틀림없이 침착할 수 있었을 그런 모습, 그러나 그가 좋든 싫든 규정짓고 있는 모든 조건—열여섯 살이고, 스스로 돈을 벌 필요가 없으며, 모범적인 부르주아이고 앞에서 말한 대로 어렸을 때부터 여러 가지 압박을 느끼고 그것으로부터 처져 버린 지점에서밖에 성립될 수 없는 모습인 것이다.

이와 같이 인생에서 뒤처져 버리는 삶의 방식이 그에게 언제까지나 허용될 리 없다. 무언가 직업을 정해야만 했다. 귀스타브 플로베르는 '문학' 말고는 몸 담고 싶지 않았으나 모범적 중산계급인 아버지 플로베르 박사는, 미(美)의 추구에 평생을 바친다는 귀스타브 때문에 미칠 노릇이었다. 그러자 귀스타브는 《감정교육》의 프레데릭처럼) 파리에 나가 법률 공부를 하겠다고 선언한다. 파리대학 법학부에 적을 두기는 했으나 시험을 포기하기도 하고 《감정교육》의 초고를 쓰기도 한다. 요컨대 속임수의 생활이 이어진다.

전략적 발작인가?

1844년 1월, 파리에서 고향으로 돌아온 귀스타브는 별장을 짓기 위해서 형 아쉴을 따라 마차를 타고 노르망디 해안의 도빌에 갔다. 이미 어두워진 길을 돌아오면서 귀스타브가 마차의 고삐를 잡고 달렸는데, 퐁레베크 부근에 접어 들었을 때 귀스타브는 갑자기 고삐를 놓치고 형의 발밑에 나동그라진 채, 마치 시체처럼 꿈쩍도 하지 않았다.

간질과 비슷한 증상의 병—그것은 그 뒤 2월에도 재발했던 것 같다—은 플로베르를 평생 동안 괴롭히게 되는데, 이것이 그에게 있어 어떤 의미를 갖게 되는지 다양한 설이 있다. 사르트르는 여기에 매우 적극적인 의미가 담겨 있다고 판단했다. 비록 그것이 생리적, 병리적 원인을 갖는 병이라 해도 이 발작은 그것에만 원인이 있는 것은 아니다. 가족에게 소외당한 채 장기간에 걸친 속임수, 직업 선택 강요, 결국 스스로가 부르주아라는 것을 질리도록 잘 알고 있으면서도 결정적인 반항도 하지 못한 채 임시변통으로 어물어물 지내 온 어제, 오늘—그러한 모든 것이 귀스타브의 안쪽에 차츰 신경증을 기르다가 마침내 폭발해 간질성 발작이 일어남을 사르트르는 말한다. 나아가 오랫동안 그를 억압했던 '부권(父權)'에의 반항, 안쪽에서 일어난 어떤 '아버지 살해'였다. 강제로 이루어진 직업 선택을 거절하고, 자신이 바라던 예술가로써의 길을 적극적으로 개척하기 위한, 말하자면 '전략'으로서 작용된 발작이었다고 사르트르는 분석하고 있다.

사르트르의 분석이 진실이냐 아니냐를 논할 필요는 없을 것이다. 왜냐하면

발작을 일으킨 뒤 플로베르 박사는 귀스타브를 일반적인 길로 이끌려던 생각을 단념했기 때문이다. 귀스타브는 파리에서 학생 생활을 포기하고, 고향인 루앙의 병원에서 치료를 받는다. 아버지는 아들을 요양시키기 위해 루앙 근교의 크루아세에 집 한 채를 샀다. 유명한 '크루아세의 은둔자'로서 예술가 생활이 시작된 것이다.

퇴원하여 크루아세로 거처를 옮긴 플로베르는 1년 전에 집필을 시작했다가 중단하고 있던 《감정교육》의 초고를 다시 쓰기 시작했다. 사르트르는 틀림없이 이 기간에 썼으리라고 추측되는 끝 부분이, 그의 작품 가운데에서 가장 뛰어난 '승리의 노래'가 되고 있다고 지적한 다음 이렇게 말하고 있다.

"부차적인 발작이 여러 번 있었으므로 그때마다 그는 며칠이고 쉬어야 했다. 글을 쓰면서도 그 순간을 그는 짐작할 수 없는 것이다. 어쩌면 다음 순간에라도 '간질'이 도져, 펜을 종이 위에 짓누르고 그를 마룻바닥에 쓰러뜨릴지도 모른다는 것을. 그는 경련에 몸을 내맡기고 깊은 잠에 빠져들어 자리에 눕는다. 그리고 정신이 들자마자 피로에 지친 몸을 책상으로 이끌고 나와 기뻐 어쩔 줄 모르며 외친다. '간신히! 간신히 나는 예술가가 되었다!' 그뿐만 아니라, 그 페이지들에는 플로베르의 미래 작품을 빛나게 정의하는 하나의 '시학'이 담겨져 있다."

사실 굉장히 장대한 그 끝장에는 주인공의 새로운 예술관이 마치 열에 들뜬 듯 드러나 있다. 그러나 중요한 것은 이론을 표현하는 것이 아니라 실천하는 것이다. 발레리가 말한 대로 '발견이란 대단하지 않다. 어려운 것은 이 발견을 뼈와 살에 사무칠 정도로 행동으로 옮기는 일이었다.

낭만파적 감상을 스스로 금하고 '한결같이 그 원대한 문장의 길로 나아간' 플로베르가 《보바리 부인》을 완성하기까지, 실로 초고 《성 앙투안의 유혹》의 좌절을 포함해 11년의 세월이 필요했다.

그 뒤 플로베르의 생애에는 큰 사건이 별로 일어나지 않는다. 1846년 아버지의 갑작스런 죽음도, 이미 자기 마음에서 희생시켰던 것을 드러내는 것에 지나지 않으며, 여류시인 루이즈 콜레와 8년 동안 교제관계를 가진 것도 객지에서 창부와 사는 것과 별로 다를 바 없었다. 그는 '천천히 작품에 붓을 옮기고 있습니다. 비가 오건 바람이 불건 상관 않고, 팔을 걷어 붙이고 이마에 땀을 흘리며 마치 모두를 두드리는 선량한 노동자처럼'이라고 르 푸아트뱅에게 보내는 편지에 썼다.

이렇듯 '크나큰 문장의 길'로 들어가서, 그가 이르고 싶어한 곳은 어디일까? 초고 《감정교육》에 이런 대목이 있다.

'그에게는 어느 사이에 몸에 밴 습관이 있었는데, 이번에는 그것을 예술에 시험해 보았다. 그 습관이란 자기가 좋아하는 것을 그렇지 않다 여기고, 가장 존경하는 것을 시시하다고 생각하려는 버릇, 즉 모든 위대한 것을 낮추고 아름다운 것에 침을 뱉고, 그래도 여전히 이 위대한 것들, 아름다운 것이 처음의 위대함과 아름다움을 그대로 돌이킬 수 있나없나를 시험하려는 것들이었다.'

만권의 책에서 건져내는 우화

플로베르는 스물세 살 때 제노바에서 브뢰겔의 그림 《성 앙투안의 유혹》을 보고 나서부터 강하게 끌리어 두 종류의 초고를 이미 썼었고 《감정교육》을 발행한 이듬해에는 세 번째 작품에 몰입했다. 《성 앙투안의 유혹》에서 그는 환상을 품고 고독하며 몽상에 잠겨 그것에 좀 먹어 가는 자기와 똑같은 모습을 발견했던 것이다. 그러나 고행의 연속이었다. 《감정교육》 집필 때 2월 혁명에 대해 방대한 양의 신문과 자료를 찾았듯이, 이번에는 악마학과 종교학에 관한 방대한 문헌을 섭렵한다.

《보바리 부인》 이래 언어와 격투를 벌려온 플로베르는, 여기서 그만 알지 못하는 새로운 공간에 돌입하고 말았다. 그는 이미 작품에 씌어진 그물코 안에서만 존재하는 그런 상상력에 갇힌 상태였다. 《성 앙투안의 유혹》을 그럭저럭 2년이나 걸려 완성한 다음 그가 집필에 들어간 《부바르와 페퀴셰》에서도 그러한 경향은 사라지지 않았다.

《부바르와 페퀴셰》는 인간의 우열(愚劣)을 비판하려는 의도에서 시작된다. 아홉 살 때 그의 편지에 '설 같은 건 시시하다'고 쓴 이래, 인간의 어리석음에 대한 비통한 분노의 눈초리는 작품이 끝날 때까지 이어졌다.

부바르와 페퀴셰라는 두 독신 서기는 유산이 굴러들어옴에 따라 직장을 그만두고 원예에 전념하면서 세계와 인생 비밀을 탐구하려 차례차례 여러 가지 학문, 과학에 손을 대는 우스꽝스러운 실패를 거듭하면서 경험을 쌓아 간다.

이런 이야기를 써 나가기 위해선 저자 또한 여러 분야에 걸쳐 조사해야 한다. 이 괴로움 속에서 그는 붓을 잠깐 멈추고 1875년 《세 이야기》 집필에 들어갔다.

《순박한 마음》은 플로베르가 어릴 때부터 보살핌을 받은 늙은 하녀 쥘리를 모델로 하였고《줄리앙 성인전》은 루앙 대성당의 스테인드글라스에 그려있던 풍경에서 영감을 얻었으며《헤로디》도 같은 대성당을 장식하는《살로메의 춤》 (《보바리 부인》제3부 '마리안느의 춤'으로서 나온다)에서 생각해낸 것이라 한다. 자신의 유년 시절과 중세 전설, 성서에 나오는 고대 서아시아의 이야기—세 가지 과거를 세 가지 문체로 뚜렷하게 구성한 이 걸작에서 저자의 훌륭한 솜씨에 감탄하는 것만으로 충분할 것이다. 단 한 가지 덧붙인다면 어둡고 불안한 중세 분위기를 담은《줄리앙 성인전》에는 어딘지 남의 일 같지 않은 데가 있다. 예언대로 부모를 죽이고 문둥병 환자에게 봉사하여 오욕의 밑바닥까지 이르렀을 때 구원된 이 주인공은, 마음속으로 아버지를 죽이고 신경 질환에 몸을 내맡기고 난 뒤에야 비로소 예술을 향한 길을 걸을 수 있었던 '소외당한 존재' 플로베르, 바로 그 자신이 투영돼 있는 것처럼 여겨지기 때문이다.

거장의 뛰어난 솜씨를 나타낸《세 이야기》도 결코 쉽게 쓰지 않았으며 2년간의 노고가 뒤따랐다. 이어서 플로베르는 멈춰졌던《부바르와 페퀴셰》를 다시 시작한다. 조사에 대한 고통스러움은 어처구니없이 커져 그는 자신의 시도가 너무나 악마적인 데에 비관해 공포의 외침마저 지른다. 머지않아 두 서기는 차차 성장하여 플로베르 자신을 닮아 '우열한 것을 보면 도저히 참을 수가 없게' 되어 끝내 마지막에는 본디 서기 입장으로 돌아가 만 권의 책에서 건져낸 지식을 바탕으로 우화집을 쓰는 '즐거운 일'을 시작하며 이야기는 끝난다.

플로베르는 무려 1500권 이상의 책을 뒤져 우화집 자료를 모은다. 그러던 어느 날 인간을 뛰어넘은 이상을 꿈꾸는 모든 행위가 그러하듯 미완성인 채 플로베르는 갑자기 죽었다.

인간의 우열과 싸우기 위해 바닷속에 잠기는, 이 반대적인 '절대의 탐구'는 언어가 인간의 행위를 판단한다는 그런 궁극적 작업의 모습을 드러내고 있다. 인간 행위를 철저하게 우롱하면서 언어라는 의식적 산물을 써내려 가려는 장려한 정신. 슬픈 익살은 무한한 거리를 둔 양극으로 나뉘고, 분해되는 순간 마치 폭발하듯 불꽃이 튄다. 그는 언어를 향한 집착이 마침내 이런 경지에까지 이르게 된다는 것을 보여주었다. 언어와 함께 이토록 깊이 나아간 사람은 아마 플로베르와 말라르메밖에 없을 것이다.

《보바리 부인》

여기서 헛되고 보잘것없이 작게만 만들려는 자연주의적 경향을 본다는 것은 완전한 착각이다. 그것은 그의 초기 작품에서 볼 수 있었던 권태, 감상, 몽상의 굴대와 '가르송'의 굴대를 동시에 공존시키려는 시도이다. 플로베르는 낭만주의적인 드높임과 맞서 희극적인 감각을 《보바리 부인》에 처음으로 비평적 차원을 도입했다. 말하자면 이른바 뒤늦은 낭만파였던 플로베르는 자기 위치를 명석하게 알아차리고, 동갑인 보들레르를 평

엠마의 모델
보바리 부인의 모델로 알려진 델핀 들라마르. 조제프 데지레쿠르

한 발레리의 유명한 말처럼 '자기 자신 안에 한 사람의 비평가를 두고 자기 예술에 긴밀하게 협력시킨' 것이다.

작품 안에서의 비평적인 차원, 몽상과 현실, 숭고와 익살이라는 상반되는 두 굴대의 공존을 이야기하면 이미 《돈키호테》가 있지 않느냐는 반론이 반드시 나올 것이다. 분명 플로베르는 《보바리 부인》 집필 동안 《돈키호테》를 읽었는데, 그의 입장은 다음 편지의 한 구절에 명백히 드러나 있다.

'《돈키호테》에서 놀라운 것은 거기에 예술이 없다는 것과, 이 책을 이토록 우스꽝스럽고 시적으로 만드는 환상과 현실이 끊임없이 융합되는 점입니다.'

'예술'은 문체의 다듬어진 모습을 말한다. 《돈키호테》로부터 《적과 흑》까지를 포함해서 그 소설들은 완벽한 구성이라든가 문체의 세부적인 꾸밈새라든가 하는 의미에서, '예술성'과는 다소 거리가 멀다(그것 자체와 작품의 가치와 그다지 관계되지 않는다는 점에서 소설이 갖는 이상한 성격을 찾을 수 있다). 하지만

플로베르는 그런 소설을 '예술'로서 높이려고 꾀하는 것이다.

초고 《성 앙투안의 유혹》의 실패는 플로베르 자신이 성 앙투안이 되어 버려 감정을 억누르지 못했다는 비판을 받았다. (친구에게서 삼면 기사적 사건을 소재로 쓰라는 권고도 받았다는 설이 있다) 자기의 내부에서 응고된 것이 아닌, 한 소시민의 아낙네가 간통을 하여 빚에 몰린 끝에 자살하는 주제를 골랐다. 어떠한 형이상학적인 전개도 없는 이런 주제는 그를 망설이게 만들고 자기 기분 내키는 대로 자제력을 잃게 된다든가 하게 되는 일은 결코 없었을 것이다. 따라서 작자가 자기와 동일시될 것 같지 않은 인물이 선택된 다음, 플로베르가 가진 시인의 본능과 비평적 능력에 대비되어 주인공은 비속한 상상력과 순진한 마음의 소유자로 만들어진다.

이렇게 《보바리 부인》의 괴로운 집필은 시작되었다. 평범하고 부르주아적인 '지방 풍속'에다 예술 작품으로서 매력과 고귀함을 줄 것, 특히 플로베르 자신의 '어릿광대 같은 비통한 내면의 욕구를 드러내는 듯한 슬픈 익살'이 작품에서 번져나오는 듯하다. 그러나 '슬픈 익살'만큼 그 구성(構成)이 어렵진 않다. 비판의 고삐를 늦추면 감상으로 흐르고, 너무 반어적이면 이야기의 비통함이 상실되어 인물들의 초상은 만화가 되어 버린다. 어리석은 시골여자에 지나지 않는 엠마를 통해 어떻게 하면 독자의 공감을 불러일으킬 수 있을까. 거기다 작품의 구성에서, 비통과 익살, 몽상과 비평이 융합되어야 하듯이, 부분마다 자연스럽게 연속되고 변해 가야만 한다. 이러한 많은 어려운 문제를 플로베르는 문체의 연마로만 해결하려고 했다.

여기서 말하는 문체의 연마란, 언어의 선택과 어순에서 시작하여 문장의 리듬, 나아가 길고 짧은 문장의 짜임새와 서술의 시점과 관계해서 문장 세부를 조정하는 것을 뜻한다. 뿐만 아니라 '어두컴컴한, 마치 담벽에 이끼 긴 시골 뒤뜰처럼 곰팡내 나는 나른함에 젖어 있는 불쌍한 영혼의 소유자'를 그리기 위해 '쥐며느리가 있는 장소에 피어난 곰팡이 빛깔'을 문체에 배어 나오게 하려 했다. 플로베르는 다듬어진 문체에 작품이 모두 흡수, 융합되기를 바라고 있었다. 《보바리 부인》을 집필하기 시작할 무렵(1852년 1월) 루이즈 콜레에게 쓴 편지에서 다음의 유명한 대목은 플로베르의 기도(企圖)를 증명하고 있다.

'내가 아름답다고 여기는 작품은 그 어떤 것도 씌어 있지 않은 책입니다. 외부에 연결되는 것이 전혀 없고 문체의 내적인 힘만으로 독립하고 있는 책, 가

능하면 주제가 거의 없는, 하다 못해 주제가 거의 눈에 띄지 않는 그런 책입니다.'

이리하여 문체 또는 묘사가 줄거리를 흡수하고 작품 전체를 침식해 나갔다. 주로 작중 인물(주로 엠마)의 시점에서 이루어진 주관적 시각으로 이야기가 나열되며 사건을 들려주기보다 의식에 대한 사건의 반영을 묘사한다. 중요한 것은 숲 속 빈터에서 엠마가 로돌프에게 몸을 맡겼다는 사건을 서술한 게 아니라 '옷이 남자의 비로드 옷에 얽히고 기울어진 햇살이 나뭇가지 사이를 누벼 빛의 반점이 떨리고 있

피아노를 치는 엠마 삽화
피아노는 규수풍 사치스러운 교육의 상징이었다. 엠마는 피아노 건반을 위에서 아래까지 주눅들지 않고 친다. 남편 샤를은, 손가락이 빠르게 움직이면 움직일수록 놀라워하고, 마을 사람들은 길가에 멈춰서서 피아노 소리에 취했다.

었다. 나무들 사이에서 그 어떤 상쾌한 감미로운 것이 발산되고 있는 것 같았다'는 그런 표현인 것이다. '빛의 반점'도 '기울어진 햇살'도 그 자체로는 아무런 의미도 없다. 그러나 엠마의 눈에 자세한 부분으로 비쳐져 그려질 때, 그 무엇인가를—이를테면 만족스러우면서도 어딘지모를 슬픈 엠마의 텅빈 의식이라고도 정의할 수 있음을—내보이면서 독자의 상상력을 이끌어 낸다. 때문에 사건 자체의 의미도 사라지고 문장 자체의 의미(지금 엠마의 눈앞에 '빛의 반점이 떨리고 있다'는 사실)조차 사라져 버려 이 묘사가 암시하고 불러일으킨 그 무엇인가만이 희미하게 떠도는 것이다.

이와 같이 엠마의 몽상이 떠돌고, 소설 그 자체의 걸음걸이가 더딜 때 이 소설이 가장 아름다운 감동을 선보일 것이다. 그럴 경우에도 플로베르는 엠마가

판에 박힌 사고를 하는 여자라는 테두리를 결코 벗어나지 않았다. 여기에 몰락해 가는 몽상의 여인과 대립되듯 나무랄 데 없는 희극적 인물 오메 씨가 그 다부진 모습을 듬직하게 나타낸다. 플로베르는 이 부정한 여인의 희비극을(그녀는 낭만파 주인공처럼 애인에게 버림받고 절망하여 목숨을 끊는 것이 아니라 빚 때문에 꼼짝 못하게 되어 독약을 먹는 것이다) 싸늘한 눈으로 추궁하면서, 한편으로는 '입에 비소(砒素) 맛을 느낄' 만큼 쓰라린 엠마의 내면으로 파고들어가, 그녀에게 자신의 몽상을 주입하는 그런 훌륭한 재주를 부리는 것이다.

단순 소박하지만 큰 울림 《순박한 마음》

《순박한 마음》은 플로베르 스스로 단편이라고 불렀지만 실제로는 중편소설에 가깝다. 이 작품은 시골 부르주아의 집에서 하녀로 일하는 펠리시테란 한 여인의 일생을 중요한 사건 중심으로 그려나간다. 《순박한 마음 Un coeur simple》에서 'simple'은 우리말로 옮기면 솔직하고 순수하면서도 순진한, 깨끗한 마음을 뜻한다. 제목 그대로 이 작품은 단순하고 소박한 영혼의 흔적을 절제된 묘사로 보여주는데, 여기서 시간의 흐름은 펠리시테의 눈뜸이나 성장으로서가 아니라 사랑하는 대상의 변화로만 나타난다. 불행하게 끝나버린 첫사랑으로부터 그녀의 애정은 주인집 남매, 조카로 이어지다 마지막에는 앵무새에게로 옮아간다. 앵무새가 죽은 뒤에는 박제로 만들어 곁에 둘 만큼 그녀의 순수한 애정은 흔들림이 없다.

이런 그녀의 사랑을 보면서 우리는 삶의 덧없음과 인간관계의 허망함을 가슴속 깊이 느끼게 된다. 이와 같이 《순박한 마음》이 지니고 있는 통일된 인상은 모든 관심이 오직 한 대상에게 집중된다는 점에 있다. 이렇다 할 재주는 없지만 모든 것에 애정을 갖고 다른 사람을 위해 자기 몸을 바치는 일에 익숙해진 펠리시테는 하녀로서의 의무와 욕심 없는 애정을 절대적 헌신으로 이끌어간다. 그녀의 순수한 기쁨과 슬픔, 종교와 관념의 단순함에서 작품을 읽는 모든 이들은 커다란 감동을 받는다.

무엇인가 사랑하지 않고서는 살 수 없는 영혼, 또는 상처받으면서도 끊임없이 이어지는 사랑의 열망이란 점에서는 체호프의 《귀여운 여인》과 모파상의 《여자의 일생》이 떠오르기도 한다. 친구 누이동생의 아들이었던 모파상은 플로베르가 만년에 가장 아끼는 제자이기도 했으며 그에게 큰 영향을 받은 것으로 유명하다. 모든 성장소설이 언제나 진지하고 심각한 깨달음만을 담고 있는 것은 아니다. 연속된 시간으로서의 삶을 다루고, 그 나름의 눈뜸과 성장의 과정을 담은 것이라면 모두 성장소설 범주에 넣을 수 있으리라. 그런 의미에서 플로베르의 《순박한 마음》은 이제까지와는 다른 형태를 지닌 성장소설이라고도 할 수 있다. 훌륭한 작품을 쓰기 위해, 돌 한 개를 묘사하는 데도 그것에 가장 알맞은 단 하나의 낱말을 찾아내고자 온 힘을 기울였던 플로베르. 작품을 향한 그의 순수하고도 올곧은 마음이 펠리시테의 삶 안에 고스란히 투영되었던 것은 아닐까?

플로베르가 이 작품을 이와 같이 짧게, 결코 그 이상으로 길게 늘이지 않은 까닭은, 그리 많지 않은 페이지 안에서도 자신이 다룬 한결 같이 정직하고도 순수한 여주인공에 대해 하고 싶은 말은 모두 다해버렸기 때문이리라. 그리고 그 짧은 분량에도 이 소설은 더없이 큰 울림을 전하는 이야기인 동시에 세계문학 소설사상(小說史上)에서도 중요한 위치를 차지한다. 이 작품이 계기가 되어, 이른바 하인계급 여성에 대한 연구가 때로는 단편 형태로 또 때로는 장편 형태로 수없이 등장했기 때문이다.

누구나 이 작품을 읽으면 커다란 미덕과 용서할 만한 결점을 모두 포함한, 이른바 프랑스적인 기질에 대해 깊게 이해할 수 있게 될 것이다. 이 짧으면서도 무게 있는 소설 안에 모든 프랑스적인 것이 담겨 있기 때문이다.

플로베르 연보

1821   12월 12일 루앙 시립 병원(오텔 디외)에서 태어나다. 아버지 아쉴 크레오파스 플로베르 박사는 샹파뉴 태생으로 이 병원 외과 과장, 어머니 카롤린 플뢰리오는 노르망디의 오랜 부르주아 집안 출신이다.

1830(9세)   12월 31일 네르발이 번역한 《파우스트》 읽다. 친구 에르네스트 슈발리에에게 편지를 쓰다(그가 세상을 떠난 뒤 출판된 《서간집》 첫머리에 수록되다).

1832(11세)   루앙 시의 중학교에 입학하다.

1834(13세)   10월 뒤에 친구가 되는 루이 부이예가 전학해 오다. 문학에 적극적으로 열을 올려, 이해부터 몇 년 동안에 30여 편의 습작을 시도하다(플로베르가 세상을 떠난 뒤에 출판된 전집에 《초기 작품》이라고 제목을 붙여 수록되다).

1837(16세)   8월 투르빌 해수욕장에서 악보 출판상 슐레징거를 알게 되어 그 부인에게 격렬한 연모의 정을 품다(뒤의 《감정교육》의 아르누 부인의 모델).

1838(17세)   라블레·몽테뉴·위고·바이런·루소 등을 애독하다. 《광인 일기》 그밖의 습작이 많다.

1840(19세)   중학을 퇴학. 8월 '대학 입학 자격 시험'에 합격하다. 합격된 상으로 8~10월 피레네·코르시카로 여행하다.

1841(20세)   11월 파리 대학 법학부 입학. 학적만 두었을 뿐 루앙에서 살다.

1842(21세)   2월 징병 검사 결과 제비뽑기로 병역이 면제되다. 대학의 학년 시험을 내버려둔 채 초기 작품 가운데 걸작이라는 《십일월》을 쓰다. 11월 파리로 나와 막심 뒤 캉 등의 문학 그룹에 접근하다. 고티에와 교제하다.

1843(22세)   1월 조각가 프라디에의 공방(工房)에 출입하다. 이곳에서 빅토르 위

고를 만나다.《감정교육》 초고를 쓰기 시작하다. 이때부터 법률 공부를 단념한 채 오로지 문학에 전념할 결심을 굳히다. 3월 슐레징거 야회에 초대를 받다.

1844(23세) 1월 처음 신경증 발작하다.

1845(24세) 마침내《감정교육》 탈고하다. 3~5월 이탈리아·스위스를 여행하다.

1846(25세) 1월 아버지 플로베르 박사 병으로 별세. 어머니 및 누이동생 유아(遺兒) 카롤린과 함께 아버지가 남긴 루앙 근교인 크루아세 별장으로 옮겨 살다. 7월 파리에서 열 살 위인 여류 작가 루이즈 콜레와 깊은 관계를 맺다.

1847(26세) 5월부터 8월까지 친구 막심 뒤 캉과 브르타뉴로 여행하다.

1848(27세) 파리에 2월 혁명 일어나다. 국민군으로 복무하다. 8월 루이즈 콜레와 잠시 불화하다.

1849(28세) 드디어《성 앙투안의 유혹》을 완성하다. 크루아세에서 친구 루이 부이예와 뒤 캉에게 낭독해 들려 주었으나 그들의 평이 매우 좋지 않았다. 두 사람은 그 원고를 태워 버릴 것을 권하고 리이 거리 개업 의인 드라마르의 사건(《보바리 부인》의 소재)을 쓰도록 권유를 받다. 11월 뒤 캉과 함께 마르세이유를 떠나 동양으로 여행을 떠나다.

1850(29세) 이집트·시리아·팔레스타인·그리스·터키 등을 도는 1년 반쯤의 여행을 하다.

1851(30세) 5월 루앙으로 돌아오다. 6월 콜레와 다시 우정을 되찾다. 6월 크루아세에서《보바리 부인》을 쓰기 시작하다.

1852(31세) 6월 막심 뒤 캉과 절교하다.

1854(33세) 여배우 베아트릭스 페르송, 줄리에트 에르베르와 교제하다. 10월 결정적으로 콜레와 결별하다.

1856(35세) 다시 막심 뒤 캉에게 접근하다. 4월, 5년 남짓 걸려 쓴 대작《보바리 부인》 완성하다. 7월 다시《성 앙투안의 유혹》을 쓰기 시작하다. 10월부터 〈파리 평론〉지에《보바리 부인》 게재하다.

1857(36세) 부도덕, 반종교적이라는 이유로《보바리 부인》의 작자, 잡지 주필, 인쇄자 세 사람은 기소되었으나 2월 무죄 판결이 내리다. 플로베르의 문명(文名)은 일약 높아지고, 단행본《보바리 부인》(4월 간행)은

화제를 일으키며 베스트셀러가 되다.

1858(37세) 지난해 끝무렵부터 파리에서 문단의 주류들과 인연을 깊게 하고 《살람보》의 자료를 수집하기 위해서 4월부터 2개월 동안 북아프리카 튀니스로 여행을 떠나다. 3년 동안 이 작품에 몰두하다.

1861(40세) 역사가 미슐레가 《바다》를 보내와서 읽고 감동되다.

1862(41세) 4월 《살람보》 탈고하다. 11월 출판되다.

1863(42세) 조르즈 상드와 편지 왕래가 시작되다. 투르게네프와 알게 되다.

1864(43세) 제2원고 《감정교육》을 쓰기 시작하다. 몇 년 동안 이 작품에 몰두하다.

1868(47세) 5월 조르즈 상드 크루아세를 찾다.

1869(48세) 5월 두 번째 쓴 《감정교육》 탈고하고 11월 출판되다. 7월 친구 부이예 죽다. 12월 노앙으로 상드를 찾아가다.

1870(49세) 7월 세 번째로 《성 앙투안의 유혹》을 쓰기 시작하다. 보불 전쟁 일어나고 크루아세 서재는 프러시아군에게 점령되다. 어머니와 함께 루앙 시의 임시 숙소로 피란하다.

1871(50세) 3월 프랑스의 패배로 전쟁은 끝나다. 4월 크르와셰로 돌아가다.

1872(51세) 4월 어머니, 크루아세에서 병으로 별세하다. 6월 제3원고 《성 앙투안의 유혹》 완성하다.

1873(52세) 《부바르와 페퀴셰》를 쓰기 시작하다.

1874(53세) 4월 《성 앙투안의 유혹》 출판되다.

1875(54세) 사랑하는 조카 카롤린의 남편 코망빌의 파산을 막기 위해 모든 재산을 내놓다. 10월 단편 《줄리앙 성인전》을 쓰기 시작하다. 건강이 좋지 않다.

1876(55세) 2월 《줄리앙 성인전》을 완성하고 이어서 《순박한 마음》을 쓰기 시작하여 8월 탈고하다. 11월 《헤로디아》를 쓰기 시작하다.

1877(56세) 2월 《헤로디아》 완성하다. 이상 세 편을 신문에 게재한 뒤 4월 《제이야기》로 제목을 붙여 출판한다. 11월 제자인 모파상에게 부탁해서 《부바르와 페퀴셰》를 쓰기 위해 에트르타 해안의 실제 경관을 조사해오게 하다.

1880(59세) 《부바르와 페퀴셰》 제10장 쓰기 시작하다. 《마음의 성》 '근대 생활'

지상에 단편적으로 발표되다. 4월 《메당의 저녁》이 샤르팡티에사
(社)에서 출판되다. 5월 8일 뇌일혈로 쓰러져 크루아세에서 회복치
못하고 세상을 떠나다.

민희식(閔憙植)
서울대 졸업 프랑스 스트라스부르대 문학박사 성균관대 교수 이화여대 교수 계명대·한국
외대 프랑스어과 교수 한양대 불문과 교수 한양대도서관장 역임. 프랑스문화공로훈장, 펜
번역문학상 수상. 지은책《프랑스문학사》《불교와 서구사상》《토마스복음서와 불교》《어린
왕자의 심층분석》등이 있다. 옮긴책《현대불문학사》, 귀스타브 플로베르《보바리 부인》, 시
므농《사나이 목》, 지드《좁은문》, 뒤마피스《춘희》,《한국시집(불역)》, 박경리《토지(불역)》,
《김춘수시집(불역)》, 허근욱《내가 설 땅은 어디냐(불역)》,《불문학사예술론》등이 있다.

세계문학전집073
Gustave Flaubert
MADAME BOVARY/UN COEUR SIMPLE
보바리 부인/순박한 마음
G. 플로베르/민희식 옮김
동서문화창업60주년특별출판
1판 1쇄 발행/2017. 1. 20
발행인 고정일
발행처 동서문화사
창업 1956. 12. 12. 등록 16-3799
서울 중구 다산로 12길 6(신당동 4층)
☎ 546-0331~6 Fax. 545-0331
www.dongsuhbook.com
*

이 책의 출판권은 동서문화사가 소유합니다.
의장권 제호권 편집권은 저작권 법에 의해 보호를 받는 출판물이므로
무단전재와 무단복제를 금합니다.

사업자등록번호 211-87-75330
ISBN 978-89-497-1538-4 04800
ISBN 978-89-497-1515-5 (세트)